원전으로 읽는 우리 고전 4

이씨 집안 이야기

이씨세대록

⑩

원전으로 읽는 우리 고전 4

이씨 집안 이야기

이씨세대록 ❿

장시광 옮김

이담북스

역자 서문

    <쌍천기봉>을 2020년 2월에 완역, 출간했는데 이제 그 후편인 <이씨세대록>을 번역해 출간한다. <쌍천기봉>을 완역한 그때는 역자가 학교의 지원을 받아 연구년제 연구교수로 유럽에 가 있을 때였다. 연구년은 역자에게 부담 없이 번역에만 전념할 수 있는 환경을 만들어 주었다. 덕분에 역자는 <쌍천기봉>의 완역 이전부터 이미 <이씨세대록>의 기초 작업을 동시에 수행할 수 있었다. 이 번역서 2부의 작업인 원문 탈초와 한자 병기, 주석 작업은 그때 어느 정도 되어 있었다. <쌍천기봉>의 완역 후에는 <이씨세대록>의 기초 작업에 박차를 가했다. 당시에 유럽에 막 퍼지기 시작한 코로나19는 작업에 속도를 내도록 했다. 한국에 우여곡절 끝에 귀국한 7월 중순까지 전염병 덕분(?)에 집안에만 틀어박혀 있을 기회가 많았기 때문이다.

    <쌍천기봉>이 역사적 사실에 허구를 덧붙인 연의적 성격이 강한 소설이라면 <이씨세대록>은 가문 내의 부부 갈등에 초점을 맞춘 가문소설이다. 세세한 갈등 국면은 유사한 면이 적지 않지만 이처럼 서술의 양상은 차이가 난다. 조선 후기의 독자들이 각기 18권, 26권이나 되는 연작소설을 흥미롭게 읽을 수 있었던 데에는 이처럼 작품마다 유사하면서도 특징적인 면이 있기 때문이었을 것으로 짐작된다.

역자가 대하소설에 흥미를 가지게 된 것도 이러한 면과 무관하지 않다. 흔히 고전소설을 천편일률적이라고 알고 있는데 꼭 그렇지만은 않다. 같은 유형인 대하소설이라 해도 <유효공선행록>처럼 형제 갈등이 두드러진 작품이 있는가 하면, <완월회맹연>이나 <명주보월빙>처럼 종법제로 인한 갈등을 다룬 작품도 있다. 또한 <임씨삼대록>처럼 여성의 성욕이 강하게 부각되어 있는 작품도 있다. <쌍천기봉> 연작만 해도 전편에는 중국의 역사적 사실을 토대로 군담이 등장하고 <삼국지연의>와의 관련성도 서술되는 가운데 남녀 주인공이 팔찌를 매개로 하여 갖은 갈등 끝에 인연을 맺는 과정이 펼쳐져 있다면, 후편에는 주로 가문 내에서 발생할 수 있는 다양한 부부 갈등이 등장함으로써 흥미의 제고와 함께 가부장제 사회의 질곡이 더욱 적나라하게 드러나게 하는 효과를 내고 있다.

이 책은 현대어역과 '주석 및 교감'의 2부로 구성되어 있다. 책의 순서로는 현대어역이 먼저지만 작업은 주석 및 교감을 먼저 했다. 주석 및 교감 부분에서는 국문으로 된 원문을 탈초하고 모든 한자어에는 한자를 병기했으며 어려운 어휘나 고유명사에는 주석을 달고 문맥이 이상하거나 틀린 부분은 이본을 참조해 바로잡았다. 이 작업은 현대어역을 하는 것보다 훨씬 공력이 많이 든다. 이 작업이 다 이루어지면 현대어역은 한결 수월해진다.

역자는 이러한 토대 작업이 누군가에 의해서는 반드시 이루어져야 한다고 생각한다. 물론 미흡한 점도 있을 것이다. 그러나 이러한 작업이 많아질수록 연구는 활성화하고 대중 독자들은 대하소설에 어렵지 않게 접근할 수 있을 것이다. 일은 고되지만 보람을 찾는다면 바로 그러한 이유에서일 터이다.

<쌍천기봉>을 작업할 때와 마찬가지로 이 작업도 여러 분에게서

도움을 받았다. 해결되지 않은 병기 한자와 주석을 상당 부분 해소해 주신 황의열 선생님께 고마운 마음을 전한다. <쌍천기봉> 작업 때도 많은 도움을 주셨는데 어려운 작업임에도 한결같이 아무 일 아니라는 듯이 도움을 주셨다. 연구실의 김민정 군은 역자가 해외에 있을 때 원문을 스캔해 보내 주고 권20 등의 기초 작업을 해 주었다. 대학원생 남기민, 한지원 님은 권21부터 권26까지의 기초 작업을 해 주었다. 감사드린다. 대학원 때부터 역자를 이끌어 주신 이상택 선생님, 한결같이 역자를 지켜봐 주시고 충고를 아끼지 않으시는 정원표 선생님과 박일용 선생님께는 늘 빚진 마음을 지니고 있다. 못난 자식을 묵묵히 돌봐 주시고 늘 사랑으로 대해 주시는 양가 부모님께 감사드린다. 끝으로 동지이자 아내 서경희에게 사랑과 감사의 마음을 전한다.

차례

제1부

현대어역

✿ 일러두기 ✿

1. 번역의 저본은 제2부에서 행한 교감의 결과 산출된 텍스트이다.
2. 원문에는 소제목이 없으나 내용을 고려하여 권별로 적절한 소제목을 붙였다.
3. 주석은 인명 등 고유명사나 난해한 어구, 전고가 있는 어구에 달았다.
4. 주석은 제2부의 것과 중복되는 것은 가급적 삭제하거나 간명하게 처리하였다.

이씨세대록 권19

이백문은 화채옥을 그리워해 눈물을 흘리고
노몽화는 계교가 발각돼 가담자들이 처벌받다

이때 백문이 조용히 조리하니 상처가 나아져 예전처럼 되었다. 이에 의관을 고치고 오운전에 나아가 부왕을 뵈니 왕이 발끈 낯빛을 바꾸고 좌우를 시켜 백문을 밀어 내치도록 했다. 생이 이에 크게 슬퍼 눈물을 흘리고 물러나자 개국공이 말했다.

"백문이의 모습을 보면 뉘우치는가 싶은데 형님은 과도히 굴지 마소서."

왕이 말했다.

"이 아이가 속히 뉘우쳐 사람이 된다 해도 내 차마 이 아이를 바로 보지 못할 것이다."

공이 미소하고 말했다.

"부자 천륜에 그토록 하면 어찌하겠습니까?"

왕이 한숨짓고 탄식하며 말했다.

"흥문 조카가 내 앞에 오는 날 백문이를 용서할 것이다. 이전 죄상이 괘씸하니 내 어찌 백문이를 바로 보겠느냐?"

공이 다시 말을 안 하고 내당에 들어가 부모에게 이 일을 고하니 승상이 기뻐하며 말했다.

"백문이에게 깨닫는 마음이 생긴다면 가문의 행복이 이외에는 없을 것이다."

남공이 곁에 있다가 기뻐하며 말했다.

"백문이가 마음을 돌리는 날에는 제 아이가 고향으로 돌아오는 것이 어렵지 않을 것입니다. 이는 참으로 천행이 아닙니까?"

왕이 넓은 눈썹을 찡그리고 대답했다.

"그 뉘우치는 뜻이 있다 한들 집안의 환난은 발 뒤꿈치를 따라 생길 것이니 기쁘지 않습니다."

승상이 말했다.

"비록 그러하나 내 헤아리건대 간악한 사람의 흉한 운수가 오래 가지 않을 것이다. 그러니 너희는 입을 다물고 나중을 보라."

두 사람이 이에 명령을 들었다.

이때 노 씨는 생이 매를 많이 맞은 것에 의혹이 풀리지 않아 생이 나오기를 기다렸으나 끝내 기척이 없었다. 이를 괴이하게 여겨 홍영을 시켜 탐지하도록 하니 생이 본부 서당에서 조리한다 하는 것이었다. 노 씨가 참으로 괴이하게 여겨 또한 들어가 약을 연속해 백문을 구호했다.

생이 다 낫자 노 씨는 생이 도로 나와서 자신을 찾아 주기를 기다렸다. 그러나 끝내 기척이 없고 생의 기색이 낙락(落落)[1]해 매양 서헌에서 상서와 거처하는 것이었다. 노 씨가 이를 보고는 매우 놀라고 의아해 생의 정이 변해 그러한가, 부형의 책망을 두려워해 저렇듯 하는가 하며 만 가지 생각으로 심간이 요동쳤다.

생이 큰 병이 생긴 후 처음으로 문연각에 번을 들려고 관대를 입으러 노 씨 침소에 들어갔다. 노 씨가 이에 매우 반겨 아리땁게 웃으

---

1) 낙락(落落): 어떤 일을 할 마음이 없어짐.

며 말했다.

"상공, 근래에 몸이 좋지 않은 것은 이제 어떠하십니까?"

생이 정색하고 말했다.

"내 어디가 안 좋았겠는가?"

노 씨가 말했다.

"대인께 꾸짖음을 당했다 하므로 몸이 안 좋을까 싶어 여쭌 것입니다."

생이 낯빛을 바꾸고 말했다.

"대인께서 꾸짖으시나 안 하시나 여자가 알 바 아니다."

노 씨가 그 말이 매몰찬 것을 보고 크게 놀라 문득 눈물을 머금고 말했다.

"첩이 무슨 부족한 일이 있기에 군자께서 이런 좋지 않은 낯빛으로 첩을 꾸짖고 욕하시는 것입니까?"

생이 문득 성난 눈을 매섭게 뜨고 꾸짖었다.

"천하의 간악하고 악독한 사람이 또 무슨 말을 하는 것이냐? 너는 칠거(七去)²)와 강상(綱常)의 죄를 다 범했다. 조만간 법사(法司)에 고하고 네 머리를 동녘 시장에 달 것이니 조심하라."

말을 마치고는 소매를 떨치고 나갔다. 노 씨가 이에 크게 놀라고 망극해 급히 혜선을 불러 울며 일렀다.

"사부가 이르기를, 내 정목간(井木犴)³)과 인연이 길어 만 년을 즐길 것이라고 하더니 근래 낭군의 기색이 매우 매몰차고 나를 찾지 않았습니다. 그런데 아까는 나에게 와 꾸짖고 나갔습니다. 이제는

---

2) 칠거(七去): 예전에, 아내를 내쫓을 수 있는 이유가 되었던 일곱 가지 허물. 시부모에게 불손함, 자식이 없음, 행실이 음탕함, 투기함, 몹쓸 병을 지님, 말이 지나치게 많음, 도둑질을 함 따위.

3) 정목간(井木犴): 정목안. 정목한이라고도 함. 남방7수 중 정수(井宿)에, 칠요(七曜) 중 목(木)과 동물인 안(犴, 용의 일종)이 결합해 만들어진 글자.

나의 평생이 바랄 것이 없게 되었으니 어찌합니까?"

혜선이 말했다.

"소저가 낭군과 요사이에 작은 액운이 있어서 그러하나 소멸한 후에는 상관이 없을 것입니다. 그런데 연왕 부부가 있은 후에는 소저의 일신이 편치 못할 것입니다. 몇 달이 지나면 저들에게 운수가 가장 해로울 것이니 무고(巫蠱)4)를 묻어 저들을 해칠 것입니다."

노 씨가 이에 매우 기뻐했다.

이에 앞서 양 씨가 아들과 남편을 하늘 끝으로 멀리 보내고 망극한 마음을 헤아릴 수 없었다. 그러나 천성이 진중했으므로 시부모를 모셔 맛 좋은 음식을 받들고 온화한 낯빛으로 시부모를 위로하면서 낮에는 그렇게 시간을 보냈다. 그러나 침소에 돌아가면 방안의 물색이 처량하고 쇠잔한 등이 밝았다 어두워졌다 하는데 아들의 기이한 모습은 눈에 벌여 있고 상서의 온화한 얼굴과 부드러운 말소리가 귓가에 쟁쟁했다. 이에 속절없이 흘리는 슬픈 눈물이 깁창에 아롱졌다.

마침 잉태해 이해 봄 2월에 아들을 낳았다. 주비(朱妃)는 이미 짐작했던 일이라 매우 기뻐했으나 남공이 괴이하게 여겨 공주를 대해 넌지시 아들이 원적(遠謫)할 때 양 씨를 한 방에 두었는지 물었다. 주비가 바른 대로 대답하자 남공이 놀라고 기뻐했으나 노 씨가 안다면 또 무슨 변란을 지어 낼까 두려워 궁중 사람들을 엄히 경계해 양씨의 해산을 누설하지 말라고 했다. 특히 부모에게도 고하지 않았으니 일가 사람들이 아득히 몰랐다. 이 일을 노 씨가 알았다면 양 씨가 어찌 재앙을 면했겠는가. 다만 남공의 신명함이 오는 재앙을 막은

---

4) 무고(巫蠱): 무술(巫術)로써 남을 저주함.

것이다. 그뿐만 아니라, 아이가 이 틈에 공교히 났으니 더욱 노 씨에게 잡히는 것이 쉽다 생각해 손자를 감춰 형제에게도 보여 주지 않은 것이다.

이때 백문은 심사가 우울해 홀연히 온 생각이 화 씨에게만 있고 아무 데도 생각이 없어 아버지에게도 감히 자신을 보이지 않았다. 다만 내당에 하루 세 번 문안에만 참여하고 밤낮 서당에서 두문불출하며 잠만 혼곤히 자니 상서가 크게 근심해 생각했다.

'이 아이가 본디 맑고 빼어나며 바탕이 아름다운 것이 유다른데 한 해를 여색에 빠져 있더니 반드시 정혼(精魂)이 다 빠져서 요사이 이러한 것인가.'

이처럼 깊은 염려가 무궁해 매양 한곳에 처해 있으면서 옛 이야기와 우스운 말로 그 마음을 위로했다. 백문이 시중 등을 매우 보기 싫어했으므로 상서가 사람들을 대해 말했다.

"내 아우의 죄는 참으로 만 번 죽어도 아깝지 않으나 요사이 하는 행동이 수상해 큰 병이 날 듯하니 그 싫어하는 바를 이기지 못하겠구나. 너희는 큰 덕을 드러워 요사이에는 백문을 보채지 마라."

이에 사람들이 흔쾌히 웃으며 말했다.

"삼가 명대로 하겠습니다."

학사가 서당에 고요히 있으면서 비록 상서가 극진히 위로해 마음을 놓으려 하다가도 화 씨만 생각하면 실로 화 씨가 불쌍하고 가엾은 한편 자신의 행동이 끔찍하고 놀라워 마음을 안정시키지 못했다. 그래서 남모르는 눈물을 가만가만 흘리며 생각했다.

'내 어찌 그때 그토록 심히 모질어 화 씨를 구태여 죽였는고? 불쌍한 혼백이 비바람 사이에 떠돌며 나에게 노한 마음이 없지 않을 것이니 훗날 구천(九泉)에 가 무슨 낯으로 저를 보며 이제 다시 어디에 가 그렇듯 아름다움을 갖춘 여자를 얻어 짝으로 삼겠는가. 슬프다, 화 씨의 신령이여! 나의 죄악을 용서하라.'

학사가 이렇듯 노심초사하며 날로 심사를 태웠으나 상서가 보는 데서는 또한 기색이 자약했다.

하루는 내당에 나가 모후를 보고서 물러 나오다가 발이 절로 운성각에 이르렀다. 비단 지게와 깁창은 적적히 닫혀 있고 거미줄은 엉켜 있으니 슬픈 마음을 이기지 못해 손으로 문을 열고 방 안으로 들어갔다. 옥경대와 거울에는 티끌이 끼어 있고 좌우로 향기 나는 상자가 겹겹이 있어 향내가 아직도 남아 있었다. 물건은 그대로 있으나 옥인(玉人)의 자취는 아득하고 분 바른 벽에는 피눈물의 흔적이 그저 있었다. 학사가 이에 슬픈 마음에 가슴이 막혀 창 앞에 몸을 의지한 채 눈물을 연이어 흘리며 말했다.

"내 어찌 그때 그토록 아득해 죄 없는 화 씨를 천만 가지로 박대하고 보채 구태여 죽게 했는가? 이는 한때 운수가 가지런하지 않아서요, 나의 팔자가 박복해 어진 아내를 보전하지 못한 것이다. 그대의 슬픈 혼령이 앎이 있거든 꿈에나 보게 해 나의 그리워하는 한 마음을 위로하라."

이 말을 하며 눈물이 비 오듯 했다. 이때 홀연히 누이 월주가 이르러 이 광경을 보고 놀라서 일렀다.

"오라버니가 무슨 일이 있기에 이곳에서 슬퍼하십니까? 제가 의혹을 이기지 못하겠습니다."

학사가 슬픈 빛으로 눈물을 흘리며 말했다.

"내가 슬퍼하는 것은 죽은 사람을 위해서다. 내 예전에 현명하지 못하고 사리에 어두워 화 씨에게 온갖 슬픔과 원망을 품게 하고 끝내는 몸을 보전하지 못하게 했다. 지금 생각하면 나와 같은 모진 행실을 한 사람이 만고에 없는 듯하구나."

소저가 이 말을 듣고는 크게 기뻐하고 옛일을 생각하니 슬픔을 이기지 못해 치하하며 말했다.

"오라버니의 말씀을 들으니 이는 가문에 크게 다행한 일이라 제가 기쁨을 이기지 못하겠습니다. 오라버니가 만일 깨달으시고 간악한 무리가 소멸한다면 화 언니를 만나실 것이니 오라버니는 번뇌하지 마소서."

생이 슬픈 낯빛으로 말했다.

"화 씨가 만일 살아 있다면 나인들 어찌 알지 못하겠느냐? 다만 이미 화씨벽(和氏璧)5)이 온전하지 못하고 합호의 구슬6)이 모이기 어렵게 되었으니 마음이 슬퍼 구곡간장이 갈기갈기 찢어지는 듯하구나."

소저가 말했다.

"화 언니의 관상이 녹록히 죽을 상이 아닙니다. 아무 데 떠돌아다녀도 훗날 만나실 것이니 오라버니는 염려하지 마소서."

생이 탄식하고 말했다.

"누이의 말이 옳으나 화 씨는 반드시 죽었을 것이니 살아 있는 것이 만무하다."

말을 마치고 길이 슬퍼하고는 문을 닫고 나왔다.

소저가 정당에 들어가 부모에게 백문과 문답한 일을 고하니 왕이

---

5) 화씨벽(和氏璧): 중국 춘추시대 초(楚)나라 형산(荊山)에서 난 옥. 초나라의 변화(卞和)라는 이가 박옥(璞玉)을 발견하여 초나라 왕인 여왕(厲王)과 무왕(武王)에게 차례로 바쳤으나 왕들이 그것을 돌멩이로 간주하여 각각 변화의 왼쪽 발과 오른쪽 발을 자름. 이후 문왕(文王)이 즉위하자 변화는 왕에게 갈 수 없어 통곡하니, 문왕이 그 소문을 듣고 옥공(玉工)을 시켜 박옥을 반으로 가르게 해 진귀한 옥을 얻고 이를 화씨벽(和氏璧)이라 칭함.
6) 합호의 구슬: 미상.

눈썹 사이를 찡그리고 말했다.

"이 아이가 비록 이러한 마음이 있으나 소견이 편벽돼 거처도 알지 못하는 화 씨를 그리워하는 것이 끼니마저도 잊을 정도에 미쳤으니 반드시 마음을 상하기가 쉽겠구나."

소후가 안색이 자약한 채 눈을 들어 왕을 보고 말을 안 하니 왕이 웃으며 말했다.

"현후가 어찌 과인을 보는 것이오? 참으로 송구하오."

소후가 역시 웃고 말이 없으니 왕이 웃고 두어 번 대답을 재촉했다. 이에 소후가 대답했다.

"눈이란 것은 사람을 보라고 있는 것이니 군을 보는 것이 괴이한 것이겠나이까?"

왕이 이어서 웃고 말했다.

"예사로이 보는 것이 아니라 참으로 평소와 같지 않아서 하는 말이오. 필시 무슨 말인지 과인을 대놓고 모욕하려 했던 것으로 보이오. 품은 말이 있거든 자세히 일러 보시오."

소후가 대답하지 않으니 왕이 미미히 웃고 나갔다.

이때 봉린이 서너 살이었다. 매우 영리했는데 정당에 들어가 승상을 보고서 이 말을 옮기니 승상은 잠시 웃고 북주백이 크게 웃으며 말했다.

"백문이가 어떠하기에 왕비가 조카를 백문이와 같게 여겨 그리했던 것 같으니 조카에게 물어야겠다."

이윽고 공들이 문안을 하러 들어오자 소부가 웃고 연왕을 대해 말했다.

"백문이의 특이한 행동이 어떠하기에 아까 너의 부부의 말끝이 그랬던 것이냐?"

왕이 미소하고 자세히 고하니 북주백이 손뼉을 치며 크게 웃고 말했다.

"백문이는 곳곳이 너를 닮았는데 네가 매양 무슨 기운으로 백문이를 꾸짖고 나무라는 것이냐?"

왕이 대답했다.

"저는 옛날에 소 씨를 생각해 울지 않았는데 숙부께서 저 패악한 어리석은 자식과 같다고 하시니 원통합니다."

북주백이 더욱 크게 웃으며 말했다.

"네가 울진 않았어도 백문이의 앞뒤 행동은 다 널 닮았다. 자식이 아비 닮은 것은 예삿일이니 이후엔 스스로를 돌아보고 잠자코 있으라."

왕이 잠시 웃고 대답하지 않자 개국공이 또한 잠깐 웃고 말했다.

"접때 형님이 백문을 끌어 내치실 적에 제가 보니 형은 아버님 같고 백문이는 예전 형님의 모습 같더이다."

왕이 웃으며 말했다.

"아우가 형을 괴롭게 보채는 것은 어찌 된 도리냐?"

개국공이 웃고 대답했다.

"이 말이 제가 형을 보채는 말입니까? 자연스러운 소견을 말한 것입니다."

왕이 흔쾌히 웃으니 태부인이 웃으며 말했다.

"몽원이의 교만하고 방자한 성품이 나이 많은 후에도 없어지지 않았구나. 제 어찌 형을 조롱하는 것이냐? 죄가 없지 않을 것이다."

소부가 대답했다.

"몽창이의 허물이 그랬으니 설사 아우라 한들 옳은 말이야 안 할 수 있겠나이까?"

태부인이 웃으며 말했다.

"형에게 설사 허물이 있은들 제 어찌 감히 시비하며 논폄할 수 있겠느냐?"

남공이 또한 웃고 대답했다.

"할머님의 말씀 같으시면 제 어찌 둘째아우를 예전 일로 견줘 조롱할 수 있겠습니까? 둘째아우의 나이가 흰 머리털이 나기 시작하는 때요, 벼슬이 천승(千乘)[7]의 존귀한 자리에 있으니 숙부께서도 기롱하시는 것이 당치 않은데 셋째아우의 말은 참으로 잘못되었습니다. 마땅히 좌우를 시켜 더러운 물을 가져오라 하십시오."

태부인이 옳다고 하자 왕이 즐거운 빛으로 대답했다.

"제가 용렬해 법을 세우지 못했더니 형님이 밝게 가르쳐 주셔서 참으로 감사합니다. 그러나 더러운 물은 옳지 않으니 술을 내어 오는 것이 어떠합니까?"

남공이 말했다.

"술은 제 본디 즐기는 것이니 벌로 할 수 있겠느냐? 자기가 좋아하는 술을 먹일 수 있겠느냐? 자기가 이미 말을 잘못했으니 더러운 것을 먹여 후에는 그렇게 안 하도록 해야겠다."

개국공이 아름다운 얼굴에 웃음을 띠고 자리에 꿇어 말했다.

"시절이 태평해 대궐에 근심이 없고 일가에 우환이 적으니 부모, 형제가 한 집에 모여 즐거운 말과 우스운 말로 즐길 것입니다. 저는 이 한 일을 생각하고 동기 사이에 무슨 허물이 있으랴 생각해 마음에 머금은 것을 토해 낸 것입니다. 그런데 그것이 웃어른을 범해 죄가 깊으니 당당히 벌을 면치 못할 것입니다. 더러운 물 열 그릇을 주

---

7) 천승(千乘): 천 대의 병거라는 뜻으로, 제후를 이르는 말. 제후는 천 대의 병거를 낼 만한 나라를 소유하였음.

셔도 제가 조금이나 덜 먹으면 대장부가 아닙니다. 그러나 지금은 참으로 더운 때라 위로 할머님과 부모님이 자리에 계셔서 좌우로 울금향 내와 용문석이 서늘해도 더운 열기를 견디지 못하실 것인데 더러운 것을 내온다면 그 불효가 어떠할까 싶습니다. 저는 할 수 있겠지만 이는 형님이 웃어른을 공경하는 도리가 아닌 듯합니다."

이에 좌우의 사람들이 크게 웃고 남공이 웃으며 말했다.

"네 과연 간사한 언변에는 따라갈 사람이 없구나. 너에게 더러운 물을 먹이는 날에야 높은 당에 앉혀 먹이겠느냐?"

공이 웃고 대답했다.

"원래 형님의 생각이 그러하셨군요. 제가 미련해 깨닫지 못한 죄가 더욱 깊으니 죄 위에 죄를 더 입겠습니다."

소부가 말했다.

"더러운 물을 먹는 것은 참으로 몽원이가 바로 말하고 먹기가 원통한 일이니 주방에 있는 매운 탁주를 올리게 해 큰 사발로 셋을 먹여야겠다."

드디어 시녀를 불러 탁주를 가져오라 했다.

이윽고 시녀가 탁주를 받들어 드리니 소부가 꾸짖어 물리치고 돼지 먹이는 재강[8]을 걸러 오라 했다. 시녀가 정신없이 차려 가져오니 빛은 푸르고 맛이 시고 떫어 차마 먹지 못할 정도였다. 소부가 웃고 큰 대접에 부어 개국공에게 주었다. 공이 차마 먹지 못하다가 계속해서 세 그릇을 다 먹었다. 그러자 뱃속이 부글부글 끓고 취기를 이기지 못해 금관(金冠)이 기울고 옥 같은 얼굴에는 붉은빛이 돌아 풍채가 더욱 **빼어났다.** 이에 사람들이 새로이 칭찬하고 북주백이 웃으

---

8) 재강: 술을 거르고 남은 찌꺼기.

며 말했다.

"네 이제도 착한 형을 시비하겠느냐?"

공이 고개를 조아려 말했다.

"위엄을 알았으니 이후에는 삼가는 일이 있을 것입니다."

이에 자리에 있던 사람들이 통쾌하게 웃고 남공이 어사를 불러 말했다.

"네 아비가 어르신 앞에서 실례하기 쉬울 것이니 데려가라."

공이 또한 견디지 못해 어사에게 붙들려 채원으로 갔다. 침상에 거꾸러져 구토를 많이 하니 어사가 바삐 붙들어 구호하며 원망해 말했다.

"숙부께서 희롱을 하신들 벌을 과도하게 쓰셔서 아버님 몸을 이토록 괴롭게 하신단 말입니까?"

최 부인이 이를 보고 웃으며 말했다.

"저런 추악한 형상을 가지고 어찌 이곳에 이른 것인고? 빨리 데리고 교란이 있는 곳으로 가라."

어사가 또한 웃고 약을 갈아 연이어 내오니 공이 한참 후에 정신을 차려 일어나 앉아 부인을 대해 말했다.

"학생이 만일 취하면 날 버리려 하는 게요?"

부인이 웃으며 말했다.

"형상이 더러우니 모습을 깨끗이 하고 이곳에 온다면 제가 싫어하겠습니까?"

공이 말없이 크게 웃었다.

홀연 남공 등 네 명이 일시에 이르러 몸 상태를 물었다. 이에 공이 웃고 대답했다.

"즐기는 술을 많이 먹었으니 이것이 그리 대단하겠나이까? 상관하지 않습니다."

공들이 역시 웃고 각각 돌아갔다.

이날 저녁에 상서가 서당에 이르니 백문이 의관을 벗어 놓고 홀로 난간에 기대 상사편(相思篇) 한 수를 외우고 있었다. 소리가 낭랑해 형산(荊山)의 벽옥(璧玉)[9]을 울리는 듯하니 상서가 정색하고 말했다.

"아우가 외우는 것이 무엇이냐?"

학사가 머뭇거리자 상서가 또 말했다.

"상사편이란 것은 경박한 사람이 짓는 것인데 아우가 당당한 명사(名士)로서 이 무슨 도리냐? 내가 속으로 네가 근래에 깨달음이 있는가 기뻐했더니 오늘 보니 이전과 다름이 없구나."

학사가 문득 낯빛을 바꾸고 말했다.

"형님의 경계가 참으로 옳으시니 삼가 받들어 행하겠습니다. 다만 또한 다른 근심이 있어 날이 오래도록 맺히고 풀리지 않습니다. 그러나 제가 스스로 지은 죄라 사람을 대해 이를 염치가 없더니 형님 안전에서 어찌 속이겠나이까? 제가 전날에 이간하는 말과 참소에 미혹돼 아득하고 어리석은 마음에 애매한 처자를 박대하고 매우 보챘습니다. 그런데 지금에 이르러 유명(幽明)[10]이 가리고 화 씨의 목소리와 얼굴이 아득하니 이것이 참으로 저의 창자가 끊어지는 듯한 한입니다."

상서가 학사의 말을 듣고는 안색을 엄정히 해 말했다.

"네 전날의 행동은 그르나 지금에 이르러 깨달으니 기쁘다 하겠으나 또 너무 노심초사하는 것은 잘못된 일이다. 화 씨 제수의 기상

---

9) 형산(荊山)의 벽옥(璧玉): 화씨벽을 이름. 중국 춘추시대 초(楚)나라 형산(荊山)에서 난 옥돌을 이르는 것으로 발견한 사람 변화(卞和)의 이름을 따 이와 같이 부름.
10) 유명(幽明): 저승과 이승.

을 보면 죽지 않았을 것이요, 좋은 운수가 이르면 자연히 만날 것인데 네가 이토록 구구하게 구는 것은 대장부의 도리가 아니다. 화 씨 제수가 빙옥 같은 사문(斯文)의 여자인데 네가 상사편을 읊는 것이 옳으냐?"

학사가 더욱 눈물이 가득한 채 말했다.

"형님 말씀이 옳으시나 제가 스스로 화 씨를 죽였으니 화 씨가 어찌 살아 있겠나이까?"

상서가 놀라서 물으니 학사가 또한 속이지 않고 화 씨를 동정에서 만났을 때 물에 밀친 일을 고했다. 상서가 듣고는 어이없어 한참이나 말을 못 하다가 무릎을 치며 탄식하고 말했다.

"아! 고금에 처자에게 모진 사람이 있다 한들 아우 같은 이가 어디에 있겠느냐? 너의 지난 일은 곳곳이 한심하니 훗날 무슨 면목으로 화 공을 보려 하느냐? 그러나 죽고 사는 것은 하늘에 달려 있고 흥한 운수도 운명에 달려 있으니 화 씨 제수가 물에 빠졌으나 결코 죽지는 않으셨을 것이다. 훗날 너의 아내 노릇을 온전히 하실 것이니 너는 안심하고 이후에나 행실을 옥같이 닦고 말과 행동을 삼가고 조심하라."

학사가 길이 한숨짓고 말했다.

"목숨이 구정(九鼎)11)과 같은들 동정 물 너비가 팔백 리니 새로 난 버들 같고 아름다운 옥 같은 작은 여자가 물에 빠졌다가 살아 돌아오는 것이 쉽겠습니까? 만일 화 씨가 살아서 저와 다시 만나는 일이 있다면 제가 사람 무리에 드는 것을 꾀할 수 있겠으나 그렇지 않

---

11) 구정(九鼎): 중국 하(夏)나라의 우왕(禹王) 때에, 전국의 아홉 주(州)에서 쇠붙이를 거두어서 만들었다는 아홉 개의 솥. 주(周)나라 때까지 대대로 천자에게 전해진 보물이었다고 함. 매우 무거움을 비유한 말.

다면 앞날에 저도 죽기 쉬울 것입니다. 제가 스스로 오기(吳起)[12]보다 더 심하게 아내를 죽였으니 수자리를 살아 죄를 갚고 다시 여색을 그쳐 만에 하나나 속죄하고 구천(九泉)에 가 화 씨를 볼 낯이 있게 하려 합니다. 요사이 때때로 화 씨 얼굴이 눈앞에 벌여 넋을 놀래니 아마도 제가 곧 죽을까 싶습니다."

상서가 정색하고 말했다.

"너의 첫 말은 이치에 맞으나 네가 지금 뉘우친다 한 말은 거짓말이다. 장부가 한 여자를 위해 실성한다면 천하 후세 사람들이 침 뱉어 꾸짖는 것을 어찌 면할 수 있겠느냐? 내가 너에게 언약하니, 화 씨 제수가 만일 생존하지 못했다면 가시나무를 지고 네게 사죄하겠다. 훗날 화 공을 대해 극진히 사죄하고 간절히 애걸하면 화 씨 제수가 자연히 네게 돌아올 것이다."

학사가 이에 사례했다.

이때 홀연 등 뒤에서 한 사람이 죽관(竹冠)을 바르게 하고 흰 도포에 도의(道衣) 차림으로 오르는 것이었다. 두 사람이 놀라서 눈을 드니 이는 다른 사람이 아니라 곧 홍문수찬 화숙이었다. 원래 화 수찬이 말미를 받아 근친(覲親)[13] 갔다가 조정에서 재촉하기에 돌아왔다가 이날 마침 달이 밝고 빈 집이 무료했으므로 이 상서를 만나 반기고, 겸해 백문의 모습을 보러 온 것이었다. 처음에는 백문이 글 읊는 것을 듣고 괴이하게 여겨 가만히 후창(後窓)에 기대 있다가 다시

---

12) 오기(吳起): 중국 전국시대 위(衛)나라 출신의 병법가로, 증자(曾子)에게 배우고 노(魯)나라, 위(魏)나라에서 벼슬한 뒤에 초(楚)나라에 가서 도왕(悼王)의 재상이 되어 법치적 개혁을 추진하였음. 저서에 병서 『오자(吳子)』가 있음. 그가 노(魯)나라에 있을 때 제(齊)나라의 대부 전거(田居)가 방문해 오기를 보고 사위로 삼았는데, 후에 제나라가 노나라를 침략하자 노나라의 목공(穆公)이 오기를 장군으로 임명하려 하였으나 그가 제나라 대부의 사위라는 점 때문에 결정을 내리지 못함. 오기가 그 사실을 알고 자기 아내를 죽여 자신은 제나라와 관련 없다는 점을 밝히고 노나라의 장수가 됨.

13) 근친(覲親): 어버이를 뵘.

백문이 상서와 하는 말을 다 듣고는 기침하고 난간에 오른 것이었다. 두 사람이 수찬을 맞이해 인사를 마치자 상서가 말했다.

"형이 어느 때 조정에 돌아온 겐가?"

수찬이 말했다.

"석양에 갓 들어와 숙배(肅拜)14)하고 집에 가니 자못 울적해 형을 찾아 이르렀네."

상서가 반겨 화 공의 안부를 물으니 수찬이 탄식하고 말했다.

"대인께서 본디 숙질이 있으신데 누이의 참상(慘喪)15) 때문에 병환이 중해지셨으니 그 근심과 경황없는 상황을 어디에 비기겠는가?"

상서가 묵묵히 한참을 있다가 말했다.

"존대인께서 금년에 상경하셨을 때 다스리신 것이 거울 같다 해 일 년을 더하시게 되었으니 그런 섭섭한 일이 어디에 있는가?"

수찬이 말했다.

"아버님이 상명지통(喪明之痛)16)을 겸해 오래 변방에 계셨으니 우리의 번민이 헤아릴 수 없을 정도일세."

상서가 이에 즐거운 낯빛으로 말하는데 수찬이 눈을 들어 보니 학사가 자리에 앉아서 걱정하는 빛이 얼굴에 가득한 것이었다. 이에 일부러 부채로 학사를 가로 치며 말했다.

"이별한 지 2년 만에 오늘 상봉하게 되었으니 나의 마음이 놀라운 듯 반갑네. 다만 두려움을 이기지 못해 먼저 인사도 못 했으니 죄를 청하거니와 그대는 어찌 생에게 저지른 죄도 없이 알은체하지 않는

---

14) 숙배(肅拜): 백성들이 왕이나 왕족에게 절을 하던 일.
15) 참상(慘喪): 부모보다 자손이 먼저 죽은 상사(喪事).
16) 상명지통(喪明之痛): 눈이 멀 정도로 슬프다는 뜻으로, 자식이 죽은 슬픔을 비유적으로 이르는 말. 옛날 중국의 자하(子夏)가 아들을 잃고 슬피 운 끝에 눈이 멀었다는 데서 유래함. 여기에서는 화진이 화채옥을 잃음을 가리킴.

것인가?”

학사가 한참 있다가 말했다.

“영매(令妹)가 화란을 두루 만나 생긴 온갖 슬픔과 원망을 다시 이를 만하지 않으니 제가 볼 낯이 없어 형을 대해 미처 말을 수작하지 못한 것입니다.”

수찬이 미소하고 말했다.

“누이의 팔자가 기박해 사람이 당하지 못할 지경을 여러 가지로 겪고 끝내는 사생을 모르게 되었네. 누이가 스스로 저지른 일 때문에 큰 죄를 남편에게 얻어 천대에 더러운 이름을 남기게 되었더니 그대가 이제 나에게 그 일을 일컬으니 참으로 그 은혜에 감동하지 않을 것이며 큰 덕을 흠모하고 우러러보지 않을 수 있겠는가?”

학사가 슬픈 낯빛으로 탄식하고 말했다.

“제가 영매(令妹)를 저버린 죄악은 터럭을 빼 세어도 남을 정도입니다. 훗날 장인어른 안전에서 죽기를 바라니 형의 조롱을 어찌 한스러워하겠습니까? 그러나 이별한 지 삼 년에 소식이 끊겼으니 장인어른과 장모님의 건강은 어떠하십니까?”

수찬이 몸을 굽혀 칭찬해 말했다.

“성인이 이르시기를, ‘누가 허물이 없겠는가마는 고치는 것이 귀하다.’라고 하셨으니 바로 오늘의 운보[17]를 이른 것이로구나. 이는 영문(令門)에 행운이니 이보다 기쁜 것이 없네. 그러나 누이는 군에게 버려진 몸이고, 칼 아래 남은 목숨이 죽었는지 살았는지 그 거처를 모르네. 설사 살아 있어도 죄목이 크니 군과는 인연이 끊어져 버렸네. 누이 때문에 전날에는 장인의 이름이 있었으나 이제 그 의리

---

17) 운보: 이백문의 자(字).

가 끊어진 후에는 장인이라 칭하는 것이 예법을 무너뜨린 일인 데다 다른 사람이 들어도 그대의 고집스러움을 비웃을 것이네. 청컨대 높은 몸을 욕되게 말고 스스로 몸을 귀중하게 간수하기 바라네. 대인은 강상을 범한 죄수 폐인의 아버지로서 항주의 미관말직 지방관인데 그대가 너무 공손하니 황송해서 터럭과 뼈가 두려울 정도네."

학사가 탄식하고 말했다.

"저의 죄가 이미 깊으니 형이 누이를 위해 저를 죽여도 감수할 것인데 어찌 이처럼 길게 조롱을 하시는 겁니까?"

수찬이 학사의 말을 듣고는 부채로 손을 치고 크게 웃으며 말했다.

"그대는 과연 흉한 말도 하네그려. 우리는 어려서부터 공자(孔子) 문하에서 성장해 70명 제자가 병장기를 희롱하지 않은 것을 배워 초목과 곤충도 해칠 줄 모르는데 더욱이 사람 죽이는 것을 어찌 알겠는가? 그대가 잘하는 것을 남에게 가르치나 각각 길이 다르네. 또 내 성품이 살인하는 데 다다라서는 그대를 과연 무섭게 여기네. 내 그것을 받들지 못하니 그대는 행여 용서하게나. 또 하나가 생각났으니 그대가 누이를 죽이지 못한 것을 한스러워해 그 법을 우리에게 쓰려 하는 것인가 두렵네."

학사가 저 화생의 말이 다 자기를 비난하고 우롱하며 고집을 부리는 것임을 알고는 할 말이 없어 다만 일렀다.

"제가 비록 보잘것없으나 형이 어찌 이런 말을 하는 것입니까? 푸른 하늘이 비추고 있으니 그렇게 하지는 않을 것입니다."

수찬이 말했다.

"내 본디 편협한 성품에 그대가 살인하는 것을 숭상하기에 생각이 삐딱한 것을 면치 못해 실언했더니 그대가 이처럼 어진 마음이 있으니 큰 덕에 감사하네."

학사가 말했다.

"제가 일찍이 살인한 일이 없는데 이 무슨 말씀입니까? 자세히 가르쳐 의심을 풀어 주소서."

수찬이 껄껄 크게 웃으며 말했다.

"스스로를 아는 자가 현명한 법이니 그대는 스스로 살피고 나를 과도하게 여기지 말게."

학사가 말없이 대답하지 않으니 상서가 천천히 잠시 웃고 말했다.

"영무[18]가 본디 진중한 군자더니 오늘 어찌 이런 실없는 말을 열어 마음속을 드러내 어지럽게 구는 것인가?"

수찬이 문득 강개해 슬픈 얼굴을 하고는 눈에서 눈물 두어 줄이 떨어졌다. 그리고서 탄식하고 말했다.

"형은 곰곰이 생각해 보게. 동기가 어리석어도 천륜의 지극한 의리로써 동기가 죽기를 바라는 마음이 없는 것은 인지상정이네. 하물며 내 누이는 단 한 가지 일도 예법이 아닌 일을 하지 않았는데 시가에 온 지 삼 년이 안 되어서 지아비에게 아주 심하게 책망을 당해 참혹한 지경을 다 겪었네. 그리고 끝내는 국가에 죄를 얻어 규방의 약한 여자가 관비가 되는 것을 면치 못했는데 길에서 잃어버려 생사를 모르게 되었네. 부모와 동기가 서러운 마음에 하늘을 우러러보고 땅을 내려다보아도 하소연할 곳이 없어 하늘을 불러 통곡하는 것 외에는 방법이 없었네. 제 기질이 조금이라도 평범하게 생기고 조금이나 흐린 뜻이 있다면 남편에게 책망을 당해 스스로 화를 받아도 몸을 그릇 가져서 그랬는가 여길 것이네. 그런데 백 가지 중에 한 군데도 누이가 잘못한 일이 없고 허물이 없는데 운보가 너무 심하게 박

---

18) 영무: 화숙의 자(字)로 보임.

대한 것은 이를 것도 없고 칼로 누이를 죽이려 하더라 하니 누이가 무슨 극악한 죄를 범해 그 지경에 이른 것인가? 오기(吳起)[19]가 아내를 죽인 것은 국가를 위한 것이었음에도 지금까지 모진 행동으로 시비를 받고 있네. 그런데 운보가 아내를 죽이려 한 것은 국가를 위한 것도 아니요, 죄가 있어 엄정히 하려 한 것도 아니었네. 누이가 무죄한 것은 얼음과 옥 같고 어린 것은 새로 난 버들 같으니 그 같은 약질을 사람의 마음을 가진 자라면 차마 죽이려는 마음이 나겠는가? 그러나 운보가 내 누이를 꾸짖는 것이 그 지경에 미쳤으니 내 마음이 어디에 갈 것이며 마음이 절박하지 않겠는가? 슬프다, 요행히 바라는 것은 누이가 혹 생존해 있는 것이니, 누이가 몸을 지탱하고 있으면 큰 다행이겠으나 좀 전에 운보가 한 말을 들으니 누이가 이미 물속 물고기의 배를 채웠다고 하니 이제는 어디에 가 그 몸인들 찾을 수 있겠는가? 너무 심하구나, 누이가 운보와 전세 원한이 어느 곳에 미쳤기에 처음 죽이려 하던 칼로 구태여 죽일 줄 알았겠는가? 아! 누이가 위급한 때를 만나 천행으로 지아비 곁에 떨어졌거늘 한 목숨을 얻지 못했으니 험난한 운명이 이토록 심한 것인가? 누이의 불쌍한 사정은 이를 것도 없고 부모님이 누이를 늘그막에 얻으셔서 손안의 보배처럼 귀중하게 삼으시다가 끝내 참혹하게 누이와 이별한 서하지탄(西河之歎)[20]을 일러 알 수 있겠는가? 천고에 남을 한

---

19) 오기(吳起): 중국 전국시대 위(衛)나라 출신의 병법가로, 증자(曾子)에게 배우고 노(魯)나라, 위(魏)나라에서 벼슬한 뒤에 초(楚)나라에 가서 도왕(悼王)의 재상이 되어 법치적 개혁을 추진하였음. 저서에 병서 『오자(吳子)』가 있음. 그가 노(魯)나라에 있을 때 제(齊)나라의 대부 전거(田居)가 방문해 오기를 보고 사위로 삼았는데, 후에 제나라가 노나라를 침략하자 노나라의 목공(穆公)이 오기를 장군으로 임명하려 하였으나 그가 제나라 대부의 사위라는 점 때문에 결정을 내리지 못함. 오기가 그 사실을 알고 자기 아내를 죽여 자신은 제나라와 관련 없다는 점을 밝히고 노나라의 장수가 됨.

20) 서하지탄(西河之歎): 서하(西河)에서의 탄식이라는 뜻으로 부모가 자식을 잃고 하는 탄식을 이름. 서하(西河)는 지금의 섬서성(陝西省) 한성현(韓城縣)에서 화음현(華陰縣) 일대. 중국 춘추시대 공자의 제자 자하(子夏, B.C.508?~B.C.425?)가 공자가 죽은 후 서하(西河)에 은거하고 있었

이 한층 더해 애통함이 밤으로써 낮을 이으셨으니 그 자식의 마음이 어떠하겠는가? 절치부심하는 한이 운보에게 있었는데 대왕과 존형의 두터운 은혜 덕에 오늘 이 사람을 대해 얼굴을 다시 보니 실로 그렇게 하지 않았을 위인이라 내 몸과 마음이 어지러워 말이 번다해졌으니 형은 용서하게. 다 각각 동기 위한 정은 피차 한가지라네. 내가 이러한 말을 하는데 형은 언짢게 들었을 것이네. 그러나 내 마음 같아서는 벌써 등문고를 울려 원통한 마음을 고했을 것이네."

말을 마치자 눈물이 비 오듯 했다. 백문은 이에 부끄러움과 슬픔을 견디지 못해 머리를 숙이고 눈물이 얼굴에 가득했으나 상서는 조금도 요동하지 않고 선뜻 웃으며 말했다.

"형은 무익한 슬픔을 그치고 내 말을 들어 보게. 무릇 도(道)에는 가볍고 무거운 것이 있으니 이것이 등문고를 울릴 일인가? 내가 형 같은 지경을 당한다면 그렇게는 안 할 것이네. 내 동생이 전에 잘못한 허물이 많으나 제수씨가 내 동생을 저버리지는 못할 것이니 일컫는 것이 부질없네. 내가 그래서 형의 말을 괴이하게 여기는 것이라네."

수찬이 말했다.

"누이가 만일 생존해 있다면 형의 말도 옳네. 그러나 지금 누이의 생사 거처를 모르는 것은 이를 것도 없고 아까 운보가 누이가 죽었다고 일렀으니 천하의 바다 가운데 흉한 것이 동정이 으뜸이라 목숨이 수정과 같다 한들 누이가 어찌 살아 있겠는가?"

상서가 웃고 말했다.

"형은 편벽되게 나를 어둡게 알지 말게. 훗날 제수씨와 상봉한 후

는데 그 자식이 죽자 슬피 울어 눈이 멀었다는 데서 유래함.

에 이 말이 헛된 줄을 밝게 알 것이니 그때 형이 망언한 죄를 면할 수 있겠는가?"

수찬이 상서가 이처럼 신이하게 아는 것을 괴이하게 여겨 다만 일렀다.

"내 망언한 죄를 입을지언정 훗날 형의 말과 같다면 오죽 좋겠는가?"

그리고 몸을 돌려 백문을 보며 일렀다.

"그대가 어질고 덕이 커 나의 사사로운 마음을 묵묵히 보지 않고 이처럼 슬퍼하니 그 관대하고 어짊은 다른 사람이 미칠 바가 아니라 그 은혜에 감사함을 이기지 못하겠네."

생이 슬피 말했다.

"생전에 영매를 만나 얼굴을 본다면 저녁에 죽어도 한이 없을 것입니다. 그러니 형이 저를 한스러워하는 것을 그르다고 하겠습니까?"

수찬이 웃고 말했다.

"누이가 이미 구천(九泉)의 원귀(冤鬼)가 된 지 오래니 누이의 목소리와 얼굴이 세상에 어디 있다고 그대가 생전에 누이를 만날 수 있겠는가? 그처럼 보고 싶다면 한나라 무제(武帝)[21]의 죽궁(竹宮)[22]에서 그 넋을 청하는 것이 옳네."

학사가 탄식하고 상서가 말려 말했다.

"서로 남북으로 손을 나누어 두 곳의 소식이 아득하다가 서로 만났으면 정을 펼 것인데 이처럼 부질없는 말을 하는가? 내 생각에는

---

21) 무제(武帝): 중국 전한(前漢) 제7대 황제(B.C.156~B.C.87). 성은 유(劉). 이름은 철(徹). 묘호는 세종(世宗). 중앙 집권을 강화하고 흉노를 외몽골로 내쫓는 등 여러 지역을 정벌하였으며, 중앙아시아를 통하여 동서 교류를 왕성하게 하였음. 재위 기간은 기원전 141~기원전 87년.
22) 죽궁(竹宮): 중국 전한의 무제가 감천(甘泉) 환구(圜丘)의 사단(祠壇)에 모여드는 유성(流星)과 같은 귀신의 불빛들을 보고 망배(望拜)했다는 궁실의 이름.

좋은 뜻이 아니네."

수찬이 겸손히 사죄해 말했다.

"어리석고 아득해 죄를 많이 얻었으니 죄를 청하네."

그러고서 자약히 다른 말을 했다. 그러다가 태부의 말에 다다르자 상서가 눈물을 금치 못했다.

밤을 새우니 이윽고 금고(金鼓)[23]가 크게 울리고 닭소리가 꼬끼오 하고 들리니 상서가 세수하고 내당에 들어갔다. 그런데 백문은 죽침에 길이 누워 있으니 수찬이 물었다.

"그대는 어찌 가지 않는 겐가?"

학사가 말했다.

"영매 때문에 부모님이 나를 내치셔서 감히 뵙지 못하는 것입니다."

수찬이 냉소하고 말했다.

"누이가 원래 영존(令尊)께 참소해 그대를 용납하지 못하게 하던가?"

학사가 말했다.

"어찌 그런 적이 있겠습니까?"

화생이 말했다.

"그런데 그대의 말끝이 이와 같은 겐가?"

학사가 말했다.

"이는 알기 쉬운 일입니다. 영매의 재앙이 다 제 탓이니 부모님이 어찌 저를 꾸짖지 않겠습니까?"

수찬이 말했다.

"누가 그대에게 그렇게 하라고 하던가?"

---

23) 금고(金鼓): 군중에서 지휘하는 신호로 쓰던 징과 북. 여기에서는 시각을 알리는 북소리의 뜻으로 쓰임.

학사가 말했다.

"누가 그렇게 하라고 했겠는가마는 운수가 불행하고 피차 액운이 험난해 제가 영매를 원수로 치부했던 것이니 어찌 사람의 힘으로 미칠 일이겠습니까? 제가 지금에 이르러 슬픔이 간절하고 영매를 위한 정성이 금석(金石)과 같으니 형을 대해 제 마음을 속이겠습니까? 당초에 영매가 저를 만나던 날부터 저를 원수처럼 여겨 제가 침소에 들어가면 영매가 얼굴빛을 바꾸고 매몰차게 대해 제가 묻는 말에 대답하지 않고 제가 부부 관계를 이루려 하면 매섭고 독하게 거부하고 온화한 기운이 있다가도 저를 보면 성난 기색을 지었습니다. 제가 그때 나이 어리고 헤아림이 없어 이를 실로 괴이하게 여겨 영매를 미워하고 싫어하는 마음이 더욱 더해졌습니다. 그런데 소원한 마음이 있다가도 영매를 잊지 못해 혹 들어가면 영매가 매몰찬 것이 심해 제가 온갖 말로 달래도 영매가 듣지 않았습니다. 영매가 그렇게 하는데 남자가 어찌 그것을 감수할 수 있겠습니까? 화도를 제가 가까이해 사달이 일어난 것은 다 저의 죄이지만 그 전에 저에 대한 영매의 홀대는 다 영매 탓이니 형은 훗날 영매에게 묻고 저를 너무 꾸짖지 마소서."

수찬이 백문의 말을 듣고는 정색해 잠자코 있었으나 백문이 깨달은 것을 다행으로 여겨 기뻐했다.

다음 날 아침에 수찬이 의관을 갖추고 오운전에 나아가 연왕을 뵈니 왕이 크게 반겨 바삐 손을 잡고 말했다.

"영친(令親)과 손을 나눈 지 삼 년이요, 조카와 이별한 지 두 해에 항상 그리워하는 마음이 간절하더니 오늘 보니 반가움이 적지 않구나. 그러나 내 영친의 지우(知遇)[24]를 저버림이 많고 자식을 가르치는 데 엄하지 않아 우리 며느리의 환난을 일컫지 못했는데 오늘 조카를 대하니 부끄러움을 이기지 못하겠구나. 알지 못하겠구나, 영친이 남녘의 장기(瘴氣)25)를 오래도록 띠었으니 건강은 어떠하신고?"

수찬이 몸을 굽혀 대답했다.

"가친께서 남쪽으로 내려가신 후에 제가 어버이와 헤어진 마음을 이기지 못해 오래 경사를 떠나 있었습니다. 그래서 경사의 친구를 그리워하는 마음이 잠시도 덜하지 않았는데 더욱이 대왕께서 저를 돌봐 주시던 은혜를 잊었겠습니까? 대왕을 오래 지나서라도 뵈니 저의 마음을 위로할 수 있겠습니다. 가친께서는 숙환이 계신데 다시 서하지탄(西河之歎)을 당해 밤낮으로 슬피 부르짖으며 통곡하시니 기운이 거의 없으십니다. 제가 잠시를 떠나지 못할 것이나 마지못해 이리 왔으니 온 마음에 염려가 됩니다."

왕이 이윽히 말을 안 하다가 다시 말했다.

"며느리가 환난으로 헤어진 후 소식을 알지 못했는데 조카 등이 그 소식을 요행히 들었느냐?"

수찬이 슬픈 빛으로 안색을 고치고 대답했다.

"누이가 참혹한 환난을 만난 후에 적소(謫所)로 가다가 헤어져 풍편으로 소식을 겨우 얻어들었는데 어찌 그 종적을 알겠나이까?"

그러고서 백문이 누이를 물에 밀친 말을 하려 하다가 생각했다.

'백문이는 미우나 누이는 이미 살아 있다. 또 이 사람의 죄를 고하면 연왕이 엄해 백문이를 가만두지 않을 것이니 이르는 것이 부질없다.'

그러고서 그 일을 제기하지 않았다. 그러나 왕처럼 신명한 사람이 저 수찬의 기색을 모르겠는가. 화 씨가 생존해 화진의 임소에 있는

---

24) 지우(知遇): 남이 자신의 인격이나 재능을 알고 잘 대우함.
25) 장기(瘴氣): 축축하고 더운 땅에서 일어나는 독한 기운.

줄을 틀림없이 알고 또한 다시 묻지 않았다. 그리고 항주의 인물을 묻고 화 공의 다스림이 크게 떨쳐진 것을 치하하며 자약히 담소했다. 수찬이 또한 좋지 않은 기색을 짓지 못하고 한나절을 모셔 수작하며 임 공, 위 공의 참혹한 변란과 재앙을 위로하니 왕이 눈물을 흘리며 고개를 끄덕였다. 수찬이 이윽히 앉아 있다가 돌아갔다.

이때 하남공의 일곱째아들 관문은 자(字)가 연보니 주비(朱妃) 소생이고 나이가 열넷이었다. 그리고 셋째딸 효주는 열다섯이었다. 남매의 얼굴이 곤륜산의 아름다운 옥 같고 풍채가 버들 같아 형들에게 지지 않았다.

남공이 사위를 택해 이해 가을 칠월에 효주를 문하시랑 유약의 총부(冢婦)[26]로 삼았다. 유생의 이름은 영희요, 자는 운석이니 나이가 열여섯이었다. 얼굴은 위개(衛玠)[27]와 반악(潘岳)[28]을 업신여길 정도고 재주는 이백(李白)[29]보다 나아 재주 있는 이름이 온 성안에 자자했다. 그래서 딸을 둔 사람 중에 구혼하려고 보낸 매파가 문에 구름이 모이듯 했다. 그러나 시랑이 아들의 기상을 너무 높게 사 며느리 고르는 마음이 높은 산과 같았다. 그래서 마침내 하남공과 혼인을 맺은 것이다.

유생이 신부를 이끌고 집안에 데려오니 소저는 얼굴이 물속의 옥

---

26) 총부(冢婦): 종자(宗子)나 종손(宗孫)의 아내. 곧 종가(宗家)의 맏며느리.
27) 위개(衛玠): 중국 서진(西晉)의 인물(286~312)로 자는 숙보(叔寶). 용모가 빼어나고 아름다워 어려서 수레를 타고 시장에 가면 사람들이 모여들어 담처럼 쌓아 그를 칭송해 벽인(璧人)이라 했다 함.
28) 반악(潘岳): 중국 서진(西晉)의 문인(247~300)으로 자는 안인(安仁), 하남성(河南省) 중모(中牟) 출생. 용모가 아름다워 낙양의 길에 나가면 여자들이 몰려와 그를 향해 과일을 던졌다는 고사가 있음.
29) 이백(李白): 중국 성당(盛唐) 때의 시인(701~762). 호는 청련(青蓮)이고 본명은 이태백(李太白)임. 젊어서 여러 나라를 돌아다니고, 뒤에 출사(出仕)하였으나 안녹산의 난으로 유배되는 등 불우한 만년을 보냄. 시성(詩聖) 두보(杜甫)에 대하여 시선(詩仙)으로 칭하여짐.

연꽃 같고 맑고 깨끗한 행동은 착하고 얌전한 숙녀와 같아서 군자의 좋은 짝이었다. 온갖 자태와 풍모가 착함과 아름다움을 겸비했으므로 집안사람들이 사랑하는 마음은 헤아리지 못할 정도였다. 또 유생이 소저를 공경하고 소중히 대우해 부부의 의리가 극진하니 두 집안에서 매우 기뻐했다.

관문은 급사중승 대열의 장녀를 아내로 삼으니 대 소저는 올해 나이가 열세 살이었다. 아리따운 용모는 꽃봉우리가 살짝 핀 듯하고 탐스럽고 찬란한 광채는 겨룰 사람이 없었다. 이에 시부모와 유 태부인 등이 크게 기뻐하고 공자가 신부를 공경하고 사랑으로 대우했으나 그 나이가 어린 것을 생각해 자주 한 방에 깃들이지는 않았다. 그래서 남공이 아들의 단정함을 참으로 아름답게 여겼다.

안두후30)의 첫째아들 최문은 자(字)가 영보며 나이가 열넷이었다. 얼굴은 관옥(冠玉) 같고 풍채는 섬돌 앞에 자라난 옥수(玉樹)와 같아 부친의 빼어난 기상과 모친의 탈속(脫俗)을 닮아 지극히 뛰어난 신랑감이었다. 공과 화 부인이 매우 사랑해 며느리를 신중하게 택해 형부상서 장옥계의 딸과 혼인시키니 이 사람은 곧 장 부인31)의 조카딸이었다. 대가(大家)에서 성장해 행실이 기특한 것은 이를 것도 없고 얼굴이 그 숙모에 지지 않았으니 문중 사람들이 기이하게 여기고 시가에서 매우 기뻐했다. 화 부인은 두루 슬픈 환난을 겪은 사람이라 비록 무궁한 영화와 즐거움에 잠겨 있어도 마음을 펴 기뻐하는 적이 없더니 신부를 보자 만사에 흠이 없어 즐기는 마음이 헤아리지 못할 정도였다. 이에 공이 장 부인에게 사례하는 낯빛을 했다.

강음후32)의 첫째아들 협문은 자가 승보다. 관옥 같은 얼굴과 너그

---

30) 안두후: 이관성의 넷째아들 이몽상의 작위.
31) 장 부인: 이관성의 첫째아들인 이몽현의 둘째아내.

러운 기상이 대인(大人)의 그것이 있으므로 일가 사람들이 추켜세워 칭찬하니 이때 나이는 열넷이었다. 강음후가 널리 듣보아 공부낭중 맹경의 딸을 신부로 맞았다. 맹 씨는 아리따운 자태와 옥처럼 맑은 바탕을 지녀 서시(西施)[33]와 왕장(王嬙)[34]을 비웃고 행실은 반소(班昭)[35]와 흡사해 유 태부인 등과 시부모가 기뻐했다. 일곱 달 안에 넷을 혼인시키니 위엄 있는 모습과 가문의 번성함이 비길 데가 없었다.

개국공의 둘째아들 팽문의 자는 희보니 나이가 열다섯 살이었다. 얼굴은 절세미인이 단장을 한 듯하고 맑은 눈과 붉은 입은 신선 같아 속세에 물들지 않아서 옥경(玉京)의 신선이 하강한 듯했으며 절승한 풍채가 있었으니 당대의 재주 있는 사내였다. 겸하여 문장은 조식(曹植)[36]의 칠보시(七步詩)[37]를 우습게 여겼으나 성정이 허황하고 착실하지 못해 미색을 좋게 여기고 성품이 매우 편벽돼 한 번 고집을 내면 죽어도 고치지 않았다.

개국공이 그 방탕함을 민망히 여겨 일부러 열다섯이 되도록 혼인을 의논하지 않았다. 최 부인도 또한 옳게 여겨 혼인을 권하지 않으니 공자가 근심을 이기지 못해 숙녀 생각이 간절했다.

---

32) 강음후: 이관성의 다섯째아들 이몽필의 작위.
33) 서시(西施): 중국 춘추시대 월(越)나라의 미인.
34) 왕장(王嬙): 중국 전한 원제(元帝)의 후궁(?~?). 자는 소군(昭君). 기원전 33년 흉노와의 화친 정책으로 흉노의 호한야선우(呼韓邪單于)와 정략결혼을 하였으나 자살함.
35) 반소(班昭): 중국 후한(後漢)의 시인(49?~120?). 자는 혜희(惠姬). 반고(班固)와 반초(班超)의 여동생으로, 남편이 죽은 후 궁정에 초청되어 황후·귀인의 스승이 되었으며, 조대가(曹大家)로 불림. 반고의 유지(遺志)를 이어 『한서』를 완성하였으며, 저서에 『조대가집』이 있음.
36) 조식(曹植): 중국 삼국시대 위나라 조조의 셋째 아들(192~232)로 문장이 뛰어난 것으로 알려짐. 자는 자건(子建).
37) 칠보시(七步詩): 조식이 지은 시. 형 문제(文帝)가 일곱 걸음을 걷는 사이에 시 한 수를 짓지 못하면 대법(大法)으로 다스리겠다고 하자, 곧바로 칠보시를 지었다 함. "콩을 삶기 위하여 콩대를 태우니, 콩이 가마 속에서 소리 없이 우는구나. 본디 한 뿌리에서 같이 났거늘 서로 괴롭히기가 어찌 이리 심한고. 煮豆燃豆萁, 豆在釜中泣. 本是同根生 相煎何太急."

하루는 공자가 친구 소운의 집을 찾아갔다. 원래 소운이라는 사람은 참정 소형의 넷째아들로 상서 소문의 손자이자 연왕비 소 씨의 친조카였다. 소 참정이 사자삼녀(四子三女)를 두었는데 각각 형주(荊州)의 보옥(寶玉)[38] 같아서 사람 가운데 특출났다. 소 상서가 아들 한 명[39]의 아들딸이 이처럼 많음을 기뻐하고 소후는 조카들을 사랑하는 것이 자기 자녀들보다 덜하지 않았다.

소형의 첫째아들은 시랑 소염이요, 둘째아들은 한림 소천이요, 셋째아들은 낭중 소령이요, 넷째아들 소운은 유생으로 나이가 열여섯 살이었다. 다 이름난 가문과 혼인을 맺어 아내들이 절색, 숙녀가 아닌 이가 없었다. 첫째딸은 유참의 총부(冢婦)[40]요, 둘째딸은 학사 신강의 아내가 되었다. 막내딸 옥주는 나이가 열둘인데 온갖 자태가 특출나 구름 속의 보름달이요 물속의 연꽃 같았다. 숙모의 한없는 아름다운 자태에는 미치지 못했으나 숙모와 매우 비슷하게 생겼으니 어찌 평범한 사람과 같겠는가. 겸하여 성품과 행실이 단엄하고 진중하며 온순해 숙녀의 풍모가 가득했으니 참정 부부는 옥주가 막내였으므로 매우 소중하게 여기고 상서 부부는 더욱 만금의 보물처럼 여겼다.

소운이 어려서부터 이씨 집안에 자주 왕래해 여러 소년과 친한 가운데 더욱 팽문과 나이가 비슷하고 지기(志氣)가 서로 합했으므로 깊은 교분을 맺어 서로 왕래했다.

팽문이 이날 소씨 집안에 이르렀는데 마침 소운과 다른 생들이 다

---

38) 형주(荊州)의 보옥(寶玉): 화씨벽(和氏璧)을 이름. 화씨벽은 중국 춘추시대 초(楚)나라 형산(荊山)에서 난 옥돌을 이르는 것으로 발견한 사람 변화(卞和)의 이름을 따 부른 것임.
39) 아들 한 명: 상서 소문이 일자일녀를 두었으므로 이와 같이 말한 것임. 나머지 딸 한 명은 이몽창의 아내 소월혜임.
40) 총부(冢婦): 종자(宗子)나 종손(宗孫)의 아내. 곧 종가(宗家)의 맏며느리.

나가고 없었다. 문으로 들어가 사람을 부르자 어린 계집종이 나와서 보고 들어가 연왕부 넷째공자가 와 계시다고 했다. 이에 소운의 할머니 장 부인이 반기며 팽문에게 들어오라 전했다. 팽문이 본디 호방해 살피는 일이 없었으므로 소생이 내실에 있는가 여겨 계집종을 따라 깊이 들어갔다. 한 곳에 다다라 계집종이 먼저 들어가기에 그래도 마음을 놓지 못해 계집종을 좇아가지 않고 머물러 서 있었다.

그런데 홀연 남녁 계단으로부터 한 미인이 단장을 성히 하고 시녀 둘을 데리고 난간을 오르려 하는 것이었다. 생이 놀라 눈을 들어서 그 절세한 얼굴을 보고는 매우 기이하게 여겨 자신도 깨닫지 못하는 사이에 달려들어 소저의 손을 냅다 잡으며 말했다.

"미인은 어떤 사람이오?"

이 사람은 원래 옥주 소저였다. 자기 침소에서 정당으로 가다가 별 생각이 없던 중에 이전에 한 번도 못 보던 남자가 자기 손을 잡고 말끝이 무례한 것을 보고는 매우 경악해 낯빛이 파래진 채 거의 기절할 듯 말도 못 했다. 이때 소저 뒤를 따라오던 시녀가 소리를 질렀다.

"상공은 어떤 사람이기에 내실에 들어와 우리 소저를 겁박하시는 것이어요?"

생이 이 말을 듣고는 놀라서 물러서자 두 시녀가 소저를 구해 들어갔다. 생이 또한 나와서 스스로 뉘우치고 가만히 기뻐하고는 다행으로 여겨 생각했다.

'내 비록 한때 실례했으나 그 미인이 내 손에 떨어졌으니 수고하지 않고 숙녀를 얻겠구나.'

이처럼 헤아리고 집으로 돌아와 부모에게 고하려 했으나 책망이 있을까 해 거짓으로 눈썹을 찡그리고 근심하는 낯빛으로 모친의 침소로 들어갔다. 그런데 부인은 본디 영리했으므로 이에 팽문에게 물었다.

"네 오늘은 어찌 안색이 평소와 다른 것이냐?"

생이 일부러 근심 어린 빛으로 아뢰었다.

"소자가 오늘 무심결에 큰일을 저질렀습니다."

부인이 말했다.

"무슨 일이냐?"

생이 대답했다.

"오늘 소운을 보러 소씨 집안에 갔다가 어린 시비가 나와서 내실로 들어오라 하기에 들어가다가 길에서 한 미인을 만났는데 천하의 절색이었습니다. 그래서 소자가 당하(堂下)의 천한 사람으로 알아 무심중에 손을 잡았는데 다시 들으니 그 소저는 소 공의 딸이라 합니다. 소 공이 크게 노할 것이니 상황이 이와 같아 소자가 마음을 놓지 못하겠나이다."

부인이 다 듣고는 매우 놀라 팽문을 크게 꾸짖었다.

"네 설사 평소에 호방함이 미치지 않은 곳이 없다 한들 이런 어처구니없는 노릇을 한 것이냐? 소 공이 노하는 것은 이를 것도 없고 소후가 너를 어떻게 여길 것이며 내 무슨 낯으로 소후를 볼 수 있겠느냐?"

말이 그친 사이에 공이 들어오다가 무심결에 이 말을 듣고 연고를 물었다. 이에 부인이 자세히 이르고 탄식하며 말했다.

"첩이 어리석고 용렬해 자식의 어질지 않은 행동이 이 지경에 미쳤으니 사람을 대할 면목이 없습니다."

공이 다 듣고는 매우 놀라서 밖으로 나가 시노(侍奴)에게 명령해 생을 잡아 오라 했다. 생이 잡혀 오자 손발을 놀리지 못하도록 동여매 꿇리고 그 죄를 하나하나 센 후 엄히 고찰해 매를 때리도록 했다. 공이 어려서부터 기세가 맹렬해 다른 사람이 감히 우러러보지 못하는 기운이 있었다. 종들이 이에 두려움을 이기지 못해 매를 드니 공이 매마다 죄를 말하는 가운데 매가 20여 대에 이르렀다. 연왕이 이르러 보고는 웃고 말리며 말했다.

"너의 녹록하고 용렬한 성품으로 무슨 의심증이 생겨 호걸 같은 아들을 치는 것이냐? 이만 멈춰도 충분히 속죄했으니 매를 그치라."

공이 역시 웃고 일어나 연왕을 맞아 웃으며 대답했다.

"형님은 저를 너무 업신여기지 마소서. 제가 아무리 용렬하다 해도 자식이야 다스리지 못하겠습니까?"

왕이 웃으며 말했다.

"팽문이는 일대의 호걸이요 아비보다 나은 자식인데 무슨 잘못한 일이 있다고 이토록 곤하게 결박당해 맞을 죄를 저질렀겠느냐? 필시 최 씨 제수께서 명령하셔서 이렇게 한 것이다."

공이 또한 웃고 대답했다.

"형님은 마음에도 없는 기롱을 마소서. 불초한 자식이 한심한 짓을 해 제가 두루 볼 낯이 없을 것을 생각하면 괘씸함이 지극하니 어찌 다스리지 않을 수 있겠습니까?"

왕이 거만한 태도로 웃으며 말했다.

"아우는 팽문이를 치지 못할 것이다."

공이 무심코 대답했다.

"무슨 일로 이 아이를 못 치겠습니까?"

왕이 웃으며 말했다.

"아우가 최 씨 제수를 엿보고 부모 몰래 아주머니를 보냈던 일[41]을 잊은 것이냐? 팽문이가 한때 무례한 일을 저질렀으나 급히 서둘러 부모를 속이지 않았으니 그 행동은 너보다 낫다. 그러니 어서 팽문이를 용서하라."

개국공이 할 말이 없어 웃자 왕이 종을 시켜 생을 풀어 놓으라 해 서당으로 보냈다. 공이 감히 거역하지 못해 잠자코 있다가 일렀다.

"제가 형수님께 가서 죄를 청하려 합니다."

왕이 또 웃고 말했다.

"이는 또한 용렬한 생각이다. 네 형수가 본디 이런 일을 들으려 하지 않는데 네가 팽문이를 가르쳐서 보내려 하느냐?"

공이 말마다 막혀 묵묵히 웃을 따름이었다.

공이 그래도 인사를 폐하지 못해 다음 날 소씨 집안으로 갔다.

이때 옥주 소저가 괴이한 변을 만나 정신 없이 놀라 낯빛이 변한 채 겨우 정당(正堂)에 이르러 기절해 엎어졌다. 모두가 매우 놀라 소 저를 붙들어 구호하고 그 까닭을 물으니 시녀가 바른 대로 고하자 원 부인이 대로해 말했다.

"팽문이 탕자가 이 무슨 일인가? 만고에 듣지 못하던 일이니 이를 장차 어찌할꼬?"

이렇게 말하며 소저를 구호했다. 이처럼 굴 적에 참정과 생들이 연이어 들어와 소저의 모습을 보고는 매우 놀라 까닭을 물었다. 원 부인이 자세히 이르니 참정이 어이없어 일렀다.

"팽문이가 무슨 까닭으로 내실까지 들어왔던고?"

장 부인이 말했다.

"우리가 어찌 알겠느냐? 필시 허랑한 아이가 손자들을 찾아왔다가

---

41) 아우가~보챘던 일: 이몽원이 최 부인, 즉 최소아와 혼인하기 전에 최씨 집안에 첩으로 간 아 주머니 이혜염, 즉 최 숙인을 보러 갔다가 최소아를 보고 반해 최 숙인을 보챘던 일을 이름. 전편 <쌍천기봉>에 나오는 이야기임.

저 옥주와 마주쳐 잠시 삼가지 못해 허물을 빚었는가 한다.”

이에 참정이 말없이 소저를 구호했다.

소저가 이윽고 깨니 옥주가 부모 보기도 부끄러워 눈물만 흘리며 기운이 없었다. 참정이 부인을 돌아보아 딸을 데리고 침소로 가 조리하게 하라 하고 스스로 한스러워해 말했다.

“이몽원이 한낱 미미한 남자로서 마치 아내 사랑할 줄만 알고 부인에게 쥐여 손발을 놀리지 못하고 자식을 가르치지 못해 팽문이가 이런 괘씸한 행동을 했으니 어찌 한심하지 않은가?”

장 부인이 말했다.

“이제 일의 형세가 부득이하니 서로 결혼시키는 수밖에 없다.”

참정이 웃으며 말했다.

“어머님의 말씀이 옳으시나 이씨 집안과 결혼해 얼마나 재미를 보시겠습니까? 누이가 전후에 겪은 환난을 생각하면 지금도 넋이 나갈 정도입니다. 딸을 심규에 늙힐지어정 이씨 집안에는 들여보내지 않으려 하나이다. 소자가 요사이에 두고 보니 이씨 집안의 며느리가 되는 사람은 팔자 좋은 사람을 한 명도 보지 못했습니다.”

부인이 웃으며 말했다.

“너는 이처럼 마음이 곱지 않은 말을 마라. 딸아이가 당초에 환난이 참혹했으나 지금에 이르러서는 내 사위 같은 사람이 또 어디에 있으며 성문이 어미의 복록을 누가 우러러볼까 싶으냐?”

참정이 웃고 대답했다.

“옛날에 연왕이 호방해서 약한 누이가 간장을 썩였으니 지금 그 부부의 일이야 대수롭겠습니까? 또한 연왕이 며느리를 생이별하고 한 아들은 살인 죄수가 되었으며 또 한 아들은 탕자로 나서 두 눈에 눈물이 마를 적이 없으니 유복해 보이지 않습니다.”

부인이 웃으며 말했다.

"네가 내 말에 하나하나 논박하나 네 아들 중에 하나라도 성문이나 경문이 같은 아이가 있느냐? 운수를 잘못 만나 그런 것이나 오래되지 않아 모일 것이다."

참정이 또한 웃고 물러났다. 그러나 크게 근심하고 분해 저녁밥을 먹지 않고 잠을 이루지 못했다.

다음 날 아침에 종이 개국공이 이르렀음을 고했다. 참정이 불쾌했으나 마지못해 객실에 나가 공을 맞이해 예를 마치자 개국공이 비단 도포와 금관(金冠)을 벗고는 고개를 조아리고 죄를 청해 말했다.

"내 불초한 자식이 귀부(貴府)에 와 죄 얻은 것이 심상치 않으므로 삼가 사죄하네."

참정이 억지로 참아 잠시 웃고 말했다.

"피차 유학을 받드는 한 줄기로서 같이 벼슬하고 같은 반열에 있으며 동기 같은 벗인데 명공이 무슨 일 때문에 학생을 대해 죄를 청하시는 것인가? 청컨대 그 까닭을 듣고 싶네."

공이 다시 옷깃을 여미고 고개를 조아리며 말했다.

"내 본디 성품이 용렬하고 어리석은 것은 형이 잘 알고 있을 것이네. 천성을 고칠 길이 없어 자식에게 엄격하지 않아 전날 불초자가 이곳에 와 영소저를 놀라게 했다 하니 형은 우리 부자의 죄를 다스려 주게."

참정이 공의 말을 듣고는 웃고 말했다.

"형은 영랑의 일에 과도하게 놀라지 말게. 예전에 형들이 담을 넘고 벽을 통해 엿본 소행담을 넘은 것은 연왕을 이른 것이고, 벽을 통해 엿본 것은 개국공을 이른 것이다을 내 익히 들었으니 그 자식과 조카가 어찌 배우지 않겠는가? 예로부터 공자 문하에 칠십 명의 제자가 있고 도척(盜跖)42)에게 삼천 명의 도적 무리가 있었으니 유유상종하며 사물이 사물을 배우는 것은 사람이 원래 그런 것이어서 그러네. 학생은 영랑의 일을 예사롭게 알고 놀라지 않았는데 형의 행동이 이와 같으니 형은 과연 정신이 무딘 사람일세."

개국공이 참정의 말을 듣고는 저의 말이 다 자기 등을 조롱하는 말임을 알고 발끈해 낯빛이 변한 채 차게 웃으며 말했다.

"형이 나를 비난하며 조롱하는 것은 옳으나 나의 몹쓸 자식 때문에 나의 형님까지 입에 올린단 말인가? 형은 홀로 내 형수의 낯을 보지 않는 것인가?"

참정이 흔쾌한 낯빛을 하고 웃으며 말했다.

"명공은 금자(金紫)43)와 옥대(玉帶)44)를 한 지방의 제후요, 연왕은 세상을 뒤덮을 만한 영걸로 천승의 제후인데 그런 행실을 했단 말인가? 나는 우연히 알지 못하고 한 말이니 분노를 삭이시게."

개국공이 더욱 노해 낯빛을 바꾸고 소매를 떨쳐 돌아갔다.

마침 형제들이 승상부 서당에 벌여 있었다. 공이 들어가 비단 도포를 벗어 멀리 던지고 기색이 원통한 모습이었다. 이에 남공이 정색하고 말했다.

"아우가 이제 어린아이가 아닌데 이처럼 행동이 예법을 잃었으니 소년 시절의 경망스러운 모습을 하지는 않아야 하지 않겠느냐? 참으로 한심하구나."

공이 분노해 대답했다.

"제가 몹쓸 자식을 두었다가 둘째형님을 욕먹으시게 했으니 분하

---

42) 도척(盜跖): 중국 춘추시대의 큰 도적(?~?). 현인 유하혜(柳下惠)의 아우로, 수천 명을 거느리고 천하를 횡행하였다고 함.
43) 금자(金紫): 금인(金印)과 자수(紫綬). 금인은 관직의 표시로 차고 다니던 금으로 된 조각물이고 자수는 고위 관료가 차던 호패(號牌)의 자줏빛 술임.
44) 옥대(玉帶): 임금이나 관리의 공복(公服)에 두르던, 옥으로 장식한 띠.

지 않겠습니까?"

공이 놀라서 물으니 개국공이 전후에 벌어진 일을 고하고 한스러워하며 말했다.

"내 저만 한 것에게 내 자식이 잘못해 이미 사죄하러 갔거든 자기가 무엇이라고 그토록 냉정히 조롱하며 욕한단 말입니까?"

남공이 팽문의 행동에 놀라 말했다.

"팽아의 행동이 네 진실로 남 보기 부끄럽겠구나. 당당한 재상가 공자가 그토록 도리에 어긋난 패륜의 짓을 했단 말이냐? 이는 네가 어리석고 약해서 그런 것이니 네 참으로 부끄럽지 않으냐? 소 참정의 말이 한 말도 그르지 않은데 뉘우칠 줄은 모르고 네가 좁은 노기만 가져 곡절 없는 성을 내는 것은 어째서냐? 갈수록 참으로 답답하니 실로 국공이라 하는 것이 아깝구나."

이렇게 말하자 공이 분노를 조금 삭이고 사죄해 말했다.

"형님 말씀이 다 옳으시니 제가 어찌 다른 말씀을 드리겠습니까? 다만 우리 부자 때문에 둘째형님이 시비를 들으시게 했으니 분하지 않겠습니까?"

남공이 잠시 웃고 말했다.

"둘째아우는 그 말을 들어도 싸니 너는 그리 애달파하지 마라. 그처럼 남의 시비가 부끄럽고 듣기 싫다면 일찍이 마음을 다잡고 행동을 삼가는 것이 어떠했느냐?"

왕이 웃으며 대답했다.

"형님은 소 참정 편을 들지 마소서. 제가 일찍이 담을 넘어 향을 훔친 일[45]이 없습니다. 자기가 그 누이를 욕하는 말을 하고 있으니

---

45) 향을 훔친 일: 남녀 간에 사사롭게 정을 통하는 것을 이름. 중국 진(晉)나라 무제(武帝) 때의 권신(權臣) 가충(賈充)의 딸 오(午)가 한수(韓壽)와 몰래 정을 통하였는데 오(午)가, 그 아버지

녹록한 인물이 아닙니까? 그러니 아우가 노한 것이 그르지 않습니다. 또한 우리를 도적의 무리에 비겼으니 참으로 괘씸합니다.”

남공이 말했다.

“이는 말이 그처럼 되는 것이 옳다. 유유상종하고 사물이 사물 같다 한 것이 참으로 너희 소행을 보면 옳은 말이다. 너희 행동이 그 모양이어서 자식과 조카가 배워 홍문이와 팽문이 같은 아이가 있게 되었으니 이는 모두 너희 탓이 아니더냐?”

두 사람이 이에 미미히 웃었다.

소후는 이런 일을 전혀 몰랐다. 마침 쓸 곳이 있어 참정에게 이름난 명화(名畫)가 많이 있으므로 상서 성문에게 명령해 가서 한 폭을 얻어 오라 했다. 상서가 매우 불쾌했으나 마지못해 소씨 집안으로 향했다.

상서는 온 마음에 참정이 비록 외삼촌이나 자기 아버지를 쉽게 들먹여 괴이한 말로 시비한 것에 분노해 참정을 보지 않고 내당에 들어가 조부를 뵈었다. 상서가 크게 반겨 앉으라 하고 소후의 안부를 물으며 온 까닭을 물으니 상서가 대답했다.

“모친이 무엇에 쓰려 하시는지 조부께 서화 대여섯 장을 얻어 오라고 청하셨나이다.”

공이 말했다.

“이는 네 외삼촌에게 있으니 바로 달라고 해 가져가거라.”

상서가 천천히 대답했다.

“외삼촌에게 소손이 달라고 하기가 황송하오니 가져다가 주소서.”

가충이 왕으로부터 받은 서역(西域)의 진귀한 향을 한수에게 훔쳐다 줌. 후에 가충이 한수에게서 향 냄새가 난다는 부하의 말을 듣고 딸이 한수와 정을 통한 사실을 알고서 두 사람을 결혼시킴.

말을 마치자, 소 시랑이 웃으며 말했다.

"아우가 어찌 기색이 좋지 않은 것이냐?"

상서가 정색하고 대답하지 않으니 소 시랑이 박장대소하고 말했다.

"아버님이 어제 이러이러한 말씀을 하셨으니 네가 또 우리를 보고 노한 것이냐?"

상서가 바야흐로 정색하고 말했다.

"이제 형도 약관의 소년인데 어찌 어른을 모르고 위를 시비하는 것이오? 아버님이 천승의 제후로서 미세한 일도 형에게 허물을 보인 것이 없고, 숙부는 조정의 중신으로 예의를 모르지 않으실 터인데 무슨 까닭에 아버님 시비하는 것을 능사로 하시는 게요? 가친께서는 일찍이 어려서부터 예가 아닌 것은 듣지도 않고 예가 아닌 것은 보지도 않는 것을 삼가셔서 30여 년을 국가를 위해 일하셨으나 한 일도 분명하지 않으신 것이 없음은 이를 것도 없고 명망(名望)이 조야에 가득해 구태여 외삼촌에게 지지 않거늘 무슨 까닭에 외삼촌은 괴이한 말씀으로 아버님을 시비하신 것이오? 그러니 그 자식 된 자가 너그럽게 대하고 싶겠소?"

말이 멈춘 사이에 참정이 들어와 앉으니 상서가 억지로 일어나 맞았다. 이에 참정이 말했다.

"조카가 무슨 일로 이처럼 행동을 삼가지 않는 것이냐?"

상서가 관(冠)을 숙이고서 눈을 내리뜨고 대답하지 않으니 시랑이 자세히 고했다. 이에 참정이 미소하고 말했다.

"네 아비와 백운46)이 다 나보다 나이가 어리니 그 아름답지 않은 행동을 내 시비하지 못할 것이라고 네가 대수롭게 분노해 조급히 구

---

46) 백운: 개국공 이몽원의 자(字).

는 것이냐?"

상서가 문득 갑자기 낯빛을 바꾸고 일어나자 소 공이 만류했다. 참정이 상서가 비록 조카였으나 그 기상을 매우 어렵게 여겼으므로 이에 웃고 일렀다.

"조카가 무슨 까닭으로 삼촌에게 이토록 쌀쌀맞게 구는 것이냐? 내 너에게 사죄할 터이니 용서를 받을 수가 있겠느냐?"

상서가 고개를 조아려 대답했다.

"제가 어찌 감히 이 말씀을 감당할 수 있겠나이까? 우연히 마음이 좋지 않아 어른 앞에서 온화한 기운을 잃었으니 황공해 죽으려 해도 죽을 땅이 없을 지경입니다."

말을 마치고는 낯빛을 거두어 선뜻 나가니 안색에 차고 매운 기운이 어려 냉담하고 엄숙한 것이 얼음 위에 찬 바람이 세차게 부는 듯했다.

참정이 다시 말을 못 하고 또한 웃으며 즉시 명화를 소매에 넣고 친히 이씨 집안으로 가 소후를 보았다. 소후가 오라버니를 크게 반기며 맞이해 서로 말을 할 적에 상서가 자리에 있으므로 참정이 웃으며 말했다.

"나는 성문이에게 죄를 얻은 것이 등한하지 않으니 민망함을 이기지 못하겠구나."

소후가 웃으며 대답했다.

"오라버니가 어찌 이런 말씀을 하시는 겁니까? 성문이는 저의 자식이니 자기가 무슨 기운으로 오라버니를 제어할 수 있겠나이까? 참으로 한심하니 많이 꾸짖어 경계하소서."

말을 마치고는 상서를 돌아보아 연고를 물었다. 소후가 비록 웃으며 태연자약했으나 이미 불쾌한 기색이 현저했으니 상서가 이에 무릎을 꿇고 대답했다.

"제가 작은 소회가 있어 낯빛이 불안했는데 외삼촌께서 저렇듯 알고 계시나 무슨 연고가 있겠나이까?"

소후가 정색하고 말했다.

"아이가 이처럼 간사한 것이냐? 빨리 바른 대로 이르거라."

이에 상서가 대답했다.

"소자가 무슨 연고가 있겠나이까? 외삼촌께서 아버님을 심히 가볍게 여겨 말끝이 무례하시기에 제가 마음이 불편해 그러했던 것입니다."

소후가 정색하고 말했다.

"네 아버지는 한낱 허랑한 사람이니 오라버니가 어찌 시비하지 못하시겠느냐? 대강 무엇이라 하시더냐?"

참정이 웃고서 자신과 있었던 일을 이르니 소후가 정색하고 상서를 꾸짖었다.

"네 부친의 없는 허물을 오라버니가 이르셔도 너의 도리로 순종하지 않을 수 없을 것인데 하물며 직언을 하셨음에랴? 너의 도리가 참으로 한심하니 다시 그런 낯빛을 한다면 내 용서하지 않을 것이다."

상서가 얼굴빛을 고쳐 사죄하고 기운을 낮춰 모시니 참정이 웃으며 말했다.

"내 한때 실언해 조카가 불쾌하게 여겼으니 이후에는 말을 반드시 살필 것이다. 내가 백달[47] 형제의 옛날 허물을 일컬은 것이 잘못되었으니 성문이가 어버이를 위해 한 일은 도리에 옳다. 인사에 떳떳한 일이니 그렇지 않다면 성문이가 어찌 다른 무리보다 빼어나다

---

47) 백달: 이몽창의 자(字).

할 수 있겠느냐?"

이에 소후가 잠깐 웃고 대답하지 않았다.

이윽고 참정이 돌아간 후에 소후가 상서를 경계해 말했다.

"오라버니가 나에게는 존귀하고 소중한 분이신데 네 감히 경솔하게 성난 낯빛을 드러낼 수 있겠느냐? 이번은 처음이니 너그럽게 용서하지만 다시 이런 일이 있다면 너는 내 눈에 뵈지 못할 것이다."

상서가 이에 얼굴빛을 고치고 사죄했다.

이후에 연왕이 이 일을 듣고는 웃을 따름이고 개국공은 칭찬을 마지않았다.

이때 노 씨가 백문의 홀대를 만나 밤낮으로 울며 혜선과 함께 연왕 부부를 해칠 일을 꾀했다. 혜선이 먼저 그윽한 곳에 가 물을 뿜고 진언(眞言)을 읽은 후 축사(祝詞)⁴⁸⁾를 읽어 북두성에게 연왕 잡아 가기를 빌고서 노 씨에게 돌아와 일렀다.

"며칠 뒤면 연왕이 죽을 것입니다."

노 씨가 이에 매우 기뻐했다.

혜선이 그러고서 방에 들어갔다. 금정이 원래 혜선의 침소에 있으면서 곁에서 모시기를 공손히 하고 여가에는 잠만 밤낮으로 자니 혜선이 매양 중요치 않은 사람이라 해 도(道) 가르칠 생각을 안 하더니 이날 금정이 문득 일렀다.

"사부께서는 어설픈 계교를 내지 마소서. 저 연왕은 참으로 하늘이 낸 사람이라 앞날에 복록이 매우 클 것이니 어찌 작은 방술로 손을 쓸 수 있겠습니까?"

---

48) 축사(祝詞): 제사 때 비는 말.

혜선이 이에 꾸짖었다.

"어린 도사가 무슨 앞날을 안다 하고 이런 말을 하는 것이냐?"

금정이 이에 다시 말을 안 하고 잠자코 있었다.

그런데 며칠이 지나도 아무 일도 일어나지 않자 노 씨가 혜선에게 말했다.

"사부가 이르시기를, 며칠 뒤면 연왕이 죽을 것이라고 하더니 연왕이 어찌 반석과 같은 것입니까?"

혜선이 말했다.

"빈승의 도술이 전부터 맞지 않은 적이 없었는데 이는 참으로 괴이하니 알지 못할 일입니다."

노 씨가 초조해 말했다.

"이는 사부의 술법이 능하지 못해서입니다. 진실로 천지를 뒤집을 술법이 있다면 어찌 일을 성사시키지 못하겠습니까?"

이에 혜선이 분노해 말했다.

"빈승이 전부터 소저를 도와 때를 얻도록 해 드렸는데 이제 이런 말씀을 하시니 전날 빈승에게 극진했던 마음이 달라진 것 같습니다."

노 씨가 이 사람이 분노한 것을 보고 사죄해 말했다.

"이는 내 생각지 못하고 실언한 것이니 사부는 분노를 가라앉히소서. 내 살을 헌다 해도 사부의 은혜야 어찌 다 갚을 수 있겠나이까?"

혜선이 또한 흔쾌히 화답했다.

그러고서 즉시 요망하고 더러운 물건을 무수히 얻어 밤을 타 연왕 침전에 묻었다. 사람 중에 누가 능히 알겠는가마는 금정은 이른바 천신(天神)이니 작은 방술이 어디에 가 감당하겠는가.

이날 연왕이 꿈이 번잡해 괴이하게 여겼으나 본성이 소탈했으므로 마음에 두지 않았다.

하루는 상서가 달밤을 타 오운전에 가 문안 인사를 하고 나가려는데 홀연 보니 계단 밑으로부터 검은 기운이 가득해 전하에 자욱했다. 이에 크게 놀라 도로 바삐 들어가 고했다.

"아버님이 근래에 몸이 평안하지 않으십니까?"

왕이 말했다.

"어찌 그런 일이 있겠느냐? 괜찮다."

상서가 대답했다.

"그러시면 아까 보니 섬돌 아래에 괴이한 기운이 있으니 어찌 된 일입니까?"

왕이 매우 놀라 난간에 나가서 보고 웃으며 말했다.

"원래 이러해서 요새 꿈이 어지러웠던 것이구나. 간악한 사람이 또 나를 마저 해치려 하는 것인가?"

말을 마치고는 심복 동자 네다섯 명을 불러 그곳을 파도록 했다. 그러자 요망하고 더러운 물건이 셀 수 없이 가득하고 왕의 생년월일시를 써넣고 축사한 말이 흉악하고 참혹해 차마 보지 못할 정도였다. 상서가 크게 놀라 낯빛이 바뀌어 아뢰었다.

"정침에 이런 망극한 변이 있었으나 저의 하는 일이 어설퍼 알지 못했으니 어찌 천하 사람에게 들리게 할 만하겠습니까?"

왕이 안색이 태연한 채 말했다.

"내 명이 하늘께 있으니 어찌 무고(巫蠱)49)의 해를 입을 수 있겠느냐? 너희는 놀라지 마라."

드디어 좌우를 명해 물건들을 없애도록 하고 방으로 들어갔다. 상

---

49) 무고(巫蠱): 무술(巫術)로써 남을 저주함.

서가 가까이 시립해 나직이 아뢰었다.

"이 일은 누가 한 짓 같나이까?"

왕이 웃으며 말했다.

"네 어려서부터 총명했는데 일찍이 알지 못하는 것이냐? 내 번거롭게 이르지 않겠으나 오래되지 않아 간악한 꾀가 드러날 것이다. 그러니 너는 가만히 앉아서 보기나 하고 이 일은 입 밖에 내지 마라."

상서가 부친의 선견지명에 항복하고 또한 기미를 알아 한탄하기를 마지않았다.

모든 동자가 이 일을 전파해 승상과 남공 등이 알고 크게 놀랐다.

이튿날 문안에 승상이 왕을 나오라 해 말했다.

"내 일찍이 나랏일이 많아 네 집 일을 모르는 것이 길 가는 사람과 같았다. 그런데 이러이러한 일이 있다 하니 옳으냐?"

왕이 머리를 숙이고 대답했다.

"옳습니다만 하교는 어찌 된 뜻입니까?"

승상이 말했다.

"무고의 일은 손빈(孫臏)50) 같은 사람도 못 한 것이었다. 내 아이가 누구와 원한을 맺은 일이 있기에 흉한 변고가 이 지경에 이른 것이며 너는 수작을 부린 자를 아느냐?"

왕이 잠깐 웃고 대답했다.

"제 목숨은 하늘에 달려 있으니 제가 지레 죽을 것이 아니요, 이미 알고 파서 없앴으니 대단히 놀라실 일이 아닙니다. 간사한 사람이 마침내 끝이 있고 그칠 것이니 간악한 꾀가 곧 발각될 것입니다."

승상이 고개를 끄덕이며 탄식하고 공들이 분노하기를 마지않았다.

---

50) 손빈(孫臏): 중국 전국시대 제나라의 무장(?~?). 기원전 367년경 위나라 군사와 싸워 크게 이기고, 기원전 353년에 조나라를 도와 위나라 군사를 격파함.

이때 혜선이 또 악한 일을 저질렀으나 아무 기척이 없자 달밤을 타 그곳에 가 보니 물건의 자취가 없는 것이었다. 이에 매우 놀라서 돌아와 노 씨에게 일렀다.

"사람이 우리 일을 어찌 알고는 파서 물건을 없앴습니다. 일은 끝이 있고 그만둘 것이니 다시 도모하겠습니다."

금정 도사가 곁에 있다가 일렀다.

"이번에는 지극한 정성으로 하늘이 감동하게 하소서. 소저가 성명을 쓰고 혜선이 이에 소저의 성명을 드려 축사하는 것이 옳습니다."

그러자 노 씨가 매우 기뻐하며 말했다.

"그대 말이 옳다."

혜선이 이에 웃고 금정을 가리켜 말했다.

"배우지 않은 도사도 기특한 말을 할 줄 아니 착하구나."

그러고서 무고의 물건과 노 씨의 축사를 가져 이씨 집안에 들어가니 금정이 웃었다.

이때는 삼경이라 온 세상이 고요해 일을 행하기가 좋았다. 혜선이 숙현당 북쪽 뜰에 가 안개를 토하고 먼저 진언을 염하며 귀졸(鬼卒)을 불러 소후의 넋을 풍도옥(酆都獄)[51]으로 잡아가라 하더니 홀연 뒤로부터 한 동자가 혜선의 머리를 철사로 매어 땅에 내리치며 크게 외쳤다.

"연왕부 순라꾼들은 요망한 중이 궁중에 들어와 변고를 일으키는 것을 어찌 모르는가?"

그러자 모든 궁노가 좌우에서 호위하고 있다가 이 소리를 듣고 놀라 급히 달려와 보니 인적이 없는데 한 여승이 고깔을 벗어 버리고

---

51) 풍도옥(酆都獄): 도가에서, '지옥'을 이르는 말.

두 손에 무엇을 가지고서 철사에 매여 거꾸러져 있는 것이었다. 궁노들이 매우 놀라 급히 달려들어 잡아내어 말했다.

"이 산사람이 어느 곳에서 온 것인고?"

그러고서 모두 혜선을 들어 끌고 밖으로 나갔다.

이날 마침 연왕이 상서를 데리고 내전에 들어가 소후와 말하며 자지 않고 있었다. 그러다가 떠들썩한 소리를 듣고 놀라서 연고를 물으니 시녀가 들어와 연고를 자세히 고했다. 이에 왕이 크게 놀라고 기뻐해 바삐 오운전으로 나가 좌우 사람들에게 그 중을 잡아 오라고 했다.

이때 혜선이 아득히 거꾸러져 정신을 못 차리고 있다가 오운전 앞에 이르러 적이 정신을 차려 눈을 들어서 보니 좌우로 횃불이 둘러 대낮 같고 건장한 군관이 삼이 벌여 있듯 했는데 한 귀인이 용포에 옥대(玉帶)를 하고 앉아 있었다. 혜선이 매우 놀라 미처 말을 못 하고 있는데 왕이 엄히 물었다.

"네 어떤 요망한 중이기에 이런 규중(閨中)에 들어와 괴이한 노릇을 한 것이냐? 실상을 낱낱이 바로 아뢰라."

혜선이 겨우 정신을 차려 소리 질러 말했다.

"빈도(貧道)는 서방 극락세계 관세음보살의 제자입니다. 구름을 타고 남해로 가다가 대사 앞에 죄를 짓고 떨어졌으니 빈도를 빨리 놓아 보내소서."

왕이 다 듣고는 미미히 웃고 말했다.

"이 사람이 더욱 요망하구나. 너희는 매를 내어오고 그 손에 가진 것을 앗아 오라."

그러자 사람들이 한꺼번에 달려들어 앗아서 드렸다. 왕이 보니 이는 곧 요망하고 더러운 물건과 축사였다. 축사는 다음과 같은 내용이었다.

'소첩 노몽화는 고개를 조아리고 옥황상제와 토지의 신령께 고합니다. 연왕 이몽창은 첩의 시아비로되 첩을 매우 미워한 데다 자식을 가르쳐 금슬의 정을 막았으니 원통한 사정을 고할 곳이 없습니다. 그러니 저자가 세상에 있은 후에는 첩이 하늘의 태양을 못 보게 될 것이니 열두 신장(神將)은 힘을 합쳐 그 넋을 잡아 풍도옥에 가두어 주소서. 그렇게 되면 첩은 마땅히 하루 네 때에 술과 안주를 갖추어 뭇 신령을 위로할 것입니다.'

연왕이 다 보고는 어이없어 이에 혜선을 가리켜 말했다.

"너 요망한 중아. 내가 너와 원한을 맺은 일이 없거늘 이런 흉악하고 참혹한 노릇을 한 것이냐?"

혜선이 부르짖어 말했다.

"저는 부처 제자인데 어찌 이런 일을 알겠습니까? 관음 대사께서 자비한 마음을 소중히 하셔서 모든 백골을 모아 인생을 구제하려 하시기에 가져가는 것입니다. 축사는 또한 서역 것이거늘 남의 것을 어르신이 이토록 과도히 여기시고서 부처님의 신비한 변화를 두려워하지 않으시는 것입니까?"

왕이 대로해,

"이 작은 요망한 중이 흉악한 일을 저지르고 말조차 이토록 요괴로운 것이냐?"

라 말하고 즉시 형벌 기구를 내어와 신문하려 했다. 상서가 이에 앞으로 나와 고했다.

"밤이 깊었고 조부모께서 취침하고 계시니 지금 신문하면 자연히 요란해질 것입니다. 내일 아침 일찍 노 부사를 청해 앉히고 신문하시는 것이 옳은가 하나이다."

왕이 옳게 여겨 즉시 혜선을 가둘 적에 명령을 내려 말했다.

"요망한 사람을 만일 잃는다면 너희 머리를 베고 삼족을 다스릴 것이다."

종들이 이에 두려움을 이기지 못해 혜선을 단단히 결박해 내옥(內獄)에 가두니 혜선이 꾸짖어 일렀다.

"나는 관음 대사의 제자다. 너희가 곤욕을 당해 죽고 싶은 것이냐?"

이에 모두 웃으며 말했다.

"상전을 두려워할 뿐이니 부처의 벌을 입은들 어찌하겠느냐? 네 관음보살의 제자라면 관음이 자연히 구해 주시지 않겠느냐?"

혜선이 하릴없어 도술로 달아나려 했으나 금정이 이미 부적을 뒤통수에 붙였으므로 사지가 풀어져 움직이지 못했다. 혜선이 다만 슬피 울고 있는데 홀연 찬 바람이 일어나며 금정 도사가 앞에 서 있는 것이었다. 혜선이 크게 반겨 금정을 붙들고 일렀다.

"그대가 어찌 남모르게 이곳에 들어온 것이냐?"

금정이 죽장을 들어 혜선을 가리키며 꾸짖었다.

"네 나를 누구로 여기고 있는 것이냐? 나는 태주 배온산 익진관 제자 금정 도인이다. 우리 사부께서는 신통력이 그지없으셔서 세상 모든 사람의 선악을 살피신다. 네가 죄과(罪果)[52]를 두려워하지 않고 요망한 여자를 도와 충신의 집을 멸하려 하므로 사부께서 나를 시켜 너를 잡아 연왕께 바치라 하셔서 내가 여기에 이른 것이다. 너는 장차 어찌하려 하느냐?"

혜선이 이 말을 듣고 크게 놀라 눈을 들어서 보았다. 금정이 한낱 추레한 도사였더니 문득 변해 운관무의(雲冠霧衣)[53]에 안색은 복숭

---

52) 죄과(罪果): 죄를 지어 받게 되는 결과.
53) 운관무의(雲冠霧衣): 신선들이 쓰는 관과 옷. '운관'은 모자와 같은 모양을 본떠 덮개가 위쪽에

아꽃 같고 두 눈에는 금빛이 은은한데 머리 위에는 향기로운 구름이 모여 있었다. 혜선이 이에 매우 놀라 손을 비벼 울며 말했다.

"빈승이 사리에 어두워 이처럼 죽을 곳에 빠졌으니 사부께서는 대자대비하셔서 한 목숨을 구하소서."

금정이 말했다.

"네 죄를 헤아린다면 눈이 빠지고 살이 헌 채 아비대지옥(阿鼻大地獄)[54]에 가는 것을 면하지 못할 것이다. 그러나 내 잠깐 자비로운 마음을 움직여 너를 구하려 하니 너는 다만 내 말을 듣겠느냐?"

혜선이 말했다.

"만일 죽지 않는 일이라면 다 좋겠습니다."

금정이 말했다.

"내일 연왕이 신문할 것이니 네가 전부터 지은 죄상과 노 씨의 본래 모습을 드러내라. 네가 삼 년 동안 옥중에서 고초를 겪은 후에 내가 널 데리고 사부께 갈 것이다. 네가 행여 다른 뜻을 그릇 먹어 조금이라도 나를 속이는 일이 있다면 너는 인간 세상에서 오형을 받아 능지처참을 당할 것이고 지옥에서 일만 가지 형벌을 받아 서러움을 면하지 못할 것이다."

혜선이 연신 고개를 조아리며 말했다.

"마땅히 사부께서 가르쳐 주신 대로 하겠습니다."

그러자 금정이 또한 가만히 나갔다.

연왕이 혜선을 잡고 기쁨을 이기지 못해 이날 밤을 앉아서 새우고 새벽에 대서헌에 가 아침 문안을 할 적에 왕이 먼저 하남공을 대해

있는 관이고, '무의'는 가볍고 부드러우며 나부끼는 아름다운 옷임.
54) 아비대지옥(阿鼻大地獄): 오역죄를 짓거나, 절이나 탑을 헐거나, 시주한 재물을 축내거나 한 사람이 가는 지옥. 한 겁(劫) 동안 끊임없이 고통을 받는다는 지옥.

말했다.

"제가 어리석고 보잘것없어 흥문 조카를 깊이 해쳤더니 다행히 단서를 찾았습니다. 이는 하늘이 도우신 것이니 기쁘지 않겠습니까?"

하남공이 듣고서 매우 놀라 말했다.

"아우가 어느 곳으로부터 찾은 것이냐? 어서 듣고 싶구나."

왕이 드디어 혜선 잡은 수말을 고하니 좌우의 사람들이 매우 놀라고 기뻐했다. 남공이 기쁜 빛이 가득한 채 말했다.

"오늘이 무슨 날이기에 이런 경사가 있단 말이냐?"

승상이 탄식하며 말했다.

"흥문이처럼 겸금(兼金)[55] 같은 기질을 가진 아이가 끝내 이역 땅에서 죽겠느냐? 하늘이 높으나 살피는 것이 밝은 줄을 알겠구나."

연왕이 축사를 제 형에게 보라 하며 말했다.

"형님은 기억나십니까? 전날 얼핏 들으니 흥문이 처 노 씨의 이름이 몽화라 하더니 이 축사가 괴이합니다. 한 형제가 이름이 같을 리가 없으니 본래의 실상을 알게 된다면 천고에 저의 집과 같은 변란을 겪은 데가 어디에 있겠습니까?"

남공이 이 말을 듣고는 낯빛이 흙 같아져 말을 못 했다. 이에 개국공이 말했다.

"그 얼굴이 같아서 동생이므로 그런가 했더니 그 가운데 변고는 모르겠으나 형님의 깊은 생각이 과도하신 것 같습니다. 설마 그러하겠습니까? 지금 노 씨는 그때는 아이인 것이 분명했을 것이니 어찌 의심할 수 있겠습니까? 필시 형님이 과도하게 헤아리신 것 같습니다."

---

55) 겸금(兼金): 품질이 뛰어나 값이 보통 금보다 갑절이 되는 좋은 황금.

왕이 말했다.

"아우는 이런 말을 마라. 천하에 생각하지 못할 것은 하늘이요, 헤아리지 못할 것은 인심이다. 내 말이 과도하다면 내 눈을 빼어 내게 사죄할 것이다."

개국공이 묵묵히 있으니 남공이 탄식하고 말했다.

"아우의 말로 헤아려 앞날을 생각한다면 무엇이라고 못 하겠구나. 그러나 군자가 눈으로 보지 않고 지레짐작하는 것이 옳지 않으니 요망한 중을 신문해 자세히 알아보는 것이 옳다."

왕이 고개를 끄덕이며 말했다.

"형님 말씀이 지극히 바른 견해시니 삼가 가르치신 대로 받들어 행하겠으나 전후에 변란이 계속 일어나 심상치 않습니다. 제가 사사로이 처치하지 못하니 마지못해 폐하께 아뢸 것입니다. 그런데 이런 괴이한 일을 차마 천하 사람에게 들리게 할 만하지 않습니다."

개국공이 말했다.

"이 일은 다 노 씨가 저지른 변고라 만일 처리한다면 통쾌할 것인데 우리가 부끄러울 것이 있겠습니까?"

왕이 탄식하고 말했다.

"아우는 알지 못하느냐? 간악한 꾀가 발각되는 날 백문이가 무슨 사람이 될 것이며 사람들의 시비(是非)를 불러와 백문이는 버려진 사람이 될 것이니 홀로 그 아비가 부끄럽지 않겠느냐?"

이에 사람들이 탄식했다.

날이 새자, 왕이 붓과 벼루를 내어 서간을 작성해 노 부사를 청했다.

노 부사가 즉시 이르니 공의 형제가 함께 맞아 인사를 마치자 부사가 물었다.

"공들께서 무슨 일로 학생을 청하신 것입니까?"

연왕이 선뜻 대답했다.

"오늘 존공을 청한 것은 고(孤)[56]의 집에 큰 변고가 있어 공에게 빈관(賓官)[57]이 되게 하려 하는 것이니 잠깐 수고로운 것을 괘념치 말게."

노 공이 괴이하게 여겨 연고를 묻자 남공과 연왕은 정색한 채 대답하지 않고 개국공이 미소를 짓고 말했다.

"명공은 잠깐 기이한 광경을 구경하고 말을 그치게."

노 공이 의심하고 염려해 다시 물으려 했다.

이때 왕이 한 쌍 분노한 눈을 내리뜨며 금령(金鈴)[58]을 급히 흔들자 군관 백여 명과 주부(主簿) 삼십여 명이 들어와 명령을 들었다. 이에 왕이 명령을 내렸다.

"오늘 큰 죄인을 신문하려 하니 형벌 도구를 갖추어라."

으뜸군관 소연이 꿇어 명령을 듣고 즉시 중간계단에 서고 황금 망치를 들어 북을 세 번 울렸다. 그러자 잠깐 사이에 팔백 명의 궁노와 오백 명의 종과 이백 명의 무사가 물밀듯 들어와 정전(正殿)에 나란히 늘어섰다. 큰 매와 붉은 곤장이며 굵은 노를 빽빽하게 베푸니 위엄이 늠름하고 기운이 엄숙해 가을에 서릿바람이 뿌리는 듯했다. 왕이 미우(眉宇)에 찬 바람이 세차고 길고 굽은 눈썹이 관을 가리키며 봉황의 눈이 높아 엄숙하고 매서운 기상이 엄동설한에 북풍이 급히 일어나는 것 같았다. 이에 좌우의 사람들이 전율을 이기지 못해 호흡을 하지 못할 정도였다.

왕이 머리에 통천관을 쓰고 몸에는 홍룡포를 입고 의자에 앉으니

---

56) 고(孤): 제후가 자신을 낮추어 부르는 말.
57) 빈관(賓官): 예식이나 행사가 있을 때 부르는 손님.
58) 금령(金鈴): 금속으로 만든 방울.

남공 등 네 명이 비스듬히 차례로 앉았다. 노 부사는 우편에 있고 좌편에는 상서와 사인, 학사가 관복을 바르게 하고 시립했다.

왕이 명령해 혜선을 잡아 오라 하니 여남은 무사가 나는 듯이 혜선을 끌어다가 결박해 계단 아래에 꿇렸다. 노 부사가 한번 보고 낯빛이 흙과 같이 되어 견디고 앉아 있지 못하니 좌우 사람들이 웃음을 머금었다. 왕이 이에 명령을 내렸다.

"너 요망한 중이 어느 곳의 여승이기에 감히 사대부 집안에 이르러 흉악하고 참혹한 짓을 한 것이냐? 이제 축사를 보니 이 일은 너의 본심에서 나온 것이 아니니 바른 대로 하나하나 고한다면 형벌이 미치지 않을 것이다. 그렇지 않는다면 오형으로 다스려 오래되지 않아 너를 가루를 만들어 버릴 것이다."

혜선이 크게 소리 질러 말했다.

"어젯밤의 무고(巫蠱) 일은 제가 저지른 일이 아닙니다. 어르신의 셋째며느리인 노 씨가 가르쳐 주기에 그대로 하다가 어르신께 잡힌 것이니 소승은 이것밖에는 아뢸 것이 없나이다."

왕이 다 듣고는 물었다.

"네 말이 옳다 하자. 그런데 노 씨는 무슨 까닭에 나를 해치려 한 것이냐?"

선이 대답했다.

"무슨 까닭이겠나이까? 어르신이 셋째낭군을 매우 꾸짖으셔서 금슬을 방해하시기에 이 때문에 원망하고 꺼려 어르신을 해치려 한 것입니다."

연왕이 드디어 주머니에서 문목(問目)[59]을 내어 첫 번째 항목을

---

59) 문목(問目): 질문을 적은 종이.

물었다.

"어느 날 밤에 운성각에서 학사가 들어갈 때 이러이러한 서간을 누가 사이를 타서 넣어 학사가 보게 한 것이며 또 그 후에 누가 밤을 타 나와 홍아가 되어 나가 예부 상공을 유인하고 학사가 예부를 처음 보게 한 것이냐?"

혜선이 대답했다.

"서간도 소리(小尼)가 바람이 되어 갔다가 둔 것이요, 홍아가 되어 나간 것도 제가 한 것이며 학사에게 참소해 그를 보낸 것은 노 씨가 한 일입니다."

왕이 또 한 항목을 물었다.

"윤 어사를 사주해 예부상서 공을 논핵하고 정위(廷尉)[60]에 내린 후에 영대가 되어 가서 옥사를 흐트러뜨린 것도 네가 한 일이냐?"

혜선이 대답했다.

"당초에 노 씨가 학사를 격동시켜 화 씨를 죽이려 하다가 태부 상공 때문에 못 죽이자 노 씨가 이에 한스러움을 이기지 못했습니다. 그래서 학사를 이리이리 가르쳐 남공 어르신께 가 발작하게 하고 노 씨는 친정에 가 윤 어사를 부추겨 조 상서에게 뇌물을 들여 예부 상공을 죽이려 했습니다. 그런데 천자께서 옥사를 늦추시자 노 씨가 빈승을 힘써 보채기에 제가 마지못해 영대가 되어 옥사를 흐트러뜨려 예부 어르신이 형벌을 받으시게 했습니다. 예부 상공과 화 씨의 서간을 상자 속에 넣은 것은 제가 남모르게 한 것입니다."

왕이 또 하나의 문목을 내어 물었다.

"조 부인 임종이 가장 수상하니 그것도 네가 한 일이냐?"

---

60) 정위(廷尉): 중국 진(秦)나라 때부터, 형벌을 맡아보던 벼슬. 구경(九卿)의 하나였던바, 나중에 대리(大理)로 고침.

혜선이 대답했다.

"이 또한 노 씨의 명령을 받아 빈승이 조 부인을 죽였으니 그렇게 해서 태부를 해치려 한 것입니다."

왕이 또 물었다.

"어느 날에 두 밤을 두고 연거푸 남자가 채운당에 돌입하고 서간을 어린 소저에게 준 것은 어찌 된 일이냐?"

선이 대답했다.

"이 또 임 소저가 언어를 삼가지 못하셔서 이러이러한 말을 하시자 노 씨가 분노해 저를 사주한 것입니다. 제가 드디어 남자가 되어 상서를 격동시켜 임 소저를 해치려 했으나 모두 곧이듣지 않으셨습니다. 그래서 하릴없이 노 부사를 청해 계교를 알려 주고 시어사 윤혁과 태감 강문양, 유선과 내응해 임 상서, 위 공을 사지에 넣은 것입니다."

왕이 다 듣고 또 물었다.

"전후의 사연은 다 옳다. 그런데 대강 노 씨의 본모습이 본디 없는데 예부와 무슨 원한이 있어 그토록 예부를 해치려 하고 너는 어떤 사람이기에 저 사람을 도와 도리에 어긋난 악한 짓을 한 것이냐?"

혜선이 소리를 높여 야속한 목소리로 일렀다.

"빈승은 본디 종남산 수월암 주지 비구니입니다. 젊어서 이인(異人)을 만나 환술을 배웠는데 노 부사 부인과는 어려서부터 깊이 사귀어 노 부사 댁에 왕래했습니다. 당초에 노 씨 몽화가 존문(尊門)에서 쫓겨나자 뼈에 사무치도록 애통해 하며 빈승에게 자신을 구제해 주기를 청했습니다. 빈승이 또한 헤아리기에 노 씨와 학사가 인연이 있으므로 드디어 노 씨를 데리고 산속에 가 칠팔 년을 있으면서 학사가 자라기를 기다렸습니다. 드디어 노 씨에게 약을 먹여 형체를 바꾸고 노 씨를 데리고 민간에 갔습니다. 그리고 화씨 집안에 노 씨를 팔아 소저의 시녀로 삼도록 했습니다. 노 씨가 학사와 정을 맺은 후 노 부사와 의논해 방을 써 붙이고 그 몸을 빼어 노씨 집안에 돌아가 학사의 재실로 들어가려 했습니다. 그러나 대왕께서 허락하지 않으셨으므로 빈도(貧道)가 황제 꿈에 뵈여 전지(傳旨)를 얻어 노 씨가 이씨 집안에 들어가도록 했습니다. 노 씨가 옛날의 원한을 갚으려 해 예부 상공이 죽도록 모해해 결국에는 예부 상공이 귀양을 가도록 했습니다. 그리고 빈승의 오라비 새공아를 보내 예부 상공을 죽이라 했는데 소식이 없고, 올케 승난아는 화 씨를 해치려 보냈다가 어르신께 잡혀 죽을 뻔했습니다. 이 일들은 다 노 씨의 계교에서 나온 것입니다. 태부 어르신의 일은 처음에 노 부사가 이르러 구혼하셨을 때 태부 어르신이 맹렬하게 물리쳤다 해 그 한으로 태부 어르신을 해친 것이니 이제는 다시 고할 말이 없나이다.”

이 말을 듣고 좌우의 사람들이 놀라지 않는 이가 없어 서로 얼굴을 바라보았다. 왕이 분노와 한이 머리끝까지 치솟아 부채로 난간을 쳐 말했다.

“고금 천하에 이처럼 음험하고 간교한 일이 어디에 있단 말인가?”

그리고 즉시 용포와 옥대를 벗고 하남공 면전에 꿇어 죄를 청해 말했다.

“제가 어리석고 보잘것없어 이처럼 천고에 드문 흉변이 일어나게 되었으니 무슨 면목으로 천하게 설 수 있겠습니까?”

남공이 역시 낯빛이 잿빛처럼 된 채 말했다.

“이는 처음에 내가 잘못해 아우에게 재앙이 옮겨 간 것이니 누구를 한하며 무슨 말을 하겠느냐?”

노 부사는 차마 편안히 있지 못하고 부끄럽고 두려워 낯을 둘 땅이 없어 넌지시 돌아갔다. 이에 개국공이 노 부사를 머무르게 하려 하자 왕이 말했다.

"이미 전후의 일을 다 보았으니 머무르게 해 무엇 하겠느냐?"

개국공이 옳게 여겨 머무르게 하려는 행동을 그치고는 노 부사의 거동을 우습게 여겨 박장대소하니 왕이 탄식하고 말했다.

"집안에 천고 이래로 듣지 못하던 흉한 변고가 일어났는데 어느 마음에 웃음이 나겠느냐? 형님은 들어가 이 일을 부모님께 고하소서."

남공이 일어나자, 왕이 좌우의 사람들을 시켜 학사를 잡아 내려 엄히 결박하게 하고 죄를 하나하나 따져 가며 말했다.

"내가 불행해 너 같은 패륜의 자식을 두어 더러운 이름이 천하에 들리고 가문의 치욕이 가볍지 않으니 참으로 할 말이 없다. 알지 못하겠구나. 오늘 일을 네가 목도했으니 네 무슨 낯으로 천하에 서고 싶겠느냐? 그 죄악이 태산과 같으니 목이 베여도 용납받지 못할 것이다. 폐하께 고하고 너를 다스릴 것이나 먼저 가문을 어지럽게 한 죄로 장 80대는 면하지 못할 것이다."

드디어 매를 내어오라 하니 개국공이 황급히 꿇어 간했다.

"백문이의 죄는 무거우나 폐하의 뜻이 어떠하실지 알고 먼저 죄를 꾸짖으신단 말입니까? 아직 잠시 멈추소서."

왕이 정색한 채 대답하지 않고 엄히 죄를 따져 가며 30여 대를 쳤다. 이에 개국공이 초조해 왕의 옷을 잡고 머리를 두드리며 울며 간했다. 그러자 왕이 마지못해 백문을 묶어 대궐 아래로 대령하라 하고 즉시 붓과 벼루를 내어오게 해 상소를 이루었다. 그리고 상소를 들고 밖으로 나갈 적에 상서를 시켜 부모에게 다음과 같이 고하도록 했다.

'이 아이는 선조에 죄를 얻은 버려진 사람이니 당당히 천자 앞에서 죄를 받게 하고 부모님께 나아가 제 죄를 청하겠습니다.'

이때 승상 부부와 유 부인은 혜선의 초사(招辭)⁶¹⁾를 보고 전후의 요괴로운 간계는 이를 것도 없고 지금의 노 씨가 전날의 노몽화인 줄을 알자 두 눈이 둥그레져 시비할 말을 생각하지 못하고 있었다. 그러던 차에 왕이 전하는 말을 듣고 승상이 탄식해 말했다.

"시루가 이미 깨졌으니 설마 어찌하겠는가?"

유 부인이 손뼉을 치며 화를 내어 말했다.

"고금에 악한 사람이 있다 한들 만고에 이런 일이 어디에 있느냐? 만고에 없는 흉한 변고니 차마 무슨 낯으로 남을 대하고 싶겠느냐?"

승상이 탄식하고 대답했다.

"이 또 집안의 운수가 불행해서 일어난 일이나 이제 놀란들 어찌하겠나이까? 법을 엄정히 해 이후에나 이런 폐단이 없게 하면 다행일 것입니다."

말을 마치고 아들들을 거느려 대궐로 향했다.

연왕이 대궐 밖에 나아가 베옷에 짚신 차림으로 거적을 깔아 벌주시기를 기다리고 표(表)를 올려 아뢰었다.

'죄인 이몽창은 백 번 절하고 머리를 두드립니다. 성황성공(誠惶誠恐)⁶²⁾ 고개를 조아려 가시나무를 지고 벌 받기를 기다리며 속에 품은 더러운 소회를 폐하께 올리나이다.

그윽이 엎드려 생각하니 천하에 삼강오륜이 막중해 예로부터 지금까지 없어지지 않았습니다. 우리 왕조에 이르러 태조 고황제(高皇

---

61) 초사(招辭): 죄인이 자기의 범죄 사실을 진술하던 말.
62) 성황성공(誠惶誠恐): 진실로 황공하다는 뜻으로, 임금에게 올리는 글의 첫머리에 쓰는 표현.

帝)[63]께서 한 자의 칼을 잡으셔서 천하를 하나로 통일하고 인륜을 으뜸으로 삼으셨으니 먼 지방의 선비들에 이르기까지 교화가 이루어졌습니다. 그런데 신의 집 망극한 변란은 차마 붓을 들어 아뢸 바가 없으니 장차 죽기를 청하나이다.

예전에 백형 하남공 몽현의 장자 죄인 이흥문이 추밀부사 노강의 딸을 두 번째 아내로 맞아 아내의 수를 채웠으나 지극히 후대해 부부의 정을 오롯하게 했습니다. 그런데 노녀가 간교한 계교로 정실을 모해해 사달이 이리이리 일어나고 신의 딸 동궁 마님을 해쳐 하마터면 마님이 죽을 뻔했습니다. 또 정실 양 씨를 인륜을 범한 죄수 폐인으로 만들어 하늘의 해를 못 보게 만들었으니 양 씨는 곧 새로 부임한 각로 태학사 양세정의 딸입니다. 양 씨는 명문 집안에서 나서 자라고 그 아비의 밝은 가르침을 받아 성품과 행실이 참으로 성녀(聖女)의 틀이 있습니다. 그래서 일가 사람들이 칭송하는 것은 이를 것도 없고 해와 달처럼 신명하신 계양 옥주께서도 마음으로 복종하셨습니다. 그런데 하루아침에 양 씨를 폐인으로 만들어 버렸으니 까마귀의 암수를 구별하기 어려워 밤낮으로 근심하고 두려워했습니다. 그러다가 죄인 흥문이 식감(識鑑)[64]이 옛사람을 따를 정도여서 이러이러한 계교로 간사한 정황을 캐어 찾아냈으니 노 씨가 진실로 음란하고 패악해 형벌에 나아가야 했습니다. 그런데 신의 형 몽현이 인자하고 너그러운 은택을 드리워 노 씨에게 관비가 될 것을 허락하고 노 씨를 조용히 돌려보냈습니다. 이것은 얻지 못한 큰 은덕이거늘 노 씨가 뉘우칠 줄을 알지 못하고 종남산 여승 혜선을 따라 칠팔 년

---

63) 태조 고황제(高皇帝): 중국 명(明)나라를 세운 주원장(朱元璋, 1328~1398)을 이름. 태조는 묘호이고 고황제는 시호를 줄여 부른 명칭임. 연호는 홍무(洪武, 1368~1398).

64) 식감(識鑑): 어떤 사물의 가치나 진위 따위를 알아냄. 또는 그런 식견.

을 암자에 있다가 온갖 그릇된 방법으로 백문의 처가 되었습니다. 전후에 저지른 패악한 행동은 이를 것도 없고 죄인 흥문과 임계운, 위공부, 세문 등의 환난이 다 이 여자에게서 비롯된 일입니다.

신이 불행해 미미한 몸으로서 폐하의 은택을 줄곧 입어 천승의 제후가 되어 한 지방에 외람되게 임했습니다. 스스로 민첩하지 못한 줄을 알아 밤낮으로 황송해 깊은 못과 얇은 얼음을 디딘 듯 조심스럽더니 눈앞에 이런 참혹한 흉변이 일어났습니다. 대종(大宗)의 장자를 사지에 넣어 강상의 죄인을 만들었으니 선조에 죄를 얻은 것이 심상치 않습니다. 아울러 어진 벗과 조카를 다 죄인을 만들어 역모의 무리가 되어 수자리 살도록 했으니 원통함을 풀 기약이 없었습니다. 이것이 다 신의 죄입니다. 죄신의 아들 백문이 사촌의 처를 간음해 강상을 범하고 인륜을 어지럽혔으며 어진 아내를 죽게 하고 집안에 들어 있으면서 음탕한 행동을 했으니 이자는 천고의 악인입니다.

원컨대 폐하께서는 백문과 노 씨를 목 베어 국법을 엄정히 하시고 삼강오륜을 맑게 하소서. 아울러 죄신이 아들을 엄하게 가르치지 못하고 선조를 저버린 한심한 죄를 다스려 천하 다스리는 도리를 굳게 하소서. 신이 전후에 일어난 해괴한 일을 자세히 아뢰고자 하오나 번거로우므로 황송히 죄인의 전후 초안(招案)[65]을 거두어 계사(啓辭)[66]하나이다.'

임금께서 다 보시고 크게 놀라 말씀하셨다.

"고금에 이런 흉한 일이 어디에 있겠는가? 백문이 홀로 그르다 못할 것이다. 짐이 또한 혜선의 술법에 속았으니 이는 귀신도 헤아리지 못했을 것이로다."

---

65) 초안(招案): 죄인이 복초(服招)한 글.
66) 계사(啓辭): 논죄(論罪)에 관하여 임금에게 올리던 글.

드디어 형부에 조서를 내려 이 일을 다스리려 하셨다. 이때 중서성으로부터 항주 자사의 계문(啓聞)[67]이 올라왔다. 한림학사가 읽으니 내용은 다음과 같았다.

'항주 자사 소신 화진은 성황성공하고 삼가 표를 올리나이다. 신이 나라의 명령을 받아 몇 년을 변방에 머무니 멀리 용안을 바라보아 구구한 회포가 날로 깊어짐을 면하지 못하겠나이다. 신이 항주에 도임한 지 4년이 되었습니다. 잠깐 살피니 아동과 심부름꾼이 다 예의로 행동하니 이는 다 폐하의 거룩하신 덕이 밝으신 덕택입니다. 신이 그윽이 기쁘게 여기는 것은 성상의 교화가 이처럼 퍼지셔서 멀리 천 리 땅까지 다스려져 바르게 된 것입니다. 그런데 신임 태사 조훈은 어떠한 사람이기에 설사 태주 죄인 경문이 아내를 죽였다고 말해지나 자식 있는 사위를 관청에 고소한단 말입니까? 그리고 그 일도 그른데, 어찌 연곡(輦轂)[68]에 앉아서 도적을 시켜 형주로 귀양 가는 죄인의 길을 따라가 그 딸 이경문의 처를 탈취해 첩으로 삼으려 한 것입니까? 고금에 이런 흉악하고 모진 놈이 어디에 있으며 크고 넓은 하늘이 이자에게 진노하지 않겠나이까? 이런 까닭에 신이 도적의 무리를 잡아 신문하니 이자들이 분명히 승복했으므로 신이 마음대로 처리하지 못해 거두어 올려 보냅니다. 성상께서는 조훈이 외척이라고 잘 대우하지 마시고 엄히 다스려 후일을 징계하소서. 국가가 불행해 간사한 여자와 간악한 사람이 조정을 탁하고 어지럽게 해 일이 어설프게 된 것이 이 지경에 이르렀습니다. 신이 멀리 폐하가 계신 수도를 우러러 마음속 깊이 분함을 참지 못하겠습니다. 신이 어려서부터 소인을 배척하는 것이 매우 심했습니다. 그래서 멀리 변방

---

67) 계문(啓聞): 신하가 글로 임금에게 알리던 일.
68) 연곡(輦轂): 임금이 타는 수레라는 뜻으로 임금이 있는 서울을 말함.

에 내쳐진 지 4년에 용안이 희미하니 식견 있는 자라면 다시 몸을 지킴 직합니다. 그러나 신이 어려서부터 선조들이 나라의 은혜를 망극히 입은 것을 알고 있었으므로 평소에 한 마음이 몸을 빻아서라도 그 은혜를 갚으려 했습니다. 그래서 대신에게 아첨할 줄을 알지 못하고 바로 폐하께 아뢰니 일을 깨끗하게 해 주시기를 바라옵니다. 모월 모일에 항주 자사 화진은 머리를 두드리고 백 번 절하나이다.'

임금께서 다 듣고는 매우 놀라고 노해 말씀하셨다.

"조훈이 국가의 큰 일을 맡아 몸이 대신에 거하고서 이런 음란하고 비루한 노릇을 한 것인가? 여러 가지 큰 옥사가 국가의 변고니 가볍게 못 할 것이다."

그러고서 즉시 추국청을 배설하라 하시고 만조백관을 불러 죄인을 다스리려 하셨다. 대궐에 무수한 나장(羅將)[69]이 구름 같고 도총대장군 척윤광이 군복에 검을 차고 어림군(御臨軍)[70] 삼천 명을 거느려 임금을 곁에서 모셨다. 형부상서와 대리시 관리며 금의위 관리들이 나란히 항렬을 맞춰 있으니 그 웅장하고 엄숙한 모습은 비할 데가 없었다.

임금께서 높이 아홉 용이 그려진 금상(金牀)에 앉으시고 이 승상을 부르셨다. 승상이 대궐 앞에서 죄를 기다리고 있다가 임금의 명령을 듣고 죄를 청해 말했다.

"죄인 백문은 신의 손자니 신이 어찌 감히 옥사에 참여할 수 있겠나이까?"

임금께서 이에 다시 승상을 부르며 말씀하셨다.

---

69) 나장(羅將): 죄인을 문초할 때에 매질하는 일과 귀양 가는 죄인을 압송하는 일을 맡아보던 하급 관리.
70) 어림군(御臨軍): 임금을 호위하는 군대.

"국가가 불행해 큰 옥사가 일어났으니 이는 우리 왕조가 생긴 이래로 듣지 못하던 변고로다. 그런데 상부(相父)⁷¹⁾가 피혐(避嫌)⁷²⁾한다면 짐이 어찌 홀로 다스릴 수 있겠는가?"

승상이 이에 마지못해 조복을 갖추고 대궐에 이르렀다. 백관이 아직 자리를 이루지 못하고 있다가 승상이 맨 윗자리에서 꿇으니 일시에 뒤를 이어 차례로 엎드렸다. 다 엎드리자 용문대장군 장성립이 망치를 들어 금고(金鼓)를 울리니 모든 무사가 일시에 형벌 기구를 갖추었다. 그러자 조훈, 윤혁, 유선, 강문양 등과 여승 혜승, 백문을 큰 칼을 씌우고 손발을 묶어 모두 끌어냈다. 임금께서 이에 문득 하교를 내리셨다.

"죄인 백문은 공신의 아들이다. 접때 중죄가 있어도 이렇듯 못 할 것인데 하물며 간사한 처에게 속은 죄임에랴. 빨리 칼을 벗겨 장방(長房)⁷³⁾에 가두라."

그러자 네다섯 명의 무사가 명령을 듣고 백문을 도로 내어갔다. 임금께서 먼저 혜선에게 물으시니 혜선이 대답했다.

"빈승의 죄는 연왕 면전에서 다 고했으니 그다음에는 노 씨를 잡아 신문하소서."

임금께서 옳게 여기셔서 위사(衛士)를 시켜 노 씨를 잡아 오라 하셨다.

이때 노 씨는 일이 이미 드러나 혜선이 실토하고 연왕이 백문을 잡아 대궐로 나아가는 것을 보니 자기가 죽을 줄 알고 홍영과 함께 남복을 입고 낮에 송진과 자황(雌黃)⁷⁴⁾을 개어 바른 후 문을 나서

---

71) 상부(相父): 황제가 선조(先朝) 때부터 계속 재상으로 있는 사람에게 불렀던 경칭(敬稱).
72) 피혐(避嫌): 논핵하는 사건에 관련된 벼슬아치가 벼슬에 나가는 것을 피하던 일.
73) 장방(長房): 관아에서 서리(書吏)가 쓰던 방.
74) 자황(雌黃): 황과 비소의 화합물로 채색용으로도 쓰임.

달아났다. 그러니 위사가 잡으려 한들 그림자를 어디에 가 얻겠는가.

노 부사에게 가 뒤졌으나 찾지 못하고 노 부사를 묶어 돌아왔다. 임금께서 이에 더욱 흉하게 여겨 승상을 돌아보아 말씀하셨다.

"이 사람의 간악함이 이와 같은데 선생이 어찌 엄하게 지키지 않은 것인가?"

승상이 머리를 숙이고 대답했다.

"노녀의 음흉함은 안 지 오래되었으나 이토록 했을 줄은 몽매 밖입니다. 또 혜선 요망한 중이 자세히 승복했으니 잡아 죽이시는 것 외에는 물으실 것이 없나이다."

임금께서 옳게 여겨 윤혁을 먼저 신문하셨다.

"너는 나라의 은혜를 입어 몸이 대간(臺諫)의 벼슬에 있으면서 그른 사람의 청을 들어 이흥문을 사지(死地)에 넣고 임계운 등을 역모를 꾀한 죄로 밀어 넣어 짐으로 하여금 어진 신하를 잃게 만들었느냐?"

윤혁이 반박해 말했다.

"신은 나라의 은혜를 갚느라 공정한 견해를 지켰을 뿐 다른 죄는 없나이다."

임금께서 더욱 노해 형장을 내려 한 차례 때리시니 윤혁이 견디지 못해 빨리 실토했다.

"신이 본디 문호가 미미하고 벼슬이 한미해 저 이씨 집안이 무리를 이뤄 벼슬한 것을 꺼렸습니다. 그러던 중에 재종매 노 씨가 이리이리 이르기에 기틀을 얻어 상소했습니다. 임계운 등을 모해한 것은 노강이 계교를 알려 주기에 베푼 것입니다."

임금께서 또 노 부사에게 물으시니 부사가 두 눈이 멀건 채 급히 대답했다.

"신이 나이 늙고 식견이 우매해 사나운 자식이 달래는 말을 들어 전후에 지은 죄악이 태산 같으니 죽기를 원하나이다."

임금께서 또 유선과 강문양에게 물으시니 다 노 부사와 윤혁이 달래는 말을 들어 행동했다고 했다. 그러니 이미 임 공 등의 애매함이 백옥처럼 벗어나게 되었다. 임금께서 이에 노한 낯빛으로 조훈을 꾸짖으셨다.

"경은 국구의 아들로 국가의 대신인데 어찌 이처럼 음험하고 간악한가? 증거 없이 큰 옥사를 이루어 사위를 해치고 남의 아내를 탈취하려 했으니 그대가 장차 무슨 벌을 받아야 옳겠는가?"

훈이 고개를 숙이고 할 말을 찾지 못했다. 뭇 도적을 신문하니 간악한 모습이 분명히 드러났다. 이에 임금께서 신하들을 돌아보아 말씀하셨다.

"모든 죄인의 분명한 초안(招案)을 보니 모두 극악한 대죄를 저질렀도다. 노강 등을 한결같이 역률(逆律)로 참할 것이다."

신하들이 머리를 두드리며 마땅하신 처사임을 일컬었다. 다만 이 승상이 홀로 머리를 두드리며 너그러운 은전을 쓰시는 것이 옳다 하니 임금께서 말씀하셨다.

"노강은 당당한 사대부로서 한 딸이 두 사위를 얻는 중에 그 강상을 범하도록 했으니 국법으로 용서하지 못할 것이요, 요망한 중과 결탁해 애매한 대신을 함정에 넣는 것을 능사로 알았으니 그 죄는 대역(大逆)과 다름이 없도다. 윤혁은 신진 명사로서 짐의 총명을 가렸으니 그 죄가 어찌 죽을죄가 아닌가? 조훈은 사위를 관청에 고소하고 그 처자를 탈취하려 했으니 강상과 인륜을 그르친 도적이라 오형(五刑)75)으로 다스릴 것이다. 그러니 상부(相父)는 편벽되게 행동해 국법을 느슨하게 말라. 하물며 흥문은 황손이요, 계양 공주는 선제께서 기대하고 총애하시던 분이거늘 홍문의 애매함이 백옥 같은데 간신이 하루아침에 계교를 부려 홍문을 죽일 뻔했도다. 그리고 지금 머나먼 곳에 내쳐진 지 2년에 그 고초와 환난이 몇 가지인 줄 알 수 있겠는가? 그 일을 생각하면 내 마음이 부서지는 듯한데 상부는 홀로 원망이 없는 것인가? 이 모두 홍문과 경문을 위해 조훈을 더욱 놓아 주지 못할 일이로다."

승상이 관을 벗고는 옥계에 머리를 두드리고 고개를 조아려 말했다.

"신처럼 재주 없고 덕이 없는 사람이 외람되게 성은을 망극히 입어 승상의 지위로 은혜를 입은 지 30년이 되었으나 터럭 끝만큼이라도 국가를 위해 갚은 일이 없습니다. 그래서 신이 가진 제후의 지위를 돌아보면 부끄러움만 배에 가득했습니다. 그런데 오늘 천고에 희한한 큰 옥사를 당해 위로는 성상께서 밝게 살피시고 아래로 삼척(三尺)76)의 법을 잡아 일이 분명하고 말이 이치에 맞는데 노신이 감히 암탉이 새벽에 우는 것을 본받아 한 말씀을 아뢰려 하니 황공해 죄를 기다리나이다.

국가가 불행해 도적이 해마다 일어나고 또 근년에는 가뭄이 매우 심하니 참으로 근심할 만한 징조입니다. 죄인 노강의 죄는 만 번 죽어도 아깝지 않으니 한때 사나운 자식이 달래는 말을 들어 하루아침에 큰 죄에 빠졌습니다. 그 근본을 헤아려 보면 노강이 조금이라도 지식이 있다면 악한 딸과 간사한 중의 말을 안 들어 강상을 무너뜨리지 않았을 것입니다. 그러나 노강은 지식이 없고 어리석은 사람이

---

75) 오형(五刑): 다섯 가지 형벌. 묵형(墨刑), 의형(劓刑), 월형(刖刑), 궁형(宮刑), 대벽(大辟)을 이르는데, 묵형은 죄인의 이마나 팔뚝 따위에 먹줄로 죄명을 써넣던 형벌이고 의형은 코를 베는 형벌이며 월형은 발꿈치를 자르는 형벌이고, 궁형은 생식기를 자르는 형벌이며, 대벽은 목을 베는 형벌임.

76) 삼척(三尺): 법률. 고대 중국에서 석 자 길이의 죽간(竹簡)에 법률을 썼던 데서 유래함.

니 만일 어진 일로 가르친다면 어질게 될 것이요, 사나운 일로 가르친다면 사납게 될 것입니다. 그러니 이 사람을 어찌 다른 사람처럼 책망해 이자에게 딸의 연좌를 쓸 수 있겠습니까? 괴수 노몽화는 천고의 강상을 무너뜨리고 오륜을 저버려 전후에 지은 죄악이 산과 같고 물과 같아 오형으로 능지처참해도 아깝지 않을 것입니다. 그러나 그 여자가 남긴 재앙으로 많은 사람이 죄를 입는다면 자못 교화가 손상될 것입니다. 원컨대 폐하께서는 노녀를 찾으셔서 법을 엄정히 하시는 것이 옳을까 하나이다. 조훈이 태주에 정배된 죄수 경문을 관청에 고소한 것은 잘못된 일입니다. 그러나 왕왕 그러한 일을 한 사람이 있었으니 이미 경문이 한 방에 있다가 죽은 후에야 옥석을 누가 가릴 수 있을 것이며 노녀의 음란하고 악한 계교를 어찌 알았겠습니까? 다만 위 씨 여자를 탈취하려 한 마음이 괘씸하니 사형에서 덜어 주소서. 훈의 죄는 비록 역률에 해당하나 황후 마님의 낯을 봐 주시는 것이 옳습니다. 노신이 드리는 말씀은 저 죄인들을 죽여 법을 세우는 것이 법 밖의 일이라 하는 것이 아니라 국가의 살육을 늦추려 하는 것이니 원컨대 폐하께서는 살피소서.”

임금께서 다 듣고는 안색을 고치고 칭찬하셨다.

“상부가 사물을 아끼고 삶을 구하려는 어진 마음은 이윤(伊尹)[77]과 곽광(霍光)[78]보다 위에 있으니 길이 칭송하노라. 조훈과 노강은 용서하겠으나 윤혁과 유선 등은 용서하지 못할 것이다.”

말이 끝나지 않아서 도어사 여박과 간의태부 장계연장옥계의 셋째아

---

77) 이윤(伊尹): 중국 은(殷)나라의 이름난 재상으로 탕왕(湯王)을 도와 하(夏)나라의 걸왕(桀王)을 멸망시키고 선정을 베풀었음.
78) 곽광(霍光): 중국 전한(前漢)의 장군(?~B.C.68). 무제(武帝)를 섬기다가 무제가 죽자 실권을 장악함. 어린 소제(昭帝)를 보좌하여 대사마 대장군(大司馬大將軍)이 되었으며, 소제가 죽은 뒤 선제(宣帝)를 즉위시켜 20여 년 동안 권력을 누림.

들이 붉은 도포를 부치고 홀을 받들어 아뢰었다.

"이 승상의 말씀은 어진 것이 으뜸입니다. 그러나 법으로 의논한다면 노강은 조정의 신료로서 제 몸이 사대부이거늘 딸을 가르쳐 천고의 강상을 무너뜨렸으며 음란하고 패악한 죄악이 가득하니 마땅히 오형으로 능지처참하는 것이 옳습니다. 그러니 어찌 노강을 용서하실 수 있겠습니까? 조훈은 당당한 대신으로 급암(汲黯)79)의 행실을 본받지는 못한다 한들 제 어찌 연곡에 앉아 대신의 아내를 탈취하러 도적을 보낼 수 있단 말입니까? 이 죄는 참으로 흉하고 악하니 용서하지 못할 일입니다."

임금께서 옳게 여기시자 승상이 다시 머리를 두드려 말했다.

"대간이 힘써 간하는 것도 그르지 않으나 폐하의 마음이 두세 가지로 변하시는 것은 옳지 않나이다."

임금께서 이에 윤허하시니 여 어사가 낯빛이 좋지 않은 채 말했다.

"나라의 법이 너무 느슨한 것은 잘못된 일입니다. 조 씨와 노 씨 두 사람의 죄악이 역률보다 덜한 것이 없거늘 무슨 까닭에 그들을 살려 내쳐 뒷사람을 경계하지 않는 것이옵니까?"

승상이 이에 말했다.

"군 등의 의논이 고상하고 강직하므로 내가 참으로 항복하겠으나 나의 처사도 정도를 잡은 것이니 어찌 옳지 않은 노릇을 할 수 있겠는가?"

임금께서 어사 등의 말이 선한 뜻이 아니라 하시고 백문을 풀어 주어 죄를 묻지 말라 하시니 여 어사가 발끈 낯빛을 바꾸어 아뢰었다.

"백문은 천하에 버려진 사람이니 무슨 까닭으로 벌도 없이 놓아

---

79) 급암(汲黯): 중국 전한(前漢) 무제(武帝) 때의 간신(諫臣, ?~B.C.112). 자는 장유(長孺). 성정이
엄격하고 직간을 잘하여 무제로부터 '사직(社稷)의 신하'라는 말을 들음.

줄 수 있겠나이까? 진실로 알지 못할 일입니다."

이에 임금께서 말씀하셨다.

"정국공은 국가의 공신이요, 연왕이 남정북벌한 공신임은 이를 것도 없고 엄동설한에 천 리 길을 홀로 가 짐을 구한 공로가 천하에 둘도 없으니 그 아들 하나를 용서하지 못하겠는가?"

이에 여박과 장 어사가 함께 아뢰었다.

"폐하의 거룩하신 말씀이 마땅하십니다. 그러나 백문이 어진 처를 박대하고 사촌의 처자를 간음했으며 중간에 부모의 책망을 역정내어 행동한 죄가 깊으니 만일 백문을 다스리지 않는다면 교화를 어질게 하시는 도리가 아닙니다."

임금께서 정색하고 말씀하셨다.

"백문의 죄를 짐이 모르는 것이 아니나 그 아비의 공이 중하므로 집안에서 잘못을 뉘우치게 하라."

그러고서 조회를 파하셨다.

연왕이 대궐 앞에서 죄를 기다리고 있다가 이 소식을 듣고 어이없어 상소했으니 그 내용은 다음과 같다.

'죄신(罪臣)이 타고난 인생이 기구하고 운명이 어그러진 것이 많아 오늘날 이런 난처하고 어려운 때를 당했습니다. 몸과 마음이 어지럽고 생각이 어릿해 다만 천지 부모께서 분명하고 엄정히 처치해 주시기를 바랐습니다. 그런데 조서를 받드니 황공하고 부끄러워 죽으려 해도 죽을 땅이 없을 지경이라 온 마음이 머리를 깎고 산간에 돌아가고 싶나이다. 죄인 백문이 전후에 강상을 범한 죄악은 이를 것도 없고 그 흉포하고 허랑한 심술을 보면 천하에 드문 악인이요, 서울에 두지 못할 소인입니다. 신의 미미한 공 때문에 백문을 다스리지 않으신다면 조정의 인재가 스스로 물러날 것입니다. 그런데 성상께서 무슨 까닭에 이처럼 국가의 기강이 이지러지게 하시는 것입니까? 신이 스스로 죽어 자식을 못 낳은 죄를 갚으려 하오니 엎드려 바라건대 폐하께서는 살피소서.'

임금께서 이에 수조(手詔)[80]로 연왕을 위로하셨다.

'경의 강개한 말이 아름다우나 백문이 여자에게 속았을지언정 실은 무죄한 것이 분명하니 경은 편히 있으라.'

왕이 이에 초조해 다시 상소를 지으니 하남공이 이르러 꾸짖었다.

"백문이의 죄가 깊으나 홀로 자기 탓이 아니요, 네가 또 두 번 상소해 강직한 절개를 세웠거늘 이토록 과도하게 구는 것이냐? 호랑이도 제 자식을 사랑하는데 아우는 부자의 정이 이처럼 엷은 것이냐?"

왕이 다 듣고는 눈물을 드리워 사죄해 말했다.

"제가 설사 보잘것없으나 마음이 자식에게 부족하겠나이까? 다만 성상께서 우리에게 너무 편벽되게 대하셔서 국법이 느슨해지는 것을 생각지 않으시니, 제가 강직한 절개를 세워 빛나는 이름을 나타내려 한 것이 아니라 훗날 가문을 보전하고 이후에 이런 예가 없게 하려 해서입니다."

남공이 겸손히 사례해 말했다.

"내 소견이 무식해 아우의 밝은 뜻을 몰랐으니 뉘우친다."

이에 왕이 황급히 사례하고 다시 표를 올려 아뢰었다.

'죄신 이몽창은 죽음을 잊고 급히 여러 번 폐하의 위엄을 범하니 그 죄는 만 번 죽어도 아깝지 않나이다. 아, 성인의 예법과 현명한 왕의 법률은 국가를 다스리고 천하를 고르게 하는 근본이니 이것이 예로부터 없었다면 백문 같은 죄인이 어찌 감히 큰 집에서 편안히

---

80) 수조(手詔): 제왕이 손수 쓴 조서.

거처하며 몸 위에 머리를 보전할 수 있었겠나이까? 신이 약관(弱冠)의 나이부터 폐하께 은혜를 망극히 입었으나 조금도 갚은 것이 없었는데 외람되게도 천승(千乘) 왕의 벼슬에 거하게 되었습니다. 연북 지방이 너르고 기름진 들판이 천 리라 제후 중에서 으뜸이니 신이 밤낮으로 근심하고 두려워해 복이 없어질까 두려워하고 국가를 위해 도움 된 일이 없어 슬퍼했습니다. 그런데 보잘것없는 자식을 두어 이 자식이 가문을 더럽히고 지친을 해쳐 계양 옥주가 천금같이 아끼는 자식으로서 신(臣) 부모의 대종(大宗)을 받들 사람인 성도 죄인 흥문을 죽일 뻔했으니 이 죄가 어찌 죽음이 마땅하지 않으며 벌이 가벼울 수 있겠나이까? 다만 성상께서 신의 미미한 공로를 마음에 두셔서 천지간에 이런 죄인을 다스리지 않으시나이까? 엎드려 통곡하는 바는 이 일이 본보기가 되어 국가에 비상한 변고가 차차로 일어 나올 것이니 신이 어찌 한 자식을 아껴 국가를 저버리겠나이까? 슬픕니다! 예의와 염치는 국가의 기틀이요, 강상과 오륜은 사람이 좇아야 할 바인데 신이 분수에 지나치게 백관 위에 있으면서 다른 사람은 이르지도 말고 신의 수하를 못 다스리겠나이까? 마땅히 불효자를 죽이고 곧이어 폐하께 나아가 형벌을 받기를 원하나이다.'

임금께서 조서를 다 듣고 할 수 없이 백문을 외딴섬에 귀양 보내라 하시고 내시를 시켜 연왕을 부르시니 왕이 사양하며 말했다.

"신은 세상에 용납받지 못할 죄인이니 어찌 감히 용안을 뵙겠나이까?"

임금께서 다시 재촉해 말씀하셨다.

"경이 죄가 있으나 임금이 부르는데 더디게 올 수 있겠는가?"

왕이 이에 마지못해 장생전에 이르러 관을 벗고 머리를 두드려 피를 흘리며 말했다.

"신이 보잘것없어 오늘날 성상께서 다스리는 시대에 희한한 변고를 이루어 성상을 놀라시게 했으니 죄는 만 번 죽어도 마땅하옵니다."

임금께서 흔쾌히 왕을 붙들어 올리라 하고 말씀하셨다.

"경이 어려서부터 통달한 식견이 미칠 사람이 없더니 어찌 이처럼 조급한 것인가? 백문이 어린 나이에 너무 일찍 출세해 세상 물정을 알지 못하는데 노녀와 요망한 중이 그 가운데 내달아 귀신도 헤아리지 못하도록 속였으니 사광(師曠)의 귀밝음[81]과 니루(離婁)의 눈밝음[82]이 있다 한들 어찌 깨달았겠는가? 이런 까닭에 짐이 백문의 죄가 없으므로 별 폐단 없이 풀어 주었더니 경이 하도 과도하게 간하므로 외딴섬에 귀양 보낸 것이 족하니 경은 다시 잡말을 말라. 경의 나라 위한 충심이 이와 같으니 어찌 감탄을 참겠는가? 마땅히 쇠와 돌에 박아 후세에 전함 직하도다."

왕이 고개를 조아리고 두 번 절해 말했다.

"신이 보잘것없어 자식을 가르치지 못해 동기와 일가 사람들을 다 해칠 뻔했으니 생각하면 터럭과 뼈가 쭈뼛함을 참을 수 있겠나이까? 백문의 죄악이 가득한데 성상께서 마침내 법을 굽히셨으니 신이 개연함을 이기지 못하고 후세의 시비가 성상께 있을까 골똘하나이다."

이에 임금께서 웃으며 말씀하셨다.

"후세의 시비는 짐이 스스로 감당할 것이니 경은 부자의 정을 생각하고 편벽되게 인정 없는 노릇을 말라. 짐이 경 알기를 사랑하는

---

81) 사광(師曠)의 귀밝음: 사광은 중국 춘추시대 진(晉)나라 사람으로 자는 자야(子野)이고 저명한 악사(樂師)임. 눈이 보이지 않아 스스로 맹신(盲臣), 명신(暝臣)으로 부름. 진(晉)나라에서 대부(大夫) 벼슬을 했으므로 진야(晉野)로 불리기도 함. 음악에 정통하고 거문고를 잘 탔으며 음률을 잘 분변했다 함.

82) 이루(離婁)의 눈밝음: 이루는 중국 황제(黃帝) 시대의 사람으로 눈이 밝기로 유명해 백 보 밖에서 추호(秋毫)의 끝을 알아볼 수 있었다고 전해짐.

아우처럼 하니 만일 평범한 신하로 알았다면 이처럼 하지 않았을 것이로다."

연왕이 다 듣고는 눈물이 소매를 적신 채 말했다.

"폐하께서 신을 이처럼 알고 계시는데 신이 어리석어 폐하의 은혜를 갚지 못하니 어찌 부끄럽지 않나이까? 신이 한 몸을 빻아도 폐하의 은혜를 갚지 못할 것입니다."

임금께서 이에 위로하시고 태자가 곁에서 임금을 모시고 있다가 웃고 말씀하셨다.

"장인께서는 부질없는 눈물을 허비하지 말고 안심하고 염려하지 마소서. 사나운 아들에게 넋을 잃어 모습이 녹록한 아녀자에 가까워 계신 것입니까?"

임금께서 이에 크게 웃으셨다. 왕이 역시 웃고는 절한 후 조정에서 물러났다.

임금께서 조서를 내리셔서 성도 죄인 이홍문을 본래의 벼슬인 예부상서에 좌복야로 승진시켜 역마로 상경하게 하셨다. 또 임계운을 추밀사로 벼슬을 올리시고 위공부는 다시 광록대부를 더해 부르시고 태주에 귀양 가 있는 죄인 이경문을 좌참정 태자태사를 시켜 상경하라 하셨다. 이러한 명령이 성화같아 사자가 각각 전지(傳旨)를 받들어 내려가니 영광이 조정과 재야에 진동하고 각 관청이 소란스러웠다.

형부가 임금의 명령을 받들어 노강을 북쪽 끝 바닷가에서 수자리 살게 하고 조훈을 동해에 위리안치(圍籬安置)[83]하고 팔도에 방 붙여 노 씨를 찾았다. 또 백문을 사형에서 감해 항주에 귀양 보냈다. 이날

---

83) 위리안치(圍籬安置): 유배된 죄인이 거처하는 집 둘레에 가시로 울타리를 치고 그 안에 가두어 두던 일.

간의대부 장계연이 계사(啓辭)[84]를 올렸다.

'이제 모든 죄인이 다 승복해 백문의 처 화 씨의 애매함이 다 밝혀졌으나 불행히 화 씨가 적소로 가다가 도적의 환을 만나 죽었으니 추증해 그 애매함을 표장(表章)[85]하소서.'

임금께서 이에 그 말을 따르시니 연왕이 아뢰었다.

"화 씨가 비록 도적의 환을 만났으나 도적은 곧 요망한 사람 혜선이 보낸 여우의 정령입니다. 신이 마침 여우를 잡아 신문하니 여우가 화 씨를 죽이지 않았다고 진심으로 승복했으므로 신이 아직 장사를 지내지 않았습니다. 만일 사문(赦文)[86]을 내려주신다면 신이 화 씨를 찾겠나이다."

임금께서 옳게 여겨 그대로 하라 하시고 말씀하셨다.

"한 여자가 원한을 품으면 오월에도 서리가 내린다 했다. 화 씨가 죄 없는 사족 여자로서 두루 험한 일을 겪었으니 짐이 심히 슬프게 여기니 그 찾는 날을 기다려 정숙부인(貞淑夫人)에 봉하고 고명(誥命)[87]을 내리겠노라."

왕이 이에 조정에서 물러나고 장 간의가 다시 아뢰었다.

"폐하께서 민간의 소소한 일을 다 칭찬하고 장려하시니 기쁨을 이기지 못하겠나이다. 신이 또 한 말씀을 아뢰나이다. 전 승상 위 모의 딸은 전 대부 이경문의 처입니다. 불행히 조훈의 간사한 계교에서 벗어나지 못해 이제 그 거처를 모른다 하니 마땅히 각도에 문서를 발송해 찾는 것이 어떠하나이까?"

---

84) 계사(啓辭): 논죄(論罪)에 관하여 임금에게 올리던 글.
85) 표장(表章): 어떤 일에 좋은 성과를 내었거나 훌륭한 행실을 한 데 대하여 세상에 널리 알려 칭찬함.
86) 사문(赦文): 나라의 기쁜 일을 맞아 죄수를 석방할 때에, 임금이 내리던 글.
87) 고명(誥命): 중국의 황제가 제후나 오 품 이상의 벼슬아치에게 주던 임명장.

임금께서 이에 말씀하셨다.

"짐이 잊고 있었도다. 마땅히 경의 말대로 하여 위 씨를 찾은 후에 또한 포장(褒獎)하는 것이 옳도다."

장 간의가 절하고 물러났다.

형부가 임금의 명령을 받들어 노강을 북쪽 끝 바닷가에 수자리 살게 하고 조훈을 동해에 위리안치(圍籬安置)하고 각도에 문서를 보내 방을 붙여 위 씨를 찾게 했다. 또 이백문을 사형에서 감해 항주로 귀양 보냈으니 이는 장 상서가 백문을 밉게 여겨 일부러 화 공의 임소에 보낸 것이었다.

이씨세대록 권20

이백문은 귀양을 가서 계속 잘못을 뉘우치고
이경문은 도적을 물리치고 위홍소를 구하다

이때 연왕이 집에 돌아와 흰 옷 차림으로 유 부인과 부모에게 죄를 청하니 관옥 같은 얼굴에 눈물이 줄줄 흘렀다. 유 부인이 이에 연왕을 바삐 위로해 말했다.

"시대의 운수가 불행해 집안에 환난이 천고에 없이 일어났구나. 그런데 돌이켜 생각해 보면 우리 아이들의 액운이 비할 데 없이 무거워 이렇게 된 것인데 네 어찌 아녀자의 울음을 지으며 과도히 부끄러워하는 것이냐?"

승상이 모친의 말을 이어 연왕을 경계해 말했다.

"백문이가 도리에 어긋난 짓을 한 것이 어찌 너의 탓이며 지난 화란(禍亂)은 놀라우나 이미 다 무사하거늘 너는 어찌 고초받는 사람의 울음1)을 짓는 것이냐?"

왕이 이에 넓은 소매로 눈물 흔적을 거두고는 절하고 말했다.

"소자가 불초해 몹쓸 자식을 낳아 조상에 끼친 치욕이 가볍지 않으니 무슨 면목으로 세상에 나아가 조정에 서겠나이까? 또 이제 모든 사람이 무사하나 조 씨의 자취가 아득하니 그 슬픔은 인정에 면

---

1) 고초받는 사람의 울음: 곤경에 빠져 어찌할 수 없는 상태를 비유한 말. 초수대읍(楚囚對泣) 또는 초수상대(楚囚相對).

하지 못할 일이라 능히 참지 못했습니다."

승상이 슬픈 빛으로 탄식하고 말했다.

"조 씨가 단명할 상인 줄은 알았으나 이토록 요절하며 칼 아래 놀란 넋이 될 줄 알았겠느냐? 내 아이의 어짊이 이와 같으니 내 감탄을 이기지 못하겠구나. 내 아이가 신명해 노 씨를 알아보았는데 사람들 집안에 혹 변란이 있다 한들 우리 집 같은 데가 어디에 있겠느냐?"

남공이 격렬히 분노해 말했다.

"제가 당초에 잘못해 그런 악독한 여자를 느슨하게 처치해 오늘날의 변란을 일으키게 했으니 이 모두가 제 탓입니다."

유 부인이 말했다.

"몽현이의 말도 이치에 맞다. 그러나 다만 생각해 보면 지난 화란은 다 운수에 매인 것이니 그것이 너의 탓만이겠느냐? 노녀가 흉악해 사람이 생각하지 못할 계교를 베풀어 우리 집안을 엎으려 해 요망한 술법을 하는 무리와 결탁해 귀신도 헤아리지 못하게 했으니 누가 그것을 알 수 있었겠느냐? 노녀가 도주했으니 흉악한 가운데 또 무슨 짓으로 놀라게 할지 알겠느냐? 만일 혜선을 잡지 못했다면 흥문이의 애매함을 백옥처럼 벗어나게 할 수 있었겠느냐?"

승상이 대답했다.

"예로부터 하늘의 도가 순환하는 것은 떳떳했으니 혜선에게 신선의 조화가 있다 한들 애매한 사람을 모해하고서야 매양 좋았겠나이까?"

말이 멈춘 사이에 상서가 들어와 왕에게 아뢰었다.

"셋째아우가 옥 밖을 나왔으니 잠깐 집으로 데려오는 것이 어떠합니까?"

왕이 이에 정색하고 말했다.

"백문이는 천지간의 죄인이니 감히 잠시나마 서울에 있을 수 있겠느냐? 빨리 배소(配所)로 가게 하라."

상서가 미우에 슬픈 낯빛을 머금고 꿇어 말했다.

"셋째아우의 죄는 만 번 죽어도 아깝지 않으나 한 번 남녘으로 간 후에는 문득 생환하는 것이 쉽지 않을 것입니다. 그러니 부모님께서는 어찌 한번 백문이를 전별하지 않으실 수 있겠습니까?"

왕이 듣고는 발끈 낯빛을 바꾸고 말했다.

"나의 소견이 너보다 못하지 않을 것이니 너는 어서 물러가라."

상서가 묵묵히 눈물을 머금고 나가니 하남공이 정색하고 말했다.

"둘째아우가 대개 자식에게 승냥이나 호랑이보다 심하니 어찌 괴이하지 않으냐? 셋째아우 등은 나와 함께 가서 백문이를 전별하도록 하자."

개국공 등이 명령에 응하거늘 왕이 탄식하고 하남공에게 간했다.

"제가 비록 보잘것없으나 자식에게 천륜의 정이 없겠나이까? 다만 백문이가 지금은 적이 깨닫는 듯하나 본디 어리석고 못난 마음이 두루두루 어지러워 아직 깨달을 날이 멀었습니다. 자기가 천 리를 가는 귀양 객이 되었는데 제가 낯빛을 허락한다면 도리어 이 아이를 그릇 만드는 것이 될 것입니다. 그래서 제가 아직 매몰차게 군다면 이 아이가 애달프고 서러워해 속히 뉘우치는 것이 있을 것이니 형님은 모름지기 가서 보지 마소서."

남공이 옳게 여겨 가는 것을 그치고 사례해 말했다.

"아우의 의견이 고명하니 어리석은 형이 미칠 바가 아니구나."

왕이 탄식하고 묵묵히 있었다.

상서가 옥 밖에 가 백문을 붙들고 목이 쉬도록 눈물을 흘렸다. 말을 미처 못 해서 백문이 상서를 붙들고 크게 통곡하며 말했다.

"제가 지금 어떠한 사람이 된 것입니까? 시대의 운수가 불행해서
입니까? 제 운명이 기박해서입니까? 차마 제 몸이 오늘날이 있을 줄
알았겠나이까?"

상서가 역시 울고 백문을 어루만지며 위로해 말했다,

"너의 팔자가 불행해 변란이 이 지경에 미쳤으니 내 마음이 베이
는 것 같구나. 이미 악당이 주륙을 당하고 거룩하신 천자의 큰 은혜
를 입어 네 몸이 삶을 얻었으니 안심하고 적소에 가 있다가 무사히
돌아오라."

학사가 오열하며 말했다.

"제가 천대의 죄인이 되어 부모님께 불효자가 되었습니다. 마땅히
슬픔에 북받쳐 스스로 죽을 따름이니 차마 세상을 밟고 싶겠나이
까?"

말이 멈춘 사이에 중문 등 네 명이 낭문과 함께 일시에 이르러 이
광경을 보고 다 각각 눈물을 흘리며 백문을 붙들고 위로했다. 이때
백문이 시중 중문 등을 보고 더욱 부끄러워 죽으려 해도 죽을 땅이
없었다. 그래서 다만 낯을 넓은 소매로 가리고 상서를 붙들어 통곡
하며 울다가 기운이 자주 끊어지니 상서가 답답해 눈물을 거두고 백
문을 타일렀다.

"이번 화란(禍亂)이 놀랄 만하나 이는 모두 노녀가 온갖 흉악한
계교를 못 미치는 데가 없이 해서 이 지경에 이른 것이다. 그러니 이
것이 어찌 네 탓이겠느냐? 네 죄가 깊지 않으니 오래면 3년이요, 쉬
우면 2년 만에 돌아올 것이다. 원컨대 어진 아우는 이후에나 잘못을
뉘우치고 스스로 책망해 마음을 평안히 먹고 글을 힘써 예전과 같아
지기를 바란다. 부모님이 너를 보고 싶어하시나 사람들의 말을 두려
워해 보지 못하시는 것이니 이 때문에 상처받지 말고 매사에 마음을

너르게 먹어 몸을 보중하라."

학사가 듣고 눈물을 흘리며 말했다.

"형님의 밝은 가르침을 간과 폐에 새기겠나이다. 제가 왕부(王府)에서 천금처럼 아낌을 받아 어린 나이에 과거에 급제해 부모님을 빛나게 하려 했더니 뜻밖에 조물주가 시기가 많아 요괴로운 여자를 들여 몸이 동해의 물이 있으나 씻지 못할 죄명을 싣게 되었습니다. 그래서 천지간에 용납받지 못할 죄인이 되어 천 리 변방에 귀양 가는 객이 되었습니다. 남북으로 손을 나누니 산천이 멀고 산과 바다로 길이 막혀 다시 어머니가 계신 곳에서 색동옷 입고 춤추고[2] 기러기 항렬을 이루기 어렵게 되었습니다. 외로운 한 몸이 남녘 한 가의 뜬구름이 되었으니 이 마음을 장차 어디에 부칠 수 있겠나이까? 또 저의 죄가 비록 깊으나 부모님이 오늘날을 맞아 차마 저를 보지 않으시니 제가 장차 오장이 끊어져 목숨을 잃는다면 원귀가 되어 넋이 북경에 이를 것입니다."

말을 마차지 눈물이 흐르는 비와 같았다. 이에 상서의 마음이 베이는 듯하니 겨우 슬픔을 참고 백문의 손을 잡아 빌어 일렀다.

"운보[3]야, 네가 평소에 통달하지 않았더냐? 오늘의 일이 비록 슬프나 끝내는 관계없을 것이니 아녀자의 울음을 울지 말고 좋게 가라. 부모님이 너를 보지 않으시는 것은 사람들의 말을 두려워해 너를 어서 놓으려 하신 것이니 너는 너르게 마음을 먹고 보중하고 보중하라."

중문 등이 이어 위로해 말했다.

---

2) 어머니가~춤추고: 중국 초(楚)나라 사람인 노래자(老萊子)의 고사. 노래자는 칠십이 되었어도 모친을 위해 오색 무늬의 색동옷을 입기도 하고 물을 받들고 당에 올라가다가 일부러 미끄러져 어린아이의 울음소리를 내기도 하며 모친을 즐겁게 했다고 함.

3) 운보: 이백문의 자(字).

"운보에게 오늘의 광경이 있게 될 줄은 안 지 오래나 지금에 이르러는 사정상 슬픔을 면치 못하겠구나. 원컨대 너는 너무 슬퍼하지 말고 몸을 보중하라."

학사가 읍하고 사례해 말했다.

"죄 많은 아우는 형님들로부터 버려진 몸입니다. 훗날 한 목숨이 남아 고향에 돌아온들 다시 사람 무리에 들어갈 수 있겠나이까? 오늘이 영원히 헤어지는 날이니 훗날을 어찌 기다리겠나이까?"

말이 멈춘 사이에 연국의 궁관이 이르러 행장을 갖추고 왕의 명령을 전해 말했다.

"네 이제 몸이 세상에서 버려진 사람이 되어 죽음을 면치 못할 것을, 황상의 큰 은혜를 입어 목숨이 붙어 귀양 가는 것이 너에게는 영화로운 일이다. 네 사정상 하루도 수도에 있지 못할 것이니 빨리 길에 올라 적소(謫所)에 가고 만일 아비 생각이 난다면 마음을 너르게 해 개과천선해 빨리 만날 것을 생각하라. 편벽되게 슬퍼해 만일 목숨을 잃는다면 죽어도 선산(先山)을 허락하지 않을 것이니 너는 명심하라."

또 궁관이 절구(絕句) 한 수를 드리며 말했다.

"주군께서 말씀하시기를, '오늘 너를 차마 대하기 스스로 부끄러워 너를 안 보고 두어 줄 글로 써 주는 것은 부자의 정이 약함을 면치 못해서다. 만일 아비를 잊지 않는다면 몸가에 간수해 훗날을 기다리라.'라고 하셨나이다."

학사가 무릎을 꿇어 듣고 두 번 절해 절구를 펴 보았다. 필법이 기이하고 격조(格調)[4]가 맑고 새로운 것은 이를 것도 없고 시의 뜻

---

4) 격조(格調): 격식과 운치에 어울리는 가락.

이 고상하고 준엄해 이미 겨울 하늘에 서리가 번뜩이는 듯하며 글자마다 상쾌해 조금의 구차함과 사사로운 정이 없었다. 그리고 나라의 운명을 일컫고 잘못 뉘우칠 것을 일렀으니 구법(句法)이 시원했다. 학사가 한번 보고는 감격이 뼈에 사무치고 상쾌함이 구름을 헤치고 맑게 갠 하늘을 본 듯했다. 학사가 이에 눈물을 거두고 길이 한숨지으며 말에 올랐다.

상서 등이 따라가 십 리에 이르러 손을 나눌 적에 상서가 잔을 들어 먼저 잡고 학사를 주며 말했다.

"운보야, 네가 나를 잊지 않는다면 내년에 내가 이 잔의 술을 먹게 하라."

학사가 눈물을 뿌리고 사례하며 받아 마시고 몸을 돌려 남쪽을 바라보고는 소리 나는 줄 모르고 크게 울며 말했다.

"형님 형님, 제가 저기를 어디라고 가는 것입니까? 모친과 아버님을 잠깐이나 뵙고 가면 덜 서러울 것입니다. 아마도 부모님이 그리워 참지 못할 것이니 길에서 죽고 가지 말까 싶습니다."

그러고서 여남은 번 아버지와 모친을 부르짖어 울며 굴다가 기운이 막혔다. 상서가 눈물을 강물같이 흘리며 백문을 안고 위로할 말이 없어 역시 별 같은 눈에 물결이 잠겼다. 낭문이 함께 통곡하고 시중 등이 슬퍼해 눈물을 뿌렸다. 한참 후에 학사가 겨우 깨어 상서가 서러워하는 모습을 보고 문득 눈물을 씻고 일어나 절하며 말했다.

"형님은 어리석은 아우를 마음에 두지 마소서."

그러고서 일어서다가 또 울고 상서의 손을 잡고 자신의 낯을 대어 말했다.

"형님, 다시 이렇게 할 시절이 있겠나이까?"

상서가 차마 보지 못해 다만 좋은 말로 일렀다.

"네 아까 아버님의 글을 보지 않았더냐? 몸조심하고 보중해 내년에 돌아오도록 하라."

학사가 눈물을 흘리고 말에 올라 채를 한 번 치니 이미 관산(關山)[5]이 가렸다. 상서가 목이 쉬도록 슬피 한나절을 울다가 겨우 정신을 차려 돌아갔다.

유 부인과 승상이 학사와 멀리 이별함을 슬퍼하며 그 행동을 물었다. 중문이 헤어지던 상황을 자세히 고하니 모두 슬픈 빛으로 놀라며 상서의 눈이 부은 것을 더욱 가련히 여겨 각각 눈물을 드리웠다. 이에 왕이 나직이 웃고 말했다.

"저 아이 하나가 죽어도 대단하지 않은 일인데 무사히 풀려나 귀양 가는 것을 근심하겠나이까? 저는 상관하지 않습니다."

모두 역시 웃고 인정이 박하다 하니 왕이 빙그레 미소를 지었다.

왕이 물러나 숙현당에 가니 시녀가 저녁밥을 들였다. 왕이 이에 밥상을 물리치고 딸을 불러 술을 가져오라 해 술을 스스로 따라 10여 잔을 마시고 크게 취했다. 그리고 창 앞에 기대 하늘 끝을 바라보았다. 이때는 칠월 보름께였다. 달빛이 밝아 옥난간에 빛나니 참으로 하늘과 땅에 달빛이 춤추는 듯했다. 왕이 마음이 더욱 처연하고 슬픈 감정이 짧은 시간에 솟아나 하염없이 절구 두어 수를 지어 읊었다. 소리가 강개하고 슬프며 시의 율격이 처절해 좌우의 사람들이 눈물을 흘렸다. 왕이 시를 다 읊으니 봉황 같은 눈에서 눈물이 주르륵 떨어졌다. 상서가 이미 기미를 알고 안색을 낮추어 아뢰었다.

"오늘 밤 달빛이 아름답고 시원한 바람이 한가히 부는데 대인께서는 무슨 까닭에 슬퍼하십니까?"

---

5) 관산(關山): 국경이나 주요 지점 주변에 있는 산.

왕이 묵묵히 한참을 있다가 길이 탄식하고 말했다.

"내 아이가 총명한데 이를 알지 못하는 것이냐? 내가 큰 의리를 세워 동기에게 갚느라 자식을 스스로 죽을 곳에 넣고서 자식이 길을 떠날 적에 보지 않은 것도 인정 밖인데 제 그토록 서러워하던 모습을 생각하니 부자의 정에 마음이 평안할 수 있겠느냐? 만일 백문이가 남쪽 땅 황량한 곳에서 습한 풍토를 견디지 못해 몸을 보전하지 못한다면 내 반드시 세상 밖으로 떠돌아다니며 세상일에 참예하지 않을 것이다."

말이 끝나지 않아서 소후가 정색하고 말했다.

"첩이 군을 대장부로 알았더니 오늘 말씀이 이토록 약하신 것입니까? 백문이가 녹록히 요절할 상이 아니라 한때 귀양을 가나 대단하지 않거늘 구구히 염려하십니까?"

왕이 미소하고 말했다.

"그대가 과인을 원망하는 것이 마음속에서 솟아날 터인데 이런 말이 어디로부터 나온 것이오?"

후가 대답하지 않자 왕이 취해 일찍이 침상에 올랐다. 상서가 저녁 문안을 마치고 물러나니 왕이 밤새도록 염려해 잠을 이루지 못하고 간절히 소후의 손을 어루만지며 탄식을 그치지 못했다. 소후가 이에 마음이 더욱 슬퍼 왕이 과도함을 간하니 왕이 홀연히 탄식하고 말했다.

"현후(賢后)가 이 어찌 된 말이오? 그대의 심사가 나보다 세 배 더할 것인데 마음에도 없는 말을 하지 마시오. 백문이가 나의 자식이 된 후에 사나운 계집에게 외입해 나에게 매를 맞은 것이 한두 번이 아니요, 나의 온화한 낯을 본 지 오래였소. 그리고 끝내는 희한한 죄명을 실어 아비에게 죽음을 다투는 몸이 되어 겨우 의지할 곳 없는 쇠잔한 목숨이 구차하게 살아 천리타향의 뜬구름이 되었으니 내 고수(瞽叟)[6]의 사나움이 없거늘 어찌 불쌍한 마음이 없겠소?"

소후가 길이 한숨짓고 대답하지 않았다.

이때 형부에서 계문(啓聞)[7]했다.

'이제 유선 등을 아울러 처참했으나 원범(原犯)[8]인 우두머리 악인 노 씨를 잡지 못했습니다. 또 요승 혜선은 어찌 처치할 것입니까. 광서 별가 이세문을 발탁해 쓰시는 것이 옳고 전 예부시랑 이기문이 문외출송(門外黜送)[9]해 있으니 관직을 맡기는 것이 어떠합니까?'

임금께서 말씀하셨다.

"노 씨는 천하 십삼 성에 방을 붙여 수색하라. 요망한 비구니 혜선은 승려의 몸으로 사대부 가문에 몸을 의탁해 하지 않은 일이 없으며 조녀를 죽인 악한 일은 고금에 없는 일이니 능지처참하라. 광서 별가 이세문은 다시 공부상서로 부르고 이기문을 우부 도어사로 발탁해 쓰라."

이에 도어사 여박이 아뢰었다.

"폐하의 명령이 마땅하시나 요승 혜선은 죄인 노몽화를 찾는 날 몸을 바꾼 옷을 찾아야 할 것이니 아직 가두어 두는 것이 옳습니다."

임금께서 그대로 좇으시니 담당 관청에서 임금의 뜻을 받들어 일일이 좇아 행했다.

이 시랑 기문이 복직해 성안에 들어와 사은하고 집안에 이르러 어른과 부모를 뵈니 일가 사람들이 크게 반겼다. 시랑이 악당이 모두

---

6) 고수(瞽叟): 순(舜)임금의 아버지로, 순임금이 어렸을 적에 계실(繼室) 임 씨와 그 아들 상(象)의 참소를 듣고 순을 죽이려 했음.
7) 계문(啓聞): 임금에게 글로 아룀.
8) 원범(原犯): 자기의 의사에 따라 범죄를 실제로 저지른 사람.
9) 문외출송(門外黜送): 죄지은 사람의 관작(官爵)을 빼앗고 도성(都城) 밖으로 추방하던 형벌.

주륙을 당한 것을 하례하며 백문이 귀양 간 것을 일컬으니 일가 사람들이 탄식하고 슬퍼했다.

남공이 이날에야 예부의 신생아를 데려오라 해 모든 사람들에게 보이니 일가 사람들이 크게 놀라 말했다.

"이 아이가 난 지 오래되었는가 싶은데 속이고 이르지 않은 것은 어째서냐?"

공이 고개를 조아리며 대답했다.

"제가 까닭 없이 손자가 난 것을 속인 것이 아닙니다. 노 씨가 그윽한 데 숨어서 기틀을 밤낮으로 엿보는데 손자가 우습게 생긴 것이라 양 씨가 재앙을 받을 것이 뻔했으므로 마지못해 부모님께 고하지 못한 것입니다."

승상은 웃으며 잠자코 있고 자리에 있던 사람들이 모두 크게 웃고 일컬어 말했다.

"몽현이의 귀신 같은 계산이 아니었으면 양 씨가 마저 해를 입었을 것이다. 사람의 깊은 생각이 이와 같으니 어찌 매사에 한가하지 않겠느냐?"

연왕이 웃고 말했다.

"과연 이 아이는 평탄하지 않은 가운데 생긴 아이라 남이 안다면 어찌 웃지 않겠습니까?"

남공이 또한 웃음을 참지 못하니 모두 웃음을 이기지 못해 말을 하려 했다.

그런데 아랫사람이 갑자기 아뢰는 것이었다.

"나라에 급한 일이 있어 백관을 다 부르시나이다."

승상 등이 놀라 관복을 갖추고 대궐에 이르니 임금께서 신하들을 자신전(紫宸殿)에 모으시고 형주 자사의 계문(啓聞)을 내려 주셨다.

모두 보니 내용은 다음과 같았다.

'좀도둑 우태양이 삼 년 전부터 본토 형산에 웅거(雄據)[10]하였는데 군사는 삼천 명이고 군량이 무수하며 병기가 대단해 관청에서 쳐서 잡으려 했으나 못 했습니다. 근래에 그 숫자가 대단히 많아져서 보군이 팔천 명이요 마군(馬軍)이 삼천 명입니다. 군사를 일으켜 이릉(夷陵)[11], 장사(長沙)[12], 남군(南郡)[13] 부근을 쳐서 멸하고 형주와 태주가 위태한 것이 쌓아 놓은 달걀과 같습니다. 역마로 급히 고하오니 원컨대 폐하께서는 지혜와 용맹을 갖춘 대장을 보내 구원하소서. 하물며 태양은 요술이 가볍지 않으니 경솔히 대적하지 못하나이다.'

사람들이 보고 낯빛이 바뀌었으나 승상이 홀로 안색을 바꾸지 않은 채 아뢰었다.

"좀도둑의 세력이 비록 크다 하나 천조(天朝)에서 지혜와 용맹을 갖춘 대장을 뽑아 보내신다면 어찌 무찌르는 것을 근심하겠나이까?"

각로 양세정이 웃으며 말했다.

"이 승상의 말이 옳으나 우태양의 요술이 괴이하다 하니 보통 사람은 가볍게 대적하지 못할 것입니다. 각별히 지혜와 꾀를 제대로 갖춘 자를 택해 보내어야 무찌를 수 있을 것입니다."

임금께서 말씀하셨다.

"두 경의 말이 옳으니 그대로 하겠으나 누가 문산(文山)[14] 같은

---

10) 웅거(雄據): 일정한 지역을 차지하고 굳게 막아 지킴.
11) 이릉(夷陵): 현재 중국 호북성 의창(宜昌) 시에 위치했던 곳으로 형주(荊州)에 속해 있었음. 중국 촉한의 황제 유비가 의형제인 관우, 장비의 원수를 갚고 형주를 수복하기 위해 221년에 손권의 오나라를 침공해 발발한 이릉대전(夷陵大戰)이 벌어졌던 곳.
12) 장사(長沙): 중국 동정호(洞庭湖) 남쪽 상강(湘江) 하류의 동쪽 기슭에 있는 도시로 현재 호남성(湖南省)의 성도(省都)임. 동한 때 형주(荊州) 일곱 개 군(郡) 중의 하나였음.
13) 남군(南郡): 중국 진(秦) 소양왕(昭襄王) 때 설치되었고, 동한 때에는 형주(荊州) 일곱 개 군(郡) 중의 하나였음. 현재 호북성(湖北省) 형주(荊州) 일대.

이인(異人)이 있어 국가의 근심을 덜게 하겠는가?"

말이 끝나지 않아서 반열에 있던 한 대신이 통천관을 바르게 하고 홍룡포를 끌고는 두 어깨에는 흑룡이 나는데 해와 달이 빛을 다투고 가슴에는 선학봉(仙鶴峰)을 부치고 옥띠를 높이 매고 나아와 홀을 받들어 아뢰었다.

"신이 재주 없고 덕이 없는데 나라의 은혜를 망극히 입어 지위가 천승 제후에 이르렀으나 조금도 국가를 위해 갚은 일이 없어 밤낮으로 근심을 이기지 못했습니다. 그런데 형주 좀도둑의 세력을 감당하기 어렵다고 하니 신이 원컨대 경사의 군마를 얻어 좀도둑을 소멸하고자 하나이다."

임금께서 다 듣고는 매우 기뻐하며 말씀하셨다.

"경의 충성이 이와 같으니 어찌 기특하지 않은가? 짐이 또한 우태양의 요술은 경이 아니면 대적하기 어려운 줄을 알고 있었으나 경이 여러 번 전쟁터를 다녀왔으므로 실로 또 토벌하라는 조서를 내리기 어렵다고 여기고 있었도다. 그런데 스스로 원하니 사직의 큰 행운이로다. 일이 급하니 당일로 군대를 내도록 하라."

그러고서 특지(特旨)로 왕을 정남대원수를 시키고 황금부월(黃金斧鉞)과 상방검(尙方劍)15)을 내려주시며 먼저 목을 베고 후에 아뢰라 하셨다. 그리고 다시 말씀하셨다.

"태사 경문이 본디 뛰어난 재주가 있는 줄 알고 있으니 선봉장의

---

14) 문산(文山): 중국 남송(南宋) 말의 정치가 문천상(文天祥, 1236~1283)의 호. 문천상은 길주(吉州) 여릉(廬陵) 사람으로, 육수부(陸秀夫), 장세걸(張世傑)과 더불어 송말삼걸(宋末三傑)로 불림. 원과 강화를 맺기 위해 원에 갔다가 잡혀서 갇혀 있는 중에 송나라가 멸망하고 후에 탈출해 송의 잔병을 모아 싸우다가 장홍범에게 체포돼 옥중에 있다가 사형을 당함.

15) 상방검(尙方劍): 상방서(尙方署)에서 특별히 제작한, 황제가 쓰는 보검. 중국 고대에 천자가 대신을 파견하여 중대한 안건을 처리하도록 할 때 늘 상방검을 하사함으로써 전권을 주었다는 표시를 하였고, 군법을 어긴 자가 있을 때 상방검으로 먼저 목을 베고 후에 임금에게 아뢰도록 하였음.

벼슬을 주고 이부상서 성문이 지혜와 꾀를 겸비했으니 부원수를 시키도록 하라."

왕이 사은하고 아뢰었다.

"우태양이 패해 서역 오랑캐에게 들어가면 일이 어려워질 것입니다. 전 예부상서 특명 좌복야 이흥문이 본디 신출귀몰하는 재주가 있으니 사신을 맞춰 보내 수군을 거느려 남해로 길을 가게 해 적을 막도록 하고 광서 별가 이세문도 군중에 쓰도록 해 주소서."

임금께서 이에 좇으셨다.

왕이 물러와 총총히 집안의 어른들과 부모에게 자세히 고했다. 일가 사람들이 서운한 마음을 이기지 못했으나 승상은 평안한 모습으로 태연자약하게 말했다.

"신하 된 자가 나라에 몸을 허락하고서 어찌 몸이 평안하기를 바라겠느냐? 내 아이는 또한 군사 일에 투미하지 않으니 쓸데없이 근심하겠느냐?"

왕이 두 번 절해 사례하고 밤새도록 승상을 모셨다.

이튿날 내당에 들어가 모든 사람들에게 하직하니 유 부인이 노년에 슬픔을 이기지 못해 낯빛이 처연한 채 한참을 말을 안 하다가 일렀다.

"병장기가 있는 곳은 흉한 땅인데 네가 자주 가니 근심이 작지 않구나. 너는 모름지기 보중하고 보중해 돌아오라."

왕이 두 번 절하고 말했다.

"소손이 비록 재주가 없으나 천명이 멀었으니 녹록히 저 초개 같은 도적을 두려워할 바가 아닙니다. 그러니 할머님은 염려하지 마소서."

승상이 또한 좋은 말로 위로하고 왕을 경계해 말했다.

"나라의 은혜가 우리 가문에 편벽된 것은 네가 또 알 것이다. 네가 더욱 조심할 것임은 내가 또 알고 있다. 그러나 사람이 처음과 나중이 한결같기는 쉽지 않다. 그러니 내 아이는 끝까지 조심하라. 군대 일이 급하니 한가한 말을 하지 못하겠구나."

왕이 공손히 절하고 총총히 부모에게 절하고 문을 나서 미처 집안 일을 이르지 못했다. 군중에 이르러 돌아보니 상서가 없으므로 급히 불렀다. 상서는 마침 어머니 앞에서 그윽한 정이 끝없어 차마 일어나지 못하고 있었다. 상서가 아버지의 명령을 듣고 겨우 눈물을 억지로 참아 급히 나왔다.

상서가 부친을 따라 교장(敎場)에 이르러 군사를 점고해 행군했다. 천자가 구름 같은 장막을 남문 밖에 배설하고 왕룡기(王龍旗)가 어지럽게 나부끼는데 백관에게 나란히 왕을 전별도록 하시니 황제의 은혜로운 명령이 이와 같았다. 임금께서 의식을 갖춰 왕을 보아 술을 내려주시고 힘써 위로해 말씀하셨다.

"경의 재주는 안 지 오래되었으나 우태양의 요술이 심상치 않다 하니 근심이 작지 않도다. 그러니 능히 마음을 놓지 못하겠노라."

왕이 머리를 두드리며 말했다.

"폐하의 위엄이 위에 계시고 삼군(三軍)의 용맹이 비상하니 작은 도적 무찌르는 것을 근심하겠나이까? 성상께서는 염려하지 마소서."

임금께서 칭찬하고 재삼 위로하며 연연해 하셨다. 왕이 이에 무수히 절해 사은숙배(謝恩肅拜)[16]한 후 군대의 일이 긴급하므로 바삐 하직했다.

왕이 옥륜거(玉輪車)에 올라 삼만 군사를 거느려 기세 있게 행군

---

16) 사은숙배(謝恩肅拜): 예전에, 임금의 은혜에 감사하며 공손하고 경건하게 절을 올리던 일.

하니 군대의 위용이 서리 같고 칼과 창이 빽빽이 열을 지어 정기(旌旗)가 햇빛을 가렸다. 백관이 이를 바라보고 두려움을 이기지 못했다. 남공 등이 십 리 장정(長亭)[17]에 가 이별하고 돌아갔다.

재설. 예부 흥문이 적소에서 한 몸이 비록 무사했으나 부모를 항상 그리워하는 마음에 구곡간장이 끊어지는 듯했다.

하루는 임 공이 머무는 곳에 나아가 함께 말을 하는데 홀연 문밖이 떠들썩하며 화려한 수레에 절월(節鉞)[18]이 나부끼고 사람 소리가 자자했다. 흥문이 괴이하게 여겨 시동을 시켜 물으니 회보해 말했다.

"경성에서 사명(赦命)[19]이 내려 태수 어르신이 이르러 계십니다."

예부가 놀라고 의아해 말을 미처 못 하고 있는데 사신이 태수와 함께 향안(香案)을 배설하고 조서를 받들어 왔다. 상서가 이에 황급히 조복을 갖추고 뜰에 내려 꿇어앉아 조서를 들으니 내용은 다음과 같았다.

'아! 예로부터 간사한 사람이 어진 사람을 해쳐 애매하게 죽인 사람이 있다 한들 경 같은 이가 있겠는가. 경은 본디 황실의 지친으로 황숙의 장자요, 조정의 대신이로다. 온갖 행실의 근원이 분명하고 나랏일을 도울 적에 옛날 당(唐)나라 때의 승상 위징(魏徵)[20]에 지지 않았도다. 짐이 안으로 지친의 정이 있고 밖으로 군신의 큰 의리를

---

17) 장정(長亭): 먼 길을 떠나는 사람을 전송하던 곳. 과거에 5리와 10리에 정자를 두어 행인들이 쉴 수 있게 했는데, 5리에 있는 것을 '단정(短亭)'이라 하고 10리에 있는 것을 '장정'이라 함.
18) 절월(節鉞): 절부월(節斧鉞). 관리가 지방에 부임할 때에 임금이 내어 주던 물건. 절은 수기(手旗)와 같이 만들고 부월은 도끼와 같이 만든 것으로, 군령을 어긴 자에 대한 생살권(生殺權)을 상징함.
19) 사명(赦命): 죄를 사면한다는 임금의 명령.
20) 위징(魏徵): 중국 당나라 태종 때의 재상, 학자(580~643). 자는 현성(玄成). 수(隋)나라 말기 혼란기에 이밀(李密)의 군대에 참가하였으나 곧 당고조(唐高祖)에게 귀순하여 고조의 장자를 도움. 황태자 건성이 아우 세민(世民, 후의 太宗)과의 경쟁에서 패하였으나 위징의 인격에 끌린 태종의 부름을 받아 후에 재상이 됨. 직간(直諫)한 신하로 유명함.

겸해 경을 수족같이 사랑하고 자식같이 아껴 물과 물고기처럼 의기투합한 것[21]이 심상치 않았도다. 그런데 천만뜻밖에 경이 망극한 죄명을 하루아침에 몸에 실어 강상의 죄인이 되었으니 짐의 마음이 꺾어지고 미어지는 듯했도다. 짐이 비록 너그러운 은전을 드리우려 했으나 법에는 사사로움이 없으니 하릴없어 경이 마침내 성도 수만 리 죄인이 되어 살아날 기약이 아득했도다. 그래서 짐이 밤낮으로 근심하고 탄식해 경의 옥과 같은 용모와 화려한 풍채를 자나 깨나 잊지못했다. 그런데 오늘날 연경의 충성으로 간악한 꾀를 찾아냈으니 이는 천고에 비상한 변고로다. 짐이 애통해 하고 한스러워하는 바는 경이 당초에 간악한 여자의 목숨을 용서한 것이노라. 악당이 소멸해 경의 애매함이 백옥같이 드러났으니 짐이 뉘우치나 미칠 수 있겠는가. 조훈의 행동이 도리에 어긋났으므로 멀리 수자리 살게 해 경의 원한을 갚고 악한 사람을 모두 죽여 없앴도다. 특지로 경을 본직 예부상서 좌복야로 불러 올리니 경은 역마로 상경하라.'

아울러 연왕이 임금께 올린 표와 여러 사람의 초안(招案)[22]을 싸 보내셨다. 홍문이 일일이 보니 글자를 볼 때마다 놀라운 것은 이를 것도 없고 노 씨가 전후에 같은 노 씨인 줄을 알게 되자 두 눈이 뚜렷해지고 낯빛이 기운을 잃었다. 오래도록 말을 못 하다가 서안을 쳐 크게 한스러워해 말했다.

"고금에 음란한 여자와 간악한 사람이 왕왕 있었다 한들 노녀 같은 이가 어디에 있겠는가? 내 처음에 잘못해 음탕한 여자를 죽이지 않아 집안에 환난이 천고에 없이 일어났고 백문을 일세의 죄인으로

---

21) 물과~것: 물이 없으면 살 수 없는 물고기와 물의 관계라는 뜻으로, 아주 친밀하여 떨어질 수 없는 사이를 비유적으로 이르는 말. 수어지교(水魚之交). 중국 삼국시대 때 유비가 제갈량과 늘 같이 지내는 것을 장비가 불평하자 유비가 한 말.

22) 초안(招案): 죄인이 자기의 범죄 사실을 진술하던 말. 초사(招辭).

만들었으니 무슨 면목으로 둘째숙부를 뵐 수 있겠는가?"

그리고 다시 연왕이 세 차례 올린 상소를 보고 크게 놀라 백문의 생사를 물었다. 사신이 항주에 귀양 갔음을 고하니 예부가 바야흐로 낯빛을 진정해 당에 올라 태수와 사신을 대접했다. 이때 임 공이 조서를 같이 듣고 술과 안주를 갖춰 사신을 먹였다. 태수가 사명(赦命) 입은 것을 하례하자 임 공은 대답했으나 상서는 슬픈 빛으로 말했다.

"복(僕)이 비록 누명을 벗고 용서를 입어 고향에 돌아가나 사나운 계집을 죽이지 못하고 사촌이 쫓겨나 불행함이 끝이 없으니 어찌 온전히 기쁘다 하겠습니까?"

사람들이 이에 그 너그러움에 항복했다.

임 공과 상서가 행장을 다스려 길을 나려 하는데 갑자기 경사 차인(差人)[23]이 역마로 이르러 임금께서 예부를 수군도독을 시켜 남해로 나아가라 하셨다고 하는 것이었다. 예부가 전지(傳旨)를 받들어 성도(成都)의 관아에 있는 군사를 징발해 배를 갖춰 남쪽으로 갈 적에 아들을 임 공에게 맡겼다. 임 공이 흔쾌히 허락하고 예부가 위험한 땅에 가는 것을 염려했다. 공자는 부친이 사명을 받아 북경으로 가는 것을 다행으로 여기고 기뻐하다가 불의에 아버지가 천 리 물길을 가므로 초조하고 경황이 없어 아버지를 따라가겠다고 했다. 이에 상서가 말을 듣지 않으며 말했다.

"병장기가 있는 곳은 흉한 땅이니 네가 어찌 가겠느냐? 어서 경성으로 돌아가라."

그러고서 날래게 군대의 대오를 살펴 형주를 향해 먼 길을 나아갔다. 임 공은 부인과 딸을 데리고 창린과 함께 경사로 갔다.

---

23) 차인(差人): 관아에서 임무를 주어 파견하던 일. 또는 그런 사람.

차설. 연왕의 대군이 형주에 이르니 본주 태수 유관과 위 공이 함께 맞이해 인사를 마쳤다. 피차 반가움이 지극해 다만 손을 잡고 환희하니 그 마음을 헤아릴 수 없을 정도였다. 위 공이 딸의 거처를 찾지 못했음을 이르고 눈물을 흘리자 왕이 또한 슬펐으나 나랏일이 중대했으므로 사사로운 정을 이르지 못했다. 유 태수를 대해 적의 위세를 묻고 위 공과 이별할 적에 위 공이 눈물을 비 오듯 흘리며 말했다.

"딸아이의 생사를 찾아서 가고 싶으나 임금의 명령이 급하시니 어찌하겠는가?"

왕이 말했다.

"내 이미 남방의 모든 고을을 관장하니 각 도에 문서를 내려 우리 며느리를 찾도록 할 것이네. 그러니 형은 어서 상경하게."

승상이 옳게 여겨 집으로 돌아갔다.

이때 태부가 적소에 가서 무사히 있더니 사명(赦命)을 만나 바로 북쪽으로 가려 했다. 그런데 뒤이어 온 조서를 보고 또 왕이 형주에 왔음을 듣고는 즉시 새공아와 함께 바삐 달려갔다. 아버지 앞에 이르러 뵈니 황홀해 그 반가운 정을 금하지 못하고 상서를 만나 더욱 기쁨을 이기지 못했다.

왕이 각 도 모든 고을의 군사를 모아 군대를 내려 하는데 아직 수삼 일을 군대를 멈추어 두고 움직이지 않았다. 며칠 후 이릉, 남군, 강하(江夏)24) 양양(襄陽)25), 항주 자사 들이 모이니 그 세력이 매우

---

24) 강하(江夏): 중국 동한 말기 형주(荊州)에 속해 있었던 아홉 개의 군(郡) 가운데 하나. 현재 호북성(湖北省) 무한시(武漢市)에 있음.

25) 양양(襄陽): 중국 동한 말기 형주(荊州)에 속해 있었던 아홉 개의 군(郡) 가운데 하나. 원래 남양군(南陽郡)에 속해 있었는데 동한 말기에 조조(曹操)가 남양군에서 분리해 설치함. 현재 호북성(湖北省)에 속해 있음.

웅장했다.

이에 앞서 백문이 밤낮으로 길을 가 항주에 이르렀는데 차인(差人)이 본관에 문서를 드리고 공문(公文)을 받들었다. 화 공이 바야흐로 딸의 원한을 갚고 악한 무리가 다 없어진 것을 알고 매우 놀라며 기뻐했다. 그리고 노 씨의 근본을 듣고는 놀라움을 이기지 못해 바삐 내당에 들어가 부인과 자녀를 대해 이 사실을 일렀다. 모두 매우 기뻐했으나 소저는 길이 탄식하며 기쁜 낯빛이 없었다. 이에 화생 등이 웃고 말했다.

"누이가 반평생 원통하고 억울한 소회가 오늘 다 풀어지고 이생이 이곳에 왔으니 이는 천고에 드문 경사인데 어찌 기뻐하지 않는 것이냐?"

소저가 발끈 낯빛을 바꾸고 말했다.

"오늘 폐하의 은혜를 입어 죄명을 벗어 기쁘나 이생은 어떤 사람이라고 그 사람이 오며 가는 것을 제가 알겠나이까? 오라버니가 만일 또 이런 말씀을 하신다면 제가 자결해 그 말씀을 듣지 않을 것입니다."

이에 모두 무료해져 말을 그치고 부인이 공에게 말했다.

"저 이생을 어떻게 대접하려 하십니까?"

공이 말했다.

"저를 차마 내가 다시 보겠소?"

부인이 이에 묵묵히 있었다.

이튿날 공이 관료를 크게 모으니 백문이 베옷에 짚신 차림으로 이르러 점고받는 데에 참여했다. 그러자 공이 황급히 말했다.

"이 사람은 경사의 재상이니 나 소소한 지방의 관원이 서로 볼 수 있겠는가? 좌우의 사람들은 이 사람을 붙들어 돌려보내라."

백문이 이에 머리를 두드려 죄를 청해 말했다.

"장인어른은 저의 죄를 용서해 주시고 저의 한 말씀을 들어 주소서."

공이 맹렬한 소리로 성난 눈을 높이 뜨고 소리 질러 크게 꾸짖었다.

"너희 관료들이 알고 있듯이 내게는 딸이 없는데 어떤 미친 서생이 와서 나에게 장인이라 하는가? 참으로 놀라우니 너희는 이자를 빨리 내보내라. 다시 관아에 저자의 자취가 있게 한다면 머리를 베어 효시(梟示)26)할 것이다."

이처럼 큰 소리 호령이 나자 좌우의 아전들이 급히 백문을 밀어 문밖으로 내쳤다. 화생 등이 자리에 있다가 박장대소하고 공은 새로이 백문을 매우 괘씸하게 여겼다.

또 경사에서 조서가 이르러 공이 도적 잡은 것을 표창하고 연왕을 도와 우태양을 치라고 하셨다.

공이 이에 즉시 행장을 차려 형주에 이르러 대원수 아문(衙門)에 가 명령을 들으니 피차 반가움이 지극했다. 다만 군대의 일이 엄숙했으므로 사사로운 정을 펴지 못해 각각 대오를 가지런히 해 진을 치고 적을 대할 책략을 의논하고 태양의 진중에 격서를 보냈다.

화설. 우태양의 자는 승벽이니 초나라 사람이다. 어려서부터 말타기를 익히고 활을 백발백중으로 쏘았다. 중년에 금화산에 들어가 환술을 배우고 돌아와 큰 뜻을 품어 동류를 모아 형산에 웅거했다. 군대의 세력이 크게 일어나니 장각(張角)27)이 헛되이 패배한 것을 비

---

26) 효시(梟示): 목을 베어 높은 곳에 매달아 놓아 뭇사람에게 보임.
27) 댱각(張角): 장각. 중국 후한 말기의 도사(?~184). 민간 종교인 태평도를 창시하여 수십만의 신도를 포섭하고, 후한 말엽의 혼란을 틈타 184년에 한(漢)나라를 전복하려는 황건의 난을 일으킴.

웃고 황초(黃初)[28]의 지혜 없음을 손가락질하며 천하를 한번 다스리려 했다. 그래서 먼저 군대를 내어 강하(江夏) 두어 고을을 쳐서 멸하니 각 고을의 수령이 소문만 듣고도 귀순했다.

태양이 형주를 세 겹으로 에워쌌더니 구원병이 왔다는 말을 듣고 산으로 돌아와 새로이 군사와 말을 거느리고 초탐군(哨探軍)[29]을 보내 대원수가 어떤 사람인지 물었다. 초탐군이 연왕 이몽창이라 하자 태양이 절로 놀라 말했다.

"이몽창은 이름난 명장이니 장차 어찌할꼬?"

이에 장수들이 말했다.

"이몽창이 비록 명장이나 대왕의 요술을 누가 당해 내겠나이까? 한 북에 쳐서 멸할 수 있을 것입니다."

태양이 옳게 여겨 군병을 수습했다.

명나라 진영에서 격서가 이르러 전투를 청하자 태양이 허락하고 다음 날 대군을 거느려 성 아래에 이르렀다. 연왕이 이미 팔문금쇄진(八門擒鎖陣)[30]을 치고 대오를 빽빽이 벌였으니 용맹한 장수와 호랑이 같은 군사가 온 산야에 가득했다.

태양이 속으로 매우 놀라 또한 진을 치고 차림새를 엄숙히 하도록 했다. 그리고 말을 타고 나가 명나라 장수를 내 보내라 했다. 시간이 한참 지난 뒤에 적진에서 대포 소리가 나자 산이 울리는 듯했다. 금고(金鼓)[31]가 세 번 크게 울리며 진문(陣門)이 열리는 가운데 황금 도끼와 백모(白旄)[32]며 청동갑옷과 오색 깃발이 별이 흐르며 물이

---

28) 황초(黃初): 중국 삼국시대 위(魏)나라 군주인 문제(文帝) 조비(曹丕)를 이름. 황초는 그가 사용한 연호(220~226).
29) 초탐군(哨探軍): 정탐하는 군사.
30) 팔문금쇄진(八門擒鎖陣): 여덟 방향으로 통로가 나도록 병사들을 배치하여 진으로 들어온 적군이 빠져나가지 못하도록 막는 진법.
31) 금고(金鼓): 군중(軍中)에서 호령하는 데 사용하던 북.

내리는 듯 빽빽이 좌우에 벌여 있었다. 금옥으로 꾸민 수레를 밀어 내니 사면으로 구슬발을 높이 걷고 가운데 한 대신이 앉아 있었다. 머리에 쓴 팔각통천금관(八角通天金冠)은 상서로운 빛을 앗았고 몸에 입은 붉은 비단 도포에는 왕의 모습이 은은했다. 낯빛이 수려하고 시원해 이미 햇빛을 업신여기고 샛별 같은 두 눈은 봉황의 눈을 닮아 있었다. 그 시원스럽고 엄숙한 기상을 보면 천고의 호걸이었다. 우태양이 이에 매우 놀라 채를 들어 읍하고 말했다.

"대왕은 천승의 임금으로서 어찌 수천 리 험한 곳에 이르셨소?"

왕이 소리를 엄히 해 꾸짖었다.

"너는 작은 도적이거늘 감히 군사를 거느려 폐하의 조정을 범한 것이냐? 그 죄는 목이 베여도 용납받지 못할 것이다. 어서 항복해 천명에 순종하라."

태양이 하늘을 우러러 크게 웃으며 말했다.

"대왕은 어질고 밝은 임금이거늘 이런 무지한 말을 하는 것이오? 천하는 한 사람의 천하가 아니오. 속담에 황제는 수레가 굴러가듯 한다고 했소. 내 이미 천명을 받아 어리석은 임금을 치는데 그대도 함께 나를 도와 내가 보위에 오른 후 공신이 되어 부귀를 누리는 것이 어떠하오?"

말이 끝나지 않아서 정선봉(正先鋒) 이경문이 크게 노해 구홍검을 춤추며 내달아 말했다.

"작은 도적이 말이 이토록 거칠고 거만하니 죽기를 면치 못할 것이다. 어서 목을 내어 내 칼을 받으라."

이에 태양의 선봉 관지문이 내달아 경문을 맞아 두어 합을 겨루니

---

32) 백모(白旄): 털이 긴 쇠꼬리를 장대 끝에 매달아 놓은 기(旗).

경문이 크게 한 번 웃고 칼을 들어 관지문을 두 조각을 냈다. 태양이 크게 놀라고 노해 부선봉 곽세와 대장 독고생에게 명령해 맞아 싸우라 했다. 두 장수가 명령을 듣고 말을 달려와 서로 싸우니 경문이 조금도 겁내지 않고 좌충우돌해 두 장수가 패하게 되었다. 태양이 이에 분기탱천해 입으로 진언(眞言)을 염하며 부적을 써서 날리니 갑자기 회오리바람이 크게 일어나고 모래와 돌이 날리며 하늘로부터 금갑신(金甲神)[33]이 무수히 내려왔다. 명나라 군사들이 크게 패해 달아났으나 경문이 홀로 봉황의 눈을 부릅뜨고 보검을 허리에 꽂으며 익진관이 준 부적을 내어 공중에 던졌다. 그러자 홀연 날씨가 청명해지고 바람이 그치며 새공아가 그 가운데 보검을 춤추며 금갑신을 베니 다 종이로 새긴 사람이었다. 태양이 자기 요술이 행해지지 못하는 것을 보고 매우 놀라 군사를 거둬 달아났다.

왕이 부원수 성문과 부선봉 세문, 그 나머지 장수들에게 명령해 한 무리의 군사와 말을 일으켜 한꺼번에 따라가 치도록 했다. 이에 적군이 대패해 죽은 사람이 반이 넘고 사로잡힌 사람이 매우 많았다. 장수들이 갑옷과 종들을 거두어 돌아오니 태양은 겨우 수백 명의 군사를 거느려 쥐 숨듯 달아났다.

사람들이 돌아와 공을 바치니 경문의 용력이 삼군 가운데 으뜸이었다. 대장 10명을 베고 사로잡은 적이 수없이 많았다. 성문과 세문이 벤 수급이 10여 명이나 하고 사로잡은 사람이 많았다. 왕이 매우 기뻐해 크게 잔치를 열어 삼군을 먹이고 상 주며 태부를 나아오라 해 물었다.

"내가 일찍이 알지 못했더니 네가 환술(幻術)을 한 것이 아니더냐?"

---

33) 금갑신(金甲神): 쇠갑옷을 입은 귀신.

태부가 웃고 대답했다.

"제가 어찌 그럴 리가 있겠나이까? 적소에 있을 적에 이인(異人)을 만났는데 이인이 이미 우태양이 난리를 일으킬 것이라 이르고 저에게 부적을 주었습니다. 제가 비록 미덥지 않게 여겼으나 몸가에 간수하고 있었습니다. 그런데 오늘 시험해 보니 과연 징험이 있으니 이인의 말이 틀림없음을 깨닫겠나이다."

왕이 놀라서 말했다.

"만사가 다 하늘이 정한 운수에 매여 있으니 사람의 힘으로 할 수 있겠느냐? 우태양이 패한 것도 하늘의 뜻이로구나."

부선봉이 웃고 말했다.

"이보34)의 말이 다 거짓말이다. 네가 태주에서 반년을 있으면서 괴이한 술법을 배운 것이다."

태부가 웃고 대답했다.

"형님이 어찌 저를 그런 괴이한 데로 몰아가시는 겁니까? 참으로 원통하고 억울합니다."

이에 좌우의 사람들이 모두 웃었다.

며칠 뒤에 왕이 군사를 크게 일으켜 근처의 고을을 회복하고 한 달이 안 돼 이릉, 강하, 남군 등의 고을을 다 쳐서 멸했다. 태양이 세력이 외로워져 남은 무리를 거느리고 서역으로 달아나니 왕이 부원수 성문과 선봉 경문에게 명령해 한꺼번에 따라가게 해 무찌르게 했다. 태양이 대패해 겨우 수십 명의 내시를 거느리고 배를 얻어 타고 서쪽으로 향하려 하다가 도독 이흥문의 군대를 만나 사로잡혔다. 연왕이 이 소식을 듣자 매우 기뻐했다.

---

34) 이보: 이경문의 자(字).

당초에 예부가 수군을 징발해 밤낮을 잊고 갔는데 형주 가까이 와 우태양의 배를 만난 것이었다. 그 모습을 의심해 군정(軍丁)[35]을 지휘해 우태양을 잡아 매도록 하고 물으니 과연 적인 것이 분명했다. 빨리 노를 저어 배를 뭍에 대고 태양을 거느려 대원수 군중에 바쳤다. 왕이 기쁨을 이기지 못해 급히 예부를 불러 손을 잡고 말했다.

"조카가 수만 리 떨어진 성도(成都)에서 수자리를 살며 고생을 두루 겪었는데 낯빛이 완연히 예전과 같으니 어찌 기쁘지 않으냐? 이 삼촌의 부끄러움은 비할 곳이 없구나."

예부가 급히 절하고 말했다.

"제가 불행해 지난 화란이 놀라우나 이제 몸이 무사해 그 일을 생각지 못하고 있었더니 숙부의 하교가 이와 같으시니 황공해서 죽으려 해도 죽을 땅이 없을 지경입니다."

왕이 탄식하고 드디어 장수들의 공로를 일일이 문서에 기록하고 승전보를 경사에 아뢰었다. 그런 후에 잔치를 크게 배설해 삼군을 먹이고 장수들과 함께 즐기니 환성이 높은 하늘에 사무치고 축하하는 잔이 어지럽게 날렸다.

종일토록 즐거움을 다하고 석양에 잔치를 파했다. 바야흐로 왕이 아들과 조카 들을 거느리고 장막 안에서 조용히 말할 적에 예부가 말했다.

"죄 많은 조카가 어리석고 약해 당초에 노 씨를 죽이지 않은 까닭에 비상한 환난이 일어나 일가에 참혹한 액운이 이어졌습니다. 그래서 사람마다 목숨을 보전하지 못할 뻔했으니 이 어찌 저의 죄가 아니란 말입니까? 또 백문이를 항주 죄인으로 만들었으니 숙부를 뵙는

---

35) 군정(軍丁): 군적에 있는 지방의 장정.

것이 부끄럽지 않겠나이까?"

왕이 탄식하고 말했다.

"조카의 말이 옳으나 마지막 말은 나의 뜻이 아니다. 백문이의 죄는 죽어도 갚지 못할 것이니 항주에 귀양 간 것을 한하겠느냐?"

예부가 눈물을 흘리며 대답했다.

"숙부께서 이 무슨 말씀이십니까? 백문이가 호방한 어린아이로서 요괴로운 계집에게 속은 것이니 이 아이의 죄가 죽도록 할 만한 것이겠나이까? 피차 골육이 나뉘었으니 환난도 함께 겪고 부귀도 함께 겪는 것이 옳거늘 이번에는 그렇지 못하니 생각해 보면 어찌 슬프고 부끄럽지 않나이까?"

왕이 대답하지 않으니 예부가 다시 상서를 대해 임 공의 의리를 일컫고 태부에게는 조 씨가 참혹히 죽은 것을 위로했다. 태부가 이에 사례해 말했다.

"그 사람이 젊은 나이에 요절한 것이 슬프나 이는 또 하늘이 주신 운수니 슬퍼해 무엇 하겠습니까?"

예부가 다시 노 씨의 죄와 허물을 이르며 죽이지 못한 것에 이를 갈고 한스러워하니 왕이 말했다.

"당초에 이럴 줄 알았다면 죽이지 않았겠느냐? 다만 모두 무심중에 변란이 난 것이니 이제 새롭게 한해 무엇 하겠느냐?"

예부가 대답했다.

"제가 그때 노녀가 변란을 일으키는 것이 이토록 할 줄은 몰랐으나 노녀 미운 것이 칼을 삼킨 듯해 과연 노녀를 죽이려 했습니다. 그러나 아버님께서 너그러운 은전을 쓰셔서 제 마음대로 못 해 두 번 참혹한 액운을 스스로 취했으니 누구를 탓하겠습니까? 이제 노녀가 달아났으니 또 가만히 있는 가운데 큰 재앙을 빚어낼 것입니다. 제가 천하를 두루 돌아다녀 그 여자를 찾아 한칼에 베어 죽이려 하나이다.”

왕이 말했다.

“네 말이 옳으나 노녀가 천하 깊은 산골 어디에 묻혀 있는지 알고 찾을 수 있겠느냐? 벌써 조정의 명령이 십삼 성에 내렸으니 조만간 찾아다녀 노녀의 자취를 찾을 수 있을 것이다.”

예부가 이에 명령을 들었다. 그러고서 몇 년 쌓인 이별의 회포를 마음껏 베풀어 밤이 새는 줄 몰랐다. 이에 왕이 예부를 사랑하는 마음이 새롭고 상서 등의 기쁜 마음이 헤아리지 못할 정도였다.

이튿날 각도의 수령이 다 돌아가고 화 자사가 홀로 머물러 있었다. 석양에 들어가 하직하니 왕이 흔쾌히 등불을 밝히고 술과 안주를 갖춰 통음(痛飮)하며 말했다.

“형과 삼 년 동안 남북이 끊겨 소식을 얻어 보지 못해 그리워하는 마음이 날로 더해져 꿈속의 넋이 매양 관산(關山)36)을 넘으려 했네. 그런데 오늘 다행히 군중에서 서로 따르니 반가운 마음이 뱃속에 가득하네. 다만 군대의 일이 번다하고 강적을 소탕하지 못했으므로 능히 사사로운 정을 이르지 못했더니 오늘 마침 조용하니 형은 잠시 앉아 있기를 아끼지 말게나.”

화 공이 응낙하고 자리에 나아갔다. 이때는 추구월 하순이었다. 가을바람이 높이 불고 찬 서리가 뿌리니 상서 등이 병풍과 장막을 겹겹이 치고 좌우로 시립해 아버지와 화 공이 말하는 것을 들었다. 화 공이 이에 사례해 말했다.

“내 불행한 시절을 만나 폐하의 격노를 입어 남방에 좌천된 지 삼

---

36) 관산(關山): 국경이나 주요 지점 주변에 있는 산.

년이 되었네. 상경할 기약이 없어 마음에서 염려가 사라지지 않더니 오늘은 무슨 날이기에 대왕을 보니 바야흐로 몸의 고통과 한을 위로 받을 수 있겠네.37)"

왕이 문득 자리를 떠나 죄를 청해 말했다.

"내 이제 형을 대해 말을 내는 것이 낯이 두꺼운 일이네. 그렇다 해도 또 말을 안 하는 것이 더욱 옳지 않으니 형은 내 죄를 용서하게. 내 항상 용렬하고 보잘것없어 여러 형들을 욕되게 하더니 마침내 자식을 가르치지 못해 영녀(令女)가 천고에 없는 변란을 두루 겪게 했네. 이것이 다 나의 죄니 어찌 부끄럽고 두려운 마음을 참겠는가?"

화 공이 왕이 죄를 청하는 것을 보고 급히 붙들어 그친 후에 낯빛이 흙과 같이 된 채 말했다.

"나의 사람됨이 어리석고 사람 보는 눈이 없어 영랑(令郞)의 준수한 풍채를 너무 사랑하고 딸아이의 어리석음을 생각지 못해 감히 산닭으로 봉황의 쌍을 삼아 진(秦)나라 누대에서 난새를 타는 경사38)를 얻었네. 그런데 조물주가 시기가 많고 하늘이 그 쌍이 어울리지 않음을 밉게 여기셔서 딸아이가 열다섯 청춘에 천고에 없는 환난을 두루 겪고 끝내는 강물의 귀신이 되고 말았네. 이는 다 내 팔자요, 내 황천께 죄를 지어서 그런 것이니 대왕이 어찌 죄를 청할 일이겠는가? 딸아이는 존문(尊門)에서 쫓겨난 며느리요, 강상을 범한 국가의 죄인이나 부녀 사이의 정은 끝이 없어 딸아이를 생각하면 넋이 사라지고 뼈마디가 녹는 듯하네. 장차 하늘을 향해 부르짖으며 몹시

---

37) 내~있겠네: 원문에는 존댓말로 되어 있으나 앞의 예를 따라 하게체로 통일함.
38) 진(秦)나라~경사: 부부 사이가 좋음을 이름. 중국 춘추시대 진(秦)나라 목공(穆公) 때 소사(蕭 史)가 퉁소를 잘 불었는데 목공의 딸 농옥(弄玉)이 그를 좋아하자 목공이 두 사람을 혼인시킴. 소사가 농옥에게 퉁소로 봉황 울음소리 내는 법을 가르쳤는데 몇 년 뒤 봉황이 그 소리를 듣고 날아오자 목공이 그들 부부를 위해 봉대(鳳臺)를 지어 줌. 부부가 봉대에 머물면서 내려가지 않다가 봉황을 타고 날아가 버림.

슬퍼하며 밤낮으로 딸아이의 생사를 알지 못해 백발이 귀밑에 일어나고 치아가 흔들리는 것을 면치 못하니 대왕은 모름지기 일컫지 말게."

왕이 다 듣고는 다시 사례해 말했다.

"내가 자식을 엄히 가르치지 못한 죄는 비록 죽어도 갚기 어려우니 형의 조롱을 한하겠는가? 그런데 우리 며느리가 근래에 약질이 건강한가?"

공이 매우 놀라 말했다.

"대왕이 어찌해서 이런 말을 하는 것인가? 딸아이가 적소로 가다가 도적을 만나 생사를 모르는 것은 대왕이 또한 아는 일이라 내가 어찌 알겠는가? 접때 들으니 운보가 형양을 순무(巡撫)[39]하고 상경하는 길에 딸아이를 만나 물에서 밀쳐 죽였다 하던데 그 해골이 어디에 있는지 내 어찌 알겠는가?"

왕이 다 듣고는 매우 놀라서 말했다.

"이는 내 듣지 못했던 일이네. 누가 그런 말을 하던가?"

공이 말했다.

"내가 접때 아들 숙이의 서간을 얻어 보았는데 백문이 상서를 대해 바른 대로 고했다 하기에 그렇게 들은 것이네."

왕이 몹시 놀라 몸을 돌려 상서를 볼 적에 먼저 찬 기운이 미우에 쓸쓸한 채 물었다.

"나는 전혀 알지 못했더니 이런 흉한 소문이 있었구나. 네가 어리석은 아우의 죄를 뒤덮어 나를 속인 것은 어째서냐?"

상서가 급히 엎드려 절하고 말했다.

---

39) 순무(巡撫): 왕명을 받들어 난을 진정시키고 백성을 위무함.

"과연 어느 날에 백문이 소자에게 이 말을 일렀습니다. 소자가 놀라움이 적지 않았으나 지난 일을 고해 부질없어 감히 아뢰지 못했더니 아버님의 가르침을 듣고 죄를 청하나이다. 그런데 화 씨 제수가 물에 빠지셨으나 반드시 요절하지 않으셨을 것이요, 그 자취를 화 영숙(令叔)께서 아시는 것이 분명하거늘 홀로 가친을 어둡게 여기시니 개연한 마음을 이기지 못하겠나이다."

왕이 다 듣고는 묵묵히 봉황의 눈을 낮추니 화 공이 상서를 향해 정색하고 말했다.

"명공(明公)이 비록 신명함을 자랑하나 이런 허무맹랑한 말을 하는 것인가? 존문(尊門)에서 딸아이의 시종을 알고 있는데 내 어느 곳으로부터 딸아이를 감추었겠는가?"

상서가 미소짓고 대답했다.

"소생이 어찌 신명함을 자랑하겠나이까? 그러나 훗날 대인께서 연소한 무리를 대해 망언을 하신 것을 면하지 못할 것입니다."

말이 끝나지 않아서 왕이 발끈 낯빛을 바꾸고 말했다.

"어리석은 자식이 패악한 아우를 비호하고 아비를 내외하니 그 죄가 가볍지 않다. 그러니 어찌 용서하겠느냐?"

말을 마치자 노기가 가득했다. 그리고 좌우를 시켜 상서를 잡아 내리라 하니 예부가 황급히 간했다.

"현보40)의 말이 다 옳은데 무슨 죄로 다스리려 하시나이까? 하물며 제 몸에 부원수 대장의 직이 있으니 훗날 경사에 가 다스리실 수 있어도 오늘은 결코 가당치 않습니다."

화 공이 또한 낯을 붉히고 말했다.

---

40) 현보: 이성문의 자(字).

"대왕이 소생을 역정해 부원수를 다스리려 하니 내 무슨 면목으로 이곳에 앉아 있을 수 있겠는가?"

왕이 낭랑히 웃으며 말했다.

"화 형이 과연 전날의 화 형이 아니네. 나를 이런 무리로 알고 있으니 부끄러울 따름이네."

말을 마치자 침묵하고 단정히 앉으니 상서가 말석에 꿇어 감히 낯을 들지 못했다.

이윽고 왕이 억지로 술잔을 날려 다른 말을 해 밤을 새니 새벽에 화 공이 돌아갔다.

왕이 종사관 김류를 보내 백문을 곤장을 치려 했다. 그러자 예부가 매우 놀라 바삐 머리를 땅에 두드리며 힘써 간했다.

"운보[41]의 죄가 비록 무거우나 대인께서 차마 오늘 이런 행동을 하려 하시는 것입니까? 보는 사람이 괴이하게 여길 것이니 훗날 경사에 가 다스리시고 이번은 잠깐 멈추소서."

왕이 다 듣고 드디어 그치니 예부가 나아가 아뢰었다.

"경사에서 명령을 내려 주시면 즉시 상경할 것이니 한가한 때를 타 현보 등과 함께 항주에 가 백문을 보고 왔으면 합니다."

왕이 정색하고 말했다.

"백문이는 죄인이요, 너희는 국가의 중요한 임무를 맡았는데 어찌해 떠나겠느냐?"

예부가 울면서 대답했다.

"숙부께서 어찌 이런 인정 없는 말씀을 하십니까? 백문이가 폐하의 용서를 받는 것이 쉽지 않을 텐데 저희가 차마 가까운 곳에 왔다

---

41) 운보: 이백문의 자(字).

가 그저 간다면 우리의 풍속이 오랑캐와 다르지 않을 것입니다. 그러면 저희가 무슨 낯으로 세상에 설 수 있겠나이까?"

왕이 그 진심에 감동해 허락했다.

그러자 예부가 매우 기뻐해 상서 등 형제와 함께 네 명이 필마로 화 공을 따라 항주에 이르러 백문이 머무는 곳을 찾아갔다.

이때 백문은 화 공에게서 쫓겨나 부끄러움과 뉘우침이 더한 채 고요히 초당에 누워 지난 일을 생각하고는 슬프고 서러운 마음이 더욱 깊어졌다. 그러다가 왕이 형주에 왔다는 말을 듣고 반가움을 주체할 수 없어 날아가 뵙고 싶은 마음이 불이 일어날 듯했다. 그러나 그럴 기회를 얻지 못해 한갓 슬퍼할 뿐이었다.

그런데 문득 네 형이 이르러 들어오니 학사가 정신이 없어 황급히 태부를 붙들고 목 놓아 통곡했다. 그러자 네 사람이 또한 슬픔을 이기지 못해 함께 울었다. 이윽한 후에 상서가 먼저 울음을 그치고 백문을 흔들어 위로하니 백문이 소리를 겨우 해 눈물을 그쳤으나 흐르는 눈물이 옥 같은 얼굴에 이어졌다. 예부가 이에 눈물을 가로 씻으며 손을 잡고 어루만져 말했다.

"운보야, 너를 이렇게 만든 것은 나의 죄니 무슨 면목으로 말이 나겠느냐? 다만 행여 골육의 정이 있어 너와 나는 허물이 없으니 너는 슬픔을 참고 내 말을 들으라."

학사가 이에 예부의 앞에 꿇어 머리를 두드리고 슬피 통곡하며 말했다.

"제가 오늘 형님을 뵈니 죽고 싶은 마음이 태반이나 하고 살 뜻이 없습니다. 원컨대 저의 죄를 다스려 주소서."

예부가 이에 급히 백문을 붙들고 말했다.

"어진 아이가 어찌 이런 말을 하느냐? 당초에 노녀를 내가 엄히 처치하지 못해 재앙을 너에게 옮기고 그사이에 요승이 그 가운데에서 내달아 환술로 너를 속였으니 네가 아무리 총명한들 어찌 그것을 깨달을 수 있었겠느냐? 마디마디 다 노녀의 죄악 때문이니 아우에게는 조금의 허물이 없거늘 네가 나를 대해 이런 과도한 말을 하는 것이냐? 슬프다! 너와 나는 골육이 나뉜 같은 가문의 사촌이다. 피차 환난을 한가지로 하고 귀천을 함께 하는 것이 옳거늘 세상일이 뜻과 같지 않고 액운이 괴이해 이에 이른 것이니 천하 사람을 대하는 것이 부끄럽지 않겠느냐?"

학사가 고개를 숙여 다 듣고는 눈물을 비처럼 흘리며 말했다.

"저의 죄는 바다가 뽕나무밭이 되어도 없어지지 않을 것입니다. 그런데 형님의 하교가 이와 같으시니 제가 분골쇄신(粉骨碎身)하나 다 갚지 못할 것입니다. 제가 팔자가 덧없어 당초부터 화 씨에게 정이 없고 노 씨의 간악한 술책에 속아 노 씨를 부정한 방법으로 우여곡절 끝에 얻었습니다. 그 후에 흉악한 일이 끝없이 이어지고 노 씨는 끊임없이 저를 속였습니다. 제가 외입한 일이 없는데 정신이 어지러워 안갯속 사람이 된 채 형님을 의심해 드디어 헤아릴 수 없는 재앙이 발뒤꿈치로부터 일어났습니다. 형님이 옥중 고초를 겪으시고 성도 검각(劍閣)[42]의 뜬구름이 되었으니 이때를 당해 제가 무슨 몸이 되었습니까? 다만 일을 알지 못하고 간악한 여자의 수중에 농락당해 집의 형수를 다 해치고 부모님께 망극한 변이 이르게 했습니다. 이를 생각하면 어찌 담이 차지 않겠습니까? 지금에 이르러 간악한 무리가 다 죽고 저의 죄가 뚜렷이 나타났으니 저는 죽을 줄로만

---

42) 검각(劍閣): 사천성(四川省) 검각현(劍閣縣)에 있는 관문(關門)의 이름. 이 관문은 장안(長安)에서 촉(蜀)으로 들어가는 길목에 위치해 있는데, 검각현의 북쪽으로 대검(大劍)과 소검(小劍)의 두 산 사이에 잔교(棧橋)가 있는 요해처(要害處)로 유명함.

알고 살아날 줄을 믿지 못했습니다. 그런데 성은을 입어 겨우 쇠잔한 목숨이 구차하게 살아났습니다. 폐하께서 절역에 내치신 후에 살아 돌아갈 기약이 끊어졌으니 외로운 한 몸이 남녘의 티끌이 되어 멀리 황제가 계신 곳을 바라보고 잠을 못 이루며 노심초사했습니다. 그러는 가운데 스스로 죄목을 생각하니 죽는 것이 영화요, 사는 것이 빛이 없음은 이를 것도 없고 생전에 형님 뵙기를 믿지 못해 후회하는 마음이 배꼽을 물기43)에 미쳤습니다. 그러나 물고기와 기러기44)가 짧은 편지를 전하기 어렵고 형님이 용서하시는 것을 바라지 않았더니 천만뜻밖에도 형님이 예전의 원한을 생각지 않으시고 귀한 수레를 굽혀 이 비루한 사람을 찾아 주셨으니 감사한 마음이 구곡(九曲)에 가득합니다. 그리고 두텁고 어진 말씀을 들으니 죽으려 해도 죽을 땅이 없습니다. 다만 형님의 큰 덕에 감사하나이다."

말을 마치자 봉황의 아름다운 눈에 눈물이 가득하고 목소리가 슬펐다. 오열해 기운이 막힐 듯하니 태부와 상서가 눈물을 비처럼 흘리고 예부가 역시 슬픔이 뼈에 사무쳐 백문의 손을 놓지 않고 울며 말했다.

"아우가 이 무슨 말이냐? 첫 말은 네 이르지 않아도 다 시운이 불행하고 노녀가 엉큼한 줄을 네가 알고 있으니 무익하게 다시 일컬을 필요가 없다. 내 비록 민첩하지 못해 옛사람을 본받지 못한들 아우의 죄가 아닌데 아우의 탓을 삼아 원한을 아우에게 옮기겠느냐? 원컨대 너는 이런 마음을 먹지 말고 천륜의 지극한 정을 오로지하기를 바란다."

---

43) 배꼽을 물기: 이미 저지른 잘못에 대하여 후회하여도 소용이 없음을 이르는 말. 사람에게 잡힌 사향노루가 배꼽의 향내 때문에 잡혔다고 제 배꼽을 물어뜯었다는 데서 유래함. 서제막급(噬臍莫及).

44) 물고기와 기러기: 편지나 통신을 이르는 말로, 잉어나 기러기가 편지를 날랐다는 데서 유래함.

말이 끝나자 상서와 태부가 함께 학사를 타일러 말했다.

"피차 천 리 밖에 손을 나누었다가 만난 것은 고금에 드문 경사다. 또 큰형님은 세속을 벗어난 분이라 너의 죄를 염두에 두지 않으시니 너는 또 웬만하면 부끄러워하지 말고 함께 회포를 여는 것이 옳다. 그러니 아우는 슬픔을 억제하라."

학사가 그제야 머리카락을 쓸어 넘기고 눈물을 거두어 몸을 그 전대로 폈다. 모두 눈을 들어서 백문을 보니 옥 같은 얼굴빛이 누르고 야위어 가볍게 날개가 돋아 올라갈 듯했다. 상서와 태부가 살이 베이는 듯하고 백문을 불쌍히 여겨 각각 봉황의 눈에 물결이 어렸다. 예부가 참담한 뜻이 일어났으나 흔쾌한 낯빛으로 말을 했다.

이윽고 화준과 화윤 두 생이 이르러 모든 사람과 인사를 마치고는 화생이 말했다.

"귀한 수레가 벌써 와 계셨던가 싶은데 미처 알지 못해 즉시 이르러 뵙지 못했으니 그 죄가 깊습니다."

예부 등이 즐거운 빛으로 말했다.

"우리가 국가 대사를 몸에 맡아 가지고 사사로운 정을 참지 못해 이곳에 와 죄지은 아우를 보러 왔더니 형 등을 보니 또한 다행이네."

두 생이 사례하고 나서 물었다.

"저 운보가 어찌 이곳에 온 겐가?"

공부가 말했다.

"형은 한 땅에서 운보가 귀양 온 것을 몰랐는가?"

화생이 말했다.

"알고는 있지만 그 까닭을 몰라 물은 것이네. 그윽이 헤아리건대 운보가 열넷에 과거에 급제해 벼슬이 못해도 조정의 태학사요, 기운이 호방해 아내 죽이기를 풀을 베듯 하고 위엄은 엄한 아버지도 못

이기실 정도더니 무슨 죄를 얻어 멀리 귀양 온 것인고? 참으로 괴이하도다.”

말이 끝나지 않아서 예부가 낯빛이 변해 말했다.

“군 등은 과연 인정 없는 사람이네. 운보가 한때 참소와 모함에 농락당해 죄를 입었으나 그 실은 무죄한 것이 분명하네. 하물며 운보가 군 등에게는 형제의 의리가 있거늘 사정을 슬퍼해 위로함이 없고 기롱하는 것은 무슨 일인가? 학사가 골육지친으로서 오랫동안 손을 나누었다가 겨우 만났는데 이 사람의 이전 얼굴이 하나도 없고 근심하는 빛이 심하니 불쌍해서 그 신세를 생각하게 되네. 그런데 사람으로서 사리를 안다면 이때를 당해 예전의 원한을 가지고 공연히 모욕할 수 있겠는가? 처자의 생사는 지아비에게 있으니 무슨 일로 못 죽이겠는가? 군 등은 옛 글을 보지 않았는가?”

화윤이 무료해 말을 그치고 화준은 사죄해 아우가 잘못했음을 일컬었다.

이윽고 두 생이 돌아간 후 공부가 물었다.

“네 일찍이 화 공을 보아 사죄했느냐?”

학사가 자신을 내쫓은 일을 고하니 모두 탄식했다. 저녁밥을 올리니 모두 젓가락을 들었으나 학사는 한 술도 먹지 않았다. 이에 모두 괴이하게 여겨 밥을 먹으라 권하자 학사가 억지로 한 술을 물을 말아 먹다가 먹은 것을 구토해 게워 내고 베개에 거꾸러지니 모두 크게 놀랐다. 두 형이 백문을 붙들고 연고를 물으니 생이 탄식하고 말했다.

“제가 요사이 심사가 우울해 음식이 달지 않아 그런 것이니 무슨 연고가 있겠습니까?”

사람들이 이에 크게 근심해 백문에게 큰 병이 날 줄 기미를 알고 슬픈 빛을 감추고 백문을 위로하고 담소했다. 이렇게 며칠을 묵으니 학사가 기쁨과 다행함을 이기지 못했으나 상서 등이 곧 떠나는 것을 안타까워했다. 화 자사가 사람을 시켜 네 명을 청하니 예부 등이 그 매몰찬 것을 밉게 여겨 이에 대답했다.

"소생 등이 오래 떠났던 아우를 만나 이별의 정을 채 펴지 못한 채 곧 이별하게 되었으니 대인께 나아갈 틈이 없나이다."

그러고서 예부가 또 말했다.

"이곳에 상관들이 다 모여 있으니 하관이 먼저 와 보는 것이 도리에 옳거늘 우리를 어찌 청하는 것입니까?"

이에 화 공이 그 말을 전해 듣고 웃을 따름이었다.

예부 등이 이십여 일을 묵어 이별의 회포를 펴고 있는데 형주 차인(差人)이 이르러 길을 재촉했다. 마지못해 백문과 이별하고 돌아갈 적에 피차 새로이 슬픈 마음이 끝이 없어 학사가 형들을 붙들고 슬피 울며 말했다.

"오늘 손을 나누면 장차 어느 날 만날 수 있겠습니까? 슬픕니다. 저는 다시 형들을 뵙지 못하고 남녘의 영혼이 될 것입니다."

상서가 이에 경계해 말했다.

"네 당당한 대장부로 어찌 고초받는 죄수의 모습을 하는 것이냐? 헤어지고 만나는 것이 때가 있다. 너의 기상으로 녹록히 항주에서 죽을 것이라고, 한때 사사로운 정을 참지 못해 불길한 말을 하는 것이냐?"

예부가 말했다.

"숙부께서 이번에 희한한 대공을 세우셨으니 상경하는 날에 네가 또 용서하는 명령을 받을 것이다. 그러니 너는 안심하고 있으라. 내가 한 몸을 버리더라도 너를 구할 것이다."

학사가 눈물을 흘리며 절해 예부에게 사례했다. 그러고서 손을 나누니 상서와 태부가 슬픈 마음을 이기지 못했다.

사람들이 화 공의 매몰참을 한했으나 인사를 폐할 수 없어 모두 관아에 가 이름을 통했다. 이에 자사가 급히 문밖에 나와 맞이해 동헌에 들어가 예를 마치고 그 후의를 칭송했다. 그리고 술과 안주를 들이라 하며 말했다.

"만생이 하관(下官)의 도리로 마땅히 즉시 나아가 맞이해 대접해야 할 것이나 그곳에 원수가 있어 차마 갈 뜻이 없어 도리를 잃고 존공 등이 수고롭게 이르시게 했으니 많이 황송하고 부끄럽네."

예부가 몸을 굽혀 정색하고 말했다.

"소생 등은 부리가 누런 새 새끼와 같으니 어찌 작은 벼슬 때문에 부형의 벗을 소홀히 대하겠나이까? 그러나 원수가 있다 하신 말씀은 알지 못하겠나이다. 밝게 가르쳐 주소서."

공이 웃으며 말했다.

"영제(令弟) 백문은 나의 딸을 죽인 원수인데 명공네가 알지 못하시는 것인가?"

예부가 낯빛을 바꾸고 말했다.

"운보는 대인의 사위인데 이토록 실언을 하시는 겁니까?"

말이 끝나지 않아서 태부 경문이 차가운 눈이 뚜렷한 채 먼저 일어나 절하고 섬돌을 내려갔다. 사람들이 이에 머무르지 못해 일어나니 공이 만류해 말했다.

"폐읍(弊邑)이 누추하고 만생이 공 등의 하관이나 만생에게 이토록 박절하신 것인가?"

상서가 말했다.

"제 아우가 대인께 원수라면 소생 등이 또 혐의가 없겠습니까?"

말을 마치고서 한꺼번에 돌아가니 화 공이 또한 청하지 않았다.

네 명이 바삐 달려 형주에 이르니 왕이 무사히 돌아온 것을 일컬었으나 백문의 안부를 묻지 않았다. 예부가 이에 탄식하고 백문의 행동거지를 아뢰니 왕이 노해 말했다.

"백문이는 내가 미워하고 꺼리는 자식이니 너희는 그 아이의 일을 내 귀에 들리게 하지 마라."

예부가 크게 놀라 말했다.

"백문이가 숙부께 무슨 죄를 지었나이까?"

왕이 대답하지 않으니 예부가 울며 간했다.

"백문이가 중간에 체면을 잃은 것이 있다 한들 이제 잘못을 뉘우친 지 오래되었고 하물며 천 리 밖 먼 고을에 귀양 가 자취가 외롭거늘 숙부께서 부자의 큰 의리를 가지고 이 어찌 된 말씀입니까?"

왕이 말없이 한참을 있다가 탄식하고 말했다.

"조카가 아직도 내 뜻을 모르는구나. 내 어찌 고수(瞽叟)[45]처럼 사나운 짓을 할 자이겠느냐? 다만 일이 그렇게 되었으니 내 또 구구한 사사로운 정을 가지고서 약하게 다스리는 것을 하지 않은 것이다."

예부가 기미를 알고 다시 묻지 못했다.

왕이 삼사일을 이곳에 있으면서 진무(鎭撫)[46]를 마쳤다.

그런데 문득 경사에서 사자(使者)가 이르러 천자의 조서를 전하니 상경하라고 하시는 내용이었다. 왕이 북쪽을 향해 황제의 은혜에 감사하고 군사를 북으로 돌렸다. 가는 길에 항주를 비스듬하게 지났으나 끝내 백문을 보지 않고 갔다.

---

45) 고수(瞽叟): 중국 고대 순(純)임금의 아버지로, 순임금이 어렸을 적에 계실(繼室) 임 씨와 그 아들 상(象)의 참소를 듣고 순을 죽이려 했음.
46) 진무(鎭撫): 안정시키고 어루만져 달램.

장사에 이르러 한 산 밑에 이르렀는데 이는 곧 경사로 갈 때 제일 험한 길인 고운령이요 산 이름은 운화산이었다. 전군(前軍)이 먼저 고개를 넘고 선봉이 앞으로 가고 있는데 홀연 산 옆에서 한 여자가 홑옷을 입고 떨며 슬피 울면서 나오는 것이었다. 선봉이 놀라 좌우를 시켜 여자를 잡아 오라 하자 모든 군사가 일시에 여자를 끌어 선봉의 앞에 데리고 왔다. 태부가 눈을 들어서 보니 이 사람은 곧 난혜였다. 태부가 매우 놀라 급히 물었다.

　　"너는 난혜가 아니냐?"

　　원래 위 씨가 고집을 부려 절벽에 있으면서 여염(閭閻)에 나가지 않고 난혜가 날마다 여염에 나가 양식을 겨우 빌었으나 남복 장만할 것을 끝내 얻지 못했다. 이미 초겨울이 지나 겨울 그믐날 무렵이었으므로 얼음과 눈이 산처럼 쌓이고 겨울바람이 시리도록 차가워 가죽옷을 겹겹이 입고 있어도 추위를 견디지 못해 병이 날 텐데 위 씨는 천금과 같은 약질로서 여름에 입었던 홑옷으로 모래 틈에 엎드려 있었으니 어찌 몸이 평안하겠는가. 큰 병을 얻어 시시각각 위중하니 난혜가 망극해 험한 고개를 더듬어 마을에 가 죽술이나 얻어 와 극진히 구완했다. 그래도 낫지 않아 사람들에게 일러 소저를 데리고 촌가로 가려 했다. 그러나 소저의 용모로 욕을 보는 것이 십상이라 한갓 속수무책으로 울며 애를 썼다. 소저가 이날 거의 절명할 듯한 것을 보고 천지가 아득해 어떻게 해서든 의원이나 찾아보아야겠다 하고 나오다가 태부를 만난 것이었다. 난혜가 크게 놀라 슬피 오열하며 황급히 말했다.

　　"우리 부인이 저 건너 산골의 돌 틈에 계시는데 죽음이 경각에 있나이다."

　　태부가 크게 놀라 말했다.

"네 부인이 무슨 까닭에 돌 틈에 있는 것이냐?"

난혜가 마음이 급해 발을 구르고 말했다.

"잡말 말고 어서 가소서."

그런데 곁에 한 군사가 있다가 고했다.

"저 건너 산골은 호랑이와 표범, 승냥이와 이리의 소굴입니다. 백여 명의 군사도 손을 쓰지 못하는 곳인데 저 아녀자가 어찌 있을 수 있겠나이까? 요망한 말이니 곧이듣지 마소서."

태부가 또한 믿지 않아 다시 물으니 난혜가 가슴을 두드리며 말했다.

"제가 무엇 하러 거짓말을 하겠나이까? 다만 빨리 가 보소서."

태부가 역시 심신이 아뜩해 몸을 빼어 군중(軍中)에 들어가 왕에게 이 연유를 고하니 왕이 매우 놀라 말했다.

"너는 어서 가라. 내가 이 고개를 넘어 머물 곳을 잡고 교자를 보내겠다."

태부가 명령을 듣고 홀로 난혜를 데리고 소저가 있는 곳에 이르니 좌우에 눈과 얼음이 산과 같이 쌓여 있었다. 큰 바위가 집 같고 그 앞에 한 구멍이 있어 둘레가 한 칸 정도나 했다.

생이 빨리 들어가니 위 씨가 온몸이 얼음 같고 헌 옷이 겨우 살을 가려 길이 고요히 누워 있었다. 생이 이 모습을 보자, 돌과 나무 같은 마음이라도 움직일 것인데 더욱이 평생을 함께 지내려 한 정 많은 남편의 마음이야 이를 것이 있겠는가. 생이 몹시 놀라 급히 위 씨를 붙들어 살피니 손을 쓸 수 없을 정도의 상태였다. 태부가 놀라고 경황이 없어 눈물이 옥 같은 얼굴에 계속 흘러내렸다. 자기의 털옷을 벗어 위 씨의 몸을 싸 위 씨를 자기 무릎 위에 놓았으나 전혀 숨기척이 없었으니 진실로 한 주검이 되어 있었다. 태부가 가슴이 막히고 오장이 갈기갈기 찢기는 듯해 한갓 눈물만 줄줄 흐를 뿐 어찌

할 줄을 몰랐다.

이윽고 왕의 군대에서 교자 한 대와 교부가 이르렀다. 생이 난혜를 시켜 소저를 붙들어 태우게 하고 스스로 교자를 거느려 머무는 곳으로 갔다.

상서가 이미 방을 데우고 새 이불을 갖추어 기다리고 있었다. 교자가 대청 아래에 이르자 난혜가 나아가 위 씨를 붙들어 들이고 왕이 친히 들어가 보았다. 과연 위 씨가 운명하는 것이 의심 없었으니 왕이 크게 놀라 눈물이 떨어지는 것을 참지 못했다. 태부가 이에 슬픔을 억지로 참고 나아가 말했다.

"한때의 한기(寒氣)를 견디지 못해 기운이 막혔는가 싶습니다. 소자가 머물러 구완할 것이니 아버님은 번뇌치 마소서."

왕이 또한 차마 보지 못해 나갔다. 태부가 이에 위 씨의 손을 어루만져 오열하며 슬픔을 이기지 못해 말했다.

"그대가 회생하지 못하면 내가 어찌 내 몸을 돌아보겠소?"

그러고서 석양까지 기다렸으나 끝내 깨어나는 일이 없었다. 태부가 바야흐로 초혼(招魂)[47]하러 나오려 하다가 홀연 크게 깨달아 말했다.

"익진관이 급할 때 쓰라 하던 약이 주머니 속에 있었는데 내 어찌 잊고 있었던 것인가?"

그러고서 빨리 물을 가져오라 해 환약을 내어 급히 갈아 친히 입에 붓고는 스스로 그 몸을 가까이 해 위 씨의 기운이 회생하기를 바랐다. 이때 생의 마음은 붙는 불 같아서 위 씨를 위해서는 불꽃 속에

---

47) 초혼(招魂): 사람이 죽었을 때에, 그 혼을 소리쳐 부르는 일. 죽은 사람이 생시에 입던 윗옷을 갖고 지붕에 올라서거나 마당에 서서, 왼손으로는 옷깃을 잡고 오른손으로는 옷의 허리 부분을 잡은 뒤 북쪽을 향하여 '아무 동네 아무개 복(復)'이라고 세 번 부름.

들라 해도 사양하지 않을 듯했다.

두어 식경이 지난 후에 홀연 소저가 크게 소리하고 숨을 내쉬며 눈을 떴다. 생이 이에 크게 놀라고 기뻐하며 바삐 물었다.

"부인이 학생을 알아볼 수 있겠소?"

소저가 겨우 몸을 일으켜 앉아 말했다.

"첩이 비록 정신이 없으나 군을 모르겠나이까? 알지 못하겠습니다만, 첩의 몸이 어찌 여기에 이른 것입니까?"

태부가 그 정신이 온전해진 것을 보고 기뻐 미칠 듯해 사연을 간략히 이르고 밖에 나와 모든 사람에게 고했다. 왕과 상서가 매우 기뻐하고 예부가 또한 웃고 치하해 말했다.

"아까는 하도 경황이 없어 말을 못 했는데 이제야 네 얼굴을 보니 어찌 그토록 울어 눈이 몰라보게 부은 것이냐? 위 씨가 잠깐 기절하셨어도 저렇듯 애를 태우니 불행히 돌아가신다면 네가 한 관에 들려고 하겠구나."

태부가 웃으며 말했다.

"형이 어찌 이런 괴이한 말을 하시는 것입니까? 부부지간이 아니라 해도 아까는 위 씨가 의심 없이 죽은 사람이었으니 토목과 같은 사람이 아닌 후에야 불쌍한 마음이 없겠습니까? 이런 까닭에 한 점 눈물을 허비한 것이니 눈이 붓도록 했겠나이까?"

예부가 크게 웃고 말했다.

"너는 알지 못해도 내 보건대 네 눈이 태산같이 높아져 있으니 한 점 눈물을 허비해 저렇게 될 수 있겠느냐?"

태부가 웃고 잠자코 있으니 연왕이 웃으며 말했다.

"조카는 인정 없는 말을 마라. 위 씨가 좀 전에 급했던 것을 보면 무심한 남도 눈물을 낼 것이니 그 남편을 그르다고 하겠느냐? 또 네게도 우스운 일이 있으니 너무 남을 보채지 마라.”

예부가 웃으며 대답했다.

“이보48)가 운 것을 과도하다 한 것이 아니라 눈이 부은 것을 염려한 것입니다. 그건 그렇고 이 조카에게는 우스운 일이 없나이다.”

왕이 미소하고 상서는 두 눈을 흘려 자약히 웃었다. 예부가 괴이하게 여겨 연고를 물었으나 상서가 이르지 않고 경사에 가면 알 것이라 하니 예부가 그 곡절을 몰라 매우 답답해 했다.

왕이 다시 일렀다.

“날이 이미 저물었고 위 씨가 객처에 와 친한 자는 너뿐이니 어서가 위 씨의 기거를 살피라.”

생이 왕의 명령을 듣고 위 씨의 방으로 가니 등불이 이미 켜져 있었다. 태부가 곁에 나아가 말했다.

“지금은 어떠시오?”

소저가 대답했다.

“구태여 아픈 곳이 없고 기운이 예전처럼 된 듯하니 염려 마소서.”

태부가 소저의 손을 잡고 슬피 말했다.

“생이 그대와 손을 나눈 지 오래되어 밤낮으로 그대를 그리워하는 마음이 간절했소. 오늘 그대의 참담한 모습을 목도하고서 차마구하지 못할 뻔할 줄 알기나 했겠소? 생각하면 심신이 놀람을 이기지 못하겠소. 대강 묻겠소. 어찌해 절벽에 이른 것이오?”

소저가 이에 점방에서 도적을 만나 죽으려 하다가 범이 물어다가그곳에 두었던 연유를 일렀다. 생이 어이없어 하늘을 우러러 크게웃으며 말했다.

---

48) 이보: 이경문의 자(字).

"세상에 이런 괴이한 일이 있소? 범의 입에 들었다가 살아난 이는 고금에 그대 한 사람뿐이니 하늘이 도우신 것이 아니겠소?"

소저가 탄식하고 말했다.

"박명한 인생이 구차히 살아 온갖 기괴한 지경을 두루 겪으니 사는 것이 죽음만 같지 못합니다."

생이 위로하고 스스로 소저를 붙들어 편히 누울 것을 권했다. 그리고 베개를 나란히 해 소저를 사랑하는 마음이 바다를 얕게 여길 정도였으니 소저가 불안한 마음을 이기지 못했다.

새벽에 난혜가 밤새도록 다스린 핫옷을 받들어 드렸다. 소저가 다 갈아입자 왕이 들어와 소저를 보았다. 소저가 바삐 일어나 왕을 맞이해 두 번 절하고 엎드렸다. 왕이 급히 몸을 편히 하라 이르고 소저를 위로해 말했다.

"운수가 불행해 영친(令親)이 역모(逆謀)에 걸려 찬적(竄謫)[49]을 면치 못하고 우리 며느리가 뒤를 따라 생이별하는 마음이 자못 슬펐다. 그런데 중간에 도적을 만나 널 잃어버렸다는 소식을 들었으나 약질이 엄동설한 가운데 석벽에 들어가 있어 목숨이 위태로웠던 줄을 알기나 했겠느냐? 어제의 네 모습을 생각하면 슬픔을 참지 못하겠구나."

소저가 머리를 땅에 두드리고 엎드려 왕의 은혜로운 말에 사례할 뿐이었다. 왕이 다시 물었다.

"군사는 하루 머무는 것이 매우 어려우니 우리 며느리는 기운이 어떠하냐?"

소저가 용모를 가다듬고 대답했다.

---

49) 찬적(竄謫): 벼슬을 빼앗고 귀양을 보냄.

"제가 잠깐 추위를 견디지 못해 기운이 막힌 일이 있었으나 길에 오르고 싶나이다."

왕이 고개를 끄덕이고 그 화려한 풍모를 새로이 무궁히 사랑해 기쁜 빛이 낯에 가득했다. 소저가 이에 자리에서 일어났다 앉아 사례하고는 옷깃을 여미고 말했다.

"백숙(伯叔)께서 성도(成都)에서 고초를 두루 겪으셨으나 기력이 강건하시고 큰 공을 이루셨으니 이를 치하하나이다."

예부가 몸을 굽혀 대답했다.

"소생이 액운을 잘못 만나 두루 길에서 분주하더니 이제는 무사하니 다행입니다."

소저가 다시 상서를 대해 시어머니의 기운을 물었으나 얼굴이 붉어져 상서를 어렵게 여기는 빛이 가득하니 이는 상서의 기상이 냉정한 것을 꺼려서였다. 상서가 또한 기미를 알고 안색을 온화히 해 대답했다.

"자당께서 겨우 무사하시나 두루두루 소생 등과 먼 이별을 당하셨으니 무사하실 바람이 있겠나이까? 제수씨가 젊어서부터 온갖 고난을 두루 겪으시다가 이번에는 더욱이 재생하셨으니 생각해 보면 놀라움을 이기지 못하겠습니다."

소저가 나직이 사례했다.

이윽이 사람들이 물러와 예부가 칭찬해 말했다.

"위 씨 제수는 하늘이 낸 사람이다. 그런 괴이한 지경을 겪으셨는데도 기상이 조금도 쇠하지 않으셨으니 어찌 괴이하지 않으냐?"

상서가 말했다.

"그러하시므로 참혹한 환난을 자주 겪으셨으니 참담하지 않습니까?"

예부가 말했다.

"이제는 관계가 없을 것이다."

왕이 장사 태수에게 기별해 연고를 이르고 덩을 꾸며 달라 했다. 태수가 크게 놀라 전날 난혜가 한 말을 생각하고 그 말이 틀림없는 줄 깨달아 행여 자기가 죄를 입을까 두려워했다. 그래서 관아의 일등 덩을 사면을 금옥으로 꾸며 나는 듯이 가져왔다.

왕이 기뻐해 이튿날 군사를 돌릴 적에 위 씨 행차를 부장군 송양을 시켜 군사 이백 명을 거느려 호위해 함께 가도록 했다. 비단에 수놓은 채색발은 햇빛을 가리고 쌍쌍 시녀는 앞을 인도하며 시아비와 남편은 갑옷을 입은 장수로 백만 군중을 거느려 앞뒤로 보호하며 따르니 그 복록은 천고에 없었다. 이미 경사에 이르자 왕이 명령해 위 씨의 채색 가마를 먼저 위씨 집안으로 가게 하니 이는 위 씨의 마음을 배려해서였다.

연왕이 군을 돌려 대궐에 이르러 복명(復命)[50]하니 황제께서 자리를 베푸시고 좌우를 시켜 왕을 들어오게 하라고 재촉하셨다. 왕이 융복(戎服)을 바르게 하고 뭇 장수를 거느려 황제 앞에 나아가 네 번 절하고 숙사(肅謝)[51]하니 임금께서 흔쾌히 위로해 말씀하셨다.

"미친 도적이 창궐해 짐의 근심이 밤낮으로 적지 않았도다. 그런데 영웅의 재주와 큰 지략을 가진 경(卿)이 자원하여 출정해 도적을 소멸하고 대공을 세워 빛나게 돌아왔으니 경의 공덕은 고금에 없는 일이로다. 짐이 무엇으로써 이를 갚을 수 있겠는가?"

왕이 고개를 조아리고 말했다.

---

50) 복명(復命): 명령을 받고 일을 나간 사람이 돌아와 그 결과를 보고함.
51) 숙사(肅謝): 숙배(肅拜)와 사은(謝恩)을 아울러 이르는 말로 새 벼슬에 임명되어 처음으로 출근할 때 먼저 대궐에 들어가서 임금에게 숙배하고 사은함으로써 인사하는 일임.

"미미한 신이 이미 어려서부터 나라의 은혜를 깊이 입어 외람되게 백관에 들게 되었으니 죽을 곳이라도 사양하지 못할 것입니다. 그런데 저 초개와 같은 도적을 성상의 큰 복과 여러 장수들의 용맹에 힘입어 무찔렀으니 그것이 신의 공로이겠나이까?"

임금께서 그 겸손함을 더욱 아름답게 여겨 재삼 칭찬하시고 예부를 불러 가까이 오라 해 말씀하셨다.

"경은 국가를 도울 동량(棟樑)이요, 짐에게는 가까운 친척의 의리[52]가 있거늘 전후(前後)에 경을 저버림이 많으니 짐이 부끄러움을 이기지 못하겠도다. 경의 지혜와 꾀는 옛사람보다 뛰어나 남쪽과 서쪽으로 오고 가서 큰 공을 이루었으니 그 공덕은 하늘과 같도다."

예부가 땅에 엎드려 임금의 은혜에 감사를 드리며 말했다.

"지난 일은 다 신이 어리석어 일어난 일이니 어찌 남을 한하겠나이까? 폐하의 은혜를 입어 대죄(大罪) 가운데 한 목숨을 구차히 살았다가 오늘날 용안을 뵈오니 미미한 신하의 마음이 위로가 되나이다."

임금께서 또 태부를 향해 말씀하셨다.

"경은 더욱 고래 싸움에 새우가 죽는 재앙을 얻어 조정을 떠났으니 어찌 한스러워하지 않았겠는가? 조훈의 도리에 어긋난 행실이 참으로 괘씸해 법을 더하려 했으나 경의 조부가 괴롭도록 힘써 간하기에 한 목숨을 용서했으니 경이 기뻐하지 않겠도다."

태부가 머리를 두드리며 말했다.

"지난 일은 신의 액운 때문이요 조훈의 탓이 아니니 편벽되게 그 사람을 한스러워하겠나이까?"

임금께서 군정사(軍政事)[53]의 기록을 일일이 보시고 특지(特旨)로

---

52) 가까운 친척의 의리: 이흥문과 황제가 사촌형제이므로 이와 같이 말한 것임. 즉, 예부 이흥문의 어머니 계양공주는 황제의 고모임.

왕에게 진양 열두 고을을 떼어 식읍(食邑)을 삼으시니 왕이 매우 놀라 관(冠)을 벗고 고개를 조아려 말했다.

"신이 본디 초야의 한미한 서생으로서 왕의 벼슬이 너무 지나쳐 복을 잃는 데 가까웠으나 폐하께서 너그러이 타이르시는 것을 저버리지 못해 참람되게 왕의 직을 맡았습니다. 그러나 연북이 땅이 넓고 기름진 평야가 천 리인데 신이 감히 총괄할 수 있겠나이까? 그런데 또 다른 땅을 탐해 무엇에 쓰겠나이까? 진실로 한신(韓信)[54]의 수명 감하는 일이 있을까 두려우니 원컨대 폐하께서는 명령을 환수하소서."

임금께서 흔쾌히 말씀하셨다.

"경의 공로를 헤아린다면 천하를 다 가진다 해도 모자랄 판인데 어찌 한 진양을 못 가지겠는가?"

왕이 크게 놀라 관을 벗고 고개를 조아려 죽기로 청하니 말이 간절하고 강개해 진심에서 우러나오는 것이었다. 임금께서 이에 더욱 감동해 명령을 도로 거두시고 탄식하며 말씀하셨다.

"경의 뜻이 이와 같으니 짐이 장차 무엇으로 갚을 수 있겠는가?"

그러고서 즉시 옥술잔에 어온(御醞)[55]을 내려 주시고 어필(御筆)로 절구(絕句)를 지어 주셔서 특별히 은혜를 보여 주셨다. 왕이 이에 감동과 기쁨을 이기지 못해 눈물을 흘리고 두 손으로 잔을 받아 네 번 절했다.

---

53) 군정사(軍政事): 군대의 일과 형편에 관한 일을 적은 기록.
54) 한신(韓信): 중국 전한의 무장(武將, ?~B.C.196). 회음(淮陰)의 평민 집안에서 태어나 진(秦)나라 말에, 초나라를 세운 항우(項羽) 밑에 들어갔으나 항우가 자신을 미관말직으로 두자, 유방의 휘하에 들어감. 한신은 자신의 재능을 눈여겨본 유방의 부하 소하(蕭何)에게 발탁되어 유방을 도와 조(趙)·위(魏)·연(燕)·제(齊) 나라를 차례로 멸망시키고 항우를 공격하여 큰 공을 세움. 한신은 통일이 된 후 초왕(楚王)에 봉해졌으나 한 고조는 그를 경계하여 회음후(淮陰侯)로 강등시키고, 한신은 결국 후에 여태후에게 살해됨.
55) 어온(御醞): 임금이 마시는 술.

임금께서 성문을 본직 이부상서 겸 우복야 추밀사 초국후에 봉하셔서 현초 열 고을로 식읍을 삼게 하시고 경문을 태자태부 병부상서 대사마 광릉후에 봉하셔서 열두 고을을 주시고 예부 흥문을 좌복야 광평후에 봉하셔서 열두 고을로 식읍을 삼게 하시고 세문을 좌참정 청양후에 봉하시자 사람들이 모두 머리를 두드리며 말했다.

"신 등이 부형을 따라 군중에 종사했으나 한마(汗馬)[56]의 공(功)이 없거늘 뜻밖에도 이토록 큰 벼슬을 내려 주시니 복이 없어질까 두렵습니다. 그러니 어서 벼슬을 환수해 주소서."

임금께서 정색하고 말씀하셨다.

"자고로 신하에게 공이 있으면 임금이 신하를 제후에 봉하는 것이 떳떳한 나라의 일이었도다. 그런데 경 등이 짐을 가볍게 여겨 이렇듯 무례한 것인가?"

사람들이 묵묵히 있으니 성문과 경문이 함께 머리를 두드려 말했다.

"신 등이 본디 이름 없는 어린아이로서 일찍이 과거에 급제해 비단옷을 입고 금띠를 차 폐하의 총애가 두루 빛났으니 밤낮으로 깊은 연못과 얇은 얼음을 디딘 듯 두려워했습니다. 그런데 신 등이 작은 공 때문에 제후에 봉해진 것은 조물주가 꺼리는 일일 것입니다. 신의 어버이 집이 나라의 은혜를 깊이 입어 의식이 모자라지 않으니 열두 고을 식읍을 장차 어디에 쌓아 두겠습니까? 원하옵나니 본직을 지키도록 해 주소서."

임금께서 이에 노해 말씀하셨다.

"짐이 좋은 말로 타일렀거늘 경 등이 이토록 고집을 부리는 것인가? 짐이 결단코 이 말은 듣지 않을 것이로다."

---

56) 한마(汗馬): 줄곧 달려 등에 땀이 밴 말이라는 뜻으로 전투를 많이 했음을 이름.

두 사람이 이에 하릴없어 물러간 후 흥문이 옥대(玉帶)를 돋우고 나아와 아뢰었다.

"신이 한 말씀을 폐하께 아뢰려 하니 감히 죄를 청하나이다."

임금께서 말씀하셨다.

"경이 이르고 싶은 말이 무엇인고? 어서 이르고 머뭇거리지 말라."

광평후가 문득 낯빛이 처연해진 채 여쭈었다.

"신의 소회는 다른 일이 아닙니다. 옛날에 신이 간악한 여자를 엄히 처치하지 못한 까닭에 드디어 화란이 크게 일어났으니 이는 다 신의 죄이고 다른 사람의 탓이 아닙니다. 노녀가 흉악해 환술하는 무리를 끼고 본래의 형체를 바꿔 부정한 방법으로 우여곡절 끝에 백문을 속였습니다. 심지어 성상의 꿈 중에 들어 성상을 놀라시게 해 폐하의 명령으로 백문에게 돌아갔습니다. 백문이 비록 신장과 기골이 크고 인사가 숙성해 옥당의 손님이 되었으나 실은 열다섯 소년입니다. 세상물정을 모르는 가운데 노녀의 요술에 속아 중간에 예의를 잃은 일이 있으나 자기 입으로 신을 의심한 일이 없고 스스로 지은 죄가 없었습니다. 그런데 이제 항주에 적거(謫居)해 초가집 누추한 곳에서 사니 그 모습이 참담한 것은 이를 것도 없고 뉘우치는 마음이 뱃속에 가득해 예전 일을 뉘우치고 있습니다. 신의 숙부가 성품이 괴이해 아들 죽일 것을 의논했고, 심지어 부자가 가까운 곳에 있었으나 끝내 안 보고 돌아왔습니다. 이는 성군이 다스리는 시대에 괴이한 일이 아니겠나이까? 백문의 죄는 조금도 없는데 신 때문에 저렇듯 고초를 겪고 있습니다. 하물며 백문은 무궁히 심한 약질이라 하루아침에 남녘의 독한 기운을 무릅써 병이 깊이 들어 이제 목숨이 위태로운 상태입니다. 신이 골육의 정을 가지고 깊은 슬픔을 이기지 못하겠습니다. 원컨대 신의 관작을 들여 백문의 죄를 갚고 싶나이다."

임금께서 다 듣고 흔쾌히 말씀하셨다.

"짐이 또한 백문에게 죄가 없는 줄을 처음부터 알았으나 연경이 고집을 부려 다투는 중에 스스로 백문을 죽이겠다 하므로 짐이 어려서부터 연경의 과도함을 알아 마지못해 백문을 귀양 보냈던 것이다. 연경의 대공(大功)이 희한한 일이나 봉작(封爵)을 사양하니 대신 그 아들을 용서하도록 하겠도다."

광평후가 이에 수려한 미우에 기쁜 빛을 띠고 고개를 조아려 감사를 표했다. 왕이 불쾌해 봉황의 눈을 들어 평후를 뚫어지게 보니 평후가 사모(紗帽)를 숙이고 못 본 체했다. 왕이 이에 몸을 돌려 임금께 아뢰었다.

"백문이의 죄는 진실로 무거우니 쉽게 용서하지 못할 것입니다."

임금께서 웃으며 말씀하셨다.

"천자는 희롱하는 말이 없다 했도다. 짐이 이미 한 번 말을 내었으니 이 말을 고치지 못할 것이다. 이후에 백문에게 허물이 있다면 짐이 스스로 감당할 것이로다."

왕이 이에 하릴없어 다만 사죄할 뿐이니 임금께서 즐거워하시고 백문을 역마로 상경시키라고 명령하셨다. 그리고 화 자사를 승진시켜 공부상서로 부르시니 조정의 안팎 사람들이 기뻐했다. 또한 우태양을 동시(東市)에서 처참하라 하시고 그 처자는 역비(驛婢)로 삼도록 하셨다.

왕이 다시 아뢰었다.

"신의 며느리 위 씨가 예전에 이혼하라 하시는 명령을 받았는데 이제 다시 명령해 주시기를 청하나이다."

임금께서 놀라 말씀하셨다.

"짐이 들으니 위 씨를 잃어버려 거처를 모른다 하더니 이제 찾았는가?"

왕이 엎드려 말했다.

"위 씨가 다만 화를 피한 일이 기괴하니 신이 어찌 아뢰지 않겠나이까?"

드디어 자초지종을 자세히 아뢰니 임금께서 크게 놀라 말씀하셨다.

"이 사람은 신인(神人)이로다. 범의 입에 들어갔다가 살아난 것이 어찌 보통 있는 일이겠는가? 짐이 또한 그 무고히 고초 겪은 것을 슬퍼했더니 이제 찾아 이르렀다 하니 다행이로다."

그러고서 즉시 예부에 칙지(勅旨)[57]하셔서 위 씨를 초국 부인에 봉하시고 갖가지 비단과 의복, 명주와 시녀 열 쌍을 사급(賜給)[58]하시니 빛나는 광채가 사방의 사람을 놀라게 했다. 광릉후가 불쾌함을 이기지 못해 머리를 두드리며 아뢰었다.

"위 씨가 마침 운수가 불행해 위태한 지경을 겪었으나 폐하께서 어찌 포장(褒奬)[59]하실 일이겠나이까? 하물며 이 사람은 신을 좇는 사람이요, 그 아비는 한 나라의 승상이라 비단 든 곳이 부족할 정도이니 편벽되게 재물을 탐해 부질없습니다. 또 집안에 시비(侍婢)가 적지 않게 있어 번다함을 취하는 것은 옳지 않으니 성상께서는 살피소서."

임금께서 듣지 않으며 말씀하셨다.

"경의 공이 크니 그 처자에게 시녀 수십 명을 내려 주지 못하겠는가?"

---

57) 칙지(勅旨): 임금이 내린 명령.
58) 사급(賜給): 나라나 관청에서 금품을 내려 줌.
59) 포장(褒奬): 칭찬하여 장려함.

그러고서 드디어 조회를 파하시니 능후가 하릴없어 물러났다.

이에 앞서 임 상서가 일행을 거느려 길을 재촉해 경사에 이르러 은혜에 감사했다. 임금께서 참소와 아첨에 혹해 상서 귀양 보낸 것을 뉘우치시니 상서가 무수히 절하고 물러났다. 상서가 집에 이르러 부모를 뵙고 반가운 마음을 이기지 못했다.

임 씨와 공자가 이씨 집안에 이르니 어른들과 부모가 한 방에 모여 공자의 손을 잡고 등을 두드리며 말했다.

"너 어린아이가 효도의 의리를 세우기에 말리지 못했으나 염려가 깊었다. 그런데 무사히 돌아오니 기쁜 마음을 헤아릴 수가 없구나."

공자가 눈물을 흘리며 말했다.

"소손이 망극한 시절을 만나 북당(北堂)을 이별하니 한 몸이 서녘의 티끌이 되어 그리워하는 마음이 날로 깊었습니다. 그런데 성은을 입어 아버님이 죄명에서 벗어나고 용서를 입으셨으니 기쁨을 이기지 못했나이다. 또 도적을 치러 수로(水路)로 나아가셨으니 애타는 마음을 이기지 못하겠나이다."

모두 그 하는 말이 영리하고 태도가 어른의 모습을 갖춘 것을 보고 칭찬했다. 승상은 이에 기쁨을 이기지 못하며 임 씨가 수척한 것을 슬퍼하고 유 부인과 소후도 임 씨를 극진히 위로했다. 임 씨가 이에 사례하고 자녀가 무양한 것을 기뻐해 옥 같은 얼굴에 희색이 가득한 채 여 씨를 향해 나직이 사례했다. 여 씨가 답례해 사례를 감당하지 못함을 일컬었다.

모두 말하는 것이 진정된 후 위 씨를 잃어버린 것을 크게 근심하고 소후는 눈물을 뿌려 말했다.

"인간 세상에 우리 며느리처럼 갖은 고난을 겪은 자가 다시 있겠습니까? 심규(深閨) 약질이 어느 곳에 가 방황하는지 알지 못하니 이는 다 내 팔자라 하늘을 어찌 한스러워하겠나이까?"

승상이 이에 위로해 말했다.

"위 씨 며느리의 액운과 재앙은 참담하나 끝내 쉽게 죽지는 않을 것이다. 그러니 며느리는 헛된 염려를 말거라."

소후가 이에 사례했다.

이흥문의 정실 양 씨가 공자 창린을 데리고 본궁에 들어가 이별 후의 마음을 펴며 자식을 사랑하는 마음이 헤아릴 수 없을 정도였다. 임 씨가 침소에 이르러 봉린 등을 찾아 어루만지며 사랑하고 자녀를 반겼으나 상서 이성문의 전쟁에서의 승패를 몰라 근심을 이기지 못하니 여 씨가 흔쾌히 말했다.

"시아버님과 가군이 신명하시니 초개 같은 도적을 근심할 일이 아닙니다. 오래지 않아 승전했다는 소식이 이를 것입니다."

과연 동짓달 초순에 형주에서 계문(啓聞)[60]이 들어와 승전보가 대궐에 오르자 일가 사람들이 매우 기뻐해 집안이 물 끓듯 하고 하객이 뜰에 가득했다. 승상이 하객들에게 이루 응대하지 못할 정도이고 소년, 여자 들이 즐거워하는 모습은 형용하지 못할 정도였다.

이날 왕이 자식과 조카 들을 거느려 집안에 들어와 모든 사람에게 예를 마쳤다. 뒤에 광평후 등이 이어 한결같이 후백(侯伯)의 복색으로 들어와 시좌하니 유 부인과 정 부인의 기쁨과 즐거움은 비할 데가 없었다. 더욱이 예부가 재앙을 겪고 살아난 몸으로 무궁한 고초를 겪고 오늘 옛 얼굴이 완연한 것을 보니 도리어 슬프고 경황없는 정신에 꿈인가 의심해 예부의 손을 잡고 처연히 말했다.

---

60) 계문(啓聞): 신하가 글로 임금에게 아뢰던 일.

"시운(時運)이 불행해 옛날의 환란이 참담해 네가 마침내 수만 리 밖 험한 곳으로 길을 떠난 후에 약질이 무사할까 기약하지 못해 노모의 간장이 시든 지 네 가을이 지났구나. 생전에 널 보지 못할까 슬퍼하더니 네가 이제 남쪽과 서쪽으로 두루 돌아다니며 전쟁터에서 분주했으나 화려한 풍채가 조금도 쇠하지 않았으니 바야흐로 노모가 죽지 않고 살아 있는 것이 기쁘구나."

예부가 사례해 말했다.

"소손이 불행해 망극한 화란을 만나 한 몸이 변방에서 떠돌아다닌 후 온 마음이 북당에 얽매여 그리워하는 회포가 목숨을 잃는 데 가까웠습니다. 그런데 성은을 입어 요행히 오늘이 있게 되었으니 다행함을 이기지 못하겠습니다."

유 부인이 다시금 예부를 어루만지며 기뻐하고 왕을 향해 성공함을 일컬으니 왕이 자리를 피해 대답했다.

"소손이 불모의 땅을 향할 적에 생사를 정하지 못하고 있더니 천행으로 성공하고 무사히 돌아왔으니 기쁨과 다행함을 이기지 못하겠습니다."

남공이 물었다.

"무슨 까닭에 선문(先聞)61) 없이 들어온 것이냐?"

왕이 대답했다.

"성상께서 매양 사람들의 말을 피하지 않고 맞이하시니 불안해서 모레 경사에 들어올 것을 길을 빨리 해 오늘 들어온 것입니다."

그러고서 군중에서 승전하던 말을 일일이 전하니 부모와 뭇 형제들이 각각 웃는 낯과 기뻐하는 소리가 천 년에 한 번 만난 듯했다.

---

61) 선문(先聞): 어떤 일이 일어나기 전에 미리 알리는 소문. 또는 소식.

한참 지난 후 남공이 광평후를 곁에 앉히고 손을 어루만지며 낯빛이 자못 슬프니 평후가 또한 심사가 좋지 않아 봉황의 눈을 낮추고 묵묵히 무릎을 꿇고 있었다. 이에 모두 일시에 감상에 젖어 처연했으나 연왕만 홀로 미소 짓고 말했다.

"형님이 젊어서부터 자식 가운데 흥문이를 매우 미워하셔서 눈을 곱게 떠서 보시는 적이 없더니 오늘은 무슨 까닭에 손을 잡아 곁에 앉히고 어루만지시며 더욱이 울음을 보이려 하십니까? 참으로 형님 마음을 헤아리지 못하겠습니다."

이에 좌우의 사람들이 일시에 크게 웃고 남공이 또한 웃고 말했다.

"아우는 알지 못하느냐? 흥문이가 서촉 수만 리에서 서릿바람을 무릅써 구사일생한 몸으로 또 만 리 밖 바닷바람을 괴롭게 겪으며 전쟁터에서 내달리고 이제야 완연히 옛 얼굴로 나를 보게 되었다. 진실로 헤아리건대 이는 천고에 얻지 못할 경사요, 바야흐로 흥문이의 목숨이 구정(九鼎)62)처럼 단단한 줄을 알겠구나. 그러니 내 비록 승냥이와 범, 독사와 전갈 같다 한들 감동하는 마음이 없겠느냐?"

왕이 문득 겸손히 사례하고 남공을 위로해 말했다.

"인정상 자연히 그러는 것이 옳으나 이제 무사히 모였는데 새로이 옛일을 일컬어 회포에 젖는 것은 옳지 않습니다. 그러니 형님은 다시 생각하지 마소서."

공이 기쁜 빛으로 화답했다. 평후가 또한 온화한 말로 부모를 위로했다. 초후와 능후가 어머니 앞에서 시립해 기쁜 빛이 가득하고 남공 등이 능후를 향해 조훈의 괘씸한 짓을 일컬으며 위 씨가 참혹

---

62) 구정(九鼎): 중국 하(夏)나라의 우왕(禹王) 때에, 전국의 아홉 주(州)에서 쇠붙이를 거두어서 만들었다는 아홉 개의 솥. 주(周)나라 때까지 대대로 천자에게 전해진 보물이었다고 함. 여기에서는 목숨이 매우 질김을 이름.

히 해를 입은 것을 통탄했다. 능후가 이 말을 듣고 조훈의 심술에 새로이 분노하고 위 씨의 얼음과 난초 같은 자질을 다른 사람이 흠모한 것에 스스로 꺼림직함을 이기지 못해 두 눈을 낮추고 머뭇거리니 개국공이 웃고 말했다.

"조훈 같은 장인은 열이 죽어도 서럽지 않을 것이다. 더욱이 눈이 멀겋게 살아 동해 같은 번화한 땅에 가 누리는 것을 다 슬픔으로 삼으랴? 너는 마음을 널리 먹고 너그럽게 생각하거라."

능후가 다 듣고는 어이없어 웃음을 머금고 대답했다.

"숙부 말씀이 조카의 폐간을 비추시니 다시 아뢸 말씀이 없나이다."

연왕이 이어서 위 씨를 찾아온 사연을 이르고 말했다.

"우리 며느리처럼 맑고 고상한 사람이 이 말을 듣는다면 죽으려할 것이니 아우 등은 다시 일컫지 마라."

모두 위 씨의 말을 듣고 크게 놀라며 믿지 않아 말했다.

"난혜 말이 과도하니 설마 범에게 물렸다가 살아났으랴?"

이에 왕이 대답했다.

"위 씨가 스스로 틀림없다고 일렀으니 어찌 허언일 것이며, 우리 며느리는 보통 사람이 아니라 이런 기이한 일이 있는가 하나이다."

승상이 탄식하고 말했다.

"위 씨의 어짊이 비상한 것은 안 지 오래되었으나 필경 이런 기이한 일이 있을 줄 알았겠느냐? 사람이 어려운 일을 당하면 호랑이굴에 든다고 근심하더니 이는 참으로 호랑이굴에 들었다가 애오라지 살았으니 위 씨의 장래 복록이 완전히 갖추어진 줄 알 수 있구나. 그러니 너희는 위 씨를 등한히 알지 마라."

이에 모두 승상의 말을 들으며 새로이 위 씨를 매우 칭찬했다.

유 부인이 웃고 일렀다.

"내 아이는 아는 것이 밝거니와 위 씨의 복록이 완전히 갖추어진 것은 더 이르지 않아도 모두 알고 있다. 위 씨는 작은 여자로서 복록이 굳구나. 호랑이굴 가운데에서 다시 살아나고 당당한 소년 공후(公侯)의 부인이며 눈앞에 적국이 없으니 어찌 유복하지 않으냐?"

승상이 웃고 마땅하신 말씀이라 일컬었다. 개국공이 좌우로 예부의 갓난아이를 내어 오라 해 앞에 놓고 물었다.

"이 아이가 어떠하냐?"

예부가 눈을 들어서 보고 말했다.

"인보63)의 둘째아들입니까?"

공이 웃고 말했다.

"원문이가 작년 초가을에 나고 삼월에 또 낳겠느냐? 이 아이는 아비 없는 아이니 조카가 아비 소임을 하는 것이 어떠하냐?"

예부가 또한 깨닫지 못해 머뭇거리자 공이 크게 웃고 말했다.

"네 잊었느냐? 이 아이는 작년 오월에 생긴 아이다. 너는 그때 적소에 갔으니 아마도 네 자식은 아니겠구나."

예부가 홀연히 깨달아 속으로 웃음을 머금고 대답했다.

"부부는 함께 지내는 사람입니다. 부부가 자식을 못 낳을 것이라고 숙부께서는 공연히 모욕하시는 겁니까?"

공이 크게 웃고 말했다.

"네가 누구를 속이려 하느냐? 네가 그해 사월 초순부터 문을 닫아 걸고 있다가 오월 초열흘께 감옥에서 바로 적소로 갔으니 그 전에 잉태했으면 춘정월에나 났을 것이다. 그런데 어느 아이가 달이 넘어

---

63) 인보: 개국공 이몽원의 아들 이원문의 자(字).

생겨났겠느냐? 문밖 머문 곳에서 정말로 저지른 일이 없더냐? 네 헤아려 보라. 이 아이가 삼월 초삼일에 났으니 잠깐 달을 넘었으나 오월에 임신한 것이 아니더냐? 옥중에서 갓 나와 어느 겨를에 부부 즐거운 일을 생각할 수 있었겠느냐?"

예부가 할 말이 없어 낭랑히 웃고 대답하지 않으니 공이 재촉해 물었다.

"네 전날에는 언변 좋은 것이 문중에 으뜸이라 경문이의 규방 예삿일을 큰 흉을 삼아 경문이를 마음대로 다루기를 못 미칠 듯이 하더니 오늘은 무슨 까닭에 꿀 먹은 벙어리가 된 것이냐? 서촉의 서릿바람을 두루 겪어 정신이 어지러워져 그런 것이 아니냐?"

평후가 웃고서 대답했다.

"진실로 제가 구사일생한 몸이라 삼혼(三魂)[64]과 칠백(七魄)[65]이 온전하지 못한 까닭에 숙부 말씀에 대답하지 못한 것이니 죄를 청하나이다."

그러자 모두 크게 웃고 평후 기롱하기를 마지않았다.

날이 늦어 모두 흩어지니 평후가 부모를 모시고 궁으로 돌아가 밤이 깊도록 말했다. 기이한 풍채와 온화한 말이 갈수록 새로우니 부모가 새로이 사랑하는 마음을 이기지 못했다.

밤이 깊은 후에 평후가 물러와 양 씨와 서로 보았다. 양 씨가 옥같은 얼굴에 기쁜 빛이 가득한 채 일어나 평후를 맞아 무사히 변방에서 돌아온 것을 치하했다. 그러자 생이 바삐 양 씨의 손을 잡아 처연히 탄식하고 말했다.

---

64) 삼혼(三魂): 사람의 마음에 있는 세 가지 영혼으로 태광(台光), 상령(爽靈), 유정(幽精).
65) 칠백(七魄): 도교에서 말하는, 사람의 몸에 있는 일곱 가지 넋으로 몸 안에 있는 탁한 영혼으로서 시구(尸拘), 복시(伏矢), 작음(雀陰), 탄적(吞賊), 비독(非毒), 제예(除穢), 취폐(臭肺)를 이름.

"소생의 액운이 비상해 천고에 없는 더러운 이름을 몸에 실어 죽음을 면치 못했더니 천행으로 한 목숨이 겨우 살아나 온갖 고초를 겪고 몸이 무사히 고향에 돌아와 부모를 뵙게 되었소. 그러나 옛일을 생각하면 오히려 슬픈 마음이 새롭구려."

양 씨가 얼굴에 근심스러운 빛을 띠고 말했다.

"상공께서 귀양을 가 무궁한 고초를 겪으셨으니 이는 첩의 운수가 기박해서라 다만 하늘을 향해 부르짖어 원통함과 억울함을 하소연하려 했습니다. 그런데 상공께서 폐하의 은혜를 입어 완전히 모이게 되었으니 다행함을 어디에 비할 수 있겠나이까?"

후가 탄식하고 3년을 홀로 있던 마음으로 부인의 꽃과 옥 같은 자태를 대하자 새로운 은정이 흘러넘쳤다. 양 씨를 이끌어 자리에 나아가 이별의 회포를 풀며 그리워하던 마음을 이르며 사랑하는 마음이 헤아리지 못할 정도였다.

초후와 능후가 또한 모친을 모시고 숙현당에 가 밤이 깊도록 모시고서 군중에서의 승패를 전하면서 작은누이와 두 아우와 말했다. 소후가 이에 기쁨을 이기지 못해 흔쾌히 화답하고 능후를 대해 위 씨의 자초지종을 자세히 묻고 즐거워하는 가운데 새로이 놀란 마음을 이기지 못했다.

밤이 깊자 초후가 물러나 임 씨 있는 곳에 이르러 기쁜 빛으로 변방에서 돌아온 것을 일컫고 자녀를 어루만지며 지극한 정이 옅지 않았다. 임 씨가 마음이 흡족해 만사가 뜻과 같았다.

이때 위 씨가 시아버지의 명령을 따라 먼저 자기 집으로 갔다. 일가 사람들이 위 씨를 보고 크게 놀라고 슬퍼하며 부모가 바삐 붙들고 연고를 물었다. 소저가 조용히 부모에게 네 번 절하고 있었던 일을 자세히 고하니 모두 크게 놀라 말을 못 했다. 부인이 평소에 단정하고 말이 없던 성품으로도 황급히 일렀다.

"그렇다면 딸아이가 살 까닭이 만무하니 영혼이 돌아와 우리를 놀래는 것이냐? 인간이 범의 아가리에 들었다가 살아난 사람이 있으며, 하물며 운화산이 험악한 것은 천하에 유명한데 딸아이가 한 명의 여자로서 능히 그곳에서 삶을 유지할 수 있었겠느냐?"

소저가 비록 마음이 슬펐으나 억지로 참고서 낭랑히 웃고 말했다.

"모친께서 어찌 이토록 넋을 잃으셨습니까? 지금 세상과 옛날이 다르나 한 무제(武帝)의 죽궁(竹弓)⁶⁶) 넋이 천고의 기이한 이야기로 전하거늘 소녀가 어찌 육신을 벗어난 넋이겠습니까? 오늘 살아 돌아온 것은 천고에 없는 일이나 진짜 사람인 것은 분명하니 놀라지 마소서."

공이 그 손을 잡고 탄식하며 말했다.

"내 아이가 액운이 그토록 중첩해 어려서부터 만고에 없는 고난을 다 겪었으니 어찌 불쌍하지 않으냐? 하늘은 길한 사람을 도우셔서 이른바 승냥이나 범도 해치지 못했으니 바야흐로 딸아이는 보통 사람이 아닌 줄을 깨닫겠구나."

위 시랑 등이 다 열을 지어 함께 있으며 말을 안 하다가 이윽고 진정해 일시에 크게 웃고 말했다.

"진실로 괴이하고 괴이하니 인간 세상의 사람이 호랑이굴에 들어가 살아날 수 있겠느냐? 어쨌거나 범의 입에 들어가 보니 어떠하더냐?"

소저가 잠시 웃고 말했다.

"진실로 제가 살기를 우습게 했으니 오라버니가 기롱하시는 것을

---

66) 죽궁(竹弓): 중국 전한 무제가 감천(甘泉) 환구(圜丘)의 사단(祠壇)에 모여드는 유성(流星)과 같은 귀신의 불빛들을 보고 망배(望拜)했다는 궁실의 이름.

한하겠습니까? 범이 저를 물던 때는 기억이 나지만 갈 때는 정신이 아득했으니 어찌 되었는지는 기억하지 못하겠습니다."

모두 크게 웃고 말이 끝나지 않아서 시녀가 황사(皇使)[67]가 이르렀음을 고했다. 승상이 아들들과 함께 밖에 나가 황사를 잘 대접해 연고를 물었다. 그리고 딸에게 상사(賞賜)를 내려 주신 것을 알고는 놀라고 기뻐 중당(中堂)에 향안(香案)을 배설하고 소저에게 전지(傳旨)를 받으라 했다.

소저가 크게 불안하고 송구했으나 할 말을 찾지 못해 의상을 가다듬어 향안 앞에 엎드렸다. 시랑 등이 전지를 가지고 들어와 맑게 읽으니 성지(聖旨) 속에 황제께서 소저의 빼어난 의리와 환난을 포장(褒獎)[68]하셨다. 소저가 다 듣고 몸을 일으켜 대궐을 향해 사은하고 부인 직첩(職牒)[69]을 두 손으로 꿇어 받들어 간수했다. 드디어 품복(品服)을 갖추니 머리에 쓴 쌍봉관(雙鳳冠)에는 일곱 줄 면류(冕旒)가 어려 오색 빛이 영롱했다. 몸에는 온갖 꽃을 수놓은 월나라산 비단 적삼을 입고 붉은 비단에 수놓은 치마를 더했으니 시원한 태도가 더욱 기이했다. 그러니 승상 부부가 신기하게 여긴 것을 헤아릴 수 있겠는가.

승상이 황사를 정성껏 대접하고 친히 대궐에 가 숙사(肅謝)하고 성은에 사례한 후 집으로 돌아왔다. 소저가 온갖 보물을 일일이 봉해 자기가 다음 날 이씨 집안에 갈 때 가져가려 하니 승상이 딸이 더욱 조심하는 것을 크게 아름답게 여겼다.

왕이 소저에게 처음에 위씨 집안에 며칠을 머물라고 했으나 소저

---

67) 황사(皇使): 황제가 보낸 사신.
68) 포장(褒獎): 칭찬하여 장려함.
69) 직첩(職牒): 조정에서 내리는 벼슬아치의 임명장.

가 염치에 마음이 평안하지 않아 즉시 돌아가 어른들과 시부모를 뵈었다. 일가 사람들이 소저를 크게 반겨 지난 화란을 일컬으며 모두 위로하니 소저가 자리를 피해 대답하는 말이 온화하고 기운이 나직해 조용하고 시원한 기질이 새로웠다. 일가 사람들이 너나없이 칭송하며 눈을 쏘아 기이한 광경으로 삼았다. 소후가 기뻐하고 흡족한 마음이 진중한 성품을 이겼으므로 그 옥 같은 손을 잡고 슬피 말했다.

"우리 며느리처럼 세속을 벗어난 기질로 소년 시절에 고초를 무수히 겪고 중간에 무사하니 내 헤아리기를, '이후에는 연고 없이 복록이 끝이 없을 것이다.'라 했다. 그런데 낙미지액(落眉之厄)[70]을 만나 떠돌아다닌 것을 슬퍼하더니 괴이한 역경을 지내고 구사일생했으니 시운이 기괴한 것을 한탄한다. 이제 무사히 모였으니 지난 일을 생각하면 뼈가 시린 것을 면하지 못하겠구나."

소저가 옷깃을 여미고 절해 좋은 말로 큰 은혜를 일컬으니 옥을 부수는 듯한 소리가 낭랑하고 말이 온화해 은은히 사군자의 틀이 있었다. 이에 좌우의 사람들이 자신도 깨닫지 못하는 사이에 소저를 칭찬했다.

소저가 석양에 시어머니를 모시고 숙현당으로 돌아가니 운아가 웅린과 조 씨 아들 상린을 받들어 앞에 놓았다. 이때 웅린은 네 살이요, 상린은 두 살이었다. 형제가 한결같이 바다 밑의 명주와 같았으나 웅린의 비범한 골격이 어렴풋이 뛰어났다. 소저가 스스로 기쁜 마음이 잠깐 있어 두 아이를 간격 없이 사랑하니 소후가 그 어진 마음을 더욱 사랑하고 조 씨가 감격했다.

소저가 밤이 깊도록 시누이들과 한담하다가 침소로 돌아가니 태

---

70) 낙미지액(落眉之厄): 눈썹에 떨어진 액운이란 뜻으로 눈앞에 닥친 재앙을 이름.

부가 들어와 기다리다가 몸을 일으켜 맞았다. 태부가 소저와 자리를 정하고서 눈을 들어 부인을 바라보니, 이미 엄동설한에 굶주림으로 괴로운 것은 백이(伯夷), 숙제(叔齊)[71]와 흡사하고 추위 속에 괴로워하며 돌 속에 들어가 목숨이 위태로웠으나 오늘 용모가 특출하니 이는 천고에 없는 일이었다. 옥 같은 얼굴의 광택이 면류의 구슬 그림자에 어른거리고 구름 같은 귀밑머리가 가지런했으며 윤택한 피부와 맑고 빼어난 자태는 참으로 서왕모(西王母)[72]가 하강하며 항아(姮娥)[73]가 강림하더라도 미치지 못할 정도였다. 광릉후가 황홀하게 반가워하고 구름 같은 은정이 샘솟듯 해 급히 그 옥 같은 손을 이끌어 말했다.

"부인이 아시오? 천고에 우리 부부처럼 화란을 두루 겪은 자가 있겠소? 이로써 생의 마음은 더욱 각별하니 부인은 어떻게 여기시오?"

소저가 능후의 행동이 미친 듯한 것이 불쾌해 안색을 가다듬고 말했다.

"지난 일이야 다시 일컬어 무엇이 유익하겠습니까? 그러나 부부가 다 이십이 넘었습니다. 남편은 온화하고 아내는 순종하는 것이 집에 가득함이 옳습니다. 그런데 이런 가소로운 행동은 참으로 옳지 않습니다."

후가 웃으며 말했다.

---

71) 백이(伯夷), 숙제(叔齊): 모두 고죽군(孤竹君)이라는 사람의 아들이었는데 고죽군이 나라를 숙제에게 물려주려고 하자 숙제가 그것이 예법에 어긋나는 것이라고 사양하고 백이 역시 사양함. 결국 두 사람은 나라를 떠나 문왕을 섬기러 주(周)나라로 갔으나, 이미 문왕은 죽고 그의 아들인 무왕이 왕위에 올라 당시 천자국인 은(殷)나라를 정벌하려 하였고, 이에 백이와 숙제가 제후로서 천자를 정벌하는 것이 적절치 못함을 간하였으나 무왕이 듣지 않음. 이에 두 사람은 주나라의 녹을 받은 것을 부끄럽게 여겨 수양산에 들어가 고사리만 뜯어 먹다가 굶어 죽었다 함.
72) 서왕모(西王母): 『산해경(山海經)』에서는 곤륜산에 사는 인면(人面)·호치(虎齒)·표미(豹尾)의 신인(神人)이라고 하나, 일반적으로는 불사(不死)의 약을 가지고 있는 아름다운 선녀로 전해짐.
73) 항아(姮娥): 달 속에 있다는 전설 속의 선녀. 지상에서 후예(后羿)의 아내였는데 후예가 가진 불사약을 훔쳐 달로 도망가 달의 신이 되었다 함.

"부인은 우스운 말을 마시오. 생의 백발이 귀밑에 이르러도 부인의 손을 잡지 못하겠소?"

소저가 미우를 찡그리고 대답하지 않으니 후가 크게 웃고 함께 침상에 나아갔다. 태부의 태산처럼 무거운 정이 산과 바다 같아 정을 금하지 못하니 소저가 그윽이 불쾌하게 여겼다.

이튿날 소저가 임금께서 내려 주신 물건을 다 소후에게 드리니 소후가 크게 아름답게 여겨 감탄하고 말했다.

"며느리의 겸손하고 공손한 뜻은 참으로 본받을 만하구나. 그러나 이것은 아들의 공명(功名)으로 비롯한 것이니 내 어찌 쓰겠느냐? 그대가 마음대로 하라."

소저가 명령을 듣고 한 가지도 자기가 가지지 않고 친척에게 다 나눠 주니 소후가 그 물욕이 적은 것을 더욱 사랑했다. 능후가 마음으로 매우 복종해 새로운 은정이 태산 같아 부모 형제와 즐긴 여가에는 봉각을 떠나지 않았다. 그러자 모든 형제가 기롱해 웃으니 초후 성문이 말했다.

"이보74)가 어찌 여색에만 빠져 있겠는가? 나랏일과 어버이를 효성으로 받드는 것에 마음과 힘을 다하고서 처자를 소중히 대우하는 것이 예삿일인데 모두가 기롱하는 것은 옳지 않다."

이때 새공아가 서울에 이르러 군대의 일에 소중히 쓰였으나 스스로 즐기지 않았다. 하루는 능후의 앞에 나아가 하직하며 말했다.

"소인이 비록 어르신의 큰 은혜를 많이 입었으나 사부께서 정해 주신 기한이 있으니 돌아가기를 청하나이다."

능후가 놀라 대답하려 할 때 광평후가 이곳에 있다가 크게 놀라

---

74) 이보: 이경문의 자(字).

말했다.

"네가 나를 알겠느냐?"

공아가 눈을 들어서 보고 역시 놀라 머리를 조아려 말했다.

"소인이 예전에 어르신의 은혜를 등한히 입지 않았으나 그 후에 뵐 기약이 없었더니 어찌 여기에 계신 것입니까?"

능후가 놀라 말했다.

"형님이 어찌 이 사람을 아십니까?"

예부가 깊이 생각하다가 새공아를 보니 공아가 머리를 두드려 말했다.

"어르신께서 소인을 이처럼 아끼시니 어찌 감격하지 않겠나이까? 과연 소인이 전날에 혜선 비구니가 달래는 말을 듣고 어르신께서 서쪽으로 가시는 길에 자객의 소임을 해 어르신을 해치려 하다가 잘못해 어르신께 잡혔습니다. 그러나 어르신께서 예의로 소인을 타이르고 죽이지 않으셔서 어르신의 큰 덕이 마음속 깊은 곳에 맺혀 있었으니 어찌 어르신을 잊었겠나이까?"

원래 예부가 형주에 있을 때 새공아는 항아에 있었으므로 예부가 보지 못한 것이었다. 예부가 그의 진정을 보고 몸을 돌려 초후 형제를 보고 탄식하며 말했다.

"이 형의 예전 환난이 한 꿈과 같아 부모께도 고하지 않았더니 이 사람을 보니 새로운 심사가 동하는구나."

그러고서 연 땅에서 병이 깊어 목숨이 위급하던 일과 공아가 변란 지은 일을 두루 이르고 처연히 탄식했다. 두 후가 역시 슬퍼 눈물을 머금고 말했다.

"형님의 말씀을 들으니 저희도 마음이 베이는 듯한데 만일 숙부모님께서 들으신다면 어찌 슬퍼하지 않으시겠습니까?"

공아가 고했다.

"소인이 그때 돌아가 사부 익진관을 만나 산중에 가 태벌을 심하게 받고 오래 갇혀 있다가 스승이 어르신께 소인을 드린 것입니다. 다시 큰어르신을 뵐 줄은 생각지 못했나이다."

평후가 몸을 돌려 능후에게 말했다.

"익진관은 어떤 사람인고?"

능후가 대답했다.

"저 또한 알지 못하나 어느 날에 이 사람을 데리고 이르러 이리이리 이르고 약을 주었습니다. 과연 이번에 그 약으로 위 씨의 병을 구했으니 이로써 생각하면 보통 사람은 아닌가 하나이다."

예부가 고개를 끄덕이고 감탄했다. 능후가 공아에게 말했다.

"네가 국가에 공을 이루고 맡은 소임이 등한하지 않은데 어찌 하루아침에 버리고 가려 하느냐?"

공아가 대답했다.

"스승이 이미 오라 했고 소인이 잘못을 뉘우친 후에는 홍진(紅塵)의 티끌이 견디기 어려우니 인간 세상에 결단코 머무르기 어려울까 하나이다."

능후가 하릴없어 허락하고 금과 비단을 상으로 내려 주니 공아가 받지 않고 하직하고는 날래게 돌아갔다. 능후가 이에 탄식하고 말했다.

"새공아가 한낱 사나운 것이나 진관의 가르침을 입어 저와 같이 거룩한 길로 나아갔으니 어찌 기특하지 않습니까?"

예부가 길이 탄식하고 대답하지 않았다.

제2부

주석 및 교감

A. 원문

1. 저본은 한국학중앙연구원 소장본(26권 26책)으로 하였다.
2. 면을 구분해 표시하였다.
3. 한자어가 들어간 어휘는 한자 병기를 원칙으로 하였다.
4. 음이 변이된 한자어 및 한자와 한글의 복합어는 원문대로 쓰고 한자를 병기하였다. 예) 고이(怪異). 겁칙(劫-)
6. 현대 맞춤법 규정에 의거해 띄어쓰기를 하되, '소왈(笑曰)'처럼 '왈(曰)'과 결합하는 1음절 어휘는 붙여 썼다.

B. 주석

1. 다음과 같은 경우에 각주를 통해 풀이를 해 주었다.
   가. 인명, 국명, 지명, 관명 등의 고유명사
   나. 전고(典故)
   다. 뜻을 풀이할 필요가 있는 어휘
2. 현대어와 다른 표기의 표제어일 경우, 먼저 현대어로 옮겼다.
   예) 츄쳔(秋天): 추천.
3. 주격조사 'ㅣ'가 결합된 명사를 표제어로 할 경우, 현대어로 옮길 때 'ㅣ'는 옮기지 않았다. 예) 긔위(氣宇ㅣ): 기우.

C. 교감

1. 교감을 했을 경우 다른 주석과 구분해 주기 위해 [교]로 표기하였다.
2. 원문의 분명한 오류는 수정하고 그 사실을 주석을 통해 밝혔다.
3. 원문의 의미가 분명하지 않은 경우, 규장각 소장본(26권 26책)과 연세대 소장본(26권 26책)을 참고해 수정하고 주석을 통해 그 사실을 밝혔다.
4. 알 수 없는 어휘의 경우 '미상'이라 명기하였다.

니시셰딕록(李氏世代錄) 권지십구(卷之十九)

1면

츠시(此時) 빅문이 고요히 됴리(調理)ᄒᆞ미 샹체(傷處ㅣ) 여샹(如常)ᄒᆞ니 의관(衣冠)을 고치고 오운뎐(--殿)의 나아가 부왕(父王)긔 뵈오니 왕(王)이 블연(勃然) 변싴(變色)고 좌우(左右)로 미러 닉치니 싱(生)이 크게 슬허 눈믈을 흘니고 믈너나니 개국공(--公)이 이의 글오ᄃᆡ,

"빅문의 거동(擧動)을 보니 뉘웃ᄂᆞᆫ가 시브니 형댱(兄丈)은 과도(過度)히 구지 마르쇼셔."

왕(王) 왈(曰),

"제 쾌(快)히 뉘우처 사름이 되여도 닉 ᄎᆞᄆᆞ 정시(正視)치 못ᄒᆞ리로다."

공(公)이 미쇼(微笑) 왈(曰),

"부즈(父子) 텬뉸(天倫)의 그딕도록 ᄒᆞ여든 엇지ᄒᆞ리잇고?"

왕(王)이 우연(喟然)[1] 탄왈(歎曰),

"흥문 딜ᄋᆞ(姪兒ㅣ) 닉 앏히 오ᄂᆞᆫ 늘 빅문

---

1) 우연(喟然): 위연. 한숨 쉬는 모양.

을 용납(容納)ᄒ려니와 젼젼(前前) 죄상(罪狀)이 통히(痛駭)²⁾ᄒ니 닉엇지 괄목(刮目)³⁾ᄒ리오?"

공(公)이 다시 물을 아니코 닉당(內堂)의 드러가 부모(父母)긔 ᄎᄉ(此事)를 고(告)ᄒ니 승상(丞相)이 희열(喜悅) 왈(曰),

"빅문이 씨둧ᄂ 쓰시 이실진디 가문(家門)의 힝(幸)이 이 븟긔 업슬로다."

남공(-公)이 쟈측(在側)이러니 희열(喜悅)ᄒ야 굴오디,

"빅문이 회심(回心)ᄒᄂ 늘은 닉 아히(兒孩) 고토(故土)의 도라오기 어렵디 아닐로다. 이 가(可)히 텬힝(天幸)이 아니랴?"

왕(王)이 광미(廣眉)⁴⁾를 씽긔고 디왈(對曰),

"그 뉘웃ᄂ 쓰지 잇ᄉ온들 가환(家患)은 발 뒤측을 쫄와 나오리니 깃부지 아니ᄒ이다."

승상(丞相) 왈(曰),

"비록 그러나 혜아리건디 간인(奸人)의 흥쉬(興數ㅣ)⁵⁾ 오라지

아니리니 여등(汝等)은 슈구여병(守口如瓶)⁶⁾ᄒ고 나종을 보라."

---

2) 통히(痛駭): 통해. 몹시 이상스러워 놀람.
3) 괄목(刮目): 눈을 비비고 봄.
4) 광미(廣眉): 넓은 눈썹.
5) 흥쉬(興數ㅣ): 흥수. 흥한 운수.
6) 슈구여병(守口如瓶): 수구여병. 입을 병마개 막듯이 꼭 막는다는 뜻으로, 비밀을 다른 사람이 알지 못하도록 함을 이르는 말.

냥인(兩人)이 수명(受命)ᄒᆞ더라.

이ᄯᅦ 노 시(氏) 싱(生)의 듕칙(重責) 니부믈 골돌(鶻突)[7]ᄒᆞ야 나오기를 기ᄃᆞ리되 ᄆᆞᄎᆞᆷ니 긔쳑이 업거늘 고이(怪異)히 너겨 홍영으로 탐지(探知)ᄒᆞ니 본부(本府) 셔당(書堂)의셔 됴호(調護)[8]ᄒᆞ다 ᄒᆞᄂᆞᆫ지라 그으기 고이(怪異)히 너겨 ᄯᅩᄒᆞᆫ 드러가 약(藥)을 년속(連續)ᄒᆞ야 구호(救護)ᄒᆞ니,

싱(生)이 임의 나으미 도로 나와 쳣기를 기ᄃᆞ리되 종시(終是) 긔쳑이 업고 긔ᄉᆡᆨ(氣色)이 낙낙(落落)[9]ᄒᆞ야 ᄆᆞ양 셔헌(書軒)의셔 샹셔(尚書)로 거쳐(居處)ᄒᆞᆯ믈 보니 디경(大驚) 의려(疑慮)ᄒᆞ야 졍(情)이 변(變)ᄒᆞ야 그러ᄒᆞᆫ가 부형(父兄)의 칙(責)을 두려 저러ᄐᆞᆺ ᄒᆞᆫ가 ᄉᆞᄉᆞ만념(事事萬念)이 심간(心肝)을

⋯

4면

요동(搖動)ᄒᆞ더라.

싱(生)이 디병(大病) 후(後) 쳐엄으로 문연각(文淵閣)의 번(番)드노라 관ᄃᆡ(冠帶) 닙으라 노 시(氏) 침쇼(寢所)의 드러가니, 노 시(氏) 하 반겨 아릿ᄃᆞ이 웃고 글오ᄃᆡ,

"샹공(相公)아, 근ᄂᆡ(近來)예 블평지휘(不平之候ㅣ)[10] 엇더ᄒᆞ시뇨?"

싱(生)이 정ᄉᆡᆨ(正色) 왈(曰),

---

7) 골돌(鶻突): 의혹이 풀리지 않음.
8) 됴호(調護): 조호. 환자를 잘 보양하여 병의 회복을 빠르게 함.
9) 낙낙(落落): 낙락. 어떤 일을 할 마음이 없어짐.
10) 블평지휘(不平之候ㅣ): 불평지후. 몸이 좋지 않음.

"닉 어딕룰 블평(不平)ᄒ리오?"

노 시(氏) 왈(曰),

"딕인(大人)긔 칙죄(責罪)ᄒ엿더라 ᄒ니 아니 블평(不平)홀가 시부니잇가?"

싱(生)이 변식(變色) 왈(曰),

"딕인(大人)이 칙죄(責罪)ᄒ시나 아니시나 녀ᄌ(女子)의 알 빈 아니로다."

노 시(氏) 그 언에(言語ㅣ) 미몰ᄒ믈 보고 딕경(大驚)ᄒ야 믄득 눈물을 먹음고 골오딕,

"쳡(妾)이 므슴 브족(不足)ᄒ 일이 잇관딕 군ᄌ(君子ㅣ) 이런 블호(不好)ᄒ 스식(辭色)으로 즐미(叱罵)11)ᄒᄂ뇨?"

싱(生)이 믄득 노목(怒目)을 무이 쪄 즐왈(叱曰),

"텬하(天下) 간특지인(奸慝之人)12)이 또 므슴 물을 ᄒᄂ뇨? 너의 죄(罪) 칠거(七去)13) 강상(綱常)을 다 범(犯)

∷●●

5면

ᄒ여시니 됴만(早晚)의 법스(法司)의 고(告)ᄒ고 네 머리룰 동시(東市)의 둘니니 조심(操心)ᄒ라."

셜파(說罷)의 스미룰 쩔치고 나가니 노 시(氏) 딕경(大驚) 망극(罔極)ᄒ야 급(急)히 혜션을 블너 울며 닐오딕,

---

11) 즐미(叱罵): 질매. 꾸짖어 욕함.
12) 간특지인(奸慝之人): 간사하고 나쁜 사람.
13) 칠거(七去): 예전에, 아내를 내쫓을 수 있는 이유가 되었던 일곱 가지 허물. 시부모에게 불손함, 자식이 없음, 행실이 음탕함, 투기함, 몹쓸 병을 지님, 말이 지나치게 많음, 도둑질을 함 따위.

"ᄉ뷔(師父ㅣ) 니ᄅ기ᄅ 졍믁간(井木犴)14)을 더브러 인연(因緣)이 기러 만년(萬年) 화락(和樂)ᄒ리라 ᄒ더니 근ᄂᆡ(近來)의 낭군(郎君)의 긔ᄉᆡᆨ(氣色)이 심(甚)히 믜몰ᄒ고 늘을 ᄎᆞᆺ지 아니ᄒ더니 앗가 니ᄅ러 여ᄎᆞ여ᄎᆞ(如此如此) ᄭᅮ짓고 나가니 나의 평ᄉᆡᆼ(平生)이 이졔ᄂᆞᆫ ᄇ ᄅᆯ 거시 업ᄉ니 엇지ᄒ리오?"

혜션 왈(曰),

"쇼졔(小姐ㅣ) 냥위(兩位) 요ᄉᆞ이 져근 익(厄)이 이셔 그러ᄒ나 쇼멸(掃滅)ᄒᆞᆫ 후(後) 관겨(關係)치 아니리이다. 연(然)이나 연왕(-王) 부뷔(夫婦ㅣ) 이신 후(後)ᄂᆞᆫ 쇼져(小姐)의 일

• • •

6면

신(一身)이 편(便)치 못ᄒ리니 수월(數月)이 지ᄂᆡ면 뎌의게 ᄀᆞ쟝 히(害)로오니 무고(巫蠱)15)ᄅᆞᆯ 무더 져ᄅᆞᆯ 히(害)ᄒ리라."

노 시(氏) 딕희(大喜)ᄒ더라.

션시(先時)의 양 시(氏) ᄋᆞ(兒子)와 소련(所天)을 쳔ᄋᆡ(天涯)의 원별(遠別)ᄒ니 망극(罔極)ᄒᆞᆫ 심ᄉᆞ(心思ㅣ) ᄀᆞ을 못ᄒᆞᄃᆡ16) 텬셩(天性)이 팀듕(沈重)17)ᄒᆞᆫ 고(故)로 구고(舅姑)ᄅᆞᆯ 뫼셔 감지(甘旨)18)ᄅᆞᆯ 봇드러 온화(溫和)ᄒᆞᆫ ᄂᆞᆺ빗ᄎᆞ로 위로(慰勞)ᄒᆞ야 나ᄌᆞᆫ 쇼일(消日)ᄒ나 침쇼(寢所)의 도라온즉 방듕(房中) 믈ᄉᆡᆨ(物色)이 쳐량(凄涼)ᄒ고 잔

---

14) 졍믁간(井木犴): 졍목간. 졍목안. 졍목한이라고도 함. 남방7수 중 졍수(井宿)에, 칠요(七曜) 중 목(木)과 동물인 안(犴), 용의 일종)이 결합해 만들어진 글자.
15) 무고(巫蠱): 무술(巫術)로써 남을 저주함.
16) ᄀᆞ을 못ᄒᆞᄃᆡ: 헤아려 처리하지 못하되.
17) 팀듕(沈重): 침중. 성격, 마음, 목소리 따위가 가라앉고 무게가 있음.
18) 감지(甘旨): 맛이 좋은 음식.

등(殘燈)이 명멸(明滅)[19] 호디 ♀조(兒子)의 긔이(奇異) 호 거동(擧動)
이 눈의 버릿고 샹셔(尙書)의 화(和) 호 안면(顏面)과 화열(和悅) 호 물
쇼리 이변(耳邊)의 징징(琤琤)[20] 호니 속절업시 슬푼 눈믈이 깁창(-
窓)의 어룽지더니,

　마춤 잉틱(孕胎) 호

● ● ●

7면

야 ᄎ년(此年) 춘이월(春二月)의 싱ᄌ(生子) 호니 쥬비(朱妃)는 임의
짐쟉(斟酌) 호 일이라 딕희(大喜) 호디, 남공(-公)이 고이(怪異)히 너겨
넌ᄌ시 공ᄌ(公主)를 딕(對) 호야 ♀조(兒子) 원젹(遠謫)[21] 홀 쩌 양 시
(氏)를 일실(一室)의 두어시믈 무르니 쥬비(朱妃) 올흔 딕로 딕답(對
答) 호디, 남공(-公)이 경희(驚喜) 호나 노 시(氏) 알진딕 ᄯᅩ 무슴 변
(變)을 지어 닐가 저허 궁듕(宮中)을 엄틱(嚴飭)[22] 호야 양 시(氏)의
히산(解産) 호믈 누셜(漏泄)치 몰나 호고 각별(各別) 부모(父母)긔 고
(告)치 아니 호니 일개(一家ㅣ) 막연(漠然)이 모르는지라. ᄎᄉ(此事)
를 노 시(氏) 아라더면 양 시(氏) 엇지 화(禍)를 면(免) 호리오모는 남
공(-公)의 신명(神明) 호미 오는 직익(災厄)을 막을 뿐 아냐 공교(工
巧)히 히익(孩兒ㅣ) 이 조각의 나시니 더옥 줍

---

19) 명멸(明滅): 불이 꺼졌다 켜졌다 함.
20) 징징(琤琤): 쟁쟁. 전에 들었던 말이나 소리가 귀에 울리는 듯함.
21) 원적(遠謫): 멀리 귀양을 감.
22) 엄틱(嚴飭): 엄칙. 엄하게 타일러 경계함.

히미 쉽다 ᄒ야 손ᄋ(孫兒)를 감초와 형뎨(兄弟)도 뵈지 아니ᄒ더라.

ᄎ시(此時) 빅문이 심ᄉ(心思ㅣ) 울울(鬱鬱)ᄒ야 홀연(忽然)이 일 념(一念)이 화 시(氏) 싱각이 잇고 아모 ᄃᆡ도 념(念)이 업셔 야야(爺爺)긔도 감히(敢-) 뵈지 못ᄒᄃᆡ 닉당(內堂)의 삼시(三時) 문안(問安) 은 춤녜(參預)ᄒ고 듀야(晝夜) 셔당(書堂)의셔 두문블출(杜門不出)ᄒ 여 줌만 혼곤(昏困)[23]ᄒ야 ᄌᆞᄂ다라. 샹셰(尚書ㅣ) 크게 근심ᄒ야 싱 각ᄒᄃᆡ,

'이 아ᄒᆡ(兒孩) 본ᄃᆡ(本-) 청수(淸秀) ᄌᆞ미(資美)[24] 뉴(類)ᄃ르거늘 희로 녀ᄉᆡᆨ(女色)을 침닉(沈溺)[25]ᄒ엿더니 필연(必然) 정혼(精魂)이 다 ᄲᅡ져 요ᄉᆞ이 이[26]러ᄒᄆᆡᆫ가.'

깁흔 념녀(念慮) 무궁(無窮)ᄒ야 ᄆᆡ양 흔고ᄃᆡ 쳐(處)ᄒ야 고담희어 (古談戲語)[27]로 그 ᄆᆞᆷ을 위로(慰勞)ᄒ고 시듕(侍中) 등(等)을 심 (甚)히 보기 슬ᄒ여ᄒᄂ지라 샹셰(尚書ㅣ) 제인(諸人)을

ᄃᆡ(對)ᄒ야 ᄀᆞᆯ오ᄃᆡ,

"닉 아이 죄(罪)ᄂ 진실노(眞實-) 만ᄉ무셕(萬死無惜)[28]이나 요ᄉ

---

23) 혼곤(昏困): 정신이 흐릿하고 고달픔.
24) ᄌᆞ미(資美): 자미. 자질의 아름다움.
25) 침닉(沈溺): 술이나 노름, 여자에 빠짐.
26) 이: [교] 원문과 규장각본(19:6), 연세대본(19:8)에 모두 이 글자가 없으나 문맥을 고려해 첨가함.
27) 고담희어(古談戲語): 옛날이야기와 우스운 말.
28) 만ᄉ무셕(萬死無惜): 만사무석. 만 번 죽어도 아깝지 않음.

이 ᄒᆞ는 거지(擧止) 수상(殊常)ᄒᆞ야 큰 병(病)이 늘 듯ᄒᆞ니 그 슬ᄒᆞ 여ᄒᆞ는 ᄇᆞ를 이긔지 못ᄒᆞᄂᆞᆫ지라. 여등(汝等)은 딕덕(大德)을 드리워 요ᄉᆞ이ᄂᆞᆫ 빅문을 보치지 믈나."

제인(諸人)이 흔연(欣然) 쇼왈(笑曰),

"삼가 명(命)딕로 ᄒᆞ리이다."

흑ᄉᆞ(學士ㅣ) 셔당(書堂)의 고요히 이셔 비록 샹셰(尙書ㅣ) 극진 (極盡)이 위로(慰勞)ᄒᆞ나 ᄆᆞ음을 관심(寬心)[29]ᄒᆞ려 ᄒᆞ다가도 화 시 (氏)를 싱각ᄒᆞ면 실노(實-) 블샹코 잔잉ᄒᆞ며 일변(一邊) 꿈ᄌᆞᆨᄒᆞ고 놀 나와 심ᄉᆞ(心思)를 졍(定)치 못ᄒᆞ여 눔모로ᄂᆞᆫ 눈믈을 가만가만 흘니 며 싱각ᄒᆞ딕,

'닉 엇지 그쎠 모딜미 그딕도록 이심(已甚)[30]ᄒᆞ야 화 시(氏)를 긋 드리[31] 듀긴고. 어엿븐 혼

∙∙∙

10면

빅(魂魄)이 풍우간(風雨間) 빗겨 늘을 노(怒)ᄒᆞ미 업지 아닐지라 구 쳔(九泉) 타일(他日)의 무슴 ᄂᆞᆾᄎᆞ로 뎌룰 보며 이제 다시 어딕 가 그 러툿 ᄌᆞ미(資美) ᄀᆞᆽ즌 녀ᄌᆞ(女子)를 어더 빈우(配偶)를 삼으리오. 슬 프다, 화 시(氏) 옥영(玉靈)[32]이야, 나의 죄악(罪惡)을 샤(赦)ᄒᆞ라.'

이러툿 툐ᄉᆞ(焦思)[33]ᄒᆞ야 눌노 심ᄉᆞ(心思)를 술오딕 샹셰(尙書ㅣ) 보ᄂᆞᆫ 딕ᄂᆞᆫ ᄯᅩᄒᆞᆫ 긔식(氣色)이 ᄌᆞ[34]약(自若)ᄒᆞ더니,

---

29) 관심(寬心): 마음을 놓음.
30) 이심(已甚): 너무 심함.
31) 긋드리: 구태여.
32) 옥영(玉靈): 옥 같은 영혼.
33) 툐ᄉᆞ(焦思): 초사. 애를 태우며 생각함.

일일(一日)은 닉당(內堂)의 나가 모후(母后)긔 뵈옵고 믈너오더니 스스로 불이 운성각(--閣)의 다두라는 비단 지게와 깁창(-窓)이 적적(寂寂)이 다텨 거믜줄이 오목ᄒ엿거늘 감창(感愴)35)ᄒ믈 이긔지 못ᄒ야 손으로써 열고 방듕(房中)의 드러가니 옥경딕(玉鏡臺)와 거울이 틔글이 씨엿고 좌우(左右)로 향협(香匧)36)

이 듕듕(重重)ᄒ야시며 ᄂ믄 향닉(香-) 오히려 머므러시니 즙믈(什物)37)은 완연(宛然)ᄒ딕 옥인(玉人)의 ᄌ최 묘연(杳然)ᄒ고 분벽(粉壁)38)의 피눈믈 흔적(痕迹)이 그져 이시니 춤(慘)ᄒ 쯧이 흉격(胸膈)이 막혀 챵젼(窓前)을 의지(依支)ᄒ야 누쉬(淚水ㅣ) 년낙(連落)ᄒ야 굴오딕,

"닉 엇지 당연(當年) 그딕도록 아득ᄒ야 무죄(無罪)ᄒ 화 시(氏)롤 천만(千萬) 가지로 박딕(薄待)ᄒ고 보쳐여 굿도리39) 죽게 ᄒᄂ뇨? 일시(一時) 시운(時運)이 부제(不齊)40)ᄒ미오 나의 팔지(八字ㅣ) 박복(薄福)ᄒ야 어딘 안히롤 보젼(保全)치 못ᄒ미라. 그딕의 익령(哀靈)41)이 알오미 잇거든 꿈의나 뵈여 나의 ᄉ샹(思相) 일념(一念)을 위로(慰勞)ᄒ라."

---

34) 주: [교] 원문에는 '싀', 규장각본(19:8), 연세대본(19:10)에는 '직'로 되어 있으나 문맥을 고려해 이와 같이 수정함.
35) 감챵(感愴): 감창. 느껴 슬퍼함.
36) 향협(香匧): 향기로운 상자.
37) 즙믈(什物): 집물. 집 안이나 사무실에서 쓰는 온갖 기구.
38) 분벽(粉壁): 분 바른 벽.
39) 굿도리: 구태여.
40) 부제(不齊): 가지런하지 않음.
41) 익령(哀靈): 애령. 슬픈 혼령.

믈노조ᄎ 눈믈이 비 오ᄃᆺ ᄒ더니 홀연(忽然) 쇼ᄆᆡ(小妹) 월쥐 니르러 ᄎ경(此景)을 보고 놀나 닐오ᄃᆡ,

"거게(哥哥ㅣ) 므ᄉ

일이 잇관ᄃᆡ 이고ᄃᆡ셔 슬허ᄒ시ᄂᆞ뇨? 쇼ᄆᆡ(小妹) 의혹(疑惑)ᄒᆞ믈 이긔지 못홀쇼이다."

흑ᄉᆡ(學士ㅣ) 추연(惆然) 타루(墮淚) 왈(曰),

"우형(愚兄)의 슬허ᄒ믄 죽은 사ᄅᆞᆷ을 위(爲)ᄒᆞ미라. 닉 당년(當年) 블명무샹(不明無狀)42)ᄒᆞ야 화 시(氏)로ᄡᅥ 쳔단비원(千端悲怨)을 품게 ᄒ고 필경(畢竟) 보젼(保全)치 못ᄒ게 ᄒ니 도금(到今)ᄒ야 싱각ᄒ니 늘 ᄀᆞᆺᄐᆞᆫ 박ᄒᆡᆼ지인(薄行之人)43)이 만고(萬古)의 업ᄉ지라."

소제(小姐ㅣ) 추언(此言)을 듯고 크게 깃브고 녜일을 샹ᄉᆞᆼ(想像)ᄒᆞᄆᆡ 슬푸믈 이긔지 못ᄒᆞ야 치하(致賀) 왈(曰),

"거거(哥哥)의 말ᄉᆞᆷ을 듯ᄌᆞ오니 문호(門戶)의 만ᄒᆡᆼ(萬幸)이라 쇼ᄆᆡ(小妹) 희ᄒᆡᆼ(喜幸)ᄒᆞ믈 이긔지 못홀쇼이다. 거게(哥哥ㅣ) 만일(萬一) ᄉᆡᄃᆞᆯ시고 간당(奸黨)44)이 쇼멸(掃滅)홀진ᄃᆡ 화져(-姐)를 만나실 거시니 번뇌(煩惱)치 ᄆᆞᄅᆞ쇼셔."

싱(生)이 추연(惆然) 왈(曰),

"화 시(氏) 만일(萬一) 사라실

---

42) 블명무샹(不明無狀): 불명무상. 현명하지 못하고 사리에 밝지 못함.
43) 박ᄒᆡᆼ지인(薄行之人): 박행지인. 모진 행동을 하는 사람.
44) 간당(奸黨): 간악한 무리.

딘딘 닌들 엇지 아지 못ᄒ리오마ᄂᆞᆫ 임의 화시벽(和氏璧)45)이 온전(穩全)치 못ᄒ고 합호(合湖)46)의 구슬이 모ᄃᆞ미 어려이 되여시니 참샹(慘傷)ᄒᄂᆞᆫ 회푀(懷抱ㅣ) 구곡(九曲)의 촌단(寸斷)47)ᄒ여라."

쇼제(小姐ㅣ) 왈(曰),

"화저(-姐)의 샹(相)이 녹녹(錄錄)히 골몰(汨沒)ᄒᆯ 샹(相)이 아니라 아모 ᄃᆡ 뉴락(流落)ᄒ여셔도 타일(他日) 만나실 거시니 거거(哥哥)ᄂᆞᆫ 념녀(念慮) ᄆᆞᆯᄋᆞ쇼셔."

ᄉᆡᆼ(生)이 탄식(歎息) 왈(曰),

"쇼ᄆᆡ(小妹) ᄆᆞᆯ히 올흐나 화 시(氏) 벅벅이 주거시니 슬기 만무(萬無)ᄒ지라."

셜파(說罷)의 기리 쵸챵(悄愴)48)ᄒ고 문(門)을 닷고 나오니,

쇼제(小姐ㅣ) 졍당(正堂)의 드러가 부모(父母)ᄭᅵ 고(告)ᄒ니 왕(王)이 미우(眉宇)ᄅᆞᆯ ᄲᅥᆼ긔고 굴오ᄃᆡ,

"ᄎᆞ이(此兒ㅣ) 비록 ᄡᅳ지 이시나 쇼견(所見)이 일편되여 거쳐(居處)ᄅᆞᆯ 아지 못ᄒᄂᆞᆫ 화 시(氏)ᄅᆞᆯ ᄉᆞ렴(思念)ᄒ미 발분망식(發憤忘食)49)

---

45) 화시벽(和氏璧): 화씨벽. 중국 춘추시대 초(楚)나라 형산(荊山)에서 난 옥. 초나라의 변화(卞和)라는 이가 박옥(璞玉)을 발견하여 초나라 왕인 여왕(厲王)과 무왕(武王)에게 차례로 바쳤으나 왕들이 그것을 돌멩이로 간주하여 각각 변화의 왼쪽 발과 오른쪽 발을 자름. 이후 문왕(文王)이 즉위하자 변화는 왕에게 갈 수 없어 통곡하니, 문왕이 그 소문을 듣고 옥공(玉工)을 시켜 박옥을 반으로 가르게 해 진귀한 옥을 얻고 이를 화씨벽(和氏璧)이라 칭함. 『한비자(韓非子)』, 「화씨(和氏)」.

46) 합호(合湖): 미상.

47) 촌단(寸斷): 갈기갈기 찢어짐.

48) 쵸챵(悄愴): 초창. 마음이 근심스럽고 슬픔.

49) 발분망식(發憤忘食): 끼니까지도 잊을 정도로 어떤 일에 열중하여 노력함.

ᄒᆞ미 미쳐시니 필연(必然) 샹심(傷心)ᄒᆞ미 쉬오리라.”

휘(后ㅣ) 안식(顏色)이 ᄌᆞ약(自若)ᄒᆞ야 눈을 드러 왕(王)을 보고 믈을 아니ᄒᆞ니 왕(王)이 쇼왈(笑曰),

“현휘(賢后ㅣ) 엇지 과인(寡人)을 보ᄂᆞ뇨? ᄀᆞ장 숑구(悚懼)ᄒᆞ도다.”

휘(后ㅣ) 역쇼(亦笑) 무언(無言)ᄒᆞ니 왕(王)이 웃고 두어 번(番) 딕답(對答)을 직촉ᄒᆞᆫ딕 휘(后ㅣ) 딕왈(對曰),

“눈이론 거슨 사롬을 보라 ᄒᆞ미니 군(君)을 보미 고이(怪異)ᄒᆞ리오?”

왕(王)이 년(連)ᄒᆞ야 우어 ᄀᆞ로ᄃᆡ,

“녜ᄉᆞ(例事)로이 보ᄂᆞᆫ 거시 아니라 ᄀᆞ장 평샹(平常)치 아니니 필연(必然) ᄆᆞ어시라 공치(公恥)[50]ᄒᆞ려 ᄒᆞ미라. 품은 믈이 잇거든 ᄌᆞ시 니롤지어다.”

쇼휘(-后ㅣ) 답(答)지 아니니 왕(王)이 미미(微微)히 웃고 나가더라.

이ᄯᅥ 봉닌이 삼ᄉᆞ(三四) 셰라. 극(極)히 영오(穎悟)ᄒᆞ더니 정당(正堂)의 드러가 승상(丞相)을 보고 이 말

을 능히(能-) 옴기니 승상(丞相)은 줌쇼(暫笑)ᄒᆞ고 븍쥐빅(--伯)이

---

50) 공치(公恥): 대놓고 모욕을 줌.

딕소(大笑) 왈(曰),

"빅문이 엇더ᄒᆞ관ᄃᆡ 왕비(王妃) 현딜(賢姪)노뼈 ᄀᆞᆺ게 너겨 그리ᄒᆞ
미라 뎌ᄃᆞ려 무ᄅᆞ리라."

ᄒᆞ더니 이윽고 제공(諸公)이 문안(問安) 드러오니 쇼뷔(少傅ㅣ) 웃
고 연왕(-王)을 ᄃᆡ(對)ᄒᆞ여 글오ᄃᆡ,

"빅문의 별단(別段) 거죄(擧措ㅣ) 엇더ᄒᆞ관ᄃᆡ 앗가 너의 부부(夫
婦)의 언단(言端)51)이 여ᄎᆞ(如此)ᄒᆞ더라 ᄒᆞᄂᆞ뇨?"

왕(王)이 미쇼(微笑)ᄒᆞ고 ᄌᆞ시 고(告)ᄒᆞ니 빅(伯)이 고쟝딕쇼(鼓掌
大笑)52) 왈(曰),

"빅문은 곳곳이 너ᄅᆞᆯ 달므시니 네 미양 므ᄉᆞᆷ 긔습(氣習)53)으로 칙
(責)ᄒᆞ고 나므라 ᄒᆞᄂᆞᆫ다?"

왕(王)이 ᄃᆡ왈(對曰),

"쇼딜(小姪)은 셕일(昔日) 소 시(氏)ᄅᆞᆯ ᄉᆞ량54)(思量)55)ᄒᆞ야 우지
아냐시니 뎌 픽악(悖惡) 블쵸ᄌᆞ(不肖子)와 ᄀᆞᆺ다 ᄒᆞ시미 원통(冤痛)ᄒᆞ
여이다."

븍쥐빅(--伯)이 더옥 우어

•••

16면

왈(曰),

---

51) 언단(言端): 말다툼을 일으키는 실마리.
52) 고쟝딕쇼(鼓掌大笑): 고장대소. 손뼉을 치며 크게 웃음.
53) 긔습(氣習): 기습. 기운과 버릇.
54) 량: [교] 원문과 연세대본(19:15)에는 '랑'으로 되어 있으나 문맥을 고려해 규장각본(19:12)을
따름.
55) ᄉᆞ량(思量): 사량. 깊이 생각하여 헤아림.

"네 우든 아냐도 전후(前後) 힝식(行事ㅣ) 다 빅문이 둘만시니 즈식(子息)이 아비 달무미 녜식(例事ㅣ)라 추후(此後) 스스로 도라보고 즘즘(潛潛)호라."

왕(王)이 잠쇼(暫笑) 부답(不答)호니 개국공(--公)이 또혼 즘간(暫間) 웃고 왈(曰),

"뎌적 형댱(兄丈)이 빅문을 쩌러 닉치실 적 쇼뎨(小弟) 보니 형(兄)은 야야(爺爺) 굿고 빅문은 셕일(昔日) 형댱(兄丈) 거동(擧動)이러이다."

왕(王)이 쇼왈(笑曰),

"아이 형(兄)을 곤(困)이 보치믄 어인 도리(道理)뇨?"

개국공(--公)이 웃고 딕왈(對曰),

"이 물이 쇼뎨(小弟) 형(兄)을 보치는 물이니잇가? 즈연(自然) 쇼견(所見)이 그러호더이다."

왕(王)이 흔연(欣然)이 우순딕 틱부인(太夫人)이 쇼왈(笑曰),

"몽원의 교사(驕肆)[56]훈 성품(性品)이 나히 만흔 후(後)도 업지 아냐 제 엇지 형(兄)을 조롱(嘲弄)호리오? 죄(罪) 업지 못호리라."

．●●

17면

쇼뷔(少傅ㅣ) 딕왈(對曰),

"몽챵의 허믈이 그러호거든 셜스(設使) 아인들 올흔 물이야 아니 호리잇가?"

틱부인(太夫人)이 우어 왈(曰),

---

56) 교사(驕肆): 교만하고 방자함.

"형(兄)이 셜ᄉ(設使) 허믈이 이신들 제 엇지 감히(敢-) 시비(是非) 논폄(論貶)57)ᄒ리오?"

남공(-公)이 ᄯᅩ흔 웃고 ᄃᆡ왈(對曰),

"조모(祖母) 믈슴 ᄀᆞ티여 제 엇지 ᄎᆞ뎨(次弟)ᄅᆞᆯ 셕일(昔日) ᄉ(事)로 비우(比偶)58) 됴롱(嘲弄)ᄒ리잇고? ᄎᆞ뎨(次弟) 나힌즉 이모지년(二毛之年)59)이오, 쥭위(爵位) 쳔승(千乘)60)의 존(尊)ᄒ미 이시니 슉부(叔父)겨셔도 긔롱(譏弄)이 가(可)치 아니신ᄃᆡ 삼뎨(三弟) 언ᄉᆞ(言辭ㅣ) ᄀᆞ쟝 그르온지라. 뭇당이 좌우(左右)로 추수(醜水)61)ᄅᆞᆯ 가져오라 ᄒᆞ사이다."

틱부인(太夫人)이 올타 ᄒᆞ시니 왕(王)이 흔연(欣然) ᄃᆡ왈(對曰),

"쇼뎨(小弟) 용녈(庸劣)ᄒ야 법(法)을 셰우지 못ᄒᆞ엿더니 형댱(兄丈)이 ᄇᆞᆰ히 ᄀᆞᆯᄌᆞ치시니

●●●

18면

다감(多感)ᄒᆞ여이다. 연(然)이나 추수(醜水)ᄂᆞᆫ 가(可)치 아니ᄒᆞ니 술로ᄡᅥ 나오미 엇더ᄒᆞ니잇고?"

남공(-公) 왈(曰),

"술은 제 본ᄃᆡ(本-) 즐기니 벌(罰)을 ᄒᆞ려 ᄒᆞ며 제 조하ᄒᆞᄂᆞᆫ 술을 먹이리오? 제 임의 믈을 그릇ᄒᆞ엿시니 더러온 거ᄉᆞᆯ 먹여 후(後)의ᄂᆞᆫ

---

57) 논폄(論貶): 논하여 깎아내림.
58) 비우(比偶): 견줌.
59) 이모지년(二毛之年): 흰 머리털이 나기 시작하는 나이라는 뜻으로, 32세를 이르는 말.
60) 쳔승(千乘): 천승. 천 대의 병거라는 뜻으로, 제후를 이르는 말. 제후는 천 대의 병거를 낼 만한 나라를 소유하였음.
61) 추수(醜水): 더러운 물.

그리 아니케 ᄒ리라."

개국공(--公)이 아름다온 얼골의 우음을 씌여 좌셕(座席)의 ᄭ러 굴오ᄃᆡ,

"시졀(時節)이 틱평(泰平)ᄒ야 젼(殿) 우희 근심이 업고 일가(一家)의 우환(憂患)이 저그니 부모(父母) 형뎨(兄弟) ᄒᆞ 당(堂)의 모다 화담쇼어(和談笑語)[62]로 즐길지라. 쇼졔(小弟)ᄂᆞ 이 ᄒᆞ 일을 싱각ᄒᆞ고 동긔(同氣) ᄉᆞ이 므슴 허믈이 잇시리 혜여 ᄆᆞ옴의 먹음은 거슬 토(吐)ᄒ온 거시

19면

우흘 범(犯)ᄒ야 죄(罪) 깁ᄉᆞ오니 당당(堂堂)이 면(免)치 못ᄒ야 추수(醜水) 열 그릇슬 주셔도 소뎨(小弟) 조곰이ᄂᆞ 덜 먹으면 딕쟝뷔(大丈夫ㅣ) 아니로소이다. 연(然)이ᄂᆞ 춫시(此時) 극(極)ᄒᆞ 더위라 우흐로 조모(祖母)와 부뫼(父母ㅣ) 직좌(在座)ᄒᆞ샤 좌우(左右)로 울금향(鬱金香) ᄂᆡ와 룡문셕(龍紋席)이 셔늘ᄒ와도 셰열(暑熱)을 견듸지 못ᄒ시거늘 더러온 거슬 나올진ᄃᆡ 그 브회(不孝ㅣ) 엇덜가 시브니잇가? 쇼뎨(小弟)ᄂᆞ 속으려니와 형댱(兄丈)이 우흘 공경(恭敬)ᄒᆞᄂᆞ 도리(道理) 아니로소이다."

좌위(左右ㅣ) 딕소(大笑)ᄒᆞ고 남공(-公)이 소왈(笑曰),

"네 과연(果然) 간ᄉᆞ(奸詐)ᄒᆞ 언변(言辯)이 미ᄎᆞ리 업도다. 너를 추수(醜水)를 먹이ᄂᆞ 늘이야 고당(高堂)의 안쳐 먹이랴?"

공(公)이 웃고 딕왈(對曰),

---

62) 화담쇼어(和談笑語): 화담소어. 정답게 주고받는 말과 우스갯소리.

"원뉘(元來) 형댱(兄丈) 주의(主義) 그러타

• • •

20면

소이다. 쇼뎨(小弟) 미련ᄒ야 씨닷지 못ᄒ온 죄(罪) 더옥 깁ᄉ오니 죄(罪) 우히 죄(罪)를 더 닙어지이다."

쇼뷔(少傅ㅣ) 왈(曰),

"츄수(醜水)는 진실노(眞實-) 몽원이 직언(直言)ᄒ고 먹기 원통(冤痛)ᄒ니 주방(廚房)의 미온 탁주(濁酒)를 올니라 ᄒ야 큰 ᄉ완(沙碗)63)으로 셰흘 먹이리라."

드듸여 시녀(侍女)를 블너 가져오라 ᄒ니,

이윽고 시녜(侍女ㅣ) 븟드러 드리거늘 쇼뷔(少傅ㅣ) 꾸지저 믈니치고 도다지64) 먹이는 직강65)을 걸너 오라 ᄒ니 시녜(侍女ㅣ) 황황(遑遑)66)이 ᄎ려 가져와시ᄃᆡ 빗치 프ᄅᆞ고 ᄆᆞ시 싀고 쩔워 ᄎᄆᆞ 먹지 못ᄒᆞ너라. 쇼뷔(少傅ㅣ) 웃고 큰 왕긔(王器)67)로 부어 개국공(--公)을 주니 공(公)이 ᄎᄆᆞ 먹지 못ᄒ야 년(連)ᄒ야 셰 그릇슬 다 먹으니 복듕(腹中)이 챵일(漲溢)68)ᄒ

---

63) ᄉ완(沙碗): 사완. 사발.
64) 도다지: 돼지.
65) 직강: 재강. 술을 거르고 남은 찌꺼기.
66) 황황(遑遑): 갈팡질팡 어쩔 줄 모르게 급함.
67) 왕긔(王器): 왕기. 사기로 만든 큰 대접.
68) 챵일(漲溢): 불어 넘침.

고 췌(醉)ᄒᄆᆯ 이긔지 못ᄒᆞ야 금관(金冠)이 기울고 옥면(玉面)이 함
홍(含紅)⁶⁹⁾ᄒᆞ야 풍치(風采) 더옥 졀뉸(絕倫)⁷⁰⁾ᄒᆞ니 좌위(左右ㅣ) 서
로이 칭찬(稱讚)ᄒᆞ고 븍줘빅(--伯)이 쇼왈(笑曰),

"네 이제도 츅ᄒᆞᆫ 형(兄)을 시비(是非)ᄒᆞᆯ다?"

공(公)이 돈수(頓首) 왈(曰),

"위엄(威嚴)을 아라시니 ᄎᆞ후(此後) 삼가ᄂᆞᆫ 일이 이시리이다."

일좨(一座ㅣ) 쾌(快)히 웃고 남공(-公)이 어ᄉᆞ(御史)ᄅᆞᆯ 블너 왈(曰),

"네 아비 존젼(尊前)의 시례(失禮)ᄒᆞᆷ이 쉬워시니 ᄃᆞ려가라."

ᄒᆞ니 공(公)이 ᄯᅩᄒᆞᆫ 능히(能-) 견듸지 못ᄒᆞ야 븟들녀 취원가(--閣)
의 니ᄅᆞ미 샹(牀)의 것구러져 구토(嘔吐)ᄒᆞᄆᆞᆯ 무지아니니 어ᄉᆡ(御史
ㅣ) 밧비 븟드러 구호(救護)ᄒᆞ디 원망(怨望)ᄒᆞ야 굴오디,

"슉뷔(叔父ㅣ) 희롱(戲弄)을 ᄒᆞ신들 과도(過度)ᄒᆞ신 벌(罰)을 쓰샤
야야(爺爺) 셩톄(盛體)ᄅᆞᆯ 이딕도록 곤(困)

케 ᄒᆞ시리오?"

ᄒᆞ더니 최 부인(夫人)이 보고 우어 굴오디,

"뎌런 추악(醜惡)ᄒᆞᆫ 형샹(形狀)을 가지고 엇지 이곳의 니ᄅᆞ럿ᄂᆞ뇨?
ᄲᆞᆯ니 ᄃᆞ려 교⁷¹⁾ᄅᆞᆫ의 곳으로 가라."

---

69) 함홍(含紅): 붉은빛을 머금음.
70) 졀뉸(絕倫): 절륜. 아주 두드러지게 뛰어남.

호니 어시(御史ㅣ) 또흔 웃고 약(藥)을 フ라 년(連)호야 느오니 반
향(半晌) 후(後) 정신(精神)을 출혀 니러 안주 부인(夫人)을 디(對)호
야 골오디,

"흑싱(學生)이 만일(萬一) 취(醉)흔 후(後) 브리려 호느냐?"

부인(夫人)이 쇼왈(笑日),

"형샹(形狀)이 추비(醜鄙)72)호니 정(淨)히 호고 이고디 올진디 염
고(厭苦)73)호리잇고?"

공(公)이 무언(無言) 디쇼(大笑)호더니,

홀연(忽然) 남공(-公) 등(等) 수(四) 인(人)이 일시(一時)의 니루러
문후(問候)호니 공(公)이 웃고 디왈(對日),

"즐기는 술을 만히 먹이시니 그리 디단호리잇가? 관겨(關係)치 아
니호이다."

제공(諸公)이 역시(亦是) 웃고 각

• • •

23면

각(各各) 도라가다.

추일(此日) 져녁의 샹셰(尙書ㅣ) 셔당(書堂)의 니루니 빅문이 의관
(衣冠)을 버서 노코 홀노 곡난(曲欄)의 비겨 샹수편(相思篇) 일(一)
수(首)를 외오니 쇼리 낭낭(朗朗)호야 형산(荊山) 빅옥(璧玉)74)을 울

---

71) 교: [교] 원문에는 '조'로 되어 있으나 오기로 보이므로 규장각본(19:16)과 연세대본(19:22)을
따름.

72) 추비(醜鄙): 거칠고 더럽고 낮음.

73) 염고(厭苦): 싫어하고 괴롭게 여김.

74) 형산(荊山) 빅옥(璧玉): 형산 벽옥. 화씨벽을 이름. 화씨벽은 중국 춘추시대 초(楚)나라 형산(荊
山)에서 난 옥임. 초나라의 변화(卞和)라는 이가 박옥(璞玉)을 발견하여 초나라 왕인 여왕(厲
王)과 무왕(武王)에게 차례로 바쳤으나 왕들이 그것을 돌멩이로 간주하여 각각 변화의 왼쪽 발

니는 듯ᄒ니 샹셔(尙書ㅣ) 졍ᄉᆡᆨ(正色)고 ᄀᆞᆯ오ᄃᆡ,

"현75)뎨(賢弟) 외오는 ᄇᆞ 므엇고?"

혹ᄉᆞ(學士ㅣ) 유유(儒儒)76)ᄒ거ᄂᆞᆯ 우왈(又曰),

"샹ᄉᆞ편(相思篇)이란 거슨 경박ᄌᆞ(輕薄子)의 쇼쟉(小作)이라 현데 (賢弟) 당당(堂堂)ᄒᆞᆫ 명ᄉᆞ(名士)로 이 무슴 도리(道理)오? ᄂᆡ 뻐 ᄒᆞᄃᆡ 근ᄂᆡ(近來) ᄭᅵ두ᄅᆞ미 잇ᄂᆞᆫ가 깃거ᄒᆞᄋᆞᆺ더니 오늘 보니 이젼(以前)과 다ᄅᆞ미 업도다."

혹ᄉᆞ(學士ㅣ) 믄득 ᄂᆞᆺ빗출 변(變)ᄒᆞ고 ᄀᆞᆯ오ᄃᆡ,

"형댱(兄丈) 경계(警戒) 지극(至極) 올ᄒᆞ시니 삼가 봉ᄒᆡᆼ(奉行)ᄒᆞ오 려니와 ᄯᅩ흔 별단(別段) 심위(心憂ㅣ) 잇셔 늘이 오ᄅᆡ도록

⋯

24면

미치고 미쳐 플니지 아니나 ᄌᆞᄌᆞ지죄(自作之罪)77)라 사ᄅᆞᆷ을 ᄃᆡ(對) ᄒᆞ야 니ᄅᆞᆯ 념치(廉恥) 업더니 형댱(兄丈) 안젼(案前)의 엇지 긔망(欺 罔)78)ᄒᆞ리잇가? 쇼뎨(小弟) 당일(當日) 간춤(間讒)79)의 혹(惑)ᄒᆞ여 아 득고 혼암(昏闇)80)ᄒᆞᆫ 심졍(心情)의 이미ᄒᆞᆫ 쳐ᄌᆞ(妻子)를 복ᄃᆡ(薄待) ᄒᆞ고 심(甚)히 보치여 도금(到今)ᄒᆞ야 유명(幽明)81)이 ᄀᆞ리오고 음용

과 오른쪽 발을 자름. 이후 문왕(文王)이 즉위하자 변화는 왕에게 갈 수 없어 통곡하니, 문왕이 그 소문을 듣고 옥공(玉工)을 시켜 박옥을 반으로 가르게 해 진귀한 옥을 얻고 이를 화씨벽(和 氏璧)이라 칭함. 『한비자(韓非子)』, 「화씨(和氏)」.

75) 현: [교] 원문에는 '형'으로 되어 있으나 문맥을 고려해 규장각본(19:17)과 연세대본(19:23)을 따름.

76) 유유(儒儒): 모든 일에 딱 잘라 결정을 내리지 못하고 어물어물한 데가 있음.

77) ᄌᆞᄌᆞ지죄(自作之罪): 자작지죄. 스스로 지은 죄.

78) 긔망(欺罔): 기망. 남을 속여 넘김.

79) 간춤(間讒): 간참. 이간하는 말과 참소.

80) 혼암(昏闇): 어리석고 못나서 사리에 어두움.

81) 유명(幽明): 저승과 이승.

(音容)[82]이 묘망(渺茫)[83] ᄒ니 이 졍(正)히 쇼뎨(小弟)의 젼복지혼(剸腹之恨)[84]이라.”

샹셰(尚書ㅣ) 텽파(聽罷)의 안싁(顏色)을 졍(正)히 ᄒ고 굴오ᄃᆡ,

“네 셕일(昔日) ᄒᆡᆼ싁(行事ㅣ) 그르나 도금(到今)ᄒ야 씌ᄃᆞ르니 깃브다 ᄒ려니와 ᄯᅩ 너모 초ᄉᆞ(焦思)[85]ᄒᆞᆷ믄 그른지라. 화쉬(-嫂ㅣ) 긔샹(氣像)이 골몰(汨沒)치 아닐 거시오, 길운(吉運)이 다ᄃᆞ르면 ᄌᆞ연(自然) 만늘 거시어늘 이ᄃᆡ도록 구구(區區)ᄒᆞᆷ믄 ᄃᆡ쟝부(大丈夫)의 도리(道理) 아니라. 화쉬(-嫂ㅣ) 빙

‧●●

25면

옥(氷玉) ᄀᆞᆺ튼 ᄉᆞ문(斯文) 녀ᄌᆡ(女子ㅣ)어늘 네 ᄉᆞ샹편(思相篇)을 읇주어리미 가(可)ᄒ냐?”

흑싁(學士ㅣ) 더옥 누쉬(淚水ㅣ) 진진(津津)[86]ᄒ야 왈(曰),

“형댱(兄丈) 믈ᄉᆞᆷ이 올흐시나 쇼뎨(小弟) 스ᄉᆞ로 화 시(氏)를 죽여시니 엇지 사라시릿고?”

샹셰(尚書ㅣ) 경문(驚問)ᄒᆞᄃᆡ 흑싁(學士ㅣ) ᄯᅩ흔 긔이지 아냐 동졍(洞庭)의셔 만나 믈의 밀친 믈을 고(告)ᄒ니 샹셰(尚書ㅣ) 텽파(聽罷)의 어히업셔 반향(半晌)이나 믈을 못 ᄒ다가 박슬(拍膝)[87] 탄왈(歎曰),

---

82) 음용(音容): 목소리와 모습.
83) 묘망(渺茫): 아득함.
84) 젼복지혼(剸腹之恨): 젼복지한. 창자가 끊어지는 듯한 한.
85) 초ᄉᆞ(焦思): 초사. 애를 태우며 생각함.
86) 진진(津津): 매우 많은 모양.
87) 박슬(拍膝): 무릎을 침.

"오회(嗚呼ㅣ)라! 고금(古今)의 쳐즈(妻子) 향(向)ᄒ야 박(薄)ᄒ니 이신들 현뎨(賢弟) ᄀ트니 어듸 이시리오? 너의 왕슷(往事)를 곳곳이 한심(寒心)ᄒ니 타일(他日) 하(何) 면목(面目)으로 화 공(公)을 보려 ᄒᄂ다? 연(然)이나 스싱(死生)이 직텬(在天)ᄒ고 흥쉬(興數ㅣ) 유명(有命)ᄒ니 화쉬(-嫂ㅣ) 들의 쌘져 겨시나 결단(決斷)코 죽지 아냐

•••

26면

겨시니 타일(他日) 너의 가권(家眷)[88]을 온젼(穩全)이 ᄒ시리니 안심(安心)ᄒ고 ᄎ후(此後)나 힝실(行實)을 옥(玉)ᄀ치 닥고 근신[89](謹愼)[90]ᄒ라."

흑싀(學士ㅣ) 기리 흔슴져 왈(曰),

"목숨이 구뎡(九鼎)[91] ᄀ튼들 동졍(洞庭) 들 너븨 팔빅(八百) 니(里)라 신뉴(新柳) ᄀ고 미옥(美玉) ᄀ튼 져근 녀직(女子ㅣ) 낙수(落水)ᄒ야 싱환(生還)ᄒ미 쉬오리잇고? 만일(萬一) 화 시(氏) 사라 쇼뎨(小弟)로 직ᄒᆸ(再合)ᄒ미 이신즉 스름의 충수(充數)키를 계규(稽揆)ᄒ려니와 블연(不然)즉 젼두(前頭)[92]의 속광(屬纊)[93]키 쉬올쇼이다. 쇼뎨(小弟) 스스로 오긔(吳起)[94]도곤 더 심(甚)흔 살쳐(殺妻)를 ᄒ여

---

88) 가권(家眷): 남에게 자기의 아내를 낮추어 이르는 말.
89) 신: [교] 원문에는 '심'으로 되어 있으나 문맥을 고려해 규장각본(19:20)과 연세대본(19:26)을 따름.
90) 근신(謹愼): 말이나 행동을 삼가고 조심함.
91) 구뎡(九鼎): 구정. 중국 하(夏)나라의 우왕(禹王) 때에, 전국의 아홉 주(州)에서 쇠붙이를 거두어서 만들었다는 아홉 개의 솥. 주(周)나라 때까지 대대로 천자에게 전해진 보물이었다고 함. 매우 무거움을 비유한 말.
92) 젼두(前頭): 전두. 지금부터 다가오게 될 앞날.
93) 속광(屬纊): '임종'을 달리 이르는 말. 옛날, 사람이 죽어 갈 무렵에 고운 솜을 코나 입에 대어 호흡의 기운을 검사한 데서 유래함.
94) 오긔(吳起): 오기. 중국 전국시대 위(衛)나라 출신의 병법가로, 증자(曾子)에게 배우고 노(魯)나

시니 수졸(戍卒)[95]ᄒᆞ야 죄(罪)ᄅᆞᆯ 속(贖)ᄒᆞ고 다시 녀ᄉᆡᆨ(女色)을 ᄀᆞᆺ쳐 만(萬)의 ᄒᆞ나히나 속죄(贖罪)ᄒᆞ고 구쳔(九泉)의 가 볼 ᄂᆞᆺ치 잇고져 ᄒᆞᄂᆞ이다. 요ᄉᆞ이 시시(時時)로 화 시(氏) 얼골이 눈ᄝᆞᆰ히 버러 넉슬 놀ᄂᆡ

27면

니 아ᄆᆞ도 수이 죽을가 시브이다.”

샹셰(尙書ㅣ) 정ᄉᆡᆨ(正色) 왈(曰),

“너의 쳣 ᄆᆞᆯ은 유리(有理)커니와 네 즉곰(卽今) 뉘웃노라 ᄆᆞᆯ이 거ᄌᆞᆺᄆᆞᆯ이로다. 댱뷔(丈夫ㅣ) 일(一) 녀ᄌᆞ(女子)ᄅᆞᆯ 위(爲)ᄒᆞ야[96] 실셩(失性)ᄒᆞᆯ진ᄃᆡ ᄌᆞᆼᄎᆞᆺ(將次ㅅ) 텬하(天下) 후세(後世)의 춤 ᄇᆡᆺ타 ᄡᆞ지ᄌᆞ믈 엇지 면(免)ᄒᆞ리오? 우형(愚兄)이 너ᄃᆞ려 언약(言約)ᄒᆞᄂᆞ니 화쉬(-嫂ㅣ) 만일(萬一) ᄉᆡᆼ존(生存)치 못ᄒᆞ야시면 가ᄉᆡᄅᆞᆯ 져 네게 샤죄(謝罪)ᄒᆞ리라. ᄐᆞ일(他日) 화 공(公)을 ᄃᆡ(對)ᄒᆞ야 극진(極盡) 샤죄(謝罪)ᄒᆞ고 근절(懇切)이 ᄋᆡ걸(哀乞)ᄒᆞ면 화쉬(-嫂ㅣ) ᄌᆞ연(自然) 네게 도라오리라.”

ᄒᆞᆨᄉᆡ(學士ㅣ) 샤례(謝禮)ᄒᆞ더니,

라, 위(魏)나라에서 벼슬한 뒤에 초(楚)나라에 가서 도왕(悼王)의 재상이 되어 법치적 개혁을 추진하였음. 저서에 병서 『오자(吳子)』가 있음. 그가 노(魯)나라에 있을 때 제(齊)나라의 대부 전거(田居)가 방문해 오기를 보고 사위로 삼았는데, 후에 제나라가 노나라를 침략하자 노나라의 목공(穆公)이 오기를 장군으로 임명하려 하였으나 그가 제나라 대부의 사위라는 점 때문에 결정을 내리지 못함. 오기가 그 사실을 알고 자기 아내를 죽여 자신은 제나라와 관련 없다는 점을 밝히고 노나라의 장수가 됨. 사마천, 『사기(史記)』, <손자오기열전(孫子吳起列傳)>.

95) 수졸(戍卒): 수자리 서는 군졸.

96) 야: [교] 원문과 연세대본(19:27)에는 ‘냐’로 되어 있으나 의미를 명확히 하기 위해 규장각본(19:20)을 따름.

홀연(忽然) 빅후(背後) 일(一) 인(人)이 죽관(竹冠)을 정(正)히 ᄒᆞ고 빅포도의(白袍道衣)로 난간(欄干)의 오ᄅᆞ거ᄂᆞᆯ 냥인(兩人)이 놀나 눈을 드니 이 다ᄅᆞ니 아니라 이 곳 홍문수찬(弘文修撰) 화숙이러라. 원ᄂᆡ(元來) 화

... ●●

28면

수찬(修撰)이 근친(覲親)[97] 믈믹 ᄀᆞ다가 됴졍(朝廷)이 직쵹ᄒᆞ기로 인(因)ᄒᆞ야 환됴(還朝)ᄒᆞ엿더니 이늘 ᄆᆞ츰 둘이 붉고 빈 집이 무류(無聊)ᄒᆞ니 니(李) 샹셔(尚書)를 만나 반기고ᄌᆞ ᄒᆞ미오, 겸(兼)ᄒᆞ야 빅문의 거동(擧動)을 보려 왓더니 쳐엄 빅문이 글 을프믈 듯고 고이(怪異)히 너겨 ᄀᆞ마니 후창(後窓)의 지지(支持)ᄒᆞ더니 두시 샹셔(尚書)로 더브러 ᄒᆞᄂᆞ 수어(辭語)를 다 듯고 기춤ᄒᆞ고 난간(欄干)의 오ᄅᆞ니 냥인(兩人)이 ᄆᆞᄌᆞ 녜필(禮畢)의 샹셰(尚書ㅣ) 왈(曰),

"형(兄)이 어ᄂᆞ 쩐 환됴(還朝)ᄒᆞ뇨?"

수찬(修撰) 왈(曰),

"셕양(夕陽)의 ᄀᆞᆺ 드러와 숙빅(肅拜)[98]ᄒᆞ옵고 집의 가니 ᄌᆞ못 울젹(鬱寂)ᄒᆞ야 형(兄)을 ᄎᆞᄌᆞ 니ᄅᆞ럿노라."

샹셰(尚書ㅣ) 반겨 화 공(公) 존후(尊候)를 뭇ᄌᆞ오니 수찬(修撰)이 탄식(歎息) 왈(曰),

"딕인(大人)이 본딕(本-) 숙환(宿患)[99]이 겨신딕 쇼믹(小妹)

---

97) 근친(覲親): 어버이를 뵘.
98) 숙빅(肅拜): 숙배. 백성들이 왕이나 왕족에게 절을 하던 일.
99) 숙환(宿患): 오래 묵은 병.

참상(慘喪)[100]을 인(因)ᄒ야 병환(病患)이 듕(重)ᄒ시니 우황(憂遑)[101] ᄒ믈 어딘 비기리오?"

샹셰(尙書ㅣ) 믁연(默然) 냥구(良久)의 굴오ᄃᆡ,

"존딘인(尊大人)이 금년(今年)의 샹경(上京)ᄒ실 쩌 치졍(治政)[102] 이 거울 ᄀᆞᆺ다 ᄒ야 일(一) 년(年)을 더으니 그런 섭섭흔 일이 어딘 이시리오?"

수찬(修撰) 왈(曰),

"야애(爺爺ㅣ) 샹명지통(喪明之痛)[103]을 겸(兼)ᄒ야 오릭 변방(邊 方)의 뉴락(流落)ᄒ시니 아등(我等)이 번민(煩悶)ᄒ미 측냥(測量)업 셰라."

샹셰(尙書ㅣ) 흔연(欣然)이 믈숨ᄒ더니 수찬(修撰)이 눈을 드러 보 니 혹시(學士ㅣ) 좌(座)의 안ᄌ 수쇡(愁色)이 만면(滿面)이어눌 짐줏 션ᄌ(扇子)로 ᄀ로 쳐 왈(曰),

"별후(別後) 이(二) 직(載)의 금일(今日) 샹봉(相逢)ᄒ니 나의 ᄆᆞ음 이 놀나온 듯 반가오니 두리오믈 이긔지 못ᄒ야 몬져 한훤(寒暄)[104] 도 못 ᄒ니 쳥죄(請罪)ᄒ거니와 그딘 엇지 싱(生)의게 져즌 죄(罪)

---

100) 참상(慘喪): 참상. 부모보다 자손이 먼저 죽은 상사(喪事).
101) 우황(憂遑): 근심하고 정신이 없음.
102) 치졍(治政): 치정. 다스린 정사.
103) 샹명지통(喪明之痛): 상명지통. 눈이 멀 정도로 슬프다는 뜻으로, 자식이 죽은 슬픔을 비유적 으로 이르는 말. 옛날 중국의 자하(子夏)가 아들을 잃고 슬피 운 끝에 눈이 멀었다는 데서 유 래함. 여기에서는 화진이 화채옥을 잃음을 가리킴.
104) 한훤(寒暄): 날이 춥고 더운지를 묻는 인사.

업시 아른 체도 아닌는다?"

혹시(學士ㅣ) 냥구(良久)의 굴오딕,

"녕미(令妹) 화란(禍亂)을 ㄱ초 만나 천단비원(千端悲怨)105)이 다시 닐넘 죽지 아니니 소뎨(小弟) 놋치 업셔 형(兄)을 딕(對)ㅎ여 미쳐 언어(言語)를 수죽(酬酌)지 못ㅎ미라."

수찬(修撰)이 미쇼(微笑)ㅎ고 굴오딕,

"쇼미(小妹) 팔직(八字ㅣ) 긔박(奇薄)106)ㅎ야 사롬의 당(當)치 못홀 경계(境界)를 천빅(千百) 가지로 격고 필경(畢竟) 수싱(死生)을 모로니 ㅈ쥭지얼(自作之孼)107)노 딕직(大罪)를 가부(家夫)익게 어더 천딕(千代) 미명(罵名)108)을 당(當)ㅎ엿더니 이제 놀을 딕(對)ㅎ여 일ᄏ라니 가(可)히 감은(感恩)치 아니며 딕덕(大德)을 흠앙(欽仰)109)치 아니랴?"

혹시(學士ㅣ) 추연(惆然) 탄식(歎息) 왈(曰),

"소뎨(小弟) 녕미(令妹)를 져ᄇ린 죄악(罪惡)은 터럭을 ᄲ혀 혜여도 나110)므리니 타일(他日) 악댱(岳丈) 안젼(案前)의 죽으믈 ᄇ라ᄂ니 형(兄)의

---

105) 천단비원(千端悲怨): 천단비원. 온갖 슬픔과 원망.
106) 긔박(奇薄): 기박. 팔자, 운수 따위가 사납고 복이 없음.
107) ㅈ작지얼(自作之孼): 자작지얼. 자기가 저지른 일 때문에 생긴 재앙.
108) 미명(罵名): 매명. 더러운 이름.
109) 흠앙(欽仰): 공경하여 우러러 사모함.
110) 나: [교] 원문과 연세대본(19:30)에는 '다'로 되어 있으나 문맥을 고려해 규장각본(19:23)을 따름.

조롱(嘲弄)ᄒᆞ믈 엇지 흔(恨)ᄒᆞ리오? 수연(雖然)이나 별후(別後) 삼(三) ᄌᆡ(載)의 어안(魚雁)[111]이 돈절(頓絶)[112]ᄒᆞ니 악부모(岳父母) 셩톄(盛體) 엇더ᄒᆞ시뇨?"

수찬(修撰)이 몸을 구펴 칭[113]샤(稱謝) 왈(曰),

"셩인(聖人)이 닐오샤ᄃᆡ, '뉘 허믈이 업스리오무는 고치미 귀(貴)타.' ᄒᆞ시니 졍(正)히 오늘ᄂᆞᆯ 운보[114]ᄅᆞᆯ 니ᄅᆞᆷ이라. 녕문(令門)의 만ᄒᆡᆼ(萬幸)이 이만 깃브미 업도다. 연(然)이나 소ᄆᆡ(小妹) 군(君)의 ᄇᆞ리[115]인 몸이오, 칼 아ᄅᆡ 나믄 목숨이 ᄉᆞᄉᆡᆼ(死生) 거쳐(去處)ᄅᆞᆯ 모로니 셜ᄉᆞ(設使) 사라셔도 죄목(罪目)이 호ᄃᆡ(浩大)ᄒᆞ니 군(君)으로 인연(因緣)이 ᄭᅳᆺ쳣ᄂᆞᆫ지라. 소ᄆᆡ(小妹)로 인(因)ᄒᆞ야 젼일(前日)은 빙악(聘岳)[116]의 일홈이 겨시나 이제 그 의(義) ᄭᅳᆺ쳐진 후(後) 악부(岳父)ㅣ라 칭(稱)ᄒᆞ미 녜법(禮法)을 문허ᄇᆞ리고 타인(他人)이 드러도 그ᄃᆡ의 고쳬(固滯)[117]ᄒᆞ믈 우을디라. 쳥(請)

---

111) 어안(魚雁): 물고기와 기러기라는 뜻으로, 편지나 통신을 이르는 말. 잉어나 기러기가 편지를 날랐다는 데서 유래함.
112) 돈절(頓絶): 완전히 끊어짐.
113) 칭: [교] 원문에는 '쳥'으로 되어 있으나 문맥을 고려해 규장각본(19:24)과 연세대본(19:31)을 따름.
114) 운보: 이백문의 자(字).
115) 리: [교] 원문에는 '린'으로 되어 있으나 문맥을 고려해 규장각본(19:24)과 연세대본(19:31)을 따름.
116) 빙악(聘岳): 빙모(聘母)와 악장(岳丈)이라는 뜻으로, 장인과 장모를 아울러 이르는 말.
117) 고쳬(固滯): 고체. 성질이 편협하고 고집스러워 너그럽지 못함.

컨디 놉흔 몸을 욕(辱)되게 물나 스스로 존듕(尊重)홀지어다. 디인
(大人)이 강샹(綱常) 죄수(罪囚) 폐인(廢人)의 가친(家親)으로 항주
(杭州) 미말(微末) 지방관(地方官)이라 그디 너모 과공(過恭)ᄒ니 황
숑(惶悚)ᄒ미 터럭과 쎄 숫그러ᄒ도다118)."

흑ᄉᆞ(學士ㅣ) 탄식(歎息) 왈(曰),

"쇼뎨(小弟) 죄(罪) 임의 깁흐니 제형(諸兄)늬 누의를 위(爲)ᄒ야
죽여도 감수(甘受)홀 거시어늘 엇디 이러틋 길게 견집(堅執)119)ᄒᄂ
뇨?"

수찬(修撰)이 텽필(聽畢)의 션ᄌᆞ(扇子)로 손을 쳐 크게 우어 왈(曰),
"그디는 과연(果然) 흉(凶)ᄒᆞᆫ 물도 ᄒᄂᆞᆫ도다. 우리는 ᄌᆞ소(自少)로
공문(孔門)120)의 ᄉᆡᆼ쟝(生長)ᄒ야 칠십(七十) ᄌᆞ(子)121)의 병긔(兵器)
ᄅᆞ 희롱(戲弄)티 아니믈 습(習)ᄒᄂᆞ니 초목(草木) 곤튱(昆蟲)도 히
(害)홀 줄 모ᄅᆞ거늘 더옥 사ᄅᆞᆷ을 죽일 줄을 어이 알니오? 그디 소장
(所長)

을 놉을 ᄀᆞᄅᆞ치나 각각(各各) 되(道ㅣ) 다ᄅᆞ고 닉 셩품(性品)이 술인
(殺人)의 다ᄃᆞᄅᆞᄂᆞᆫ 그디를 과연(果然) 무셔이 너기는 빅ᄂᆞᆫ 봉승(奉

---

118) 숫그러ᄒ도다: 두렵도다.
119) 견집(堅執): 자신의 의견을 바꾸거나 고치지 않고 버팀.
120) 공문(孔門): 공자 문하.
121) 칠십(七十) ᄌᆞ(子): 칠십 자. 공자 문하의 제자 칠십 명.

承)치 못ᄒᆞᄂᆞ니 힝혀(幸-) 용샤(容赦)ᄒᆞ라. ᄯᅩ ᄒᆞ나흘 싱각ᄒᆞ니 그ᄃᆡ 소ᄆᆡ(小妹)를 죽이지 못혼 줄 흔(恨)ᄒᆞ야 그 법(法)을 아등(我等)의게 쓰고져 ᄒᆞᄆᆞᆫ가 저허ᄒᆞ노라.”

혹ᄉᆞ(學士ㅣ) 뎌 화싱(-生)의 말이 다 ᄌᆞ가(自家)를 비우(非愚)[122] 견집(堅執)ᄒᆞᆷ을 드르니 홀 몰이 업셔 다만 닐오ᄃᆡ,

“쇼뎨(小弟) 비록 무샹(無狀)혼ᄃᆞᆯ 형(兄)이 엇지 이런 몰을 ᄒᆞᄂᆞ뇨? 챵공(蒼空)이 비최ᄂᆞ니 그러튼 아냐라.”

수찬(修撰) 왈(曰),

“소뎨(小弟) 본ᄃᆡ(本-) 편협(偏狹)혼 셩졍(性情)의 그ᄃᆡ 술인(殺人)ᄒᆞ기를 숭샹(崇尙)ᄒᆞᄆᆡ 의ᄉᆞ(意思ㅣ) 곡(曲)ᄒᆞᆷ을 면(免)치 못ᄒᆞ야 실언(失言)ᄒᆞ엿더니 그ᄃᆡ 이럿툿 어딘 ᄯᅳ디 이시니 ᄃᆡ

* * *

34면

덕(大德)을 감샤(感謝)ᄒᆞ노라.”

혹ᄉᆞ(學士ㅣ) 왈(曰),

“쇼뎨(小弟) 일즉 술인(殺人)ᄒᆞᄆᆡ 업ᄂᆞ니 이 엇진 몰이뇨? ᄌᆞ시 ᄀᆞ르쳐 의심(疑心)을 빙셕(氷釋)[123]홀지어다.”

수찬(修撰)이 가가ᄃᆡ쇼(呵呵大笑)[124] 왈(曰),

“ᄌᆞ지자[125]명(自知者明)[126]이니 스스로 술피고 늘을 과도(過度)히

---

122) 비우(非愚): 비난하고 우롱함.
123) 빙셕(氷釋): 빙석. 얼음이 녹듯이 의혹 따위가 풀림.
124) 가가ᄃᆡ쇼(呵呵大笑): 가가대소. 깔깔대며 크게 웃음.
125) 자: [교] 원문과 규장각본(19:26), 연세대본(19:34)에 모두 '디'로 되어 있으나 문맥을 고려해 이와 같이 수정함.
126) ᄌᆞ지자명(自知者明): 자지자명. 스스로를 아는 자는 현명함. 『노자(老子)』 33장에 나오는 말.

너기지 몰나."

혹시(學士 |) 무언(無言) 부답(不答)ᄒ니 샹셰(尚書 |) 눌호여 줌쇼(暫笑) 왈(曰),

"영뮈[127] 본딕(本-) 팀묵(沈默) 군직(君子 |)러니 금일(今日) 엇지 이런 실업순 물을 여러 굿출 닉여 어즈러이 구ᄂᄂ뇨?"

수찬(修撰)이 믄득 강개(慷慨) 쳐창(悽愴)ᄒ여 봉안(鳳眼)의 눈믈 두어 줄이 쩌러지고 탄식(歎息) 왈(曰),

"형(兄)은 니기 싱각ᄒ야 보라. 동싱(同生)이 블쵸(不肖)ᄒ여도 텬뉸(天倫)의 지극(至極)ᄒᆫ 의(義)로 저 죽과져 쯧지 업ᄉᆞᆫ 인지샹졍(人之常情)이어눌 ᄒᆞ믈며 나의 쇼믹(小妹)ᄂᆞᆫ ᄒᆞᆫ 일도 비

⠐••

35면

례(非禮)ᄅᆞᆯ 힝(行)치 아니커눌 구가(舅家)의 온 삼(三) 직(載) 못 ᄒ야셔 지아비게 견과(譴過)[128]ᄒᆞᆯ 틱심(太甚)이 ᄒ야 춤혹(慘酷)ᄒᆞᆫ 디경(地境)을 다 지닉고 필경(畢竟) 국가(國家)의 죄(罪)ᄅᆞᆯ 어더 심규(深閨) 약질(弱質)이 관비(官婢) 되믈 면(免)치 못ᄒ다가 도로(道路)의 분찬(奔竄)[129]ᄒ야 ᄉᆞ싱(死生)을 모로니 부모(父母) 동싱(同生)의 셜운 심ᄉᆞ(心思 |) 텬디(天地)ᄅᆞᆯ 부앙(俯仰)[130]ᄒ야 홀 고지 업고 노쳔(老天)을 블너 통곡(慟哭)ᄒᄂ 붓쟈(者)ᄂᆞᆫ 제 긔질(氣質)이 죠곰이나 범샹(凡常)이 삼겨시며 조곰이나 흐린 ᄯᅳ지 이시면 가부(家夫)의

---

127) 영뮈: 영무. 화숙의 자(字)로 보임.
128) 견과(譴過): 허물을 꾸짖음.
129) 분찬(奔竄): 바삐 달아나 숨음.
130) 부앙(俯仰): 내려다보고 우러러봄.

게 견과(譴過)ᄒ야 스스로 화(禍)를 바다도 몸을 그릇 가저 그러턴가
홀 거시로딕 이ᄂᆞᆫ 빅(百) 가지의 흔 곳도 쇼민(小妹) 그릇흔 일이 업
고 허믈이 업ᄉᆞ딕 운뵈 박딕(薄待) 틱심(太甚)ᄒᆞᆫ

* * *

36면

니ᄅᆞ도 물고 칼노ᄡᅥ 죽이려 ᄒᆞ더라 ᄒᆞ니 쇼민(小妹) 므슴 죄(罪) 극
악(極惡)을 범(犯)ᄒᆞ야 그 디경(地境)의 니ᄅᆞ뇨? 오긔(吳起)[131]의 술
쳐(殺妻)[132]ᄒᆞᆫ 국가(國家)를 위(爲)ᄒᆞ미라도 이제 니ᄅᆞ히 박힝(薄
行)으로 시비(是非)ᄒᆞ거늘 운뵈 안히 죽이려 ᄒᆞᆫ 국가(國家)도 위
(爲)ᄒᆞ미 아니오, 죄(罪) 이셔 법(法)을 졍(正)히 ᄒᆞ려 홈도 아니라.
무죄(無罪)ᄒᆞᆫ 빙옥(氷玉) ᄀᆞᆺ고 어리기 신뉴(新柳) ᄀᆞᆺ튼 약질(弱質)
을 추무 인심(人心)을 가진 재(者ㅣ) 죽이고ᄌᆞ 쓰지 나리오ᄆᆞᄂᆞᆫ 운보
의 쇼민(小妹) 견과(譴過)ᄒᆞᆫ 그 디경(地境)의 미쳐시니 소뎨(小弟)
심식(心思ㅣ) 어딕 가고 통박(痛迫)[133]지 아니리오? 슬프다, 요힝(僥
倖) ᄇᆞ라ᄂᆞᆫ ᄇᆞᄂᆞᆫ 쇼민(小妹) 혹(或) 싱존(生存)ᄒᆞᆷᄅᆞᆯ 어더 지팅(支撑)
ᄒᆞ여실 즉시면 만힝(萬幸)이어니와 향긱(向刻)[134] 운보의 물을 드ᄅᆞ
니 임의

---

131) 오긔(吳起): 오기. 중국 전국시대 위(衛)나라 출신의 병법가로, 증자(曾子)에게 배우고 노(魯)나
라, 위(魏)나라에서 벼슬한 뒤에 초(楚)나라에 가서 도왕(悼王)의 재상이 되어 법치적 개혁을
추진하였음. 저서에 병서 『오자(吳子)』가 있음. 그가 노(魯)나라에 있을 때 제(齊)나라의 대부
전거(田居)가 방문해 오기를 보고 사위로 삼았는데, 후에 제나라가 노나라를 침략하자 노나라
의 목공(穆公)이 오기를 장군으로 임명하려 하였으나 그가 제나라 대부의 사위라는 점 때문에
결정을 내리지 못함. 오기가 그 사실을 알고 자기 아내를 죽여 자신은 제나라와 관련 없다는
점을 밝히고 노나라의 장수가 됨. 사마천, 『사기(史記)』, <손자오기열전(孫子吳起列傳)>.

132) 술쳐(殺妻): 살처. 아내를 죽임.

133) 통박(痛迫): 마음이 몹시 절박함.

134) 향긱(向刻): 향각. 접때.

수듕(水中) 어복(魚腹)을 치왓눈지라 이제야 어듸 가 형회(形骸
ᄂ)[135]들 ᄎᄌ리오? 이심(已甚)[136]타, 쇼미(小妹) 운보롤 더브러 젼셰
(前世) 원한(怨恨)이 어닉 고듸 미쳣관듸 쳐엄 죽이려 ᄒ던 칼흘 굿
도리[137] 죽일 줄 알니오? ᄎ회(嗟乎ㅣ)라! 쇼미(小妹) 위급지시(危急
之時)롤 만나 텬힝(天幸)으로 지아뷔 겻틱 쩌러졋거놀 흔 목숨을 엇
지 못ᄒ니 명도(命途)[138]의 험(險)ᄒ미 이딕도록 심(甚)ᄒ리오? 저의
잔잉흔 졍ᄉ(情事)ᄂ 니를도 몰고 부뫼(父母ㅣ) 저롤 만닉(晩來)[139]
의 어드샤 귀듕(貴重)ᄒ시믈 수듕(手中) 보빅롤 사마 겨시다가 ᄆᄎ
닉 ᄎᆷ별(慘別)[140]ᄒ신 셔하지탄(西河之歎)[141]을 닐너 알리오? 쳔고
(千古) 유흔(遺恨)이 깅가일층(更加一層)[142]ᄒ샤 이통(哀痛)ᄒ미 밤
으로뼈 ᄂ줄 니으시니 그

인ᄌ(人子)의 ᄆ음이 엇더ᄒ리오? 졀치부심(切齒腐心)[143]ᄒᄂ 흔(恨)

---

135) 형회(形骸ᄂ): 형해. 사람의 몸과 뼈.
136) 이심(已甚): 너무 심함.
137) 굿도리: 구태여.
138) 명도(命途): 운명과 재수를 아울러 이르는 말.
139) 만닉(晩來): 만래. 늘그막.
140) ᄎᆷ별(慘別): 참별. 참혹히 이별함.
141) 셔하지탄(西河之歎): 서하지탄. 서하(西河)에서의 탄식이라는 뜻으로 부모가 자식을 잃고 하
   는 탄식을 이름. 서하(西河)는 지금의 섬서성(陝西省) 한성현(韓城縣)에서 화음현(華陰縣) 일
   대. 중국 춘추시대 공자의 제자 자하(子夏, B.C.508?~B.C.425?)가 공자가 죽은 후 서하(西河)
   에 은거하고 있었는데 그 자식이 죽자 슬피 울어 눈이 멀었다는 데서 유래함. 『예기(禮記)』,
   「단궁(檀弓)」.
142) 깅가일층(更加一層): 갱가일층. 다시 한층이 더함.

이 운보의게 이시되 되왕(大王)과 존형(尊兄)의 후은(厚恩)을 인(因)
ᄒ야 금일(今日) 져룰 되(對)ᄒ야 그 얼골을 다시 보미 실로(實-) 그
러치 아닐 위인(爲人)이라 심신(心身)이 요요(擾擾)¹⁴⁴)ᄒ미 믈ᄉᆞᆷ이
번극(煩劇)¹⁴⁵)하니 형(兄)은 용샤(容赦)ᄒ라. 다 각각(各各) 동ᄉᆡᆼ(同
生) 위(爲)흔 졍니(情理) 피ᄎᆞ(彼此ㅣ) 일양(一樣)이라. 쇼뎨(小弟) 이
만 믈을 ᄒᆞ니 형(兄)은 아쳐로이¹⁴⁶) 드르니 소뎨(小弟) 심ᄉᆞ(心思)
ᄀᆞᆺ틀던되 볼셔 등문고(登聞鼓)룰 울녀 원상(怨狀)¹⁴⁷)을 고(告)ᄒ리
라."

셜파(說罷)의 눈믈이 비 오둣 ᄒᆞ니 빅문은 붓그러옴과 슬프믈 이
긔지 못ᄒ야 머리룰 수기고 누쉬(淚水ㅣ) 만면(滿面)ᄒ되 샹셰(尙書
ㅣ) 조곰도 요동(搖動)치 아니코 가연이 우어 왈(曰),

"형(兄)은 무익(無益)흔 슬프

• • •

39면

믈 그치고 닉 믈을 드르라. 므릇 되(道ㅣ) 경듕(輕重)이 잇ᄂᆞ니 격고
등문(擊鼓登聞)홀 일이뇨? 닉 형(兄)의 디경(地境)을 당(當)ᄒ여는 져
러틋 아니리니 샤뎨(舍弟) 왕ᄉᆞ(往事ㅣ) 그릇흔 허믈이 만흐나 수쉬
(嫂嫂ㅣ) 져ᄇᆞ리지 못홀 거시니 일ᄏᆞᄅᆞ미 브졀업ᄉᆞᆫ지라, 쇼뎨(小弟)
ᄂᆞᆫ 뼈 금 고이(怪異)히 너기노라."

수찬(修撰) 왈(曰),

---

143) 절치부심(切齒腐心): 절치부심. 몹시 분하여 이를 갈며 속을 썩임.
144) 요요(擾擾): 어지러움.
145) 번극(煩劇): 몹시 번거롭고 바쁨.
146) 아쳐로이: 싫게.
147) 원상(怨狀): 원상. 원통한 정황.

"쇼미(小妹) 만일(萬一) 싱존(生存)ᄒ여실진디 형(兄)의 물도 올커니와 당ᄎ(當此)ᄒ야ᄂ 쇼미(小妹) 슉싱(死生) 거쳐(居處)를 모로믄 니ᄅ도 물고 앗가 운비 주거시믈 니ᄅ니 텬하(天下) 바다 가온디 흉(凶)ᄒ믄 동졍(洞庭)의 웃듬이라 목숨이 수졍(水晶) ᄀᆞᆺᄐᆞᆫ들 엇지 사라시리오?"

샹셰(尙書ㅣ) 웃고 왈(曰),

"형(兄)은 일편도이 쇼뎨(小弟)ᄅᆞᆯ 어둡게 아지 물나. 타일(他日) 수시(嫂氏)ᄅᆞᆯ 샹봉(相逢)ᄒᆞᆫ 후(後)

• • •

40면

져 물이 헛된 줄 볼기 알니니 그셕 형(兄)이 망언(妄言)ᄒᆞᆫ 죄(罪)ᄅᆞᆯ 면(免)ᄒᆞᆯ쇼냐?"

수찬(修撰)이 저 샹셔(尙書)의 신이(神異)히 알믈 고이(怪異)히 너겨 다만 닐오디,

"쇼뎨(小弟) 망언(妄言)ᄒᆞᆫ 죄(罪)ᄅᆞᆯ 니블지언졍 타일(他日) 형(兄)의 물 ᄀᆞᆺ틀진디 죽ᄒ랴?"

도라 빅문을 보며 닐오디,

"그디 인(仁)ᄒ고 디덕(大德)ᄒᆞ미 ᄂᆞ의 ᄉ졍(私情)을 위(爲)ᄒᆞ야 슬허ᄒ믈 믁연(默然)이 괄시(恝視)치 아니코 더러틋 슬허ᄒ니 관ᄌ인후(寬慈仁厚)[148]ᄒᆞ미 사름의 미출 빅 아니라 감은(感恩)ᄒ믈 이긔지 못ᄒ노라."

싱(生)이 초창(怊悵)[149] 왈(曰),

---

148) 관ᄌ인후(寬慈仁厚): 관자인후. 매우 너그럽고 어짊.

"싱150)젼(生前)의 녕미(令妹)룰 만느 얼골을 볼진디 셕싀(夕死ㅣ)라도 무흔(無恨)151)이라 형(兄)의 흔(恨)ᄒ믈 그르다 ᄒ리오?"

수챤(修撰)이 웃고 왈(曰),

"쇼미(小妹) 임의 구쳔(九泉) 원귀(寃鬼) 되연 지 오릭니 음용(音容)이 셰샹(世上)의 잇

41면

다 ᄒ고 그듸 싱뎐(生前)의 만나랴? 져ᄀ치 보고ᄌ 홀진디 한(漢) 무뎨(武帝)152) 듁궁(竹宮)153)의 넉술 쳥(請)ᄒ미 가(可)토다."

흑싀(學士ㅣ) 탄식(歎息)ᄒ고 샹셰(尚書ㅣ) 물녀 왈(曰),

"셔로 남북(南北)의 분수(分手)ᄒ여 셔로 냥지음용(兩地音容)154)이 묘연(杳然)ᄒ다가 셔로 만느니 졍(情)을 펼 거시어늘 브졀업슨 물을 ᄒ느뇨? 쇼뎨(小弟) 됴흔 쓰지 아니로다."

수챤(修撰)이 손샤(遜謝)155) 왈(曰),

"어리고 아득ᄒ야 죄(罪) 어드미 만흐니 쳥죄(請罪)ᄒ노라."

인(因)ᄒ야 ᄌ약(自若)히 다른 물 ᄒ더니 틱부156)(太傅)의 말의 다

---

149) 초챵(怊愴): 마음이 근심스럽고 슬픔.
150) 싱: [교] 원문에는 이 뒤에 '이'가 있으나 문맥을 고려해 규장각본(19:31)과 연세대본(19:40)을 따라 삭제함.
151) 셕싀(夕死ㅣ)라도 무흔(無恨): 석사라도 무한. 저녁에 죽어도 한이 없음.
152) 무뎨(武帝): 무제. 중국 전한(前漢) 제7대 황제(B.C.156~B.C.87). 성은 유(劉). 이름은 철(徹). 묘호는 세종(世宗). 중앙 집권을 강화하고 흉노를 외몽골로 내쫓는 등 여러 지역을 정벌하였으며, 중앙아시아를 통하여 동서 교류를 왕성하게 하였음. 재위 기간은 기원전 141~기원전 87년.
153) 듁궁(竹宮): 죽궁. 중국 전한 무제가 감천(甘泉) 환구(圜丘)의 사단(祠壇)에 모여드는 유성(流星)과 같은 귀신의 불빛들을 보고 망배(望拜)했다는 궁실의 이름. 『한서(漢書)』, 「예악지(禮樂志)」.
154) 냥지음용(兩地音容): 양지음용. 두 곳의 소식.
155) 손샤(遜謝): 손사. 겸손히 사죄함.

드르니 샹셰(尙書 ㅣ) 눈물을 금(禁)치 못ᄒᆞ더라.

종야(終夜)ᄒᆞᄆᆡ 이윽고 금괴(金鼓 ㅣ)[157) 늉늉(隆隆)[158)ᄒᆞ고 계셩(鷄聲)이 아악(喔喔)[159)ᄒᆞ니 샹셰(尙書 ㅣ) 관셰(盥洗)ᄒᆞ고 ᄂᆡ당(內堂)의 드러가ᄃᆡ 빅문은 듁침(竹枕)의 기리 눕거늘 수찬(修撰)이 문왈(問曰),

"그ᄃᆡ는 엇지 아니 가ᄂᆞ뇨?"

흑ᄉᆡ(學士 ㅣ) 왈(曰),

• • •

42면

"녕ᄆᆡ(令妹)로 인(因)ᄒᆞ야 부ᄆᆡ(父母 ㅣ) ᄂᆞᆯ을 ᄂᆡ쳐 계시니 감히(敢-) 뵈옵지 못ᄒᆞ노라."

수찬(修撰)이 닝소(冷笑) 왈(曰),

"쇼ᄆᆡ(小妹) 원ᄂᆡ(元來) 녕존(令尊)긔 춤소(讒訴)ᄒᆞ야 그ᄃᆡ를 용납(容納)지 못ᄒᆞ게 ᄒᆞ더냐?"

흑ᄉᆡ(學士 ㅣ) 왈(曰),

"엇지 이러미 이시리오?"

화싱(-生) 왈(曰),

"그러면 그ᄃᆡ 언단(言端)이 여ᄎᆞ(如此)ᄒᆞ뇨?"

흑ᄉᆡ(學士 ㅣ) (왈(曰),

---

156) 부: [교] 원문에는 '분'으로 되어 있으나 오기로 보이므로 규장각본(19:32)과 연세대본(19:41)을 따름.

157) 금괴(金鼓 ㅣ): 군중에서 지휘하는 신호로 쓰던 징과 북. 여기에서는 시각을 알리는 북소리의 뜻으로 쓰임.

158) 늉늉(隆隆): 융융. 크게 울림.

159) 아악(喔喔): 악악. 닭이나 새가 우는 소리.

"이 알기 쉬온 일이라 녕미(令妹) 화란(禍亂)이 도시(都是)[160] 닉 타시니 부뫼(父母ㅣ) 엇지 칙(責)지 아니시리오?"

수찬(修撰) 왈(曰),

"뉘셔 그딕드려 그리ᄒ라 ᄒ더냐?"

빅문 왈(曰),

"뉘 그리ᄒ라 ᄒ리오ᄆᄂ 시운(時運)이 블힝(不幸)ᄒ고 피ᄎ(彼此) 운익(運厄)이 다험(多險)[161]ᄒ야 구수(仇讎)로 마련ᄒ엿더니라, 엇지 인녁(人力)으로 밋ᄎ리오? 쇼뎨(小弟) 도금(到今)ᄒ야 슬프미 근절 (懇切)ᄒ고 녕미(令妹) 위(爲)ᄒ 졍셩(精誠)이 금셕(金石) ᄀᆺᄐ니 형 (兄)을 딕(對)ᄒ야

* * *

43면

심ᄉ(心思)를 그이리오? 당초(當初) 녕미(令妹) 늘을 만나든 늘붓터 구수(仇讎) ᄀᆺ치 너겨 드러간즉 죽식(作色)ᄒ고 미믈ᄒ야 뭇ᄂ 믈 딕 답(對答)디 아니ᄒ고 부부(夫婦) 호합(互合)을 일우려 ᄒ죽 초독(楚 毒)[162]히 거ᄉ려 화긔(和氣) 잇다가도 늘곳 보면 노식(怒色)을 지으 니 닉 그ᄯᅥ ᄂ히 어리고 혬이 업ᄉ니 실노(實-) 고이(怪異)히 너겨 증염(症厭)[163]ᄒ미 층가(層加)ᄒ야 소(疎)ᄒ ᄆᆷ이 잇다가도 닛지 못ᄒ야 혹(或) 드러가면 미믈ᄒ미 심(甚)ᄒ야 쳔근셰어(淺近說語)[164] 로 다릭여도 듯지 아니ᄒᄂ지라. 그러ᄐᆺ ᄒ거든 남직(男子ㅣ) 엇지

---

160) 도시(都是): 모두.
161) 다험(多險): 험난함이 많음.
162) 초독(楚毒): 매섭고 독함.
163) 증염(症厭): 미워하고 싫어함.
164) 쳔근셰어(淺近說語): 천근세어. 이해하기 쉬운 말과 달래는 말.

감수(甘受)흐리오? 화도롤 닉 갓가이흐야 ᄉ단(事端)이 니러나믄 다 닉 죄(罪)어니와 그 젼(前) 소딕(疏待)[165]는 다 녕민(令妹) 타시니 형(兄)은 타일(他日) 녕민(令妹)ᄃ려 뭇고 쇼뎨(小弟)를 너

•••

44면

모 칙(責)지 ᄆ르쇼셔.”

수찬(修撰)이 듯기롤 못고 졍ᄉ(正色) 즘즘(潛潛)흐ᄂ 문의 씨ᄃ르믈 희힝(喜幸)흐야 흐더라.

평명(平明)의 수찬(修撰)이 의관(衣冠)을 ᄀ쵸고 오운뎐(--殿)의 나아가 연왕(-王)긔 뵈오니 왕(王)이 크게 반겨 밧비 손을 줍고 굴오딕,

“존형(尊兄)을 분수(分手)흐연 지 삼(三) 지(載)오, 현딜(賢姪)을 니별(離別)흐연 지 두 히라 샹샹(常常) ᄉ렴지심(思念之心)이 근졀(懇切)흐더니 반가오미 젹디 아니흐거니와 닉 녕친(令親)의 지[166]우(知遇)를 져ᄇ리미 만코 훈ᄌ(訓子)흐미 블엄(不嚴)흐야 ᄋ부(阿婦)의 환난(患難)은 일ᄏ디 못홀지라 금일(今日) 현질(賢姪)을 딕(對)흐니 참괴(慙愧)[167]흐믈 이긔지 못홀지라. 아지 못게라, 존형(尊兄)이 남녁(南-) 쟝긔(瘴氣)[168]룰 오릭도록 씌여시니 셩톄(盛體) 약하(若何)오?”

수찬(修撰)이 흠신(欠身)[169] 딕왈(對曰),

“가친(家親)

───

165) 소딕(疏待): 소대. 정성을 들이지 않고 아무렇게나 대접을 함.
166) 지: [교] 원문에는 '시'로 되어 있으나 문맥을 고려해 규장각본(19:34)과 연세대본(19:44)을 따름.
167) 참괴(慙愧): 매우 부끄러워함.
168) 쟝긔(瘴氣): 장기. 축축하고 더운 땅에서 일어나는 독한 기운.
169) 흠신(欠身): 공경하는 뜻을 나타내기 위하여 몸을 굽힘.

이 남(南)으로 느리신 후(後) 쇼딜(小姪)이 니친지심(離親之心)[170]을
이긔지 못ᄒ야 오릭 경ᄉ(京師)를 쩌나니 경듕(京中) 고구(故舊)[171]
를 ᄉ렴(思念)ᄒᄂᆫ ᄆ음이 잠시(暫時) 혈(歇)치 못ᄒ고 더옥 딕왕(大
王) 은양(恩養)ᄒ시던 은혜(恩惠)를 니즈리오? 오라긔야 뵈오니 하졍
(下情)[172]을 위로(慰勞)ᄒᆯ쇼이다. 가친(家親)은 숙질지여(宿疾之餘)[173]
의 다시 셔하지탄(西河之歎)[174]을 당(當)ᄒ야 듀야(晝夜) 익호통도
(哀呼痛悼)[175]ᄒ시니 긔운이 ᄒᆞ일업셔 겨신디라 줌시(暫時)를 쩌ᄂᆞ
지 못ᄒᆯ 거시나 ᄆᆞ지못ᄒᆞ야 이리 오니 일념(一念)이 경경(耿耿)[176]ᄒ
여이다."

왕(王)이 이윽이 믈을 아니ᄒᆞ다가 다시 굴오ᄃᆡ,

"식뷔(息婦ㅣ) 환ᄂᆞᆫ(患難)의 분찬(奔竄)ᄒᆫ 후(後) 쇼식(消息)을 아
지 못ᄒ니 현질(賢姪) 등(等)이 쇼식(消息)을 요힝(僥倖) 드러ᄂᆞᆫ다?"

수찬(修撰)이 추연(惆然)이 안ᄉᆡᆨ(顔色)을 고치고 딕

---

170) 니친지심(離親之心): 이친지심. 어버이와 헤어져 생긴 마음.

171) 고구(故舊): 친구.

172) 하졍(下情): 하정. 어른에게 대하여, 자기 심정이나 뜻을 겸손하게 이르는 말.

173) 숙질지여(宿疾之餘): 오래 묵은 병이 있음.

174) 셔하지탄(西河之歎): 서하지탄. 서하(西河)에서의 탄식이라는 뜻으로 부모가 자식을 잃고 하
   는 탄식을 이름. 서하(西河)는 지금의 섬서성(陝西省) 한성현(韓城縣)에서 화음현(華陰縣) 일
   대. 중국 춘추시대 공자의 제자 자하(子夏, B.C.508?~B.C.425?)가 공자가 죽은 후 서하(西河)
   에 은거하고 있었는데 그 자식이 죽자 슬피 울어 눈이 멀었다는 데서 유래함. 『예기(禮記)』,
   「단궁(檀弓)」.

175) 익호통도(哀呼痛悼): 애호통도. 슬피 부르짖으며 통곡함.

176) 경경(耿耿): 마음에서 사라지지 않고 염려가 됨.

왈(對曰),

"쇼미(小妹) 참난(慘亂)을 만난 후(後) 뎍쇼(謫所)로 가다가 실산
(失散)ᄒ니 풍편(風便)으로 쇼식(消息)을 겨우 어더 드러ᄉᆞᆸ거든 엇지
그 종뎍(蹤迹)을 알니잇가?"

ᄒ며 빅문이 믈의 밀친 물을 ᄒ고ᄌ ᄒ다가 싱각ᄒ딕,

'저ᄂᆞᆫ 믜오나 쇼미(小妹) 임의 사라시니 ᄯ오 제 죄(罪)를 고(告)ᄒ여
연왕(-王)의 엄(嚴)ᄒ미 ᄀᆞ마니 아니 둘 거시니 브졀업다.'

ᄒ고 제긔(提起)치 아니니 왕(王)의 신명(神明)ᄒ미 뎌 수찬(修撰)
의 긔식(氣色)을 모ᄅᆞ리오. 화 시(氏) 싱존(生存)ᄒ야 임쇼(任所)의
이시믈 벅벅이 알고 ᄯ오ᄒᆞᆫ 다시 뭇지 아니ᄒ고 항쥐(杭州) 인믈(人物)
을 무ᄅᆞ며 화 공(公)의 치졍(治政)이 딕진(大震)ᄒᆞᆯ믈 치하(致賀)ᄒ야
ᄌᆞ약(自若)히 언소(言笑)ᄒ니 수찬(修撰)이 ᄯ오ᄒᆞᆫ 블호지식(不好之色)
을 못 ᄒ야 반일(半日)을 뫼셔 수죽(酬酢)ᄒᆞᆯ

ᄉᆡ 임 공(公), 위 공(公)의 참변(慘變)과 일가(一家)의 화룬(禍亂)을
치위(致慰)[177]ᄒ니 왕(王)이 수루(垂淚)ᄒ며 고개 좃더라. 이윽고 안
ᄌ엇다가 도라가다.

이쩍 하름공(--公) 칠ᄌ(七子) 관문의 ᄌ(字)ᄂᆞᆫ 연뵈니 주비(朱妃)

---

177) 치위(致慰): 위로함.

소싱(所生)이라. 년(年)이 십시(十四ㅣ)오 데삼녀(第三女) 효주 쇼제(小姐ㅣ) 십외(十五ㅣ)라. 남민(男妹) 얼골이 곤산(崑山) 미옥(美玉) 又고 풍치(風采) 양뉴(楊柳) 又호야 제형(諸兄)의 지지 아니호더라.

남공(-公)이 부셔(夫壻)[178]를 틱(擇)호야 추년(此年) 츄칠월(秋七月)의 효주로 문하시랑(門下侍郞) 뉴약의 통[179]부(冢婦)[180]를 삼으니 뉴싱(-生)의 명(名)은 영희오, 즉(字)는 운셕이니 방년(芳年)이 십뉵(十六)이라. 얼골은 위가(衛玠)[181], 반악(潘岳)[182]을 묘시(藐視)[183]호고 지조(才操)는 니빅(李白)[184]의 지나[185] 직명(才名)이 만성(滿城)[186]의 쟈쟈(藉藉)호여 옥녀(玉女) 두니 구혼(求婚)호는 미패(媒婆)ㅣ 문졍(門庭)의 구름 못둣 호

48면

나 시랑(侍郞)이 ᄋᆞ즉(兒子)의 긔상(氣像)을 과(過)호야 틱부(擇婦)호는 ᄆᆞ음이 고산(高山) 又튼 고(故)로 ᄆᆞ춤닉 하름공(--公)과 결혼(結

---

178) 부셔(夫壻): 부서. 사위.
179) 통: [교] 원문과 연세대본(19:47)에는 '통'으로 되어 있으나 오기로 보이므로 규장각본(19:37)을 따름.
180) 통부(冢婦): 총부. 종자(宗子)나 종손(宗孫)의 아내. 곧 종가(宗家)의 맏며느리.
181) 위가(衛玠): 위개. 중국 서진(西晉)의 인물(286~312)로 자는 숙보(叔寶). 하동군(河東郡) 안읍현(安邑縣), 즉 지금의 산서성(山西省) 운성시(運城市) 하현(夏縣) 사람. 태자세마(太子洗馬) 벼슬을 지냄. 용모가 빼어나고 아름다워 어려서 수레를 타고 시장에 가면 사람들이 모여들어 담처럼 쌓아 그를 칭송해 벽인(璧人)이라 했다 함. 『진서(晉書)』 권36.
182) 반악(潘岳): 중국 서진(西晉)의 문인(247~300)으로 자는 안인(安仁), 하남성(河南省) 중모(中牟) 출생. 용모가 아름다워 낙양의 길에 나가면 여자들이 몰려와 그를 향해 과일을 던졌다는 고사가 있음.
183) 묘시(藐視): 업신여김.
184) 니빅(李白): 이백. 중국 성당(盛唐) 때의 시인(701~762). 호는 청련(靑蓮)이고 본명은 이태백(李太白)임. 젊어서 여러 나라를 돌아다니고, 뒤에 출사(出仕)하였으나 안녹산의 난으로 유배되는 등 불우한 만년을 보냄. 시성(詩聖) 두보(杜甫)에 대하여 시선(詩仙)으로 칭하여짐.
185) 지나: 나아.
186) 만성(滿城): 만성. 온 성안.

婚)ᄒ야,

믿 신부(新婦)를 권솔(眷率)[187]ᄒ야 부듕(府中)의 드려오미 쇼제(小姐ㅣ) 얼골이 수듕(水中) 옥년(玉蓮) ᄀᆺ고 쳥초(淸楚) 아결(雅潔)[188]ᄒᆫ 힝ᄉᆡ(行事ㅣ) 뇨조숙녀(窈窕淑女)오 군ᄌ호귀(君子好逑ㅣ)[189]라. 빅ᄐᆡ쳔광(百態千光)[190]이 진션진미(盡善盡美)ᄒ야 ᄉᆞ랑ᄒ미 측냥(測量)업고 뉴싱(-生)이 공경(恭敬) 듕ᄃᆡ(重待)[191]ᄒ야 항녀지[192]의(伉儷之義)[193] 극진(極盡)ᄒ니 냥가(兩家ㅣ) 희열(喜悅)ᄒ더라.

관문으로 급ᄉᆞ듕승(給舍中丞) ᄃᆡ열의 댱녀(長女)를 취(娶)ᄒ니 금년(今年)이 십삼(十三) 셰(歲)라. 아리ᄯᅡ온 용뫼(容貌ㅣ) ᄭᅩᆺ봉오리 미기(微開)[194]ᄒᆫ 둣 흐억출난(--燦爛)[195]ᄒᆫ 광치(光彩) 결오리 업ᄉᆞ니 구고(舅姑) 존당(尊堂)이 크게 깃거ᄒ고 공지(公子ㅣ) 공경(恭敬) ᄋᆡᄃᆡ(愛待)[196]ᄒ나 그 나히 어리믈

· · ·

49면

념(念)ᄒ야 ᄌᆞ로 일실(一室)의 깃드리지 아니ᄒ니, 남공(-公)이 그 단졍(端整)ᄒ믈 극(極)히 아름다이 너기더라.

안두후(--侯)[197] 댱ᄌᆞ(長子) 최문의 ᄌᆞ(字)ᄂᆞᆫ 녕뵈니 년(年)이 십

---

187) 권솔(眷率): 식구를 이끎.
188) 아결(雅潔): 우아하고 깨끗함.
189) 뇨조숙녀(窈窕淑女)오 군ᄌ호귀(君子好逑ㅣ): 요조숙녀요, 군자호구. 얌전하고 착한 여자는 군자의 좋은 짝. 『시경(詩經)』, <관저(關雎)>에 나오는 구절.
190) 빅ᄐᆡ쳔광(百態千光): 백태천광. 온갖 자태와 풍모.
191) 듕ᄃᆡ(重待): 중대. 소중하게 대우함.
192) 지: [교] 원문에는 '시'로 되어 있으나 문맥을 고려해 규장각본(19:37)과 연세대본(19:48)을 따름.
193) 항녀지의(伉儷之義): 항려지의. 부부의 의리.
194) 미기(微開): 미개. 살짝 핌.
195) 흐억출난(--燦爛): 흐억찬란. 탐스럽고 윤택하며 찬란함.
196) ᄋᆡᄃᆡ(愛待): 애대. 사랑으로 대우함.

식(十四ㅣ)라. 얼골이 관옥(冠玉) 굿고 풍치(風采) 계젼(階前) 옥수(玉樹) 굿호야 부친(父親)의 샏혀난 긔풍(氣風)[198]과 모친(母親)의 탈속(脫俗)호믈 습(襲)호여 극(極)히 쮜여는 가랑(佳郎)이라. 공(公)과 화 부인(夫人)이 극(極)히 ᄉ랑호여 며ᄂ리를 극퇴(極擇)호여 형부샹셔(刑部尙書) 댱옥계의 녀(女)와 혼인(婚姻)호니 이는 댱 부인(夫人) 딜녜(姪女ㅣ)라. 뒤가(大家)의 싱쟝(生長)호야 힝실(行實)의 긔특(奇特)홈믄 니ᄅ디 말고 용안(容顔)이 그 숙모(叔母)긔 지지 아니니, 문듕(門中)이 긔이(奇異)히 너기고 구개(舅家ㅣ) 뒤희(大喜)호고 화부[199]인(夫人)이 ᄀ쵸 비환(悲患) 겻근 사름이라

• • •

50면

비록 무궁(無窮)혼 영낙(榮樂)[200]의 ᄌ겨셔도 ᄆ음 펴 희락(喜樂)홀 젹이 업더니 신부(新婦)를 보미 만시(萬事ㅣ) 무흠(無欠)[201]호야 즐기미 측냥(測量)업고 공(公)은 댱 부[202]인(夫人)긔 샤례(謝禮)호는 빗치러라.

강음후(--侯)[203] 댱ᄌ(長子) 협문의 ᄌ(字)는 숭뵈라. 관옥(冠玉) 얼골과 어그러온[204] 긔샹(氣像)이 뒤인(大人) 긔샹(氣像)이니 일개

---

197) 안두후(--侯): 이관성의 넷째아들 이몽상의 작위.
198) 긔풍(氣風): 기풍. 기상과 풍채.
199) 부: [교] 원문에는 '분'으로 되어 있으나 오기로 보이므로 규장각본(19:38)과 연세대본(19:49)을 따름.
200) 영낙(榮樂): 영락. 영화와 즐거움.
201) 무흠(無欠): 흠이 없음.
202) 부: [교] 원문에는 '분'으로 되어 있으나 오기로 보이므로 규장각본(19:39)과 연세대본(19:50)을 따름.
203) 강음후(--侯): 이관성의 다섯째아들 이몽필의 작위.
204) 어그러온: 너그러운.

(一家ㅣ) 밀위여 칭앙(稱仰)ᄒ더니 추시(此時) 년(年)이 십ᄉ(十四ㅣ)라. 강음휘(--侯ㅣ) 너비 듯보아 공부낭듕(工部郎中) 밍경의 녀(女)를 취(娶)ᄒ니 밍 시(氏) 교ᄌ옥질(嬌資玉質)[205)]이 셔ᄌ(西子)[206)], 왕장(王嬙)[207)]을 웃고 힝실(行實)이 반쇼(班昭)[208)]로 흡ᄉ(恰似)ᄒ니 존당(尊堂) 구괴(舅姑ㅣ) 희열(喜悅)ᄒ고 칠(七) 삭(朔) 닉(內)의 네흘 혼인(婚姻)ᄒ니 위의(威儀) 거룩홈과 셩만(盛滿)ᄒ미 비길 곳 업더라.

개국공(--公) 추ᄌ(次子) 핑문[209)]의 ᄌ(字)ᄂ 희뵈니 년(年)이 십오(十五) 셰(歲)라.

…

51면

얼골은 절듸미인(絶代美人)이 셩장(盛粧)[210)]ᄒ 듯 믈근 눈과 블근 입이 표표(飄飄)[211)]이 진셰(塵世)의 므드지[212)] 아냐 옥경(玉京) 신션(神仙)이 하강(下降)ᄒ 듯 절승(絶勝)[213)]ᄒ 풍치(風采) 일듸(一代) 지랑(才郎)이라. 겸(兼)ᄒ야 문쟝(文章)은 조ᄌ건(曹子建)[214)]의 칠보시

---

205) 교ᄌ옥질(嬌資玉質): 교자옥질. 어여쁜 자태와 옥처럼 맑은 자질.
206) 셔ᄌ(西子): 서자. 중국 춘추시대 월(越)나라의 미인 서시(西施)를 가리킴.
207) 왕쟝(王嬙): 중국 전한 원제(元帝)의 후궁(?~?). 자는 소군(昭君). 기원전 33년 흉노와의 화친 정책으로 흉노의 호한야선우(呼韓邪單于)와 정략결혼을 하였으나 자살함.
208) 반쇼(班昭): 반소. 중국 후한(後漢)의 시인(49?~120?). 자는 혜희(惠姬). 반고(班固)와 반초(班超)의 여동생으로, 남편이 죽은 후 궁정에 초청되어 황후·귀인의 스승이 되었으며, 조대가(曹大家)로 불림. 반고의 유지(遺志)를 이어 『한서』를 완성하였으며, 저서에 『조대가집』이 있음.
209) 문: [교] 원문에는 '뭉'으로 되어 있으나 오기로 보이므로 규장각본(19:39)과 연세대본(19:50)을 따름.
210) 셩장(盛粧): 성장. 얼굴과 몸의 꾸밈을 화려하게 함.
211) 표표(飄飄): 팔랑팔랑 나부끼거나 날아오르는 모양이 가벼움.
212) 지: [교] 원문에는 '시'로 되어 있으나 오기로 보이므로 규장각본(19:39)과 연세대본(19:51)을 따름.
213) 절승(絶勝): 빼어나게 좋음.
214) 조ᄌ건(曹子建): 조자건. 조식(曹植, 192~232)을 이름. 자건은 조식의 자. 중국 삼국시대 위나라 조조의 셋째아들로 문장이 뛰어난 것으로 알려짐.

(七步詩)²¹⁵)롤 우이 너기고 셩졍(性情)이 허랑방탕(虛浪放蕩)²¹⁶)ᄒ야 미식(美色)을 됴히 너기고 셩품(性品)이 심(甚)히 일편되여 제 고집 (固執) 곳 닌면 죽어도 고치지 아닌눈지라.

기국공(--公)이 그 방일(放逸)ᄒ믈 민망(憫惘)이 너겨 집줏 십오 (十五) 셰(歲) 되도록 의혼(議婚)치 아니니 최 부인(夫人)이 ᄯᅩᄒᆫ 올 히 너겨 권(勸)치 아닌지라 공직(公子ㅣ) 우민(憂悶)ᄒ믈 이긔지 못 ᄒ여 슉녀(淑女) 싱각이 간졀(懇切)ᄒ더니,

일일(一日)은 친우(親友) 소운을 츳자가니 원닌(元來) 소운쟈(-- 者)논 ᄎᆞᆷ졍(參政) 소형의 졔ᄉᆞ직(第四子ㅣ)오, 샹셔(尙書) 소문의 손 (孫)이니 연왕비(-王妃) 소

● ● ●

52면

시(氏)의 친딜(親姪)이라. 소 ᄎᆞᆷ졍(參政)이 ᄉᆞᄌᆞ삼녀(四子三女)롤 두 어시니 기개(箇箇)히 형쥬(荊州) 보옥(寶玉)²¹⁷) ᄀᆞᆺᄒ야 인듕(人中)의 초출(超出)ᄒ니 소 샹셰(尙書ㅣ) 일ᄌᆞ(一子)²¹⁸)의 쟝왜(璋瓦ㅣ)²¹⁹)

---

215) 칠보시(七步詩): 조식이 지은 시. 형 문제(文帝)가 일곱 걸음을 걷는 사이에 시 한 수를 짓지 못하면 대법(大法)으로 다스리겠다고 하자, 곧바로 칠보시를 지었다 함. "콩을 삶기 위하여 콩대를 태우니, 콩이 가마 속에서 소리 없이 우는구나. 본디 한 뿌리에서 같이 났거늘 서로 괴롭히기가 어찌 이리 심한고. 煮豆燃豆其, 豆在釜中泣. 本是同根生 相煎何太急." 『세설신어 (世說新語)』에 실려 있음.

216) 허랑방탕(虛浪放蕩): 언행이 허황하고 착실하지 못하며 주색에 빠져 행실이 추저분함.

217) 형쥬(荊州) 보옥(寶玉): 화씨벽(和氏璧)을 이름. 중국 춘추시대 초(楚)나라 형산(荊山)에서 난 옥. 초나라의 변화(卞和)라는 이가 박옥(璞玉)을 발견하여 초나라 왕인 여왕(厲王)과 무왕(武王)에게 차례로 바쳤으나 왕들이 그것을 돌멩이로 간주하여 각각 변화의 왼쪽 발과 오른쪽 발을 자름. 이후 문왕(文王)이 즉위하자 변화는 왕에게 갈 수 없어 통곡하니, 문왕이 그 소문을 듣고 옥공(玉工)을 시켜 박옥을 반으로 가르게 해 진귀한 옥을 얻고 이를 화씨벽(和氏璧) 이라 칭함. 『한비자(韓非子)』, 「화씨(和氏)」.

218) 일ᄌᆞ(一子): 일자. 아들 한 명. 상서 소문이 일자일녀를 두었으므로 이와 같이 말한 것임. 나 머지 딸 한 명은 이몽창의 아내 소월혜임.

219) 쟝왜(璋瓦ㅣ): 아들과 딸. 장(璋)은 반쪽 홀로 중국에서 남자아이가 생기면 놀게 하는 것이고,

션션(詵詵)[220]ᄒᆞᆷ믈 두긋기고 소휘(-后ㅣ) 무인(撫愛)[221]ᄒᆞᆷ믈 ᄌᆞ긔(自己) ᄌᆞ녀(子女)의 감(減)치 아니ᄒᆞ더라.

댱ᄌᆞ(長子)ᄂᆞᆫ 시랑(侍郎) 소염이오, ᄎᆞᄌᆞ(次子)ᄂᆞᆫ 한림(翰林) 소천이오, 삼ᄌᆞ(三子)ᄂᆞᆫ 낭듕(囊中) 소령이오, ᄉᆞᄌᆞ(四子) 쇼운은 유싱(儒生)이오, 방년(芳年)이 십뉵(十六) 셰(歲)라. 다 명문(名門)의 결친(結親)ᄒᆞ야 쳐ᄌᆞ(妻子ㅣ) 무비졀ᄉᆡᆨ슉[222]녀(無非絕色淑女)[223]라. 댱녀(長女)ᄂᆞᆫ 뉴춈의 통뷔(冢婦ㅣ)[224]오, ᄎᆞ녀(次女)ᄂᆞᆫ 흑ᄉᆞ(學士) 신강의 쳬(妻ㅣ) 되엿더라. 필녀(畢女) 옥쥐 방년(芳年) 이뉵(二六)의 빅틴(百態) 특출(特出)ᄒᆞ야 운듕명월(雲中明月)이오 수듕옥년(水中玉蓮)이라. 숙모(叔母)의 흔(限)업슨 쳔틴만광(千態萬光)[225]의 밋지 못ᄒᆞ나 심(甚)히 방블(髣髴)ᄒᆞᆫ지라 엇지 범인(凡人)과 ᄀᆞᆺ트리오. 겸(兼)ᄒᆞ야 셩힝(性行)

• • •

53면

이 단엄(端嚴)ᄒᆞ고 침믁온순(沈默溫順)ᄒᆞ야 슉녀(淑女)의 풍(風)이 ᄀᆞᆺ즉ᄒᆞ니 참졍(參政) 부뷔(夫婦ㅣ) 필익(畢兒ㅣ)라 극(極)히 듕(重)ᄒᆞ고 샹셔(尙書) 부쳐(夫妻)ᄂᆞᆫ 더욱 만금지보(萬金之寶)[226]갓치 너기더라.

와(瓦)는 길쌈할 때 쓰는 벽돌로 여자아이가 생기면 놀게 하는 것임. 『시경』, <사간(斯干)>에 "乃生男子, 載寢之牀, 載衣之裳, 載弄之璋. …… 乃生女子, 載寢之地, 載衣之裼, 載弄之瓦. 남자를 낳으면 평상에 재우며 치마를 입히고 구슬을 희롱하게 하네. …… 여자를 낳으면 땅에 재우며 포대기를 입히고 기왓장을 희롱하게 하네."라는 구절이 있음. 농장농와(弄璋弄瓦).

220) 션션(詵詵): 선선. 많은 모양.
221) 무인(撫愛): 무애. 어루만지며 사랑함.
222) 슉: [교] 원문에는 '슉'으로 되어 있으나 오기로 보이므로 규장각본(19:41)과 연세대본(19:52)을 따름.
223) 무비졀ᄉᆡᆨ슉녀(無非絕色淑女): 무비절색숙녀. 매우 빼어난 숙녀 아닌 사람이 없음.
224) 통뷔(冢婦ㅣ): 총부. 종자(宗子)나 종손(宗孫)의 아내. 곧 종가(宗家)의 맏며느리.
225) 쳔틴만광(千態萬光): 천태만광. 매우 아름다운 자태.

소운이 ᄌᆞ소(自少)로 니부(李府)의 빈빈(頻頻)이 왕ᄂᆡ(往來)ᄒᆞ야 제(諸) 쇼년(少年)으로 친친(親親)한 듕(中) 더옥 핑문과 년셰(年歲) ᄀᆞ고 지긔(志氣) 샹합(相合)ᄒᆞ야 문경(刎頸)[227]의 지괴(至交ㅣ) 되여 서로 왕ᄂᆡ(往來)ᄒᆞ더니,

핑문이 이놀 쇼부(-府)의 니ᄅᆞ민 ᄆᆞ춤 소운과 제ᄉᆡᆼ(諸生)이 다 나간 ᄯᅥ라. 문(門)의 드러가 사ᄅᆞᆷ을 브ᄅᆞ니 저근 ᄎᆞ환(叉鬟)[228]이 ᄂᆡᄃᆞ라 보고 드러가 연부(-府) ᄉᆞ공ᄌᆞ(四公子ㅣ) 와 겨시다 ᄒᆞ니 댱 부인(夫人)이 반겨 드러오라 ᄒᆞ니 핑문이 본ᄃᆡ(本-) 호샹(豪爽)[229]ᄒᆞ여 술피미 업슨 고(故)로 소ᄉᆡᆼ(-生)이 ᄂᆡ실(內室)의 잇는가 녀겨 ᄎᆞ환(叉鬟)을 조ᄎᆞ 깁히 드러가더니 ᄒᆞᆫ 고ᄃᆡ 다

...

54면

ᄃᆞ른는 ᄎᆞ환(叉鬟)이 몬저 드러가거늘 그려도 방심(放心)치 못ᄒᆞ여 조ᄎᆞ가디 아니코 머므러 셧더니,

홀연(忽然) 남녁(南-) 옥계(玉階)로조ᄎᆞ ᄒᆞᆫ 미인(美人)이 셩쟝(盛裝)[230]을 일우고 시녀(侍女) 둘흘 ᄃᆞ리고 난간(欄干)을 오ᄅᆞ려 ᄒᆞ거

---

226) 만금지보(萬金之寶): 매우 귀중한 보물.

227) 문경(刎頸): 친구를 위해 자기 목을 내어 줄 정도의 사귐. 문경지교(刎頸之交). 중국 전국(戰國)시대 조(趙)나라 염파(廉頗)와 인상여(藺相如)의 고사. 인상여(藺相如)가 진(秦)나라에 가 화씨벽(和氏璧) 문제를 잘 처리하고 돌아와 상경(上卿)이 되자, 장군 염파(廉頗)는 자신이 인상여보다 오랫동안 큰 공을 세웠으나 인상여가 자기보다 높은 지위에 앉았다 하며 인상여를 욕하고 다님. 인상여가 이에 대해 대응하지 않자 제자들이 그 까닭을 물으니, 두 사람이 다투면 국가가 위태로워지고 진(秦)나라에만 유리하게 되므로 대응하지 않은 것이었다 하니 염파가 그 말을 전해 듣고 가시나무로 만든 매를 지고 인상여의 집에 찾아가 사과하고 문경지교를 맺음. 사마천, 『사기(史記)』, <염파인상여열전(廉頗藺相如列傳)>.

228) ᄎᆞ환(叉鬟): 차환. 주인을 가까이에서 모시는 젊은 계집종.

229) 호샹(豪爽): 호상. 호탕하며 시원시원함.

230) 셩쟝(盛裝): 성장. 화려하게 차려입음.

늘 싱(生)이 놀나 눈을 드러 그 절쇄(絕世)흔 익용(愛容)231)을 보고 크게 긔특(奇特)이 너겨 브지블각(不知不覺)232)의 드리드라 옥슈(玉手)를 드립써 주브며 굴오디,

"미인(美人)은 엇던 사름고?"

이는 원닉(元來) 옥쥬 쇼제(小姐ㅣ)라. 주긔(自己) 침쇼(寢所)로셔 졍당(正堂)으로 가다가 무망(無妄)233)의 아모 제도 못 보던 남진(男子ㅣ) 집슈(執手)흐며 언단(言端)이 무례(無禮)흐믈 보니 딕경추악(大驚嗟愕)234)흐야 수식(辭色)이 파라흐야 거의 긔절(氣絕)홀 듯 물도 못 흐더니 조차235)오던 시녜(侍女ㅣ) 쇼릭 질너 왈(曰),

"샹공(相公)이 엇던 사룸이완디 닉

실(內室)의 드러와 우리 소져(小姐)를 겁칙(劫敕)236)흐느뇨?"

싱(生)이 추언(此言)을 듯고 놀나 믈너셔니 두 시녜(侍女ㅣ) 소저(小姐)를 구(救)흐야 드러가눈지라. 싱(生)이 쏘흔 나와 스스로 뉘웃고 マ마니 희힝(喜幸)237)흐야 싱각흐디,

'닉 비록 일시(一時) 실녜(失禮)흐여시나 그 미인(美人)이 닉 손의 써러뎌시니 수고 아냐 숙녀(淑女)를 어드리로다.'

이쳐로 혜아리고 집의 도라와 부모(父母)긔 고(告)코주 흐디 죄칙

---

231) 익용(愛容): 애용. 사랑스러운 얼굴.
232) 브지블각(不知不覺): 부지불각. 자신도 깨닫지 못하는 결.
233) 무망(無妄): 별 생각이 없이 있는 상태.
234) 대경추악(大驚嗟愕): 대경차악. 크게 놀람.
235) 차: [교] 원문에는 '주'로 되어 있으나 문맥을 고려해 규장각본(19:43)과 연세대본(19:54)을 따름.
236) 겁칙(劫敕): 겁박하여 탈취함.
237) 희힝(喜幸): 희행. 기뻐하고 다행으로 여김.

(罪責)[238]이 이실가 ᄒᆞ여 거즛 눈섭을 ᄢᅵᆼ긔고 근심ᄒᆞᄂᆞᆫ ᄉᆞᆨᄉᆡᆨ(辭色)을 모친(母親) 침방(寢房)의 드러가니 부인(夫人)이 본ᄃᆡ(本-) 영오(穎悟)ᄒᆞᆫ지라 이의 문왈(問曰),

"네 오늘 어이 안ᄉᆡᆨ(顏色)이 평샹(平常)치 아닌다?"

ᄉᆡᆼ(生)이 짐즛 ᄉᆞᆨᄉᆡᆨ(愁色)ᄒᆞ여 술오ᄃᆡ,

"소ᄌᆡ(小子ㅣ) 오늘 무심듕(無心中) 큰일을 저즐과이다."

부인(夫人) 왈(曰),

"무슴 일이뇨?"

ᄉᆡᆼ(生)이 ᄃᆡ왈(對曰),

"오늘

• • •

56면

소운을 보라 소부(-府)의 ᄀᆞᆺ다가 져근 시비(侍婢) 나와 ᄂᆡ실(內室)노 드러오라 ᄒᆞ거늘 드러가다가 길ᄒᆡ셔 ᄒᆞᆫ 미인(美人)을 만나오니 텬하졀ᄉᆡᆨ(天下絕色)이오ᄆᆡ 당하(堂下) 천인(賤人)만 너겨 무심듕(無心中) 집수(執手)ᄒᆞ여ᅀᆞᆸ더니 다시 듯ᄌᆞ오니 소 공(公)의 녀ᄋᆡ(女兒ㅣ)라 ᄒᆞ오니 소 공(公)이 크게 노(怒)ᄒᆞ여 ᄒᆞ올디라 여ᄎᆞ(如此)ᄒᆞᆫ 고(故)로 방심(放心)치 못ᄒᆞ온지라."

부인(夫人)이 텽파(聽罷)의 ᄃᆡ경(大驚)ᄒᆞ야 크게 ᄭᅮ지저 왈(曰),

"네 셜ᄉᆞ(設使) 샹시(常時) 호방(豪放)ᄒᆞ미 아니 미출 고지 업손들 이런 어쳑업손[239] 노ᄅᆞᆺ슬 ᄒᆞ리오? 소 공(公)의 노(怒)ᄒᆞᆷ믄 니ᄅᆞ도 믈

---

238) 죄칙(罪責): 죄책. 죄에 대한 형벌.
239) 어쳑업슨: 어처구니없는.

고 소휘(-后ㅣ) 너를 엇더케 너기며 닉 므슨 늣츠로 뵈리오?"

정언간(停言間)의 공(公)이 드러오다가 무심듕(無心中) 츠언(此言)을 듯고 연고(緣故)를 힐문(詰問)[240]흔디 부인(夫人)이 즉시 니르고 탄(嘆)ᄒ야 골오

...

57면

디,

"첩(妾)이 암용(闇庸)[241]ᄒ야 즈식(子息)의 블인(不仁)흔 힝ᄉ(行事ㅣ)이 디경(地境)의 미츠니 사룸을 디(對)홀 안면(顔面)이 업도소이다."

텽파(聽罷)의 공(公)이 디경(大驚)ᄒ야 나가 시노(侍奴)를 명(命)ᄒ야 싱(生)을 즙아 오라 ᄒ여 수족(手足)을 놀니지 못ᄒ게 동혀 쓸니고 그 죄(罪)를 혜여 수죄(數罪)흔 후(後) 엄(嚴)히 고출(考察)ᄒ야 댱칙(杖責)홀ᄉ 공(公)이 즈소(自少)로 긔위(氣威) 밍녈(猛烈)ᄒ야 타인(他人)이 블감앙시(不敢仰視)[242]ᄒᄂ 긔습(氣習)이 잇ᄂ지라 제뇌(諸奴ㅣ) 블승진늏(不勝震慄)[243]ᄒ야 미룰 들미 공(公)이 미마다 고출(考察)ᄒ여 이십여(二十餘) 댱(杖)의 니르럿더니 연왕(-王)이 니르러 보고 웃고 믈녀 왈(曰),

"너의 녹녹(錄錄) 용녈(庸劣)흔 셩졍(性情)으로 므슴 의증(疑憎)이 드리드라 호걸(豪傑)의 ᄋ돌을 치ᄂ뇨? 그만 ᄒ여도 속죄(贖罪)ᄒ여

---

240) 힐문(詰問): 트집을 잡아 따져 물음.
241) 암용(闇庸): 어리석고 용렬함.
242) 블감앙시(不敢仰視): 불감앙시. 감히 우러러보지 못함.
243) 블승진늏(不勝震慄): 불승진율. 두려워서 떪을 이기지 못함.

시니 그치라.”

공(公)이 역시(亦是) 웃

··

58면

고 니러 무즈 쇼이되왈(笑而對日),

“형댱(兄丈)은 쇼뎨(小弟)를 너모 업수이너기디 무르쇼셔. 으모리
용널(庸劣)타 즈식(子息)이야 못 다스리리잇가?”

왕(王)이 소왈(笑日),

“핑문은 일되(一代) 호걸(豪傑)이오 승어뷔(勝於父丨)²⁴⁴)라 므숨
그른 일이 이셔 져딋도록 곤(困)히 결복(結縛)ᄒ여 칠 죄(罪) 이시리
오? 최쉬(-嫂丨) 필연(必然) 명(命)ᄒ시도다.”

공(公)이 쏘ᄒᆫ 웃고 되왈(對日),

“형댱(兄丈)은 의스(意思) 븟긔 긔롱(譏弄) 무르소셔. 블초(不肖)ᄒᆫ
즈식(子息)이 무상(無狀)ᄒ야 두로 무안(無顔)²⁴⁵)을 싱각ᄒ니 통ᄒᆫ
(痛恨)²⁴⁶)ᄒ미 극(極)ᄒ오니 어이 다스리디 아니ᄒ리잇가?”

왕(王)이 언연(偃然)²⁴⁷⁾ 소왈(笑日),

“현뎨(賢弟) 핑문을 못 치리라.”

공(公)이 무심(無心)코 되왈(對日),

“므스 일 저를 못 치리잇가?”

왕(王)이 소왈(笑日),

---

244) 승어뷔(勝於父丨): 아버지보다 나음.
245) 무안(無顔): 수줍거나 창피하여 볼 낯이 없음.
246) 통혼(痛恨): 통한. 몹시 분하거나 억울하여 한스럽게 여김.
247) 언연(偃然): 거만한 모양.

"현뎨(賢弟) 최수(-嫂)를 여어보고 부모(父母)를 몰닉여 아주미를 보쳐

···

59면

든 줄248) 니저는다? 핑문이 일시(一時) 무례(無禮)호나 수이 셔도라 부모(父母)를 소기디 아니니 너도곤 느은디라 셜니 샤(赦)호라."

기국공(--公)이 홀 물이 업셔 우으니 왕(王)이 시노(侍奴)로 싱(生)을 그르라 호여 셔당(書堂)으로 보닉니 공(公)이 감히(敢-) 거역(拒逆)지 못호야 줌줌(潛潛)호엿두가 닐오딕,

"소뎨(小弟) 수수(嫂嫂)기 가셔 쳥죄(請罪)코즈 호느이다."

왕(王)이 더옥 우어 왈(曰),

"이 또훈 용졸(庸拙)249)훈 쯧이라. 네 아주미 본딕(本-) 이런 일을 듯고즈 아니호고 네 핑문을 그르쳐 보닌다?"

공(公)이 물무다 막혀 믁연(默然)이 우을 쓰롬이러라.

그러나 인수(人事)를 폐(廢)치 못호여 명일(明日) 소부(-府)의 니르니,

츳시(此時) 옥주 소제(小姐ㅣ) 고이(怪異)훈 변(變)을 만느 인수(人事)를 모르고 경황실식(驚惶失色)250)호야 겨유 졍당(正堂)의 니르러는

---

248) 현뎨(賢弟)~줄: 아우가 최 씨 제수를 엿보고 부모 몰래 아주머니를 보챘던 줄. 이몽원이 최 부인, 즉 최소아와 혼인하기 전에 최씨 집안에 첩으로 간 아주머니 이혜염, 즉 최 숙인을 보러 갔다가 최소아를 보고 반해 최 숙인을 보챘던 일을 이름. 전편 <쌍천기봉>에 나오는 이야기임.

249) 용졸(庸拙): 용렬하고 졸렬함.

250) 경황실식(驚惶失色): 경황실색. 놀라고 두려워 허둥지둥하며 낯빛이 변함.

긔절(氣絶)ᄒ야 업더지니 모다 대경(大驚)ᄒ야 븟드러 구호(救護)ᄒ
야 연고(緣故)를 무르니 시녜(侍女ㅣ) 올흔 대로 고(告)흔대 원 부인
(夫人)이 대로(大怒)ᄒ야 굴오대,

"픵문 탕지(蕩子ㅣ) 이 엇딘 일이뇨? 만고(萬古)의 듯지 못ᄒ던 비
라 이를 쟝ᄎᆞ(將次ㅅ) 엇지ᄒ리오?"

ᄒ며 구호(救護)ᄒ더니 이러 굴 제 춤졍(參政)과 제ᄉᆡᆼ(諸生)이 니
음두라251) 드러와 소져(小姐)의 거동(擧動)을 보고 대경(大驚)ᄒ야
연고(緣故)를 무른대 원 부인(夫人)이 ᄌᆞ시 니ᄅᆞ니 춤졍(參政)이 어
히업셔 니로대,

"픵문이 므슴 연고(緣故)로 닉실(內室)ᄀᆞ지 드러왓더뇨?"

댱 부인(夫人) 왈(曰),

"우리 엇지 알니오? 필연(必然) 허랑(虛浪)252)흔 아ᄒᆡ(兒孩) 제손
(諸孫)을 ᄎᆞᄌᆞ왓다가 뎌 옥쥬를 ᄆᆞ조텨 일시(一時) 삼가디 못흔 허믈
이라."

춤졍(參政)이 무언(無言)ᄒ고 소져(小姐)를 구호(救護)ᄒ

야,

이윽고 쌔미 옥쥐 부모(父母) 보기도 붓그려 눈믈만 흘니고 신ᄉᆡᆨ

---

251) 니음두라: 연이어.
252) 허랑(虛浪): 언행이나 상황 따위가 허황하고 착실하지 못함.

(神色)이 뎌상(沮喪)[253]ᄒ니 참정(參政)이 부인(夫人)을 도라보와 녀
ᄋ(女兒)ᄅᆞᆯ ᄃᆞ려 침쇼(寢所)로 가 조호(調護)[254]ᄒ라 ᄒ고 스스로 흔
(恨)ᄒ여 ᄀᆞᆯ오ᄃᆡ,

"니몽원이 흔ᄎᆞ 잠쥭(涔勻)[255]흔 남ᄌᆞ(男子)로 맛치 이쳐(愛妻)ᄒᆞᆯ
줄만 알고 부인(夫人)의게 주이여 수족(手足)을 놀니디 못ᄒ고 ᄌᆞ식
(子息)을 ᄀᆞᄅ치지 못ᄒ야 이런 무상(無狀)흔 힝실(行實)이 이시니
엇지 통흔(痛恨)치 아니리오?"

댱 부인(夫人) 왈(曰),

"이제 ᄉᆞ세(事勢) 브득이(不得已)ᄒᆞ야 셔로 결혼(結婚)ᄒᆞᆯ 붓긔 ᄒᆞᆯ
일업도다."

참정(參政)이 쇼이ᄃᆡ왈(笑而對曰),

"ᄌᆞ괴(慈敎ㅣ) 올흐시나 니가(李家)의 결혼(結婚)ᄒᆞ야 언ᄆᆞ ᄌᆞ미ᄅᆞᆯ
보시니잇가? 쇼ᄆᆡ(小妹)의 젼후(前後) 환란(患難)을 싱각흔즉 이제도

심혼(心魂)이 녕낙(零落)[256]ᄒ니 ᄯᆞᆯ을 심규(深閨)의 늙혀도 니문(李
門)의는 아니 드려 보ᄂᆡ려 ᄒᆞᄂᆞ이다. 쇼ᄌᆞ(小子ㅣ) 요ᄉᆞ이 두고 보니
니문(李門) 며ᄂᆞ리 되ᄂᆞ니 ᄒᆞ나토 팔ᄌᆞ(八字) 됴흐니 못 볼너이다."

부인(夫人)이 우어 왈(曰),

"너는 이러툿 용심(用心)[257] 곱디 아닌 ᄆᆞᆯ을 ᄆᆞᆯ지어다. 녀ᄋᆡ(女兒

---

253) 뎌상(沮喪): 저상. 기운을 잃음.
254) 조호(調護): 환자를 잘 보양하여 병의 회복을 빠르게 함.
255) 잠쥭(涔勻): 잠죽. 구기 속의 물이라는 뜻으로 미미함을 비유한 말.
256) 녕낙(零落): 영락. 세력이나 살림이 줄어들어 보잘것없이 됨.
257) 용심(用心): 마음을 씀.

1) 당초(當初) 환난(患難)이 참혹(慘酷)ᄒ나 도금(到今)ᄒ야 늬 사회 ᄀᆞᆺᄐ니 ᄯᅩ 어딕 이시며 성문의 어믜 복녹(福祿)을 뉘 우러러볼가 시브뇨?"

참정(參政)이 웃고 딕왈(對曰),

"셕쟈(昔者) 연왕(-王)의 호방(豪放)ᄒ믄 약믜258)(弱妹) 간댱(肝腸)을 셕여시니 도금(到今)ᄒ야 그 부뷔(夫婦ㅣ) 딕ᄉ(大事)로오리잇가? ᄯᅩᄒᆞᆫ 제 며ᄂᆞ리를 싱별(生別)ᄒ고 ᄒᆞᆫ 아들이 살인(殺人) 죄쉬(罪囚ㅣ) 되고 ᄯᅩ ᄒᆞᆫ 아들이 탕ᄌᆡ(蕩子ㅣ)로 나시니 두 눈의 눈믈 ᄆᆞ를

● ● ●

63면

젹이 업ᄉ니 유복(有福)도 아냐 뵈더이다."

부인(夫人)이 우어 왈(曰),

"너는 출출(察察)이259) 논박(論駁)ᄒ나 네 아들이 ᄒ나히나 성문, 경문 ᄀᆞᆺᄐ냐? 운수(運數)를 그릇 만나 그러ᄒ나 오라디 아냐 모드리라."

참정(參政)이 ᄯᅩᄒᆞᆫ 웃고 믈너나 크게 우분(憂憤)260)ᄒ야 셕식(夕食)을 폐(廢)ᄒ고 ᄌᆞᆷ을 일우디 못ᄒ더니,

평명(平明)의 시뇌(侍奴ㅣ) 개국공(--公)이 니ᄅᆞ러시믈 고(告)ᄒ니 참정(參政)이 블쾌(不快)ᄒ나 ᄆᆞ지못ᄒ야 긱실(客室)의 나와 ᄆᆞᆽ 한 훤녜필(寒暄禮畢)의 개국공(--公)이 금포금관(錦袍金冠)261)을 벗고

---

258) 약믜: [교] 원문과 연세대본(19:62)에는 '악뫼'로 되어 있으나 문맥을 고려해 규장각본(19:49)을 따름.

259) 출출(察察)이: 찰찰히. 지나치게 꼼꼼하고 자세하게.

260) 우분(憂憤): 근심하고 분노함.

261) 금포금관(錦袍金冠): 비단 도포와 금관.

돈수(頓首) 쳥죄(請罪) 왈(曰),

"쇼뎨(小弟) 블쵸(不肖)흔 ᄌ식(子息)이 귀부(貴府)의 와 죄(罪) 어드미 심샹(尋常)티 아니ᄒ니 삼가 샤죄(謝罪)ᄒᄂ이다."

참졍(參政)이 강잉(强仍)ᄒ야 줌쇼(暫笑) 왈(曰),

"피ᄎᆞ(彼此ㅣ) 슈문(斯文) 일ᄆᆡᆨ(一脈)으로 동관(同官) 동녈(同列)이오, 동긔(同氣)

64면

ᄀᆞᆺ튼 붕위(朋友ㅣ)라 무ᄉᆞ 일노 명공(明公)이 혹ᄉᆡᆼ(學生)을 ᄃᆡ(對)ᄒ야 쳥죄(請罪)ᄒ시ᄂᆞ뇨? 쳥(請)컨ᄃᆡ 연고(緣故)ᄅᆞᆯ 드러디라."

공(公)이 다시 졍금(整襟)[262] 돈수(頓首) 왈(曰),

"쇼제(小弟) 본ᄃᆡ(本-) 셩품(性品)이 용녈(庸劣) 암약(闇弱)[263]ᄒᄆᆞᆫ 형(兄)의 붉히 아ᄂᆞᆫ 비라. 텬셩(天性)을 고칠 길히 업셔 ᄌ식(子息)의게 블엄(不嚴)ᄒ니 죽일(昨日) 블쵸지(不肖子ㅣ) 잇고ᄃᆡ 와 녕ᄋᆞ쇼져(令兒小姐)ᄅᆞᆯ 놀ᄂᆡ다 ᄒ니 형(兄)은 쇼뎨(小弟) 부ᄌ(父子)의 죄(罪)ᄅᆞᆯ 다ᄉᆞ리라."

참졍(參政)이 텽파(聽罷)의 웃고 ᄀᆞᆯ오ᄃᆡ,

"형(兄)은 녕낭(令郎)의 일을 과도(過度)히 놀ᄂᆡ다 물나. 셕쟈(昔者)의 형(兄)의 월댱규벽(越墻窺壁)[264]ᄒᄂᆞᆫ 소ᄒᆡᆼ(所行)월쟝(越墻)은 연왕(-王)을 니ᄅᆞ[265]미오, 규벽(窺壁)은 개국공(--公)을 니ᄅᆞ미라을 ᄂᆡ기 드럿거든 그

---

262) 졍금(整襟): 졍금. 옷깃을 여미어 모양을 바로잡음.
263) 암약(闇弱): 어리석고 겁이 많으며 줏대가 없음.
264) 월댱규벽(越墻窺壁): 월쟝규벽. 담을 넘고 벽을 통해 엿본다는 뜻으로 남녀가 비례(非禮)로 만나는 것을 이름.
265) ᄅᆞ: [교] 원문과 연세대본(19:64)에는 여기까지 두 줄의 주(注)로 되어 있으나 문맥을 고려해

주딜(子姪)이 엇디 빈호디 아니리오? 주고(自古)로 공문(孔門)의 칠십(七十) 직(子ㅣ) 잇고 도척(盜跖)[266]의게 삼천(三千) 젹

* * *

65면

당(賊黨)이 이시니 뉴뉘(類類ㅣ) 샹죵(相從)ᄒ고 믈(物)이 믈(物)을 빈호믄 인지소얘(人之所也ㅣ)[267]라. 혹싱(學生)은 녕낭(令郎)의 일을 녜ᄉ(例事)로이 알고 놀닙디 아니ᄒ더니 형(兄)의 거죄(擧措ㅣ) 이럿툿 ᄒ니 과연(果然) 졍신(精神) 무된 사ᄅᆷ이로다."

개국공(--公)이 텽파(聽罷)의 뎌익 믈이 다 ᄌ긔(自己) 등(等)을 조롱(嘲弄)ᄒ믈 보고 블연(勃然)[268]이 싁(色)을 변(變)ᄒ고 츠게 우셔 굴오딕,

"형(兄)이 쇼뎨(小弟)를 비우(非愚)[269] 조롱(嘲弄)ᄒᆯ 시 올흐나 나의 몸슬 ᄌ식(子息)을 인(因)ᄒ야 형댱(兄丈)을 거더ᄂᆞ뇨[270]? 흘노 수수(嫂嫂)[271]의 ᄂᆺ츨 아니 보시냐?"

참졍(參政)이 흔연(欣然) 쇼왈(笑曰),

"명공(明公)은 금ᄌ옥딕(金紫玉帶)[272]로 일방(一方) 국군(國君)이

────────────

'니른미라'까지 두 줄의 주(注)로 되어 있는 규장각본(19:51)을 따름. 또한 모든 본에 이 주가 '즈고로' 뒤에 붙어 있으나 문맥을 고려해 이 부분으로 당김.

266) 도척(盜跖): 도척. 중국 춘추시대의 큰 도적(?~?). 현인 유하혜(柳下惠)의 아우로, 수천 명을 거느리고 천하를 횡행하였다고 함.
267) 인지소얘(人之所也ㅣ): 사람이 원래 하는 것이다.
268) 블연(勃然): 발연. 왈칵 성을 내는 태도나 일어나는 모양이 세차고 갑작스러움.
269) 비우(非愚): 비난하고 우롱함.
270) 거더ᄂᆞ뇨: 거드는가. 언급하는가.
271) 수수(嫂嫂): 형수나 제수. 여기에서는 이몽원이 형수 소월혜를 이른 것임.
272) 금ᄌ옥딕(金紫玉帶): 금자옥대. 금자(金紫)는 금인(金印)과 자수(紫綬)로, 금인은 관직의 표시로 차고 다니던 금으로 된 조각물이고 자수는 고위 관료가 차던 호패(號牌)의 자줏빛 술임. 옥대는 임금이나 관리의 공복(公服)에 두르던, 옥으로 장식한 띠임.

오, 연왕(-王)은 개[273]셰영지(蓋世英才)[274]로 쳔승국군(千乘國君)이
어늘 그런 힝실(行實)이 잇느냐? 느는 우연(偶然)이 아지 못호고 그
믈이니 식노(息怒)[275]

66면

호라."

개국공(--公)이 더옥 노(怒)호야 즉식(作色)고 스미를 썰텨 도라
가니,

맛춤 졔(諸) 형뎨(兄弟) 샹부(相府) 셔당(書堂)의 버럿거눌 드러가
금포(錦袍)를 버셔 먼니 더지고 긔식(氣色)이 분분(忿憤)[276]호거눌
남공(-公)이 졍식(正色) 왈(曰),

"현뎨(賢弟) 이제 쇼익(小兒ㅣ) 아니어눌 뎌 거[277]조(擧措)의 젼도
(顚倒)[278]호미 쇼년(少年) 경망(輕妄)[279]이 신지[280] 아녓느뇨? 진실
노(眞實-) 한심(寒心)토다."

공(公)이 분연(憤然) 딕왈(對曰),

"쇼뎨(小弟) 몹슬 즈식(子息)을 두엇다가 ᄎ형(次兄)을 욕(辱)먹으
시게 호니 아니 분(憤)호니잇가?"

---

273) 개: [교] 원문에는 '긔'로 되어 있으나 오기로 보이므로 규장각본(19:51)과 연세대본(19:65)을
　　 따름.
274) 개셰영지(蓋世英才): 개세영재. 세상을 뒤덮을 만한 탁월한 재주.
275) 식노(息怒): 분노를 그침.
276) 분분(忿憤): 분하고 원통하게 여김.
277) 거: [교] 원문과 규장각본(19:52), 연세대본(19:66)에 모두 '긔'로 되어 있으나 문맥을 고려해
　　 이와 같이 수정함.
278) 젼도(顚倒): 전도. 엎어져 넘어지거나 넘어뜨린다는 뜻으로 행동이 예법을 벗어남을 말함.
279) 경망(輕妄): 말이나 행동이 가볍고 방정맞음.
280) 신지: 없어지지.

남공(-公)이 경문(驚問)ᄒᆞᆫ되 개국공(--公)이 전후수믈(前後首末)을 고(告)ᄒᆞ고 통ᄒᆞᆫ(痛恨) 왈(曰),

"내 져만 거슬 임의 너 ᄌᆞ식(子息)이 그릇니 샤례(謝禮)ᄒᆞ라 가든 제 무어시라 ᄒᆞ고 그되지 닝졍(冷情)이 죠롱(嘲弄)ᄒᆞ며 욕(辱)ᄒᆞ리오?"

남공(-公)이 핑문의 ᄒᆡᆼᄉᆞ(行事)를 ᄎᆞ악(嗟愕)

• • •

67면

ᄒᆞ여 왈(曰),

"핑ᄋᆞ(-兒)의 형샹(形狀)이 네 진실노(眞實-) 늠 보기 붓그러올지라 당당(堂堂)ᄒᆞᆫ 지샹가(宰相家) 공ᄌᆞ(公子ㅣ) 그되도록 무샹픽려(無狀悖戾)[281]ᄒᆞᆫ 노릇슬 ᄒᆞ리오? 이는 너 암약(闇弱)[282]ᄒᆞ미라 진실노(眞實-) 츔괴(慙愧)[283]치 아니랴? 소 참졍(參政) 믈이 ᄒᆞᆫ 믈도 그릇지 아니커늘 뉘우츨 줄른 모릇고 ᄆᆞ치 협칙(狹窄)[284]ᄒᆞᆫ 노긔(怒氣)만 가져 곡졀(曲折) 업슨 셩 너믄 엇디오? 가지록 하 막막(寞寞)[285]ᄒᆞ니 실노(實-) 국공(國公)이라 ᄒᆞ미 앗갑도다."

ᄒᆞᆫ되 공(公)이 조곰 노(怒)를 두로혀고 샤례(謝禮)ᄒᆞ야 ᄀᆞᆯ오되,

"형댱(兄丈) 믈슴이 다 올ᄒᆞ시니 쇼뎨(小弟) 엇지 타셜(他說)이 이시리잇가ᄆᆞᄂᆞᆫ 우리 부ᄌᆞ(父子)의 연고(緣故)로 ᄎᆞ형(次兄)을 시비(是非) 드릇시게 ᄒᆞ니 아니 분ᄒᆞᆫ(憤恨)[286]ᄒᆞ니잇가?"

---

281) 무샹픽려(無狀悖戾): 무상패려. 사리에 밝지 못하고 도리에 어긋남.
282) 암약(闇弱): 어리석고 겁이 많으며 줏대가 없음.
283) 츔괴(慙愧): 참괴. 부끄러움.
284) 협칙(狹窄): 협착. 매우 좁음.
285) 막막(寞寞): 꽉 막힌 듯이 답답함.

남공(-公)이 좀쇼(暫笑) 왈(曰),

"츳뎨(次弟) 그 믈 드러 뽓니 너는 하 이들

. . .

68면

와 믈나. 뎌만치 눔의 시비(是非) 붓그럽고 듯기 슬흘진디 아니의 셥
심근힝(攝心謹行)287) ᄒᆞ미 엇더터뇨?"

왕(王)이 쇼이디왈(笑而對曰),

"형댱(兄丈)은 소 춤졍(參政) 편(便)드지 ᄆᆞᆯ으소셔. 쇼뎨(小弟) 일
죽 월쟝(越墻)ᄒᆞ야 투향(偸香)288)ᄒᆞᆫ 빅 업스니 권들 그 누의롤 욕(辱)
ᄒᆞᆫ는 믈이 아니 녹녹(錄錄)289)ᄒᆞ니잇가? 츳뎨(次弟) 노(怒)ᄒᆞᆯ 시 그
ᄅᆞ지 아니니이다. ᄯᅩᄒᆞᆫ 우리롤 도쳑(盜跖)의 권당(眷黨)290)으로 비기
니 졍(正)히 통호(痛恨)ᄒᆞ이다."

남공(-公) 왈(曰),

"이는 믈이 그리 될 시 올코 뉴뉘(類類ㅣ) 샹죵(相從)ᄒᆞ고 믈(物)
이 믈(物) ᄀᆞ다 ᄒᆞ미 졍(正)히 너희 소힝(所行)의 올흔 믈이라. 힝ᄉᆞ
(行事ㅣ) 그러ᄒᆞ미 ᄌᆞ질(子姪)이 빈화 흥문, 핑문이 이시니 도시(都
是) 너의 타시 아니냐?"

냥인(兩人)이 미미(微微)히 웃더라.

---

286) 분호(憤恨): 분한. 분하고 한스러움.
287) 셥심근힝(攝心謹行): 섭심근행. 마음을 가다듬고 행실을 삼감.
288) 투향(偸香): 향을 훔친다는 뜻으로 남녀 간에 사사롭게 정을 통하는 것을 이름. 중국 진(晉)나
라 무제(武帝) 때의 권신(權臣) 가충(賈充)의 딸 오(午)가 한수(韓壽)와 몰래 정을 통하였는데
오(午)가, 그 아버지 가충이 왕으로부터 받은 서역(西域)의 진귀한 향을 한수에게 훔쳐 줌.
후에 가충이 한수에게서 향 냄새가 난다는 부하의 말을 듣고 딸이 한수와 정을 통한 사실을
알고서 두 사람을 결혼시킴. 『진서(晉書)』, <가충전(賈充傳)>.
289) 녹녹(錄錄): 녹록. 평범하고 보잘것없음.
290) 권당(眷黨): 친족과 외척을 아울러 이르는 말.

소후(-后)는 전혀(全-) 이런 일을 모른는지라

...

69면

무춤 쓸 고디 이셔 참정(參政)의게 일홈난 명화(名畫ㅣ) 만히 잇는디
라 샹서(尚書)를 명(命)ᄒ야 가셔 복(幅) 어더 오라 ᄒ니 샹셰(尚書
ㅣ) ᄀ장 블쾌(不快)ᄒ디 무디못ᄒ야 소부(-府)의 니르니,

샹셰(尚書ㅣ) 일념(一念)의 제 비록 외귀(外舅ㅣ)나[291] 즈긔(自己)
야야(爺爺)를 가ᄇ야이 들며겨 고이(怪異)ᄒ 물노 시비(是非)ᄒ믈 노
(怒)ᄒ야 참정(參政)을 보디 아니코 닉당(內堂)의 드러가 조부(祖父)
긔 뵈오니, 샹셰(尚書ㅣ) 크게 반겨 안[292]즈라 ᄒ고 후(后)의 평부(平
否)[293]를 무르며 온 연고(緣故)를 무르니 샹셰(尚書ㅣ) 디왈(對曰),

"모친(母親)이 므어시 쓰려 ᄒ시는디 조부(祖父)긔 셔화(書畫) 디
엿 댱(張) 주시믈 쳥(請)ᄒ시더이다."

공(公) 왈(曰),

"이는 네 외구(外舅)의게 이시니 바로 달나 ᄒ여 가져가라."

샹셰(尚書ㅣ) 눌호여 디왈(對曰),

"외구(外舅)긔 소손(小孫)이 주소셔 ᄒ옵기 황송(惶悚)ᄒ오

---

291) 나: [교] 원문과 연세대본(19:69), 규장각본(19:54)에 모두 이 앞에 'ᄒ'가 있으나 부연으로 보
아 삭제함. 단 규장각본에는 'ᄒ'자가 원래 없었으나 오른쪽에 붉은색으로 부기함.

292) 안: [교] 원문에는 이 글자가 없으나 문맥을 고려해 규장각본(19:54)과 연세대본(19:69)을 따름.

293) 평부(平否): 안부.

니 곳다가 주소셔."

언파(言罷)의 소 시랑(侍郞)이 우어 왈(曰),

"현데(賢弟) 엇지 긔식(氣色)이 블호(不好)ᄒ뇨?"

샹셰(尙書ㅣ) 졍싁(正色) 브답(不答)ᄒ니 소 시랑(侍郞)이 박장딕쇼(拍掌大笑) 왈(曰),

"야애(爺爺ㅣ) 어제 여ᄎᆞ여ᄎᆞ(如此如此)ᄒᆞᆫ 믈슴 ᄒᆞ시니 네 ᄯᅩ 우리ᄅᆞᆯ 보고 노(怒)ᄒᄂ냐?"

샹셰(尙書ㅣ) 브야흐로 졍싁(正色) 왈(曰),

"그도 형(兄)이 이제 약관(弱冠) 소년(少年)이라 엇지 어룬을 모로고 우흘 시비(是非)ᄒᄂ뇨? 야애(爺爺ㅣ) 쳔승국군(千乘國君)으로 미셰(微細)ᄒᆞᆫ 일노 형(兄)의게 허믈 본 빅 업고 숙뷔(叔父ㅣ) 틱졍(台鼎)[294] 듕신(重臣)으로 녜의(禮義)ᄅᆞᆯ 모ᄅᆞ지 아니시려든 엇던 고(故)로 야야(爺爺)ᄅᆞᆯ 시비(是非)ᄒᆞ시믈 능ᄉᆞ(能事)로 ᄒᆞ시리오? 가친(家親)이 일즉 ᄌᆞ쇼(自少)로 비례믈쳥(非禮勿聽)과 비례믈시(非禮勿視)[295]ᄅᆞᆯ 삼가 삼십여(三十餘) 년(年)을 국가(國家)의 ᄉᆞ됴(事朝)ᄒᆞ시딕 ᄒᆞᆫ 일도 블명(不明)ᄒᆞ시미 업ᄉᆞᆫ 니ᄅᆞ도 믈고 명망(名望)이 됴야(朝野)의 셔시니 굿ᄒᆞ야

---

294) 틱졍(台鼎): 태정. 삼공(三公)을 이름. 태정(台鼎)의 명칭은 별에 삼태(三台)가 있고 솥[鼎]에 세 발이 있는 것 같다는 데서 유래함. 통상 재상을 가리킴.

295) 비례믈쳥(非禮勿聽)과 비례믈시(非禮勿視): 비례물청과 비례물시. 예가 아니면 듣지 말고 예가 아니면 보지 마라. 『논어』, 「안연(顔淵)」에 있는 문장. 원문은 "예가 아니면 보지 말고, 예가 아니면 듣지 말며, 예가 아니면 말하지 말고, 예가 아니면 행동하지 마라. 非禮勿視, 非禮勿聽, 非禮勿言, 非禮勿動."임.

외구(外舅) 지지 아니커늘 엇던 고(故)로 고이(怪異)훈 물솜으로 시
비(是非)ᄒ시니 그 즈식(子息) 된 재(者丨) 관딘(寬待)296)코즈 ᄒ랴?"

정언간(停言間)의 참정(參政)이 드러 안즈니 샹셰(尙書丨) 강잉(强
仍)ᄒ야 니러 므즈미 춤정(參政)이 굴오딘,

"딜이(姪兒丨) 므슴 일노 이러톳 블근(不謹)297)이 구ᄂ뇨?"

샹셰(尙書丨) 관(冠)을 수기고 추파(秋波)롤 ᄂ리쎠 답(答)디 아니
ᄒ니 시랑(侍郞)이 즈시 고(告)ᄒ니 참정(參政)이 미소(微笑) 왈(曰),

"네 아비와 빅운298)이 다 닌 년희(年下丨)니 그 블미(不美)훈 힝ᄉ
(行事)롤 닌 시비(是非)치 못훌 거시라 네 듸ᄉ(大事)로이 노(怒)ᄒ야
셔도ᄂ다299)?"

샹셰(尙書丨) 믄득 번연(飜然)300) 역싁(易色)ᄒ고 니러나거늘 소
공(公)이 믈뉴(挽留)ᄒ니 참정(參政)이 제 비록 딜진(姪子丨)나 긔샹
(氣像)을 심(甚)히 긔탄(忌憚)301)ᄒᄂ 고(故)로 이의 웃고 닐오딘,

"딜이(姪兒丨) 므슴 연고(緣故)로 우숙(愚叔)을 이딘도록 박절(迫
切)302)이 구ᄂ다? 가(可)

---

296) 관딘(寬待): 관대. 너그럽게 대우함.
297) 블근(不謹): 불근. 삼가지 않음.
298) 빅운: 개국공 이몽원의 자(字).
299) 셔도ᄂ다: 서두르느냐.
300) 번연(飜然): 갑작스러운 모양.
301) 긔탄(忌憚): 기탄. 어렵게 여겨 꺼림.
302) 박절(迫切): 인정이 없고 쌀쌀함.

히303) 샤죄(謝罪)ᄒᆞᄂᆞ니 용샤(容赦)ᄒᆞ믈 어드랴?"

샹셰(尙書ㅣ) 고두(叩頭) 딕왈(對曰),

"소딜(小姪)이 엇디 감히(敢-) 이 물솜을 승당(承當)304)ᄒᆞ리오? 우연(偶然)이 심식(心思ㅣ) 블호(不好)ᄒᆞ야 존젼(尊前)의 화긔(和氣)를 일흐니 황공(惶恐)ᄒᆞ니 욕ᄉᆞ무디(欲死無地)305)ᄒᆞ여이다."

셜파(說罷)의 ᄂᆞᆺ빗츨 거두어 표연(飄然)이 나가니 안식(顔色)의 ᄎᆞ고 미온 긔운이 어릐여 닝졍(冷情) 싁싁ᄒᆞ미 어름 우희 ᄎᆞᆫ 바람이 쇼쇼(瀟瀟)306)ᄒᆞᆫ ᄃᆞᆺᄒᆞ니,

참졍(參政)이 다시 물을 못 ᄒᆞ고 ᄯᅩᄒᆞᆫ 우스며 즉시(卽時) 명화(名畫)를 ᄉᆞ미의 녀코 친(親)히 니부(李府)의 니르러 소후(-后)를 볼ᄉᆡ 휘(后ㅣ) 크게 반겨 ᄆᆞᆺ 물솜홀ᄉᆡ 샹셰(尙書ㅣ) 좌(座)의 잇ᄂᆞᆫ디라 참졍(參政)이 소왈(笑曰),

"나는 셩문의게 득죄(得罪)ᄒᆞ믈 등한(等閑)이 아냐시니 민망(憫惘)ᄒᆞ믈 이긔지 못ᄒᆞ리로다."

휘(后ㅣ) 소이디왈(笑而對曰),

"거게(哥哥ㅣ)

---

303) 히: [교] 원문과 규장각본(19:56), 연세대본(19:72)에 모두 '하'로 되어 있으나 오기로 보이므로 이와 같이 수정함.

304) 승당(承當): 받아들여 감당함.

305) 욕ᄉᆞ무디(欲死無地): 욕사무지. 죽으려 해도 죽을 곳이 없음.

306) 쇼쇼(瀟瀟): 소소. 비바람 따위가 세참.

엇지 이런 물숨을 ㅎ시ᄂ니잇가? 셩문은 닉 ᄌ식(子息)이라 제 므슴 긔습(氣習)으로 거거(哥哥)를 관속(管束)[307]ㅎ리오? 극(極)히 한심(寒心)ㅎ니 ᄆ이 ᄯ지져 계[308]ᄎ(戒責)[309]ㅎ쇼셔."

셜파(說罷)의 샹셔(尚書)를 도라보와 연고(緣故)를 무릭니 비록 웃고 ᄌ약(自若)ᄒ 가온딕나 임의 미안(未安)ᄒ 긔식(氣色)이 현져(顯著)ᄒ니 샹셰(尚書 ㅣ) 이에 ᄭ러 딕왈(對曰),

"히이(孩兒 ㅣ) 져근 소회(所懷) 이셔 ᄉ식(辭色)이 블안(不安)ᄒ오믹 외귀(外舅 ㅣ) 더러틋 아릭시나 므슴 연괴(緣故 ㅣ) 이시리잇가?"

휘(后 ㅣ) 졍ᄉ(正色) 왈(曰),

"아히(兒孩) 간사(奸詐)ᄒ미 여ᄎ(如此)ᄒ냐? 셜니 실ᄉ(實事)를 니릭라."

딕왈(對曰),

"쇼직(小子 ㅣ) 므슴 연괴(緣故 ㅣ) 이시리잇가? 외귀(外舅 ㅣ) 야야(爺爺)를 심(甚)히 가부야이 너겨 언단(言端)[310]이 므례(無禮)ᄒ시니 히이(孩兒 ㅣ) 안안(晏晏)[311]치 못ᄒ미로소이다."

휘(后 ㅣ) 졍ᄉ(正色) 왈(曰),

"네 야얘(爺爺 ㅣ)

---

307) 관속(管束): 행동을 잘 제어함.
308) 계: [교] 원문에는 '제'로 되어 있으나 문맥을 고려해 규장각본(19:57)과 연세대본(19:73)을 따름.
309) 계ᄎ(戒責): 계책. 경계해 꾸짖음.
310) 언단(言端): 말다툼을 일으키는 실마리.
311) 안안(晏晏): 즐겁고 화평함.

흔뇻 허랑(虛浪)혼 사룸이라 거게(哥哥ㅣ) 엇지 시비(是非)치 못흐리오? 딕강(大綱) 므어시라 흐시더뇨?"

참정(參政)이 웃고 실수(實事)룰 니르니 휘(后ㅣ) 정식(正色) 척왈(責曰),

"네 부친(父親)의 업순 허믈을 거게(哥哥ㅣ) 니르셔도 너의 도리(道理) 블순(不順)치 못홀딕 흐믈며 직언(直言)으로 흐심가? 너의 도리(道理) 극(極)히 한심(寒心)흐니 다시 그런 스식(辭色)곳 홀딘딕 용샤(容赦)티 아니리라."

샹셰(尙書ㅣ) 기용(改容) 샤죄(謝罪)흐고 긔운을 느초와 뫼시거늘 참정(參政)이 소왈(笑曰),

"닉 일시(一時) 실언(失言)흐야 딜익(姪兒ㅣ) 미안(未安)이 너기니 추후(此後)는 언필출(言必察)[312)흐리라. 니 빅달[313) 형뎨(兄弟) 녯 허믈을 일ᄏᆞ르미 그르니 셩문의 위친지식(爲親之事ㅣ) 도리(道理) 올흔디라 인스(人事)의 당당(堂堂)흐니 그러치 못홀진딕 셩문이 엇디 닙의 뉴(類)의 섄혀

나리오?"

휘(后ㅣ) 줌소(暫笑) 브답(不答)이러라.

---

312) 언필출(言必察): 언필찰. 말을 반드시 살펴서 함.
313) 빅달: 백달. 이몽창의 자(字).

이윽고 참정(參政)이 도라간 후(後) 샹셔(尚書)를 경계(警戒) 왈(曰),

"거게(哥哥ㅣ) 나의게 존듕(尊重)ᄒ시거늘 네 감히(敢-) 경도(輕倒)³¹⁴⁾히 노ᄉᆡᆨ(怒色)을 볼(發)ᄒ리오? 쳐엄이민 관샤(寬赦)³¹⁵⁾ᄒ거니와 다시 이런 일이 이실진딘 닌 눈의 뵈디 못ᄒ리라."

샹셰(尚書ㅣ) 개용(改容) 샤례(謝禮)ᄒ더라.

이후(以後) 연왕(-王)은 듯고 우을 ᄯᆞᄅᆞᆷ이오 개국공(--公)이 칭찬(稱讚)ᄒ믈 마지아니ᄒ더라.

이적의 노 시(氏) 빅문의 소딘(疏待)³¹⁶⁾를 만나 듀야(晝夜) 톄읍(涕泣)ᄒ고 혜션으로 더브러 연왕(-王) 부부(夫婦) 히(害)ᄒᆞᆯ 일을 ᄭᅬ홀ᄉᆡ 혜션이 몬져 그윽ᄒᆞᆫ 고딘 가 믈을 ᄲᅮᆷ고 진언(眞言)을 닐근 후(後) 츅ᄉᆞ(祝詞)³¹⁷⁾를 넑어 븍두셩(北斗星)의 연왕(-王) 좁아 가믈 빌고 도라와 닐오딘,

"수일(數日) 후(後)면 연왕(-王)이 죽으리라."

• • •

76면

ᄒ니 노 시(氏) 딘희(大喜)ᄒ더니,

혜션이 방(房)의 드러오민 금졍이 원닌(元來) 혜션의 침소(寢所)의 이셔 신임(身任)³¹⁸⁾ᄒᆞᆯ믈 공순(恭順)이 ᄒ고 여가(餘暇)의ᄂᆞᆫ 좀만 듀야(晝夜) ᄌᆞ니 혜션이 미양 블관(不關)³¹⁹⁾ᄒᆞᆫ 거시라 ᄒ여 도(道) 가

---

314) 경도(輕倒): 경솔하게 예법을 어그러뜨림.
315) 관샤(寬赦): 관사. 너그럽게 용서함.
316) 소딘(疏待): 소대. 정성을 들이지 않고 아무렇게나 대접을 함.
317) 츅ᄉᆞ(祝詞): 축사. 제사 때 비는 말.
318) 신임(身任): 곁에 두고 일을 맡김.

르칠 념(念)을 아니ᄒᆞ더니 이ᄂᆞᆯ 금졍이 믄득 닐오ᄃᆡ,

"ᄉᆞ부(師父)ᄂᆞᆫ 셔의(鉏鋙)[320]ᄒᆞᆫ 계규(稽揆)ᄅᆞᆯ 니디 믈나. 뎌 연왕(-王)은 가(可)히 하ᄂᆞᆯ 사ᄅᆞᆷ이라 젼두(前頭)[321] 복녹(福祿)이 틱과(太過)ᄒᆞ니 엇지 져근 방술(方術)노ᄡᅥ 햐수(下手)[322]ᄒᆞ리오?"

혜션이 ᄭᅮ지져 왈(曰),

"져근 도ᄉᆞ(道士ㅣ) ᄆᆞ슴 두미(頭尾)[323]ᄅᆞᆯ 아노라 ᄒᆞ고 이런 믈을 ᄒᆞᄂᆞ뇨?"

금졍이 다시 믈 아니ᄒᆞ고 ᄌᆞᆷᄌᆞᆷ(潛潛)ᄒᆞ엿더니,

수일(數日)이 디나되 동졍(動靜)이 업거ᄂᆞᆯ 노 시(氏) 혜션ᄃᆞ려 ᄀᆞᆯ오ᄃᆡ,

"ᄉᆞ븨(師父ㅣ) 닐오ᄃᆡ, 수일(數日) 후(後)면 연왕(-王)이 죽으리라 ᄒᆞ더

• • •

77면

니 엇디 반셕(盤石) ᄀᆞᆺᄐᆞ뇨?"

혜션 왈(曰),

"빈승(貧僧)의 도술(道術)이 젼젼(前前)브터 맛지 아닐 젹이 업더니 이ᄂᆞᆫ 실노(實-) 고이(怪異)ᄒᆞ니 아디 못ᄒᆞᆯ 일이로다."

노 시(氏) 초조(焦燥)ᄒᆞ야 ᄀᆞᆯ오ᄃᆡ,

"이ᄂᆞᆫ 그ᄃᆡ 술(術)이 능(能)치 못ᄒᆞ미라. 진실노(眞實-) 텬디(天地)

---

319) 블관(不關): 불관. 긴요하지 않음.
320) 셔의(鉏鋙): 서어. 익숙하지 아니하여 서름서름함.
321) 젼두(前頭): 전두. 지금부터 다가오게 될 앞날.
322) 햐수(下手): 하수. 손을 씀.
323) 두미(頭尾): 자초지종.

226 (이씨 집안 이야기) 이씨세대록 10

룰 두로혈 술(術)이 이시면 엇지 득(得)지 못ᄒ리오?"

혜션이 노왈(怒曰),

"빈승(貧僧)이 젼젼(前前)브터 쇼져(小姐)룰 도와 득시(得時)324)ᄒ엿거늘 이제 이런 몰을 ᄒ시니 젼일(前日) 고쥭325)ᄒ던 ᄆᆞ옴이 둘ᄂᆞᄀᆞ이다."

노 시(氏) 뎌의 노(怒)ᄒᄆᆞᆯ 보고 칭샤(稱謝) 왈(曰),

"이ᄂᆞᆫ 늬 싱각디 못ᄒ고 실언(失言)ᄒ미라 ᄉᆞ부(師父)ᄂᆞᆫ 식노(息怒)ᄒ라. 늬 술흘 허러도 ᄉᆞ부(師父)의 은혜(恩惠)야 엇지 다 갑ᄒ리오?"

혜션이 ᄯᅩ흔 흔연(欣然)이 화답(和答)ᄒ고,

즉시(卽時) 요여지믈(妖穢之物)326)을 무수(無數)히 어더 밤을 타 연왕(-王)의 침뎐(寢殿)의 므

드니 사룸이 능히(能-) 뉘 알니오ᄆᆞᄂᆞ 닐은바 쳔신(天神)이라 져근 방술(方術)이 어듸 가 당(當)ᄒ리오.

이늘 연왕(-王)이 몽ᄉᆞ(夢事ㅣ) 번줍(煩雜)ᄒ거늘 고(怪)히 너기되 본셩(本性)이 소탈(疏脫)흔 고(故)로 ᄆᆞ옴의 두지 아니ᄒ더니,

일일(一日)은 샹셰(尚書ㅣ) 월야(月夜)룰 ᄯᅴ여 오운뎐(--殿)의 가 혼뎡(昏定)327)ᄒ고 나가더니 홀연(忽然) 보니 셤 밋트로셔 거믄 긔운

---

324) 득시(得時): 때를 얻음.
325) 고쥭: 극진함.
326) 요여지믈(妖穢之物): 요예지물. 요망하고 더러운 물건.
327) 혼뎡(昏定): 혼정. 잠자리에 들 때에 부모의 침소에 가서 잠자리를 살피고 밤 동안 안녕하기를 여쭘.

이 미만(彌滿)328)ᄒᆞ야 뎐하(殿下)의 ᄌᆞ옥ᄒᆞ엿거늘 딕경(大驚)ᄒᆞ야 밧
비 도로 드러가 고왈(告曰),

"야애(爺爺ㅣ) 근닉(近來) 셩톄(盛體) 평안(平安)티 아니시니잇가?"

왕(王) 왈(曰),

"엇지 그러미 이시리오? 관계(關係)치 아니타."

샹셰(尙書ㅣ) 딕왈(對曰),

"연(然)즉 앗가 뎐하(殿下)의 고이(怪異)ᄒᆞᆫ 긔운이 이시니 엇진 일
이니잇고?"

왕(王)이 딕경(大驚)ᄒᆞ야 난간(欄干)의 나와 보고 쇼왈(笑曰),

"원닉(元來) 이러ᄒᆞ야

79면

요ᄉᆞ이 몽ᄉᆡ(夢事ㅣ) 혼잡(混雜)ᄒᆞ닷다. 간인(奸人)이 쏘 므ᄌᆞ 놀을
히(害)ᄒᆞ랴 ᄒᆞᄂᆞ냐?"

셜파(說罷)의 심복(心腹) 동ᄌᆞ(童子) 수오(數五) 인(人)을 블너 그고
들 푸이니 무수(無數) 요여지믈(妖穢之物)이 가득ᄒᆞ고 왕(王)의 년월
일시(年月日時)를 뼈 너코 축ᄉᆞ(祝辭)329)ᄒᆞᆫ 믈이 흉참(凶慘)ᄒᆞ야 ᄎᆞ마
보지 못ᄒᆞᆯ너라. 샹셰(尙書ㅣ) 실식딕경(失色大驚)ᄒᆞ야 주(奏)ᄒᆞ딕,

"졍침(正寢)의 이런 망극(罔極)ᄒᆞ온 변(變)이 이시딕 히이(孩兒ㅣ)
의 인ᄉᆞ(人事ㅣ) 소혈330)(疏歇)331)ᄒᆞ와 아디 못ᄒᆞ오니 엇지 텬하(天

---

328) 미만(彌滿): 널리 가득 차서 그들먹함.
329) 축ᄉᆞ(祝辭): 축사. 귀신에게 비는 말.
330) 혈: 원문과 연세대본(19:79)에 '혈'로 되어 있으나 문맥을 고려해 규장각본(19:62)을 따름.
331) 소혈(疏歇): 어설픔.

下) 사름의 들럼 즉호리잇가?"

왕(王)이 안싁(顏色)이 타연(泰然)호야 굴오딕,

"닉 명(命)이 하늘긔 이시니 엇지 무고(巫蠱)[332]의 히(害)를 닙을
비리오? 여등(汝等)은 놀나지 물나."

드딕여 좌우(左右)를 명(命)호야 업시호고 방듕(房中)의 드

• • •

80면

러오니 샹셰(尙書ㅣ) 갓가이 시립(侍立)호야 ᄂᆞᄌᆞ기 주(奏)호딕,

"츠싀(此事ㅣ) 쟝촛(將次ㅅ) 뉘 일이니잇가?"

왕(王)이 쇼왈(笑曰),

"네 ᄌᆞ쇼(自少)로 총명(聰明)호딕 일죽이 아지 못ᄒᆞᄂᆞ냐? 닉 번거
히 니르지 아니ᄒᆞ거니와 오라지 아냐 간뫼(奸謀ㅣ)[333] 픽루(敗漏)[334]
ᄒᆞ리니 너는 가마니 안ᄌᆞ 볼 만ᄒᆞ고 츠ᄉᆞ(此事)를 구외블출(口外不
出)ᄒᆞ라."

샹셰(尙書ㅣ) 부친(父親) 션견(先見)[335]을 항복(降服)ᄒᆞ며 또흔 지
긔(知機)[336]ᄒᆞ여 통흔(痛恨)ᄒᆞ믈 마지아니ᄒᆞ더니,

모든 동ᄌᆞ(童子ㅣ) 젼파(傳播)ᄒᆞ여 승샹(丞相)과 남공(-公) 등(等)
이 알고 딕경(大驚)ᄒᆞ야,

이튼늘 문안(問安)의 승샹(丞相)이 왕(王)을 ᄂᆞ오라 ᄒᆞ여 왈(曰),

---

332) 무고(巫蠱): 무술(巫術)로써 남을 저주함.
333) 간뫼(奸謀ㅣ): 간사한 꾀.
334) 픽루(敗漏): 패루. 일이 드러남.
335) 션견(先見): 선견. 어떤 일이 일어나기 전에 미리 앞을 내다보고 아는 지혜. 선견지명(先見之
明).
336) 지긔(知機): 지기. 기미를 앎.

"너 일즉 국ᄉᆞ(國事ㅣ) 다ᄉᆞ(多事)ᄒᆞ야 네 집 일을 모로미 노인(路人)337) ᄀᆞᆺ더니 여ᄎᆞ여ᄎᆞ(如此如此)ᄒᆞᆫ 일이 잇다 ᄒᆞ니 올흐냐?"

왕(王)이 복수(伏首) ᄃᆡ왈(對曰),

"올ᄉᆞᆸ거니와 하교(下敎ㅣ) 어인 ᄯᅳ지시니잇가?"

승샹(丞相) 왈(曰),

"무

81면

구지ᄉᆞ(巫蠱之事)ᄂᆞᆫ 손빈(孫臏)338) ᄀᆞᆺᄐᆞᆫ 니도 못 ᄒᆞ엿ᄂᆞ니 아희(兒孩) 쟝ᄎᆞ(將次) 눌노 더브러 결원(結怨)339)ᄒᆞᆷ이 잇관ᄃᆡ 흉변(凶變)이 이 디경(地境)의 니ᄅᆞ러시며 수쥬쟈(酬酌者)340)를 아ᄂᆞᆫ다?"

왕(王)이 잠간(暫間) 웃고 ᄃᆡ왈(對曰),

"히ᄋᆞ(孩兒ㅣ) 명(命)이 하ᄂᆞᆯ의 이시니 즈레 주글 비 아니오, 님의 알고 파 업시ᄒᆞ엿ᄉᆞ오니 ᄃᆡ단이 놀나실 비 아니니이다. 간인(奸人)이 ᄆᆞᄎᆞᆷ니 긋치 잇고 그치리니 간뫼(奸謀ㅣ) 수이 불각(發覺)ᄒᆞ리이다."

승샹(丞相)이 고개 좃고 탄식(歎息)ᄒᆞ고 제공(諸公)이 분연(憤然)ᄒᆞ믈 ᄆᆞ지아니ᄒᆞ더라.

이ᄯᅢ 혜션이 ᄯᅩ 악ᄉᆞ(惡事)를 힝(行)ᄒᆞᄃᆡ 동졍(動靜)이 업거늘 월야(月夜)를 타 그고ᄃᆡ 가 보니 형적(形跡)341)이 업ᄂᆞᆫ지라 ᄃᆡ경(大驚)

---

337) 노인(路人): 길을 가는 사람.
338) 손빈(孫臏): 중국 전국시대 제나라의 무장(?~?). 기원전 367년경 위나라 군사와 싸워 크게 이기고, 기원전 353년에 조나라를 도와 위나라 군사를 격파함.
339) 결원(結怨): 원한을 맺음.
340) 수쥬쟈(酬酌者): 수작자. 수작을 부린 자. '수작'은 남의 말이나 행동, 계획을 낮잡아 이르는 말.
341) 형적(形跡): 남은 흔적.

ᄒ야 도라와 노 시(氏)ᄃ려 닐오ᄃᆡ,

"사ᄅᆞᆷ이 우리 일을 알고 누셜(漏泄)ᄒ야 파 업시ᄒ여시니 일이 긋치 잇고 그만

• • •

82면

홀지라 다시 도모(圖謀)ᄒ리라."

금졍 도ᄉᆡ(道士ㅣ) 겻히 잇다가 닐오ᄃᆡ,

"이번(-番)은 지셩(至誠)이 감텬(感天)ᄒ게 ᄒ소셔. 소졔(小姐ㅣ) 셩명(姓名)을 뼈 혜션이 이의 셩명(姓名)을 드려 축ᄉᆞ(祝詞)ᄒ미 올ᄒ니라."

ᄒᆞᆫᄃᆡ 노 시(氏) ᄃᆡ희(大喜)ᄒ야 왈(曰),

"그ᄃᆡ 물이 올타."

ᄒ고 혜션이 웃고 금졍을 ᄀᆞᄅᆞ쳐 왈(曰),

"미ᄒᆞᆨ(未學)ᄒᆞᆫ 도ᄉᆞ(道士)도 긔특(奇特)ᄒᆞᆫ 물 ᄒᆞᆯ 줄 아니 측ᄒ도다."

ᄒ며 모고지믈(巫蠱之物)과 노 시(氏) 축ᄉᆞ(祝詞)를 가져 니부(李府)의 드러가니 금졍이 소이(笑爾)[342] ᄒ더라.

ᄎᆞ시(此時) 삼경(三更)이라 만뇌(萬籟)[343] 고젹(孤寂)ᄒ야 ᄒᆡᆼᄉᆞ(行事)ᄒ기 됴흔더라. 혜션이 숙현당(--堂) 븍졍(北庭)의 가 안개를 토(吐)ᄒ고 몬져 진언(眞言)을 념(念)ᄒ며 귀졸(鬼卒)을 블너 소후(-后)의 넉슬 풍도옥(酆都獄)[344]으로 ᄌᆞ바가라 ᄒ더니 홀연(忽然) 뒤흐로셔 ᄒᆞᆫ 동ᄌᆡ(童子ㅣ) 혜션의 머리를

---

342) 소이(笑爾): 웃음.
343) 만뇌(萬籟): 만뢰. 자연 속에서 나는 온갖 소리.
344) 풍도옥(酆都獄): 도가에서, '지옥'을 이르는 말.

텰속(鐵索)으로 미여 쓰히 느리치며 크게 블너 닐오딕,

"연부(-府) 순나군(巡邏軍)³⁴⁵⁾들은 요승(妖僧)이 궁듕(宮中)의 드러 죽변(作變)³⁴⁶⁾ᄒᆞ되 엇지 모르ᄂᆞᆫ다?"

ᄒᆞ니 모든 궁뇌(宮奴ㅣ) 좌우(左右)로 호위(護衛)ᄒᆞ엿다가 이 소리를 듯고 놀나 급(急)히 닉ᄃᆞ라 보니 인젹(人跡)이 업고 ᄒᆞᆫ 녀승(女僧)이 곳골을 버셔 ᄇᆞ리고 두 손의 무어슬 가지고 미여 구러졋거ᄂᆞᆯ 딕경(大驚)ᄒᆞ야 급(急)히 ᄃᆞ라드러 줍아 미여 굴오딕,

"요 산인(山人)이 어닉 고드로셔 왓ᄂᆞ뇨?"

ᄒᆞ며 모다 드러 쓰어 밧그로 나가니,

이늘 ᄆᆞ춤 연왕(-王)이 샹셔(尚書)를 ᄃᆞ리고 닉뎐(內殿)의 드러와 소후(-后)로 믈솜ᄒᆞ다가 자지 아녓던지라. 들네ᄂᆞᆫ 소리를 듯고 놀나 연고(緣故)를 므르니 시녜(侍女ㅣ) 드러와 연고(緣故)를 ᄌᆞ시 고(告)ᄒᆞᄂᆞᆫ지라 왕(王)이 딕경딕

희(大驚大喜)ᄒᆞ야 밧비 오운³⁴⁷⁾뎐(--殿)의 나와 좌우(左右)로 기승(其僧)을 줍아 오라 ᄒᆞ니,

---

345) 순나군(巡邏軍): 순라군. 도둑·화재 따위를 경계하기 위하여 밤에 궁중과 장안 안팎을 순찰하던 군졸.

346) 죽변(作變): 작변. 변란을 지음.

347) 운: [교] 원문에는 '문'으로 되어 있으나 오기로 보이므로 규장각본(19:66)과 연세대본(19:84)을 따름.

이쩌 혜션이 아득히 구러더 인ᄉ(人事)ᄅᆞᆯ 모르더니 오운뎐(--殿) 앏히 니르러ᄂᆞᆫ 저기 졍신(精神)을 출혀 눈을 드러 보니 좌우(左右)로 홰블이 ᄌᆞᆺ ᄀᆞᆺ고 건장(健壯)ᄒᆞᆫ 군관(軍官)이 삼 버ᄃᆞᆺ ᄒᆞ엿ᄂᆞᆫᄃᆡ 일위(一位) 귀인(貴人)이 룡포옥ᄯᆡ(龍袍玉帶)로 좌(坐)ᄒᆞ엿ᄂᆞᆫ지라. 디경(大驚)ᄒᆞ야 미쳐 물을 못 ᄒᆞ여셔 왕(王)이 엄문(嚴問)ᄒᆞᄃᆡ,

"네 엇던 요승(妖僧)이완ᄃᆡ 이런 규문(閨門)의 드러와 고이(怪異)ᄒᆞᆫ 노ᄅᆞᆺ슬 ᄒᆞᄂᆞᆫ다? 실샹(實狀)을 ᄌᆞᆺᄌᆞᆺ치 바로 알외라."

혜션이 계유 졍신(精神)을 추려 소ᄅᆡ 질너 ᄀᆞᆯ오ᄃᆡ,

"빈도(貧道)ᄂᆞᆫ 셔방(西方) 극낙셰계(極樂世界) 관셰음보살(觀世音菩薩) 졔ᄌᆞ(弟子 ㅣ)라. 구름을 ᄐᆞ고 남ᄒᆡ(南海)로 가다가 디ᄉᆞ(大師) 앏히 죄(罪)ᄅᆞᆯ 짓고 ᄯᅥ러져시니

°••

85면

셜니 노하 보ᄂᆡ소셔."

왕(王)이 텽파(聽罷)의 미미(微微)이 우어 ᄀᆞᆯ오ᄃᆡ,

"ᄎᆞ인(此人)이 더욱 요망(妖妄)ᄒᆞᆫ지라. 좌우(左右)ᄂᆞᆫ 미ᄅᆞᆯ ᄂᆞ오고 그 손의 가진 거슬 아ᄉᆞ 오라."

ᄒᆞ니 졔인(諸人)이 일시(一時)의 ᄃᆞ라드러 아ᄉᆞ 드리니 왕(王)이 보니 이 곳 요여지믈(妖穢之物)과 축ᄉᆞ(祝辭 ㅣ)라 ᄒᆞ여시ᄃᆡ,

'쇼쳡(小妾) 노몽화ᄂᆞᆫ 돈수(頓首)[348]ᄒᆞ고 텬황후토(天皇后土)[349] 신녕(神靈)긔 고(告)ᄒᆞᄂᆞ니 연왕(-王) 니몽창은 쳡(妾)의 엄귀(嚴舅

---

348) 돈수(頓首): 고개를 조아림.
349) 텬황후토(天皇后土): 천황후토. 옥황상제와 토지의 신.

ㅣ)로디 첩(妾)을 심(甚)히 믜워ᄒᆞ고 ᄌᆞ식(子息)을 가르쳐 금슬지정
(琴瑟之情)을 막으니 통원(痛冤)ᄒᆞᆫ 졍ᄉᆡ(情事ㅣ) 고(告)ᄒᆞᆯ 고지 업고
데 셰샹(世上)의 이신 후(後)ᄂᆞᆫ 첩(妾)이 텬일(天日)을 못 보게 되어
시니 십이(十二) 신댱(神將)은 합녁(合力)ᄒᆞ야 그 넉슬 ᄌᆞᆸ바 풍도옥
(酆都獄)의 가돈즉 첩(妾)은 당당(堂堂)이 ᄉᆞ시(四時)의 주찬(酒饌)을
ᄀᆞ초와 졔녕(諸靈)을 위로(慰勞)ᄒᆞ리라.'

ᄒᆞ엿더라.

연왕(-王)이 보기를 뭇고 어히업셔 이의 혜

. . .

86면

션을 ᄀᆞ르쳐 왈(曰),

"너 요승(妖僧)이 닉 너와 결원(結怨)ᄒᆞᆫ 비 업거ᄂᆞᆯ 이런 흉춤(凶
慘)350)ᄒᆞᆫ 노ᄅᆞᆺ술 ᄒᆞᄂᆞᆫ다?"

혜션이 브르지져 ᄀᆞᆯ오디,

"나ᄂᆞᆫ 부쳐 졔ᄌᆡ(弟子ㅣ)어든 이런 일을 알니잇고? 관음(觀音) 디
ᄉᆡ(大師ㅣ) ᄌᆞ비(慈悲) 일념(一念)이 듕(重)ᄒᆞ야 모든 빅골(白骨)을
모화 인ᄉᆡᆼ(人生)을 졔도(濟度)ᄒᆞ려 ᄒᆞ시미 가져가미351)오, 축ᄉᆞ(祝
辭)ᄂᆞᆫ ᄯᅩ흔 셔역(西域) 거시어ᄂᆞᆯ 늠의 거슬 노애(老爺ㅣ) 져딕도록
과도(過度)이 ᄒᆞ시며 부쳐님 신변(神變)352)을 두리디 아니ᄒᆞ시ᄂᆞ뇨?"

왕(王)이 디로(大怒)ᄒᆞ야,

"져근 요되(妖道ㅣ)353) 흉ᄉᆞ(凶事)ᄅᆞᆯ 저즈다가 물조ᄎᆞ 이딕도록

---

350) 흉춤(凶慘): 흉참. 흉악하고 참혹함.
351) 미: [교] 원문에는 '리'로 되어 있으나 문맥을 고려해 규장각본(19:68)과 연세대본(19:86)을 따름.
352) 신변(神變): 사람의 지혜로는 도저히 알 수 없는 신비로운 변화.

요괴(妖怪)로오뇨?"

즉시(卽時) 오형(五刑)[354]을 느와 져조고겨[355] ᄒ더니 샹셰(尙書
ㅣ) 진젼(進前) 고왈(告曰),

"밤이 깁허숩고 조부뫼(祖父母ㅣ) 취침(就寢)ᄒ시니 주연(自然) 요
란(擾亂)ᄒ올지라 평명(平明)의 부ᄉ(府使)를 쳥(請)ᄒ

야 안치고 져조시미 올흐니이다."

왕(王)이 올히 너겨 즉시(卽時) 가돌 식 녕(令)을 느리와 굴오ᄃᆡ,

"요인(妖人)을 만일(萬一) 일흘진ᄃᆡ 머리를 버히고 삼족(三族)을
이(理)[356]ᄒ리라."

제뇌(諸奴ㅣ) 불승젼늉(不勝戰慄)[357]ᄒ야 혜션을 긴긴(緊緊)이 결
박(結縛)ᄒ야 늬옥(內獄)의 가도니 혜션이 ᄭᅮ지져 닐오ᄃᆡ,

"나ᄂᆞᆫ 관음(觀音) 듸ᄉ(大師) 제지(弟子ㅣ)라. 너히 등(等)이 일이
곤욕(困辱)ᄒ고 죽고주 ᄒᄂᆞ냐?"

모다 우어 왈(曰),

"샹젼(上典)[358]을 두려ᄒ니 부쳐의 벌(罰)을 닙은들 져를 엇지ᄒ
리오? 네 관음보솔(觀音菩薩) 제질(弟子ㅣ)진ᄃᆡ 관음(觀音)이 주연

---

353) 요되(妖道ㅣ): 요망한 중.
354) 오형(五刑): 다섯 가지 형벌. 묵형(墨刑), 의형(劓刑), 월형(刖刑), 궁형(宮刑), 대벽(大辟)을 이
　　르는데, 묵형은 죄인의 이마나 팔뚝 따위에 먹줄로 죄명을 써넣던 형벌이고 의형은 코를 베
　　는 형벌이며 월형은 발꿈치를 자르는 형벌이고, 궁형은 생식기를 자르는 형벌이며, 대벽은 목
　　을 베는 형벌임.
355) 져조고져: 신문하려.
356) 이(理): 다스림.
357) 불승젼늉(不勝戰慄): 불승전율. 두려워 떪을 이기지 못함.
358) 샹젼(上典): 상전. 종에 상대하여 그 주인을 이르는 말.

(自然) 아니 구(救)ᄒ시랴?"

혜션이 홀일업셔 도술(道術)노 ᄃ라나려 ᄒ더니 금졍이 임의 부죽(符作)을 곡뒤히 븟쳐는 고(故)로 ᄉ지(四肢) 프러져 옴죽이디 못ᄒ여 다만 슬피 우더니, 홀

•••

88면

연(忽然) 춘 ᄇ롬이 니러나며 금졍 도ᄉ(道士ㅣ) 압히 셧는지라 혜션이 크게 반겨 븟들고 닐오ᄃ,

"그ᄃ 엇지 뉵모로게 이고ᄃ 드러온다?"

금졍이 죽댱(竹杖)을 드러 혜션을 ᄀ르치며 ᄭ지져 굴오ᄃ,

"네 늘을 눌만 너기는다? 틱주(台州) 빈온359)산(--山) 익딘관 제ᄌ(弟子) 금졍 도인(道人)이로소니 우리 ᄉ뷔(師父ㅣ) 신통(神通)이 그시업셔 억만창싱(億萬蒼生)360)의 션악(善惡)을 슬피ᄂ니 네 죄과(罪果)361)를 두리지 아니ᄒ고 요괴(妖怪)로온 녀ᄌ(女子)를 도와 튱신(忠臣)의 집을 멸(滅)ᄒ려 ᄒ니 ᄉ뷔(師父ㅣ) ᄂ로 ᄒ여곰 너를 잡아 연왕(-王)긔 밧치라 ᄒ시ᄆ 닉 이의 니른지라. 네 쟝ᄎ(將次) 엇디코ᄌ ᄒᄂ다?"

혜션이 ᄎ언(此言)을 듯고 ᄃ경(大驚)ᄒ야 눈을 드러 보니 금졍이 ᄒᄂᆺ

---

359) 빈온: [교] 원문에는 '빅운'이라 되어 있으나 앞의 예를 따라 이와 같이 수정함.
360) 억만창싱(億萬蒼生): 억만창생. 세상의 모든 사람.
361) 죄과(罪果): 죄를 지어 받게 되는 결과.

추러흔 도식(道士ㅣ)러니 믄득 변(變)ᄒ야 운관무의(雲冠霧衣)362)로 안쉭(顔色)이 도화(桃花) ᄀᆞᆺ고 두 눈의 금광(金光)이 은은(隱隱)ᄒ며 머리363) 우희 향운(香雲)이 ᄉᆞ집(四集)364)ᄒ니 ᄃᆡ경(大驚)ᄒ야 손을 비븨여 울며 ᄀᆞᆯ오ᄃᆡ,

"빈승(貧僧)이 무상(無狀)ᄒ야 이러툿 죽을 고ᄃᆡ ᄲᅡ졋시니 ᄃᆡᄌᆞᄃᆡ비(大慈大悲)ᄒ샤 흔 목숨을 구(救)ᄒ소셔."

금졍 왈(曰),

"네 죄(罪)ᄅᆞᆯ 혜아린즉 눈을 ᄲᅡ히고 술흘 혈워 아비365)ᄃᆡ지옥(阿鼻大地獄)366)을 면(免)치 못ᄒᆞᆯ 거시로ᄃᆡ 닉 줌간(暫間) ᄌᆞ비지심(慈悲之心)을 동(動)ᄒ여 구(救)코ᄌᆞ ᄒᄂᆞ니 네 다만 닉 ᄆᆞᆯ을 드ᄅᆞ려 ᄒᄂᆞᆫ다?"

혜션 왈(曰),

"만일(萬一) 죽디 아닐 일이면 다 조ᄎᆞ리이다."

금졍 왈(曰),

"닉일(來日) 연왕(-王)이 져줄 거시니 젼젼(前前) 죄샹(罪狀)과 노시(氏) 본형(本形)을 ᄂᆞ퇴닉고 삼(三) 년(年) 옥듕(獄中)

---

362) 운관무의(雲冠霧衣): 신선들이 쓰는 관과 옷. '운관'은 모자와 같은 모양을 본떠 덮개가 위쪽에 있는 관이고, '무의'는 가볍고 부드러우며 나부끼는 아름다운 옷임.
363) 리: [교] 원문에는 '러'로 되어 있으나 의미를 명확히 하기 위해 규장각본(19:70)과 연세대본(19:89)을 따름.
364) ᄉᆞ집(四集): 사집. 사방에서 모여듦.
365) 비: [교] 원문과 연세대본(19:89)에는 '미'로 되어 있으나 오기로 보이므로 규장각본(19:70)을 따름.
366) 아비ᄃᆡ지옥(阿鼻大地獄): 아비대지옥. 오역죄를 짓거나, 절이나 탑을 헐거나, 시주한 재물을 축내거나 한 사람이 가는 지옥. 한 겁(劫) 동안 끊임없이 고통을 받는다는 지옥.

고초(苦楚)를 겻근 후(後) 너를 두려 수부(師父)긔 가리니 네 쯘 뜻을 힝혀(幸-) 그릇 먹어 일회(一毫 ㅣ)367)나 긔이는 일이 이시면 인간(人間) 오형(五刑)을 븟다 능지쳐스(陵遲處死)368)ᄒ이고 지옥(地獄)의 일만(一萬) 형벌(刑罰)을 바다 셜오믈 면(免)치 못ᄒ리라."

혜션이 년(連)ᄒ야 고개 조아 골오ᄃᆡ,

"맛당이 ᄉᆞ부(師父)의 ᄀᆞᄅᆞ치신 ᄃᆡ로 ᄒ리이다."

ᄒ거놀 금졍이 쏘흔 ᄀᆞ마니 나오니라.

연왕(-王)이 혜션을 잡고 깃브믈 이긔지 못ᄒ야 ᄎᆞ야(此夜)를 안ᄌᆞ 시와 계명(雞鳴)의 ᄃᆡ셔헌(大書軒)의 가 신셩(晨省)369)홀 식 왕(王)이 몬져 하룸공(--公)을 ᄃᆡ(對)ᄒ야 골오ᄃᆡ,

"쇼뎨(小弟) 블민(不敏) 무샹(無狀)ᄒ야 흉딜(-姪)을 히(害)ᄒ미 깁더니 다힝(多幸)이 단쳐(端處)370)를 ᄎᆞᄌᆞ니 하늘이 도으시미 깃브디

아니ᄒ리잇가?"

텽파(聽罷)의 하룸공(--公)이 ᄃᆡ경(大驚) 왈(曰),

"현뎨(賢弟) 어ᄂᆡ 고드로조ᄎᆞ ᄎᆞᄌᆞ뇨? 밧비 듯고ᄌᆞ ᄒ노라."

---

367) 일회(一毫 ㅣ): 한 가닥의 털이라는 뜻으로, 극히 작은 정도를 이르는 말.
368) 능지쳐스(陵遲處死): 능지처사. 대역죄를 범한 자에게 과하던 극형. 죄인을 죽인 뒤 시신의 머리, 몸, 팔, 다리를 토막 쳐서 각지에 돌려 보이는 형벌.
369) 신셩(晨省): 신성. 아침 일찍 부모의 침소에 가서 밤사이의 안부를 살피는 일.
370) 단쳐(端處): 단처. 단서. 실마리.

왕(王)이 드듸여 혜션 잡은 수믈(首末)을 고(告)ᄒ니 좌위(左右ㅣ) 디경디희(大驚大喜)ᄒ고 남공(-公)이 희식(喜色)이 ᄀ독ᄒ야 왈(曰),

"오ᄂᆞᆯ이 므솜 놀이완듸 이런 경ᄉᆞ(慶事ㅣ) 잇ᄂᆞ뇨?"

승샹(丞相)이 탄식(歎息)ᄒ여 ᄀᆞᆯ오듸,

"홍문의 겸금(兼金)371) ᄀᆞᄐᆞᆫ 긔질(氣質)노 ᄆᆞᄎᆞᆷ닉 이향(異鄕)의 골몰(汨沒)372)ᄒ리오? 텬되(天道ㅣ) 놉흐나 슬피미 소쇼(昭昭)ᄒᆞᆫ 줄 알니로다."

연왕(-王)이 축ᄉᆞ(祝辭)ᄅᆞᆯ 제 형(兄)ᄃᆞ려 보라 ᄒ고 ᄀᆞᆯ오듸,

"형댱(兄丈)은 싱각ᄒ시ᄂᆞᆫ잇가? 젼일(前日) 얼프시 드릭니 홍문 쳐(妻) 노 시(氏) 일홈이 몽화라 ᄒ더니 이 축ᄉᆞ(祝辭ㅣ) 고이(怪異)ᄒ니 ᄒᆞᆫ 형제(兄弟) 동명(同名)ᄒᆞᆯ 니(理) 업ᄉᆞ오니 본졍(本情)을 ᄎᆞ즐진듸

• • •

92면

천고(千古)의 소뎨(小弟)의 집 가변(家變) ᄀᆞᄐᆞ니 어듸 이시리오?"

남공(-公)이 ᄎᆞ언(此言)을 듯고 신ᄉᆡᆨ(神色)이 흙 ᄀᆞᄐᆞ야 믈을 못 ᄒᆞᄂᆞᆫ지라. 긔국공(--公) 왈(曰),

"그 면뫼(面貌ㅣ) ᄀᆞᄐᆞ니 동ᄉᆡᆼ(同生)인 고(故)로 그런가 ᄒ엿더니 그 가온듸 변(變)은 모ᄅᆞ거니와 형댱(兄丈) 원녜(遠慮ㅣ) 과도(過度)ᄒ시미라. 현마 그러ᄒ며 즉금(卽今) 노 시(氏) 그ᄶᅥᆨ 아힐(兒孩ᄅᆞᆯ) 시분명(分明)ᄐᆞᆫ 거시어ᄂᆞᆯ 엇지 의심(疑心)이 이시리잇가? 필연(必然) 형댱(兄丈)이 너모 혜아리신 빅로소이다."

---

371) 겸금(兼金): 품질이 뛰어나 값이 보통 금보다 갑절이 되는 좋은 황금.
372) 골몰(汨沒): 파묻힘.

왕(王) 왈(日),

"현뎨(賢弟)는 이 물을 물지니 텬하(天下)의 탁냥(度量)373)티 못홀 손 하늘이오, 혜아리디 못홀 거슨 인심(人心)이라. 늬 물이 과도(過度)홀딘딕 눈을 싼혀 네게 샤죄(謝罪)흐리라."

개국공(--公)이 믁연(默然)이어늘 남공(-公)이 탄왈(歎日),

"현뎨(賢弟) 믈노 추이(推理)374)흐여 젼두(前頭)를

• • •

93면

싱각건디 아모라타 못홀노다. 수연(雖然)이나 군지(君子ㅣ) 눈으로 보디 못흐고 즈레짐쟉(--斟酌)이 가(可)치 아니흐며 요승(妖僧)을 저주어 주시 알미 올토다."

왕(王)이 고기 조아 골오디,

"형댱(兄丈) 믈숨이 지극(至極) 졍논(正論)이시니 삼가 가르치시믈 봉힝(奉行)흐려니와 젼후(前後) 변난(變亂)이 샹싱(相生)흐야 심샹(尋常)치 아닌디라. 쇼뎨(小弟) 亽亽(私私)로이 못 쳐티(處置)흐리니 므지못흐여 뇽뎐(龍殿)의 주(奏)흐올디라. 이런 히거지亽(駭舉之事)375)를 ᄎ376)마 텬하(天下) 사름을 들념 죽지 아니흐니니다."

개국공(--公)이 왈(日),

"이 일이 다 노 시(氏) 쟉변(作變)이니 만일(萬一) 쳐리(處理)홀딘딕 쾌(快)홀지라 우리 붓그러오미 이시리잇가?"

___

373) 탁냥(度量): 탁량. 혜아림.
374) 추이(推理): 추리. 미루어 생각함.
375) 히거지亽(駭舉之事): 해거지사. 괴상하고 얄궂은 일.
376) ᄎ: [교] 원문에는 '亽'로 되어 있으나 문맥을 고려해 규장각본(19:73)과 연세대본(19:93)을 따름.

왕(王)이 탄왈(歎曰),

"현뎨(賢弟) 아디 못ᄒᆞᄂᆞ냐? 간뫼(奸謀ㅣ) 발각(發覺)ᄒᆞᄂᆞᆫ 늘 빅

•••

94면

문이 므슴 사ᄅᆞᆷ 되며 제 시비(是非)를 블러 기인(棄人)이 될디라 홀
노 그 아비 참괴(慙愧)치 아니랴?"

제인(諸人)이 탄식(歎息)ᄒᆞ고,

늘이 식미 왕(王)이 문방(文房)을 ᄂᆞ와 셔간(書簡)을 일워 노 부ᄉᆞ
(府使)를 청(請)ᄒᆞ니 즉시(卽時) 니ᄅᆞ럿거ᄂᆞᆯ, 공(公)의 곤계(昆季)[377]
ᄒᆞᆫ가지로 ᄆᆞᄌᆞ 녜필한훤(禮畢寒暄) 후(後) 부ᄉᆞ(府使ㅣ) 무ᄅᆞᄃᆡ,

"제공(諸公)이 므슴 일노 혹ᄉᆡᆼ(學生)을 청(請)ᄒᆞ시ᄂᆈ?"

연왕(-王)이 가연히[378] 답왈(答曰),

"금일(今日) 존공(尊公)을 청(請)ᄒᆞᄆᆞᆫ 고(孤)[379]의 집의 큰 연괴(緣
故ㅣ) 이시니 공(公)으로 빈관(賓官)[380]이 되과져 홈이라 잠간(暫間)
수고로오믈 개회[381](介懷)티 몰디어다."

노 공(公)이 고이(怪異)히 너겨 연고(緣故)를 무ᄅᆞᄃᆡ, 남공(-公)과
연왕(-王)은 정쇠(正色) 브답(不答)ᄒᆞ고 개국공(--公)이 미소(微笑)
왈(曰),

"명공(明公)은 잠간(暫間) 긔관(奇觀)[382]을 구경ᄒᆞ고 믈을 그

---

377) 곤계(昆季): 형제.
378) 가연히: 선뜻.
379) 고(孤): 제후가 자신을 낮추어 부르는 말.
380) 빈관(賓官): 예식이나 행사가 있을 때 부르는 손님.
381) 회: [교] 원문에는 '희'로 되어 있으나 문맥을 고려해 규장각본(19:74)과 연세대본(19:94)을 따름.
382) 긔관(奇觀): 기관. 기이한 광경.

치라.”

노 공(公)이 의려(疑慮)ᄒ야 다시 뭇고져 홀 ᄎ(次),

왕(王)이 일(一) ᄡᅡᆼ(雙) 노목(怒目)을 ᄂᆞ리ᄶᅥ 금녕(金鈴)383)을 급(急)히 흔들미 군관(軍官) 빅여(百餘) 인(人)과 주부(主簿) 삼십여(三十餘) 인(人)이 일시(一時)의 드러와 텽녕(聽令)ᄒ니 왕(王)이 하령(下令) 왈(曰),

“오ᄂᆞᆯ 큰 죄인(罪人)을 져ᄌᆞ려384) ᄒᄂ니 위의(威儀)롤 출히라.”

웃듬군관(--軍官) 쇼연이 ᄭᅮ러 듯고 즉시(卽時) 듕계(中階)의 셔고 황금(黃金) ᄆᆞ치롤 드러 북을 세 번(番) 울니니 슈유(須臾)385)의 팔빅(八百) 궁노(宮奴)와 오빅(五百) 슈예(使隷)와 이빅(二百) 무ᄉᆞ(武士ㅣ)를 미둧 드러와 졍뎐(正殿)의 제제(齊齊)386)히 느러셔며 큰 미와 블근 곤댱(棍杖)이며 굴근 노흘 슘슘(森森)387)이 베프니 위엄(威嚴)이 늠늠(凜凜)ᄒ고 긔위(氣威) 엄숙(嚴肅)ᄒ미 구추(九秋) 샹풍(霜風)이 쓰리ᄂᆞᆫ 듯ᄒ거늘 왕(王)이 미우(眉宇)의 ᄎᆞᆫ 브람이 소

쇼(瀟瀟)388)ᄒ고 줌미(蠶眉)389) 관(冠)을 ᄀᆞ390)ᄅᆞ치며 봉안(鳳眼)이

---

383) 금녕(金鈴): 금령. 금속으로 만든 방울.
384) 져ᄌᆞ려: 신문하려.
385) 슈유(須臾): 수유. 잠시 사이.
386) 제제(齊齊): 나란한 모양.
387) 슘슘(森森): 삼삼. 빽빽함.
388) 소쇼(瀟瀟): 소소. 비바람 따위가 세참.

놉하 엄엄(嚴嚴) 준절(峻截)흔 긔샹(氣像)이 엄동디한(嚴冬大寒)의 북풍(北風)이 급(急)히 니러놈 굿투니 좌위(左右ㅣ) 젼뉼(戰慄)ᄒ믈 이긔디 못ᄒ여 호흡391)(呼吸)을 두로디 못ᄒ더라.

왕(王)이 머리의 통텬관(通天冠)을 쓰고 몸의 홍룡포(紅龍袍)를 닙고 교위(交椅)392)의 좌(坐)ᄒ민 남공(-公) 등(等) ᄉ(四) 인(人)이 비스기393) 추례(次例)로 안준 후(後) 노 부ᄉ(府使)ᄂ 우편(右便)의 잇고 좌편(左便)의 샹셔(尚書)와 샤인(舍人)과 흑ᄉ(學士ㅣ) 관복(官服)을 졍(正)히 ᄒ고 시립(侍立)ᄒ민,

왕(王)이 명(命)ᄒ야 혜션을 줍아 오라 ᄒ니 여라 무ᄉ(武士ㅣ) ᄂᄂ 듯 혜션을 쓰어다가 결박(結縛)ᄒ야 계하(階下)의 꿀니니 노 부ᄉ(府使ㅣ) 흔번(-番) 보고 ᄂᄉ빗치 흙 굿ᄒ야 능히(能-) 견디여 안줏디 못ᄒ니 좌위(左右ㅣ) 우음을 먹음더라. 왕(王)이 하령(下令) 왈(曰),

"너 요

* * *

97면

리(妖尼)394) 어니 곳 녀승(女僧)이완디 감히(敢-) ᄉ부(士夫) 문듕(門中)의 니르러 흉참(凶慘)흔 거조(擧措)를 ᄒ며 이제 축ᄉ(祝辭)를 보니 너의 본심(本心)이 아니라 브룬 디로 ᄌᄌ(字字)히 딕고(直告)흘 딘디 형벌(刑罰)이 아니 밋츠려니와 블연(不然)즉 오형(五刑)으로 드

---

389) 줌미(蠶眉): 잠미. 잠자는 누에 같다는 뜻으로, 길고 굽은 눈썹을 이르는 말. 와잠미(臥蠶眉).

390) ᄀ: [교] 원문에는 'ᄂ'로 되어 있으나 문맥을 고려해 규장각본(19:75)과 연세대본(19:96)을 따름.

391) 흡: [교] 원문과 규장각본(19:75), 연세대본(19:96)에 모두 '읍'으로 되어 있으나 문맥을 고려해 이와 같이 수정함.

392) 교위(交椅): 교의. 의자.

393) 비스기: 비스듬히.

394) 요리(妖尼): 요망한 여중.

스려 미구(未久)³⁹⁵⁾의 분(粉)을 밍글니라."

혜션이 크게 소릭 딜너 굴오딕,

"죽야(昨夜) 무고식(巫蠱事ㅣ) 쇼릭(小尼) 일이 아냐 노야(老爺) 뎨삼부(第三婦) 노 시(氏) ㄱ릭치거늘 그딕로 ㅎ다가 노야(老爺)긔 줍혀시니 쇼승(小僧)은 이 밧 알외올 빅 업셔이다."

왕(王)이 듯기를 못고 문왈(問曰),

"네 믈이 올커니와 노 시(氏) 므슴 연고(緣故)로 나룰 히(害)ㅎ려 ㅎ더뇨?"

션이 딕왈(對曰),

"므슴 연괴(緣故ㅣ)리잇가? 노애(老爺ㅣ) 삼낭군(三郎君)을 심(甚)히 칙(責)ㅎ샤 금슬(琴瑟)을 쳐 희지으시므로 일노써 원탄(怨憚)³⁹⁶⁾ㅎ야 해³⁹⁷⁾

• • •

98면

코즈 ㅎ미니이다."

연왕(-王)이 드딕여 낭듕(囊中)으로조춧 문목(問目)³⁹⁸⁾을 닉여 뎨일(第一) 됴권(條件)을 무러 굴오딕,

"모야(某夜)의 운셩각(--閣)의셔 혹식(學士ㅣ) 드러굴 쩍 여츳여츳(如此如此)흔 셔간(書簡)을 뉘 수이룰 타 녀허 혹식(學士ㅣ) 보게 ㅎ며 또 그 후(後) 밤을 타 나와 홍³⁹⁹⁾이 되여 나가 녜부(禮部) 샹공(相

---

395) 미구(未久): 오래지 않음.
396) 원탄(怨憚): 원망하고 꺼림.
397) 해: [교] 원문에는 '홰'로 되어 있으나 문맥을 고려해 규장각본(19:77)과 연세대본(19:97)을 따름.
398) 문목(問目): 질문을 적은 종이.
399) 홍: [교] 원문에는 '훙'이라 되어 있으나 앞의 예와 규장각본(19:77), 연세대본(19:98)을 따라

公)을 유인(誘引)호고 흑ᄉ(學士)ᄅᆞᆯ 쳐엄 보게 호뇨?"

혜션이 ᄃᆡ왈(對曰),

"셔간(書簡)도 쇼리(小尼) ᄇᆞ름이 되여 갓다가 둔 빅오, 홍400)이 되여 나가기도 소리(小尼)의 소실(所實)이오, 흑ᄉ(學士)ᄅᆞᆯ 보ᄂᆡ여 츰소(讒訴)호믄 노 시(氏) 일이니이다."

왕(王)이 ᄯᅩ 흔 됴건(條件)을 무러 왈(曰),

"윤 어ᄉ(御史)ᄅᆞᆯ 촉(囑)ᄒᆞ여 녜부샹셔(禮部尙書) 공(公)을 논힉(論劾)호고 뎡위(廷尉)401)의 ᄂᆞ리온 후(後) 영ᄃᆡ 되여 가셔 옥ᄉ(獄事)ᄅᆞᆯ 허틈도 네 일이냐?"

혜션이 ᄃᆡ왈(對曰),

•••

99면

"당초(當初) 흑ᄉ(學士)ᄅᆞᆯ 격동(激動)ᄒᆞ야 화 시(氏)ᄅᆞᆯ 죽이려 ᄒᆞ다가 팃부(太傅) 샹공(相公)으로 못 죽이고 노 시(氏) 흔(恨)호믈 이긔지 못ᄒᆞ야 흑ᄉ(學士)ᄅᆞᆯ 여ᄎᆞ〃〃(如此如此) ᄀᆞ르쳐 남공(-公) 노야(老爺)긔 가 불죽(發作)흔 후(後) 노 시(氏) 친졍(親庭)의 가 윤 어ᄉ(御史)ᄅᆞᆯ 촉(囑)ᄒᆞ고 됴 샹셔(尙書)의게 납뇌(納賂)402)ᄒᆞ여 녜부(禮部)ᄅᆞᆯ 죽이려 ᄒᆞ더니 텬지(天子ㅣ) 완옥(緩獄)403)ᄒᆞ시미 빈승(貧僧)을 힘뼈 보치므로 ᄆᆞ지못ᄒᆞ야 영ᄃᆡ 되여 옥ᄉ(獄事)ᄅᆞᆯ 허트러 녜부(禮部) 노

이와 같이 수정함.

400) 홍: [교] 원문에는 '홍'이라 되어 있으나 앞의 예와 규장각본(19:77), 연세대본(19:98)을 따라 이와 같이 수정함.

401) 뎡위(廷尉): 정위. 중국 진(秦)나라 때부터, 형벌을 맡아보던 벼슬. 구경(九卿)의 하나였던바, 나중에 대리(大理)로 고침.

402) 납뇌(納賂): 납뢰. 뇌물을 줌.

403) 완옥(緩獄): 옥사를 늦춤.

애(老爺ㅣ) 수형(受刑)[404]ᄒ시게 ᄒ고 녜부(禮部)와 화 시(氏) 협ᄉ
(篋笥) 듕(中) 셔간(書簡)은 쇼리(小尼) 눔모로게 녀헛ᄂ이다.”

왕(王)이 ᄯ 흔 문목(問目)을 ᄂ이여 문왈(問曰),

“됴 부인(夫人) 님종(臨終)이 ᄀ쟝 수샹(殊常)ᄒ니 그도 너의 즉용
(作用)이냐?”

딕왈(對曰),

“이 ᄯ 노 시(氏)의 명(命)으로 빈승(貧僧)이 뎌롤 죽이고 틱부(太
傅)롤 히(害)코ᄌ ᄒ미니이다.”

왕(王)

• • •

100면

이 ᄯ 문왈(問曰),

“모일(某日)의 두 밤을 두고 거푸 남ᄌ(男子ㅣ) 치운당(--堂)의 돌
입(突入)ᄒ고 여ᄎ(如此)흔 셔간(書簡)을 ᄋ소져(兒小姐)롤 주믄 어
인 일고?”

션이 딕왈(對曰),

“이 ᄯ 임 소제(小姐ㅣ) 언어(言語)롤 삼가지 못ᄒ샤 여ᄎ여ᄎ(如
此如此)흔 말을 ᄒ시니 노 시(氏) 노(怒)ᄒ여 쇼리(小尼)롤 쵹(囑)ᄒ
시니 드딕여 남ᄌ(男子ㅣ) 되여 샹셔(尚書)롤 격동(激動)ᄒ여 뎌롤
히(害)코ᄌ ᄒ더니 모다 고지듯디 아니시니 훌일업셔 노 부ᄉ(府使)
롤 쳥(請)ᄒ여 계교(計巧)롤 ᄀ릭쳐 시어ᄉ(侍御史) 윤혁과 틱감(太
監) 강문양, 뉴션[405]으로 닉응(內應)ᄒ야 임 샹셔(尚書), 위 공(公)을

---

404) 수형(受刑): 형벌을 받음.

스디(死地)의 녀흐니이다."

왕(王)이 텽파(聽罷)의 쏘 무러 골오딕,

"전후(前後) 스연(事緣)이 다 올커니와 딕강(大綱) 노 시(氏) 본형(本形)이 본딕(本-) 업스며 녜부(禮部) 샹공(相公)과 므슴 원(怨)이 이셔 그딕도록

· · ·

101면

히(害)ᄒ고 너ᄂᆞᆫ 엇던 사름이완딕 뎌롤 도와 무샹픽악(無狀悖惡)[406]ᄒᆞᆫ 노릇술 ᄒᆞᄂᆞᆫ다?"

혜션이 소릭롤 놉혀 앙앙(怏怏)[407]이 닐오딕,

"빈승(貧僧)은 본딕(本-) 종남산(終南山) 수월암(--庵) 주지(主知) 니괴(尼姑ㅣ)라. 져머셔 이인(異人)을 만나 환수(幻術)롤 빅홧더니 노 부ᄉᆞ[408](府使) 부인(夫人)과 ᄌᆞ쇼(自少)로 후(厚)히 사괴여 왕닉(往來)ᄒᆞ더니 당초(當初) 노 시(氏) 몽화 소졔(小姐ㅣ) 존문(尊門)의 출뷔(黜婦ㅣ) 되시믹 각골비통(刻骨悲痛)ᄒᆞ야 빈승(貧僧)ᄃᆞ려 뎨도(濟度)[409]ᄒᆞ믈 청(請)ᄒᆞᄂᆞᆫ지라 빈승(貧僧)이 쏘흔 혜아리믹 혹ᄉᆞ(學士)로 인연(因緣)이 잇ᄂᆞᆫ 고(故)로 드딕여 노 시(氏)롤 ᄃᆞ리고 산듕(山中)의 가 칠팔(七八) 년(年)을 이셔 혹ᄉᆞ(學士)의 ᄌᆞ라기롤 기ᄃᆞ려 드딕여 약(藥)으로 노 시(氏)롤 먹여 변형(變形)ᄒᆞ오믹 드듸여 ᄃᆞ리

---

405) 션: [교] 원문에는 '졍'으로 되어 있으나 앞의 예를 따라 이와 같이 수정함.
406) 무샹픽악(無狀悖惡): 무상패악. 도리에 어그러지고 흉악함.
407) 앙앙(怏怏): 매우 마음에 차지 아니하거나 야속함.
408) ᄉᆞ: [교] 원문에는 'ᄌᆞ'로 되어 있으나 오기로 보이므로 규장각본(19:79)과 연세대본(19:101)을 따름.
409) 뎨도(濟度): 제도. 미혹한 세계에서 생사만을 되풀이하는 중생을 건져 내어 생사 없는 열반의 언덕에 이르게 함.

고 민간(民間)의 와

화부(-府)의 풀아 소져(小姐) 시녀(侍女)를 삼아 혹(學士)로 정(情)
을 미즈 노 부(府使)로 의논(議論)ᄒ야 방(榜)을 뼈 븟치고 그 몸
을 ᄲ혀 도라가 혹(學士)의 지실410)(再室)을 숨으려 ᄒ니 ᄃᆡ왕(大
王)이 허(許)치 아니시ᄂᆞᆫ 고(故)로 빈되(貧道ㅣ) 황뎨(皇帝) ᄭᅮᆷ의 뵈
여 뎐지(傳旨)를 어더 도라오미 미쳐ᄂᆞᆫ 구혼(舊恨)을 셜(雪)코즈 ᄒ
야 녜부(禮部) 샹공(相公)을 죽도록 모히(謀害)ᄒ여 필경411)(畢竟)의
귀향 가미 빈승(貧僧)의 오라븨 식공으로 보ᄂᆡ여 죽이라 ᄒᆡ엿더니
소식(消息)이 업고 오라븨 쳐412)(妻) 승난으는 화 시(氏)를 희(害)ᄒ
라 보ᄂᆡ엿다가 노야(老爺)긔 줍히여 죽을 번ᄒ니 이거시 다 노 시
(氏) 계규(稽揆)오, ᄐᆡ부(太傅) 노야(老爺)ᄂᆞᆫ 쵸(初)의 부(府使ㅣ)
니르러 구혼(求婚)ᄒ실 쩌 밍녈(猛烈)이 믈니친 혼(恨)으로 희(害)ᄒ
니 이제ᄂᆞᆫ 드시 고(告)ᄒᆞᆯ 믈이 업ᄂᆞ이다.”

좌위(左右ㅣ) 막블ᄎᆞ악(莫不嗟愕)413)ᄒ며

---

410) 실: [교] 원문에는 '질'로 되어 있으나 오기로 보이므로 규장각본(19:80)과 연세대본(19:102)을
따름.
411) 경: [교] 원문에는 '졍'으로 되어 있으나 오기로 보이므로 규장각본(19:80)과 연세대본(19:102)
을 따름.
412) 쳐: [교] 원문과 연세대본(19:102)에는 없으나 문맥을 고려해 규장각본(19:80)을 따름.
413) 막블ᄎᆞ악(莫不嗟愕): 막불차악. 놀라지 않음이 없음.

면면샹고(面面相顧)[414]흐고 왕(王)이 노흔(怒恨)이 튱관(衝冠)[415]흐
여 부치로 난간(欄干)을 텨 글오딕,

"고금(古今) 텬하(天下)의 이러툿 음험(淫險) 간교(奸巧)흔 일이 어
딕 이시리오?"

즉시(卽時) 룡포옥딕(龍袍玉帶)룰 벗고 하람공(--公) 면젼(面前)의
꾸러 쳥죄(請罪) 왈(曰),

"소뎨(小弟) 블초무상(不肖無狀)흐여 이럿툿 쳔고(千古)의 드믄 흉
변(凶變)이 이시니 하(何) 면목(面目)으로 닙어텬하(立於天下)[416]흐
리잇가?"

남공(-公)이 역시(亦是) 신싴(神色)이 져빗 ᄀᆞᆺ튼여 왈(曰),

"이ᄂᆞᆫ 초(初)의 늬 그릇흐여 현뎨(賢弟)의게 화(禍)룰 옴기미라 눌
을 흔(恨)흐며 므ᄉᆞᆷ 믈이 이시리오?"

노 부ᄉᆞ(府使)ᄂᆞᆫ 초ᄆᆞ 안안(晏晏)티 못흐고 참공(慙恐) 황송(惶悚)
흐미 ᄂᆞᆺ 둘 ᄯᅡ히 업셔 넌ᄌᆞ시 도라가니 긔국공(--公)이 머므로고ᄌᆞ
흐거늘 왕(王) 왈(曰),

"임의 젼후(前後) 거조(擧措)룰 다 보와시니 머므러 므엇 흐리오?"

개국공(--公)이 올히 너겨 긋치고 그 거동(擧動)을 우이 너

---

414) 면면샹고(面面相顧): 면면상고. 서로 얼굴을 돌아봄.
415) 튱관(衝冠): 충관. 관을 찌름.
416) 닙어텬하(立於天下): 입어천하. 천하에 섬.

겨 박댱딕소(拍掌大笑)ᄒ딕 왕(王)이 탄식(歎息) 왈(曰),

"부듕(府中)의 쳔고(千古) 이릭(以來)로 듯디 못ᄒ던 흉난(凶亂)[417]
이 니러ᄂᆞᆺ거ᄂᆞᆯ 어딕로셔 우음이 ᄂᆞ리오? 형댱(兄丈)은 이 일을 드러
가 부모(父母)긔 고(告)ᄒ소셔."

남공(-公)이 니러나믹 왕(王)이 좌우(左右)로 혹ᄉ(學士)ᄅᆞᆯ 자바
ᄂᆞ리와 엄(嚴)히 결박(結縛)ᄒ야 수죄(數罪)ᄒ여 글오딕,

"닉 블힝(不幸)ᄒ여 너 ᄀᆞᆺ튼 픽ᄌᆞ(悖子)[418]ᄅᆞᆯ 두어 더러온 일홈이
텬하(天下)의 들니고 가문(家門)의 욕(辱)이 비경(非輕)ᄒ니 가(可)히
홀 물이 업거니와 아지 못게라, 금일ᄉ(今日事)ᄅᆞᆯ 네 목도(目睹)ᄒ믹
므슴 ᄂᆞᆺᄎᆞ로 텬하(天下)의 셔고 시브뇨? 그 죄악(罪惡)이 여산(如山)
ᄒ야 블용뉴(不容誅ㅣ)[419]라. 텬[420]졍(天廷)의 고(告)ᄒ고 너ᄅᆞᆯ 다ᄉ
리려니와 몬져 가문(家門) 흐리온 죄(罪)로 댱(杖) 팔십(八十)은 면
(免)티 못ᄒ리라."

드틱여 미ᄅᆞᆯ ᄂᆞ오라 ᄒ니 개국공(--公)이 년망(連忙)이 ᄯᅮ러[421]
간왈(諫曰),

"빅문

---

417) 흉난(凶亂): 흉악한 난리.
418) 픽ᄌᆞ(悖子): 패자. 사람으로서 마땅히 지켜야 할 도리에 어긋나게 행동하는 자식.
419) 블용뉴(不容誅ㅣ): 불용주. 주살(誅殺)로도 용납받지 못함.
420) 텬: [교] 원문에는 '텽'으로 되어 있으나 오기로 보이므로 규장각본(19:82)과 연세대본(19:104)을 따름.
421) 러: [교] 원문에는 '려'로 되어 있으나 의미를 명확히 하기 위해 규장각본(19:82)과 연세대본(19:104)을 따름.

의 죄(罪)는 듕(重)ᄒ나 텬의(天意) 엇더ᄒ실동 아라 몬져 칙죄(責罪)
ᄒ시리오? 아딕 졍침(停寢)422)ᄒ소셔.”

왕(王)이 졍ᄉᆨ(正色) 브답(不答)ᄒ고 엄(嚴)히 고츌(考察)ᄒ여 삼십
여(三十餘) 댱(杖)의 니ᄅ미 기국공(--公)이 초조(焦燥)ᄒ야 왕(王)의
오ᄉᆞᆯ 줍고 고두(叩頭) 읍간(泣諫)423)ᄒᄂ디라 ᄆ지못ᄒ여 미여 궐하
(闕下)로 ᄃᆡ령(待令)ᄒ라 ᄒ고 즉시(即時) 필연(筆硯)을 나와 샹소(上
疏)ᄅᆞᆯ 일워 나ᄀᆞᆯ시 샹셔(尙書)로 ᄒ야금 부모(父母)긔 고(告)ᄒᄃᆡ,

‘ᄒᆡ오(孩兒)ᄂᆞᆫ 됴션(祖先)의 득죄(得罪)ᄒᆫ 기인(棄人)이니 당당(堂
堂)이 텬졍(天廷)의 죄(罪)ᄅᆞᆯ 닙고 나아가 쳥죄(請罪)ᄒ리이다.’

ᄒ니,

이ᄶᅥ 승샹(丞相) 부부(夫婦)와 뉴 부인(夫人)이 혜션의 초ᄉᆞ(招
辭)424)ᄅᆞᆯ 보고 젼후(前後) 요괴(妖怪)로온 간계(奸計)425)ᄂᆞᆫ 니ᄅ도
몰고 젼일(前日) 노 신(氏 ㄴ) 줄 알미 두 눈이 두렷ᄒ야 능히(能-) 시
비(是非)ᄒᆞᆯ 줄

ᄉᆡᆼ각디 못ᄒ더니 왕(王)의 젼어(傳語)ᄅᆞᆯ 듯고 승샹(丞相)이 탄왈(歎
曰),

---

422) 졍침(停寢): 정침. 하던 일을 중도에 멈춤.
423) 읍간(泣諫): 임금이나 웃어른에게 눈물을 흘리면서 간절하게 간함.
424) 초ᄉᆞ(招辭): 초사. 죄인이 자기의 범죄 사실을 진술하던 말.
425) 간계(奸計): 간사한 꾀.

"즁이픠(甑已破ㅣ)[426]라 현ᄆ 엇지ᄒ리오?"

뉴 부인(夫人)이 고댱[427](鼓掌)[428] 분분(忿憤)ᄒ야 굴오듸,

"고금(古今)의 악재(惡者ㅣ) 이신들 만고(萬古)의 이런 일이 어듸 이시리오? 만고(萬古)의 업슨 흉변(凶變)이라 ᄎᄆ 므슴 ᄂᆺᄎ로 늄을 듸(對)ᄒ고 시브리오?"

승샹(丞相)이 탄식(歎息) 듸왈(對曰),

"이 ᄯ 문운(門運)이 블힝(不幸)ᄒ미니 이제 다ᄃ라 놀ᄂᆫ들 엇지ᄒ리잇가? 법(法)을 졍(正)히 ᄒ야 ᄎ후(此後ㅣ)나 이런 폐(弊) 업ᄉ미 힝(幸)이로소이다."

셜파(說罷)의 제ᄌ(諸子)를 거ᄂ려 궐하(闕下)의 나아가니라.

연왕(-王)이 궐문(闕門) 밧긔 나아가 포의초리(布衣草履)[429]로 거젹을 ᄭ라 듸죄(待罪)ᄒ고 표(表)를

* * *

107면

듀(奏)ᄒ듸

'죄인(罪人) 니몽챵은 빅비(百拜) 고두(叩頭) 셩황셩공(誠惶誠恐)[430] 돈수(頓首)ᄒ여 부형듸죄(負荊待罪)[431]ᄒ옵고 더러온 소회(所懷)를 가져 텬안(天顔)의 샹달(上達)ᄒᄂ이다.

---

426) 즁이픠(甑已破ㅣ): 즁이파. 시루가 이미 깨졌다는 뜻으로 이미 지난 일이라는 말임.
427) 댱: [교] 원문과 연세대본(19:106)에는 '댱'으로 되어 있으나 문맥을 고려해 규장각본(19:83)을 따름.
428) 고댱(鼓掌): 고장. 손뼉을 침.
429) 포의초리(布衣草履): 베옷과 짚신.
430) 셩황셩공(誠惶誠恐): 성황성공. 진실로 황공하다는 뜻으로, 임금에게 올리는 글의 첫머리에 쓰는 표현.
431) 부형듸죄(負荊待罪): 부형대죄. 가시나무를 지고 벌 받기를 기다림.

그윽이 업디여 싱각ᄒ니 텬하(天下)의 오륜삼강(五倫三綱)이 막듕(莫重)ᄒ야 ᄌ고급금(自古及今)[432]의 민멸(泯滅)[433]치 아냐 아됴(我朝)의 니르러 틱조(太祖) 고황뎨(高皇帝)[434] 쳑검(尺劍)[435]을 딥ᄒ시고 구오(九五)[436]ᄅᆞᆯ 혼일(混一)[437]ᄒ샤 인뉸(人倫)을 읏듬ᄒ시니 원방(遠方) ᄉᆞ셔인(士庶人)의 니르히 풍화(風化ㅣ) 관졍(寬政)[438]ᄒ거ᄂᆞᆯ 신(臣)의 집 망극(罔極)ᄒᆞᆫ 변ᄂᆞᆫ(變亂)은 ᄎᆞ마 부술 드러 알욀 비 업ᄉᆞ오니 쟝ᄎᆞᆺ(將次ㅅ) 죽기ᄅᆞᆯ 쳥(請)ᄒᆞᄂ이다.

셕년(昔年)의 빅형(伯兄) 하릉공(--公) 몽현의 댱ᄌᆞ[439](長子) 죄인(罪人) 니흥문이[440] 추밀부ᄉᆞ(樞密府使) 노강의 녀(女)ᄅᆞᆯ 지취(再娶)ᄒ

•••
108면

야 빈어(嬪御)[441]의 수(數)ᄅᆞᆯ 치[442]오나 지극(至極) 후ᄃᆡ(厚待)[443]ᄒ야 항녀(伉儷)의 졍(情)을 오로지ᄒ더니 노녜(-女ㅣ) 간교(奸巧)ᄒᆫ 계교(計巧)로 졍실(正室)을 모히(謀害)ᄒ야 ᄉᆞ단(事端)이 여ᄎᆞ여ᄎᆞ

---

432) ᄌ고급금(自古及今): 자고급금. 예로부터 지금까지.
433) 민멸(泯滅): 자취나 흔적이 아주 없어짐.
434) 틱조(太祖) 고황뎨(高皇帝): 태조 고황제. 중국 명(明)나라를 세운 주원장(朱元璋, 1328~1398)을 이름. 태조는 묘호이고 고황제는 시호를 줄여 부른 명칭임. 연호는 홍무(洪武, 1368~1398).
435) 쳑검(尺劍): 척검. 한 자의 칼.
436) 구오(九五): 임금. 주역의 구오(九五)가 임금의 지위를 뜻하는 상(象)이라는 데서 유래함.
437) 혼일(混一): 통일.
438) 관졍(寬政): 관정. 너그럽게 다스리는 정치.
439) ᄌᆞ: [교] 원문과 규장각본(19:85), 연세대본(19:107)에 모두 이 뒤에 'ᄂᆞᆫ'이 있으나 문맥을 고려해 삭제함.
440) 이: [교] 원문과 규장각본(19:85), 연세대본(19:107)에 모두 '의'로 되어 있으나 문맥을 고려해 이와 같이 수정함.
441) 빈어(嬪御): 원래 '임금의 첩'을 뜻하나 여기에서는 '첩'의 의미로 쓰임.
442) 치: [교] 원문에는 '지'로 되어 있으나 문맥을 고려해 규장각본(19:85)과 연세대본(19:108)을 따름.
443) 후ᄃᆡ(厚待): 후대. 후하게 대접함.

(如此如此) 니러ᄂ고 신(臣)의 녀ᄋ(女兒) 동궁(東宮) 낭낭(娘娘)을 히(害)ᄒ여 ᄒᄆ 죽을 번ᄒ고 양녀(-女)로 강샹(綱常) 죄수(罪囚) 폐인(廢人)을 밍그러 텬일(天日)을 못 보게 밍그니, 양 시(氏)ᄂ 곳 신임(新任) 각노(閣老) 틱혹ᄉ(太學士) 양셰졍의 녜(女ㅣ)라. 딕가법문(大家法門)의 싱댱(生長)ᄒ고 그 아븨 발근 교훈(敎訓)을 법바다 셩힝(性行)이 깁히 셩녀(聖女)의 틀이 이시니 일가(一家)의 칭앙(稱仰)[444] ᄒᄆ 니ᄅ도 물고 계양 옥듀(玉主)의 일월(日月)ᄀ치 신명(神明)ᄒ시므로 심복(心服)ᄒᄆ 되여 겨시더니 일됴(一朝)의 폐인(廢人)을 밍글ᄆ 가ᄆ괴 ᄌ웅(雌雄)[445]을 분변(分辨)키 어

109면

려워 일야(日夜) 우구(憂懼)ᄒ옵ᄂ 비러니 죄인(罪人) 흥문이 식감[446](識鑑)[447]이 고인(古人)을 쏠와 여ᄎ여ᄎ(如此如此) 계교(計巧)로 간졍(奸情)[448]을 궁힉(窮覈)[449]ᄒ니 진실노(眞實-) 음비(淫卑)[450]ᄒ고 패악[451](悖惡)ᄒ야 형벌(刑罰)의 나아갈 거시로딕 신(臣)의 형

---

444) 칭앙(稱仰): 칭송하며 우러러봄.
445) 가ᄆ괴 ᄌ웅(雌雄): 까마귀의 자웅. 까마귀의 암수를 구분하기 어렵듯이 사람의 선악 등도 분간하기 어려움을 말함. 『시경』, <정월(正月)>에 다음과 같은 구절이 있음. "산을 일러 낮다고 하나 산등성이도 있고 언덕도 있네. 백성의 와전된 말을 어찌 막지 못하는가. 저 늙은이 불러 꿈을 점치네. 다 자기를 성인이라 하나 까마귀의 암수를 누가 구분하리? 謂山蓋卑, 爲岡爲陵. 民之訛言, 寧莫之懲. 召彼故老, 訊之占夢. 具曰予聖, 誰知烏之雌雄."
446) 감: [교] 원문에는 '검'으로 되어 있으나 문맥을 고려해 규장각본(19:86)과 연세대본(19:109)을 따름.
447) 식감(識鑑): 어떤 사물의 가치나 진위 따위를 알아냄. 또는 그런 식견.
448) 간졍(奸情): 간정. 간사한 정황.
449) 궁힉(窮覈): 궁핵. 원인을 속속들이 캐어 찾음.
450) 음비(淫卑): 음란하고 비루함.
451) 패악: [교] 원문에는 '쇄락'으로 되어 있으나 문맥을 고려해 규장각본(19:86)과 연세대본(19:109)을 따름.

(兄) 몽현이 인ᄌ관인(仁慈寬仁)ᄒᆞᆫ 덕튁(德澤)으로 수졸(戍卒)[452]키ᄅᆞᆯ 허(許)ᄒᆞ고 조용이 도라보ᄂᆞ니 이 엇디 못ᄒᆞᆯ 셩튁(盛澤)[453]이어ᄂᆞᆯ 노녜(-女ㅣ) 뉘웃츨 줄 아디 못ᄒᆞ고 죵남산(終南山) 녀승(女僧) 혜션을 ᄶᆞᆯ와 칠팔(七八) 년(年)을 암듕(庵中)의 잇다가 반[454]계곡경(盤溪曲徑)[455]으로 빅문의 체(妻ㅣ) 되여 젼후(前後) 픠악(悖惡)ᄒᆞᆫ 악ᄉᆞ(惡事)ᄂᆞᆫ 니ᄅᆞ도 믈고 죄인(罪人) 흥문과 임계운, 위공부, 셰문 등(等)의 환(患)이 다 ᄎᆞ녀(此女)의 ᄌᆞ용(作用)이라.

신(臣)이 블ᄒᆡᆼ(不幸)ᄒᆞ야 미(微)ᄒᆞᆫ 몸

···

110면

이 텬은(天恩)을 일편되[456]이 닙ᄉᆞ와 텬승국군(千乘國君)이 되여 일방(一方)의 모림(冒臨)[457]ᄒᆞ니 스스로 블민(不敏)ᄒᆞᆷ믈 아라 듀야(晝夜) 황숑(惶悚)ᄒᆞ미 심연박빙(深淵薄氷)[458] ᄀᆞᆺ숩더니 목젼(目前)의 이런 참혹(慘酷)ᄒᆞᆫ 흉변(凶變)이 니러나 디죵(大宗) 댱ᄌᆞ(長子)ᄅᆞᆯ 사디(死地)의 너허 강샹(綱常) 죄인(罪人)을 밍그니 조션(祖先)의 득죄(得罪)ᄒᆞ미 심샹(尋常)치 아니ᄒᆞ옵고 버거 현우(賢友)와 족하ᄅᆞᆯ 다 죄인(罪人)을 밍그러 역당(逆黨)[459]으로 튱군(充軍)ᄒᆞ야 신원(伸

---

452) 수졸(戍卒): 수자리 서는 군졸.
453) 셩튁(盛澤): 성택. 큰 은택.
454) 반: [교] 원문과 규장각본(19:86), 연세대본(19:109)에 모두 '방'으로 되어 있으나 문맥을 고려해 이와 같이 수정함.
455) 반계곡경(盤溪曲徑): 서려 있는 계곡과 구불구불한 길이라는 뜻으로, 일을 순서대로 정당하게 하지 아니하고 그릇된 수단을 써서 억지로 함을 이르는 말.
456) 되: [교] 원문에는 '치'로 되어 있으나 문맥을 고려해 규장각본(19:86)과 연세대본(19:110)을 따름.
457) 모림(冒臨): 외람되게 임함.
458) 심연박빙(深淵薄氷): 깊은 못과 얇은 얼음이라는 뜻으로, 매우 위험해 조마조마함을 이르는 말.
459) 역당(逆黨): 모역의 무리.

冤)460)홀 긔약(期約)이 업스니 이거시 다 신(臣)의 죄(罪)오, 죄신(罪臣) 빅문이 소촌(四寸)의 쳐(妻)를 음간(淫姦)ᄒ야 강샹(綱常)을 범(犯)ᄒ고 뉸긔(倫紀)461)를 어즈러이며 어진 안히를 죽도록 ᄒ며 가듕(家中)의 드러 음일(淫佚)462)ᄒᆫ 힝식(行事ㅣ) 쳔고(千古) 악인(惡人)이라.

원(願)

···

111면

폐하(陛下)ᄂᆫ 빅문과 노녀(-女)를 버히샤 국법(國法)을 졍(正)히 ᄒ시며 삼강오륜(三綱五倫)을 ᆰ히샤 버거 죄신(罪臣)의 훈ᄌ(訓子)의 블엄(不嚴)홈과 조션(祖先)을 저ᄇ린 무샹(無狀)ᄒᆫ 죄(罪)를 다ᄉ려 텬하(天下) 다ᄉ리ᄂᆫ 도(道)를 굿게 ᄒ소셔. 신(臣)이 젼후(前後) 히괴(駭怪)ᄒᆫ ᄉ연(事緣)을 ᄌ시 주(奏)코ᄌ ᄒ오나 번득(煩瀆)463)ᄒ오미 황송(惶悚)ᄒ와 죄인(罪人)의 젼후(前後) 쵸안(招案)464)을 거두어 계ᄉ(啓辭)465)ᄒᄂ이다.’

ᄒ엿더라.

샹(上)이 견필(見畢)의 ᄃᆡ경(大驚) 왈(曰),

“고금(古今)의 이런 흉(凶)ᄒᆫ 일이 어ᄃᆡ 이시리오? 빅문이 홀노 그ᄅ다 못 ᄒ리니 딤(朕)이 ᄯᅩᄒᆫ 혜션의 술(術)의 소가시니 ᄎ(此)ᄂᆫ

---

460) 신원(伸冤): 가슴에 맺힌 원한을 풀어 버림.
461) 뉸긔(倫紀): 윤기. 윤리와 기강(紀綱)을 아울러 이르는 말.
462) 음일(淫佚): 마음껏 음란하고 방탕하게 놂.
463) 번득(煩瀆): 번독. 개운하지 못하고 번거로움.
464) 쵸안(招案): 초안. 죄인이 복초(服招)한 글.
465) 계ᄉ(啓辭): 계사. 논죄(論罪)에 관하여 임금에게 올리던 글.

귀신(鬼神)도 측냥(測量)치 못ᄒ리로다."

드듸여 형

...

112면

부(刑部)의 됴셔(詔書)ᄒ샤 다ᄉ리고ᄌ ᄒ시더니, 듕셔싱(中書省)으로 조ᄎ 항쥐(杭州) ᄌᄉ(刺史)의 계문(啓聞)466)을 올니니 한님혹ᄉ(翰林學士ㅣ) 넑으니 ᄉ(辭)의 왈(曰),

'항뒤(杭州) ᄌᄉ(刺史) 소신(小臣) 화진467)은 성황성공(誠惶誠恐)ᄒ고 삼가 샹표(上表)ᄒᄂ이다. 신(臣)이 국명(國命)을 벗ᄌ와 수년(數年)을 변방(邊方)의 뉴(留)ᄒ오미 면468)리 룡안(龍顔)을 텸망(瞻望)469)ᄒ와 구구(區區)ᄒ온 회푀(懷抱ㅣ) 일일(日日) 심고(甚高)ᄒ믈 면(免)치 못ᄒ올소이다. 신(臣)이 항쥐(杭州) 도임(到任)ᄒ연 지 ᄉ(四)년(年)이라 잠간(暫間) 술피오미 ᄋ동주졸(兒童走卒)470)이 다 녜의(禮義)로 쳐(處)ᄒ니 이 도시(都是)471) 폐하(陛下) 셩덕(聖德)이 넓으시미라. 그윽이 힝희(幸喜)ᄒᆫ 밧쟈(者)ᄂ 성샹지티(聖上之治) 교홰(敎化ㅣ) 이러틋 힝(行)ᄒ샤 먼니 쳔(千) 니(里) ᄯ히 다ᄉ리 졍(正)ᄒ믈 ᄲᅦ러니 신임(新任) 틱ᄉ(台司)472) 됴훈은 하등지인(何等之人)473)

---

466) 계문(啓聞): 신하가 글로 임금에게 알리던 일.
467) 진: [교] 원문에는 '신'으로 되어 있으나 앞의 예를 따라 이와 같이 수정함.
468) 면: [교] 원문에는 '면'으로 되어 있으나 의미를 명확히 하기 위해 규장각본(19:88)과 연세대본(19:112)을 따름.
469) 텸망(瞻望): 첨망. 높은 곳을 멀거니 바라다봄.
470) ᄋ동주졸(兒童走卒): 아동주졸. 아이들과 남의 심부름을 하면서 여기저기 바쁘게 돌아다니는 사람.
471) 도시(都是): 모두.
472) 틱ᄉ(台司): 태사. 삼공(三公) 등의 재상을 일컬음.
473) 하등지인(何等之人): 어떤 부류의 사람.

113면

이완딕 셜슨(設使) 틱쥐(台州) 죄인(罪人) 경문이 살쳐(殺妻)ᄒ엿다
니르나 유즈식(有子息)ᄒ 사회를 고관(告官)⁴⁷⁴⁾ᄒᆷ도 그르고 어이 연
곡(輦轂)⁴⁷⁵⁾의 안즈 도적(盜賊)을 시겨 형쥐(荊州) 뎍거(謫居) 죄인
(罪人) 힝도(行途)를 쫄와 그 녀ᄋ(女兒) 니경문 쳐(妻)를 탈ᄎᆔ(奪取)
ᄒ여다가 미희(美姬)를 삼으려 ᄒ니 고금(古今)의 이런 흉완(凶頑)⁴⁷⁶⁾
ᄒ 놈이 어딕 이시며 황텬(皇天)⁴⁷⁷⁾이 진노(震怒)치 아니ᄒ리잇가?
ᄎ고(此故)로 신(臣)이 여ᄎ여ᄎ(如此如此)ᄒ여 적당(賊黨)을 즙아
져조믹 승복(承服)ᄒ믹 명명(明明)ᄒ온 고(故)로 신(臣)이 즈젼(自
專)⁴⁷⁸⁾치 못ᄒ여 거⁴⁷⁹⁾두어 샹달(上達)ᄒ옵ᄂ니 셩샹(聖上)은 외쳑
(外戚)이라 요딕(饒貸)⁴⁸⁰⁾치 므르시고 엄(嚴)히 다ᄉ려 후일(後日)을
딩계(懲戒)ᄒ소셔. 국개(國家ㅣ) 블힝(不幸)ᄒ여 간녀(奸女) 간인(奸
人)이 됴뎡(朝廷)을 탁ᄂ(濁亂)⁴⁸¹⁾ᄒ야 범범(泛泛)⁴⁸²⁾ᄒ믹

114면

이 디경(地境)의 니르러시니 신(臣)이 먼니 뎨도(帝都)를 우러러 감

---

474) 고관(告官): 관청에 고소함. 조훈이 사위 이경문을 고소한 것을 이름.
475) 연곡(輦轂): 임금이 타는 수레라는 뜻으로 임금이 있는 서울을 말함.
476) 흉완(凶頑): 흉악하고 모짊.
477) 황텬(皇天): 황천. 크고 넓은 하늘.
478) 즈젼(自專): 자전. 스스로 마음대로 행함.
479) 거: [교] 원문과 연세대본(19:113)에는 '긔'로 되어 있으나 문맥을 고려해 규장각본(19:89)을 따름.
480) 요딕(饒貸): 요대. 너그러이 용서함.
481) 탁ᄂ(濁亂): 탁란. 흐리고 어지럽힘.
482) 범범(泛泛): 꼼꼼하지 아니하고 데면데면함.

분(感憤)[483]호믈 춤디 못호옵ᄂ니 신(臣)이 ᄌ소(自少)로 쇼인(小人)을 빈쳑(排斥)[484]호미 틴심(太甚)호온 고(故)로 먼니 변니(邊里)의 닉치완 디 ᄉ(四) 년(年)의 뇽안(龍顔)이 의희(依稀)[485]호니 식쟈(識者)의 다시 딕희엄 즉호딘 신(臣)이 ᄌ소(自少)로 조샹(祖上)브터 나라 은혜(恩惠) 닙ᄉ기ᄅ 망극(罔極)히 호여ᄉᄂ다라 평싱(平生)의 혼 ᄆ옴이 몸을 ᄆ아 국은(國恩)을 갑ᄉ[486]고ᄌ 호옵ᄂ 고(故)로 딘신(大臣)의게 아텸(阿諂)호믈 아디 못호고 바로 뇽뎐(龍殿)의 주(奏)호옵ᄂ니 앙우쳥졍(仰于淸淨)[487]호소셔. 모월(某月) 모일(某日)의 항쥐(杭州) ᄌᄉ(刺史) 화진은 고두(叩頭) 빅비(百拜)호ᄂ이다.'

호엿더라.

· ● ●

115면

샹(上)이 텽파(聽罷)의 딘경딘로(大驚大怒)호야 굴ᄋ샤딘,

"됴훈이 국가(國家) 딘임(大任)을 못타 몸이 딘신(大臣)의 거(居)호야 이런 음비(淫卑)혼 노ᄅᆺ술 호리오? 여러 가지 딘옥(大獄)이 국가(國家)의 변(變)이라 경(輕)히 못 호리라."

호시고 즉시(卽時) 추국쳥(推鞫廳)을 빈셜(排設)호라 호시고 만됴(滿朝)ᄅ 녕픽(令牌)[488]호샤 죄인(罪人)을 다ᄉ려실 ᄉ 젼하(殿下)의 무수(無數) 나쟝(羅將)[489]이 구름 ᄀᆺ고 도총딘쟝군(都摠大將軍) 쳑

---

483) 감분(感憤): 마음속 깊이 분함을 느낌.
484) 빈쳑(排斥): 배척. 거부하여 물리침.
485) 의희(依稀): 물체 따위가 희미하고 흐릿함.
486) ᄉ: [교] 원문에는 '술'로 되어 있으나 문맥을 고려해 규장각본(19:90)과 연세대본(19:114)을 따름.
487) 앙우쳥졍(仰于淸淨): 앙우쳥졍. 깨끗하게 해 주기를 바람.
488) 녕픽(令牌): 영패. 명패를 내려 조정에 오도록 함.

눈490)광이 군복(軍服) 픽검(佩劍)으로 어림군(御臨軍)491) 삼쳔(三千)을 거느려 시위(侍衛)ᄒᆞ여 형부샹셔(刑部尚書)와 디리시관(大理寺官)이며 금의위(錦衣衛) 졔492)졔(齊齊)히 항녈(行列)을 조츠니 웅쟝(雄壯)ᄒᆞ고 엄슉(嚴肅)ᄒᆞ미 비(比)ᄒᆞᆯ 곳 업더라.

샹(上)이 놉히 구룡금상(九龍金牀)의 좌(坐)ᄒᆞ시고 니(李) 승샹(丞相)을 명초(命招)493)ᄒᆞ시니 승샹(丞相)이 궐하(闕下)의 디죄(待罪)ᄒᆞ엿더니 은

• • •

116면

명(恩命)을 듯고 쳥죄(請罪) 왈(曰),

"죄인(罪人) 빅문은 신(臣)의 손ᄌᆞ(孫子ㅣ)라 엇지 감히(敢-) 옥ᄉᆞ(獄事)의 참예(參預)ᄒᆞ리잇고?"

샹(上)이 다시 명초(命招) 왈(曰),

"국가(國家ㅣ) 블ᄒᆡᆼ(不幸)ᄒᆞ야 디옥(大獄)이 니러나디 국됴(國朝) 이ᄅᆡ(以來)로 듯지 못ᄒᆞ던 변괴(變故ㅣ)라 샹부(相父ㅣ)494) 피혐495)(避嫌)496)ᄒᆞᆯ딘디 딤(朕)이 엇디 홀노 다ᄉᆞ리리오?"

---

489) 나장(羅將): 나장. 죄인을 문초할 때에 매질하는 일과 귀양 가는 죄인을 압송하는 일을 맡아보던 하급 관리.
490) 눈: [교] 원문에는 '늉'으로 되어 있으나 앞의 예를 따라 이와 같이 수정함.
491) 어림군(御臨軍): 임금을 호위하는 군대.
492) 졔: [교] 원문에는 '셰'로 되어 있으나 문맥을 고려해 규장각본(19:91)과 연세대본(19:115)을 따름.
493) 명초(命招): 임금의 명으로 신하를 부름.
494) 샹부(相父ㅣ): 상부. 황제가 선조(先朝) 때부터 계속 재상으로 있는 사람에게 불렀던 경칭(敬稱).
495) 혐: [교] 원문과 규장각본(19:91), 연세대본(19:116)에 모두 '염'으로 되어 있으나 문맥을 고려해 이와 같이 수정함.
496) 피혐(避嫌): 논핵하는 사건에 관련된 벼슬아치가 벼슬에 나가는 것을 피하던 일.

승샹(丞相)이 무지못ᄒ야 됴복(朝服)을 ᄀ초고 뎐하(殿下)의 니르러 빅관(百官)이 오히려 좌(座)를 일우지 못ᄒ엿다가 승샹(丞相)이 샹두(上頭)의 술미 일시(一時)의 뒤흘 니어 ᄎᄎ(次次)로 부복(俯伏)ᄒ기를 무ᄎ미 농문뒤장군(--大將軍) 쟝셩닙이 무치를 드러 금고(金鼓)를 울니니 모든 무시(武士ㅣ) 일시(一時)의 형벌(刑罰) 긔구(器具)를 ᄀ촌 후(後) 됴훈과 윤혁과 뉴션, 강문양 등(等)과 녀승(女僧) 혜션과 빅문을 큰 칼 삐이고 수

• ••

117면

족497)(手足)을 줌가 일시(一時)의 ᄭ어 드리니 샹(上)이 믄득 하교(下敎) 왈(曰),

"죄인(罪人) 빅문은 공신(功臣)의 아둘이라 뎌덕 듕죄(重罪) 이셔도 저럿툿 못 ᄒ리니 ᄒ믈며 간쳐(奸妻)의 소근 죄(罪)ᄯ녀. 섈니 칼흘 벗겨 댱방(長房)498)의 ᄂ리오라."

ᄒ시니 너덧 무시(武士ㅣ) 텽녕(聽令)ᄒ고 도로 닉여ᄀ미 샹(上)이 몬져 혜션을 무르시니 혜션이 딕왈(對曰),

"빈승(貧僧)의 죄(罪)ᄂ 연왕(-王) 면뎐(面前)의 다 고(告)ᄒ여시니 기ᄎ(其次)499)ᄂ 노 시(氏)를 잡아 져주소셔."

샹(上)이 올히 넉이샤 위ᄉ(衛士)로 노 시(氏)를 줍아 오라 ᄒ더니, 이ᄢ 노 시(氏) 일이 임의 픠루(敗漏)ᄒ야 혜션이 복툐(服招)500)ᄒ

---

497) 죡: [교] 원문에는 '죽'으로 되어 있으나 문맥을 고려해 규장각본(19:92)과 연세대본(19:117)을 따름.
498) 댱방(長房): 장방. 관아에서 서리(書吏)가 쓰던 방.
499) 기ᄎ(其次): 기차. 그다음.
500) 복툐(服招): 복초. 문초를 받고 순순히 죄상을 털어놓음.

고 연왕(-王)이 빅문을 잡아 궐하(闕下)로 나아가믈 보니 제 죽을 줄
알고 홍영을 더브러 남복(男服)을 닙고 놋

118면

치 송진(松津)과 즈황(雌黃)[501]을 개여 빅르고 문(門)을 나 드릭ᄂ니
위시(衛士ㅣ) 니르러 잡으려 흔들 그림자를 어디 가 어드리오.

노 부ᄉ(府使)의 가 뒤여 엇지 못ᄒ고 노 부ᄉ(府使)를 미여 도라
오니 샹(上)이 더옥 흉(凶)히 너기샤 승샹(丞相)을 도라보와 굴ᄋ샤디,

"츠인(此人)의 간악(奸惡)ᄒ미 이 ᄀᆺ투니 션싱(先生)이 엇디 엄(嚴)
히 딕희우지 아니ᄒ뇨?"

승샹(丞相)이 복수(伏首) 디왈(對曰),

"노녀(-女)의 음흉(陰凶)ᄒ믈 아론 지 오릭오나 이디도록 흐믄 몽
미(夢寐) 밧기오, 쏘 혜션 요승(妖僧)이 즈시 승복(承服)ᄒ여시니 잡
아 죽이실 밧 무릭실 거시 업ᄂ이다."

샹(上)이 올히 너기샤 윤혁을 몬져 져조와 굴오디,

"네 국은(國恩)을 닙어 몸이 디간(臺諫)의 이셔 그른 사름의 쳥
(請)을

119면

듯고 니흥문을 ᄉ디(死地)의 녀흐며 임계운 등(等)을 모역지죄(謀逆

---

501) 즈황(雌黃): 자황. 황과 비소의 화합물로 채색용으로도 쓰임.

之罪)[502]로 밀워 딤(朕)으로 ᄒ여곰 냥신(良臣)을 일케 ᄒᄂ뇨?"

윤혁이 거스려 글오딕,

"신(臣)은 국은(國恩)을 갑습노라 공논(公論)을 직희여시니 다른 죄(罪) 업ᄂ이다."

샹(上)이 익노(益怒)ᄒ샤 형댱(刑杖)을 ᄂ와 일ᄎ(一次)를 듄ᄎ(準次)[503]ᄒ시니 윤혁이 견딕디 못ᄒ여 셜니 복툐(服招) 왈(曰),

"신(臣)이 본딕(本-) 문회(門戶ㅣ) 미(微)ᄒ옵고 딕품(職品)이 한미(寒微)ᄒ여 뎌 니가(李家)의 셩당(成黨)[504]ᄒ믈 쩌리더니 직종미(再從妹) 노 시(氏) 여ᄎ여ᄎ(如此如此) 니ᄅᄂ지라 긔틀을 어더 샹소(上疏)ᄒ고 임계운 등(等) 모히(謀害)ᄒ기ᄂ 노강이 계교(計巧)를 가ᄅ치거ᄂᆯ 베픈 빈로소이다."

샹(上)이 ᄯ 노 부ᄉ(府使)를 무ᄅ시니 두 눈이 멀거ᄒ야 급(急)히 딕답(對答)ᄒᄃ,

"신(臣)

···

120면

이 나히 늙고 식견(識見)이 우미(愚昧)ᄒ야 사오나온 ᄌ식(子息)의 다리오믈 드러 전후(前後) 죄악(罪惡)이 여산(如山)ᄒ다라 죽기를 원(願)ᄒᄂ이다."

샹(上)이 ᄯ 뉴션, 강문양을 무ᄅ시니 다 노 부ᄉ(府使), 윤혁의 다리오믈 드러 힝ᄉ(行事)ᄒ다 ᄒ니 임의 임 공(公) 등(等) 이미ᄒ미

---

502) 모역지죄(謀逆之罪): 역모를 꾀한 죄.

503) 듄ᄎ(準次): 준차. 매를 몇 차례에 걸쳐 때림.

504) 셩당(成黨): 성당. 도당(徒黨)을 이름.

빈505)옥(白玉)굿치 버셔는디라. 샹(上)이 이의 노식(怒色) 즐왈(叱曰),

"경(卿)은 국구(國舅)의 ㅈ(子)로 국가(國家) 디신(大臣)이라 엇지 음험(淫險) 간악(奸惡)ᄒ미 여ᄎ(如此)ᄒ여 증참(證參)506)이 업슨 디 옥(大獄)을 일워 사희룰 희507)(害)ᄒ고 ᄂ의 명부(命婦)룰 탈취(奪取)ᄒ려 ᄒ니 그디 쟝ᄎᆞ(將次ㅅ) 어디 가(可)ᄒ뇨?"

훈이 고개룰 숙이고 홀 물이 업셔ᄒ거늘 제젹(諸賊)을 져주미 간 샹(奸狀)508)이 분명(分明)ᄒ디라. 샹(上)이 제신(諸臣)을 도라보와 굴 오디,

"모

* ● ●

121면

든 죄인(罪人)의 명명(明明)ᄒ 초안(招案)을 보오미 극악(極惡) 디죄 (大罪)라 노강 등(等)을 흔굴ᄀᆞᆺ치 역뉼(逆律)노 참(斬)ᄒ리라."

제신(諸臣)이 고두(叩頭)ᄒ야 못당ᄒ시믈 일ᄏ라디 니(李) 승샹(丞 相)이 홀노 고두(叩頭)ᄒ야 관젼(寬典)509)을 쓰미 가(可)ᄒ다 ᄒ니 샹(上) 왈(曰),

"노강은 당당(堂堂)ᄒ ᄉᆞᄐᆞ우(士大夫)로 ᄒ 쏠의 두 사회룰 엇ᄂᆞᆫ 듕(中) 그 강샹(綱常)을 범(犯)ᄒ야 국법(國法)이 샤(赦)치510) 못홀 거

---

505) 빈: [교] 원문에는 '비'로 되어 있으나 문맥을 고려해 규장각본(19:94)과 연세대본(19:120)을 따름.
506) 증참(證參): 참고가 될 만한 증거(證據).
507) 희: [교] 원문에는 '허'로 되어 있으나 문맥을 고려해 규장각본(19:95)과 연세대본(19:120)을 따름.
508) 간샹(奸狀): 간상. 간악한 모습.
509) 관젼(寬典): 관전. 너그러운 은전.
510) 치: [교] 원문에는 이 글자가 빠져 있으나 문맥을 고려해 규장각본(19:95)과 연세대본(19:121) 을 따라 첨가함.

시오 요승(妖僧)을 쳐결(締結)511)호야 이미흔 딕신(大臣)을 함졍(陷穽)의 너키롤 능스(能事)로 아니 그 죄(罪) 대역(大逆)으로 다르미 업고 윤혁이 신512)진(新進) 명스(名士)로 딤(朕)의 셩총(聖聰)을 ᄀ리오니 그 죄(罪) 엇지 죽을죄(--罪) 아니며 됴훈이 사회롤 고관(告官)호고 그 쳐ᄌ(妻子)롤 탈취(奪取)코ᄌ 호니 강샹(綱常)과 인뉸(人倫)을 그르ᄂᆫ 도젹(盜賊)이라 오

。●●

122면

형(五刑)513)으로 다스리리라. 샹부(相父)ᄂᆫ 일편도이 국법(國法)을 히틱(懈怠)514)케 믈나. 호믈며 흥문은 황손(皇孫)이오, 계양 공듀(公主)ᄂᆫ 션뎨(先帝) 긔딕(期待) 통이(寵愛)호시던 비어ᄂᆞᆯ 제 이미호미 빅옥(白玉) ᄀᆺᄐᆞ므로 일됴(一朝)의 간신(奸臣)이 농계(弄計)515)호야 죽일 번호고 금(今)의 졀역(絶域)의 닛티연 디 이(二) 년(年)의 그 고초(苦楚) 환난(患難)이 몃 가진들 알니오. 일을 싱각호니 닋 ᄆᆞ음이 부아지ᄂᆫ 듯호거늘 샹뷔(相父ㅣ) 홀노 치원(置怨)516)호미 업ᄂᆞ냐? 도시(都是) 흥문과 경문을 위(爲)호야 됴훈을 더옥 노치 못홀노다."

승샹(丞相)이 관(冠)을 벗고 옥계(玉階)의 머리롤 두드려 돈수(頓

---

511) 쳐결(締結): 체결. 얽어서 맺음.
512) 신: [교] 원문과 연세대본(19:121)에는 '진'으로 되어 있으나 문맥을 고려해 규장각본(19:95)을 따름.
513) 오형(五刑): 다섯 가지 형벌. 묵형(墨刑), 의형(劓刑), 월형(刖刑), 궁형(宮刑), 대벽(大辟)을 이르는데, 묵형은 죄인의 이마나 팔뚝 따위에 먹줄로 죄명을 써넣던 형벌이고 의형은 코를 베는 형벌이며 월형은 발꿈치를 자르는 형벌이고, 궁형은 생식기를 자르는 형벌이며, 대벽은 목을 베는 형벌임.
514) 히틱(懈怠): 해태. 기일을 넘겨 책임을 다하지 않음.
515) 농계(弄計): 계책으로 희롱함.
516) 치원(置怨): 원한을 둠.

首) 왈(日),

"신(臣)의 부지부덕(不才不德)[517]으로 외람(猥濫)이 셩은(聖恩)을 망극(罔極)히 닙수와 디위(地位) 보상(輔相)[518]의 모텸(冒添)[519]ᄒ연 디 삼십(三十) 년(年)이로딕 터럭 긋

●●●

123면

도 국가(國家)를 위(爲)ᄒ야 갑수오미 업숩ᄂ디라. 텬승(千乘)[520]을 도라보오미 붓그럽수오미 만복(滿腹)ᄒ옵더니 금일(今日) 텬고(千古)의 희한(稀罕) 딕옥(大獄)을 당(當)ᄒ야 우흐로 셩[521]샹(聖上)이 명출(明察)ᄒ시고 아리로 삼쳑(三尺)[522]의 뉼(律)을 줍아 명졍언슌(明正言順)[523]ᄒ니 노신(老臣)이 감히(敢-) 암둙의 싀빅 우룸을 효측(效則)ᄒ와 흔 믈슴을 주(奏)ᄒ옵ᄂ니 황공(惶恐) 딕죄(待罪)ᄒᄂ이다.

국개(國家 ㅣ) 블힝(不幸)ᄒ야 도젹(盜賊)이 년년(年年)의 니러ᄂ고 쏘 근년(近年) 이릭(以來)로 한직(旱災)[524] 팅심(太甚)ᄒ니 졍(正)히 근심ᄒᄒ염 죽흔 무디라. 죄인(罪人) 노강의 죄(罪)ᄂ 만수무셕(萬死無惜)[525]이라 일시(一時) 사오ᄂ온 ᄌ식(子息)의 드릭오믈 드러 일됴(一朝)의 딕죄(大罪)의 쌔디니 근본(根本)을 혜아리옵건딕 노강이 져

---

517) 부지부덕(不才不德): 부재부덕. 재주가 없고 덕이 없음.
518) 보상(輔相): 보상. 대신을 거느리고 임금을 도와 나라를 다스림. 또는 그런 인물.
519) 모텸(冒添): 모첨. 외람되게 은혜를 입음.
520) 천승(千乘): 천승. 천 대의 병거라는 뜻으로, 제후를 이르는 말. 제후는 천 대의 병거를 낼 만한 나라를 소유하였음.
521) 셩: [교] 원문에는 '경'으로 되어 있으나 문맥을 고려해 규장각본(19:97)과 연세대본(19:123)을 따름.
522) 삼쳑(三尺): 삼척. 법률. 고대 중국에서 석 자 길이의 죽간(竹簡)에 법률을 썼던 데서 유래함.
523) 명졍언슌(明正言順): 명정언순. 일이 분명하고 말이 이치에 맞음.
524) 한직(旱災): 한재. 가뭄의 재앙.
525) 만수무셕(萬死無惜): 만사무석. 만 번 죽어도 아깝지 않음.

그나 디식(知識)이 이실딘딕 악녀(惡女) 간승(奸僧)

의 믈을 아니 드러 강상(綱常)을 믄흐치디 아닐 거시로딕 노강이 디식(知識)이 업고 혼암블명(昏闇不明)526) 흔 거시라 만일(萬一) 어딘 일노 가릇칠딘딕 어딜 거시오 사오느옴도 가릇틴즉 스오느올 거시니 츳인(此人)을 엇디 사름으로 칙망(責望) 흐야 쑬의 연좌(連坐)롤 쓸 재(者丨)리잇고? 괴수(魁首) 노몽홰 텬고(千古) 강상(綱常)을 믄허 브리고 오륜(五倫)을 져브려 전후(前後) 죄악(罪惡)이 여산여수(如山如水) 흐여 오형(五刑)으로 능지쳐스(陵遲處死) 흐여도 앗갑디 아니나 져의 여얼(餘孼)527)노 다인(多人)의 죄(罪) 닙으미 즛못 풍홰(風化丨) 손상(損傷) 흐올디라. 원(願) 폐하(陛下)ᄂᆞᆫ 노녀(-女)롤 츳즈샤 법(法)을 졍(正)히 흐시미 올흘가 흐느이다. 됴훈이 튀쥐(台州) 졍빅(定配) 죄인(罪人) 경문을 고관(告官) 흐미 그릇나 그러나 왕

왕(往往)이 그러툿 흐니 이시니 임의 경문이 일방(一房)의 잇다가 죽은 후(後) 옥셕(玉石)을 뉘 굴히며 노녀(-女) 음악(淫惡) 흔 계규(稽揆)528)롤 엇디 알니잇고? 다만 위녀(-女)롤 겁틱(劫敕)529) 흐려 흐ᄂᆞᆫ

---

526) 혼암블명(昏闇不明): 혼암불명. 어리석고 못나서 사리에 어둡고 현명하지 않음.
527) 여얼(餘孼): 이미 당한 재앙 외에 아직 남아 있는 재앙이나 액운.
528) 계규(稽揆): 살피고 헤아림.
529) 겁틱(劫敕): 겁칙. 겁박하여 탈취함.

쯧이 통히(痛駭)530) 호온디라 감亽(減死) 호소셔. 훈의 죄(罪) 비록 역
뉼(逆律)이나 황후(皇后) 낭낭(娘娘)의 눗출 보시미 올흐시니 노신
(老臣)의 믈솜이 뎌 죄인(罪人)들을531) 죽여 법(法)을 셰우기 법(法)
붓기라 호읍는 거시 아니오라, 국가(國家)의 술뉵(殺戮)을 늣초고즈
호미라 원(願) 폐하(陛下)는 술피소셔."

샹(上)이 텽필(聽畢)의 안식(顏色)을 눗초시고 칭샤(稱謝) 왈(曰),

"샹부(相父)의 믈(物)을 앗기고 싱(生)을 토(討)532) 호는 현심(賢心)
이 이윤(伊尹)533), 곽광(霍光)534)의 우히라 기리 칭하(稱賀) 호노라.
됴훈과 노강은 목숨을 샤(赦) 호려니와 윤혁, 뉴션 등(等)은

• • •

126면

샤(赦)티 못호리라."

언미필(言未畢)의 도어亽(都御使) 녀박과 간의태우(諫議太傅) 댱
계연이댱옥계 뎨삼직(第三子])라535) 홍포(紅袍)를 붓티고 홀(笏)을 붓드러
입계(入啓)536) 왈(曰),

"니샹(李相)의 믈솜이 관인(寬仁)호미 웃듬이나 법(法)으로 의논

---

530) 통히(痛駭): 통해. 몹시 이상스러워 놀람.
531) 을: [교] 원문과 규장각본(19:98)과 연세대본(19:125)에 모두 '의'로 되어 있으나 문맥을 고려
해 이와 같이 수정함.
532) 싱(生)을 토(討): 삶을 구함.
533) 이윤(伊尹): 중국 은(殷)나라의 이름난 재상으로 탕왕(湯王)을 도와 하(夏)나라의 걸왕(桀王)을
멸망시키고 선정을 베풀었음.
534) 곽광(霍光): 중국 전한(前漢)의 장군(?~B.C.68). 무제(武帝)를 섬기다가 무제가 죽자 실권을
장악함. 어린 소제(昭帝)를 보좌하여 대사마 대장군(大司馬大將軍)이 되었으며, 소제가 죽은
뒤 선제(宣帝)를 즉위시켜 20여 년 동안 권력을 누림.
535) 댱옥계 뎨삼직(第三子])라: [교] 원문과 연세대본(19:126)에는 본문과 글자 크기가 차이 나지
않으나 이 부분은 주석 부분이므로 두 줄로 처리한 규장각본(19:99)을 따름.
536) 입계(入啓): 임금에게 상주(上奏)하는 글을 올리던 일.

(議論)혼즉 노강이 됴뎡(朝廷) 신뇨(臣僚)로 제 몸이 ᄉᆞ틱우(士大夫)
여늘 ᄶᆞᆯ을 가ᄅᆞ쳐537) 쳔고(千古) 강샹(綱常)을 믄허바리며 음비(淫
卑) 픽악(悖惡)혼 죄악(罪惡)이 관영(貫盈)538)혼디라 당당(堂堂)이 오
형(五刑)으로 능디쳐참(陵遲處斬)ᄒᆞ미 가(可)ᄒᆞ니 엇디 샤(赦)ᄒᆞ시며
됴훈은539) 당당(堂堂)혼 딕신(大臣)으로 급암540)(汲黯)541)의 ᄒᆡᆼ실(行
實)을 효측(效則)디 못혼들 제 엇디 년곡(輦轂)의 안ᄌᆞ 대신(大臣)의
명부(命婦)를 탈취(奪取)ᄒᆞ라 도적(盜賊)을 보ᄂᆞ리오? 이 죄(罪) 궁흉
극악(窮凶極惡)542)ᄒᆞ니 샤(赦)티 못ᄒᆞ리이다."

샹(上)이 올히 너기시거늘 승샹(丞相)이 다시 고

•••

127면

두(叩頭) 왈(曰),

"딕간(臺諫)의 녁ᄌᆡᆼ(力爭)543)홈도 그릇디 아니나 셩심(聖心)이 두
세 가지로 변(變)ᄒᆞ시믄 가(可)티 아니ᄒᆞ니이다."

샹(上)이 의윤(依允)544)ᄒᆞ시니 녀 어ᄉᆞ(御史ㅣ) ᄉᆞ쉭(辭色)이 블열
(不悅)ᄒᆞ야 글오딕,

---

537) ᄶᆞ: [교] 원문에는 이 글자가 없으나 문맥을 고려해 규장각본(19:99)과 연세대본(19:126)을 따
라 첨가함.
538) 관영(貫盈): 가득함.
539) 은: [교] 원문과 규장각본(19:99), 연세대본(19:126)에 모두 '의'로 되어 있으나 문맥을 고려해
이와 같이 수정함.
540) 암: [교] 원문과 규장각본(19:99), 연세대본(19:126)에 모두 '압'으로 되어 있으나 문맥을 고려
해 이와 같이 수정함.
541) 급암(汲黯): 중국 전한(前漢) 무제(武帝) 때의 간신(諫臣, ?~B.C.112). 자는 장유(長孺). 성정이
엄격하고 직간을 잘하여 무제로부터 '사직(社稷)의 신하'라는 말을 들음.
542) 궁흉극악(窮凶極惡): 몹시 흉측하고 악독함.
543) 녁ᄌᆡᆼ(力爭): 역쟁. 힘써 직언하고 충고함.
544) 의윤(依允): 신하가 아뢰는 청을 임금이 허락함.

"너모 국법(國法)이 히틱(懈怠)홈은 그른디라. 됴·노 냥인(兩人)의
죄악(罪惡)이 역뉼(逆律)의 디미 업거늘 엇던 고(故)로 살나 닉쳐 후
인(後人)을 딩계(懲戒)치 아니리잇가?"

승샹(丞相) 왈(曰),

"군(君) 등(等)의 의논(議論)이 고강(高剛)545)ᄒ니 가(可)히 항복
(降服)ᄒ거니와 나의 쳐신(處事ㅣ) 정도(正道)를 잡으니 엇디 가(可)
치 아닌 노륵술 ᄒ리오?"

샹(上)이 션(善)흔 쓰디 아니라 ᄒ시고 빅문을 방송(放送)ᄒ여 뭇
디 몰나 ᄒ시니 녀 어시(御史ㅣ) 블연(不然) 변식(變色) 주왈(奏曰),

"빅문은 텬하(天下) 기인(棄人)이라 므슴 연고(緣故)로 죄(罪) 업시
노ᄒ시리잇고? 진실노(眞實-) 아디 못

• • •

128면

홀쇼이다."

샹(上) 왈(曰),

"뎡국공(--公)은 국가(國家)의 공신(功臣)이오 연왕(-王)이 남뎡븍
벌(南征北伐)흔 공신(功臣)은 니륵도 몰고 엄동샹텬(嚴冬霜天)의 쳔
(千) 니(里)를 독ᄒᆡᆼ(獨行)ᄒ야 딤(朕)을 구(救)흔 공(功)이 텬하(天下)
의 업ᄂᆞᆫ디라 그 아들 ᄒᆞᄂᆞᆯ 샤(赦)티 못ᄒ리오?"

녀박과 댱 어시(御史ㅣ) 홈긔 주왈(奏曰),

"폐하(陛下) 셩언(聖言)이 맛당ᄒ시나 빅문이 현쳐(賢妻)를 박ᄃᆡ
(薄待)ᄒ고 ᄉᆞ촌(四寸)의 쳐ᄌ(妻子)를 음간(淫姦)ᄒ며 듕간(中間) 부

---

545) 고강(高剛): 고상하고 강직함.

모(父母)의 칙(責)을 역정(逆情)ᄒ야 여ᄎ여ᄎ(如此如此) ᄒ던 죄(罪)
듕(重)ᄒ니 만일(萬一) 다ᄉ리디 아닌즉 풍화(風化)를 관정(寬政)546)
ᄒ시ᄂ 도리(道理) 아니니이다."

샹(上)이 정식(正色) 왈(曰),

"빅문의 죄(罪)를 모ᄅ미 아니로딕 그 아븨 공(功)이 듕(重)ᄒ니
부듕(府中)의셔 기과(改過)ᄒ게 ᄒ라."

ᄒ시며 됴회(朝會)를 파(罷)ᄒ시니 연왕(-王)이

궐하(闕下)의 딕죄(待罪)ᄒ엿다가 이 소식(消息)을 듯고 어히업셔 샹
소(上疏)ᄒ야 글오딕,

'죄신(罪臣)이 부ᄉᆼ(賦生)547)이 긔구(崎嶇)ᄒ고 명되(命途ㅣ)548) 다
쳔(多舛)549)ᄒ야 오ᄂ늘 이런 난쳐(難處)ᄒ고 어려온 ᄣᅥ를 당(當)ᄒ
야 심신(心身)이 황난(荒亂)550)ᄒ고 의ᄉᆡ(意思ㅣ) 어려 다만 텬디(天
地) 부모(父母)긔 명명(明正)551)이 쳐(處)ᄒ시믈 ᄇ라더니 됴셔(詔書)
를 밧들미 황공(惶恐) ᄂᆔ니(忸怩)552)ᄒ미 능히(能-) 욕ᄉ무디(欲死無
地)553)라 ᄒ 무음이 머리를 븨고 산간(山間)의 도라가고ᄌ ᄒᄂ이다.
죄인(罪人) 빅문의 젼후(前後) 강상(綱常)을 범(犯)ᄒ 죄악(罪惡)은

---

546) 관정(寬政): 관정. 정치를 너그럽게 함.
547) 부ᄉᆼ(賦生): 부생. 타고난 삶.
548) 명되(命途ㅣ): 운명과 재수를 아울러 이르는 말.
549) 다쳔(多舛): 다천. 어그러짐이 많음.
550) 황난(荒亂): 황란. 정신이 어지러움.
551) 명명(明正): 명정. 분명하고 바름.
552) ᄂᆔ니(忸怩): 육니. 부끄러움.
553) 욕ᄉ무디(欲死無地): 욕사무지. 죽으려 해도 죽을 땅이 없음.

니르도 믈고 흉포554)브랑(凶暴浮浪)555)흔 심술(心術)이 텬하(天下)의 드믄 악인(惡人)이오, 년곡(輦轂)의 두디 못홀 소인(小人)이라. 신(臣)의 미(微)흔 공(功)으로 인(因)흔

•••

130면

야 다ᄉᆞ리디 아니실딘딕 됴뎡(朝廷) 인직(人材) 스ᄉᆞ로 믈너ᄂᆞ리니 셩샹(聖上)이 엇556)딘 고(故)로 이러툿 국강(國綱)557)이 이저디게558)ᄒᆞ시ᄂᆞ니잇고? 신(臣)이 스ᄉᆞ로 죽어 ᄌᆞ식(子息)을 못 나흔 죄(罪)를 속(贖)ᄒᆞ고ᄌᆞ ᄒᆞᆸᄂᆞ니 복559)망(伏望) 폐하(陛下)는 슬피쇼셔.'

샹(上)이 수됴560)(手詔)561)로 위로(慰勞)ᄒᆞ샤딕,

'경(卿)의 강개(慷慨)흔 주ᄉᆞ(奏辭ㅣ) 아름다오나 빅문이 녀ᄌᆞ(女子)의게 속아실디언뎡 기실(其實)은 무죄(無罪)ᄒᆞ미 소연(昭然)ᄒᆞ니 경(卿)은 안신(安身)ᄒᆞ라.'

ᄒᆞ시니 왕(王)이 초조(焦燥)ᄒᆞ여 다시 소(疏)를 일울ᄉᆡ 하릅공(--公)이 니르러 칙(責)ᄒᆞ여 ᄀᆞᆯ오딕,

"빅문의 죄(罪) 듕(重)ᄒᆞᄂᆞ 홀노 제 ᄐᆞ시 아니오, 네 ᄯᅩ 두 번(番)

---

554) 포: [교] 원문과 연세대본(19:129)에는 '됴'로 되어 있으나 문맥을 고려해 규장각본(19:101)을 따름.
555) 흉포브랑(凶暴浮浪): 흉포부랑. 흉악하고 방자함.
556) 엇: [교] 원문에는 '언'으로, 연세대본(19:130)에는 '어'로 되어 있으나 문맥을 고려해 규장각본(19:102)을 따름.
557) 국강(國綱): 국가의 기강.
558) 이저디게: 이지러지게.
559) 복: [교] 원문과 규장각본(19:102), 연세대본(19:130)에 모두 '붕'으로 되어 있으나 문맥을 고려해 이와 같이 수정함.
560) 됴: [교] 원문과 규장각본(19:102), 연세대본(19:130)에 모두 '표'로 되어 있으나 문맥을 고려해 이와 같이 수정함.
561) 수됴(手詔): 수조. 제왕이 손수 쓴 조서.

샹소(上疏)ᄒ야 딕졀(直節)562)을 셰웟거ᄂᆞᆯ 이딕도록 과도(過度)히 구
ᄂᆞ뇨? 호랑도 제 ᄌᆞ식(子息)을 ᄉᆞ랑ᄒ거ᄂᆞᆯ 현뎨(賢弟) 브즈

• • •

131면

지졍(父子之情)이 박(薄)ᄒᆞ미 이러ᄐᆞᆺ ᄒ냐?"

왕(王)이 텽필(聽畢)의 눈믈을 드리워 샤례(謝禮) 왈(曰),

"소뎨(小弟) 셜ᄉᆞ(設使) 무샹(無狀)ᄒ나 ᄌᆞ식(子息)의게 박(薄)ᄒ리
잇고마ᄂᆞᆫ 성샹(聖上)이 너모 우리게 일편되샤 국법(國法)이 히틱(懈
怠)ᄒ샤믈 싱각디 아니시니 소뎨(小弟) 딕졀(直節)을 셰워 영명(榮
名)563)을 ᄂᆞ타ᄂᆡ고ᄌᆞ ᄒᆞ미 아니라 타일(他日) 가문(家門)을 보뎐(保
全)ᄒᄂᆞᆫ 므딕오 일후(日後) 이런 례(例) 업과져 ᄒᆞ미이다."

남공(-公)이 손샤(遜謝)564) 왈(曰),

"우형(愚兄)의 무식(無識)ᄒᆫ 소견(所見)이 현뎨(賢弟) 볼근 ᄯᅳᆺ을 모
ᄅᆞ니 후회(後悔)ᄒ노라."

왕(王)이 년망(連忙)이 사례(謝禮)ᄒᆞ고 다시 표(表)ᄅᆞᆯ 올녀 ᄀᆞᆯ오ᄃᆡ,
'죄신(罪臣) 니몽챵은 급(急)히 죽으믈 닛줍고 여러 번(番) 텬위(天
威)565)ᄅᆞᆯ 범(犯)ᄒ니 죄(罪) 만사무셕(萬死無惜)566)이로소이다. ᄎᆞ회
(嗟乎ㅣ)라!

---

562) 딕졀(直節): 직절. 강직한 절개.
563) 영명(榮名): 빛나는 이름.
564) 손샤(遜謝): 손사. 겸손히 사양함.
565) 텬위(天威): 천위. 천자의 위엄.
566) 만사무셕(萬死無惜): 만사무석. 만 번 죽어도 아깝지 않음.

셩쟈(聖者)의 녜도(禮道)와 명왕(明王)의 법뉼(法律)이 티국평567)텬
하디본568)(治國平天下之本)569)이 즈고(自古)의 민멸(泯滅)570) 흔즉 빅
문 ス흔 죄인(罪人)이 엇디 감히(敢-) 고당571)(高堂)의 안거(安居)ㅎ
야 몸 우히 머리를 보젼(保全)ㅎ리잇고? 신(臣)이 약관(弱冠)으로브터
삼됴(三朝)572)의 수은(受恩)573)ㅎ믈 망극(罔極)히 ㅎ야시디 분호(分
毫)574)도 갑ぐ오미 업습거늘 외름(猥濫)흔 왕쟉(王爵)이 쳔승(千乘)
의 거(居)ㅎ야 연븍(-北) 디방(地方)이 너르고 옥575)야(沃野) 쳔(千)
니(里)로 번딘(藩鎭)576) 듕(中) 웃듬이라 신(臣)이 듀야(晝夜) 우구
(憂懼)ㅎ야 손복(損福)577)ㅎ믈 두리고 국가(國家)를 위(爲)ㅎ야 유익
(有益)ㅎ미 업습는 고(故)로 슬허ㅎ옵는 빈러니 무샹(無狀)흔 즈식
(子息)을 두어 가문(家門)을 더러이고 지친(至親)을 히(害)ㅎ며 계양
옥듀(玉主)의 쳔금(千金) 소교인(所嬌兒ㅣ) 빈즉 신(臣)의

---

567) 평: [교] 원문과 규장각본(19:103), 연세대본(19:132)에 모두 이 글자가 없으나 문맥을 고려해
    첨가함.
568) 본: [교] 원문과 규장각본(19:103), 연세대본(19:132)에 모두 '분'으로 되어 있으나 문맥을 고
    려해 이와 같이 수정함.
569) 티국평텬하디본(治國平天下之本): 치국평천하지본. 나라를 다스리고 천하를 고르게 하는 근본.
570) 민멸(泯滅): 자취나 흔적이 아주 없어짐.
571) 당: [교] 원문에는 '댱'으로 되어 있으나 문맥을 고려해 규장각본(19:103)과 연세대본(19:132)을
    따름.
572) 삼됴(三朝): 삼조. 세 조정. 이몽창이 급제한 이후 벼슬한 선종(宣宗) 선덕제(宣德帝), 영종(英
    宗) 정통제(正統帝), 헌종(憲宗) 성화제(成化帝)의 조정을 이름.
573) 수은(受恩): 은혜를 입음.
574) 분호(分毫): 작은 터럭이라는 뜻으로 썩 적은 것의 비유.
575) 옥: [교] 원문과 연세대본(19:132)에는 '유'로 되어 있으나 문맥을 고려해 규장각본(19:104)을
    따름.
576) 번딘(藩鎭): 번진. 제후.
577) 손복(損福): 복이 없어짐.

133면

부모(父母)의 딕종(大宗)을 븟들 사룸 셩도(成都) 죄인(罪人) 홍문을
죽일 번ᄒ니 이 죄(罪) 엇디 죽으미 가(可)치 아니며 벌(罰)이 경(輕)
ᄒ리잇고마ᄂᆞᆫ 셩샹(聖上)이 신(臣)의 미(微)ᄒᆞᆫ 공(功)을 뉴렴(留念)578)
ᄒᆞ샤 텬디간(天地間) 이런 죄인(罪人)을 다ᄉᆞ리디 아니시니 복망(伏
望) 통곡(慟哭)ᄒᆞᄂᆞᆫ ᄇᆞᄂᆞᆫ 일노써 본당(本當)579)이 되야 국가(國家)의
비샹(非常)ᄒᆞᆫ 변괴(變故ㅣ) ᄎᆞᄎᆞ(次次)로 니러 나오리니 신(臣)이 엇
디 ᄒᆞᆫ ᄌᆞ식(子息)을 앗겨 국가(國家)ᄅᆞᆯ 져ᄇᆞ리리오. 슬프다, 녜의념
치(禮義廉恥)ᄂᆞᆫ 국가(國家)의 ᄉᆞ위(四維ㅣ)580)오 강샹오륜(綱常五倫)
은 인지소됴(人之所從)581)이어ᄂᆞᆯ 신(臣)이 춤남(僭濫)582)이 빅뇨(百
僚) 우희 거(居)ᄒᆞ야 타인(他人)은 니ᄅᆞ도 물고 신(臣)의 수하(手下)
ᄅᆞᆯ 못 다ᄉᆞ리리오. 당당(堂堂)이 블효ᄌᆞ(不孝子)ᄅᆞᆯ ᄉᆞᄉᆞ(賜死)ᄒᆞ고
조초 텬졍(天廷)의 ᄂᆞ아가 형벌(刑罰)의 미

134면

이기ᄅᆞᆯ 원(願)ᄒᆞᄂᆞ이다.'
ᄒᆞ엿더라.
샹(上)이 텽파(聽罷)의 시러곰 훌일업ᄉᆞ샤 빅문을 졀도(絕島)의 원

---

578) 뉴렴(留念): 유념. 잊거나 소홀히 하지 않도록 마음속에 깊이 간직하여 생각함.
579) 본당(本當): 이치에 당연함.
580) ᄉᆞ위(四維ㅣ): 사유. 나라를 다스리는 데 지켜야 할 네 가지 원칙. 곧 예(禮)·의(義)·염(廉)·치
(恥)를 이름.
581) 인지소됴(人之所從): 인지소종. 사람들이 따르는 것.
582) 춤남(僭濫): 참람. 분수에 넘쳐 너무 지나침.

찬(遠竄)ᄒ라 ᄒ시고 닉시(內侍)로 연왕(-王)을 픽초(牌招)583)ᄒ시니 왕(王)이 ᄉ양(辭讓) 왈(曰),

"신(臣)은 셰상(世上)의 용납(容納)디 못홀 죄인(罪人)이라 엇디 감히(敢-) 텬안(天顔)의 뵈리오?"

샹(上)이 다시 지쵹ᄒ샤 왈(曰),

"경(卿)이 죄(罪) 이시나 님군의 브르믈 디완(遲緩)584)ᄒ리오?"

ᄒ시니 왕(王)이 ᄆ지못ᄒ야 댱싱뎐(長生殿)의 니르러 관(冠)을 벗고 고두(叩頭) 뉴혈(流血) 왈(曰),

"신(臣)이 무상(無狀)ᄒ야 오늘늘 셩샹지치(聖上之治)의 희한(稀罕)흔 변괴(變怪)585)를 닐위여 경동(驚動)586)ᄒ시게 ᄒ니 죄(罪) 만ᄉ(萬死ㅣ)로쇼이다."

샹(上)이 흔연(欣然)이 븟드러 올니라 ᄒ시고 굴ᄋ샤ᄃᆡ,

"경(卿)이 ᄌ소(自少)로 통달(通達)ᄒ미 밋ᄎ

• • •

135면

리 업더니 엇디 이러틋 조급(躁急)ᄒᄂ뇨? 빅문이 미(微)흔 나히 너무 조달(早達)587)ᄒ야 셰졍(世情)588)을 아지 못ᄒ거늘 노녀(-女)와 요승(妖僧)이 가온ᄃᆡ로조차 닉도라 귀신(鬼神)도 측냥(測量)치 못ᄒ긔 속이니 ᄉ광지총(師曠之聰)589)과 니루지명(離婁之明)590)인들 엇디 씨

---

583) 픽초(牌招): 패초. 임금이 신하에게 명패(命牌)를 내려 부름.
584) 디완(遲緩): 지완. 더디고 느즈러짐.
585) 변괴(變怪): 이상야릇한 일이나 재변.
586) 경동(驚動): 놀라서 움직임.
587) 조달(早達): 젊은 나이로 일찍 높은 지위에 오름.
588) 셰졍(世情): 세정. 세상의 사정이나 형편.
589) ᄉ광지총(師曠之聰): 사광지총. 사광의 귀밝음. 사광은 중국 춘추시대 진(晉)나라 사람으로 자

드르리오? 추고(此故)로 딤(朕)이 죄(罪) 업스믈 인(因)ᄒᆞ야 무폐(無弊)⁵⁹¹⁾히 노ᄒᆞ더니 경(卿)이 하 과도(過度)히 고징(告諍)⁵⁹²⁾ᄒᆞ믹 절도(絕島) 원찬(遠竄)이 족(足)ᄒᆞ니 다시 줍믈(雜-)을 믈나. 경(卿)은 나라 위(爲)ᄒᆞᆫ 튱⁵⁹³⁾심(忠心)이 이 갓ᄒᆞ니 엇디 감탄(感歎)ᄒᆞ믈 춤으리오? 가(可)히 금셕(金石)의 박아 후셰(後世)의 뎐(傳)ᄒᆞ염 죽ᄒᆞ도다."

왕(王)이 돈수(頓首)⁵⁹⁴⁾ 지비(再拜) 왈(曰),

"신(臣)이 무샹(無狀)ᄒᆞ야 ᄌᆞ식(子息)을 ᄀᆞᆮ치디 못ᄒᆞ야 동싱(同生)과 일가(一家)를 다 히(害)ᄒᆞᆯ 번ᄒᆞ니 싱각ᄒᆞ믹 터럭과

∙∙∙

136면

쎼 숫그러ᄒᆞ믈⁵⁹⁵⁾ 춤으리잇가? 빅문의 죄악(罪惡)이 관영(貫盈)⁵⁹⁶⁾ᄒᆞ거늘 셩샹(聖上)이 ᄆᆞ춤ᄂᆡ 법(法)을⁵⁹⁷⁾ 굽히시니 신(臣)이 가연(慨然)ᄒᆞᆯ 이긔디 못ᄒᆞ고 후셰(後世) 시비(是非) 셩샹(聖上)긔 이실가 골돌(鶻突)⁵⁹⁸⁾ᄒᆞᄂᆞ이다."

는 자야(子野)로 저명한 악사(樂師)임. 눈이 보이지 않아 스스로 맹신(盲臣), 명신(瞑臣)으로 부름. 진(晉)나라에서 대부(大夫) 벼슬을 했으므로 진야(晋野)로 불리기도 함. 음악에 정통하고 거문고를 잘 탔으며 음률을 잘 분변했다 함.

590) 니루지명(離婁之明): 이루지명. 이루의 눈밝음. 이루는 중국 황제(黃帝) 시대의 사람으로 눈이 밝기로 유명해 백 보 밖에서 추호(秋毫)의 끝을 알아볼 수 있었다고 전해짐.

591) 무폐(無弊): 아무 폐단이 없음.

592) 고징(告諍): 고쟁. 고하여 간함.

593) 튱: [교] 원문과 연세대본(19:135)에는 '듕'으로 되어 있으나 문맥을 고려해 규장각본(19:106)을 따름.

594) 돈수(頓首): 고개를 조아림.

595) 숫그러ᄒᆞᆯ: 두려움을.

596) 관영(貫盈): 가득 참.

597) 을: [교] 원문과 연세대본(1:136)에는 '으로'로 되어 있으나 문맥을 고려해 규장각본(19:106)을 따름.

598) 골돌(鶻突): 의혹이 풀리지 않음.

샹(上)이 소왈(笑曰),

"후셰(後世) 시비(是非)는 딤(朕)이 스스로 당(當)홀 거시니 경(卿)은 부ᄌᆞ지졍(父子之情)을 싱각ᄒᆞ고 일편되이 비인졍(非人情)의 노ᄅᆞ솔 몰나. 딤(朕)이 경(卿) 아로믈 ᄉᆞ랑ᄒᆞ는 아ᄋᆞᄀᆞ치 ᄒᆞ니 만일(萬一) 범연(泛然)⁵⁹⁹⁾ᄒᆞᆫ 신하(臣下)로 알던딕 이러틋 아니ᄒᆞ리라."

연왕(-王)이 텽파(聽罷)의 눈믈이 ᄉᆞ미ᄅᆞᆯ 젹셔 굴오딕,

"폐히(陛下ㅣ) 신(臣)을 이가티 아ᄅᆞ시딕 신(臣)이 블민(不敏)ᄒᆞ야 셩은(聖恩)을 갑ᄉᆞᆸ디 못ᄒᆞ오니 엇디 붓그럽디 아니ᄒᆞ리잇고? 신(臣)이 일신(一身)을 ᄆᆞ아도⁶⁰⁰⁾ 셩은(聖恩)을

░●●

137면

갑ᄉᆞᆸ디 못ᄒᆞᆯ쇼이다."

샹(上)이 위로(慰勞)ᄒᆞ시고 팃ᄌᆞ(太子ㅣ) 시측⁶⁰¹⁾(侍側)ᄒᆞ여 겨시다가 웃고 굴오샤딕,

"황댱(皇丈)⁶⁰²⁾은 브졀업ᄉᆞᆫ 눈믈을 허비(虛費)티 말고 안심(安心) 믈ᄉᆞ(勿思)ᄒᆞ소셔. 사오나온 아돌의게 실혼(失魂)ᄒᆞ야 형샹(形狀)이 녹녹(錄錄)ᄒᆞᆫ ᄋᆞ녀ᄌᆞ(兒女子)의 갓가와 겨시냐?"

샹(上)이 딕쇼(大笑)ᄒᆞ시고 왕(王)이 역시(亦是) 웃고 빅비(百拜) 퇴됴(退朝)ᄒᆞ니,

---

599) 범연(泛然): 차근차근한 맛이 없이 데면데면함.
600) ᄆᆞ아도: 빻아도.
601) 측: [교] 원문에는 '속'으로 되어 있고 연세대본(19:137)에는 '속'으로 되어 있으나 문맥을 고려해 규장각본(19:107)을 따름.
602) 황댱(皇丈): 황장. 황제의 장인. 여기에서는 이몽창이 태자비 이일주의 아버지, 즉 태자의 장인이므로 이와 같이 부른 것임.

샹(上)이 됴셔(詔書) 호샤 셩도(成都) 죄인(罪人) 니흥문을 본죽(本爵) 녜부샹셔(禮部尚書) 좌복야(左僕射)로 승툐603)(昇超)604) 호야 역마(驛馬)로 샹경(上京) 호게 호시고 임계운을 추밀ᄉ(樞密使)를 도도시고 위공부로 다시 광녹튀우(光祿大夫)를 더어 브르시고 튀쥐(台州) 뎍거(謫居) 죄인(罪人) 니경문을 좌참졍(左參政) 튀ᄌ튀ᄉ(太子太師)를 호여 샹경(上京) 호라 호신 명(命)이 셩화(星火) ᄀᆺ호니, ᄉ재(使者 ᅵ) 각각(各各) 젼지(傳旨)를

● ● ●

138면

밧드러 ᄂᆞ려가니 영광(榮光)이 됴야(朝野)의 딘동(震動) 호고 각관(各官)이 분분요요(紛紛擾擾)605) 호더라.

형뷔(刑部 ᅵ) 됴명(詔命)606)을 밧드러 노강을 븍극(北極) 히변(海邊)의 튱군(充軍) 호고 됴훈을 동히(東海) 우리안치(圍籬安置)607) 호고 팔도(八道)의 방(榜) 브텨 노 시(氏)를 ᄎᆞᄌ며 빅문을 항쥐(杭州) 감ᄉ(減死) 호니 이늘608) 간의튀우(諫議大夫) 댱계연이 계ᄉ(啓辭)609) 호딕,

'이제 모든 죄인(罪人)이 다 승복(承服) 호미 빅문 쳐 화 시(氏) 이미호미 소연(昭然)610) 호딕 블힝(不幸) 호야 화녜(-女 ᅵ) 뎍소(謫所)로

---

603) 툐: [교] 원문에는 '죵'으로 되어 있고 연세대본(19:137)에는 '죵'으로 되어 있으며 규장각본(19:108)에는 '툥'으로 되어 있으나 문맥을 고려해 이와 같이 수정함.

604) 승툐(昇超): 승초. 파격적으로 승진시킴.

605) 분분요요(紛紛擾擾): 어수선하고 소란스러움..

606) 됴명(詔命): 조명. 임금의 명령을 일반에게 알릴 목적으로 적은 문서. 조서(詔書).

607) 우리안치(圍籬安置): 위리안치. 유배된 죄인이 거처하는 집 둘레에 가시로 울타리를 치고 그 안에 가두어 두던 일.

608) 늘: [교] 원문과 규장각본(19:108), 연세대본(19:138)에 모두 '는'으로 되어 있으나 문맥을 고려해 이와 같이 수정함.

609) 계ᄉ(啓辭): 계사. 논죄(論罪)에 관하여 임금에게 올리던 글.

610) 소연(昭然): 밝은 모양.

가다가 적환(賊患)을 만나 죽어습는디라 추증(追贈)ᄒ야 그 익미ᄒ믈 표댱(表章)611)ᄒ여디이다.'

샹(上)이 윤죵(允從)ᄒ시니 연왕(-王)이 주왈(奏曰),

"화녜(-女ㅣ) 비록 적환(賊患)

...

139면

을 만나시나 적(賊)인 비 요인(妖人) 혜션의 보닌 바 여의 졍녕(精靈)이라. 신(臣)이 ᄆ춤 자바 져조미 죽이디 아녀시믈 졍녕(丁寧)이612) 승복(承服)ᄒ거ᄂᆞᆯ 신(臣)이 복졔(服制)613)를 아냐시니 샤문(赦文)614)을 ᄂᆞ리오셔든 신(臣)이 츠즈디이다."

샹(上)이 올히 넉여 그ᄃᆡ로 ᄒ라 ᄒ시고 골ᄋᆞ샤ᄃᆡ,

"일녀(一女) 함원(含怨)은 오월비샹(五月飛霜)615)이라 ᄒ엿거ᄂᆞᆯ 화녜(-女ㅣ) 무죄(無罪)ᄒᆞᆫ ᄉᆞ족(士族) 녀ᄌᆞ(女子)로 가초 골돌ᄒ믈 격그니 딤(朕)이 심(甚)히 참연(慘然)ᄒᆞᄂᆞ니 그 츷ᄂᆞ 늘을 기ᄃᆞ려 명슉부인(貞淑夫人)을 봉(封)ᄒ고 고명(誥命)616)을 ᄂᆞ리오라."

ᄒ시니 왕(王)이 퇴됴(退朝)ᄒ고 댱 간의(諫議) 다시 주왈(奏曰),

"셩의(聖意) 민간(民間) 쇼쇼(小小)ᄒᆞᆫ 일을 다 포댱(褒獎)617)ᄒ시니 감열(感悅)618)ᄒ믈 이긔디 못ᄒᆞᆯ쇼이다. 신(臣)이 ᄯᅩ ᄒᆞᆫ 믈ᄉᆞᆷ을 주

---

611) 표댱(表章): 표장. 어떤 일에 좋은 성과를 내었거나 훌륭한 행실을 한 데 대하여 세상에 널리 알려 칭찬함.
612) 졍녕(丁寧)이: 정녕히. 조금도 틀림없이 꼭. 또는 더 이를 데 없이 정말로.
613) 복졔(服制): 복제. 상복을 입는 일. 또는 상을 당한 일.
614) 샤문(赦文): 사문. 나라의 기쁜 일을 맞아 죄수를 석방할 때에, 임금이 내리던 글.
615) 오월비샹(五月飛霜): 오월비상. 오월에 서리가 내린다는 뜻으로 여자가 깊은 한을 품은 것을 이름.
616) 고명(誥命): 중국의 황제가 제후나 오 품 이상의 벼슬아치에게 주던 임명장.
617) 포댱(褒獎): 포장. 칭찬하여 장려함.

(奏)ᄒᆞ옵ᄂᆞ니 젼(前) 승샹(丞相)

위 모(某)의 녜(女ㅣ) 젼(前) 틱우(大夫) 니경문 쳬(妻ㅣ)라. 블힝(不
幸)ᄒᆞ야 이제 됴훈의 간계(奸計)의 버셔나디 못ᄒᆞ야 이제 그 거쳐(居
處)를 모로다 ᄒᆞ니 당당(堂堂)이 각도(各道)의 힝이(行移)619)ᄒᆞ야 추
ᄌᆞ미 엇더ᄒᆞ니잇고?"

샹(上) 왈(曰),

"딤(朕)이 니저닷다. 당당(堂堂)이 경(卿)의 ᄆᆞᆯ디로 ᄒᆞ야 추ᄌᆞᆫ 후
(後) ᄯᅩ흔 포쟝(褒獎)ᄒᆞ게 ᄒᆞ미 가(可)ᄒᆞ도다."

댱 간의(諫議) 빅샤(拜謝)ᄒᆞ고 믈너나니,

형뷔(刑部ㅣ) 존명(尊命)을 밧드러 노강을 븍극(北極) 히변(海邊)
의 튱군(充軍)ᄒᆞ고 됴훈을 동히(東海) 우리안치(圍籬安置)620)ᄒᆞ고 위
시(氏)를 방(榜) 브텨 각도(各道)의 힝이(行移)ᄒᆞ고 니빅문을 항쥐(杭
州) 감ᄉᆞ(減死)ᄒᆞ니, 이 ᄯᅩ 댱 샹셰(尙書ㅣ) 짐줏 빅문을 믜이 넉여
화 공(公) 임소(任所)의 보니미러라.

---

618) 감열(感悅): 감동하고 기뻐함.
619) 힝이(行移): 행이. 관청에서 문서를 발송하여 조회(照會)함. 행문이첩(行文移牒).
620) 우리안치(圍籬安置): 위리안치. 유배된 죄인이 거처하는 집 둘레에 가시로 울타리를 치고 그
안에 가두어 두던 일.

니시셰딕록(李氏世代錄) 권지이십(卷之二十)

···

1면

이적의 연왕(-王)이 부듕(府中)의 도라와 빅의(白衣)로 존당(尊堂) 부모(父母)긔 쳥죄(請罪)홀 시 관옥(冠玉) ᄀᆞ튼 안면(顏面)의 누쉬(淚水ㅣ) 딘딘(津津)[1]ᄒᆞᄂᆞᆫ디라. 뉴 부인(夫人)이 밧비 위로(慰勞) 왈(曰),

"시운(時運)이 블ᄒᆡᆼ(不幸)ᄒᆞ야 가환(家患)이 쳔고(千古)의 업ᄉᆞ나 도라 싱각ᄒᆞ건대 졔아(諸兒) 등(等) 익운(厄運)이 듕비(重比)[2]ᄒᆞᄆᆞ로 이러툿 ᄒᆞ미어늘 네 엇디 ᄋᆞ녀(兒女)의 우룸을 ᄒᆞ며 과도(過度)히 참괴(慙愧)[3]ᄒᆞ여 ᄒᆞᄂᆞᆫ다?"

승샹(丞相)이 모친(母親) 말ᄉᆞᆷ을 니어 경계(警戒)ᄒᆞ여 글오ᄃᆡ,

"빅문의 무샹(無狀)ᄒᆞ미 엇디 너의 타시며 디난 바 화란(禍亂)은 차악(嗟愕)[4]ᄒᆞ나 임의 무ᄉᆞ(無事)ᄒᆞ엿거늘 쵸슈(楚囚)

···

2면

의 우룸[5]을 ᄒᆞᄂᆞ뇨?"

---

1) 딘딘(津津): 진진. 매우 많은 모양.
2) 듕비(重比): 중비. 비할 데 없이 큼.
3) 참괴(慙愧): 매우 부끄러워함.
4) 차악(嗟愕): 몹시 놀람.
5) 쵸슈(楚囚)의 우룸: 초수의 울음. 고초받는 사람의 울음. 곤경에 빠져 어찌할 수 없는 상태를 비유한 말. 초수대읍(楚囚對泣) 또는 초수상대(楚囚相對). 남조(南朝) 송(宋) 유의경(劉義慶)의 『세설신어(世說新語)』, 「언어(言語)」에 나옴. "강을 건넌 사람들이 매양 날씨 좋은 날을 만나면 문

왕(王)이 광슈(廣袖)⁶⁾로 누흔(淚痕)⁷⁾을 거두고 비샤(拜謝) 왈(曰),

"쇼주(小子ㅣ) 블쵸(不肖)ᄒ야 몹쁠 주식(子息)을 나하 조션(祖先)의 욕(辱)이 비경(非輕)ᄒ니 하(何) 면목(面目)으로 셰(世)예 닙됴(立朝)ᄒ며 이졔 모든 사름이 무ᄉ(無事)ᄒ되 됴 시(氏)의 자최 묘연(杳然)ᄒ니 슬프미 인졍(人情)의 면(免)티 못홀 배라 능히(能-) 춤디 못홀소이다."

승샹(丞相)이 츄연(惆然) 탄식(歎息) 왈(曰),

"됴 시(氏) 단명(短命)홀 딩샹(徵象)⁸⁾인 줄 아라시나 이디도록 요몰(夭沒)⁹⁾ᄒ며 검하(劍下) 경혼(驚魂)¹⁰⁾이 될 줄 알니오? 닉 아히(兒孩) 관인(寬仁)ᄒ미 이 곳ᄒ니 감탄(感歎)ᄒ믈 이긔디 못ᄒ노라. 닉 아히(兒孩) 신명(神明)ᄒ미 노 시(氏)를 아라보와시니 인인(人人)이 혹(或) 가변(家變)이 잇다 흔들 주가(自家)

● ● ●

3면

ᄀᆞᄐ니 어딕 이시리오?"

남공(-公)이 격졀(激切)¹¹⁾ 분연(憤然)ᄒ여 굴오딕,

득 새로운 정자에서 서로 만나 자리를 깔고 잔치를 벌였다. 주후(周侯)가 앉아서 탄식하기를, '풍경은 달라지지 않았건만 참으로 산과 강은 다름이 있구나!'라고 하니 모두 서로 바라보며 눈물을 흘렸다. 오직 왕 승상 도(導)만이 정색하고 말하였다. '마땅히 모두 힘을 합쳐 왕실을 재건하고 전국을 회복해야 하거늘 어찌 고초 받는 죄수처럼 서로 보고만 있단 말인가?' 過江諸人, 每至美日, 輒相邀新亭, 藉卉飮宴. 周侯坐而歎曰, '風景不殊, 正自有山河之異.' 皆相視流淚. 唯王丞相愀然變色曰, '當共戮力王室, 克復神州, 何至作楚囚相對?'"

6) 광슈(廣袖): 광수. 넓은 소매.
7) 누흔(淚痕): 눈물 흔적.
8) 딩샹(徵象): 징상. 징후.
9) 요몰(夭沒): 젊은 나이에 죽음. 요절(夭折).
10) 경혼(驚魂): 놀란 넋.
11) 격졀(激切): 격절. 말이나 글 따위가 격렬하고 절실함.

"닉 당초(當初) 그릇ᄒ여 그런 찰녀(刹女)12)를 완완(緩緩)13)이 쳐티(處置)ᄒ야 오늘날 화란(禍亂)을 니ᄅ혀니 도시(都是)14) 닉 타시로다."

뉴 부인(夫人) 왈(曰),

"몽현의 말도 유리(有理)ᄒ나 다만 싱각건대 디난 바 화란(禍亂)이 다 운수(運數)의 얽미이미라 너의 타시리오? 노녀(-女)의 흉(凶)ᄒ미 사름의 싱각디 못홀 계교(計巧)를 베퍼 오문(吾門)을 업티려 ᄒ매 요슐(妖術)ᄒ는 무리를 체결(締結)15)ᄒ야 귀신(鬼神)도 측냥(測量)티 못ᄒ게 ᄒ니 뉘 능히(能-) 알니오? 도주(逃走)ᄒ여시니 흉(凶)ᄒ 가온딕 ᄯ 므슴 작용(作用)을 놀닐동 알니오? 만일(萬一)

···

4면

혜션을 잡디 못ᄒ더면 홍문의 의미ᄒ믈 빅옥(白玉)ᄀ티 버스리오?"

승샹(丞相)이 딕왈(對曰),

"고금(古今)의 텬되(天道ㅣ) 슌환(循環)ᄒ미 덧덧ᄒ니 혜션이 신션(神仙)의 됴홰(造化ㅣ) 이신들 의미ᄒ 사름을 모해(謀害)ᄒ고야 미양 됴ᄒ리잇가?"

졍언간(停言間)의 샹셰(尙書ㅣ) 드러와 왕(王)긔 취품(就稟)16)ᄒ딕,

"삼뎨(三弟) 옥(獄) 밧긔 나시니 잠간(暫間) 부듕(府中)의 드려오미

---

12) 찰녀(刹女): 여자 나찰(羅刹). 나찰은 푸른 눈과 검은 몸, 붉은 머리털을 하고서 사람을 잡아먹으며, 지옥에서 죄인을 못살게 군다고 함. 여기에서는 사람을 해치는 여자를 이름.
13) 완완(緩緩): 느슨한 모양.
14) 도시(都是): 모두.
15) 체결(締結): 체결. 얽어서 맴.
16) 취품(就稟): 취품. 웃어른께 나아가 여쭘.

엇더 나잇고?"

왕(王)이 정 (正色) 왈(曰),

" 문은 텬디간(天地間) 죄인(罪人)이라 감히(敢-) 잠신(暫時ㄴ)들 년곡(輦轂)17)의 이시리오? ᄲᆞᆯ니 비소(配所)로 가게 ᄒᆞ라."

샹셰(尙書ㅣ) 미우(眉宇)의 슬픈 ᄉᆞ 식(辭色)을 먹음고 ᄭᅮ러 굴오 ,

"삼뎨(三弟) 죄(罪) 만ᄉᆞ무셕(萬死無惜)18)이나 ᄒᆞᆫ 번(番) 남녁(南 -)ᄒᆞ

로 도라간 후(後) 믄득 ᄉᆡᆼ환(生還)ᄒᆞ미 쉽디 못ᄒᆞ리니 부뫼(父母ㅣ) 엇디 ᄒᆞᆫ번(-番) 젼별(餞別)19)티 아니시리오?"

왕(王)이 쳥파(聽罷)의 블연(勃然)20) 변 (變色) 왈(曰),

"나의 소견(所見)이 너의게셔 못ᄒᆞ디 아니ᄒᆞ리니 ᄲᆞᆯ니 믈너가라."

샹셰(尙書ㅣ) 믁믁(默默)이 눈믈을 먹음고 나가니 하람공(--公)이 정 (正色) 왈(曰),

"ᄎᆞ뎨(次弟) ᄃᆡ강(大綱) ᄌᆞ식(子息)의게 싀호(豺虎)도곤 심(甚)ᄒᆞ다 라 엇디 고이(怪異)티 아니ᄒᆞ리오? 삼뎨(三弟) 등(等)은 날노 더브러 가셔 송별(送別)ᄒᆞ게 ᄒᆞ라."

기국공(--公) 등(等)이 응명(應命)ᄒᆞ거 왕(王)이 탄식(歎息)ᄒᆞ고 간(諫)ᄒᆞ야 굴오 ,

---

17) 년곡(輦轂): 연곡. 임금이 타던 수레라는 뜻으로 임금이 있는 수도를 이름.
18) 만ᄉᆞ무셕(萬死無惜): 만사무석. 만 번 죽어도 아깝지 않음.
19) 젼별(餞別): 전별. 잔치를 베풀어 작별한다는 뜻으로, 보내는 쪽에서 예를 차려 작별함을 이르 는 말.
20) 블연(勃然): 발연. 왈칵 성을 내는 태도나 일어나는 모양이 세차고 갑작스러움.

"쇼뎨(小弟) 비록 무상(無狀)ᄒᆞ나 ᄌᆞ식(子息)의게 텬눈지졍(天倫之情)이 업ᄉᆞ리오마ᄂᆞᆫ 빅문이 시금(時今)의

•••
6면

져기 ᄭᆡᄃᆞᆺᄂᆞᆫ 둣ᄒᆞ나 본듸(本-) 혼암(昏闇)[21]ᄒᆞᆫ 거시 심ᄉᆞ(心思ㅣ) 두로두로 요요(擾擾)[22]ᄒᆞ야 아직 ᄭᆡᄃᆞᆯ 날이 머러습ᄂᆞ니 제 쳔(千) 니(里) 뎍긱(謫客)이 되니 쇼뎨(小弟) ᄉᆞ식(辭色)을 허(許)홀딘대 도로혀 져를 그룻 밍그는 무디라 아직 미몰이 구러 제 애듧고 셜워ᄒᆞ야 쾌(快)히 뉘웃ᄎᆞ미 이시리니 형댱(兄丈)은 모로미 가 보디 마르쇼셔."

남공(-公)이 올히 넉여 그치고 치샤(致謝) 왈(曰),

"현뎨(賢弟)의 의논(議論)이 고명(高明)ᄒᆞ니 우형(愚兄)의 미출 배 아니로다."

왕(王)이 탄식(歎息) 믁연(默然)이러라.

샹셰(尚書ㅣ) 옥(獄) 밧긔 나가 빅문을 붓들고 실셩뉴톄(失聲流涕)ᄒᆞ야 말을 못 밋쳐 ᄒᆞ여 문이 샹셔(尚書)를 붓들

•••
7면

고 대곡(大哭) 왈(曰),

"쇼뎨(小弟) 시금(時今)의 엇던 사름이 되엿ᄂᆞ니잇고? 시운(時運)이 블힝(不幸)ᄒᆞ민가? 쇼뎨(小弟) 명되(命途ㅣ)[23] 긔괴(奇怪)ᄒᆞ민가? ᄎᆞ

---

21) 혼암(昏闇): 어리석고 못나서 사리에 어두움.
22) 요요(擾擾): 어지러움.

마 몸이 오늘날의 미출 줄 알리오?"

샹셰(尙書ㅣ) 역시(亦是) 울고 어룬문져 위로(慰勞)ᄒ여 골오딕,

"너의 팔직(八字ㅣ) 블힝(不幸)ᄒ야 변난(變亂)이 이 디경(地境)의 미츠니 우형(愚兄)이 심식(心思ㅣ) 버히ᄂ 듯ᄒ나 임의 악당(惡黨)이 듀멸(誅滅)24)ᄒ고 셩텬즈(聖天子)의 대은(大恩)을 닙ᄉ와 네 몸이 투싱(偸生)25)ᄒ니 안심(安心)ᄒ야 뎍소(謫所)의 가 잇다가 무ᄉ(無事)히 도라오라."

흑식(學士ㅣ) 오열(嗚咽) 왈(曰),

"쇼뎨(小弟) 임의 쳔딕(千代) 죄인(罪人)이 되여 부모(父母)긔 블효직(不孝子ㅣ)니 당당(堂堂)이 애분즈ᄉ(哀憤自死)26)ᄒ리

. . .

8면

니 ᄎ마 셰샹(世上)을 븗고 시브리잇고?"

졍언간(停言間)의 듕문 등(等) ᄉ(四) 인(人)이 낭문으로 더브러 일시(一時)의 니르러 ᄎ경(此景)을 보고 다 각각(各各) 톄루27)(涕淚)ᄒ여 붓드러 위로(慰勞)ᄒᆞ 시듕(侍中) 등(等)을28) 보고 더옥 붓그러오미 욕ᄉ무디(欲死無地)29)ᄒ야 다만 ᄂᆞ출 광슈(廣袖)로 가리오고 샹셔(尙書)를 붓드러 운졀호읍(殞絶號泣)30)ᄒᄆᆞᆯ 마디아니ᄒ니 샹셰

---

23) 명되(命途ㅣ): 운명과 재수를 아울러 이르는 말.
24) 듀멸(誅滅): 주멸. 죄인을 죽여 없앰.
25) 투싱(偸生): 투생. 구차하게 산다는 뜻으로, 죽어야 마땅할 때에 죽지 아니하고 욕되게 살기를 꾀함을 이르는 말.
26) 애분즈ᄉ(哀憤自死): 애분자사. 슬픔에 북받쳐 스스로 죽음.
27) 루: [교] 원문과 규장각본(20:5), 연세대본(20:8)에 모두 '류'로 되어 있으나 문맥을 고려해 이와 같이 수정함.
28) 을: [교] 원문과 연세대본(20:8)에는 '은'으로 되어 있으나 문맥을 고려해 규장각본(20:6)을 따름.
29) 욕ᄉ무디(欲死無地): 욕사무지. 죽으려 해도 죽을 곳이 없음.

(尙書ㅣ) 민망(憫惘)ᄒᆞ야 눈믈을 거두고 ᄀᆡ유(開諭)ᄒᆞ야 ᄀᆞᆯ오ᄃᆡ,

“금번(今番) 화란(禍亂)이 차악(嗟愕)ᄒᆞ나 도시(都是) 노녀(-女)의 ᄇᆡᆨ(百) 가지 궁흉(窮凶)[31]ᄒᆞᆫ 계괴(計巧ㅣ) 못 밋출 고디 업서 이 디경(地境)의 니ᄅᆞ미어ᄂᆞᆯ 엇디 네 타시리오? 네 죄(罪) 듕(重)티 아니ᄒᆞ니 오라면 삼(三) 년(年)이오,

9면

쉬오면 이(二) 년(年)이니 원(願)컨대 어딘 아은 ᄎᆞ휘(此後ㅣ)나 ᄀᆡ과ᄌᆞ칙(改過自責)[32]ᄒᆞ야 ᄆᆞᄋᆞᆷ을 안정(安靜)이 ᄒᆞ야 글을 힘뻐 녜 ᄀᆞᆺᄐᆞ믈 ᄇᆞ라노라. 부뫼(父母ㅣ) 너를 보고져 ᄒᆞ시ᄃᆡ 인언(人言)[33]을 두리샤 보디 못ᄒᆞ시ᄂᆞ니 일로뻐 샹회(傷懷)티 말고 ᄆᆡᄉᆞ(每事)의 ᄆᆞᄋᆞᆷ을 너ᄅᆞ게 먹어 쳔만보듕(千萬保重)ᄒᆞ라.”

ᄒᆞᆨᄉᆡ(學士ㅣ) 텽파(聽罷)의 톄읍(涕泣) 왈(曰),

“형댱(兄丈) 명교(明敎)ᄅᆞᆯ 간폐(肝肺)예 삭이리이다. 쇼뎨(小弟) 왕부(王府) 쳔금(千金) 소교ᄋᆞ(所嬌兒)[34]로 조년(早年) 등과(登科)ᄒᆞ야 부모(父母)ᄅᆞᆯ 영현(榮顯)[35]ᄒᆞ고져 ᄒᆞ더니 ᄠᅳᆺ밧긔 조믈(造物)이 다싀(多猜)[36]ᄒᆞ여 요괴(妖怪)로온 녀ᄌᆞ(女子)ᄅᆞᆯ 가입(加入)ᄒᆞ야 몸이 동ᄒᆡ쉬(東海水ㅣ) 이시나 싯디 못ᄒᆞᆯ

30) 운졀호읍(殞絕號泣): 운절호읍. 통곡해 숨이 끊어지려 함.
31) 궁흉(窮凶): 아주 흉악함.
32) ᄀᆡ과ᄌᆞ칙(改過自責): 개과자책. 스스로 잘못을 꾸짖어 고침.
33) 인언(人言): 사람들의 말.
34) 소교ᄋᆞ(所嬌兒): 소교아. 사랑받는 어린아이.
35) 영현(榮顯): 몸이 귀하게 되고 이름을 떨침.
36) 다싀(多猜): 다시. 시기가 많음.

10면

죄명(罪名)을 시러 텬디간(天地間) 용납(容納)디 못홀 죄인(罪人)이
라. 쳔(千) 니(里) 변단(邊鎭)[37]의 뎍킥(謫客)이 되니 흔 번(番) 남븍
(南北)의 분슈(分手)ᄒ매 산쳔(山川)이 슈도(修途)[38]ᄒ고 애각(涯
角)[39]이 즈음티니[40] 다시 븍당(北堂)[41]의 치의(彩衣)를 춤추고[42] 기
러기 항녈(行列)을 일우기 어려온디라 경경(惸惸)[43]흔 일신(一身)이
남녁(南-) 흔 ᄀ의 쓴구롬이 되여 이 ᄆᆞ옴을 쟝ᄎᆞ(將次ㅅ) 어딘 붓티
오며 쇼뎨(小弟) 죄(罪) 비록 듕(重)ᄒ나 부뫼(父母ㅣ) ᄎᆞ마 오늘날을
당(當)ᄒ야 보디 아니시니 쇼뎨(小弟) 쟝ᄎᆞ(將次ㅅ) 오닉(五內) 여할
(如割)[44]ᄒ여 샹명(喪命)[45]홀딘대 원귀(冤鬼) 되야 넉시 븍경(北京)
의 니르리이다."

설파(說罷)의 누쉬(淚水ㅣ) 흐르는 비 ᄀᆞᆺ튼니 샹셰(尙書ㅣ) 심ᄉᆞ
(心思ㅣ) 버히는 듯ᄒ

---

37) 변단(邊鎭): 변진. 변경을 지키는 군영.
38) 슈도(修途): 수도. 길이 멂.
39) 애각(涯角): 하늘의 끝이 닿은 곳과 땅의 한 귀퉁이라는 뜻으로, 서로 멀리 떨어져 있음을 이르
　　는 말. 천애지각(天涯地角).
40) 즈음티니: 막히니.
41) 븍당(北堂): 북당. 어머니가 거처하는 곳.
42) 븍당(北堂)의~춤추고: 북당의 채의를 춤추고. 어머니가 계신 곳에서 색동옷을 입고 춤추고. 중
　　국 초(楚)나라 사람인 노래자(老萊子)의 고사. 노래자는 칠십이 되었어도 모친을 위해 오색 무
　　늬의 색동옷을 입기도 하고 물을 받들고 당에 올라가다가 일부러 미끄러져 어린아이의 울음소
　　리를 내기도 하며 모친을 즐겁게 했다고 함. 『소학(小學)』, 「계고(稽古)」.
43) 경경(惸惸): 의지할 곳 없이 외로운 모양.
44) 여할(如割): 찢어지는 듯함.
45) 샹명(喪命): 상명. 목숨을 잃음.

니 계유 춤고 손을 잡아 비러 닐오되,

"운뵈46)야, 네 샹시(常時)의 아니 통달(通達)ᄒ던다? 오늘날이 비록 슬프나 필경(畢竟)이 관겨(關係)티 아니하리니 ᄋᆞ녀ᄌᆞ(兒女子)의 우름을 우디 말고 됴히 가라. 부뫼(父母ㅣ) 너를 아니 보시믄 인언(人言)을 두리샤 너를 수이 노히고져 ᄒ시미니 널니 ᄆᆞᄋᆞᆷ을 먹고 보듕보듕(保重保重)ᄒ라."

듕문 등(等)이 니어 위로(慰勞) 왈(曰),

"운뵈 오늘날 힝식(行色)이 이실 줄 아란 디 오라니 도금(到今)ᄒ야ᄂᆞ 스졍(事情)의 참샹(慘傷)ᄒ믈 면(免)티 못ᄒᄂᆞ니 원(願)컨딕 과샹(過傷)47)티 말고 보듕(保重)ᄒ라."

흑시(學士ㅣ) 읍샤(揖謝) 왈(曰),

"죄뎨(罪弟)ᄂᆞᆫ 졔형(諸兄) 듕(中)의 ᄇᆞ리인 몸

이라. 타일(他日) 흔 목숨이 남아 고토(故土)의 도라온들 다시 인뉴(人類)의 츙수(充數)ᄒ리오? 금일(今日)이 영결(永訣)이라 타일(他日)을 어이 기드리리잇가?"

졍언간(停言間)의 연국(-國) 궁관(宮官)이 니른러 힝쟝(行裝)을 ᄀᆞ초고 왕(王)의 명(命)을 뎐어(傳語) 왈(曰),

---

46) 운뵈: 운보. 이백문의 자(字).
47) 과샹(過傷): 과상. 지나치게 슬퍼함.

"네 이제 몸이 세샹(世上) 기인(棄人) 되야 죽으믈 면(免)티 못홀 거슬 황샹(皇上)의 대은(大恩)을 닙스와 목숨이 사라 귀향 가미 너의게 영홰(榮華ㅣ)라. 네 인시(人事ㅣ) 호로도 년곡(輦轂)의 잇디 못호리니 샐리 길히 올나 뎍소(謫所)의 가 만일(萬一) 아비 싱각이 이실딘대 심스(心思)를 널니 기과쳔션(改過遷善)호여 수이 못기를 싱각호라. 일편되

•••

13면

이 슬허호여 만일(萬一) 샹명(喪命)홀딘대 죽어도 션산(先山)을 아니 허(許)호리니 너는 명심(銘心)호라."

ᄯᅩ 졀구(絶句) 일(一) 슈(首)를 드려 왈(曰),

"쥬군(主君)이 호시되, '금일(今日) 너를 ᄎ마 디(對)호기 스스로 븟그려 못 보고 두어 줄 글로뼈 부즈(父子) 졍니(情理) 약(弱)호믈 면(免)티 못호미니 만일(萬一) 아비를 닛디 아니커든 몸구의 간스호야 타일(他日)을 기드리라.' 호시더이다."

흑시(學士ㅣ) ᄭᅮ러 듯고 ᄌᆡ비(再拜)호매 졀구(絶句)를 펴 보니 필법(筆法)이 긔이(奇異)호고 격됴(格調ㅣ)48) 쳥신(淸新)49)혼 거슨 니ᄅᆞᆨ도 말고 ᄉᆞ의(辭意) 고강쥰녈(高剛峻烈)50)호야 임의 동텬(冬天) 하늘의 셔리 번득이는 ᄃᆞᆺ호며 ᄌᆞᄌᆞ(字字)이 샹

---

48) 격됴(格調ㅣ): 격조. 격식과 운치에 어울리는 가락.
49) 쳥신(淸新): 청신. 맑고 참신함.
50) 고강쥰녈(高剛峻烈): 고강준열. 고상하고 강직하며 엄하고 매서움.

쾌(爽快)ᄒ야 일호(一毫)⁵¹⁾ 구챠(苟且)⁵²⁾홈과 ᄉ졍(私情)의 뜻이 업서 국운(國運)을 일ᄏ고 기과(改過)ᄒᄆᆯ 닐너시되 귀법(句法)이 쇄락(灑落)⁵³⁾ᄒ니 혹ᄉ(學士ㅣ) ᄒ번(-番) 보와 감격(感激)ᄒ미 텰골(徹骨)⁵⁴⁾ᄒ고 샹쾌(爽快)ᄒ미 운무(雲霧)ᄅᆯ 헤치고 쳥텬(晴天)을 본 ᄃᆺ ᄒ야 이에 눈믈을 거두고 기리 흔숨디며 믈긔 오르니,

샹셔(尚書) 등(等)이 ᄶᆯ와 십(十) 니(里)의 니르러 손을 난홀 ᄉᆡ 샹셰(尚書ㅣ) 잔(盞)을 드러 몬져 잡고 혹ᄉ(學士)ᄅᆯ 주어 왈(曰),

"운뵈야, 네 날을 닛디 아니커든 ᄂᆡ년(來年)의 이 잔(盞)을 먹게 ᄒ라."

혹ᄉ(學士ㅣ) 눈믈을 ᄲᆞ리고 샤례(謝禮)ᄒ며 바다 마시매 도라 남(南)을 ᄇᆞ라고 소릭 나

ᄂᆞᆫ 줄 업시 크게 우러 왈(曰),

"형댱(兄丈)아 형댱(兄丈)아, ᄂᆡ 제⁵⁵⁾ᄅᆯ 어듸라 가ᄂᆞ뇨? 모친(母親)과 야야(爺爺)긔나 잠간(暫間)이나 뵈옵고 가면 덜 셜울소이다. 아마도 부모(父母) 그리워 춤디 못ᄒ니 길희셔 죽고 가디 말니이다."

---

51) 일호(一毫): 한 가닥의 털이라는 뜻으로, 극히 작은 정도를 이르는 말.
52) 구챠(苟且): 구차. 말이나 행동이 떳떳하거나 버젓하지 못함.
53) 쇄락(灑落): 기분이나 몸이 상쾌하고 깨끗함.
54) 텰골(徹骨): 철골. 뼈에 사무침.
55) 제: 저기.

인(因)ᄒ여 여라믄 번(番) 야야(爺爺)와 모친(母親)을 브르디져 울며 구으다가 긔운이 막히니 샹셔(尙書ㅣ) 눈믈이 강슈(江水) ᄀᆞᆺᄒ야 안고 위로(慰勞)ᄒᆞᆯ 말이 막혀 역시(亦是) 셩안(星眼)의 믈결을 줌으니 낭문이 ᄒᆞᆫ가지로 통곡(慟哭)ᄒ고 시듕(侍中) 등(等)이 참연(慘然)ᄒ야 눈믈을 ᄲᅳ리더니 반향(半晌) 후(後) 혹ᄉᆡ(學士ㅣ) 계유 ᄭᆡ야 샹셔(尙書)의 셜워ᄒ믈 보고 믄득 눈믈을

• • •

16면

ᄲᅮ고 니러 졀ᄒ여 왈(曰),

"형댱(兄丈)은 블쵸뎨(不肖弟)를 뉴렴(留念)티 마ᄅᆞ쇼셔."

ᄒ고 니러셔다가 ᄯᅩ 울고 샹셔(尙書)의 손을 잡고 ᄂᆞᆺ출 다혀 왈(曰),

"형댱(兄丈)아! 다시 이리ᄒᆞᆯ 시졀(時節)이 이시리잇가?"

샹셰(尙書ㅣ) ᄎᆞ마 보디 못ᄒ여 다만 됴ᄒᆞᆫ 말로 닐러 왈(曰),

"네 앗가 야야(爺爺) 글을 아니 보왓ᄂᆞᆫ다? 조심(操心) 보듕(保重)ᄒ야 ᄂᆡ년(來年)의 도라오게 ᄒᆞ라."

혹ᄉᆡ(學士ㅣ) 타루(墮淚)ᄒ고 ᄆᆞᆯ긔 올나 채를 ᄒᆞᆫ 번(番) 치니 임의 관산(關山)56)이 ᄀᆞ리이ᄂᆞᆫ디라. 샹셰(尙書ㅣ) 실셩비읍(失聲悲泣)ᄒᆞ기를 반일(半日)의 계유 졍신(精神)을 뎡(定)ᄒ야 도라오니,

뉴 부인(夫人)과 승샹(丞相)이 혹ᄉᆞ(學士)의 원별(遠別)을 슬허ᄒ

---

56) 관산(關山): 국경이나 주요 지점 주변에 있는 산.

며 그 거지(擧止)를 무르니 듕문이 주시 고(告)ㅎ니 모다 참연(慘然) 경동(驚動)ㅎ며 샹셔(尙書)의 눈이 부어시믈 더옥 가련(可憐)이 너겨 각각(各各) 눈믈을 느리오니 왕(王)이 느즉이 웃고 골오딕,

"저 ㅎ나히 죽어도 대단티 아니ㅎ거늘 무ᄉ(無事)히 노혀 귀향 가 믈 근심ㅎ리잇가? 관겨(關係)티 아니ㅎ이다."

모다 역시(亦是) 웃고 인정(人情)이 박의(薄矣)라 ㅎ대 왕(王)이 완연(莞然)57) 미쇼(微笑)ㅎ고,

믈러 슉현당(--堂)의 도라오니 시녜(侍女ㅣ) 셕식(夕食)을 드리ᄂᆞᆫ디라 왕(王)이 믈리티고 녀ᄋ(女兒)를 블러 술을 가져오라 ㅎ야 호샹(壺觴)58)을 ᄌ쟉(自酌)59)ㅎ야 십여(十餘) 빅(杯)의 대취(大醉)ㅎ니 창젼(窓前)의

비겨 텬이(天涯)60)를 ᄇ라보매 ᄎ시(此時) 칠월(七月) 망간(望間)이라 월식(月色)이 됴요(照耀)ㅎ야 옥난(玉蘭)의 븨이니 졍(正)히 건곤(乾坤)의 파사(婆娑)61)ㅎ더라. 더옥 심ᄉ(心思ㅣ) 쳑감(戚感)62)ㅎ고 슬픈 ᄠ이 경각(頃刻)63)의 빅츌(百出)ㅎ야 히읃업시 졀구(絕句) 두어

---

57) 완연(莞然): 빙그레.
58) 호샹(壺觴): 호상. 술병과 술잔.
59) ᄌ쟉(自酌): 자작. 스스로 술을 따라 마심.
60) 텬이(天涯): 천애. 하늘 끝.
61) 파사(婆娑): 춤추는 소매의 날림이 가벼움. 달빛이 그렇게 보인다는 말임.
62) 쳑감(戚感): 척감. 슬퍼함.

슈(首)를 지어 을프매 성음(聲音)이 강개(慷慨) 쳐창(悽愴)후고 시뉼
(詩律)이 쳐졀(凄切)64)후야 좌위(左右ㅣ) 눈믈을 느리오더니 읆기를
파(罷)후매 봉안(鳳眼)으로조차 눈믈이 샹연(傷然)65)이 써러지니 샹
셰(尙書ㅣ) 임의 디긔(知機)66)후고 안싴(顔色)을 느초와 진왈(進曰),

"금야(今夜) 월싴(月色)이 아름답고 혜풍(蕙風)67)이 한가(閑暇)후
거늘 대인(大人)이 엇던 고(故)로 슬허후시ᄂ

• • •

19면

니잇가?"

왕(王)이 믁믁(默默) 냥구(良久)의 기리 탄왈(歎曰),

"닌 아히(兒孩) 총명(聰明)후므로 아디 못후ᄂ냐? 닌 대의(大義)를
셰우고 동긔(同氣)를 갑흐매 ᄌ식(子息)을 스스로 ᄉ디(死地)의 녀코
제 님힝(臨行)의 보디 못후미 비인졍(非人情)이어늘 제 그리 셜워후
던 거동(擧動)을 싱각후니 부ᄌ지졍(父子之情)이 능히(能-) 안안(晏
晏)68)후랴? 만일(萬一) 빅문이 남황(南荒)69) 쟝녀(瘴癘)70)를 견듸디
못후야 보젼(保全)티 못홀딘대 닌 결연(決然)이 믈외(物外)예 소요
(逍遙)후야 셰샹(世上)의 참예(參預)티 아니리라."

언미필(言未畢)의 소휘(-后ㅣ) 졍싴(正色) 왈(曰),

---

63) 경각(頃刻): 짧은 시간.
64) 쳐졀(凄切): 처절. 몹시 슬프고 쓸쓸함.
65) 샹연(傷然): 슬픈 모양.
66) 디긔(知機): 지기. 기미를 앎.
67) 혜풍(蕙風): 향기로운 냄새를 전하는 바람.
68) 안안(晏晏): 즐겁고 화평함.
69) 남황(南荒): 남쪽의 황폐한 곳.
70) 쟝녀(瘴癘): 장려. 기후가 덥고 습한 지방에서 생기는 유행성 열병이나 학질.

"쳡(妾)이 군(君)을 대쟝부(大丈夫)로 아랏더니 금일(今日) 언사(言辭ㅣ) 이딕도록 약(弱)

ᄒᆞ시뇨? 빅문이 녹녹(錄錄)히 요졀(夭折)홀 샹(相)이 아니라 일시(一時) 귀향을 가나 되단티 아니ᄒᆞ거늘 구구(區區)히 ᄉᆞ렴(思念)ᄒᆞ시ᄂᆞ뇨?"

왕(王)이 미쇼(微笑) 왈(曰),

"그딕 과인(寡人)을 원망(怨望)ᄒᆞ미 심두(心頭)71)의 밍얼(萌蘖)72) ᄒᆞ려든 이 말이 어딕로셔 나ᄂᆞ뇨?"

휘(后ㅣ) 브답(不答)ᄒᆞ니 왕(王)이 취(醉)ᄒᆞ야 일즉 상(牀)의 오르매 샹셰(尙書ㅣ) 혼졍(昏定)을 뭇고 믈러나니 왕(王)이 죵야(終夜)토록 경경(耿耿)73)ᄒᆞ야 ᄌᆞ믈 일우디 못ᄒᆞ며 심심(甚深)히 후(后)의 옥슈(玉手)를 어르몬져 탄식(歎息)을 그치디 못ᄒᆞ니 휘(后ㅣ) 심ᄉᆞ(心思ㅣ) 더옥 감상(感傷)ᄒᆞ나 과도(過度)ᄒᆞ믈 간(諫)혼대 왕(王)이 홀연(忽然) 탄왈(歎曰),

"현휘(賢后ㅣ)

이 엇딘 말고? 그딕 심ᄉᆞ(心思ㅣ) 나의게 세 번(番) 더홀디라 졍외지

---

71) 심두(心頭): 생각하고 있는 마음. 또는 순간적인 생각이나 마음.
72) 밍얼(萌蘖): 맹얼. 움이 틈. 서서히 생김.
73) 경경(耿耿): 마음에 잊혀지지 않고 염려됨.

언(情外之言)74)을 말라. 빅문이 나의 ᄌ식(子息)이 된 후(後) 사오나
온 계집의게 외입(外入)ᄒ야 나의게 슈댱(受杖)홈도 흔두 번(番)이
아니오 나의 화(和)흔 ᄂᆺ출 보완 디 오래다가 필경(畢竟)은 희한(稀
罕)흔 죄명(罪名)을 시러 아븨게 죽으믈 ᄃ토ᄂᆫ 몸이 되야 겨유 혈혈
잔명(孑孑殘命)75)을 투싱(偷生)76)ᄒ야 쳔니타향(千里他鄉)의 ᄯᆫ구름
이 되야시니 늬 고수(瞽瞍)77)의 사오나오미 업시셔 엇디 잔잉혼 ᄆ
음이 업ᄉ리오?"

휘(后ㅣ) 기리 한숨져 답(答)디 아니터라.

어시(於時)의 형

- - -

22면

뷔(刑部ㅣ) 계문(啓聞)78)ᄒ디,

'이제 뉴션 등(等)을 아오로 쳐참(處斬)ᄒ여시나 원범(原犯)79) 슈
악(首惡) 노 시(氏)ᄅᆞᆯ 잡디 못ᄒ고 요승(妖僧) 혜션은 엇디 쳐티(處
置)ᄒ며 광셔(廣西) 별가(別駕) 니셰문을 탁용(擢用)80)ᄒ시미 가(可)
ᄒ고 젼(前) 녜부시랑(禮部侍郎) 니긔문이 문외츌송(門外黜送)81)ᄒ
여시니 찰직(察職)ᄒ미 엇더ᄒ니잇고?'

---

74) 졍외지언(情外之言): 졍외지언. 마음에 없는 말.
75) 혈혈잔명(孑孑殘命): 의지할 곳 없는 쇠잔한 목숨.
76) 투싱(偷生): 투생. 구차하게 산다는 뜻으로, 죽어야 마땅할 때에 죽지 아니하고 욕되게 살기를
    꾀함을 이르는 말.
77) 고수(瞽瞍): 순(舜)임금의 아버지로, 순임금이 어렸을 적에 계실(繼室) 임 씨와 그 아들 상(象)
    의 참소를 듣고 순을 죽이려 했음.
78) 계문(啓聞): 임금에게 글로 아룀.
79) 원범(原犯): 자기의 의사에 따라 범죄를 실제로 저지른 사람.
80) 탁용(擢用): 발탁해 씀.
81) 문외츌송(門外黜送): 문외출송. 죄지은 사람의 관작(官爵)을 빼앗고 도성(都城) 밖으로 추방하
    던 형벌.

샹(上) 왈(曰),

"노 시(氏)ᄂᆞᆫ 텬하(天下) 십삼(十三) 싱(省)의 방(榜) 브텨 수검(搜檢)[82]ᄒᆞ고 요리(妖尼)[83] 혜션은 승니(僧尼)의 몸으로 ᄉᆞ부가(士夫家) 문졍(門庭)의 투[84]탁(投託)[85]ᄒᆞ야 못 ᄒᆞᆯ 일이 업시 ᄒᆞ며 됴녀(-女)ᄅᆞᆯ 죽여 악ᄉᆞ(惡事ㅣ) 고금(古今)의 업ᄂᆞᆫ디라 능디쳐ᄉᆞ(陵遲處死)ᄒᆞ고 광셔(廣西) 별가(別駕) 니셰문을 다시 공부샹셔(工部尚書)로 브르

•••

23면

고 니긔문을 우부(右部) 도어ᄉᆞ(都御使)ᄅᆞᆯ 탁용(擢用)ᄒᆞ라[86]."

ᄒᆞ시니 도어ᄉᆞ(都御使) 녀박이 주왈(奏曰),

"셩디(聖旨) 맛당ᄒᆞ시나 요승(妖僧) 혜션은 죄인(罪人) 노몽화 ᄎᆞᆺᄂᆞᆫ 날 변형(變形)ᄒᆞᆫ 복ᄉᆞᆨ(服色)을 ᄎᆞ줄 거시니 아직 가도와 두미 올ᄒᆞ니이다."

샹(上)이 의윤(依允)[87]ᄒᆞ시니 유ᄉᆞ(攸司ㅣ)[88] 셩지(聖旨)ᄅᆞᆯ 밧드러 일일이(一一-) 준힝(遵行)[89]ᄒᆞ매,

니(李) 시랑(侍郎) 긔문이 복직(復職)ᄒᆞ야 셩ᄂᆡ(城內)의 드러와 샤은(謝恩)ᄒᆞ고 부듕(府中)의 니ᄅᆞ러 존당(尊堂) 부모(父母)긔 뵈오매

---

82) 수검(搜檢): 수색하여 검사함.
83) 요리(妖尼): 요망한 비구니.
84) 투: [교] 원문과 규장각본(20:27), 연세대본(20:22)에 모두 '두'로 되어 있으나 문맥을 고려해 이와 같이 수정함.
85) 투탁(投託): 남의 세력에 기댐.
86) ᄒᆞ라: [교] 원문과 규장각본(20:27), 연세대본(20:23)에 모두 이 글자가 없으나 문맥을 고려해 삽입함.
87) 의윤(依允): 신하가 아뢰는 청을 임금이 허락함.
88) 유ᄉᆞ(攸司ㅣ): 유사. 담당 관청.
89) 준힝(遵行): 준행. 전례나 명령 따위를 그대로 좇아서 행함.

일개(一家 l) 크게 반기고 시랑(侍郎)이 악당(惡黨)의 듀멸(誅滅)[90]
ᄒᆞᆷ믈 칭하(稱賀)ᄒᆞ며 빅문의 찬츌(竄黜)[91]ᄒᆞᆷ믈 일ᄏᆞᆮ니 일개(一家
l) 탄식(歎息)ᄒᆞ고 슬허ᄒᆞ더라.

　남공(-公)이 이

・••

24면

날이야 녜부(禮部)의 신싱ᄋᆞ(新生兒)ᄅᆞᆯ 드려오라 ᄒᆞ여 모든 ᄃᆡ 뵈니
일개(一家 l) 대경(大驚) 왈(曰),

　"ᄎᆞ익(此兒 l) 난 디 오란가 시브ᄃᆡ 그이고 니ᄅᆞᄃᆡ 아니믄 엇디
오?"

　공(公)이 계슈(稽首)[92] 디왈(對曰),

　"ᄒᆡ익(孩兒 l) 무고(無故)히 손ᄋᆞ(孫兒)의 나믈 긔이미 아니오, 노
시(氏) 그윽ᄒᆞᆫ ᄃᆡ 숨어 긔틀을 듀야(晝夜) 엿ᄂᆞᆫᄃᆡ 손익(孫兒 l) 우
이[93] 삼긴 거시므로 양 시(氏) 화ᄉᆞ(禍事)ᄅᆞᆯ 바드미 반둣ᄒᆞᆫ 고(故)로
마디못ᄒᆞ야 부모(父母)긔 고(告)티 못ᄒᆞᄆᆡ로소이다."

　승상(丞相)이 웃고 죰죰(潛潛)ᄒᆞ며 일쫘(一座 l) 대쇼(大笑)ᄒᆞ고
일ᄏᆞ라 굴오ᄃᆡ,

　"몽현의 신긔묘산(神機妙算)[94]곳 아니면 양 시(氏) ᄆᆞ자 해(害)ᄅᆞᆯ
닙어실로다. 사름의 원녜(遠慮 l)[95] 이 ᄀᆞᆺᄒᆞ니 엇디 미

90) 듀멸(誅滅): 주멸. 죄인을 죽여 없앰.
91) 찬츌(竄黜): 찬출. 벼슬을 빼앗고 귀양을 보냄.
92) 계슈(稽首): 계수. 고개를 조아림.
93) 우이: 우습게.
94) 신긔묘산(神機妙算): 신기묘산. 신기하고 묘한 계책.
95) 원녜(遠慮 l): 원려. 먼 앞일까지 미리 잘 헤아려 생각함.

시(每事ㅣ) 원정(婉靜)96)티 아니리오?"

연왕(-王)이 웃고 굴오딕,

"과연(果然) 추익(此兒ㅣ) 비편저온97) 아희(兒孩)로소이다. 남이 알딘대 엇디 웃디 아니리오?"

남공(-公)이 쏘흔 우음을 춤디 못ᄒ니 모다 웃기를 이긔디 못ᄒ야 말을 ᄒ고져 ᄒ더니,

홀연(忽然) 보왈(報曰),

"나라히 급(急)흔 일이 이셔 빅관(百官)을 다 명쵸(命招)98)ᄒ시ᄂ이다."

승샹(丞相) 등(等)이 놀나 관복(官服)을 ᄀᆞ초고 궐하(闕下)의 니ᄅ니 샹(上)이 졔신(諸臣)을 ᄌᆞ신뎐(紫宸殿)의 모흐시고 형쥐(荊州) ᄌᆞ스(刺史)의 계문(啓聞)을 ᄂᆞ리오시니 모다 보매 ᄒ여시딕,

'초적(草賊)99) 우틔양이 삼(三) 년(年) 젼(前)브터 본토(本土) 형산(荊山)

의 웅거(雄據)100)ᄒ야 군식(軍士ㅣ) 삼쳔(三千)이오 군냥(軍糧)이 무

---

96) 원정(婉靜): 원정. 온순하고 한가함.
97) 비편저온: 순조롭지 아니하거나 편하지 아니한. 비편한.
98) 명쵸(命招): 명초. 임금의 명으로 신하를 부름.
99) 초적(草賊): 좀도둑.
100) 웅거(雄據): 일정한 지역을 차지하고 굳게 막아 지킴.

수(無數)ᄒ며 병긔(兵器) 셩(盛)ᄒ야시니 쳐 잡으려 ᄒ딕 능히(能-)
못 ᄒ더니 근닉(近來)의 그 쉬(數ㅣ) 무궁(無窮)ᄒ야 보군(步軍)이 팔
쳔(八千)이오 마군(馬軍)이 삼쳔(三千)이라. 군ᄉ(軍士)를 니ᄅ혀 이릉
(夷陵)101), 댱사(長沙)102), 남군(南郡)103) 다히를 텨 멸(滅)ᄒ고 형쥐
(荊州)와 틱쥐(台州) 위틱(危殆)ᄒ미 누란(累卵) ᄀ툰디라. 역뎡(驛
程)104)으로 고급(告急)105)ᄒ옵ᄂ니 원(願) 폐하(陛下)ᄂ 디용(智勇)106)
이 ᄀ즌 딕쟝(大將)을 보닉여 구완(救援)107)ᄒ쇼셔. ᄒ믈며 틴양이
요슐(妖術)이 비경(非輕)ᄒ니 경뎍(輕敵)108)디 못ᄒᄂ이다.'

ᄒ엿더라.

제인(諸人)이 보고 실쉭(失色)ᄒ딕 승샹(丞相)이 홀노 안쉭(顏色)
을 블변(不變)ᄒ고 주왈(奏曰),

"초젹(草賊)의 셰(勢) 비록 크나 텬됴(天朝)의셔 지용(智勇)이 ᄀ즌
대댱(大將)을 ᄲ 보닉실딘대 엇디 파(破)키를 근심ᄒ리잇고?"

각노(閣老) 양셰뎡이 쇼왈(笑曰),

---

101) 이릉(夷陵): 현재 중국 호북성 의창(宜昌) 시에 위치했던 곳으로 형주(荊州)에 속해 있었음.
    중국 촉한의 황제 유비가 의형제인 관우, 장비의 원수를 갚고 형주를 수복하기 위해 221년에
    손권의 오나라를 침공해 발발한 이릉대전(夷陵大戰)이 벌어졌던 곳.
102) 댱사(長沙): 장사. 중국 동정호(洞庭湖) 남쪽 상강(湘江) 하류의 동쪽 기슭에 있는 도시로 현
    재 호남성(湖南省)의 성도(省都)임. 동한 때 형주(荊州) 일곱 개 군(郡) 중의 하나였음.
103) 남군(南郡): 중국 진(秦) 소양왕(昭襄王) 때 설치되었고, 동한 때에는 형주(荊州) 일곱 개 군
    (郡) 중의 하나였음. 현재 호북성(湖北省) 형주(荊州) 일대.
104) 역뎡(驛程): 역정. 원래 역과 역 사이의 거리, 혹은 역로(驛路)를 뜻하나 여기에서는 역마(驛
    馬)를 말함.
105) 고급(告急): 급한 상황을 알림.
106) 디용(智勇): 지용. 지혜와 용기.
107) 구완(救援): 구원. 어려움이나 위험에 빠진 사람을 구하여 줌.
108) 경뎍(輕敵): 경적. 경솔히 대적함.

"이샹(李相) 말슴이 올흐나 우틱양의 요슐(妖術)이 고이(怪異)ᄒ다 ᄒ니 범인(凡人)은 경뎍(輕敵)디 못홀 거시니 각별(各別) 디뫼(智謀ㅣ) 향방(嚮方)[109]이 ᄀ즌 쟈(者)ᄅ를 틱(擇)ᄒ야 보ᄂ니여야 파(破)ᄒ리이다."

샹(上) 왈(曰),

"양(兩) 경(卿)의 말이 올흐니 그ᄃ디로 ᄒ려니와 뉘 문슨[110](文山)[111] ᄀ튼 이인(異人)이 이셔 국가(國家)의 근심을 덜니오?"

언미필(言未畢)의 부듕(府中) 일위(一位) 대신(大臣)이 통텬

• • •

28면

관(通天冠)을 졍(正)히 ᄒ고 홍농포(紅龍袍)ᄅ를 쯰을고 두 엇게예 흑농(黑龍)이 트터딘대[112] 일월(日月)이 징광(爭光)[113]ᄒ야 가슴의 션학봉(仙鶴峰)을 브티고 옥쇡(玉-)ᄅ를 놉히 브텨 나아와 홀(笏)을 밧드러 주왈(奏曰),

"신(臣)이 브직브덕(不才不德)[114]으로 국은(國恩)을 망극(罔極)히 입ᄉ와 디위(地位) 쳔승(千乘)[115]의 니ᄅ러시ᄃ디 분호(分毫)[116]도 국

---

109) 향방(嚮方): 정도를 따름.
110) 슨: [교] 원문과 규장각본(20:18), 연세대본(20:27)에 모두 '스'로 되어 있으나 문맥을 고려해 이와 같이 수정함.
111) 문슨(文山): 문산. 중국 남송(南宋) 말의 정치가 문천상(文天祥, 1236~1283)의 호. 문천상은 길주(吉州) 여릉(廬陵) 사람으로, 본래 '천상'이 자(字)이고 이름이 운손(雲孫)이었는데, 후에 '천상'을 이름으로 하고 자를 송서(宋瑞)로 바꾸었다가 다시 자를 '이선(履善)'으로 바꿈. 육수부(陸秀夫), 장세걸(張世傑)과 더불어 송말삼걸(宋末三傑)로 불림. 원과 강화를 맺기 위해 원에 갔다가 잡혀서 갇혀 있는 중에 송나라가 멸망하고 후에 탈출해 송의 잔병을 모아 싸우다가 장홍범에게 체포돼 옥중에 있다가 사형을 당함.
112) 트터딘대: 몸을 틀고 있는데.
113) 징광(爭光): 쟁광. 빛을 다툼.
114) 브직브덕(不才不德): 부재부덕. 재주가 없고 덕이 없음.
115) 쳔승(千乘): 천승. 천 대의 병거라는 뜻으로, 제후를 이르는 말. 제후는 천 대의 병거를 낼 만

가(國家)를 위(爲)ᄒ야 갑스오미 업스온디라 일야(日夜) 우수(憂
愁)[117]ᄒ믈 이긔디 못ᄒ더니 형쥐(荊州) 초적(草賊)의 세(勢) 당(當)
키 어렵다 ᄒ옵ᄂ디라 신(臣)이 원(願)컨대 경영(京營) 군마(軍馬)를
어더 쇼멸(掃滅)코져 ᄒᄂ이다."

상(上)이 텽파(聽罷)의 대희(大喜) 왈(曰),

"경(卿)의 튱의(忠義) 이 ᄀᆺ트니 엇디 긔특(奇特)디 아니리

• • •

29면

오? 딤(朕)이 쏘흔 우퇴양의 요슐(妖術)이 경(卿)곳 아니면 디뎍(對
敵)기 어려온 줄 아ᄅᆺ디 여러 번(番) 녀딘(旅塵)[118]의 구티(驅馳)[119]
ᄒ엿ᄂ 고(故)로 실로(實-) 쏘 정토(征討)[120]ᄒᄂ 됴셔(詔書)를 ᄂ리
오믈 어려이 넉이더니 ᄌ원(自願)ᄒ니 샤직(社稷)[121]의 만힝(萬幸)이
로다. 일이 급(急)ᄒ여시니 즉일(卽日) 츌스(出師)[122]ᄒ라."

ᄒ시니 특디(特旨)로 왕(王)을 정남대원슈(征南大元帥)를 ᄒ이고
황금부월(黃金斧鉞)과 샹방검(尙方劍)[123]을 ᄂ리오샤 션참후계(先斬
後啓)[124]ᄒ라 ᄒ시고 다시 닐너 글ᄋ샤디,

한 나라를 소유하였음.
116) 분호(分毫): 작은 터럭이라는 뜻으로 썩 적은 것의 비유.
117) 우수(憂愁): 걱정하고 근심함.
118) 녀딘(旅塵): 여진. 돌아다니며 뒤집어쓴 먼지라는 뜻으로 전쟁터를 이름.
119) 구티(驅馳): 구치. 말이나 수레를 타고 달림.
120) 정토(征討): 정토. 적 또는 죄 있는 무리를 무력으로써 침.
121) 샤직(社稷): 사직. 나라 또는 조정.
122) 츌스(出師): 출사. 군대를 싸움터로 내보내는 일.
123) 샹방검(尙方劍): 상방검. 상방서(尙方署)에서 특별히 제작한, 황제가 쓰는 보검. 중국 고대에
    천자가 대신을 파견하여 중대한 안건을 처리하도록 할 때 늘 상방검을 하사함으로써 전권을
    주었다는 표시를 하였고, 군법을 어긴 자가 있을 때 상방검으로 먼저 목을 베고 후에 임금에
    게 아뢰도록 하였음.
124) 션참후계(先斬後啓): 선참후계. 군법을 어긴 자가 있을 때 먼저 목을 베고 후에 임금에게 아룀.

"튀ᄉ(太師) 경문이 본듸(本-) 유악지ᄌᆡ(帷幄之才)125) 잇ᄂᆞᆫ 줄 아ᄂᆞ니 션봉인(先鋒印)을 주고 니부샹셔(吏部尙書) 셩문이 디뫼(智謀ㅣ) 겸비(兼備)ᄒᆞ니 가(可)히 부원슈(副元帥)ᄅᆞᆯ ᄒᆞ이라."

왕(王)이

30면

샤은(謝恩)ᄒᆞ고 주왈(奏曰),

"우튀양이 패(敗)ᄒᆞ야 셔역(西域) 오랑키게 투입(投入)ᄒᆞ면 어려오리니 젼(前) 녜부샹셔(禮部尙書) 특명(特命) 좌복야(左僕射) 니흥문이 본듸(本-) 신츌귀몰(神出鬼沒)ᄒᆞᄂᆞᆫ 지죄(才操ㅣ) 잇ᄉᆞᆸᄂᆞᆫ디라 ᄉᆞ신(使臣)을 마조 보ᄂᆡ여 슈군(水軍)을 거ᄂᆞ려 남ᄒᆡ(南海)로 댱구(長驅)126)ᄒᆞ야 막ᄌᆞᄅᆞ게127) ᄒᆞ고 광셔(廣西) 별가(別駕) 니셰문도 군듕(軍中)의 ᄡᅥ디이다."

샹(上)이 의윤(依允)ᄒᆞ시니,

왕(王)이 믈러와 춍춍(悤悤)이 존당(尊堂) 부모(父母)긔 ᄌᆞ시 고(告)ᄒᆞ매 일개(一家ㅣ) 결연(缺然)ᄒᆞᆷ믈 이긔디 못ᄒᆞ듸 승샹(丞相)은 안연(晏然) ᄌᆞ약(自若)ᄒᆞ야 골오듸,

"신ᄌᆡ(臣子ㅣ) 나라히 몸을 허(許)ᄒᆞ매 엇디 평안(平安)키ᄅᆞᆯ ᄇᆞ라리오? 닉 아ᄒᆡ(兒孩) ᄯᅩᄒᆞᆫ 군듕(軍中)의 소

---

125) 유악지ᄌᆡ(帷幄之才): 유악지재. 슬기와 꾀를 내어 일을 처리하는 데 능한 재주. 중국 한(漢)나라 고조(高祖)의 모사(謀士)였던 장량(張良)이 장막 안에서 이리저리 꾀를 내었다는 데에서 연유함.
126) 댱구(長驅): 장구. 먼 길을 감.
127) 막ᄌᆞᄅᆞ게: 막게.

리(率爾)128)티 아닌디라 무익(無益)히 근심ᄒ리오?”

왕(王)이 직비(再拜) 샤례(謝禮)ᄒ고 죵야(終夜)토록 뫼셧다가,

이튼날 훤당(萱堂)129)의 드러가 모든 딕 하딕(下直)ᄒ니 뉴 부인(夫人)이 노년(老年)의 슬프믈 이긔디 못ᄒ야 신쇡(神色)이 쳐연(悽然)ᄒ니 냥구(良久)히 말을 아니ᄒ다가 닐오딕,

“병긔(兵器)ᄂᆞᆫ 흉디(凶地)어ᄂᆞᆯ 네 ᄌᆞ로 당(當)ᄒ니 근심이 적디 아닌디라. 모로미 보듕보듕(保重保重)ᄒ야 도라오라.”

왕(王)이 직비(再拜) 왈(曰),

“소손(小孫)이 비록 직죄(才操ㅣ) 업ᄉ나 텬명(天命)이 머러시니 녹녹(錄錄)히 뎌 초개(草芥) ᄀᆞ튼 도적(盜賊)을 두릴 배 아니라 조모(祖母)ᄂᆞᆫ 믈념(勿念)ᄒ쇼셔.”

승샹(丞相)이 ᄯᅩᄒᆞᆫ 호언(好言)으로 위로(慰勞)ᄒ

고 왕(王)을 경계(警戒) 왈(曰),

“국은(國恩)이 오문(吾門)의 일편되시믄 네 ᄯᅩ 아ᄂᆞᆫ 배오, 너의 쇼심익익(小心益益)130)ᄒᆞᆷ 닉 ᄯᅩ 아올딕 그러나 사ᄅᆞᆷ이 쳐엄과 나죵이 ᄒᆞᆫ갈ᄀᆞᆺ트믄 쉽디 아니ᄒᆞᆫ디라. 닉 아ᄒᆡ(兒孩)ᄂᆞᆫ 므ᄎᆞ닉 조심(操心)

---

128) 소리(率爾): 솔이. 말이나 행동이 신중하지 못하고 가벼움.
129) 훤당(萱堂): 남의 어머니를 높여 이르는 말. 여기에서는 내당을 이름.
130) 쇼심익익(小心益益): 소심익익. 더욱 조심함.

ᄒ라. 군듕(軍中)이 급(急)ᄒ니 한셜(閑說)[131]을 ᄒ디 못ᄒ노라."

왕(王)이 피셕(避席) 빈샤(拜謝)ᄒ고 총총(恖恖)히 부모(父母)긔 졀ᄒ고 문(門)을 나매 미처 가ᄉ(家事)를 니ᄅ디 못ᄒ더니 군듕(軍中)의 니ᄅ러 도라보니 샹셰(尚書ㅣ) 업ᄂᆞ디라. 급(急)히 브ᄅ니 샹셰(尚書ㅣ) 졍(正)히 모견(母前)의셔 유유(幽幽)[132]ᄒᆞᆫ 졍(情)이 그음업서 ᄎᆞ마 니러나디 못ᄒ다가 부명(父命)을 듯고 겨요 눈믈을 강잉(强仍)ᄒ

· ● ·

33면

야 급(急)히 나와,

부친(父親)을 ᄶᆞ와 교댱(敎場)의 니ᄅ러 군ᄉ(軍士)를 뎜고(點考)ᄒ야 ᄒᆡᆼ군(行軍)ᄒᆞᆯ ᄉᆡ 텬직(天子ㅣ) 구룸 ᄀᆞ튼 댱막(帳幕)을 남문(南門) 밧긔 빈셜(排設)ᄒ고 왕뇽긔(王龍旗) 어즈러이 나븟기ᄂᆞᄃᆡ 빅관(百官)이 졔졔(齊齊)[133]ᄒ야 왕(王)을 젼별(餞別)ᄒ시니 은명(恩命)이 이러툿 ᄒ더라. 샹(上)이 왕(王)을 인견(引見)[134]ᄒᆞ샤 ᄉᆔ듀(賜酒)ᄒ시고 면유(勉諭)[135]ᄒ여 ᄀᆞᆯ오샤ᄃᆡ,

"경(卿)의 ᄌᆡ조(才操)ᄂᆞ 아란 디 오라나 그러나 우틔양의 요슐(妖術)이 심샹(尋常)티 아니타 ᄒ니 근심이 젹디 아니ᄒᆞᆫ디라 능히(能-) ᄆᆞ음을 놋티 못ᄒ노라."

왕(王)이 고두(叩頭) 왈(曰),

"텬위(天威) 직샹(在上)ᄒ시고 삼군(三軍)의 용녁(勇力)이 비샹(非

---

131) 한셜(閑說): 한설. 한가한 말. 실없는 소리.
132) 유유(幽幽): 그윽함.
133) 졔졔(齊齊): 제제. 나란한 모양.
134) 인견(引見): 임금이 의식을 갖추고 영의정, 좌의정, 우의정 따위의 관리를 만나 봄.
135) 면유(勉諭): 힘써 위로함.

常)ㅎ니 져근 도적(盜賊)

•••
34면

을 파(破)키롤 근심ㅎ리잇가? 셩샹(聖上)은 념녀(念慮)티 마르쇼셔."

샹(上)이 칭샤(稱謝)ㅎ시고 지삼(再三) 위유(慰諭)[136]ㅎ시며 년년(戀戀)ㅎ시니 왕(王)이 빅비(百拜) 슉샤(肅謝)ᄒᆞᆫ 후(後) 군졍(軍情)이 긴급(緊急)ᄒᆞᆫ디라 밧비 하딕(下直)고,

옥뉸거(玉輪車)의 올나 삼만(三萬) 군(軍)을 거ᄂᆞ려 호호탕탕(浩浩蕩蕩)[137]이 힝(行)ᄒᆞ니 군용(軍容)[138]이 셔리 ᄀᆞᆺ고 검극(劍戟)이 슴녈(森列)[139]ᄒᆞ야 졍긔(旌旗) 날빗츨 가리오니 빅관(百官)이 ᄇᆞ라보고 숑연(悚然)ᄒᆞ믈 이긔디 못ᄒᆞ더라. 남공(-公) 등(等)이 십(十) 니(里) 댱졍(長亭)[140]의 가 니별(離別)ᄒᆞ고 도라오다.

지셜(再說). 녜부(禮部) 흥문이 덕소(謫所)의셔 ᄒᆞᆫ 몸이 비록 무ᄉᆞ(無事)ᄒᆞ나 부모(父母)롤 ᄉᆞ렴(思念)ᄒᆞ야 샹샹(常常) ᄉᆞ샹(思相)ᄒ

•••
35면

ᄂᆞᆫ 회푀(懷抱ㅣ) 구곡(九曲)[141]이 촌단(寸斷)[142]ᄒᆞ더니,

---

136) 위유(慰諭): 위로하고 타일러 달램.
137) 호호탕탕(浩浩蕩蕩): 기세 있고 힘참.
138) 군용(軍容): 군대의 위용이나 장비.
139) 슴녈(森列): 삼렬. 촘촘하게 늘어서 있음.
140) 댱졍(長亭): 장정. 먼 길을 떠나는 사람을 전송하던 곳. 과거에 5리와 10리에 정자를 두어 행인들이 쉴 수 있게 했는데, 5리에 있는 것을 '단정(短亭)'이라 하고 10리에 있는 것을 '장정'이라 함.
141) 구곡(九曲): 굽이굽이 서린 창자라는 뜻으로, 깊은 마음속 또는 시름이 쌓인 마음속을 비유적

일일(一日)은 임 공(公) 햐쳐(下處)143)의 나아가 혼가지로 말솜ᄒ
더니 홀연(忽然) 문(門)밧기 드레며 치거(彩車) 졀월(節鉞)144)이 나붓
기고 인셩(人聲)이 쟈쟈(藉藉)ᄒ니 고이(怪異)히 넉여 시동(侍童)으
로 무른디 회보(回報) 왈(曰),

"경셩(京城)의셔 샤명(赦命)145)이 ᄂ려 부존(府尊) 노얘(老爺ㅣ)
니ᄅ러 계시이다."

녜뷔(禮部ㅣ) 챠경챠의(且驚且疑)146)ᄒ야 말을 못 밋쳐 ᄒ야셔 ᄉ
재(使者ㅣ) 태슈(太守)로 더브러 향안(香案)을 빅셜(排設)ᄒ고 됴셔
(詔書)를 밧드러 오니 샹셰(尙書ㅣ) 년망(連忙)이 됴복(朝服)을 ᄀᆽ초
고 쓸의 ᄂ려 ᄭ러 드릴식 굴와시디,

'오회(嗚呼ㅣ)라! 녜브터 간인(奸人)이 현인(賢人)을 해(害)ᄒ야

<hr>

36면

이미히 죽이니 이신들 경(卿) ᄀᆺᄐ 니 이시리오. 경(卿)은 본디(本-)
황실(皇室) 지친(至親)으로 황숙(皇叔)의 댱ᄌ(長子)오 됴뎡(朝廷) 대
신(大臣)이라. 빅힝(百行)의 근원(根源)이 명찰(明察)ᄒ고 국ᄉ(國事)
를 찬조(贊助)ᄒ매 녯날 당(唐) 승샹(丞相) 위딩(魏徵)147)의 ᄂ리디

으로 이르는 말. 구곡간장(九曲肝腸).
142) 촌단(寸斷): 갈기갈기 찢어짐.
143) 햐쳐(下處): 하처. 머무는 곳.
144) 졀월(節鉞): 절월. 절부월(節斧鉞). 관리가 지방에 부임할 때에 임금이 내어 주던 물건. 절은
    수기(手旗)와 같이 만들고 부월은 도끼와 같이 만든 것으로, 군령을 어긴 자에 대한 생살권
    (生殺權)을 상징함.
145) 샤명(赦命): 사명. 죄를 사면한다는 임금의 명령.
146) 챠경챠의(且驚且疑): 차경차의. 놀라기도 하고 의심하기도 함.
147) 위딩(魏徵): 위징. 중국 당나라 태종 때의 재상, 학자(580~643). 자는 현성(玄成). 수(隋)나라
    말기 혼란기에 이밀(李密)의 군대에 참가하였으나 곧 당고조(唐高祖)에게 귀순하여 고조의
    장자를 도움. 황태자 건성이 아우 세민(世民, 후의 太宗)과의 경쟁에서 패하였으나 위징의 인

아니ᄒ니 딤(朕)이 안흐로 지친(至親)의 졍(情)과 밧그로 군신(君臣)
대의(大義)를 겸(兼)ᄒ야 ᄉ랑ᄒ믈 슈족(手足)ᄀᆞ치 ᄒ고 앗기믈 ᄌ식
(子息)ᄀᆞ치 ᄒ야 어슈(魚水)의 합(合)ᄒ미[148] 심샹(尋常)티 아니ᄒ더
니 천만의외(千萬意外)예 망극(罔極)ᄒ 죄명(罪名)을 ᄒ로아츰의 시
러 강샹(綱常)의 죄인(罪人)이 되니 딤(朕)

* * *

37면

의 심담(心膽)이 것거디고 믜여디는 듯ᄒ야 비록 관뎐(寬典)[149]을 드리
오고져 ᄒ나 법(法)이 ᄉᆞ식(私私ㅣ) 업ᄂ니 능히(能-) ᄒᆞᆯ일업서 무춤ᄂᆡ
셩도(成都) 슈만(數萬) 니(里)의 죄인(罪人)이 되여 뇨싱(聊生)[150] ᄒᆞᆯ
긔약(期約)이 망연(茫然)[151]ᄒ니 딤(朕)이 일야(日夜) 우탄(憂歎)[152]
ᄒ야 옥모화풍(玉貌華風)[153]을 오ᄆᆡ(寤寐)예 닛디 못ᄒ더니 오늘날
연경(-卿)의 츙의(忠義)로 간모(奸謀)[154]를 ᄎᆞᄌᆞ매 쳔고(千古)의 비샹
(非常)ᄒ 변괴(變故ㅣ)라. 능히(能-) 흔(恨)ᄒ는 바는 경(卿)이 당초(當
初) 간녀(奸女)의 목숨을 샤(赦)ᄒ믈 통흔(痛恨)[155]ᄒ노라. 악당(惡
黨)이 쥬멸(誅滅)ᄒ매 경(卿)의 이미ᄒ미 빅옥(白玉)

　　격에 끌린 태종의 부름을 받아 후에 재상이 됨. 직간(直諫)한 신하로 유명함.
148) 어슈(魚水)의 합(合)ᄒ미: 어수의 합함이. 물이 없으면 살 수 없는 물고기와 물의 관계라는 뜻
　　으로, 아주 친밀하여 떨어질 수 없는 사이를 비유적으로 이르는 말. 수어지교(水魚之交). 중국
　　삼국시대 때 유비가 제갈량과 늘 같이 지내는 것을 장비가 불평하자 유비가 한 말. 나관중,
　　<삼국지연의>.
149) 관뎐(寬典): 관전. 관대한 은전.
150) 뇨싱(聊生): 요생. 그럭저럭 생계를 이어나감.
151) 망연(茫然): 아득한 모양.
152) 우탄(憂歎): 근심하고 탄식함.
153) 옥모화풍(玉貌華風): 옥처럼 아름다운 용모와 화려한 풍채.
154) 간모(奸謀): 간사한 꾀.
155) 통흔(痛恨): 통한. 몹시 분하거나 억울하여 한스럽게 여김.

ᄀᆞᆺᄐᆞ니 뉘우츠나 밋츠랴. 됴훈의 형상(形狀)이 무상(無狀)ᄒᆞᆫ 고(故)
로 멀리 튱군(充軍)ᄒᆞ야 경(卿)의 흔(恨)을 갑고 제악(諸惡)을 쥬멸
(誅滅)ᄒᆞ매 특디(特旨)로 경(卿)을 본딕(本職) 녜부샹셔(禮部尙書) 좌
복야(左僕射)ᄅᆞᆯ 승됴(陞朝)[156]ᄒᆞᄂᆞ니 역마(驛馬)로 샹경(上京)ᄒᆞ라.'
ᄒᆞ엿더라.

조초 연왕(-王)의 샹표[157](上表)와 제인(諸人)의 됴안(招案)[158]을
ᄲᅡ 보니여 계신디라. 일일히(一一-) 보매 ᄌᆞᄌᆞ(字字)히 통히(痛駭)ᄒᆞ
믄 니ᄅᆞ도 말고 노 시(氏) 젼후(前後) ᄒᆞᆫ 노 신(氏ᄂᆞᆯ) 줄 알미 두 눈
이 두렷ᄒᆞ고 신ᄉᆡᆨ(神色)이 져샹(沮喪)[159]ᄒᆞ고 냥구(良久)토록 말을
아니ᄒᆞ다가 셔안(書案)을 텨 대흔(大恨) 왈(曰),

"고금(古今)의 음녀(淫女)

간인(奸人)이 왕왕(往往)이 이신들 노녀(-女) ᄀᆞᆺᄐᆞ니 어딕 이시리오?
닉 초(初)의 그릇ᄒᆞ야 음녀(淫女)ᄅᆞᆯ 죽이디 아녀 가환(家患)이 쳔고
(千古)의 업고 빅문으로 일셰(一世) 죄인(罪人)을 밍그니 므슴 면목
(面目)으로 ᄎᆞ슉(次叔)긔 뵈오리오?"

---

156) 승됴(陞朝): 승조. 벼슬이 올라 조회함.
157) 표: [교] 원문과 규장각본(20:25), 연세대본(20:38)에 모두 '교'로 되어 있으나 문맥을 고려해
　　　이와 같이 수정함.
158) 됴안(招案): 초안. 죄인이 자기의 범죄 사실을 진술하던 말. 초사(招辭).
159) 져샹(沮喪): 저상. 기운을 잃음.

다시 연왕(-王)의 세 번(番) 샹소(上疏)를 보고 대경(大驚)ᄒᆞ야 빅문의 ᄉᆞ싱(死生)을 무르니 ᄉᆞ재(使者ㅣ) 항쥐(杭州) 원찬(遠竄)ᄒᆞ믈 고(告)ᄒᆞ니 녜뷔(禮部ㅣ) 브야흐로 신ᄉᆞᆨ(神色)을 딘뎡(鎭靜)ᄒᆞ야 당(堂)의 올나 부존(府尊)[160]과 ᄉᆞ쟈(使者)를 딕졉(待接)ᄒᆞᆯ ᄉᆡ 임 공(公)이 됴셔(詔書)를 ᄀᆞᆺ티 듯고 쥬찬(酒饌)을 ᄀᆞᆺ초와 ᄉᆞ쟈(使者)를 먹이고 태쉬(太守ㅣ) 샤(赦) 닙으믈 칭하(稱賀)ᄒᆞ니 임 공(公)은 답(答)ᄒᆞ딕 샹셰(尙書ㅣ)

* ● ●

40면

츄연(惆然) 왈(曰),

"복(僕)이 비록 누명(陋名)을 신셜(伸雪)[161]ᄒᆞ고 샤(赦)를 닙ᄉᆞ와 고토(故土)의 도라가나 사오나온 계집을 죽이디 못ᄒᆞ고 ᄉᆞ촌(四寸)이 파츌(罷黜)[162]ᄒᆞ니 블ᄒᆡᆼ(不幸)ᄒᆞ미 ᄀᆞ이업ᄉᆞᆫ디라 엇디 온젼(穩全)이 깃브다 ᄒᆞ리오?"

졔인(諸人)이 그 관후(寬厚)[163]ᄒᆞ믈 항복(降服)ᄒᆞ더라.

임 공(公)과 샹셰(尙書ㅣ) ᄒᆡᆼ니(行李)[164]를 다ᄉᆞ려 길 나려 ᄒᆞ더니, 홀연(忽然) 경ᄉᆞ(京師) 추인(差人)[165]이 역뎡(驛程)으로 니르러 녜부(禮部)로 슈군도독(水軍都督)을 ᄒᆞ이여 남ᄒᆡ(南海)로 나아가라 ᄒᆞ여 계신다. 녜뷔(禮部ㅣ) 뎐지(傳旨)를 밧드러 셩도(成都) 아문군(衙門

---

160) 부존(府尊): 중국 명청시대 지부(知府)의 존칭.
161) 신셜(伸雪): 신설. '신원설치(伸寃雪恥)'의 준말로 가슴에 맺힌 원한을 풀어 버리고 창피스러운 일을 씻어버린다는 뜻.
162) 파츌(罷黜): 파출. 잘못을 저지른 사람에게 직무나 직업을 그만두게 함.
163) 관후(寬厚): 마음이 너그럽고 후덕함.
164) ᄒᆡᆼ니(行李): 행리. 여행할 때 쓰는 물건과 차림.
165) 추인(差人): 차인. 관아에서 임무를 주어 파견하던 일. 또는 그런 사람.

軍)을 발(發)ᄒ야 쥬즙(舟楫)166)을 ᄀ초와 남(南)으로 갈 시 ᄋᄌ(兒
子)룰 임 공(公)긔

41면

의탁(依託)ᄒ니 임 공(公)이 낙죵(諾從)167)ᄒ고 그 위디(危地)의 림
(臨)ᄒᄆᆯ 념녀(念慮)ᄒ고 공ᄌ168)(公子ㅣ) 샤(赦)룰 만나 븍경(北京)으
로 가믈 힝희(幸喜) 쾌락(快樂)ᄒ야 ᄒ다가 블의(不意)예 야애(爺爺ㅣ)
쳔(千) 니(里) 슈로(水路)룰 힝(行)ᄒ니 쵸죠(焦燥) 비황(悲遑)169)ᄒ야
쏠와가디라 ᄒ니 샹셰(尙書ㅣ) 듯디 아녀 왈(曰),

"병긔(兵器)ᄂᆫ 흉디(凶地)라 네 엇디 가리오? 샐리 경셩(京城)으로
도라가라."

ᄒ고 표연(飄然)이 군오(軍伍)170)룰 안찰(按察)ᄒ여 형쥐(荊州)룰
ᄇᆞ라고 댱구(長驅)하야 나아가니, 임 공(公)이 부인(夫人)과 녀ᄋ(女
兒)룰 ᄃᆞ리고 챵닌으로 더브러 경ᄉ(京師)로 가니라.

챠셜(且說). 연왕(-王)의 ᄃᆡ군(大軍)이 형쥐(荊州) 니ᄅᆞ매 본쥐(本
州) 태슈(太守) 뉴

42면

관과 위171) 공(公)이 훔긔 마ᄌ 녜(禮)룰 ᄆᆞᄎᆞ매 피ᄎᆞ(彼此ㅣ) 반가

---

166) 쥬즙(舟楫): 주즙. 배와 삿대라는 뜻으로, 배 전체를 이르는 말.
167) 낙죵(諾從): 낙종. 마음속으로 받아들여 진심으로 따라 좇음.
168) 지: [교] 원문에는 '의'로 되어 있으나 문맥을 고려해 규장각본(20:27)과 연세대본(20:41)을 따름.
169) 비황(悲遑): 슬프고 경황이 없음.
170) 군오(軍伍): 군대의 대오.

오미 극(極)ᄒ니 다만 손을 잡고 환환희희(歡歡喜喜)ᄒᆫ 졍(情)이 측냥(測量)업ᄉ나 위 공(公)이 녀ᄋ(女兒)의 거쳐(居處)ᄅᆞᆯ ᄎᆞ디 못ᄒ여 시믈 니ᄅᆞᆨ고 눈믈을 흘니니 왕(王)이 ᄯᅩᄒᆞᆫ 참연(慘然)ᄒ나 국ᄉᆞ(國事) ㅣ 듕대(重大)ᄒᆞᆫ 고(故)로 ᄉᆞ졍(私情)을 니ᄅ디 못ᄒ고 뉴 태슈(太守)ᄅᆞᆯ 딕(對)ᄒ여 젹셰(敵勢)ᄅᆞᆯ 뭇고 위 공(公)을 니별(離別)ᄒᆞᆯ ᄉᆡ 위 공(公)이 눈믈이 비 오ᄃᆞᆺ ᄒ야 굴오ᄃᆡ,

"녀ᄋ(女兒)의 ᄉᆞᄉᆡᆼ(死生)을 ᄎᆞᆺ고 가고 시브ᄃᆡ 군명(君命)이 급(急)ᄒ시니 엇디ᄒ리오?"

왕(王) 왈(曰),

"니 임의 남방(南方) 제읍(諸邑)을 총녕(總領)[172]ᄒ니 각도(各道)의 ᄒᆡᆼ이(行移)[173]ᄒ야

* * *

43면

ᄋᆞ부(阿婦)ᄅᆞᆯ ᄎᆞᆺ도록 ᄎᆞ줄 거시니 형(兄)은 ᄲᆞᆯ니 샹경(上京)ᄒ라."

승샹(丞相)이 올히 너겨 부듕(府中)의 도라가다.

ᄎᆞ시((此時) 태뷔(太傅ㅣ) 뎍소(謫所)의 가셔 무ᄉᆞ(無事)히 잇더니 샤(赦)ᄅᆞᆯ 만나 졍(正)히 븍(北)으로 가려 ᄒ다가 조죠 됴셔(詔書)ᄅᆞᆯ 보고 ᄯᅩ 왕(王)이 형쥐(荊州)로 와시믈 듯고 즉시(卽時) ᄉᆞ공ᄋᆞ로 더브러 밧비 둘녀 니ᄅᆞ러 부젼(父前)의 뵈오매 그 반가온 졍(情)이 황홀(恍惚)ᄒ야 능히(能-) 금(禁)티 못ᄒ고 샹셔(尙書)ᄅᆞᆯ 만나 더옥 흔

---

171) 위: [교] 원문과 규장각본(20:28), 연세대본(20:42)에 모두 '뉴'로 되어 있으나 문맥을 고려해 이와 같이 수정함.

172) 총녕(總領): 총령. 모든 것을 통틀어 거느림.

173) ᄒᆡᆼ이(行移): 행이. 관청에서 문서를 발송하여 조회(照會)함. 행문이첩(行文移牒).

희(欣喜)ᄒᆞᆷᄅᆞᆯ 이긔디 못ᄒᆞ더라.

왕(王)이 각도(各道) 졔읍(諸邑) 군(軍)을 모도와 군(軍)을 ᄂᆞ려 ᄒᆞ매 아딕 수삼(數三) 일(日) 안병부동(按兵不動)[174]ᄒᆞ엿더니, 수

일(數日) 후(後) 이릉(吏陵), 남군(南郡), 강하(江夏)[175], 양양(襄陽)[176], 항쥐(杭州) ᄌᆞᄉᆞ(刺史) 들이 모드니 그 셰(勢) 극(極)히 웅쟝(雄壯)ᄒᆞ더라.

션시(先時)의 빅문이 듀야(晝夜) 길흘 녜여 항쥐(杭州) 니ᄅᆞ러 ᄎᆞ인(差人)이 본관(本官)의 문셔(文書)ᄅᆞᆯ 드리고 공문(公文)을 밧드매 화 공(公)이 ᄇᆞ야흐로 녀ᄋᆞ(女兒)ᄅᆞᆯ 신셜(伸雪)[177]ᄒᆞ고 악뉴(惡類ㅣ) 딘(盡)ᄒᆞᆷ을 알매 대경대희(大驚大喜)ᄒᆞ고 노 시(氏)의 근본(根本)을 드ᄅᆞ매 히연(駭然)ᄒᆞᆷ을 이긔디 못ᄒᆞ야 밧비 ᄂᆡ당(內堂)의 드러가 부인(夫人)과 ᄌᆞ녀(子女)ᄅᆞᆯ 딕(對)ᄒᆞ야 니ᄅᆞ니 모다 대열(大悅)ᄒᆞ딕 쇼져(小姐)ᄂᆞᆫ 기리 탄식(歎息)ᄒᆞ며 깃븐 ᄉᆞ식(辭色)이 업거늘 화싱(-生) 등(等)이 웃고 굴오딕,

"현매(賢妹) 반싱(半生) 원왕(冤枉)[178]

---

174) 안병부동(按兵不動): 진군하던 군대를 한곳에 멈추어 두고 움직이지 않음.
175) 강하(江夏): 중국 동한 말기 형주(荊州)에 속해 있었던 아홉 개의 군(郡) 가운데 하나. 현재 호북성(湖北省) 무한시(武漢市)에 있음.
176) 양양(襄陽): 중국 동한 말기 형주(荊州)에 속해 있었던 아홉 개의 군(郡) 가운데 하나. 원래 남양군(南陽郡)에 속해 있었는데 동한 말기에 조조(曹操)가 남양군에서 분리해 설치함. 현재 호북성(湖北省)에 속해 있음.
177) 신셜(伸雪): 신설. '신원설치(伸冤雪恥)'의 준말로 가슴에 맺힌 원한을 풀어 버리고 창피스러운 일을 씻어버린다는 뜻.
178) 원왕(冤枉): 원통한 누명을 써서 억울함.

혼 소회(所懷) 금일(今日) 신원(伸寃)[179]ᄒ고 니싱(李生)이 이곳의 오
니 쳔고(千古)의 드믄 경ᄉᆡ(慶事ㅣ)어늘 엇디 깃거 아닛ᄂᆞ뇨?"

쇼졔(小姐ㅣ) 블연(勃然) 작ᄉᆡᆨ(作色) 왈(曰),

"오늘 텬은(天恩)을 닙어 죄명(罪名)을 버ᄉᆞ니 깃브나 니싱(李生)
은 엇던 사름이라 오며 가기를 쇼ᄆᆡ(小妹) 알니오? 거게(哥哥ㅣ) 만
일(萬一) ᄯᅩ 이런 말을 ᄒᆞ실딘대 쇼ᄆᆡ(小妹) ᄌᆞ결(自決)ᄒᆞ야 듯디 말
니이다."

모다 무류(無聊)ᄒᆞ야 그치고 부인(夫人)이 공(公)ᄃᆞ려 왈(曰),

"뎌 니싱(李生)을 엇디 ᄃᆡ졉(待接)ᄒᆞ려 ᄒᆞ시ᄂᆞ뇨?"

공(公) 왈(曰),

"저를 ᄎᆞᆷ아 닉 다시 보리오?"

부인(夫人)이 믁연(默然)이러니,

이튼날 공(公)이 관뇨[180](官僚)

를 대회(大會)ᄒᆞ매 빅문이 포의초리(布衣草履)[181]로 니ᄅᆞ러 졈고(點
考) 맛ᄂᆞᆫ 딕 참예(參預)ᄒᆞ거늘 년망(連忙)이 닐러 굴오딕,

"ᄎᆞ(此)ᄂᆞᆫ 경ᄉᆞ(京師) 직샹(宰相)이라 나 쇼쇼(小小) 하방(下方) 관

---

179) 신원(伸寃): 가슴에 맺힌 원한을 풀어 버림.
180) 뇨: [교] 원문과 연세대본(20:45)에는 '녀'로 되어 있으나 문맥을 고려해 규장각본(20:30)을 따름.
181) 포의초리(布衣草履): 베옷에 짚신.

원(官員)이 서로 보리오? 좌우(左右)는 븟드러 도라보나라."

빅문이 머리를 두드려 쳥죄(請罪) 왈(曰),

"악댱(岳丈)은 쇼셔(小壻)의 죄(罪)를 샤(赦)하시고 쇼셔(小壻)의 흔 말을 드르쇼셔."

공(公)이 밍녈(猛烈)흔 소리로 노목(怒目)을[182] 놉히 쓰고 고셩(高聲) 대미(大罵) 왈(曰),

"너히 관뇨(官僚)들이 아드시 닉게 녀익(女兒ㅣ) 업거늘 엇던 광싱(狂生)[183]이 와 날드려 악댱(岳丈)이라 하나뇨? 극(極)히 히연(駭然)[184]하니 셜니 닉여보닉고 다시 아문(衙門)의 뎌의 자최

47면

를 븟틸딘대 머리를 버혀 효시(梟示)[185]하리라."

흔 소리 호령(號令)이 나매 좌우(左右) 하리(下吏) 급(急)히 미러 문(門)밧긔 닉치니 화싱(-生) 등(等)은 좌(座)의 이셔 박쇼(拍笑)[186]하믈 마디아니하고 공(公)은 새로이 통흔(痛恨)하믈 마디아니하더니,

쏘 경수(京師) 됴셰(詔書ㅣ) 니르러 공(公)의 적(賊) 잡으믈 포장(襃奬)[187]하고 연왕(-王)을 도와 우틱양을 치라 하여 계신디라.

공(公)이 즉시(卽時) 힝장(行裝)을 출혀 형쥐(荊州) 니르러 대원슈(大元帥) 아문(衙門)의 텽녕(聽令)하믹 피칙(彼此ㅣ) 반가오믹 극(極)

---

182) 노목을: [교] 원문과 연세대본(20:47)에는 없으나 문맥을 고려해 규장각본(20:30)을 따라 이 부분을 삽입함.
183) 광싱(狂生): 광생. 미친 유생.
184) 히연(駭然): 해연. 몹시 이상스러워 놀람.
185) 효시(梟示): 목을 베어 높은 곳에 매달아 놓아 뭇사람에게 보임.
186) 박쇼(拍笑): 박소. 손뼉을 치며 크게 웃음. 박장대소(拍掌大笑).
187) 포장(襃奬): 포장. 칭찬하여 장려함.

ᄒᆞᄃᆡ 군듕(軍中)이 슉엄(肅嚴)ᄒᆞᆫ 고(故)로 ᄉᆞ졍(私情)을 펴디 못ᄒᆞ야 각각(各各) ᄃᆡ오(隊伍)[188]ᄅᆞᆯ 졍졔(整齊)[189]ᄒᆞ야 님딘(臨陣) ᄃᆡ젹(對敵)

●••

48면

ᄒᆞᆯ 모칙(謀策)[190]을 의논(議論)ᄒᆞ고 ᄐᆡ양의 딘듕(陣中)의 격셔(檄書)ᄅᆞᆯ 보ᄂᆞ니라.

화셜(話說). 우ᄐᆡ양의 ᄌᆞ(字)ᄂᆞᆫ 승벽이니 초국(楚國) 사름이라. 어려셔브터 물을 닉이매 활 ᄡᅩ기ᄅᆞᆯ 빅발빅듕(百發百中)ᄒᆞ니 듕년(中年)의 금화산(--山)의 드러가 환슐(幻術)을 빈화 도라와 큰 ᄯᅳᆮ들 품어 동당(同黨)을 모화 형산(荊山)의 웅거(雄據)ᄒᆞ매 군셰(軍勢) ᄃᆡ딘(大震)ᄒᆞ야 댱각(張角)[191]의 헛도이 패(敗)ᄒᆞᄆᆞᆯ 웃더니 황쵸[192](黃初)[193]의 디혜(智慧) 업ᄉᆞᄆᆞᆯ 지쇼(指笑)[194]ᄒᆞ여 텬하(天下)ᄅᆞᆯ 일광(一匡)[195]ᄒᆞ고져 ᄒᆞ니 몬져 군(軍)을 닉여 강하(江夏) 두어 고을을 텨 멸(滅)ᄒᆞ니 각관(各官)이 망풍귀슌(望風歸順)[196]ᄒᆞᄂᆞᆫ디라.

형쥐(荊州)ᄅᆞᆯ 셰 겹

---

188) ᄃᆡ오(隊伍): 군대의 대오.

189) 졍졔(整齊): 정제. 정돈하여 가지런히 함.

190) 모칙(謀策): 모책. 꾀와 계책.

191) 댱각(張角): 장각. 중국 후한 말기의 도사(?~184). 민간 종교인 태평도를 창시하여 수십만의 신도를 포섭하고, 후한 말엽의 혼란을 틈타 184년에 한(漢)나라를 전복하려는 황건의 난을 일으킴.

192) 황쵸: [교] 원문과 연세대본(20:48)에는 '황츄'로 되어 있고, 규장각본(20:32)에는 '왕츄'로 되어 있으나 문맥을 고려해 이와 같이 수정함.

193) 황쵸(黃初): 황초. 중국 삼국시대 위(魏)나라 군주인 문제(文帝) 조비(曹丕)를 이름. 황초는 그가 사용한 연호(220~226).

194) 지쇼(指笑): 지소. 손가락질하며 비웃음.

195) 일광(一匡): 어지러운 천하를 다스려 바로잡음.

196) 망풍귀슌(望風歸順): 망풍귀순. 소문만 듣고도 스스로 돌아서서 복종함.

으로 빳더니 구병(救兵)이 오믈 듯고 산(山)의 도라와 새로이 군마
(軍馬)를 총녕(總領)197)ᄒ며 초탐군(哨探軍)198)을 보늬여 대원쉬(大
元帥ㅣ) 엇던 사름인고 무르니 연왕(-王) 니몽챵이라 ᄒᆞᄂᆞᆫ디라 스스
로 놀나 ᄀᆞᆯ오ᄃᆡ,

"니몽챵은 일홈난 명쟝(名將)이라 쟝ᄎᆞᆾ(將次人) 엇디ᄒᆞ리오?"

제쟝(諸將)이 ᄀᆞᆯ오ᄃᆡ,

"니몽챵이 비록 명쟝(名將)이나 대왕(大王)의 요슐(妖術)의 뉘 당
(當)ᄒᆞ리오? 가(可)히 혼 븍의 텨 멸(滅)ᄒᆞ리라."

틱양이 올히 너겨 군병(軍兵)을 슈습(收拾)ᄒᆞ더니,

명진(明陣)의 격셰(檄書ㅣ) 니르러 쳥젼(請戰)199)ᄒᆞ엿ᄂᆞᆫ디라. 틱양
이 허락(許諾)고 명일(明日) 대군(大軍)을 거ᄂᆞ려 셩하(城下)의 니르

매 연왕(-王)이 임의 팔문금쇄딘(八門擒鎖陣)200)을 티고 딕오(隊伍)
를 층층밀밀(層層密密)이 버려 밍쟝호군(猛將虎軍)201)이 만산폐야
(滿山蔽野)202)ᄒᆞ엿ᄂᆞᆫ디라.

---

197) 총녕(總領): 총령. 모든 것을 전부 거느림.
198) 초탐군(哨探軍): 정탐하는 군사.
199) 쳥젼(請戰): 청전. 싸움을 청함.
200) 팔문금쇄딘(八門擒鎖陣): 팔문금쇄진. 여덟 방향으로 통로가 나도록 병사들을 배치하여 진으
로 들어온 적군이 빠져나가지 못하도록 막는 진법.
201) 밍쟝호군(猛將虎軍): 맹장호군. 용맹한 장수와 호랑이처럼 날랜 군사.
202) 만산폐야(滿山蔽野): 산에 가득하고 들판을 뒤덮음.

틱양이 심듕(心中)의 ㄱ쟝 놀나 또흔 딘(陣)을 티고 쟝속(裝束)[203]을 엄(嚴)히 ㅎ고 츌마(出馬)를 ㅎ야 명쟝(明將)을 나라 ㅎ니 ㄱ쟝 오란 후(後) 뎍딘(敵陣)의 방포(放砲)[204] 소릭 뫼히 울히는 듯ㅎ고 금괴(金鼓ㅣ)[205] 셰 번(番)을 크게 울며 딘문(陣門)이 열니는 가온딕 황금부월(黃金斧鉞)과 빅모황월(白旄黃鉞)[206]이며 개즈쳥동(鎧子靑銅)[207]과 오식(五色) 긔치(旗幟) 별이 흐륵며 믈이 느리는 듯 층층밀밀(層層密密)이 좌우(左右)의 빅빅히 버러는딕 금옥(金玉)으로 ᄭᅮ민

• • •

51면

수릭롤 미러 닉니 ᄉ면(四面)으로 쥬렴(珠簾)을 놉히 것고 가온대 일위(一位) 대신(大臣)이 안자시[208]니 머리의 팔각통텬금관(八角通天金冠)은 샹셔(祥瑞)의 빗출 아삿고 몸의 홍금포(紅錦袍)ᄂᆞᆫ 왕쟈(王者)의 톄위(體位) 은은(隱隱)ㅎ거늘 면식(面色)의 슈려(秀麗) 동탕(動蕩)[209]ㅎ미 임의 일광(日光)을 묘시(藐視)ㅎ고 새별 냥목(兩目)은 봉안(鳳眼)을 습(襲)ㅎ야 쇄락식식(灑落--)[210]흔 긔샹(氣像)이 쳔고(千古) 호걸(豪傑)이라. 우틱양이 대경(大驚)ㅎ야 채롤 드러 읍왈(揖曰),
"대왕(大王)은 쳔승국군(千乘國君)[211]이라 엇디 수쳔(數千) 니(里)

---

203) 쟝속(裝束): 입고 매고 하여 몸차림을 든든히 갖추어 꾸밈. 또는 그런 차림새.
204) 방포(放砲): 대포를 쏨.
205) 금괴(金鼓ㅣ): 군중(軍中)에서 호령하는 데 사용하던 북.
206) 빅모황월(白旄黃鉞): 백모황월. 백모는 털이 긴 쇠꼬리를 장대 끝에 매달아 놓은 기(旗)이고, 황월은 황금으로 장식한 도끼임.
207) 개즈쳥동(鎧子靑銅): 개자청동. 청동갑옷. 개자는 싸움을 할 때 적의 창검이나 화살을 막기 위하여 입던 갑옷을 이름.
208) 시: [교] 원문에는 '니'로 되어 있으나 문맥을 고려해 규장각본(20:33)과 연세대본(20:51)을 따름.
209) 동탕(動蕩): 활달하고 호탕함.
210) 쇄락식식(灑落--): 시원하고 엄숙함.
211) 쳔승국군(千乘國君): 천승국군. 천 대의 병거를 내는 나라의 임금이라는 뜻으로, 제후를 이르

험노(險路)의 니르시뇨?"

왕(王)이 소리를 엄(嚴)히 ᄒ야 ᄭ지저 굴오ᄃᆡ,

"너는 져근 도적(盜賊)이어늘 감히(敢-)

• • •

52면

솔군(率軍)212)ᄒ야 텬됴(天朝)를 범(犯)ᄒᄂ뇨? 그 죄(罪) 블용쥐(不容誅)213)라. ᄲᆞᆯ니 항(降)ᄒ여 텬명(天命)을 슌(順)ᄒ라."

튀양이 앙텬대쇼(仰天大笑) 왈(曰),

"대왕(大王)은 인명(仁明)214)ᄒᆫ 인군(人君)이어늘 이런 무디(無知)ᄒᆫ 말을 ᄒᄂ뇨? 텬하(天下)는 ᄒᆫ 사ᄅᆞᆷ의 텬해(天下ㅣ) 아니라. 상담(常談)215)의 황뎨(皇帝)는 술위 셔도ᄃᆞᆺ ᄒᆫ다 ᄒ니 닉 임의 텬명(天命)을 밧ᄌᆞ와 혼군(昏君)216)을 티거늘 그ᄃᆡ ᄯᅩ ᄒᆫ가지로 도와 닉 보위(寶位)예 오른 후(後) 공신(功臣)이 되여 누리미 엇더ᄒ뇨?"

언미필(言未畢)의 졍션봉(正先鋒) 니경문이 대로(大怒)ᄒ여 구홍검(--劍)을 춤추어 닉ᄃᆞ라 굴오ᄃᆡ,

"져근 도적(盜賊)이 말ᄉᆞᆷ이 이디도록 패만(悖慢)217)ᄒ니 죽기를 면(免)

는 말. 제후는 천 대의 병거를 낼 만한 나라를 소유하였음.

212) 솔군(率軍): 군대를 거느림.

213) 블용쥐(不容誅): 불용주. 주살(誅殺)로도 용납받지 못함.

214) 인명(仁明): 어질고 현명함.

215) 상담(常談): 늘 쓰는 예사로운 말.

216) 혼군(昏君): 어리석은 임금.

217) 패만(悖慢): 사람됨이 온화하지 못하고 거칠며 거만함.

티 못홀디라 셜니 목을 느리혀 칼흘 바드라."

틱양의 선봉(先鋒) 관지문이 닉드라 마자 두어 합(合)의 경문이 크게 흔 번(番) 웃고 칼흘 드러 두 조각의 닉니 틱양이 대경대로(大驚大怒)ᄒ야 부선봉(副先鋒) 곽셰와 텬쟝(天將)[218] 독고싱을 명(命)ᄒ야 마자 ᄡᆞ호라 ᄒ니 이(二) 쟝(將)이 쳥녕(聽令)ᄒ고 믈을 둘녀와 교봉(交鋒)ᄒ매 경문이 됴곰도 겁(怯)ᄒ디 아니코 좌충우돌(左衝右突)ᄒ야 이(二) 쟝(將)이 파(破)ᄒ게 되엿더니 틱양이 분긔(憤氣) 돌관(突冠)[219]ᄒ야 입으로 진언(眞言)을 념(念)ᄒ며 부작(符作)을 ᄲᅥ 놀니니 홀연(忽然) 광풍(狂風)이 대긔(大起)ᄒ고 비샤주셕(飛沙走石)[220]ᄒ며 하늘노

조차 무수(無數) 금갑신(金甲神)[221]이 ᄂᆞ려오니 명군(明軍)이 대패(大敗)ᄒ야 다라나딕 경문이 홀노 봉안(鳳眼)을 브릅쓰고 보검(寶劍)을 허리의 쏘ᄌᆞ며 익단관의 준 부작(符作)을 닉여 공듕(空中)의 더디니 홀연(忽然) 일긔(日氣) 청명(淸明)ᄒ고 ᄇᆞ람이 그치고 싱공이 가온딕로조차 보검(寶劍)을 춤추어 금갑신(金甲神)을 버히니 다 됴히

---

218) 텬쟝(天將): 천장. 대장(大將)을 아름답게 부른 말.
219) 돌관(突冠): 화가 나서 머리털이 솟아 관에 부딪힐 정도임.
220) 비샤주셕(飛沙走石): 비사주석. 모래가 날리고 돌멩이가 구른다는 뜻으로, 바람이 세차게 붊을 이르는 말.
221) 금갑신(金甲神): 쇠갑옷을 입은 귀신.

로 사긴 사름이러라. 틱양이 제 요슐(妖術)이 힝(行)티 못함를 보고 대경(大驚)ᄒ야 군(軍)을 거두워 두라나니,

왕(王)이 명(命)ᄒ야 부원슈(副元帥) 셩문과 부션봉(副先鋒) 셰문과 기여(其餘) 졔쟝(諸將)을 명(命)ᄒ야 딕딕(大隊) 군마(軍馬)를 니르혀 일시(一時)의 쏠와 치니 젹군(敵軍)이

대패(大敗)ᄒ여 죽은 거시 반(半) 남고 싱금(生擒)ᄒᆞᆫ 거시 극(極)히 만흐며 긔갑(機甲) 추죵(騶從)[222]을 거두어 도라오니 틱양은 계유 슈빅(數百) 군(軍)을 거ᄂᆞ려 쥐 숨돗 두라나니라.

졔인(諸人)이 도라와 공(功)을 밧치매 경문의 용녁(勇力)이 삼군(三軍)의 읏듬[223]으로 대쟝(大將) 십(十) 인(人)을 버히고 싱금(生擒)ᄒᆞᆫ 거시 수(數)업고 셩문과 셰문의 버힌 슈급(首級)이 십여(十餘) 인(人)이나 ᄒ고 사로잡은 거시 만터라. 왕(王)이 대희(大喜)ᄒ야 크게 삼군(三軍)을 호샹(犒賞)[224]ᄒ고 태부(太傅)를 나아오라 ᄒ야 무르딕,

"닉 일즉 아디 못ᄒ엿더니 네 아니 환슐(幻術)을 ᄒ던다?"

태뷔(太傅ㅣ) 웃고 딕왈(對曰),

"ᄒᆡ이(孩兒ㅣ) 엇디

---

222) 추죵(騶從): 추종. 윗사람을 따라다니는 종.
223) 듬: [교] 원문과 연세대본(20:55)에는 '음'으로 되어 있으나 문맥을 고려해 규장각본(20:36)을 따름.
224) 호샹(犒賞): 호상. 군사들에게 음식을 차려 먹이고 상을 주어 위로함.

이러미 이시리잇가? 뎍소(謫所)의 이신 제 이러이러혼 이인(異人)을
만나 임의 우틱양의 작난(作亂)홀 줄 니르고 부작(符作)을 주니 비록
허탄(虛誕)225)이 너기나 몸굿의 간ᄉᄒ여ᄉ더니 오늘날 시험(試驗)
ᄒ매 과연(果然) 딩험(徵驗)226)이 잇ᄉᆞᆫ디라 진젹(眞的)227)ᄒᆞ믈 씨
ᄃᄅᆞᆯ소이다.”

왕(王)이 경왈(驚曰),

“만ᄉᆞ(萬事ㅣ) 다 텬수(天數)의 민이미니 인녁(人力)으로 홀 것가?
우틱양의 패(敗)홈도 텬의(天意)로다.”

부션봉(副先鋒)이 웃고 왈(曰),

“이뵈 다 거즛말이라. 네 틱쥬(台州) 반년(半年)을 이셔 고이(怪異)
한 슐(術)을 비홧ᄂᆞ니라.”

틱뷔(太傅ㅣ) 쇼이딕왈(笑而對曰),

“형댱(兄丈)이 엇디 쇼뎨(小弟)를 이런 고이(怪異)혼 딕로 미뤼시

ᄂᆞ뇨? 지극(至極) 원민(冤悶)228)ᄒᆞ여이다.”

좌위(左右ㅣ) 기쇼(皆笑)ᄒᆞ더라.

수일(數日) 후(後) 왕(王)이 군ᄉ(軍士)를 크게 니르혀229) 근쳐(近

---

225) 허탄(虛誕): 거짓되고 미덥지 않음.
226) 딩험(徵驗): 징험. 어떤 징조를 경험함.
227) 진젹(眞的): 진적. 참되고 틀림없음.
228) 원민(冤悶): 원통하고 억울함.

處) 쥬현(州縣)을 회복(回復)ᄒ고 ᄒᆞᆫ 들이 못 ᄒᆞ야 이릉(吏陵), 강하
(江夏), 남군(南郡) 등쳐(等處)를 다 쳐 멸(滅)ᄒ니 퇴양이 셰(勢) 외
로와 동당(同黨)을 거ᄂᆞ리고 셔역(西域)으로 다라나니 왕(王)이 부원
슈(副元帥) 셩문과 션봉(先鋒) 경문을 명(命)ᄒ야 일시(一時)의 ᄶ와
즛티니 퇴양이 대패(大敗)ᄒ야 겨유 수십 ᄂᆡ시(內侍)를 거ᄂᆞ리고 빈
를 어더 ᄐᆞ고 셔(西)로 향(向)ᄒ려 ᄒᆞ다가 도독(都督) 니흥문의 군
(軍)을 만나 사로잡히니 연왕(-王)이 이 쇼식(消息)을 듯고 대열(大
悅)ᄒ더라.

당초(當初) 녜부(禮部ㅣ) 슈군(水軍)을 됴발(調發)[230] ᄒ

...

58면

야 망듀야(罔晝夜)[231] ᄒ야 니ᄅᆞ러 형쥬(荊州) 갓가이 와 우퇴양의 빈
를 만나니 그 형샹(形狀)을 의심(疑心)ᄒ야 군뎡(軍丁)[232]을 지휘(指
揮)ᄒ야 잡아 믹고 무ᄅᆞ니 과연(果然) 적(敵)일 시 올흔디라. ᄲᆞᆯ니 노
하(櫓下)를 저허 빈를 믓티 다히고 퇴양을 거ᄂᆞ려 대원슈(大元帥) 군
듕(軍中)의 밧치니 왕(王)이 깃브믈 이긔디 못ᄒ야 ᄲᆞᆯ니 녜부(禮部)
를 블러 손을 잡고 굴오ᄃᆡ,

"현딜(賢姪)이 셩도(成都) 수만(數萬) ᄂᆡ(里)의 튱군(充軍)ᄒ야 풍
샹(風霜)을 갓초 격그ᄃᆡ 신ᄉᆡᆨ(神色)이 완젼(完全) 여구(如舊)ᄒ니 엇
디 깃브디 아니며 우슉(愚叔)의 참괴(慙愧)ᄒ믄 능히(能-) 비(比)ᄒᆞᆯ

---

229) 혀: [교] 원문에는 '려'로 되어 있으나 문맥을 고려해 규장각본(20:37)과 연세대본(20:57)을 따름.
230) 됴발(調發): 조발. 남에게 물품을 강제적으로 모아 거둠. 징발(徵發).
231) 망듀야(罔晝夜): 망주야. 밤낮을 가리지 않고 부지런히 일함.
232) 군뎡(軍丁): 군정. 군적에 있는 지방의 장정.

딕 업도다."

네뷔(禮部ㅣ) 년망(連忙)이

● ● ●

59면

비샤(拜辭) 왈(曰),

"쇼딜(小姪)이 블힝(不幸)ᄒ야 디난 환란(患亂)이 차악(嗟愕)²³³⁾ᄒ
나 이제 무ᄉ(無事)ᄒ니 싱각ᄒ미 업ᄉ더니 슉부(叔父) 하교(下敎ㅣ)
여ᄎ(如此)ᄒ시니 황공(惶恐)ᄒ미 욕ᄉ무지(欲死無地)²³⁴⁾로소이다."

왕(王)이 탄식(歎息)고 드딕여 제쟝(諸將)의 공노(功勞)를 일일이
(一一) 티부(置簿)ᄒ고 텹음(捷音)²³⁵⁾을 경ᄉ(京師)의 주(奏)ᄒ 후
(後) 대연(大宴)을 비셜(排設)ᄒ야 삼군(三軍)을 호샹(犒賞)ᄒ고 제쟝
(諸將)으로 더브러 즐길 ᄉ 환셩(歡聲)이 구쳔(九天)²³⁶⁾의 ᄉ뭇차 하
잔(賀盞)²³⁷⁾이 분분(紛紛)²³⁸⁾ᄒ더라.

종일(終日) 딘환(盡歡)²³⁹⁾ᄒ고 셕양(夕陽)의 파(罷)ᄒ매 ᄇ야흐로
왕(王)이 ᄌ질(子姪)을 거ᄂ리고 댱듕(帳中)의셔 됴용이 말ᄒᆯ ᄉ 녜
뷔(禮部ㅣ) 골오딕,

"죄딜(罪姪)이 혼암잔

---

233) 차악(嗟愕): 몹시 놀람.
234) 욕ᄉ무지(欲死無地): 욕사무지. 죽으려 해도 죽을 곳이 없음.
235) 텹음(捷音): 첩음. 전쟁에 이겼다는 소식.
236) 구쳔(九天): 구천. 가장 높은 하늘.
237) 하잔(賀盞): 축하하는 잔.
238) 분분(紛紛): 어지러운 모양.
239) 딘환(盡歡): 진환. 즐거움을 다함.

약(昏闇屛弱)240)ᄒ야 당초(當初) 노 시(氏)를 죽이디 못흔 고(故)로
비상(非常)흔 환난(患難)이 니러나 일가(一家)의 참익(慘厄)241)이 ᄎ
고(此故)로 니어 사름마다 목숨을 보젼(保全)티 못홀 번ᄒ니 이 엇디
쇼딜(小姪)의 죄(罪) 아니며 빅문으로 항쥐(杭州) 죄인(罪人)을 밍그
니 슉부(叔父)긔 뵈오미 참괴(慙愧)티 아니ᄒ리잇가?”

왕(王)이 탄식(歎息) 왈(曰),

“현딜(賢姪)의 말이 올흐나 말단(末端)의 말은 나의 쓰디 아니라.
빅문의 죄(罪) 죽어도 쇽(贖)디 못ᄒ리니 항쥐(杭州) 뎍거(謫居)ᄒ믈
흔(恨)ᄒ랴?”

녜뷔(禮部ㅣ) 슈루(垂淚) 딕왈(對曰),

“슉뷔(叔父ㅣ) 이 엇던 말ᄉᆞᆷ이니잇고? 빅문이 년쇼(年少) 호방(豪
放)흔 아히(兒孩)로 요괴(妖怪)로온 계집의게 속

으미 저의 죄(罪) 죽도록 ᄒ리오? 피ᄎᆡ(彼此ㅣ) 골육(骨肉)이 눈호여
시니 환난(患難)이 흔가지오, 부귀(富貴) 흔가지미 올커늘 이는 그러
티 못ᄒ니 싱각ᄒ매 엇디 슬프고 붓그럽디 아니ᄒ리잇가?”

왕(王)이 브답(不答)ᄒ니 녜뷔(禮部ㅣ) 다시 샹셔(尙書)를 딕(對)ᄒ
야 임 공(公)의 의긔(義氣)를 일ᄏᆞᆺ고 태부(太傅)의게 됴 시(氏) 참ᄉ

---

240) 혼암잔약(昏闇屛弱): 어리석고 나약함.
241) 참익(慘厄): 참액. 참혹한 액운.

(慘死)[242)]호믈 티위(致慰)[243)]호니 태뷔(太傅ㅣ) 샤례(謝禮) 왈(曰),

"뎌의 청년요ᄉ(靑年夭死)호미 슬프나 이 ᄯ 텬쉬(天數ㅣ)라 슬허호야 엇디호리잇고?"

녜뷔(禮部ㅣ) 다시 노 시(氏) 죄과(罪過)를 일러 죽이디 못호믈 졀티(切齒) 통혼(痛恨)호니 왕(王) 왈(曰),

"당초(當初) 이럴 줄 아더면 죽이디 못호여시리

• • •

62면

오마ᄂ 모다 무심듕(無心中) 변(變)이 나시니 이제 새로이 흔(恨)호여 엇디호리오?"

녜뷔(禮部ㅣ) 딕왈(對曰),

"쇼딜(小姪)이 그ᄯᅥ 노녀(-女)의 작변(作變)이 이딕도록 홀 줄 모르나 믜오미 칼흘 숨긴 듯호여 과연(果然) 죽이고져 호여더니마는 야애(爺爺ㅣ) 관젼(寬典)[244)]을 쓰시니 ᄆᆞᆷ대로 못 호여 두 번(番) 참익(慘厄)을 ᄌᆞ취(自取)호니 뉘 타시리잇고? 이제 드라나시니 ᄯ ᄀ 만흔 가온대 대화(大禍)를 븟쳐 니리니 쇼딜(小姪)이 듀류텬하(周流天下)[245)]호여 뎌를 ᄎᆞ자 혼 칼노 참(斬)호고져 호ᄂᆞ이다."

왕(王) 왈(曰),

"너의 일이 올흐나 텬하(天下) 심산궁곡(深山窮谷)의 어디 무쳣ᄂ 동 아라 능히(能-) ᄎᆞᄌᆞ리오? 불셔 됴뎡(朝廷) 명(命)이

---

242) 참ᄉ(慘死): 참사. 참혹하게 죽음.
243) 티위(致慰): 치위. 위로함.
244) 관젼(寬典): 관전. 너그러운 은전.
245) 듀류텬하(周流天下): 주류천하. 천하를 두루 돌아다님.

십삼(十三) 싱(省)의 ㄴ려시니 조만(早晚)의 츄심(推尋)[246]ᄒ여 졍젹(情迹)[247]을 ᄎᄌ미 이시리라."

녜뷔(禮部ㅣ) 슈명(受命)ᄒ고 인(因)ᄒ야 젹년(積年) 니졍(離情)[248]을 탐탐(耽耽)[249]히 베퍼 밤이 새도록 씌돗디 못ᄒ니, 왕(王)의 ᄉ랑ᄒ미 새롭고 샹셔(尙書) 등(等)의 환희(歡喜)ᄒᆫ ᄯᅳ디 측냥(測量)업더라.

이튿날 각도(各道) 슈령(守令)이 다 도라가고 화 ᄌ시(刺史ㅣ) 홀노 머므러 잇더니 셕양(夕陽)의 드러가 하딕(下直)ᄒᆫ대 왕(王)이 흔연(欣然)이 쵹(燭)을 붉히고 쥬찬(酒饌)으로써 통음(痛飮)ᄒ여 굴오ᄃᆡ,

"현형(賢兄)으로 삼(三) ᄌᆡ(載)예 남븍(南北)이 졀원(絕遠)[250]ᄒ야 음용(音容)[251]을 어더 보디 못ᄒ니 샹모(相慕)[252]ᄒᄂᆞᆫ ᄯᅳ디 일일(日日) 심고(甚高)[253]ᄒ야 몽혼(夢魂)이

미양 관산(關山)[254]을 넘고져 ᄒ더니 오늘날 다힝(多幸)이 군듕(軍

---

246) 츄심(推尋): 추심. 찾아냄.
247) 졍젹(情迹): 정적. 감정으로 느낄 수 있는 흔적 또는 사정의 흔적.
248) 니졍(離情): 이정. 이별의 정.
249) 탐탐(耽耽): 깊고 그윽한 모양.
250) 졀원(絕遠): 절원. 동떨어지게 멂.
251) 음용(音容): 목소리와 모습.
252) 샹모(相慕): 상모. 그리워함.
253) 심고(甚高): 매우 높아짐.
254) 관산(關山): 국경이나 주요 지점 주변에 있는 산.

中)의 샹슈(常隨)255)ᄒ니 반가온 쓰디 만복(滿腹)ᄒ듸 군뮈(軍務ㅣ) 번다(繁多)ᄒ고 강적(强敵)을 소탕(掃蕩)티 못ᄒ여시므로 시러곰 ᄉ정(私情)을 니ᄅ디 못ᄒ더니 금일(今日) 마ᄎᆞᆷ 죠용ᄒ니 현형(賢兄)은 져근닷256) 안ᄌᆞᆷ을 앗기디 말라."

화 공(公)이 응낙(應諾)고 좌(座)의 나아가매 이ᄤᅢ 츄구월(秋九月) 하한257)(下澣)258)이라. 금풍(金風)259)이 놉히 불고 ᄎᆞᆫ 서리 ᄡᆞ리니 샹셔(尙書) 등(等)이 병댱(屛帳)을 겹겹이 치고 좌우(左右)로 시립(侍立)ᄒ야 야야(爺爺)와 화 공(公)이 말ᄉᆞᆷᄒ시믈 드ᄅᆞᆯ ᄉᆡ 화 공(公)이 이에 샤례(謝禮)ᄒ야 ᄀᆞᆯ오듸,

"쇼뎨(小弟)ᄂᆞᆫ 블ᄒᆡᆼ(不幸)ᄒᆞᆫ

• • •

65면

시졀(時節)을 만나 격노(激怒)ᄅᆞᆯ 닙어 남방(南方)의 파쳔(播遷)260)ᄒ연 디 삼(三) 년(年)이로듸 샹경(上京)ᄒᆞᆯ 긔약(期約)이 업서 경경(耿耿)261)ᄒ믈 면(免)티 못ᄒ더니 오늘은 하일(何日)이완듸 대왕(大王)을 뵈오니 ᄇᆞ야흐로 신구(身軀)262) 고흔(苦恨)263)을 위로(慰勞)ᄒ리로소이다."

<hr>

255) 샹슈(常隨): 샹수. 서로 따름.
256) 져근닷: 잠깐.
257) 한: [교] 원문과 규장각본(20:42)과 연세대본(20:64)에 모두 '간'으로 되어 있으나 문맥을 고려해 이와 같이 수정함.
258) 하한(下澣): 하순.
259) 금풍(金風): 가을바람.
260) 파쳔(播遷): 파천. 자리를 옮겨 감.
261) 경경(耿耿): 마음에서 사라지지 않고 염려가 됨.
262) 신구(身軀): 몸.
263) 고흔(苦恨): 고한. 몸이나 마음의 괴로움과 아픔. 고통.

왕(王)이 믄득 돗글 쩌나 청죄(請罪)ᄒ여 굴오ᄃᆡ,

"쇼뎨(小弟) 이제 형(兄)을 ᄃᆡ(對)ᄒ야 말ᄉᆞᆷ ᄂᆡ오미 ᄂᆞᆾ치 둣거오ᄃᆡ 또 아니ᄒᆞ미 더옥 가(可)티 아닌디라 형(兄)은 샤죄(赦罪)²⁶⁴⁾ᄒᆞ라. 쇼뎨(小弟) 샹시(常時) 용녈(庸劣) 무상(無狀)ᄒᆞ미 녈위(列位) 군형(群兄)을 욕(辱)되게 ᄒᆞ더니 ᄆᆞᄎᆞᄂᆡ ᄌᆞ식(子息)을 ᄀᆞᄅᆞ치디 못ᄒᆞ야 녕녀(令女)로 ᄒᆞ여곰 천고(千古)

· ● ●

66면

의 업ᄂᆞᆫ 변난(變亂)을 ᄀᆞ초 디ᄂᆡ게 ᄒᆞ니 이거시 다 쇼뎨(小弟)의 죄라 엇디 참괴(慙愧)²⁶⁵⁾ 황숑(惶悚)ᄒᆞᆷ믈 ᄎᆞᆷ으리오?"

화 공(公)이 왕(王)의 청죄(請罪)ᄒᆞᆷ믈 보고 급(急)히 붓드러 그친 후(後) 면ᄉᆡᆨ(面色)이 여토(如土)ᄒᆞ야 굴오ᄃᆡ,

"쇼뎨(小弟) 위인(爲人)이 혼암(昏闇)ᄒᆞ고 안광(眼光)의 디인(知人)ᄒᆞ미 업서 녕낭(令郎)의 총쥰(聰俊)²⁶⁶⁾ᄒᆞᆫ 풍치(風采)룰 과ᄋᆡ(過愛)ᄒᆞ고 녀ᄋᆞ(女兒)의 블쵸(不肖)ᄒᆞᆷ믈 싱각디 못ᄒᆞ야 감히(敢-) 산계(山鷄)로 봉황(鳳凰)의 ᄡᅡᆼ(雙)을 삼아 진누(秦樓)의 승난(乘鸞)²⁶⁷⁾ᄒᆞᄂᆞᆫ 경ᄉᆞ(慶事)룰 어드니 조믈(造物)이 다싀(多猜)²⁶⁸⁾ᄒᆞ고 텬되(天道ㅣ) 그 블

---

264) 샤죄(赦罪): 사죄. 죄를 용서함.
265) 참괴(慙愧): 매우 부끄러워함.
266) 총쥰(聰俊): 총준. 총명하고 준수함.
267) 진누(秦樓)의 승난(乘鸞): 진나라 누대에서 난새를 탄다는 뜻으로 부부 사이가 좋음을 이름. 중국 춘추시대 진(秦)나라 목공(穆公) 때 소사(蕭史)가 퉁소를 잘 불었는데 목공의 딸 농옥(弄玉)이 그를 좋아하자 목공이 두 사람을 혼인시킴. 소사가 농옥에게 퉁소로 봉황 울음소리 내는 법을 가르쳤는데 몇 년 뒤 봉황이 그 소리를 듣고 날아오자 목공이 그들 부부를 위해 봉대(鳳臺)를 지어 줌. 부부가 봉대에 머물면서 내려가지 않다가 봉황을 타고 날아가 버림. 유향(劉向), 『열선전(列仙傳)』, <소사(蕭史)>.
268) 다싀(多猜): 다시. 시기가 많음.

亽(不似)²⁶⁹⁾ᄒᆞ믈 아디 못ᄒᆞ믈 믜이 넉이샤 쇼녜(小女ㅣ) 삼오(三五) 쳥츈(靑春)의 쳔고(千古)의 업손

• • •

67면

환난(患難)을 ᄀᆞ초 격고 ᄆᆞᄎᆞᆷᄂᆡ 강듕(江中) 귓(鬼ㅅ)거시 되니 이 도시(都是)²⁷⁰⁾ 쇼뎨(小弟) 팔직(八字ㅣ)오, 황텬(皇天)긔 득죄(得罪)ᄒᆞ미라 대왕(大王)이 엇디 쳥죄(請罪)ᄒᆞ시리잇고? 녀ᄋᆡ(女兒ㅣ) 존문(尊門)의 츌뷔(黜婦ㅣ)²⁷¹⁾오 국가(國家)의 강샹(綱常) 죄인(罪人)이나 부녀지졍(父女之情)은 그음이 업셔 싱각ᄒᆞ매 삼혼칠빅(三魂七魄)²⁷²⁾이 슬아디고 골졀(骨節)이 ᄉᆞ희ᄂᆞᆫ²⁷³⁾ ᄃᆞᆺᄒᆞ여 쟝ᄎᆞᆺ(將次ㅅ) 호텬통도(呼天痛悼)²⁷⁴⁾ᄒᆞ여 밤나ᄌᆞ로 아디 못ᄒᆞ매 빅발(白髮)이 귀미틔 니러나고 치애(齒牙ㅣ) 흔들니믈 면(免)티 못ᄒᆞᄂᆞ니 대왕(大王)은 모로미 일ᄏᆞᆺ디 마ᄅᆞ쇼셔."

왕(王)이 텽파(聽罷)의 다시 샤례(謝禮) 왈(曰),

"쇼뎨(小弟) 훈ᄌᆞ(訓子)의 엄(嚴)티 못ᄒᆞᆫ 죄(罪)ᄂᆞᆫ 슈ᄉᆞ난쇽(雖死難贖)²⁷⁵⁾이니 형(兄)의 죠롱(嘲弄)

---

269) 블亽(不似): 불사. 어울리지 않음.

270) 도시(都是): 모두.

271) 츌뷔(黜婦ㅣ): 출부. 내쫓긴 며느리.

272) 삼혼칠빅(三魂七魄): 삼혼칠백. 삼혼은 사람의 마음에 있는 세 가지 영혼으로 태광(台光), 상령(爽靈), 유정(幽精)이고, 칠백은 도교에서 말하는, 사람의 몸에 있는 일곱 가지 넋으로 몸 안에 있는 탁한 영혼으로서 시구(尸拘), 복시(伏矢), 작음(雀陰), 탄적(呑賊), 비독(非毒), 제예(除穢), 취폐(臭肺)를 이름.

273) ᄉᆞ희ᄂᆞᆫ: 녹는.

274) 호텬통도(呼天痛悼): 호천통도. 하늘을 향해 부르짖으며 마음 아프게 몹시 슬퍼함.

275) 슈ᄉᆞ난쇽(雖死難贖): 수사난속. 비록 죽어도 죄를 갚기 어려움.

흐믈 흔(恨)ᄒ리오? 연(然)이나 오뷔(吾婦ㅣ) 근늬(近來)예 약질(弱質)이 무양(無恙)²⁷⁶)ᄒ냐?"

공(公)이 대경(大驚) 왈(曰),

"대왕(大王)이 엇던 고(故)로 이 말슴을 ᄒ시ᄂ뇨? 녀이(女兒ㅣ) 뎍소(謫所)로 가다가 도적(盜賊)을 만나 ᄉ싱(死生)을 모르믄 대왕(大王)이 ᄯ흔 아르시ᄂ디라 쇼싱(小生)이 엇디 알며 뎌즈음긔 드르니 운뵈 형양(衡陽)을 슌무(巡撫)²⁷⁷)ᄒ고 샹경(上京)홀 길희 만나 믈의 밀쳐 죽이다 ᄒ거든 형횐(形骸ㄴ)²⁷⁸)들 쇼뎨(小弟) 어이 알니오?"

왕(王)이 텽파(聽罷)의 대경(大驚) 왈(曰),

"이ᄂ 쇼뎨(小弟) 듯디 못ᄒ얏던 말이라 쟝ᄎᆺ(將次ㅅ) 뉘 뎌 말을 ᄒ더뇨?"

공(公) 왈(曰),

"쇼뎨(小弟) 뎌째 ᄋᆽ(兒子) 슉의 셔간(書簡)을 어더 보니 빅문이 샹셔(尚書)를 딕(對)ᄒ야 딕고(直告)²⁷⁹)ᄒ

더라 ᄒ니 드른 배로소이다."

왕(王)이 경히(驚駭)²⁸⁰)ᄒ야 도라 샹셔(尚書)를 볼ᄉ 몬져 츤 긔운

---

276) 무양(無恙): 몸에 병이나 탈이 없음.
277) 슌무(巡撫): 순무. 왕명을 받들어 난을 진정시키고 백성을 위무함.
278) 형횐(形骸ㄴ): 형해. 사람의 몸과 뼈.
279) 딕고(直告): 직고. 바른대로 고하여 알림.

이 미우(眉宇)의 삽삽(颯颯)[281]ᄒ야 무러 골오디,

"나는 젼혀(全-) 아디 못ᄒ엿더니 이런 흉(凶)ᄒᆫ 소문이 이시디 네 블초(不肖)ᄒᆫ 아올 뒤덥허 날을 긔이믄 엇디오?"

샹셰(尙書ㅣ) 샐니 빅복(拜伏)[282] 왈(曰),

"과연(果然) 모일(某日)의 빅문이 ᄎ언(此言)을 니ᄅ오니 놀나오미 젹디 아니ᄒ디 디난 일을 고(告)ᄒ야 브졀업슨 고(故)로 감히(敢-) 알외디 못ᄒ여습더니 엄교(嚴敎)로조차 쳥죄(請罪)ᄒᄂ이다. 슈연(雖然)이나 화쉬(-嫂ㅣ) 비록 낙슈(落水)ᄒ여 계시나 벅벅이[283] 요몰(夭沒)[284]티 아녀 계실 거시오,

· · ·

70면

그 죵젹(蹤迹)을 화 녕슉(令叔)이 아ᄅ시미 분명(分明)ᄒ거ᄂᆯ 홀노 가친(家親)을 어둡게 넉이시니 가연(慨然)ᄒ믈 이긔디 못ᄒᆯ소이다."

왕(王)이 텽파(聽罷)의 믁연(默然)이 봉안(鳳眼)을 ᄂ초와시니 화 공(公)이 샹셔(尙書)ᄅᆯ 향(向)ᄒ야 졍ᄉᆞᆨ(正色) 왈(曰),

"명공(明公)이 비록 신명(神明)ᄒ믈 쟈랑ᄒ나 이런 허무(虛無)ᄒᆫ 말을 ᄒᄂ뇨? 존문(尊門)의셔 녀ᄋ(女兒)의 시죵(始終)을 아ᄅ시며 니 어ᄂ 고드로조ᄎ 녀ᄋ(女兒)ᄅᆯ 감초와시리오?"

샹셰(尙書ㅣ) 미쇼(微笑) 디왈(對曰),

"쇼싱(小生)이 엇디 신명(神明)ᄒ믈 쟈랑ᄒ리오? 연(然)이나 타일

---

280) 경히(驚駭): 경해. 뜻밖의 일로 몹시 놀람.
281) 삽삽(颯颯): 쌀쌀함.
282) 빅복(拜伏): 배복. 엎드려 절함.
283) 벅벅이: 반드시.
284) 요몰(夭沒): 일찍 죽음.

(他日) 대인(大人)이 년쇼비(年少輩)를 딕(對)ᄒ야 망언(妄言)ᄒ시믄
면(免)티 못ᄒ시리이다."

언미필(言未畢)의 왕(王)이 불연(勃然)[285] 변식(變色)

· · ·

71면

왈(曰),

"블쵸직(不肖子ㅣ) 패악(悖惡)[286]ᄒᆫ 아ᄋᆞᆯ 두호(斗護)[287]ᄒ고 아비
를 너외(內外)ᄒ니 그 죄(罪) 경(輕)티 아닌디라 엇디 샤(赦)ᄒ리오?"

셜파(說罷)의 노긔(怒氣) ᄀᆞ득ᄒ여 좌우(左右)로 잡아 ᄂᆞ리오라 ᄒ
니 녜뷔(禮部ㅣ) 년망(連忙)이 간왈(諫曰),

"현보[288]의 말ᄉᆞᆷ이 다 올ᄉᆞᆸ거ᄂᆞᆯ 므ᄉᆞᆷ 죄(罪)로 다ᄉᆞ리려 ᄒ시ᄂᆞ
뇨? ᄒᆞ믈며 제 몸의 부원슈(副元帥) 대쟝(大將)이 이시니 타일(他日)
경ᄉᆞ(京師)의 가 다ᄉᆞ리셔도 금일(今日)은 만만(萬萬) 가(可)티 아니
ᄒᆞ이다."

화 공(公)이 ᄯᅩᄒᆞᆫ ᄂᆞᆺᄎᆞᆯ 붉히고 굴오딕,

"대왕(大王)이 쇼ᄉᆡᆼ(小生)을 역졍(逆情)[289]ᄒᆞ샤 부원슈(副元帥)를
티죄(治罪)ᄒ려 ᄒ시니 므ᄉᆞᆷ 면목(面目)으로 이고딕 안자시리오?"

왕(王)이 낭연(朗然)이 우어 굴오딕,

"화 형(兄)이 과

---

285) 불연(勃然): 발연. 왈칵 성을 내는 태도나 일어나는 모양이 세차고 갑작스러움.
286) 패악(悖惡): 사람으로서 마땅히 하여야 할 도리에 어그러지고 흉악함.
287) 두호(斗護): 남을 두둔하여 보호함.
288) 현보: 이성문의 자(字).
289) 역졍(逆情): 역정. 몹시 언짢거나 못마땅하여서 내는 성.

연(果然) 젼일(前日) 화 형(兄)이 아니로다. 쇼뎨(小弟)를 이런 뉴(類)로 아니 참괴(慙愧)홀 ᄯ룸이라."

셜파(說罷)의 침졍(沈靜)²⁹⁰⁾ 단좌(端坐)ᄒ니 샹셰(尙書ㅣ) 말셕(末席)의 ᄭ러 감히(敢-) ᄂᆺ출 드디 못ᄒ더라.

이윽이 왕(王)이 강잉(强仍)ᄒ야 쥬비(酒杯)를 늘녀 다른 말ᄉᆞᆷᄒ야 밤을 새오매 평명(平明)의 화 공(公)이 도라가니,

왕(王)이 죵ᄉᆞ관(從事官) 김뉴를 보ᄂᆡ여 빅문을 결곤(決棍)²⁹¹⁾ᄒ고져 ᄒ거늘 녜뷔(禮部ㅣ) 대경(大驚)ᄒ야 밧비 고두(叩頭) 녁ᄌᆡᆼ(力爭)²⁹²⁾ᄒ여 글오디,

"운보²⁹³⁾의 죄(罪) 비록 듕(重)ᄒ오나 대인(大人)이 ᄎᆞ마 오늘날 이 거조(擧措)를 ᄒ고져 ᄒ시ᄂᆞ뇨? 소견(所見)의 고이(怪異)ᄒ니 타일(他日) 경ᄉᆞ(京師)의 가샤 다ᄉᆞ리시고 이번(-番)은 졍침(停寢)²⁹⁴⁾

ᄒᆞ쇼셔."

왕(王)이 텽파(聽罷)의 드듸여 긋치니 녜뷔(禮部ㅣ) 나아가 주왈(奏曰),

---

290) 침졍(沈靜): 침정. 마음이 차분히 가라앉을 수 있을 만큼 조용함. 또는 그런 상태.
291) 결곤(決棍): 곤장으로 죄인을 치는 형벌을 집행하던 일.
292) 녁ᄌᆡᆼ(力爭): 역쟁. 힘써 직언하고 충고함.
293) 운보: 이백문의 자(字).
294) 졍침(停寢): 정침. 일을 하다가 중도에서 그만둠.

"경수(京師) 틱295)지(勅旨)296) 느리면 즉시(卽時) 샹경(上京)홀 거시니 한가(閑暇)혼 째를 타 현보 등(等)으로 더브러 항쥐(杭州) 가 빅문을 보고 와디이다."

왕(王)이 정식(正色) 왈(曰),

"빅문은 죄인(罪人)이오, 여등(汝等)은 국가(國家) 듕임(重任)을 맛탓거늘 엇디호여 쩌나리오?"

녜뷔(禮部ㅣ) 읍듸(泣對) 왈(曰),

"슉뷔(叔父ㅣ) 엇디 이런 비인졍(非人情)의 말숨을 호시느니잇가? 빅문이 샤(赦) 만나미 쉽디 아닐듸 초마 근디(近地)의 와 그저 간즉 우리의 풍쇽(風俗)이 이적(夷狄)이나 다릇디 아니호리니 므슴 눗추로 셰샹(世上)의 닙(立)호리잇가?"

왕(王)이 그 진졍(眞情)

· · ·

74면

을 감동(感動)호야 허(許)호니,

녜뷔(禮部ㅣ) 대희(大喜)호야 샹셔(尙書) 등(等) 형뎨(兄弟)로 더브러 수(四) 인(人)이 필마(匹馬)로 화 공(公)을 쭐와 항쥐(杭州) 니르러는 빅문의 햐쳐(下處)를 추자가니,

이째 빅문이 화 공(公)의 구튝(驅逐)297)을 만나 붓그럽고 뉘웃브미 더호야 고요히 쵸실(草室)의 누어 왕소(往事)를 싱각호매 슬프고

---

295) 틱: [교] 원문과 규장각본(20:48), 연세대본(20:73)에 모두 '계'로 되어 있으나 문맥을 고려해 이와 같이 수정함.
296) 틱지(勅旨): 칙지. 임금이 내린 명령.
297) 구튝(驅逐): 구축. 몰아 내쫓음.

셜운 쓰디 더옥 깁더니 왕(王)이 형쥐(荊州) 와시믈 듯고 반가오미 측낭(測量)업서 누라가 뵈옵고져 쓰디 블 니듯 흐디 능히(能-) 엇디 못흐야 흔갓 툐탕(怊愴)298) 홀 분이러니,

믄득 人(四) 형(兄)이 니르러 드러오니 흑ᄉᆞ(學士 ㅣ) 졍신(精神)이 비황(悲遑)299) 흐야 년망(連忙)이 태부(太傅)를 붓들고

•••

75면

방셩대곡(放聲大哭)300) 흐니 人(四) 인(人)이 쏘흔 슬프믈 이긔디 못 흐야 흔가지로 우러 이윽흔 후(後) 샹셰(尙書 ㅣ) 몬져 우름을 그치고 빅문을 흔드러 위로(慰勞) 흐니 소릭를 계유 흐야 그치나 흐르는 눈 믈이 옥면(玉面)의 니음츠니301) 녜뷔(禮部 ㅣ) 눈믈을 ᄀᆞ로 쓰스며 손 을 잡고 어르ᄆᆞ져 글오디,

"운뵈야, 너를 이리 밍글믄 나의 죄(罪)라 므슴 면목(面目)으로 말 이 나리오마는 힝혀(幸-) 골육(骨肉)의 졍(情)으로 허믈이 업ᄉᆞ미라 슬프믈 관억(寬抑)302) 흐고 닉 말을 드르라."

흑ᄉᆞ(學士 ㅣ) 이에 녜부(禮部)의 알픽 ᄭᅮ러 머리를 두드리고 익곡 (哀哭)303) 흐여 글오디,

"쇼뎨(小弟) 오늘 형댱(兄丈)

---

298) 툐탕(怊愴): 초창. 마음이 근심스럽고 슬픔.
299) 비황(悲遑): 슬프고 경황이 없음.
300) 방셩대곡(放聲大哭): 방성대곡. 목 놓아 통곡함.
301) 니음츠니: 연이으니.
302) 관억(寬抑): 너그러운 마음으로 억제함.
303) 익곡(哀哭): 애곡. 슬피 통곡함.

긔 뵈오매 죽을 쓰디 태반(太半)이나 ᄒ고 살 쓰디 업ᄂᆞᆫ디라 원(願)
컨딕 죄(罪)ᄅᆞᆯ 다스리쇼셔."

녜뷔(禮部ㅣ) 년망(連忙)이 븟드러 골오딕,

"어딘 아이 엇지 이런 말을 ᄒᆞᄂᆞ뇨? 당초(當初) 노녀(-女)ᄅᆞᆯ 엄(嚴)
히 쳐티(處置)ᄒᆞ디 못ᄒᆞ야 화(禍)ᄅᆞᆯ 네게 옴기고 가지의 요승(妖僧)
이 가온대로 니드라 환슐(幻術)로 속이니 네 아모리 총명(聰明)ᄒᆞᆫ들
엇디 ᄭᆡ드르리오? 졀졀(節節)이[304] 다 노녀(-女)의 죄악(罪惡)이니
현뎨(賢弟)ᄂᆞᆫ 츄호(秋毫)[305]도 허믈이 업거ᄂᆞᆯ 우형(愚兄)을 딕(對)ᄒᆞ
야 이런 과도(過度)ᄒᆞᆫ 말을 ᄒᆞᄂᆞ뇨? 슬프다! 너와 ᄂᆡ 골육(骨肉)이 ᄂᆞᆫ
호인 동종(同宗) 네촌(-寸)이라 피ᄎᆞ(彼此ㅣ) 환난(患難)이 ᄒᆞᆫ가지오,
귀쳔(貴賤)이 일양(一樣)이

미 가(可)ᄒᆞ거ᄂᆞᆯ 시ᄉᆞ(時事ㅣ) 뜻ᄀᆞᆺ디 못ᄒᆞ고 운익(運厄)이 고이(怪異)
ᄒᆞ야 이에 니ᄅᆞ니 텬하(天下) 사ᄅᆞᆷ을 딕(對)ᄒᆞᄆᆡ 븟그럽디 아니랴?"

혹ᄉᆞ(學士ㅣ) 고개ᄅᆞᆯ 슈겨 듯기ᄅᆞᆯ 마ᄎᆞ매 눈믈이 비 ᄀᆞᆺ투여 톄읍
(涕泣) 왈(曰),

"쇼뎨(小弟)의 죄(罪) 하히(河海) 상뎐(桑田)이 되여도 업디 아닐

---

304) 졀졀(節節)이: 절절이. 마디마디.
305) 츄호(秋毫): 추호. 가을철에 털갈이하여 새로 돋아난 짐승의 가는 털이라는 뜻으로 매우 적거
나 조금인 것을 비유적으로 이르는 말.

거시어늘 형댱(兄丈) 하괴(下敎ㅣ) 이 ㄹ투시니 쇼뎨(小弟) 분골쇄신
(粉骨碎身)306)ᄒ나 다 갑디 못ᄒ리로소이다. 쇼뎨(小弟) 팔지(八字
ㅣ) 무샹(無常)ᄒ야 당초(當初)브터 화 시(氏)의게 졍(情)이 업고 노
시(氏)의 간슐(奸術)307)의 속아 뎌롤 반계곡경(盤溪曲徑)308)으로 취
(娶)ᄒ 후(後) 흉시(凶事ㅣ) 면면브졀(綿綿不絕)309)ᄒ야 쇼뎨(小弟)롤
속이니 쇼뎨(小弟) 외입(外入)ᄒ미 업고 졍신(精神)이 미란(迷亂)310)
ᄒ야 연

...

78면

무(煙霧)311) 듕(中) 사름이 되야 형댱(兄丈)을 의심(疑心)ᄒ매 드듸여
블측(不測)312)ᄒ 환(患)이 발 뒤측으로셔브터 니러나 형댱(兄丈)이
옥듕(獄中) 고초(苦楚)롤 겻그시고 셩도(成都) 검각(劍閣)313)의 쁜구
롭이 되여시니 추시(此時)롤 당(當)ᄒ야 쇼뎨(小弟) 므슴 몸이 되엿
ᄂ니잇가마ᄂ 능히(能-) 아디 못ᄒ고 간녀(奸女)의 슈듕(手中)의 농
낙(籠絡)ᄒ야 가수(家嫂)롤 다 히(害)ᄒ고 부모(父母)긔 망극(罔極)ᄒ
변(變)이 니르니 싱각ᄒ매 엇디 담(膽)이 추디 아니ᄒ리잇가? 도금
(到今)ᄒ야 간당(奸黨)314)이 듀멸(誅滅)ᄒ고 쇼뎨(小弟)의 죄(罪) 초

---

306) 분골쇄신(粉骨碎身): 뼈를 가루로 만들고 몸을 부순다는 뜻으로, 정성으로 노력함을 이르는 말.
307) 간슐(奸術): 간술. 간악한 술책.
308) 반계곡경(盤溪曲徑): 서려 있는 계곡과 구불구불한 길이라는 뜻으로, 일을 순서대로 정당하게
하지 아니하고 그릇된 수단을 써서 억지로 함을 이르는 말.
309) 면면브졀(綿綿不絕): 면면부절. 계속 이어져 끊어지지 않음.
310) 미란(迷亂): 정신이 혼미하여 어지러움.
311) 연무(煙霧): 연기와 안개.
312) 블측(不測): 불측. 미루어 헤아릴 수 없음.
313) 검각(劍閣): 사천성(四川省) 검각현(劍閣縣)에 있는 관문(關門)의 이름. 이 관문은 장안(長安)
에서 촉(蜀)으로 들어가는 길목에 위치해 있는데, 검각현의 북쪽으로 대검(大劍)과 소검(小劍)
의 두 산 사이에 잔교(棧橋)가 있는 요해처(要害處)로 유명함.

초(楚楚)315)히 나타나매 죽을 줄 알고 살믈 밋디 못ᄒ엿더니 셩은
(聖恩)을 닙ᄉ와 겨유 잔명(殘命)316)을 투싱(偸生)317)ᄒ야 졀역(絕域)
의 ᄂᆞ티신

···

79면

후(後) 싱환(生還)홀 긔약(期約)이 돈연(頓然)318)ᄒ니 경경(煢煢)319)
ᄒᆫ 일신(一身)이 남녁(南-) 듯글이 되야 먼니 뎨향(帝鄕)을 ᄇᆞ라보고
뎐뎐초ᄉ(輾轉焦思)320)ᄒᄂᆞᆫ 가온대 스ᄉᆞ로 죄명(罪名)을 싱각ᄒ니
죽으미 영홰(榮華ㅣ)오 살미 무광(無光)ᄒᄆᆞᆫ 니ᄅᆞ도 말고 싱젼(生前)
의 형댱(兄丈)긔 뵈옵기를 밋디 못ᄒ여 후회(後悔)ᄒᄂᆞᆫ ᄆᆞ음이 빗복
을 믈기321)의 밋ᄎ되 시러곰 어안(魚雁)322)이 쳑셔(尺書)를 뎐(傳)ᄒ
기 어렵고 ᄒᆫ 말이 형댱(兄丈)의 샤(赦)ᄒ시믈 ᄇᆞ라디 아녓더니 쳔만
의외(千萬意外)예 형댱(兄丈)이 구혼(舊恨)을 싱각디 아니ᄒ시고 귀
가(貴駕)를 굴(屈)ᄒ샤 이 누인(陋人)을 ᄎᆞᄌᆞ시니 감ᄉ(感謝)ᄒᆫ ᄯᆺ이
구곡(九曲)의 ᄀᆞ득ᄒ

---

314) 간당(奸黨): 간악한 무리.
315) 초초(楚楚): 뚜렷함.
316) 잔명(殘命): 쇠잔한 목숨.
317) 투싱(偸生): 투생. 구차하게 산다는 뜻으로, 죽어야 마땅할 때에 죽지 아니하고 욕되게 살기를
　　꾀함을 이르는 말.
318) 돈연(頓然): 끊어진 모양.
319) 경경(煢煢): 의지할 곳 없이 외로운 모양.
320) 뎐뎐초ᄉ(輾轉焦思): 전전초사. 잠을 못 이루며 애를 태움.
321) 빗복을 믈기: 배꼽을 물기. 이미 저지른 잘못에 대하여 후회하여도 소용이 없음을 이르는 말.
　　사람에게 잡힌 사향노루가 배꼽의 향내 때문에 잡혔다고 제 배꼽을 물어뜯었다는 데서 유래
　　함. 서제막급(噬臍莫及).
322) 어안(魚雁): 물고기와 기러기라는 뜻으로 편지나 통신을 이르는 말. 잉어나 기러기가 편지를
　　날랐다는 데서 유래함.

더니 근돈관인(勤敦寬仁)323) ᄒ신 말슴을 듯ᄌ오니 욕ᄉ무디(欲死無地)ᄒ딕 대덕(大德)을 감츅(感祝)ᄒᄂ이다."

셜파(說罷)의 츄파(秋波) 봉안(鳳眼)의 누쉬(淚水ㅣ) 딘딘(津津)324) ᄒ며 셩음(聲音)이 쳐챵(悽愴) 오열(嗚咽)ᄒ여 긔운이 막힐 듯ᄒ니 태부(太傅)와 샹셰(尙書ㅣ) 눈믈이 비 ᄀᆺ고 녜뷔(禮部ㅣ) 역시(亦是) 참연(慘然)ᄒ미 각골(刻骨)ᄒ야 손을 놋티 아니코 읍왈(泣曰),

"현뎨(賢弟) 이 엇던 말이뇨? 첫 말은 네 니ᄅ도 말고 다 시운(時運)이 블힝(不幸)ᄒ고 노녀(-女)의 블측(不測)ᄒᆫ 줄 네 아ᄂ니 무익(無益)히 다시 일ᄏ라며 닉 비록 블민(不敏)ᄒ야 고인(古人)을 효측(效則)325)디 못ᄒᆫᆮᆯ 현뎨(賢弟) 죄(罪) 아닌딕 타슬 숨아 흔(恨)을 현뎨(賢弟)긔 옴기리오? 원(願)ᄒ

ᄂ니 너ᄂ 이런 쓰즐 먹디 말고 텬뉸(天倫)의 지극(至極)ᄒᆫ 졍(情)을 오로디ᄒ믈 ᄇ라노라."

언필(言畢)의 샹셔(尙書)와 태뷔(太傅ㅣ) 흠긔 흑ᄉ(學士)ᄅᆯ ᄀ유(開諭)ᄒ야 ᄀᆯ오딕,

"피치(彼此ㅣ) 쳔(千) 니(里)의 분슈(分手)ᄒᆫᆺ다가 만나미 고금(古

---

323) 근돈관인(勤敦寬仁): 정성스럽고 어짊.
324) 딘딘(津津): 진진. 매우 많은 모양.
325) 효측(效則): 효칙. 본받아 법으로 삼음.

今)의 드믄 경수(慶事ㅣ)오, 빅시(伯氏) 탈쇽(脫俗)ᄒ시미 너의 죄(罪)를 과렴(過念)티 아니시니 네 쏘 우연만³²⁶⁾ 슈괴(羞愧)ᄒ여 말고 ᄒᆫ 가지로 회포(懷抱)를 열미 가(可)ᄒ니 현뎨(賢弟)ᄂᆫ 슬프믈 관억(寬抑)³²⁷⁾ᄒ라.”

혹시(學士ㅣ) 그제야 두발(頭髮)을 헤ᄲᅳᆯ고 누수(淚水)ᄅᆞᆯ 거두어 평신(平身)³²⁸⁾ᄒ매 모다 눈을 드러 보니 옥(玉) ᄀᆞᆺᄐᆞᆫ 안광(顏光)이 누르고 여외여 표연(飄然)이 우화(羽化)³²⁹⁾ᄒᆞᆯ ᄃᆞᆺᄒ여시니 샹셔(尙書)

··•

82면

와 태뷔(太傅ㅣ) 술을 버히ᄂᆞᆫ ᄃᆞᆺ 잔잉ᄒ야 각각(各各) 봉안(鳳眼)의 믈결이 어릐고 녜뷔(禮部ㅣ) 참담(慘憺)ᄒᆫ ᄯᅳᆺ이 밍동(萌動)³³⁰⁾ᄒ야 흔연(欣然)ᄒᆫ 안식(顏色)으로 말ᄉᆞᆷᄒ더니,

이윽고 화쥰, 화윤 이(二) 싱(生)이 니ᄅᆞ러 모든 ᄃᆡ 녜필(禮畢)ᄒ매 한훤(寒暄)ᄒᆞᆯ ᄉᆡ 화싱(-生) 왈(曰),

“존개(尊駕ㅣ) 볼셔 와 계시던가 시브ᄃᆡ 미처 아디 못ᄒ여 즉시(卽時) 못 니ᄅᆞ러 뵈오니 죄(罪) 깁허이다.”

녜부(禮部) 등(等)이 흔연(欣然) 왈(曰),

“우리 등(等)은 국가(國家) 대ᄉᆞ(大事)ᄅᆞᆯ 몸의 맛다 가지고 ᄉᆞ졍(私情)을 ᄎᆞᆷ디 못ᄒ여 이에 니ᄅᆞ러 죄뎨(罪弟)ᄅᆞᆯ 보라 왓더니 형(兄)

---

326) 우연만: 웬만하면.
327) 관억(寬抑): 격한 감정을 너그럽게 억제함.
328) 평신(平身): 엎드려 절한 뒤에 몸을 그 전대로 펴는 것.
329) 우화(羽化): 사람의 몸에 날개가 돋아 하늘로 올라가 신선이 됨. 우화등선(羽化登仙). 여기에서는 죽음을 이름.
330) 밍동(萌動): 맹동. 어떤 생각이나 일이 일어나기 시작함.

등(等)을 보니 쪼혼 영힝(榮幸)ᄒ도다."

이(二) 싱(生)이 샤례(謝禮)ᄒ고

●●●

83면

인(因)ᄒ야 문왈(問曰),

"뎌 운뵈 엇디 이고듸 왓ᄂ니잇고?"

공뷔(工部ㅣ) 왈(曰),

"형(兄)은 흔 ᄍᆞ히셔 원뎍(遠謫)331)ᄒ여 왓ᄂ 줄 모로던다?"

화싱(-生) 왈(曰),

"알믄 아듸 그 연고(緣故)를 모로미라. 그윽이 혜아리건대 운뵈 십
ᄉᆞ(十四)의 등과(登科)ᄒ야 벼슬이 못 ᄒᆞ야 입각(入閣) 태혹ᄉᆞ(太學
士ㅣ)오 긔승(氣勝)332)ᄒᆞᄆᆞ 안해 죽이기를 플 버히듯 ᄒᆞ고 위엄(威
嚴)은 엄뷔(嚴父ㅣ) 못 이긔시더니 므슴 죄(罪)를 어더 원뎍(遠謫)ᄒᆞ
리오? 극(極)히 고이(怪異)ᄒ도다."

말을 뭇디 못ᄒᆞ여셔 녜뷔(禮部ㅣ) 변식(變色) 왈(曰),

"군(君) 등(等)이 과연(果然) 비인졍(非人情)이로다. 운뵈 일시(一
時) 참녕(讒佞)333)의 농낙(籠絡)ᄒ여 죄(罪)를 입어시

●●●

84면

나 그 실(實)은 무죄(無罪)ᄒ미 쇼연(昭然)334)ᄒ고 ᄒᆞ믈며 군(君) 등

---

331) 원뎍(遠謫): 원적. 멀리 귀양을 감.
332) 긔승(氣勝): 기승. 기운이나 힘 따위가 성해서 좀처럼 누그러들지 않음. 또는 그 기운이나 힘.
333) 참녕(讒佞): 아첨하여 남을 모함함.

(等)의게 형뎨지의(兄弟之義) 잇거늘 졍亽(情事)를 츄연(惆然)ᄒᆞ야 위로(慰勞)ᄒᆞ미 업고 긔롱(譏弄)은 므슴 일이며 혹ᄉᆡ(學士ㅣ) 골육지친(骨肉之親)으로 오래 분슈(分手)ᄒᆞ여다가 겨유 만나매 저의 젼(前) 얼골이 ᄒᆞ나토 업고 우ᄉᆡᆨ(憂色)이 심(甚)ᄒᆞ니 잔잉ᄒᆞ미 골돌ᄒᆞ매 밋첫거늘 사름의 인ᄉᆞ(人事ㅣ) 이실딘대 추시(此時)를 당(當)ᄒᆞ야 구혼(舊恨)을 공치(公恥)335)ᄒᆞᄂᆞ뇨? 쳐ᄌᆞ(妻子)의 ᄉᆞᄉᆡᆼ(死生)은 지아븨게 이시니 므슴 일로 못 죽이리오? 군(君) 등(等)이 녯 글을 보디 아녓ᄂᆞᆫ다?"

화윤이 무류(無聊)ᄒᆞ여 말을 긋치고 화쥰은 샤례(謝禮)ᄒᆞ야 아의 그릇ᄒᆞᆷ를 일ᄏᆞᆺ더라.

◦◦◦

85면

이윽고 이(二) ᄉᆡᆼ(生)이 도라간 후(後) 공뷔(工部ㅣ) 문왈(問曰),

"네 일죽 화 공(公)을 보와 샤죄(謝罪)ᄒᆞᆫ다?"

혹ᄉᆡ(學士ㅣ) 그 구튝(驅逐)336)ᄒᆞ던 말을 고(告)ᄒᆞ니 모다 탄식(歎息)ᄒᆞ고 셕식(夕食)을 올니매 모다 햐져(下箸)홀ᄉᆡ 혹ᄉᆡ(學士ㅣ) ᄒᆞᆫ 슐도 아니 먹거늘 모다 고이(怪異)히 넉여 권(勸)ᄒᆞᆫ대 혹ᄉᆡ(學士ㅣ) 강잉(强仍)ᄒᆞ야 ᄒᆞᆫ 슐을 믈을 노하 먹다가 구토(嘔吐)ᄒᆞ여 부ᄉᆞ여337) ᄂᆞ고 벼개예 구러디니 모다 대경차악(大驚嗟愕)338)ᄒᆞ여 냥형(兩兄)이 붓들고 연고(緣故)를 무ᄅᆞ니 ᄉᆡᆼ(生)이 탄왈(歎曰),

---

334) 쇼연(昭然): 소연. 분명함.
335) 공치(公恥): 대놓고 모욕을 줌.
336) 구튝(驅逐): 구축. 내쫓음.
337) 부ᄉᆞ여: 부셔. 비워.
338) 대경차악(大驚嗟愕): 크게 놀람.

"쇼뎨(小弟) 요스이 심스(心思ㅣ) 울읍(鬱悒)[339]ᄒ야 음식(飮食)이 ᄃ디 아닌 연괴(緣故ㅣ)라 므슴 연괴(緣故ㅣ)리잇고?"

졔인(諸人)이 크게 근심ᄒ야 대병(大病)이 날 줄 디긔(知機)[340]ᄒ고 슬픈 ᄂ출 곰

• • •

86면

초고 위로(慰勞)ᄒ며 담쇼(談笑)ᄒ야 수일(數日)을 믁으니 혹스(學士ㅣ) 희힝(喜幸)ᄒ믈 이긔디 못ᄒ나 수이 쪄나믈 차셕(嗟惜)[341]ᄒ야 화 ᄌ스(刺史ㅣ) 사롬으로 사(四) 인(人)을 쳥(請)ᄒ니 녜부(禮部) 등(等)이 그 미몰ᄒ믈 믜이 너겨 이에 ᄃ답(對答)ᄒ야 ᄀ오ᄃ,

"쇼싱(小生) 등(等)이 오래 쪄낫던 아올 만나 니졍(離情)을 채 펴디 못ᄒ야 수이 니별(離別)ᄒ게 ᄒ여시니 나아갈 틈이 업ᄂ이다."

ᄒ고 녜부(禮部)ᄂ 쏘 ᄀ오ᄃ,

"이곳의 샹관(上官)이 다 모다시니 하관(下官)이 몬져 와 뵈미 도리(道理)의 올커ᄂ 우리를 어이 쳥(請)ᄒᄂ뇨?"

ᄒ니 화 공(公)이 듯고 우을 ᄯᆞ롬이러라.

녜부(禮部) 등(等)이 이십여(二十餘) 일(日)을 묵어 니졍(離情)을

• • •

87면

펴[342]더니 형쥬(荊州) 채인(差人)이 니르러 직촉ᄒᄂ디라 마디못ᄒ

---

339) 울읍(鬱悒): 우울해 하고 근심함.
340) 디긔(知機): 지기. 기미를 앎.
341) 차셕(嗟惜): 차석. 애달프고 아까움.

야 니별(離別)후고 도라갈 시 피추(彼此ㅣ) 새로온 비회(悲懷) 측냥(測量)업서 흑시(學士ㅣ) 제형(諸兄)을 붓들고 슬피 우러 왈(曰),

"금일(今日) 분슈(分手)후매 쟝춫(將次ㅅ) 어느 날 만나리잇고? 슬프다! 쇼뎨(小弟)는 다시 제형(諸兄)을 뵈옵디 못후고 남녁(南-) 녕혼(靈魂)이 되리로소이다."

샹셰(尙書ㅣ) 경계(警戒) 왈(曰),

"네 당당(堂堂)훈 대댱부(大丈夫)로 엇디 초(楚)나라 죄슈(罪囚)[343]의 거동(擧動)을 후느뇨? 니합(離合)이 유시(有時)후니 너의 긔샹(氣像)으로 녹녹(錄錄)히 항쥐(杭州)셔 골몰(汨沒)[344]홀 거시라 일시(一時) 스졍(私情)을 춤디 못후여 블길(不吉)훈 말을 후느뇨?"

녜뷔(禮部ㅣ) 왈(曰),

"슉뷔(叔父ㅣ) 금번(今番)의 희

...

88면

한(稀罕)훈 대공(大功)을 일워 계시니 샹경(上京)후는 날은 네 또 샤(赦)를 만날 거시니 안심(安心)후여 이시라. 우형(愚兄)이 훈 몸을 ㅂ

---

342) 펴: [교] 원문에는 '펴'로 되어 있으나 문맥을 고려해 규장각본(20:57)과 연세대본(20:87)을 따름.
343) 초(楚)나라 죄슈(罪囚): 초나라 죄수. 이 부분은 작가가 고사의 원전을 잘못 이해해 쓴 것으로 보임. 초나라 죄수가 아니라 고초받는 죄수로 보아야 할 듯함. 이는 곤경에 빠져 어찌할 수 없는 상태를 비유한 말임. 초수대읍(楚囚對泣). 남조(南朝) 송(宋) 유의경(劉義慶)의 『세설신어(世說新語)』, 「언어(言語)」에 나옴. "강을 건넌 사람들이 매양 날씨 좋은 날을 만나면 문득 새로운 정자에서 서로 만나 자리를 깔고 잔치를 벌였다. 주후(周侯)가 앉아서 탄식하기를, '풍경은 달라지지 않았건만 참으로 산과 강은 다름이 있구나!'라고 하니 모두 서로 바라보며 눈물을 흘렸다. 오직 왕 승상 도(導)만이 정색하고 말하였다. '마땅히 모두 힘을 합쳐 왕실을 재건하고 전국을 회복해야 하거늘 어찌 고초받는 죄수처럼 서로 보고만 있단 말인가?' 過江諸人, 每至美日, 輒相邀新亭, 藉卉飮宴. 周侯坐而歎曰, '風景不殊, 正自有山河之異.' 皆相視流淚. 唯王丞相愀然變色曰, '當共戮力王室, 克復神州, 何至作楚囚相對?'"
344) 골몰(汨沒): 없어짐.

려 너를 구(救)호리라."

혹시(學士ㅣ) 타루(墮淚) 비샤(拜謝)호고 손을 느호매 샹셔(尙書)와 태뷔(太傅ㅣ) 슬픈 심소(心思)를 능히(能-) 이긔디 못호더라.

제인(諸人)이 화 공(公)의 믯몰호믈 흔(恨)호나 인소(人事)를 폐(廢)티 못호야 일시(一時)의 아듕(衙中)의 니르러 통명(通名)호니 조시(刺史ㅣ) 급(急)히 문외(門外)예 나와 마자 동헌(東軒)의 드러가 녜(禮)를 무츠매 후의(厚誼)를 칭샤(稱謝)호고 쥬찬(酒饌)을 드리라 호여 골오디,

"만싱(晩生)이 하관(下官)의 도리(道理)를 호여 당당(堂堂)이 즉시(卽時) 나아가 영디(迎待)345) 홀 거시

∘••

89면

로디 그곳의 원쉬(怨讎ㅣ) 이시니 추마 갈 쓰디 업서 도리(道理)를 일코 존공(尊公) 등(等)이 슈고로이 니르시믈 만히 황괴(惶愧)346) 호여이다."

녜뷔(禮部ㅣ) 몸을 굽혀 정식(正色) 왈(曰),

"쇼싱(小生) 등(等)은 황구쇼익(黃口小兒ㅣ)347)라 엇디 져근 벼술을 인(因)호여 부형(父兄)의 친븡(親朋)을 만홀(漫忽)348)호리오? 연(然)이나 원쉬(怨讎ㅣ) 잇다 호시믄 아디 못호노이다. 볽히 フ르치쇼셔."

---

345) 영디(迎待): 영대. 맞이해 대접함.
346) 황괴(惶愧): 황송하고 부끄러움.
347) 황구쇼익(黃口小兒): 황구소아. 부리가 누런 새 새끼처럼 어린아이.
348) 만홀(漫忽): 한만하고 소홀함.

공(公)이 쇼왈(笑曰),

"녕뎨(令弟) 빅문은 나의 쫄 죽인 원쉬(怨讐ㅣ)라 명공(明公)니 아디 못ㅎ시ᄂ냐?"

녜뷔(禮部ㅣ) 변식(變色) 왈(曰),

"운보ᄂ 대인(大人) 사회라 이대도록 실언(失言)ㅎ시ᄂ뇨?"

언미필(言未畢)의 태부(太傅) 경문이 닝안(冷眼)이 표표(表表)[349]ㅎ여 몬져 니러 절

ㅎ고 섬을 ᄂ리니 제인(諸人)이 머므디 못ㅎ여 니러난대 공(公)이 만뉴(挽留) 왈(曰),

"폐읍(弊邑)이 누추(陋醜)ㅎ고 만싱(晚生)이 공(公) 등(等)의 하관(下官)이나 이대도록 박졀(迫切)ㅎ시뇨?"

샹셰(尙書ㅣ) 왈(曰),

"샤뎨(舍弟) 대인(大人)긔 원쉴(怨讐ㅣ)딘대 쇼싱(小生) 등(等)이 쏘 혐의(嫌疑) 업스리잇가?"

셜파(說罷)의 일시(一時)의 도라가니 화 공(公)이 쏘혼 쳥(請)티 아니터라.

ᄉ(四) 인(人)이 밧비 돌녀 형쥐(荊州) 니ᄅ매 왕(王)이 무ᄉ(無事)히 오믈 일ᄏ르나 빅문의 평부(平否)ᄅ 뭇디 아니ㅎ니 녜뷔(禮部ㅣ) 탄식(歎息)고 거지(擧止)ᄅ 주(奏)ㅎ니 왕(王)이 노왈(怒曰),

"빅문은 나의 증염지ᄌ(症厭之子ㅣ)[350]라 여등(汝等)이 그 말을

---

349) 표표(表表): 사람의 생김새나 풍채, 옷차림 따위가 눈에 띄게 두드러짐.

니 귀예 들니디 말라."

녜뷔(禮部ㅣ) 대경(大驚)ᄒᆞ여 글

91면

오ᄃᆡ,

"ᄇᆡᆨ문이 슉부(叔父)긔 므슴 죄(罪)를 지엇ᄂᆞ니잇고?"

왕(王)이 답(答)디 아니ᄒᆞ니 녜뷔(禮部ㅣ) 울며 간왈(諫曰),

"ᄇᆡᆨ문이 듕간(中間) 실톄(失體)ᄒᆞ미 잇ᄉᆞ온들 이제 ᄀᆡ과(改過)ᄒᆞ미 오라고 ᄒᆞ믈며 쳔(千) 니(里) 원방(遠方) 뎍ᄀᆡᆨ(謫客)으로 자최 녕뎡고고(零丁孤孤)[351]ᄒᆞ거ᄂᆞᆯ 부ᄌᆞ(父子)의 큰 의(義)로 이 엇딘 말ᄉᆞᆷ이니잇가?"

왕(王)이 무언(無言) 냥구(良久)의 탄식(歎息) 왈(曰),

"현딜(賢姪)이 오히려 ᄂᆡ ᄠᅳ들 모ᄅᆞᄂᆞᆫ도다. ᄂᆡ 엇디 고수(瞽叟)[352]의 사오나오믈 ᄒᆡᆼ(行)ᄒᆞᆯ 재(者ㅣ)리오마ᄂᆞᆫ 일이 그러ᄐᆞᆺ ᄒᆞ니 ᄂᆡ ᄯᅩ 구구(區區)ᄒᆞᆫ ᄉᆞ졍(私情)으로 암[353]약(闇弱)[354]ᄒᆞ믈 ᄒᆡᆼ(行)티 못ᄒᆞ노라."

녜뷔(禮部ㅣ) 디긔(知機)ᄒᆞ고 다시 뭇ᄌᆞᆸ디 못ᄒᆞ더라.

왕(王)이 삼ᄉᆞ(三四)

---

350) 증염지직(症厭之子ㅣ): 증염지자. 미워하고 꺼리는 자식.

351) 녕명고고(零丁孤孤): 영정고고. 의지할 곳 없이 외로움.

352) 고수(瞽叟): 중국 고대 순(純)임금의 아버지로, 순임금이 어렸을 적에 계실(繼室) 임 씨와 그 아들 상(象)의 참소를 듣고 순을 죽이려 했음.

353) 암: [교] 원문과 규장각본(20:60), 연세대본(20:91)에 모두 '엄'으로 되어 있으나 문맥을 고려해 이와 같이 수정함.

354) 암약(闇弱): 어리석고 겁이 많으며 줏대가 없음.

삭(朔)을 이에 이셔 딘무(鎭撫)[355]ᄒ기를 ᄆᄎ매,

ᄆ득 경ᄉ(京師) ᄉ재(使者ㅣ) 니르러 텬ᄌ(天子) 됴셔(詔書)를 뎐(傳)ᄒ고 샹경(上京)ᄒ라 ᄒ시ᄂ디라. 왕(王)이 븍향(北向) 샤은(謝恩)ᄒ고 군ᄉ(軍士)를 븍(北)으로 두로혈 ᄉ시 항쥬(杭州)를 비록 비ᄉ기 디나나 ᄆ춤니 빅문을 보디 아니ᄒ고,

ᄒᆡᆼ(行)ᄒ여 댱ᄉ(長沙)의 니르러ᄂ 흔 뫼 밋틱 니르니 이 곳 경ᄉ(京師)로 가ᄂ 뎨일(第一) 험노(險路) 고운녕(--嶺)이오 산명(山名)은 운화산(--山)이라. 젼군(前軍)이 몬져 녕(嶺)을 넘고 션봉(先鋒)이 알ᄑᆞᆯ 당(當)ᄒ엿더니 홀연(忽然) 뫼 녑흐로셔 흔 녀지(女子ㅣ) 홋오슬 닙고 썰며 슬피 울고 나오거늘 션봉(先鋒)이 놀나 좌우(左右)

로 잡아 오라 ᄒ거늘 모든 군ᄉ(軍士ㅣ) 일시(一時)의 ᄠᅴ어 알패 니ᄅ매 태뷔(太傅ㅣ) 눈을 드러 보니 이 곳 난혜라. 대경(大驚)ᄒ여 급(急)히 문왈(問曰),

"네 아니 난혠다?"

원니(元來) 위 시(氏) 고집(固執)히 졀벽(絶壁)의 이셔 녀염(閭閻)의 나가디 아니ᄒ고 날마다 난혜, 녀염(閭閻)의 나가 냥식(糧食)을 겨유 빌오ᄃᆡ 남의(男衣) 당만ᄒᆞᆯ 거슬 ᄆ춤니 엇디 못ᄒ여 임의

---

355) 딘무(鎭撫): 진무. 안정시키고 어루만져 달램.

맹356)동(孟冬)357)이 째 디나 동(冬) 회간(晦間)358)이므로 빙셜(氷雪)
이 뫼와 ᄀᆞ티 ᄡᅡ히고 삭풍(朔風)이 늠녈(凜冽)359)ᄒᆞ니 모구(毛裘)를
겹겹이 닙어셔도 치위를 견듸디 못ᄒᆞ여 병(病)이 나거든 위 시(氏) 쳔
금(千金) 약질(弱質)노 녀름의 닙은 홋오소로 모린 틈의 업듸엿거든

•••

94면

어이 평안(平安)ᄒᆞ리오. 큰 병(病)을 어더 시시(時時)로 듕(重)ᄒᆞ니
난혜 망극(罔極)ᄒᆞ여 험(險)ᄒᆞᆫ 녕(嶺)을 더듬어 ᄆᆞ올의 가 쥭슐(粥-)
이나 어더 와 구완ᄒᆞᆷ을 극진(極盡)이 ᄒᆞ여도 낫디 아니코 사름ᄃᆞ려
니르고 다려 촌가(村家)로 가고져 ᄒᆞ나 쇼져(小姐)의 용모(容貌)로
욕(辱) 보미 텹경(捷徑)360)이니 ᄒᆞᆫ갓 속슈(束手)361) 호읍(號泣)ᄒᆞ여
애를 쓰다가 이날 거의 절명(絶命)362)을 ᄒᆞᆯ 둣ᄒᆞᆷ을 보고 텬디(天地)
망망(茫茫)ᄒᆞ여 아모커나 의원(醫員)이나 ᄎᆞ자볼 거시라 ᄒᆞ고 나오
더니 태부(太傅)를 만난디라. 대경(大驚) 비열(悲咽)ᄒᆞ여 년망(連忙)
이 ᄀᆞᆯ오듸,

"우리 부인(夫人)이 져 건363)너 뫼골 돌 틈의 계샤 망(亡)ᄒᆞ시미
경각(頃刻)364)의 잇ᄂᆞ이다."

---

356) 맹: [교] 원문과 규장각본(20:61), 연세대본(20:93)에 모두 '명'으로 되어 있으나 문맥을 고려해
　　 이와 같이 수정함.
357) 맹동(孟冬): 초겨울.
358) 회간(晦間): 그믐날 앞뒤의 며칠 동안.
359) 늠녈(凜冽): 늠렬. 추위가 살을 엘 듯이 심함.
360) 텹경(捷徑): 첩경. 어떤 일을 할 때 흔히 그렇게 되기가 쉬움을 이르는 말.
361) 속슈(束手): 속수. 손을 묶은 것처럼 어찌할 도리가 없어 꼼짝 못 함.
362) 절명(絶命): 목숨이 끊김.
363) 건: [교] 원문에는 '년'으로 되어 있으나 문맥을 고려해 규장각본(20:62)과 연세대본(20:94)을
　　 따름.
364) 경각(頃刻): 아주 짧은 시간.

태뷔(太傅ㅣ) 디경(大驚) 왈(日),

"네 부인(夫人)이 엇딘 고(故)로 돌 틈의 잇ᄂ뇨?"

난혜 급(急)ᄒ여 발을 구릭고

ᄀᆞᆯ오딕,

"잡말(雜-) 말고 어서 가쇼셔."

겻희 흔 군ᄉᆞ(軍士ㅣ) 잇다가 고왈(告日),

"뎌 건너 뫼골은 호표(虎豹) 싀랑(豺狼)의 굴혈(窟穴)이라 빅여(百餘) 군ᄉᆞ(軍士)도 햐슈(下手)365)룰 못 ᄒᆞ거든 뎌 ᄋᆞ녀직(兒女子ㅣ) 엇디 이시리오? 요망(妖妄)흔 말이라 고디듯디 마릭쇼셔."

태뷔(太傅ㅣ) ᄯᅩ흔 밋디 아니ᄒ여 다시 무릭니 난혜 가슴을 두드려 왈(日),

"비직(婢子ㅣ) 무엇 ᄒᆞ라 거줏말ᄒᆞ리잇가? 다만 ᄲᆞᆯ니 가 보쇼셔."

태뷔(太傅ㅣ) 역시(亦是) 심신(心身)이 비월(飛越)366)ᄒ야 몸을 ᄲᅢ혀 듕군(中軍)의 드러가 왕(王)긔 이 소유(所由)룰 고(告)ᄒ니 왕(王)이 대경(大驚) 왈(日),

"너는 밧비 가라. 닉 이 녕(嶺)을 넘어 하쳐(下處)룰 잡고 교조(轎子)룰 보

---

365) 햐슈(下手): 하수. 손을 씀.
366) 비월(飛越): 심신이 아뜩하도록 낢.

니리라.”

태뷔(太傅ㅣ) 슈명(受命)ᄒ고 홀로 난혜를 ᄃ리고 쇼져(小姐)의 곳
의 니르매 좌우(左右)로 눈과 어름이 뫼 ᄀᆺᄐᆫᄃᆡ 큰 바회 집 ᄀᆺ고 그
알패 ᄒᆫ 굼기 이셔 듀회(周回)367) ᄒᆫ 간(間) 목368)이나 ᄒᆞ더라.

싱(生)이 셜니 드러가니 위 시(氏) 만신(滿身)이 어름 ᄀᆺ고 헌 옷시
계유 술흘 ᄀ리와 기리 줌와(潛臥)369)ᄒ여시니 이 경샹(景狀)을 보매
셕목(石木) 간댱(肝腸)이라도 동(動)ᄒᆯ 거시어늘 더옥 평싱(平生)을
동혈(同穴)ᄒ고져 ᄒᄂᆫ 유졍(有情) 댱부(丈夫)의 ᄯᆺ을 니르리오. 실식
차악(失色嗟愕)ᄒ여 밧비 븟드러 슬피니 ᄒᆯ일업시 되엿ᄂᆫ디라

경황(驚惶)370)ᄒᆫ 눈믈이 옥면(玉面)의 니음차 ᄌ긔(自己) 모구(毛裘)
를 버셔 그 몸을 ᄲᅡ 무릅 우희 노ᄒᆞᄃᆡ 젼연(全然)히 숨긔쳑이 업셔
진실노(眞實-) 죽엄이 되엿ᄂᆫ디라. 태뷔(太傅ㅣ) 가슴이 막히이고 오
ᄂᆡ(五內) 촌촌(寸寸)ᄒ여 ᄒᆫ갓 눈믈이 죵횡(縱橫)ᄒᆯ ᄲᅮᆫ이오 아모리
ᄒᆯ 줄을 모르더니,

이윽고 왕(王)의 군듕(軍中)의셔 일(一) 승(乘) 교ᄌ(轎子)와 교뷔
(轎夫ㅣ) 니르럿ᄂᆫ디라. 싱(生)이 난혜로 쇼져(小姐)를 븟드러 ᄐᆡ오

---

367) 듀회(周回): 주회. 둘레.
368) 목: 구멍.
369) 줌와(潛臥): 잠와. 조용히 누워 있음.
370) 경황(驚惶): 놀라고 슬픔.

고 스스로 거ᄂ려 햐쳐(下處)의 니ᄅ매,

샹셰(尙書ㅣ) 임의 방(房)을 더이고 새 금침(衾枕)으로 ᄀ초와 기ᄃ리다가 교ᄌ(轎子ㅣ) 쳥하(廳下)의 니ᄅ러는 난혜 나아가 붓드러 드리고 왕(王)

• • •

98면

이 친(親)히 드러가 보니 과연(果然) 운명(殞命)³⁷¹⁾ᄒ미 의심(疑心) 업셔시니 대경(大驚)ᄒ야 눈믈이 쩌러디믈 춤디 못ᄒ니 태뷔(太傅ㅣ) 강잉(强仍)ᄒ야 나아가 ᄀ로오ᄃᆡ,

"일시(一時) 한긔(寒氣)ᄅᆞᆯ 견ᄃᆡ디 못ᄒ여 막혓ᄂᆞᆫ가 시브니 쇼ᄌ(小子ㅣ) 머므러 구(救)홀 거시니 셩톄(盛體)ᄅᆞᆯ 번뇌(煩惱)티 마ᄅ쇼셔."

왕(王)이 쏘흔 ᄎ마 보디 못ᄒ여 나가니 태뷔(太傅ㅣ) 이에 그 옥슈(玉手)ᄅᆞᆯ 어ᄅ믄져 오열(嗚咽) 비샹(悲傷)ᄒ믈 이긔디 못ᄒ여 ᄀ로오ᄃᆡ,

"그ᄃᆡ 회ᄉᆡᆼ(回生)티 못ᄒ면 닉 엇디 몸을 도라보리오?"

ᄒ며 셕양(夕陽)ᄀᆞ디 기ᄃ리ᄃᆡ 죵시(終是) ᄭᆡᄂᆞᆫ 일이 업거ᄂᆞᆯ 부야흐로 툐혼(招魂)³⁷²⁾ᄒ려 나오고져 ᄒ

• • •

99면

다가 홀연(忽然) 크게 ᄭᆡᄃ라 왈(曰),

---

371) 운명(殞命): 사람의 목숨이 끊어짐.
372) 툐혼(招魂): 초혼. 사람이 죽었을 때에, 그 혼을 소리쳐 부르는 일. 죽은 사람이 생시에 입던 윗옷을 갖고 지붕에 올라서거나 마당에 서서, 왼손으로는 옷깃을 잡고 오른손으로는 옷의 허리 부분을 잡은 뒤 북쪽을 향하여 '아무 동네 아무개 복(復)'이라고 세 번 부름.

"익딘관이 급(急)혼 째 쓰라 ᄒ던 약이 낭듕(囊中)의 잇더니 어이 니ᄌ뇨?"

ᄒ고 ᄲᆞᆯ니 믈을 가져오라 ᄒ여 환약(丸藥)을 ᄂᆡ여 급(急)히 가라 친(親)히 입의 붓고 스스로 그 몸을 갓가이 ᄒ여 긔운이 ᄂᆡ붓기373) 를 ᄇᆞ라니, 이째 싱(生)의 ᄆᆞᆷ이 븟는 블 ᄀᆞᆺᄐᆞᆯ여 위 시(氏)를 위(爲) ᄒ여 화염(火焰) 듕(中)의 들나 ᄒ여도 ᄉᆞ양(辭讓)을 아닐 ᄃᆞᆺᄒ더라.

두어 식경(食頃)이 디난 후(後) 홀연(忽然) 쇼졔(小姐ㅣ) 크게 소ᄅᆡ ᄒ고 숨을 ᄂᆡ쉬며 눈을 ᄯᅳ거늘 싱(生)이 대경대희(大驚大喜)ᄒ여 밧 비 문왈(問曰),

"부인(夫人)이 혹 ᄉᆡᆼ(學生)을 아ᄂᆞᆫ다?"

쇼졔(小姐ㅣ) 계유 몸을

• • •

100면

니러 안자 ᄀᆞᆯ오ᄃᆡ,

"쳡(妾)이 비록 미황(未遑) 듕(中)이나 군(君)을 모ᄅᆞ리오? 아디 못 게라, 쳡(妾)의 몸이 엇디 여긔 니ᄅᆞᆯ럿ᄂᆞ뇨?"

태부(太傅ㅣ) 그 인ᄉᆞ(人事ㅣ) 완젼(完全)ᄒ믈 보고 깃브미 밋칠 ᄃᆞᆺᄒ여 ᄉᆞ연(事緣)을 초초(草草)374)히 니ᄅᆞ고 밧긔 나와 모든 ᄃᆡ 고 (告)ᄒ니 왕(王)과 샹셰(尙書ㅣ) 대희(大喜)ᄒ고 녜부(禮部ㅣ) ᄯᅩ흔 웃고 티하(致賀)ᄒ여 ᄀᆞᆯ오ᄃᆡ,

"앗가ᄂᆞ 하 경(景)업셔375) 말을 못 ᄒ엿더니 이제야 네 얼골을 보

---

373) ᄂᆡ붓기: '다시 살아나기'의 의미로 보이나 미상임.
374) 초초(草草): 바쁘고 급함.
375) 경(景)업셔: 경황없어.

니 엇디 뎌딕도록 우러 눈이 몰나보게 부엇ᄂᆞ뇨? 위 시(氏) 잠간(暫間) 긔졀(氣絶)ᄒᆞ셔도 뎌러틋 쵸젼(焦煎)[376]ᄒᆞ니 블힝(不幸)ᄒᆞ여 망(亡)ᄒᆞ실딘대 네 ᄒᆞᆫ 관(棺)의 들고져 ᄒᆞ리로다."

태뷔(太傅ㅣ)

• • •

101면

쇼왈(笑曰),

"형(兄)은 엇디 이런 고이(怪異)ᄒᆞᆫ 말을 ᄒᆞ시ᄂᆞ뇨? 부부지간(夫婦之間) 아닌들 앗가 위 시(氏) 의심(疑心) 업시 죽엇던 거시니 토목(土木)이 아닌 후(後) 블샹ᄒᆞᆫ ᄆᆞ음이 업스리오? ᄎᆞ고(此故)로 뎜누(點淚)[377]를 허비(虛費)ᄒᆞ미라 눈이 붓도록 ᄒᆞ리잇가?"

녜뷔(禮部ㅣ) 대쇼(大笑) 왈(曰),

"너는 아디 못ᄒᆞ여도 나는 보건대 네 눈이 태산(泰山)ᄀᆞᆺ티 놉하시니 뎜누(點淚)를 허비(虛費)ᄒᆞ야 뎌러ᄒᆞ랴?"

태뷔(太傅ㅣ) 웃고 즘즘(潛潛)ᄒᆞ니 연왕(-王)이 쇼왈(笑曰),

"현딜(賢姪)은 비인졍(非人情)의 말을 말나. 위 시(氏) 향ᄀᆞᆨ(向刻)[378]의 급(急)ᄒᆞᆷ믈 보매 무심(無心)ᄒᆞᆫ 놈도 눈믈을 ᄂᆞ리니 그 가부(家夫)를 그른다

---

376) 쵸젼(焦煎): 초전. 마음을 졸이고 애를 태움.
377) 뎜누(點淚): 점루. 한 점의 눈물.
378) 향ᄀᆞᆨ(向刻): 향각. 접때.

ᄒ며 ᄯ 네게도 우은 일이 이시니 너모 눔을 보채디 말라.”

녜뷔(禮部ㅣ) 쇼이ᄃᆡ왈(笑而對曰),

“이보379)의 우러시믈 과도(過度)타 ᄒ는 거시 아니라 눈이 부어시믈 념녀(念慮)ᄒᆞ이다. 연(然)이나 쇼딜(小姪)의게는 우은 일이 업ᄂᆞ이다.”

왕(王)이 미쇼(微笑)ᄒ고 샹셰(尚書ㅣ) 빵안(雙眼)을 흘녀 ᄌᆞ약(自若)히 웃는디라 녜뷔(禮部ㅣ) 고이(怪異)히 너겨 연고(緣故)를 무르나 샹셰(尚書ㅣ) 니ᄅᆞ디 아니코 경ᄉᆞ(京師)의 가면 알니라 ᄒ니 녜뷔(禮部ㅣ) 그 곡졀(曲折)을 몰라 심(甚)히 답답ᄒ야 ᄒ더라.

왕(王)이 다시 닐오ᄃᆡ,

“날이 임의 져무럿고 위 시(氏) 긱쳐(客處)의 와 소친재(所親者ㅣ)380) 너분이라 ᄲᆞ리 가 긔거(起居)381)를 ᄉᆞᆯ피라.”

ᄉᆡᆼ(生)이

슈명(受命)ᄒ야 방듕(房中)의 니ᄅᆞ매 쵹(燭)을 임의 혓더라. 태뷔(太傅ㅣ) 겻ᄒᆡ 나아가 굴오ᄃᆡ,

“이째는 엇더뇨?”

---

379) 이보: 이경문의 자(字).
380) 소친재(所親者ㅣ): 소친자. 친한 사람.
381) 긔거(起居): 기거. 일정한 곳에서 먹고 자고 하는 따위의 일상적인 생활을 함. 또는 그 생활.

쇼제(小姐ㅣ) 되왈(對曰),

"구트여 알픈 되 업고 긔운이 녜로 온 둧ᄒ니 념녀(念慮) 마ᄅ쇼셔."

태뷔(太傅ㅣ) 옥슈(玉手)ᄅᆞᆯ[382] 잡고 쳐연(悽然)ᄒ야 굴오되,

"싱(生)이 그듸로 분슈(分手)ᄒ연 디 오래매 듀야(晝夜) 샹모(相慕)ᄒᄂ 쯔디 근졀(懇切)ᄒ더니 오늘날 참담(慘憺)ᄒᆫ 경샹(景狀)을 목도(目睹)ᄒ야 ᄒ마 구(救)티 못ᄒᆯ 번ᄒᆯ 줄 알리오? 싱각ᄒ매 심신(心身)이 차악(嗟愕)ᄒ믈 이긔디 못ᄒ리로다. 대강(大綱) 뭇ᄂ니 엇디ᄒ야 졀벽(絶壁)의 니ᄅ럿더뇨?"

쇼제(小姐ㅣ) 뎜듕(店中)의셔 도적(盜賊) 만나 죽으려 ᄒ다

· · ·

104면

가 범이 므러다가 그곳의 두엇던 연유(緣由)ᄅᆞᆯ 니ᄅ니 싱(生)이 어히 업셔 앙텬대쇼(仰天大笑) 왈(曰),

"셰샹(世上)의 이런 고이(怪異)ᄒᆫ 일이 이시리오? 범의 입의 드럿다가 사라나ᄂᆞᆫ 고금(古今)의 그듸 ᄒᆫ[383] 사ᄅᆷᄲᅵ라 샹텬(上天)의 도으시미 아니리오?"

쇼뎨(小姐ㅣ) 탄왈(歎曰),

"박명(薄命)ᄒᆫ 인싱(人生)이 구챠(苟且)[384]히 사라 빅(百) 가지 긔괴(奇怪)ᄒᆫ 지경(地境)을 ᄌᆞᆺ초 겻그니 살미 죽음만 ᄌᆞᆺ디 못ᄒ이다."

---

382) ᄅᆞᆯ: [교] 원문에는 '로'로 되어 있으나 문맥을 고려해 규장각본(20:68)과 연세대본(20:103)을 따름.
383) ᄒᆫ: [교] 원문에는 'ᄒ'로 되어 있으나 문맥을 고려해 규장각본(20:68)과 연세대본(20:104)을 따름.
384) 구챠(苟且): 구차. 말이나 행동이 떳떳하거나 버젓하지 못함.

싱(生)이 위로(慰勞)ᄒᆞ고 스ᄉᆞ로 븟드러 편(便)히 누으믈 권(勸)ᄒᆞᆫ 후(後) 벼개를 ᄀᆞᆲᄒᆞ야[385] ᄋᆡ듕(愛重)ᄒᆞᆫ ᄯᅳ디 하ᄒᆡ(河海)를 엿게 너기니 쇼졔(小姐ㅣ) 블안(不安)ᄒᆞ믈 이긔디 못ᄒᆞ더라.

평명(平明)의 난혜 새도록 다ᄉᆞ린 핫

105면

오슬[386] 밧드러 드리니 쇼졔(小姐ㅣ) ᄀᆞᆯ기를 ᄆᆞᆺᄎᆞ매 왕(王)이 드러와 볼ᄉᆡ 쇼졔(小姐ㅣ) 밧비 니러나 마자 두 번(番) 절ᄒᆞ고 부복(俯伏)ᄒᆞ니 왕(王)이 밧비 평신(平身)[387]ᄒᆞ믈 니ᄅᆞ고 위로(慰勞)ᄒᆞ여 ᄀᆞᆯ오ᄃᆡ,

"시운(時運)이 블ᄒᆡᆼ(不幸)ᄒᆞ야 녕친(令親)이 역모(逆謀)의 걸니여 찬뎍(竄謫)[388]ᄒᆞ믈 면(免)티 못ᄒᆞ고 아뷔(阿婦ㅣ) 뒤흘 ᄯᆞ로니 ᄉᆡᆼ니(生離)ᄒᆞᄂᆞᆫ 졍ᄉᆡ(情事ㅣ) ᄌᆞ못 슬프더니 듕간(中間) 도적(盜賊)을 만나 실산(失散)ᄒᆞ믈 드러시나 약질(弱質)이 엄동(嚴冬) 상셜(霜雪) 가온대 셕벽(石壁)의 드러 이셔 명ᄌᆡ위위(命在危危)[389]ᄒᆞᆯ 줄 알리오? 작일(昨日) 경샹(景狀)을 ᄉᆡᆼ각ᄒᆞ니 슬프믈 ᄎᆞᆷ디 못ᄒᆞ리로다."

쇼졔(小姐ㅣ) 고두(叩頭) 복디(伏地)ᄒᆞ야 은

106면

명(恩命)을 칭샤(稱謝)ᄒᆞᆯ 분이러라. 왕(王)이 다시 문왈(問曰),

---

385) ᄀᆞᆲᄒᆞ야: 나란히 해.
386) 핫오슬: 핫옷을. 핫옷은 안에 솜을 두어 만든 옷.
387) 평신(平身): 엎드려 절한 뒤에 몸을 그 전대로 펴는 것.
388) 찬뎍(竄謫): 찬적. 벼슬을 빼앗고 귀양을 보냄.
389) 명ᄌᆡ위위(命在危危): 명재위위. 목숨이 위태로운 지경에 있음.

"군스(軍士) ㅎ로 머믈기 극난(極難)ㅎ다라 오부(阿婦)의 긔운이 엇더ㅎ뇨?"

쇼뎨(小弟) 념용(斂容)[390] 딕왈(對曰),

"아히(兒孩) 잠간(暫間) 치위를 견듸디 못ㅎ야 막히미 잇스오나 길히 오룰가 시버이다."

왕(王)이 고개 좃고 그 화풍셩모(華風盛貌)[391]를 새로이 칭이(稱愛)ㅎ미 무궁(無窮)ㅎ야 희식(喜色)이 눗치 ᄀ둑ㅎ더라.

날이 느즌 후(後) 녜부(禮部) 형뎨(兄弟)와 샹셰(尙書ㅣ) 드러와 일시(一時)의 녜필(禮畢)ㅎ고 슈렴(收斂)[392] 궤슬(跪膝)ㅎ야 작일(昨日) 위티(危殆)ㅎ던 말을 티위(致慰)ㅎ니 쇼제(小姐ㅣ) 피셕(避席) 스샤(謝辭)ㅎ고 정금(整襟)[393]ㅎ야 굴오딕,

"빅슉(伯叔)이 셩도(成都) 풍상(風霜)을 ᄀ초 겻그시딕

• • •

107면

긔력(氣力)이 강건(剛健)ㅎ시고 대공(大功)을 일우시니 티하(致賀)ㅎᄂ이다."

녜뷔(禮部ㅣ) 몸을 굽혀 딕왈(對曰),

"쇼싱(小生)이 운익(運厄)을 그릇 만나 두로 분듀(奔走)ㅎ더니 이제ᄂ 무스(無事)ㅎ니 다힝(多幸)ㅎ이다."

쇼제(小姐ㅣ) 다시 샹셔(尙書)를 딕(對)ㅎ야 존고(尊姑) 긔운을 뭇

---

390) 념용(斂容): 염용. 자숙하여 몸가짐을 조심하고 용모를 단정히 함.
391) 화풍셩모(華風盛貌): 화풍성모. 화려하고 빛나는 모습.
392) 슈렴(收斂): 수렴. 심신을 다잡음.
393) 정금(整襟): 옷깃을 여미어 모양을 바로잡음.

주오나 옥면(玉面)이 담홍(淡紅)394)호야 어려이 너기는 비치 フ득호니 이는 샹셔(尙書)의 긔샹(氣像)이 닝졍(冷情)호믈 쩌리미라. 샹셰(尙書ㅣ) 또혼 지긔(知機)호고 안식(顏色)을 화(和)히 호야 되왈(對曰),

"주당(慈堂)이 겨유 무ᄉᆞ(無事)ᄒᆞ시나 두로두로 쇼싱(小生) 등(等)의 원별(遠別)을 당(當)ᄒᆞ시니 무ᄉᆞ(無事)ᄒᆞ신 ᄇᆞ람이 이시리잇가? 수쉬(嫂嫂ㅣ) 주시(自少)

· ● ●

108면

로 간고험난(艱苦險難)395)을 フ초 겻그시고 이번(-番)은 더옥 지싱(再生)ᄒᆞ신디라 싱각ᄒᆞ매 차악(嗟愕)396)ᄒᆞ믈 이긔디 못홀소이다."

쇼제(小姐ㅣ) ᄂᆞᆾ기 샤례(謝禮)ᄒᆞ더라.

이윽고 졔인(諸人)이 믈러와 녜뷔(禮部ㅣ) 칭찬(稱讚) 왈(曰),

"위수(-嫂)는 하ᄂᆞᆯ 사ᄅᆞᆷ이라. 그런 고이(怪異)혼 지경(地境)을 겻그시되 긔샹(氣像)이 죠곰도 쇠(衰)티 아녀 계시니 엇디 고이(怪異)티 아니리오?"

샹셰(尙書ㅣ) 왈(曰),

"그러ᄒᆞ시므로 참난(慘亂)397)을 주로 겻그시니 아니 참담(慘憺)ᄒᆞ시니잇가?"

녜뷔(禮部ㅣ) 왈(曰),

"이제는 관계(關係)티 아니ᄒᆞ리라."

---

394) 담홍(淡紅): 엷은 붉은빛.
395) 간고험난(艱苦險難): 온갖 괴로움과 험난한 일.
396) 차악(嗟愕): 몹시 놀람.
397) 참난(慘亂): 참혹한 환란.

ᄒᆞ더라.

왕(王)이 장사(長沙) 태슈(太守)의게 긔별(奇別)ᄒᆞ야 연고(緣故)ᄅᆞᆯ 니ᄅᆞ고 덩을 ᄭᅮ며 달나 ᄒᆞ니

•••
109면

태슈(太守ㅣ) 크게 놀라 젼일(前日) 난혜 말을 싱각고 진젹(眞的)[398] ᄒᆞᆫ 줄 ᄭᅢᄃᆞ라 힝혀(幸-) 져의게 죄(罪) 닙을가 저허 아듕(衙中)의 일등(一等) 덩을 ᄉᆞ면(四面)을 금옥(金玉)으로 ᄭᅮ며 나는 다시 가져오니,

왕(王)이 깃거 이튼날 군ᄉᆞ(軍士)ᄅᆞᆯ 두로혈 ᄉᆡ 위 시(氏) 힝ᄎᆞ(行次)ᄅᆞᆯ 부쟝군(副將軍) 송양으로 군ᄉᆞ(軍士) 이ᄇᆡᆨ(二百)을 거ᄂᆞ려 호위(護衛)ᄒᆞ야 ᄒᆞᆫ가지로 가게 ᄒᆞ니 금슈(錦繡) 치ᄉᆡᆨ발(彩色-)은 일광(日光)을 가리오고 ᄡᅡᆼᄡᅡᆼ(雙雙)ᄒᆞᆫ 시녀(侍女)ᄂᆞᆫ 알플 인도(引導)ᄒᆞ며 쇠아비(媤--)와 가부(家夫)ᄂᆞᆫ 원융(元戎)[399] 쟝샹(將相)으로 ᄇᆡᆨ만(百萬) 군듕(軍中)을 거ᄂᆞ려 젼ᄎᆞ후옹(前遮後擁)[400]ᄒᆞ여시니 그 복녹(福祿)이 쳔고(千古)의 업고 임의 경ᄉᆞ(京師)의 니

•••
110면

ᄅᆞ러ᄂᆞᆫ 왕(王)이 명(命)ᄒᆞ야 위 시(氏) 치거(彩車)ᄅᆞᆯ 몬져 위부(-府)로 가라 ᄒᆞ니 이ᄂᆞᆫ 그 ᄯᅳᆺ을 바드미라.

---

398) 진젹(眞的): 진적. 참되고 틀림없음.
399) 원융(元戎): 군사의 우두머리.
400) 젼ᄎᆞ후옹(前遮後擁): 전차후옹. 많은 사람이 앞뒤로 보호하며 따름.

군(軍)을 두로혀 궐하(闕下)의 니르러 복명(復命)[401]혼대 황뎨(皇帝) 좌(座)를 여르시고 좌우(左右)로 왕(王)의 드러오믈 직쵹ᄒ시니 왕(王)이 융복(戎服)을 정졔(整齊)ᄒ고 즁쟝(衆將)을 거ᄂ려 탑하(榻下)의 나아가 ᄉ비슉샤(四拜肅謝)[402]혼대 샹(上)이 흔연(欣然)이 위로(慰勞)ᄒ야 ᄀᆞᄅᆞ샤ᄃᆡ,

"미친 도적(盜賊)이 챵궐(猖獗)[403]ᄒ니 딤(朕)이 근심이 슉야(夙夜)의 적디 아니터니 경(卿)의 웅지대략(雄才大略)[404]으로 ᄌᆞ원츌정(自願出征)ᄒ야 도적(盜賊)을 소멸(掃滅)ᄒ고 대공(大功)을 셰워 빗ᄂᆡ 도라오니 경(卿)의 공덕(功德)은 고금(古今)의 업ᄉᆞᄂᆡ라 딤(朕)이 므어스로ᄡᅥ 갑흐리오?"

• • •

111면

왕(王)이 돈슈(頓首) 왈(曰),

"미신(微臣)이 임의 ᄌᆞ쇼(自少)로 국은(國恩)을 듕(重)히 닙ᄉᆞ와 빅뇨(百僚)의 모텸(冒添)[405]ᄒ며 ᄉᆞ디(死地)라도 ᄉᆞ양(辭讓)티 못홀 거시어늘 뎌 초개(草芥) ᄀᆞᆺᄐᆞᆫ 도적(盜賊)을 셩샹(聖上) 홍복(洪福)과 졔쟝(諸將)의 용녁(勇力)을 힘닙어 파(破)ᄒᆞ미 신(臣)의 공(功)이리잇고?"

샹(上)이 그 겸퇴(謙退)[406]ᄒᆞᆷ을 더옥 아ᄅᆞᆷ다이 너기샤 ᄌᆡ삼(再三)

---

401) 복명(復命): 명령을 받고 일을 나간 사람이 돌아와 그 결과를 보고함.

402) ᄉᆞ비슉샤(四拜肅謝): 사배숙사. 네 번 절하고 숙사함. 숙사는 숙배(肅拜)와 사은(謝恩)을 아울러 이르는 말로 새 벼슬에 임명되어 처음으로 출근할 때 먼저 대궐에 들어가서 임금에게 숙배하고 사은함으로써 인사하는 일임.

403) 챵궐(猖獗): 창궐. 못된 세력이나 전염병 따위가 세차게 일어나 걷잡을 수 없이 퍼짐.

404) 웅지대략(雄才大略): 웅재대략. 큰 재주와 지략.

405) 모텸(冒添): 모첨. 외람되게 은혜를 입음.

칭샤(稱謝)ᄒ시고 녜부(禮部)를 갓가이 브르샤 굴ᄋ샤ᄃᆡ,

"경(卿)은 국가(國家)의 보필(輔弼) 동냥(棟樑)이오 딤(朕)의 지친지의(至親之義) 잇거늘 젼후(前後) 져ᄇ리미 만ᄒ니 딤(朕)이 참괴(慙愧)ᄒ믈 이긔디 못ᄒ리로다. 경(卿)의 디뫼(智謀ㅣ) 고인(古人)의 쒸여나 남셔(南西)의 왕반(往返)⁴⁰⁷⁾ᄒ야 대공(大功)을 일우니 그 공덕(功德)이 여련(如天)ᄒ도다."

녜뷔(禮部ㅣ) 복

...

112면

디(伏地) 샤은(謝恩) 왈(曰),

"왕ᄉ(往事)ᄂᆫ 다 신(臣)의 블초(不肖)ᄒ미니 엇디 늄을 흔(恨)ᄒ리잇고? 텬은(天恩)을 닙ᄉ와 대죄(大罪) 가온대 일명(一命)을 투싱(偸生)⁴⁰⁸⁾ᄒ엿다가 오ᄂᆞᆯ날 텬안(天顏)을 뵈오니 미신(微臣)의 ᄯᅳᆺ을 위로(慰勞)ᄒ리로소이다."

샹(上)이 ᄯᅩ 태⁴⁰⁹⁾부(太傅)를 향(向)ᄒ야 굴ᄋ샤ᄃᆡ,

"경(卿)은 더옥 고래ᄡᅡ홈의 새오 죽ᄂᆫ 환(患)을 어더 됴뎡(朝廷)을 ᄯᅥ나니 엇디 흔(恨)홉디 아니리오? 됴훈의 무샹(無狀)ᄒ미 극(極)히 통히(痛駭)⁴¹⁰⁾ᄒᆫ디라 법(法)을 더으고져 ᄒ더니 경죄(卿祖ㅣ) 괴로이 녁간(力諫)ᄒ매 일명(一命)을 용샤(容赦)ᄒ니 경(卿)이 블열(不悅)ᄒ

---

406) 겸퇴(謙退): 겸손히 물러남.
407) 왕반(往返): 갔다가 돌아옴.
408) 투싱(偸生): 투생. 구차하게 산다는 뜻으로, 죽어야 마땅할 때에 죽지 아니하고 욕되게 살기를 꾀함을 이르는 말.
409) 태: [교] 원문에는 '녜'로 되어 있으나 오기로 보이므로 규장각본(20:74)과 연세대본(20:112)을 따름.
410) 통히(痛駭): 통해. 몹시 이상스러워 놀람.

리로다."

태뷔(太傅ㅣ) 고두(叩頭) 왈(曰),

"디난 바는 신(臣)의 익운(厄運)이오, 됴훈의 타시 아니니

• • •
113면

일편도이 뎌를 흔(恨)ᄒ리잇가?"

ᄒ더라.

샹(上)이 군졍ᄉ(軍政事)411)의 티부(置簿)룰 일일히(——) 어람(御覽)ᄒ시고 특지(特旨)로 왕(王)을 진양 열두 고을을 버혀 식읍(食邑)을 삼으시니 왕(王)이 대경(大驚)ᄒ야 관(冠)을 벗고 돈슈(頓首)ᄒ야 굴오ᄃᆡ,

"신(臣)이 본ᄃᆡ(本-) 초야(草野) 한ᄉᆡᆼ(寒生)으로 왕쟉(王爵)이 태과(太過)ᄒ와 손복(損福)412)ᄒ매 갓갑ᄉ오ᄃᆡ 셩은(聖恩)의 관유(寬諭)413)ᄒ시믈 져ᄇ리디 못ᄒ야 춤남(僭濫)이 담당(擔當)ᄒ오나 연븍(-北)이 디방(地方)이 널러 옥야(沃野) 쳔(千) 리(里)로 신(臣)이 감히(敢-) 총뎨(摠制)414)ᄒ오며 ᄯᅩ 다른 ᄯᅡᄒᆞᆯ 탐(貪)ᄒ야 므어시 ᄡᅳ리잇가? 진실로(眞實-) 한신(韓信)415)의 슈훈(壽限)416) 감(減)ᄒᄂᆫ 일이 이실가

---

411) 군졍ᄉ(軍政事): 군정사. 군대의 일과 형편에 관한 일을 적은 기록.
412) 손복(損福): 복을 잃음.
413) 관유(寬諭): 너그러이 타이름.
414) 총뎨(摠制): 총제. 총괄해 제어함.
415) 한신(韓信): 중국 전한의 무장(武將, ?~B.C.196). 회음(淮陰)의 평민 집안에서 태어나 진(秦)나라 말에, 초나라를 세운 항우(項羽) 밑에 들어갔으나 항우가 자신을 미관말직으로 두자, 유방의 휘하에 들어감. 한신은 자신의 재능을 눈여겨본 유방의 부하 소하(蕭何)에게 발탁되어 유방을 도와 조(趙)·위(魏)·연(燕)·제(齊) 나라를 차례로 멸망시키고 항우를 공격하여 큰 공을 세움. 한신은 통일이 된 후 초왕(楚王)에 봉해졌으나 한 고조는 그를 경계하여 회음후(淮陰侯)로 강등시키고, 한신은 결국 후에 여태후에게 살해됨.
416) 슈훈(壽限): 수한. 수명.

두리옵ᄂᆞ니 원(願)컨대

· ●●

114면

은명(恩命)을 환슈(還收)ᄒᆞ쇼셔.”

샹(上)이 흔연(欣然) 왈(曰),

“경(卿)의 공노(功勞)를 혜아릴딘대 텬하(天下)를 다 가져도 블스(不似)ᄒᆞ미 업스려든 엇디 ᄒᆞᆫ 진양을 못 가지리오?”

왕(王)이 대경(大驚)ᄒᆞ야 면관(免冠) 돈슈(頓首)ᄒᆞ야 죽기로 쳥(請)ᄒᆞ니 스에(辭語ㅣ) 근근(懇懇)417)ᄒᆞ고 강개(慷慨)ᄒᆞ야 혈심쇼직(血心所在)418)로 나타나ᄂᆞᆫ디라. 샹(上)이 더옥 감동(感動)ᄒᆞ샤 도로 거두시고 탄식(歎息) 왈(曰),

“경(卿)의 ᄠᅳ디 이 ᄀᆞᆺᄐᆞ니 딤(朕)이 쟝ᄎᆞᆺ(將次ㅅ) 므어스로ᄡᅥ 갑흐리오?”

즉시(卽時) 옥비(玉杯)의 어온(御醞)419)을 샹ᄉᆞ(賞賜)420)ᄒᆞ시고 어필(御筆)로 절구(絶句)를 지어 주샤 특별(特別)이 은명(恩命)을 뵈시니 왕(王)이 감열(感悅)421)ᄒᆞ믈 이긔디 못ᄒᆞ야 눈믈을 흘리고 **썅슈(雙手)**

---

417) 근근(懇懇): 간간. 매우 간절함.
418) 혈심쇼직(血心所在): 혈심소재. 진심에서 우러나옴.
419) 어온(御醞): 임금이 마시는 술.
420) 샹ᄉᆞ(賞賜): 상사. 임금이 칭찬하여 상으로 내려줌.
421) 감열(感悅): 감격하여 기뻐함.

로 밧ㅈ와 ᄉ비(四拜)ㅎ니,

샹(上)이 이에 셩문으로 본직(本職) 니부샹셔(吏部尙書) 겸(兼) 우복야(右僕射) 츄밀ᄉ(樞密使) 초국후(楚國侯)를 봉(封)ㅎ샤 현초 열 고을 식읍(食邑)을 삼으시고 경문으로 태ㅈ태부(太子太傅) 병부샹셔(兵部尙書) 대ᄉ마(大司馬) 광능후(--侯)를 봉(封)ㅎ샤 열두 고을을 주시고 녜부(禮部) 홍문으로 좌복야(左僕射) 광평후(--侯)를 봉(封)ㅎ샤 열두 고을로 식읍(食邑)을 삼게 ᄒ시고 셰문으로 좌참졍(左參政) 쳥양후(--侯)를 봉(封)ᄒ시니 졔인(諸人)이 일시(一時)의 고두(叩頭) 왈(曰),

"신(臣) 등(等)이 부형(父兄)을 ᄯᆞᆯ와 군듕(軍中)의 죵ᄉ(從事)ㅎ나 한마(汗馬)[422]의 공(功)이 업거늘 블의(不意)예 이딕도록 듕쟉(重爵)[423]을 ᄂᆞ리오시니 손복(損福)ᄒᆞᆯ

가 두리옵ᄂᆞ니 ᄲᆞᆯ리 환슈(還收)ᄒᆞ쇼셔."

샹(上)이 졍ᄉᆡᆨ(正色) 왈(曰),

"ㅈ고(自古)로 신해(臣下ㅣ) 공(功)이 이시면 인군(人君)이 봉후(封侯)[424]ᄒᆞ미 덧덧ᄒᆞᆫ 국톄(國體)어늘 경(卿) 등(等)이 딤(朕)을 가ᄇᆞ야

---

422) 한마(汗馬): 줄곧 달려 등에 땀이 밴 말이라는 뜻으로 전투를 많이 했음을 이름.
423) 듕쟉(重爵): 중작. 큰 벼슬.
424) 봉후(封侯): 제후에 봉함.

이 너겨 이럿툿 무례(無禮)ᄒ뇨?"

제인(諸人)이 믁연(默然)ᄒ디 셩문, 경문이 흠긔 머리ᄅᆞᆯ 두드려 글오ᄃᆡ,

"신(臣) 등(等)이 본ᄃᆡ(本-) 무명(無名) 쇼ᄋᆞ(小兒)로 일쪽이 등뎨(登第)ᄒ야 비의금ᄃᆡ(緋衣金帶)[425]로 통권(寵眷)[426]이 편빈(遍彬)[427]ᄒ니 듀야(晝夜) 황숑(惶悚)ᄒ미 심연박빙(深淵薄氷)[428] ᄀᆞᆺ습거늘 져근 공(功)으로 인(因)ᄒ여 봉후(封侯)ᄒ미 조믈(造物)이 ᄭᅥ리올디라. 신(臣)의 어버이 집이 국은(國恩)을 듕(重)히 닙ᄉᆞ와 의식(衣食)이 군핍(窘乏)[429]디 아니

••

117면

ᄒ온디라 열두 고을 식읍(食邑)을 쟝ᄎᆞᆺ(將次人) 어ᄃᆡ ᄡᅡᄒ리잇가? 원(願)ᄒ옵ᄂᆞ니 본딕(本職)을 딕희여지이다."

샹(上)이 노왈(怒曰),

"딤(朕)이 호언(好言)으로 ᄀᆡ유(開諭)ᄒ엿거늘 경(卿) 등(等)이 이디도록 고집(固執)ᄒᄂᆞ뇨? 딤(朕)이 결연(決然)이 ᄎᆞ언(此言)은 듯디 못ᄒ리로다."

이(二) 인(人)이 홀일업서 믈러간 후(後) 홍문이 옥ᄃᆡ(玉帶)ᄅᆞᆯ 도도고 나아와 주왈(奏曰),

"신(臣)이 ᄒᆞᆫ 말ᄉᆞᆷ을 폐하(陛下)긔 주(奏)코져 ᄒ옵ᄂᆞ니 감히(敢-)

---

425) 비의금ᄃᆡ(緋衣金帶): 비의금대. 붉은 조복(朝服)과 금으로 된 띠.
426) 통권(寵眷): 총권. 임금의 총애.
427) 편빈(遍彬): 두루 빛남.
428) 심연박빙(深淵薄氷): 깊은 못과 얇은 얼음이라는 뜻으로, 매우 위험해 조마조마함을 이르는 말.
429) 군핍(窘乏): 필요한 것이 없거나 모자라 군색하고 아쉬움.

죄(罪)를 청(請)ᄒᆞᄂᆞ이다."

샹(上) 왈(曰),

"경(卿)의 니ᄅᆞ고져 ᄒᆞᄂᆞᆫ 배 므슴 말이뇨? 섈리 니ᄅᆞ고 지완(遲緩)430)티 말라."

광평휘(--侯ㅣ) 믄득 신ᄉᆡᆨ(神色)이 쳐연(悽然)ᄒᆞ야 엿

∴

118면

ᄌᆞ와 ᄀᆞᆯ오딕,

"신(臣)의 소회(所懷)ᄂᆞᆫ 다른 일이 아니라. 셕일(昔日) 신(臣)이 간녀(奸女)를 엄(嚴)히 쳐티(處置)치 못ᄒᆞᆫ 연고(緣故)로 드딕여 화란(禍亂)이 크게 니러나니 이 다 신(臣)의 죄(罪)라 타인(他人)의 타시 아니니이다. 노녀(-女)의 흉악(凶惡)ᄒᆞ미 환슐(幻術)ᄒᆞᄂᆞᆫ 무리를 ᄭᅵ고 본형(本形)을 밧고와 반계곡경(盤溪曲徑)431)으로 빅문을 소기고 지어(至於) 셩샹(聖上) 취몽(醉夢) 듕(中) 경동(驚動)ᄒᆞ야 황명(皇命)으로 빅문의게 도라오오니 빅문이 비록 신댱(身長) 긔골(氣骨)이 셕대(碩大)432)ᄒᆞ고 인ᄉᆞ(人事ㅣ) 슉셩(熟成)ᄒᆞ와 옥당(玉堂)의 손이 되여시나 실(實)은 십오(十五) 셩동(成童)433)이라. 셰졍ᄉᆞ변(世情事變)434)을 모

---

430) 지완(遲緩): 더디고 느즈러짐.
431) 반계곡경(盤溪曲徑): 서려 있는 계곡과 구불구불한 길이라는 뜻으로, 일을 순서대로 정당하게 하지 아니하고 그릇된 수단을 써서 억지로 함을 이르는 말.
432) 셕대(碩大): 석대. 큼.
433) 셩동(成童): 성동. 열다섯 살 된 소년.
434) 셰졍ᄉᆞ변(世情事變): 세정사변. 세상물정이 돌아가는 변화.

록는 가온대 노녀(-女)의 요술(妖術)의 속아 듕간(中間) 실톄(失體)
후미 이시나 제 입으로 신(臣)을 티의(致疑)[435] 혼 배 업습고 스스로
져즌 죄(罪) 업거늘 이제 항쥐(杭州) 뎍거(謫居)후여 초옥누실(草屋
陋室)[436]의 경샹(景狀)이 참담(慘憺)후믄 니르도 말고 뉘웃는 쓰디
만복(滿腹)후야 셕스(昔事)를 튜회(追悔)[437]후오딕 신(臣)의 아즈비
셩졍(性情)이 고이(怪異)후야 죽이기를 의논(議論)후고 지어(至於)
부직(父子ㅣ) 근디(近地)의 가시딕 무춤닉 아니 보고 도라온디라 셩
딕지치(聖代之治)의 고이(怪異)혼 일이 아니리잇고? 빅문의 죄(罪)는
츄호(秋毫)[438]도 업스딕 신(臣)으로 말믜아마 더러툿 고초(苦楚)를
겪고 후

믈며 무궁(無窮)히 심(甚)혼 약질(弱質)이라 일됴(一朝)의 남녁(南-)
쟝긔(瘴氣)[439]를 무릅쓰매 병(病)이 듕(重)히 드러 명직위위(命在危
危)[440]후옵는디라. 신(臣)이 골육(骨肉)의 졍(情)으로 참샹(慘傷)[441]
후믈 이긔디 못후옵ᄂᆞ니 원(願)컨딕 관쟉(官爵)을 드리고 빅문의 죄

---

435) 티의(致疑): 치의. 의심을 둠.
436) 초옥누실(草屋陋室): 초가집의 더러운 방.
437) 튜회(追悔): 추회. 지난 일을 뉘우침.
438) 츄호(秋毫): 추호. 가을철에 털갈이하여 새로 돋아난 짐승의 가는 털이라는 뜻으로 매우 적거
　　나 조금인 것을 비유적으로 이르는 말.
439) 쟝긔(瘴氣): 장기. 축축하고 더운 땅에서 생기는 독한 기운.
440) 명직위위(命在危危): 명재위위. 목숨이 위태로운 지경에 있음.
441) 참샹(慘傷): 참상. 매우 슬퍼함.

(罪)를 쇽(贖)ᄒ여지이다."

샹(上)이 텽파(聽罷)의 흔연(欣然)이 글ᄋ샤ᄃᆡ,

"딤(朕)이 ᄯ호 빅문의 죄(罪) 업ᄉᄆᆞᆯ 처엄브터 아ᄅᆞᄃᆡ 연경(-卿)이 고집(固執)히 ᄃᆞ토ᄂᆞ 듕(中) 스ᄉᆞ로 죽이럇노라 ᄒ니 딤(朕)이 ᄌᆞ쇼(自少)로 연경(-卿)의 과도(過度)ᄒᆞᄆᆞᆯ 아ᄂᆞ 고(故)로 마디못ᄒᆞ야 찬츌(竄黜)⁴⁴²⁾ᄒᆞ엿더니 연경(-卿)의 대공(大功)이 희한(稀罕)ᄒᆞᄃᆡ 봉쟉(封爵)을

●●●

121면

ᄉᆞ양(辭讓)ᄒ니 셔로 그 ᄋᆞ돌을 샤(赦)ᄒ리로다."

광평휘(--侯ㅣ) 슈려(秀麗)ᄒᆞᆫ 미우(眉宇)의 희ᄉᆡᆨ(喜色)을 ᄯᅴ여 돈슈(頓首) 빅샤(拜謝)ᄒ니 왕(王)이 블쾌(不快)ᄒ야 봉안(鳳眼)을 드러 평후(-侯)를 슉시(熟視)ᄒ니 평휘(-侯ㅣ) 사모(紗帽)를 슉이고 못 보ᄂᆞ ᄃᆞᆺᄒᆞ거ᄂᆞᆯ 도라 샹(上)긔 주왈(奏曰),

"빅문이 죄(罪) 진실로(眞實-) 듕(重)ᄒ니 수이 샤(赦)티 못ᄒ리이다."

샹(上)이 쇼왈(笑曰),

"텬ᄌᆞ(天子)ᄂᆞ 무희언(無戲言)⁴⁴³⁾이라 ᄒ니 딤(朕)이 임의 ᄒᆞᆫ 번(番) 말을 ᄂᆡ여시니 곳티디 못ᄒᆞᄂᆞ니 일후(日後)의 허믈이 잇거든 딤(朕)이 스ᄉᆞ로 당(當)ᄒ리라."

왕(王)이 홀일업서 다만 샤죄(謝罪)ᄒᆞᆯ ᄯᆞ름이니 샹(上)이 환희(歡喜)

---

442) 찬츌(竄黜): 찬출. 벼슬을 빼앗고 귀양을 보냄.
443) 텬ᄌᆞ(天子)ᄂᆞ 무희언(無戲言): 천자는 무희언. 천자는 희롱하는 말이 없음.

ᄒᆞ샤 빅문을 역마(驛馬)로 샹경(上京)ᄒᆞ라

•••

122면

ᄒᆞ시고 화 ᄌᆞᄉᆞ(刺史)ᄅᆞᆯ 승툐(昇超)[444] ᄒᆞ야 공부샹셔(工部尙書)로 부
ᄅᆞ시니 됴얘(朝野 l) 흔심(欣心)[445] ᄒᆞ더라.

우퇴양을 동시(東市)의 쳐참(處斬)ᄒᆞ라 ᄒᆞ시고 그 쳐ᄌᆞ(妻子)ᄂᆞᆫ 역
비(驛婢)ᄅᆞᆯ 삼으시다.

왕(王)이 다시 주왈(奏曰),

"신부(臣婦) 위 시(氏) 셕년(昔年)의 니이(離異)[446] ᄒᆞ라 ᄒᆞ시ᄂᆞᆫ 명
(命)을 밧ᄌᆞ와ᅀᆞᆸᄂᆞᆫ이다 이제 다시 명(命)을 쳥(請)ᄒᆞᄂᆞ이다."

샹(上)이 경왈(驚曰),

"딤(朕)이 드ᄅᆞ니 위 시(氏) 실산(失散)ᄒᆞ야 거쳐(居處)ᄅᆞᆯ 모른다
ᄒᆞ더니 이제 어드미 잇ᄂᆞ냐?"

왕(王)이 부복(俯伏) 왈(曰),

"위녜(-女) 다만 피화(避禍)ᄒᆞ오미 긔괴(奇怪)ᄒᆞ온디라 신(臣)이
엇디 주(奏)티 아니리잇고?"

드듸여 시죵(始終)을 ᄌᆞ시 주(奏)ᄒᆞ니 샹(上)이 대경(大驚) 왈(曰),

"ᄎᆞ(此)ᄂᆞᆫ 신인(神人)이로다. 범의 입의 드럿다가 사

---

444) 승툐(昇超): 승초. 파격적으로 승진시킴.
445) 흔심(欣心): 기뻐함.
446) 니이(離異): 이이. 이혼.

라나미 어이 심샹(尋常)흔 일이리오? 딤(朕)이 쏘흔 그[447] 무고(無故)히 고초(苦楚)를 겻그믈 참연(慘然)[448]흐더니 이제 츠자 니르럿다 흐니 다힝(多幸)흐도다.”

즉시(卽時) 녜부(禮部)의 틱지(勅旨)[449]흐샤 위 시(氏)로 초국(楚國) 부인(夫人)을 봉(封)흐시고 금빅(金帛) 치단(綵緞)과 표리(表裏)[450], 명쥬(明珠)와 시녀(侍女) 열 뺭(雙)을 스급(賜給)[451]흐시니 혁혁(赫赫)흔 광치(光彩) 스린(四隣)을 경동(驚動)흐ᄂ니다. 광능휘(--侯ㅣ) 블열(不悅)흐믈 이긔디 못흐야 고두(叩頭) 주왈(奏曰),

“위 시(氏) 무참 시운(時運)이 블힝(不幸)흐야 위틱(危殆)흔 지경(地境)을 겻거시나 텬의(天意) 엇디 포쟝(褒奬)[452]흐실 배리잇고? 흐믈며 데 신(臣)의게 조촌 사름이오 그 아비 일국(一國) 대샹(大相)이라 금빅(金帛) 든 고디 브족(不足)

흐여 흐옵ᄂ니 일편도이 지믈(財物)을 탐(貪)흐야 브졀업습고 부듕(府中)의 시비(侍婢) 적디 아니케 이시니 쏘 번요[453](煩擾)[454]를 취

---

447) 그: [교] 원문에는 ‘구’로 되어 있으나 문맥을 고려해 규장각본(20:81)과 연세대본(20:123)을 따름.
448) 참연(慘然): 슬퍼하는 모양.
449) 틱지(勅旨): 칙지. 임금이 내린 명령.
450) 표리(表裏): 의복의 범칭.
451) 스급(賜給): 사급. 나라나 관청에서 금품을 내려 줌.
452) 포쟝(褒奬): 포장. 칭찬하여 장려함.
453) 요: [교] 원문과 규장각본(20:80), 연세대본(20:124)에 모두 ‘오’로 되어 있으나 문맥을 고려해

(取)ᄒᆞ여는 가(可)티 아닌디라 셩샹(聖上)은 슬피쇼셔."

샹(上)이 듯디 아니ᄒᆞ샤 왈(曰),

"경(卿)의 공(功)이 듕(重)ᄒᆞ니 그 쳐ᄌᆞ(妻子)를 시녀(侍女) 수십(數十) 인(人)을 ᄉᆞ급(賜給)디 못ᄒᆞ리오?"

드듸여 됴회(朝會)를 파(罷)ᄒᆞ시니 능휘(-侯ㅣ) ᄒᆞᆯ일업셔 믈러나다.

션시(先時)의 임 샹셰(尙書ㅣ) 일ᄒᆡᆼ(一行)을 거ᄂᆞ려 빅도(倍道)455) ᄒᆞ야 경ᄉᆞ(京師)의 니르러 샤은(謝恩)ᄒᆞ니 샹(上)이 춤녕(讒侫)456)의 혹(惑)ᄒᆞ샤 찬뎍(竄謫)ᄒᆞᆷ을 뉘우ᄎᆞ시니 샹셰(尙書ㅣ) 빅빅(百拜)ᄒᆞ고 믈러, 부듕(府中)의 니르러 부모(父母)긔 뵈옵고 반기믈 이긔디 못ᄒᆞ여,

임 시(氏)와

···

125면

공ᄌᆞ(公子ㅣ) 니부(李府)의 니르매 존당(尊堂) 부뫼(父母ㅣ) ᄒᆞᆫ 당(堂)의 모다 공ᄌᆞ(公子)의 손을 잡고 등(等)을 두드려 ᄀᆞᆯ오ᄃᆡ,

"너 어린 아ᄒᆡ(兒孩) 효의(孝義)를 셰오니 능히(能-) 말니디 못ᄒᆞ나 념녀(念慮ㅣ) 깁더니 무ᄉᆞ(無事)히 도라오니 깃브미 측냥(測量)업도다."

공ᄌᆞ(公子ㅣ) 눈믈을 흘려 ᄀᆞᆯ오ᄃᆡ,

"쇼손(小孫)이 망극(罔極)ᄒᆞᆫ 시졀(時節)을 만나 븍당(北堂)을 니측

이와 같이 수정함.

454) 번요(煩擾): 번거롭고 요란스러움.
455) 빅도(倍道): 배도. 이틀 갈 길을 하루에 감.
456) 춤녕(讒侫): 참녕. 교묘한 변설로 아첨하며 남을 모함함.

(離側)457)호오니 일신(一身)이 셧녁(西-) 틋글이 되야 샹모(相慕)호
눈 졍식(情事ㅣ) 일일(日日) 심고(沈高)호옵더니 텬은(天恩)을 닙수
와 야애(爺爺ㅣ) 죄명(罪名)을 버수시고 샤(赦)를 닙으시니 깃브믈
이긔디 못호더니 쏘 도적(盜賊)을 티라 슈로(水路)로 나아가시니 쵸
젼(焦煎)458)호는 심수(心思)

* * *

126면

를 능히(能-) 이긔디 못호리로소이다."

모다 그 인식(人事ㅣ) 영오(穎悟)호고 힝되(行度ㅣ)459) 어룬의 톄
(體) 일위여시믈 칭찬(稱讚)호고 승샹(丞相)은 두굿기믈 이긔디 못호
며 임 시(氏)의 수쳑(瘦瘠)호여시믈 인감(哀感)460)호고 존당(尊堂)과
소후(-后ㅣ) 지극(至極) 위로(慰勞)호니 임 시(氏) 샤례(謝禮)호고 주
녀(子女)의 무양(無恙)호믈 깃거 옥안(玉顔)의 희식(喜色)이 フ득호
야 녀 시(氏)를 향(向)호야 누즉이 칭샤(稱謝)호니 녀 시(氏) 답샤(答
謝)호야 블감(不堪)호믈 일콧더라.

모다 말숨을 진졍(鎭靜)혼 후(後) 위 시(氏)의 분찬(奔竄)461)호믈
크게 근심호고 소후(-后ㅣ) 옥누(玉淚)를 쓰려 굴오딕,

"인셰(人世)예 위 현부(賢婦) フ티 간고험난(艱苦險難)을 겻근 재
(者ㅣ) 다시 이시리오? 심규(深閨)

---

457) 니측(離側): 이측. 곁을 떠남.
458) 쵸젼(焦煎): 초전. 마음을 졸이고 애를 태움.
459) 힝되(行度ㅣ): 행도. 행동과 태도.
460) 인감(哀感): 애감. 구슬프게 느끼는 데가 있음.
461) 분찬(奔竄): 바삐 달아나 숨음.

약질(弱質)이 어닉 고딕 가 방황(彷徨)ᄒᆞᄂᆞᆫ 줄을 아디 못ᄒᆞ니 이 도시(都是) 나의 팔지(八字ㅣ)라 텬도(天道)를 엇디 흔(恨)ᄒᆞ리오?"

승샹(丞相)이 위로(慰勞) 왈(曰),

"위 쇼부(小婦)의 익화(厄禍)ᄂᆞᆫ 참담(慘憺)ᄒᆞ나 ᄆᆞᄎᆞᆷᄂᆡ 골몰(汨沒)티 아니리니 현부(賢婦)ᄂᆞᆫ 헛도이 념녀(念慮) 말디어다."

소휘(-后ㅣ) 샤례(謝禮)ᄒᆞ더라.

양 시(氏), 공ᄌᆞ(公子)를 ᄃᆞ리고 본궁(本宮)의 도라가 별후(別後) 니졍(離情)을 펴며 ᄉᆞ랑ᄒᆞ미 측냥(測量)업고 임 시(氏), 침소(寢所)의 니르러 봉닉 등(等)을 ᄎᆞ자 무익(撫愛)⁴⁶²⁾ᄒᆞ고 ᄌᆞ녀(子女)를 반기나 샹셔(尙書)의 젼딘(戰塵)⁴⁶³⁾ 승패(勝敗)를 몰나 근심ᄒᆞ믈 이긔디 못ᄒᆞ거늘 녀 시(氏) 흔연(欣然)이 ᄀᆞᆯ오딕,

"존구(尊舅)와 가군(家君)의 신명(神明)ᄒᆞ시

ᄆᆞ로 초개(草芥) ᄀᆞᄐᆞᆫ 도젹(盜賊)을 근심ᄒᆞᆯ 배 아니니 미구(未久)⁴⁶⁴⁾의 승텹(勝捷)⁴⁶⁵⁾ᄒᆞᆫ 쇼식(消息)이 니르리라."

ᄒᆞ더니,

과연(果然) 동지월(冬至月)⁴⁶⁶⁾ 초ᄉᆡᆼ(初生)의 형쥐(荊州) 계문(啓

---

462) 무익(撫愛): 무애. 어루만지며 사랑함.
463) 젼딘(戰塵): 전진. 싸움터에서 이는 먼지나 티끌.
464) 미구(未久): 오래지 않음.
465) 승텹(勝捷): 승첩. 전쟁에서 이겼다는 소식.

聞)467)이 드러와 텹음(捷音)468)이 뇽뎐(龍殿)의 오르니 일개(一家ㅣ) 대열(大悅)ᄒ야 가듕(家中)이 믈 쓸 ᄃᆞ ᄒ고 하긱(賀客)이 문뎡(門庭)의 메여시니 승샹(丞相)이 니로 슈응(酬應)469)티 못ᄒ니 쇼년(少年) 녀ᄌᆞ(女子)의 즐겨ᄒᆞᆷ 형샹(形狀)티 못ᄒᆞ러니,

이날 왕(王)이 ᄌᆞ딜(子姪)을 거느려 부듕(府中)의 드러와 모든 ᄃᆡ 녜필(禮畢)ᄒ고 뒤ᄒᆡ 광평후(--侯) 등(等)이 니음차 흔굴ᄀᆞ티 후ᄇᆡᆨ(侯伯)의 복ᄉᆡᆨ(服色)으로 드러와 시좌(侍坐)ᄒ니 뉴 부인(夫人)과 뎡 부인(夫人)의 흔희(欣喜) 쾌락(快樂)ᄒᆞᆷ믄 능히(能-) 비(比)ᄒ올

•••

129면

고디 업고 더옥 녜뷔(禮部ㅣ) 화란(禍亂) 여ᄉᆡᆼ(餘生)으로 무궁(無窮)ᄒᆞᆫ 고초(苦楚)ᄅᆞᆯ 격고 금일(今日) 녯 얼골이 완연(宛然)ᄒᆞᆷ믈 보니 도로혀 비황(悲遑)470)ᄒᆞᆫ 졍신(精神)이 ᄭᅮᆷ인가 의심(疑心)ᄒ야 밧비 손을 잡고 쳐연(悽然)ᄒ야 굴오ᄃᆡ,

"시운(時運)이 블ᄒᆡᆼ(不幸)ᄒ야 셕일(昔日) 환란(患亂)이 참담(慘憺)ᄒ니 네 ᄆᆞ춤ᄂᆡ 수만(數萬) 니(里) 험노(險路)의 발셥(跋涉)471)ᄒᆞᆫ 후(後) 약질(弱質)이 무ᄉᆞ(無事)ᄒᆞᆷ믈 긔필(期必)472)티 못ᄒ야 노모(老母)의 간쟝(肝腸)이 이우런473) ᄃᆡ 네 ᄀᆞ을이 되엿ᄂᆞᆫ디라. 싱젼(生前)

---

466) 동지월(冬至月): 음력 11월. 동짓달.
467) 계문(啓聞): 신하가 글로 임금에게 아뢰던 일.
468) 텹음(捷音): 첩음. 전쟁에 이겼다는 소식.
469) 슈응(酬應): 수응. 요구에 응함.
470) 비황(悲遑): 슬프고 경황없음.
471) 발셥(跋涉): 발섭. 산을 넘고 물을 건너 길을 감.
472) 긔필(期必): 기필. 꼭 이루어지기를 기약함.
473) 이우런: 시든.

의 보디 못홀가 슬허ᄒ더니 네 이제 남셔(南西)로 왕반(往返)ᄒ고 녀딘(旅塵)474)의 구티(驅馳)475)ᄒ디 화풍(華風)이 죠곰도 쇠(衰)ᄒ미 업스니 브야흐로 노

● ● ●

130면

뫼(老母ㅣ) 죽디 아니코 사랏던 줄 깃거ᄒ노라.”

네뷔(禮部ㅣ) 샤례(謝禮) 왈(曰),

“쇼손(小孫)이 블힝(不幸)ᄒ야 망극(罔極)ᄒᆫ 화란(禍亂)을 만나 일신(一身)이 싀외(塞外)예 표령(飄零)476)ᄒᆫ 후(後) 일념(一念)이 븍당(北堂)의 얽미여 샹모(相慕)ᄒ옵ᄂᆞᆫ 회푀(懷抱ㅣ) 샹명(喪命)477)ᄒ매 갓가올러니 텬은(天恩)을 닙ᄉᆞ와 요힝(僥倖)으로 오늘날 이시니 다힝(多幸)ᄒᆞᆷ믈 이긔디 못홀소이다.”

뉴 부인(夫人)이 다시곰 어ᄅᆞ만져 두굿기고 왕(王)을 향(向)ᄒ야 셩공(成功)ᄒᆞᆷ믈 일ᄏᆞᆮ니 왕(王)이 피셕(避席) 딕왈(對曰),

“쇼손(小孫)이 블모지디(不毛之地)를 향(向)ᄒ오매 ᄉᆞ싱(死生)을 뎡(定)티 못ᄒ고 잇ᄉᆞ오더니 텬힝(天幸)으로 셩공(成功)ᄒ고 무ᄉᆞ(無事)히 도라오니 희

● ● ●

131면

---

474) 녀딘(旅塵): 여진. 여행을 하면서 뒤집어쓴 먼지.
475) 구티(驅馳): 구치. 말이나 수레를 타고 달림.
476) 표령(飄零): 신세가 딱하게 되어 떠돌아다님.
477) 샹명(喪命): 상명. 목숨을 잃음.

힝(喜幸)호믈 이긔디 못홀소이다."

남공(-公)이 문왈(問曰),

"엇딘 고(故)로 션문(先聞)[478] 업시 드러오뇨?"

왕(王)이 듸왈(對曰),

"셩샹(聖上)이 믹양 인언(人言)을 피(避)티 아니시고 마즈시니 블안(不安)호야 우명일(又明日) 입경(入京)홀 거슬 셜리 힝(行)호야 오놀 드러오거이다."

인(因)호야 군듕(軍中) 승젼(勝戰)호던 말을 일일히(一一-) 뎐(傳)호야 부모(父母) 졔(諸) 형뎨(兄弟) 각각(各各) 웃눈 눗과 깃거호눈 소릭 쳔짓일시(千載一時)[479]러라.

냥구(良久) 후(後) 남공(-公)이 광평후(--侯)를 겻티 안치고 옥슈(玉手)를 어릭만져 신식(神色)이 즈못 즈샹(自傷)[480]호니 평휘(-侯ㅣ) 쏘흔 심식(心思ㅣ) 됴티 아냐 봉안(鳳眼)을 ᄂ초고 믁연(默然) 궤슬(跪膝)이어늘 모다

• • •

132면

일시(一時)의 감샹(感傷) 쳐연(悽然)호듸 연왕(-王)이 홀로 미쇼(微笑)왈(曰),

"형댱(兄丈)이 즈쇼(自少)로 흥문을 졔즈(諸子) 듕(中) 심(甚)히 믜워호샤 눈을 고이 쪄 보실 적이 업더니 금일(今日) 므슴 연고(緣故)

---

478) 션문(先聞): 선문. 어떤 일이 일어나기 전에 미리 알리는 소문. 또는 소식.
479) 쳔짓일시(千載一時): 천재일시. 천 년 동안 단 한 번 만난다는 뜻으로, 좀처럼 만나기 어려운 좋은 기회를 이르는 말.
480) 즈샹(自傷): 자상. 절로 슬픔.

로 손을 잡아 겻틱 안치시고 무의(撫愛)481)ᄒ시미 더옥 우름을 울고
져 ᄒ시ᄂᆞ뇨? 능히(能-) 탁냥(度量)482)티 못홀소이다.”

좌위(左右ㅣ) 일시(一時)의 크게 웃고 남공(-公)이 역쇼(亦笑) 왈(曰),

“현뎨(賢弟) 아디 못ᄒᄂᆞ냐? 흥문이 셔쵹(西蜀) 수만(數萬) 리(里)
의 풍상(風霜)을 무릅뼈 구ᄉ일ᄉᆡᆼ(九死一生)ᄒᆫ 몸으로 ᄯᅩ 만리(萬里)
ᄒᆡ풍(海風)을 괴로이 겻거 녀딘(旅塵)의 구티(驅馳)ᄒ고 이제 완연
(宛然)이 녯 얼골로 나룰 보니 진실로(眞實-) 혜아리건대 쳔고(千古)
의 엇디 못홀 경

...

133면

시(慶事ㅣ)오, ᄇᆞ야흐로 목숨이 구명(九鼎)483) ᄀᆞᆺᄐᆞᆯ 알디라. 니 비
록 싀호(豺虎)484) 사갈(蛇蠍)485) ᄀᆞᆺᄐᆞᆫ들 감샹(感傷)ᄒᆫ ᄆᆞᄋᆞᆷ이 업ᄉ리
오?”

왕(王)이 믄득 손샤(遜謝)486)ᄒ야 위로(慰勞) 왈(曰),

“인졍(人情)이 ᄌᆞ연(自然) 그러ᄒ미 올ᄒ나 이제 무ᄉ(無事)히 모
닷거늘 새로이 셕ᄉ(昔事)룰 일ᄏᆞ라 감회(感懷)ᄒ시미 가(可)티 아닌
디라 형댱(兄丈)은 믈념(勿念)487)ᄒᆞ쇼셔.”

공(公)이 흔연(欣然) 화답(和答)ᄒ고 평휘(-侯ㅣ) ᄯᅩᄒᆫ 화슌(和

---

481) 무의(撫愛): 무애. 어루만지며 사랑함.
482) 탁냥(度量): 탁량. 헤아림.
483) 구명(九鼎): 구정. 중국 하(夏)나라의 우왕(禹王) 때에, 전국의 아홉 주(州)에서 쇠붙이를 거두
     어서 만들었다는 아홉 개의 솥. 주(周)나라 때까지 대대로 천자에게 전해진 보물이었다고 함.
     여기에서는 목숨이 매우 질김을 이름.
484) 싀호(豺虎): 시호. 승냥이와 호랑이.
485) 사갈(蛇蠍): 뱀과 전갈.
486) 손샤(遜謝): 손사. 겸손히 사양함.
487) 믈념(勿念): 물념. 염려하지 않음.

順)⁴⁸⁸⁾혼 말솜으로 부모(父母)룰 위로(慰勞)ᄒ며 초후(楚侯)와 능휘
(-侯ㅣ) 모젼(母前)의 시립(侍立)ᄒ야 깃븐 빗치 ᄀ득ᄒ고 남공(-公)
등(等)이 능후(-侯)룰 향(向)ᄒ야 됴훈의 무상(無狀)ᄒ믈 일ᄏ르며
위 시(氏)의 참해(慘害)⁴⁸⁹⁾ᄒ믈 통탄(痛嘆)ᄒ니 능휘(-侯ㅣ) 됴훈의
심슐(心術)을 새

• • •

134면

로이 분훈(憤恨)ᄒ고 위 시(氏)의 빙ᄌ혜질(氷姿蕙質)⁴⁹⁰⁾을 타인(他
人)의 흠모(欽慕)ᄒ인 배 되믈 스스로 위(爲)ᄒ야 거림ᄒ믈⁴⁹¹⁾ 이긔
디 못ᄒ여 쌍안(雙眼)을 ᄂ쵸고 유유(儒儒)⁴⁹²⁾ᄒ니 기국공(--公)이
웃고 왈(曰),

"됴훈 ᄀᆺᄐᆫ 악댱(岳丈)은 열히나 죽어도 셟디 아니려든 더옥 눈이
멀거케 사라 동히(東海) ᄀᆺᄐᆫ 번화디(繁華地)의 가 누리믈 다 슬프믈
삼으랴? 널리 싱각ᄒ야 관회(寬懷)ᄒ라."

능휘(-侯ㅣ) 텽파(聽罷)의 어히업서 우음을 머금고 ᄃᆡ왈(對曰),

"슉부(叔父) 말솜이 쇼딜(小姪)의 폐간(肺肝)을 비최시니 다시 알
욀 배 업서이다."

연왕(-王)이 인(因)ᄒ야 위 시(氏) 어더 온 ᄉ연(事緣)을 니르고 ᄀᆯ
오ᄃᆡ,

"ᄋᆞ부(阿婦)의

---

488) 화슌(和順): 화순. 온화하고 양순함.
489) 참해(慘害): 참혹하게 입은 해.
490) 빙ᄌ혜질(氷姿蕙質): 빙자혜질. 얼음과 난초처럼 맑은 자질.
491) 거림ᄒ믈: 꺼림직함을.
492) 유유(儒儒): 모든 일에 딱 잘라 결정을 내리지 못하고 어물어물한 데가 있음.

청고열결(淸高烈潔)[493] ᄒ미 ᄎ언(此言)을 드ᄅᆫ즉 죽고져 ᄒ리니 현뎨(賢弟) 등(等)은 다시 일콧디 말나.”

모다 위 시(氏)의 말을 듯고 크게 놀라며 밋디 아녀 ᄀᆞ오딕,

“난혜 말이 과도(過度)ᄒ미라, 현마 범의게 믈렷다가 사라나시랴?”

왕(王)이 딕왈(對曰),

“위 시(氏) 스ᄉᆞ로 진뎍(眞的)[494]히 니ᄅᆞ니 엇디 허언(虛言)이며 ᄋᆞ부(阿婦)ᄂᆞᆫ 쇽인(俗人)이 아니라 이런 긔이(奇異)ᄒᆫ 일이 잇ᄂᆞᆫ가 ᄒᆞᄂᆞ이다.”

승샹(丞相)이 탄식(歎息) 왈(曰),

“위 시(氏)의 현텰비샹(賢哲非常)[495]ᄒᆞᆷ믄 아란 디 오라나 필경(畢竟)의 이런 긔이(奇異)ᄒᆫ 일이 이실 줄 알리오? 사ᄅᆞᆷ이 어려온 일을 당(當)ᄒ면 호혈(虎穴)의 든다 근심ᄒᆞ더니 ᄎᆞ(此)ᄂᆞᆫ

진짓 호혈(虎穴)의 드럿다가 뇨ᄉᆡᆼ(聊生)[496]ᄒᆞ여시니 댱ᄅᆡ(將來) 복녹(福祿)이 완구(完具)[497]ᄒᆞᆯ 줄 가지(可知)라 여등(汝等)은 등한(等閑)이 아디 말나.”

---

493) 쳥고열결(淸高烈潔): 청고열결. 맑고 고상하며 매섭고 깨끗함.
494) 진뎍(眞的): 진적. 참되고 틀림없음.
495) 현텰비샹(賢哲非常): 현철비상. 비상하게 어질고 사리에 밝음.
496) 뇨ᄉᆡᆼ(聊生): 요생. 그럭저럭 살아감.
497) 완구(完具): 완전히 갖추어짐.

모다 슈명(受命)ᄒ며 새로이 칭찬(稱讚)ᄒ믈 이긔디 못ᄒ니,

뉴 부인(夫人)이 웃고 닐오ᄃᆡ,

"니 아히(兒孩) 아름이 볼거니와 위 시(氏) 복녹(福祿)이 완구(完具)ᄒ믄 더 니ᄅᆞ디 아냐도 모다 아ᄂᆞ니 위 시(氏) 져근 녀ᄌᆞ(女子)로 복녹(福祿)이 구들ᄉᆡ 호혈(虎穴) 가온대 ᄌᆡᄉᆡᆼ(再生)ᄒ고 당당(堂堂)ᄒᆞᆫ 쇼년(少年) 공후(公侯)의 부인(夫人)이며 안젼(眼前)의 뎍국(敵國)이 업ᄉ니 어이 아니 유복(有福)ᄒ리오?"

승샹(丞相)이 웃고 맛당ᄒᆞ시믈 일ᄏᆞ더니, 긔국공(--公)이 좌우(左右)로 녜부(禮部)의 신ᄉᆡᆼᄋᆞᄌᆞ(新生兒子)를 닉여 오라 ᄒᆞ야 알패 노코

• • •

137면

무ᄅᆞᄃᆡ,

"ᄎᆞ의(此兒ㅣ) 엇더뇨?"

녜뷔(禮部ㅣ) 눈을 드러 보고 ᄀᆞᆯ오ᄃᆡ,

"닌보[498]의 ᄎᆞ지(次子ㅣ)니잇가?"

공(公)이 쇼왈(笑曰),

"원문이 제년(-年)[499] 밍츄(孟秋)[500]의 나고 ᄯᅩ 삼월(三月)의 나흐랴? ᄎᆞ의(此兒ㅣ) 무부지ᄋᆞ(無父之兒ㅣ)[501]라 현딜(賢姪)이 아븨 소임(所任)을 ᄒᆞ미 엇더뇨?"

녜뷔(禮部ㅣ) ᄯᅩᄒᆞᆫ ᄭᆡᄃᆞᆺ디 못ᄒᆞ야 유유(儒儒)ᄒ거늘 공(公)이 대쇼

---

498) 닌보: 인보. 이원문의 자(字).
499) 제년(-年): 작년.
500) 밍츄(孟秋): 맹추. 초가을.
501) 무부지ᄋᆞ(無父之兒ㅣ): 무부지아. 아버지가 없는 아이.

(大笑) 왈(曰),

"네 니젓ᄂ냐? 추익(此兒ㅣ) 거년(去年) 오월(五月)의 삼긴 아희(兒孩)니 너는 그때 뎍소(謫所)의 가시니 아마도 네 ᄌ식(子息)은 아니로다."

녜뷔(禮部ㅣ) 홀연(忽然) 씌두라 심하(心下)의 우음을 먹음고 딕왈(對曰),

"부뷔(夫婦ㅣ) ᄀ즌 사름이 ᄌ식(子息)을 못 나흘 거시라 슉뷔(叔父ㅣ) 공연(空然)이 욕(辱)ᄒ시ᄂ니잇고?"

공(公)이 대쇼(大笑) 왈(曰),

"네 눌을 긔이려

* • •

138면

ᄒᄂ다? 네 긔히 ᄉ월(四月) 초칭(初生)브터 폐문(廢門)ᄒ야 오월(五月) 슌간(旬間)의 옥듕(獄中)으로셔 바로 뎍소(謫所)로 가시니 그 전(前) 잉틱(孕胎)ᄒ여시면 춘졍월(春正月)의나 나실 거시니 어ᄂ 아희(兒孩) 그 돌도록 넘거 나시리오? 문(門)밧 햐쳐(下處)의셔 일뎡(一定)502) 져즌 일이 업ᄂ냐? 네 혜여 보라. 추익(此兒ㅣ) 삼월(三月) 초삼일(初三日) 나시니 잠간(暫間) 둘을 넘어시나 오월(五月) 히틱(解胎)503) 아니냐? 옥듕(獄中)의셔 ᄀ 나와 어ᄂ 경(景)의 부부(夫婦) 낙ᄉ(樂事)를 싱각ᄒ다?"

녜뷔(禮部ㅣ) 홀 말이 업서 낭낭(朗朗)이 웃고 답(答)디 아니ᄒ니

---

502) 일뎡(一定): 일정. 반드시. 정말로.
503) 히틱(解胎): 해태. 원래 태를 푼다는 뜻으로, 아이를 낳음을 이르는 말이나 여기에서는 임신을 의미함.

공(公)이 지쵹ᄒ야 무러 글오ᄃᆡ,

"네 젼일(前日) 언변(言辯)이 됴흐미 문듕(門中)의 읏듬이

●●●

139면

라. 경문의 규방(閨房) 녜ᄉ(例事) 말을 큰 흉을 삼아 두루기룰 못 밋출 ᄃ시 ᄒ더니 금일(今日)은 므슴 연고(緣故)로 쑬 먹은 벙으리 되얏ᄂ뇨? 아니 셔쵹(西蜀) 풍상(風霜)을 ᄀᆺ초 겻그매 졍신(精神)이 미란(迷亂)504) ᄒ엿ᄂ냐?"

평후(-侯ㅣ) 쇼이ᄃᆡ왈(笑而對曰),

"진실로(眞實-) 쇼딜(小姪)이 구ᄉ일ᄉᆡᆼ(九死一生)ᄒᆞᆫ 몸이라 삼혼(三魂)505)과 칠ᄇᆡᆨ(七魄)506)이 온젼(穩全)티 못ᄒ여습ᄂ 고(故)로 슉부(叔父) 말ᄉᆞᆷ을 ᄃᆡ답(對答)디 못ᄒ오니 쳥죄(請罪)ᄒ나이다."

모다 크게 웃고 긔롱(譏弄)ᄒ믈 마디아니터라.

날이 느ᄌᆞ매 모다 흐터질ᄉᆡ 평후(-侯ㅣ) 부모(父母)룰 뫼셔 궁(宮)의 도라와 밤이 깁도록 말ᄉᆞᆷᄒ매 긔이(奇異)ᄒᆞᆫ 풍신(風神)과 화열(和悅)ᄒᆞᆫ

●●●

140면

언에(言語ㅣ) 가지록 새로오니 부뫼(父母ㅣ) 새로이 사랑ᄒᆞ믈 이긔

---

504) 미란(迷亂): 정신이 혼미하여 어지러움.
505) 삼혼(三魂): 사람의 마음에 있는 세 가지 영혼으로 태광(台光), 상령(爽靈), 유정(幽精).
506) 칠ᄇᆡᆨ(七魄): 칠백. 도교에서 말하는, 사람의 몸에 있는 일곱 가지 넋으로 몸 안에 있는 탁한 영혼으로서 시구(尸拘), 복시(伏矢), 작음(雀陰), 탄적(吞賊), 비독(非毒), 제예(除穢), 취폐(臭肺)를 이름.

디 못ᄒ더라.

야심(夜深) 후(後) 믈러와 양 시(氏)로 서로 볼 ᄉᆡ 양 시(氏) 옥면(玉面)의 희긔(喜氣) ᄀ득ᄒ여 니러 마자 무ᄉᆞ(無事)히 환ᄉᆡ507)(還師ㅣ)508)ᄒ믈 티하(致賀)ᄒ니 ᄉᆡᆼ(生)이 밧비 옥슈(玉手)ᄅᆞᆯ 년(連)ᄒ야 쳐연(悽然) 탄식(歎息) 왈(曰),

"쇼ᄉᆡᆼ(小生)의 운익(運厄)이 비상(非常)ᄒ야 천고(千古)의 업슨 매명(罵名)509)을 시러 죽기ᄅᆞᆯ 면(免)티 못ᄒᆞᆯ러니 텬ᄒᆡᆼ(天幸)으로 ᄒᆞᆫ 목숨이 겨유 사라나 빅(百) 가지 고초(苦楚)ᄅᆞᆯ 격고 몸이 무ᄉᆞ(無事)히 고토(故土)의 도라와 부모(父母)긔 뵈오나 셕ᄉᆞ(昔事)ᄅᆞᆯ ᄉᆡᆼ각ᄒᆞ매 오히려 슬픈 심ᄉᆞ(心思ㅣ) 새롭도다."

양

· · ·

141면

시(氏) 옥용(玉容)이 수ᄉᆡᆨ(愁色)ᄒ여 ᄀᆞᆯ오ᄃᆡ,

"샹공(相公)이 찬츌(竄黜)510)ᄒ샤 무궁(無窮)ᄒᆫ 고락(苦樂)을 격그시미 쳡(妾)의 시운(時運)이 박(薄)ᄒ미라 다만 황텬(皇天)을 브르지져 원억(冤抑)511)ᄒᆞᆯ 할고져512) ᄒᆞ더니 텬은(天恩)을 닙ᄉᆞ와 완전(完全)이 모드시니 영ᄒᆡᆼ(榮幸)ᄒᆞᆯ 어ᄃᆡ 비(比)ᄒ리잇고?"

휘(侯ㅣ) 탄식(歎息)고 삼(三) 년(年) 독쳐(獨處)ᄒᆫ 심ᄉᆞ(心思)로 부

---

507) 새: [교] 원문에는 '쇄'로 되어 있으나 문맥을 고려해 규장각본(20:93)과 연세대본(20:140)을 따름.
508) 환새(還師ㅣ): 경사로 돌아옴.
509) 매명(罵名): 더러운 이름.
510) 찬츌(竄黜): 찬출. 벼슬을 빼앗고 귀양을 보냄.
511) 원억(冤抑): 원통하고 억울함.
512) 할고져: '하소연하려'의 의미로 보이나 미상임.

인(夫人)의 화모옥틱(花貌玉態)를 딕(對)ᄒ니 새로온 은졍(恩情)이 뉴츌(流出)[513]ᄒ야 잇그러 자리의 나아가 별흔(別恨)을 베프며 샹ᄉ(相思)ᄒ던 회포(懷抱)를 닐러 이듕(愛重) 견권(繾綣)[514]ᄒ미 측냥(測量)티 못ᄒ리러라.

초후(楚侯)와 능휘(-侯ㅣ) 쏘흔 모친(母親)을 뫼셔 슉현당(--堂)의

● ● ●

142면

가 밤이 깁도록 뫼셔 군듕(軍中) 승패(勝敗)를 뎐(傳)ᄒ며 쇼미(小妹)와 냥뎨(兩弟)로 말ᄉᆷᄒ니 소휘(-后ㅣ) 두긋기믈 이긔디 못ᄒ야 흔연(欣然)이 화답(和答)ᄒ고 능후(-侯)를 딕(對)ᄒ야 위 시(氏)의 종젼(從前) 시말(始末)을 ᄌ시 뭇고 환희(歡喜)ᄒᄂ 가온대나 새로이 차악(嗟愕)흔 심ᄉ(心思)를 이긔디 못ᄒ더라.

야심(夜深)ᄒ매 초휘(楚侯ㅣ) 믈너나 임 시(氏)의 곳의 니르러 흔연(欣然)이 환ᄉ(還師ㅣ)ᄒ믈 일ᄏ고 ᄌ녀(子女)를 어르ᄆᆫ져 지극(至極)흔 졍(情)이 엿디 아니ᄒ니 임 시(氏) 흔[515]심(欣心)[516]ᄒ여 만ᄉ(萬事ㅣ) 여의(如意)ᄒ더라.

이쌔 위 시(氏) 존구(尊舅)의 명(命)을 조차 몬져 부듕(府中)의 니르매 일개(一家ㅣ) 대경(大驚) 비열(悲咽)ᄒ야 부

---

513) 뉴츌(流出): 유출, 밖으로 흘러 나가거나 흘려 내보냄.

514) 견권(繾綣): 생각하는 정이 두터움.

515) 흔: [교] 원문에는 '흠'으로 되어 있고 규장각본(20:94)과 연세대본(20:142)에는 '흥'으로 되어 있으나 문맥을 고려해 이와 같이 수정함.

516) 흔심(欣心): 마음이 기쁨.

뫼(父母ㅣ) 밧비 붓들고 연고(緣故)를 무르니 쇼제(小姐ㅣ) 죠용이 부모(父母)긔 ᄉ비(四拜)ᄒ고 죵젼(從前) 시말(始末)을 ᄌ시 고(告)ᄒ매 모다 대경(大驚)ᄒ야 말을 못 ᄒ고 부인(夫人)이 평ᄉᆡᆼ(平生) 단믁(端黙)ᄒ던 셩졍(性情)의도 년망(連忙)이 니ᄅᆞ딕,

"연(然)즉 녀이(女兒ㅣ) 살 니(理) 만무(萬無)ᄒ니 녕혼(靈魂)이 도라와 우리를 놀니ᄂᆞ냐? 인간(人間)의 범의 아고리의 드럿다가 사라나ᄂᆞ 사룸이 이시며 ᄒᄆᆞᆯ며 운화산(--山) 험악(險惡)ᄒᆞᆷ믄 텬하(天下)의 유명(有名)ᄒᆞ거ᄂᆞᆯ 녀이(女兒ㅣ) 일(一) 개(個) 녀ᄌ(女子)로 능히(能-) 그곳의셔 ᄌᆞᆼᆼ(資生)[517]ᄒ리오?

쇼제(小姐ㅣ) 비록 심ᄉᆡ(心思ㅣ) 슬프나 강잉(强仍)ᄒ야 낭낭(朗朗)이 웃고 글오딕,

"모친(母親)이 어이 이대도록 실혼(失魂)ᄒ여 계시

니잇고? 금셰(今世)와 녜 다르나 한(漢) 무뎨(武帝)의 듁궁(竹弓)[518] 넉시 쳔고(千古) 일담(逸談)[519]으로 뎐(傳)ᄒᆞ거ᄂᆞᆯ 쇼녜(小女ㅣ) 엇디 육신(肉身)을 버슨 넉시리오? 금일(今日) 사라 도라오미 쳔고(千古) 업슨 일이나 진짓 사룸이믄 분명(分明)ᄒ니 놀나디 마ᄅᆞ쇼셔."

---

517) ᄌᆞᆼᆼ(資生): 자생. 삶을 유지함.
518) 듁궁(竹弓): 죽궁. 중국 전한 무제가 감천(甘泉) 환구(圜丘)의 사단(祠壇)에 모여드는 유성(流星)과 같은 귀신의 불빛들을 보고 망배(望拜)했다는 궁실의 이름. 『한서(漢書)』, 「예악지(禮樂志)」.
519) 일담(逸談): 기이한 이야기.

공(公)이 그 옥슈(玉手)를 잡고 탄식(歎息) 왈(曰),

"늬 아히(兒孩) 운익(運厄)이 그듸도록 듕텹(重疊)ᄒ야 어려셔브터 만고험난(萬古險難)을 다 디닉니 엇디 잔잉티 아니리오? 쳔되(天道ㅣ) 길인(吉人)을 도으심으로 니른바 싀호(豺虎)도 해(害)티 못ᄒᄂ니 부야흐로 녀익(女兒ㅣ) 쇽인(俗人)이 아니믈 끼닷괘라."

위 시랑(侍郎) 등(等)이 다 동열(同列)ᄒ야 말을 아니터니 이윽고 딘뎡(鎭靜)ᄒ

· · ·

145면

야 일시(一時)의 대쇼(大笑) 왈(曰),

"진실노(眞實-) 고이(怪異)코 고이(怪異)ᄒ니 인간(人間) 사ᄅᆷ이 호혈(虎穴)의 드러 사라나리오? 아모커나 범의 입의 드러 보니 엇더터뇨?"

쇼제(小姐ㅣ) 잠쇼(暫笑) 왈(曰),

"진실로(眞實-) 쇼미(小妹) 살기를 우이 ᄒ여시니 거거(哥哥)의 긔롱(譏弄)ᄒ시믈 흔(恨)ᄒ리오? 범이 날을 무던 줄은 싱각ᄒ나 갈 제ᄂ 졍신(精神)이 어득던 거시니 아모라 ᄒ던 줄을 싱각디 못홀소이다."

모다 크게 웃고 말을 뭇디 못ᄒ여셔 시녜(侍女ㅣ) 황ᄉ(皇使)520) 의 니ᄅ러시믈 고(告)ᄒ니 승상(丞相)이 졔ᄌ(諸子)로 더브러 밧긔 나가 관졉(款接)521)ᄒ야 연고(緣故)를 무ᄅ매 녀ᄋ(女兒)의 샹ᄉᆨ(賞賜ㅣ) ᄂ려시믈 알고 경희(驚喜)ᄒ야 듕당(中堂)

---

520) 황ᄉ(皇使): 황사. 황제가 보낸 사신.
521) 관졉(款接): 관접. 정성껏 대접함.

의 향안(香案)을 비셜(排設)ᄒ고 쇼져(小姐)로 뎐디(傳旨)ᄅᆞᆯ 바드라
ᄒᆞᆯᄉᆡ,

쇼졔(小姐ㅣ) 크게 블안(不安)ᄒ고 송구(悚懼)ᄒ나 능히(能-) 말을
엇디 못ᄒᆞ여 의상(衣裳)을 슈렴(收斂)522)ᄒᆞ여 향안(香案) 알패 업ᄃᆡ
고 시랑(侍郎) 등(等)이 뎐지(傳旨)ᄅᆞᆯ 가져 드려와 믉게 닑으니 셩지
(聖旨) 가온ᄃᆡ 만히 졀의(絶義)와 환난(患難)을 포장(襃奬)523)ᄒᆞ여 계
신디라. 쇼졔(小姐ㅣ) 듯기ᄅᆞᆯ 못고 몸을 니러 망궐(望闕) 샤은(謝恩)
ᄒᆞ고 부인(夫人) 직쳡(職牒)524)을 빵슈(雙手)로 ᄢ러 밧ᄌᆞ와 간ᄉᆞ혼
후(後) 드ᄃᆡ여 품복(品服)을 ᄀᆞ초니 머리의 빵봉관(雙鳳冠)은 닐곱
줄 면뉴(冕旒ㅣ) 어릐여 오ᄎᆡ(五彩) 녕농(玲瓏)ᄒ고 몸의 빅화슈월나
삼(百花繡越羅衫)525)을 닙고 몸의 홍526)금슈라샹(紅錦繡羅裳)527)을

가(加)ᄒ니 쇄락(灑落)528)혼 팀되(態度ㅣ) 더욱 긔이(奇異)ᄒ디라 승
샹(丞相) 부부(夫婦)의 신긔(神奇)ᄒ미 측냥(測量)ᄒ리오.

ᄉ(使)ᄅᆞᆯ 관ᄃᆡ(款待)529)ᄒ고 친(親)히 궐하(闕下)의 가 슉샤(肅謝)

---

522) 슈렴(收斂): 수렴. 가다듬음.
523) 포장(襃奬): 포장. 칭찬하여 장려함.
524) 직쳡(職牒): 직첩. 조정에서 내리는 벼슬아치의 임명장.
525) 빅화슈월나삼(百花繡越羅衫): 백화수월나삼. 온갖 꽃을 수놓은, 월나라에서 난 비단 적삼.
526) 홍: [교] 원문에는 '홈'으로 되어 있으나 문맥을 고려해 규장각본(20:97)과 연세대본(20:146)을 따름.
527) 홍금슈라샹(紅錦繡羅裳): 홍금수라상. 붉은 비단에 수놓은 치마.
528) 쇄락(灑落): 기분이나 몸이 상쾌하고 깨끗함.

ᄒ고 텬은(天恩)을 샤례(謝禮)ᄒᆞᆫ 후(後) 도라오니, 쇼제(小姐ㅣ) 긔완
딘보(奇玩珍寶)530)를 일일히(一一-) 봉(封)ᄒᆞ야 ᄌᆞ가(自家) 명일(明
日) 니부(李府)의 니를 제 가져가니 승샹(丞相)이 녀ᄋᆞ(女兒)의 쇼심
익익(小心益益)531)ᄒᆞᆷ믈 크게 아름다이 넉이더라.

  왕(王)이 처엄의 위부(-府)의 수일(數日)을 머믈나 ᄒᆞ여시ᄃᆡ 쇼제
(小姐ㅣ) 념치(廉恥)의 미안(未安)ᄒᆞ야 즉시(卽時) 도라가 존당(尊堂)
구고(舅姑)긔 뵈매 일개(一家ㅣ) 크게 반겨 디난 화란(禍亂)을 일ᄏᆞ
라 일시(一時)의 위로(慰勞)ᄒᆞ니 쇼제(小姐ㅣ) 피셕(避席)ᄒᆞ여 답언
(答言)이 온화(溫和)ᄒᆞ

- - -

148면

고 긔운이 ᄂᆞ즉ᄒᆞ야 정뎡쇄락(貞靜灑落)532)ᄒᆞᆫ 긔질(氣質)이 새로온
디라 일개(一家ㅣ) ᄀᆞ득이 칭양(稱揚)533)ᄒᆞ야 눈을 ᄲᅩ아 완경(玩景)
을 삼고 소휘(-后ㅣ) 두굿거오미 만심(滿心)의 흡연(洽然)534)ᄒᆞ야 팀
듕(沈重)535)ᄒᆞᆫ 긔운을 이긔ᄂᆞᆫ디라 그 옥슈(玉手)를 잡고 츄연(惆然)
이 글오ᄃᆡ,

  "현부(賢婦)의 탈셰(脫世)ᄒᆞᆫ 긔질(氣質)노 쇼년(少年)의 고초(苦楚)
를 무수(無數)히 격고 듕간(中間)의 무ᄉᆞ(無事)ᄒᆞ니 ᄂᆡ 혜오ᄃᆡ, '이후
(以後)ᄂᆞᆫ 연고(緣故) 업시 복녹(福祿)이 무량(無量)ᄒᆞ리라.' ᄒᆞ엿더니

---

529) 관ᄃᆡ(款待): 관대. 정성껏 대접함.
530) 긔완딘보(奇玩珍寶): 기완진보. 진기한 보배.
531) 쇼심익익(小心益益): 소심익익. 더욱 조심함.
532) 정뎡쇄락(貞靜灑落): 정정쇄락. 행실이 곧고 깨끗하며 모습이 시원함.
533) 칭양(稱揚): 칭찬함.
534) 흡연(洽然): 흡족한 모양.
535) 팀듕(沈重): 침중. 성격, 마음, 목소리 따위가 가라앉고 무게가 있음.

낙미지익(落眉之厄)[536])을 만나 표령(飄零)ᄒᆞᆷ를 슬허ᄒᆞ더니 고이(怪異)ᄒᆞᆫ 역경(逆境)을 디ᄂᆡ여 구ᄉᆞ일ᄉᆡᆼ(九死一生)ᄒᆞ니 시운(時運)의 긔괴(奇怪)ᄒᆞᆷ를 혼탄(恨歎)ᄒᆞ고 이제 무ᄉᆞ(無事)히 모도니 디난 일을

ᄉᆡᆼ각ᄒᆞ매 ᄢᅦ 슬히믈 면(免)티 못ᄒᆞ리로다.”

쇼졔(小姐ㅣ) 졍금(整襟)[537]) 빈ᄉᆞ(拜謝)ᄒᆞ여 호언(好言)으로 셩은(盛恩)을 일ᄏᆞᄅᆞ니 옥셩(玉聲)이 낭낭(朗朗)ᄒᆞ고 언담(言談)이 화열(和悅)ᄒᆞ여 은연(隱然)이 ᄉᆞ군ᄌᆞ(士君子)의 틀이 잇ᄂᆞᆫ디라 좌위(左右ㅣ) 칭지(稱之)ᄒᆞᆷ를 ᄭᅵᆺ디 못ᄒᆞ더라.

셕양(夕陽)의 존고(尊姑)ᄅᆞᆯ 뫼셔 슉현당(--堂)의 도라오매 운애 웅닌과 됴 시(氏) 아들 샹닌을 밧드러 알패 노ᄒᆞ니 웅닌은 ᄉᆞ(四) 셰(歲)오, 샹닌은 이(二) 셰(歲)라. 형뎨(兄弟) 흔갈ᄀᆞᄐᆡ 히뎌(海底)의 명쥬(明珠) ᄀᆞᄐᆞ나 웅닌의 비범(非凡)ᄒᆞᆫ 골격(骨格)이 의희(依稀)[538])히 ᄯᅱ여ᄂᆞ니 쇼졔(小姐ㅣ) 스ᄉᆞ로 깃븐 ᄆᆞ옴이 잠간(暫間) 이셔 이(二) ᄋᆞ(兒)ᄅᆞᆯ 간격[539])(間隔)이

업시 ᄉᆞ랑ᄒᆞ니 소휘(-后ㅣ) 그 어딘 ᄯᅳᆺ을 더옥 이모(愛慕)ᄒᆞ고 됴 시

---

536) 낙미지익(落眉之厄): 낙미지액. 눈썹에 떨어진 액운이란 뜻으로 눈앞에 닥친 재앙을 이름.
537) 졍금(整襟): 정금. 옷깃을 여미어 모양을 바로잡음.
538) 의희(依稀): 거의 비슷함.
539) 격: [교] 원문에는 '젹'으로 되어 있으나 문맥을 고려해 규장각본(20:99)과 연세대본(20:149)을 따름.

(氏) 감격(感激)히 너기더라.

야심(夜深)토록 민제(妹弟)로 더브러 한담(閑談)ᄒ다가 침소(寢所)
의 도라오니 태븨(太傅ㅣ) 드러와 기ᄃ리다가 몸을 니러 마자 좌(座)
를 뎡(定)ᄒ매 눈을 드러 부인(夫人)을 ᄇ라보니 임의 엄동(嚴冬) 상
셜(霜雪)의 긔아(饑餓)의 괴로오믄 이제(夷齊)540)로 흡ᄉ(恰似)ᄒ고
한고(寒苦)541)의 고초(苦楚)ᄒ믄 돌 속의 드러 명직위위(命在危危)542)
ᄒ던 배로딘 금일(今日) 용ᄉᆨ(容色)의 특츌(特出)ᄒ믄 천고(千古)의
업ᄂ니다. 옥(玉) ᄀᆺ튼 광염(光艶)543)이 면쥬(冕珠)544) 그림ᄌ예 어
른거리고 구름 ᄀᆺ튼 운환(雲鬟)이 제제(齊齊)ᄒ여 윤틱(潤澤)ᄒᆫ 긔보
(肌膚)545)와 청월(淸越)546)ᄒᆫ

‥‥

151면

틱되(態度ㅣ) 이 졍(正)히 셔왕뫼(西王母ㅣ)547) 하강(下降)ᄒ며 ᄒ애
(姮娥ㅣ)548) 강님(降臨)ᄒ미라도 밋디 못ᄒᆯ디라. 광능휘(--侯ㅣ) 황

---

540) 이제(夷齊): 이제. 백이(伯夷)와 숙제(叔齊). 백이와 숙제는 고죽군(孤竹君)이라는 사람의 아들
이었는데 고죽군이 나라를 숙제에게 물려주려고 하자 숙제가 그것이 예법에 어긋나는 것이라
고 사양하고 백이 역시 사양함. 결국 두 사람은 나라를 떠나 문왕을 섬기러 주(周)나라로 갔
으나, 이미 문왕은 죽고 그의 아들인 무왕이 왕위에 올라 당시 천자국인 은(殷)나라를 정벌하
려 하였고, 이에 백이와 숙제가 제후로서 천자를 정벌하는 것이 적절치 못함을 간하였으나
무왕이 듣지 않음. 이에 두 사람은 주나라의 녹을 받은 것을 부끄럽게 여겨 수양산에 들어가
고사리만 뜯어 먹다가 굶어 죽었다 함. 『사기(史記)』, <백이열전(伯夷列傳)>.

541) 한고(寒苦): 심한 추위로 말미암은 괴로움.

542) 명직위위(命在危危): 명재위위. 목숨이 위태로운 지경에 있음.

543) 광염(光艶): 매우 아름다운 광택.

544) 면쥬(冕珠): 면주. 면류관에 달린 구슬.

545) 긔보(肌膚): 기부. 살갗.

546) 청월(淸越): 청월. 맑고 빼어남.

547) 셔왕뫼(西王母ㅣ): 서왕모. 『산해경(山海經)』에서는 곤륜산에 사는 인면(人面)·호치(虎齒)·표미
(豹尾)의 신인(神人)이라고 하나, 일반적으로는 불사(不死)의 약을 가지고 있는 아름다운 선녀
로 전해짐.

548) ᄒ애(姮娥ㅣ): 항아. 달 속에 있다는 전설 속의 선녀. 지상에서 후예(后羿)의 아내였는데 후예

홀(恍惚)이 반갑고 구름 ᄀᆞᆺ튼 은졍(恩情)이 심솟ᄃᆞᆺ ᄒᆞ여 ᄲᆞᆯ리 그 옥슈(玉手)ᄅᆞᆯ 잇그러 ᄀᆞᆯ오ᄃᆡ,

"부인(夫人)이 능히(能-) 아ᄂᆞ냐? 쳔고(千古)의 우리 부부(夫婦)ᄀᆞ티 화란(禍亂)을 ᄀᆞᆺ초 격근 재(者ㅣ) 이시리오? 일노ᄡᅧ ᄉᆡᆼ(生)의 ᄆᆞᄋᆞᆷ은 더옥 각별(各別)ᄒᆞ니 부인(夫人)은 엇더케 너기ᄂᆞ뇨?"

쇼졔(小姐ㅣ) 능후(-侯)의 거지(擧止) 광망(狂妄)[549] ᄒᆞᆷ을 미안(未安)ᄒᆞ야 안ᄉᆡᆨ(顏色)을 슈뎡(修整)[550] ᄒᆞ고 ᄀᆞᆯ오ᄃᆡ,

"디난 일이야 다시 일ᄏᆞ라 므어시 유익(有益)ᄒᆞ리잇가? 연(然)이나 부뷔(夫婦ㅣ) 다 이십(二十)이 넘엇ᄂᆞᆫ디라 부화쳐슌(夫和妻順)[551]이

152면

ᄀᆞ즉ᄒᆞ미 올커ᄂᆞᆯ 이런 가쇼(可笑)의 거죄(擧措ㅣ) 극(極)히 블가(不可)ᄒᆞ도소이다."

휘(侯ㅣ) 소왈(笑曰),

"부인(夫人)은 우은 말 말라. ᄉᆡᆼ(生)의 ᄇᆡᆨ발(白髮)이 귀밋ᄐᆡ 니ᄅᆞ러도 부인(夫人)을 집슈(執手)ᄒᆞ지 못ᄒᆞ리오?"

쇼졔(小姐ㅣ) 미우(眉宇)ᄅᆞᆯ �그ᄅᆞ고 브답(不答)ᄒᆞ니 휘(后ㅣ) 크게 웃고 ᄒᆞᆫ가지로 상샹(牀上)의 나아가매 태산(泰山)ᄀᆞᆺ티 므거온 졍(情)이 여산여슈(如山如水)ᄒᆞ여 능히(能-) 금(禁)티 못ᄒᆞᄂᆞᆫ디라 쇼졔(小姐ㅣ) 그으이 블쾌(不快)ᄒᆞ여 ᄒᆞ더라.

가 가진 불사약을 훔쳐 달로 도망가 달의 신이 되었다 함.

549) 광망(狂妄): 미친 사람처럼 아주 망령됨.

550) 슈뎡(修整): 수정. 가다듬어 정돈함.

551) 부화쳐슌(夫和妻順): 부화처순. 남편은 온화하고 아내는 순종함.

이튼날 쇼제(小姐ㅣ) 샹ᄉ(賞賜)ᄒ신 거슬 소후(-后)긔 다 드리니
휘(后ㅣ) 크게 아름다이 너겨 탄식(歎息) 왈(曰),

"현부(賢婦)의 겸공(謙恭)552)ᄒ 쓰디 가(可)히 본바듬 죽ᄒ도다.
수연(雖然)이나 이거슨 ᄋᄌ(兒子)의

•••

153면

공명(功名)으로 비로슨 거시라 늬 엇디 쓰리오? 그뒤 임의(任意)로 ᄒ라."

쇼제(小姐ㅣ) 슈명(受命)ᄒ야 ᄒ 가디 것도 ᄌ긔(自己) 가지디 아
니ᄒ고 친쳑(親戚)을 다 ᄂ화 주니 그 믈욕(物慾)의 담연(淡然)553)ᄒ
믈 더옥 과이(過愛)ᄒ고 능휘(-侯ㅣ) 심복(心服)ᄒ믈 이긔디 못ᄒ여
새로온 은졍(恩情)이 태산(泰山) ᄀᆺᄐ여 부모(父母) 형뎨(兄弟)로 즐
긴 여가(餘暇)의ᄂ 봉각(-閣)을 ᄯ여나디 아니ᄒ니 모든 형뎨(兄弟) 긔
롱(譏弄)ᄒ야 우슨대 초휘(楚侯ㅣ) ᄀᆯ오뒤,

"이뷔554) 엇디 녀쉭(女色)의만 팀혹(沈惑)ᄒ여시리오? 국ᄉ(國事)
와 효봉위친(孝奉爲親)555)의 진556)심갈녁(盡心竭力)557)ᄒ고 쳐ᄌ(妻
子)를 듕딕(重待)558)ᄒ미 녜시(例事ㅣ)어늘 모다 긔롱(譏弄)이 가(可)
티 아니타."

ᄒ

---

552) 겸공(謙恭): 겸손하고 공손함.
553) 담연(淡然): 욕심이 없고 깨끗함.
554) 이뷔: 이보. 이경문의 자(字).
555) 효봉위친(孝奉爲親): 효도로 어버이를 봉양함.
556) 진: [교] 원문에는 '짐'으로 되어 있으나 문맥을 고려해 규장각본(20:101)과 연세대본(20:153)
    을 따름.
557) 진심갈녁(盡心竭力): 진심갈력. 마음을 다하고 힘을 다함.
558) 듕딕(重待): 중대. 매우 소중히 대우함.

더라.

이째 시공이 셔울 니르러 군문(軍門)의 듕(重)히 쓰이나 스스로 즐겨 아냐 일일(一日)은 능후(-侯) 면젼(面前)의 나아가 하딕(下直)ᄒ여 굴오ᄃᆡ,

"쇼인(小人)이 비록 노야(老爺) 홍은(鴻恩)559)을 만히 닙어시나 ᄉ부(師父)의 뎡훈(定限)560)이 잇ᄉᆞᆫᄂᆞᆫᄃᆡ라 도라가믈 쳥(請)ᄒᄂᆞ이다."

능휘(-侯ㅣ) 놀나 답(答)고져 홀 제 광평휘(--侯ㅣ) 이에 잇더니 대경(大驚) 왈(曰),

"네 날을 알소냐?"

공이 눈을 드러 보고 역시(亦是) 놀나 머리 조아 굴오ᄃᆡ,

"쇼인(小人)이 셕년(昔年)의 노야(老爺) 은혜(恩惠) 닙으믈 등한(等閑)이 아니ᄒ여시ᄃᆡ 기후(其後) 시러곰 뵈올 긔약(期約)이 업ᄉ더니 엇디 이에 계시니잇가?"

능휘(-侯ㅣ) 경왈(驚曰),

"형댱(兄丈)이 엇디 ᄎᆞ인(此人)을

아ᄅᆞ시더뇨?"

녜뷔(禮部ㅣ) 팀음(沈吟)561)ᄒ여 시공으롤 보니 공이 고두(叩頭)

---

559) 홍은(鴻恩): 넓고 큰 은혜.
560) 뎡훈(定限): 졍한. 졍해 놓은 기한.

왈(曰),

"노야(老爺)의 쇼인(小人) 앗기시믈 이ᄀᆞ티 ᄒᆞ시니 엇디 감격(感激)디 아니리오? 과연(果然) 쇼인(小人)이 젼일(前日)의 혜션 니고(尼姑)의 다래이믈 듯고 노야(老爺ㅣ) 셔(西)로 가실 길히 ᄌᆞ긱(刺客)의 소임(所任)을 ᄒᆞ여 노야(老爺)를 해(害)ᄒᆞ려 ᄒᆞ다가 그릇 노야(老爺)긔 잡히디 녜의(禮義)로 기유(開諭)ᄒᆞ시고 죽이디 아니ᄒᆞ시니 대덕(大德)을 심곡(心曲)562)의 미쳣거늘 엇디 니ᄌᆞ리잇고?"

원ᄂᆡ(元來) ᄉᆡ공이 형쥐(荊州) 이실 적 항아의 이시니 녜뷔(禮部ㅣ) 보디 못ᄒᆞᆫ 배라. 뎌의 진졍(眞情)을 보고 도라 초후(楚侯) 형뎨(兄弟)를 보고 탄식(歎息) 왈(曰),

"우형(愚兄)의 당년(當年) 비환(悲患)이

• • •

156면

ᄒᆞᆫ 꿈 ᄀᆞᄐᆞ여 부모(父母)긔도 고(告)티 아녓더니 ᄎᆞ인(此人)을 보니 새로온 심시(心思ㅣ) 동(動)ᄒᆞᄂᆞᆫ도다."

인(因)ᄒᆞ여 연듕(-中)의셔 병듕(病重)ᄒᆞ여 ᄉᆞᄉᆡᆼ(死生)이 위급(危急)던 바와 공ᄋᆞ의 작변(作變)을 ᄌᆞ초 니ᄅᆞ고 쳐연(悽然) 탄식(歎息)ᄒᆞ니 냥휘(兩侯ㅣ) 역시(亦是) 슬허 눈믈을 머금고 골오ᄃᆡ,

"형댱(兄丈)의 말ᄉᆞᆷ을 드르니 쇼뎨(小弟) 등(等)도 ᄆᆞᄋᆞᆷ이 버히는 ᄃᆞᆺᄒᆞ거늘 만일(萬一) 슉부뫼(叔父母ㅣ) 드ᄅᆞ실딘ᄃᆡ 엇디 아니 슬허ᄒᆞ시리오?"

<hr>

561) 팀음(沈吟): 침음. 속으로 깊이 생각함.
562) 심곡(心曲): 여러 가지로 생각하는 마음의 깊은 속.

공이 고왈(告曰),

"쇼인(小人)이 그째 도라가 〈부(師父) 익563)진관을 만나 샨듕(山中)의 가 틱벌(笞罰)을 듕(重)히 ᄒᆞ고 오래 가티엿더니 스승이 노야(老爺)긔 드린다라 다시 대노야(大老爺)긔 뵈올

···

157면

줄 슷ᄒᆞ디 아니ᄒᆞ이다."

평휘(-侯ㅣ) 도라 능후(-侯)ᄃᆞ려,

"익딘관은 엇던 사름이뇨?"

능휘(-侯ㅣ) 딕왈(對曰),

"쇼뎨(小弟) 쪼ᄒᆞᆫ 아디 못ᄒᆞ딕 모일(某日)의 ᄎᆞ인(此人)을 ᄃᆞ리고 니ᄅᆞ러 여ᄎᆞ여ᄎᆞ(如此如此) ᄒᆞ고 약(藥)을 주더니 과연(果然) 금번(今番)의 위 시(氏) 병(病)을 구(救)ᄒᆞ다라 일노 싱각ᄒᆞ면 샹녜(常例) 사름이 아닌가 ᄒᆞᄂᆞ이다."

녜뷔(禮部ㅣ) 고개 좃고 차탄(嗟歎)ᄒᆞ더라. 능휘(-侯ㅣ) 공ᄋᆞᄃᆞ려 왈(曰),

"네 국가(國家)의 공(功)을 일우고 맛튼 소임(所任)이 등한(等閑)티 아니커늘 엇디 일됴(一朝)의 ᄇᆞ리고 가려 ᄒᆞᄂᆞ뇨?"

공이 딕왈(對曰),

"스싱이 임의 오라 ᄒᆞ엿고 쇼인(小人)이 기과(改過)ᄒᆞᆫ 후(後)ᄂᆞᆫ 홍딘(紅塵)564) 듯글이 견딕기

---

563) 익: [교] 원문에는 '역'으로 되어 있으나 앞의 예를 따라 이와 같이 수정함.
564) 홍딘(紅塵): 홍진. 거마(車馬)가 일으키는 먼지라는 뜻으로, 번거롭고 속된 세상을 비유적으로 이르는 말.

어려온디라 결단(決斷)코 머믈기 어려올가 ㅎᄂ이다.”

능휘(-侯ㅣ) 홀일업서 허락(許諾)고 금빅(金帛)을 샹ᄉ(賞賜)ㅎ니 공이 밧디 아니코 하딕(下直)고 표연(飄然)이 도라가니 능휘(-侯ㅣ) 탄식(歎息) 왈(曰),

“시공이 ᄒᆞ낫 사오나온 거시로ᄃᆡ 진관의 훈교(訓敎)ㅎᆞ믈 인(因)ᄒᆞ야 뎌ᄀᆞ티 셩도(聖道)의 나아가시니 엇디 긔특(奇特)디 아니ᄒᆞ리잇고?”

녜뷔(禮部ㅣ) 댱탄(長歎) 브답(不答)ᄒᆞ더라.

주요 인물

노강: 노몽화의 아버지. 추밀부사.

노몽화: 원래 이흥문의 아내였다가 쫓겨나 비구니 혜선 밑에 있다가 모습을 바꿔 이백문의 첩이 됨.

소령: 소형의 셋째아들. 낭중.

소문: 소형과 소월혜의 아버지. 소운의 할아버지. 상서.

소염: 소형의 첫째아들. 시랑.

소옥주: 소형의 막내딸. 이팽문의 재종(再從)이자 아내.

소운: 소형의 넷째아들. 이팽문의 친구.

소천: 소형의 둘째아들. 한림.

소형: 참정. 사자삼녀를 둠. 소월혜의 오빠.

양난화: 이흥문의 정실.

여박: 여빙란의 오빠. 이성문의 손위처남. 한림학사.

여빙란: 이성문의 정실.

원 부인: 소형의 아내. 소옥주의 어머니.

위공부: 위홍소의 아버지. 이경문의 장인.

위중량: 위공부의 둘째아들. 위홍소의 오빠. 어사.

위최량: 위공부의 첫째아들. 위홍소의 오빠. 시랑.

위후량: 위공부의 셋째아들. 위홍소의 오빠. 학사.

위홍소: 이경문의 정실.

유영희: 이몽현의 셋째딸 이효주의 남편. 자는 운석.

이경문: 이몽창의 둘째아들. 소월혜 소생. 위홍소의 남편. 한림학사 중서사인. 병부상서 대사마 태자태부. 광릉후.

이관문: 이몽현의 일곱째아들. 계양 공주 소생. 자는 연보. 아내는 급사중승 대열의 첫째딸.

이관성: 승상. 이현과 유 태부인의 첫째아들. 정몽홍의 남편. 이연성의 형. 이몽현 오 형제의 아버지.

이낭문: 이몽창의 재실 조제염이 낳은 쌍둥이 중 오빠. 어렸을 때 이름은 최현이었는데 이경문이 찾아서 낭문으로 고침. 어머니 조제염과 함께 산동으로 가다가 도적을 만나 고옹 집에서 종살이하다가 이경문이 찾음.

이몽상: 이관성과 정몽홍의 넷째아들. 안두후 태상경. 자는 백안. 별호는 유청. 아내는 화 씨.

이몽원: 이관성과 정몽홍의 셋째아들. 개국공. 자는 백운. 별호는 이청. 아내는 최 씨.

이몽창: 이관성과 정몽홍의 둘째아들. 연왕. 자는 백달. 별호는 죽청. 아내는 소월혜.

이몽필: 이관성과 정몽홍의 다섯째아들. 강음후 추밀사. 자는 백명. 별호는 송청. 아내는 김 씨.

이몽현: 이관성과 정몽홍의 첫째아들. 하남공. 일천 선생. 자는 백균. 정실은 계양 공주. 재실은 장 씨.

이백문: 이몽창의 셋째아들. 소월혜 소생. 자는 운보. 화채옥의 남편.

이벽주: 이몽창의 재실 조제염이 낳은 쌍둥이 중 여동생. 어렸을 때 이름은 난심이었는데 이경문이 찾아서 벽주로 고침.

이봉린: 이성문의 첫째아들. 정실 여빙란 소생.

이상린: 이경문의 둘째아들. 재실 조 씨 소생.

이성문: 이몽창의 첫째아들. 소월혜 소생. 여빙란의 남편. 자는 현보. 이부총재 겸 문연각 태학사. 초국후.

이연성: 이관성의 막내동생. 태자소부 북주백. 자는 자경.

이웅린: 이경문의 첫째아들. 정실 위홍소 소생.

이원문: 이몽원의 첫째아들. 자는 인보. 아내는 김 씨.

이일주: 이몽창의 첫째딸. 자는 초벽. 태자비.

이창린: 이흥문의 첫째아들.

이최문: 이몽상의 첫째아들. 자는 영보. 아내는 형부상서 장옥계의 딸.

이팽문: 이몽원의 둘째아들. 자는 희보. 아내는 소옥주.

이협문: 이몽필의 첫째아들. 자는 숭보. 아내는 공부낭중 맹경의 딸.

이효주: 이몽현의 셋째딸. 남편은 유영희.

이흥문: 하남공 이몽현의 첫째아들. 광평후.

임 씨: 이성문의 재실.

장 부인: 소문의 아내. 소옥주의 할머니.

조여구: 조 황후의 조카. 이경문의 재실. 이경문을 보고 반해 사혼으로 이경문의 아내가 됨.

조여혜: 태자비. 조 황후의 조카.

조제염: 이낭문과 이벽주의 어머니. 이몽창의 재실. 전편 <쌍천기봉>에서 이몽창과 소월혜 소생 영문을 죽이고 소월혜를 귀양가게 했다가 죄가 발각되어 산동으로 가던 중 도적을 만남. 고옹의 집에서 종살이를 하다가 이경문이 찾음.

최연: 유영걸이 강간해 자결한 노 씨의 남편. 최백만의 아버지.

최백만: 최연의 아들. 이벽주의 남편. 자는 인석.

최 숙인: 유 태부인의 양녀. 이관성의 동생.

한성: 이홍문이 서촉으로 귀양 가다가 병이 났을 때 이홍문의 아들
　　　이창린에게 환약을 주어 병을 낫게 한 인물.
화숙: 화진의 아들. 홍문수찬. 자는 영무.
화진: 화채옥의 아버지. 이부시랑.
화채옥: 화진의 딸. 자는 홍설. 이백문의 아내.

역자 해제

1. 머리말

<이씨세대록>은 18세기에 창작된 것으로 추정되는 작가 미상의
국문 대하소설로, <쌍천기봉>[1]의 후편에 해당하는 연작형 소설이다.
'이씨세대록(李氏世代錄)'이라는 제목은 '이씨 가문 사람들의 세대별
기록'이라는 뜻인데, 실제로는 이관성의 손자 세대, 즉 이씨 집안의
4대째 인물들인 이흥문·이성문·이경문·이백문 등과 그 배우자의
이야기에 서사가 집중되어 있다. 이는 전편인 <쌍천기봉>에서 이
현[2](이관성의 아버지), 이관성, 이관성의 자식들인 이몽현과 이몽창
등 1대에서 3대에 걸쳐 서사가 고루 분포된 것과 대비되는 모습이
다. 또한 <쌍천기봉>에서는 중국 명나라 초기의 역사적 사건, 예컨
대 정난지변(靖難之變)[3] 등이 비중 있게 서술되고 <삼국지연의>의
영향을 받은 군담이 흥미롭게 묘사되는 가운데 가문 내적으로 혼인
담, 부부 갈등, 처첩 갈등 등이 배치되어 있다면, <이씨세대록>에서
는 역사적 사건과 군담이 대폭 축소되고 가문 내적인 갈등 위주로
서사가 전개된다는 점에서 큰 차이가 있다.

---

1) 필자가 18권 18책의 장서각본을 대상으로 번역 출간한 바 있다. 장시광 옮김, 『팔찌의 인연, 쌍
천기봉』 1-9, 이담북스, 2017-2020.
2) <쌍천기봉>에서 이현의 아버지로 이명이 설정되어 있으나 실체적 인물이 등장하지 않고 서술자
의 요약 서술로 짧게 언급되어 있으므로 필자는 이현을 1대로 설정하였다.
3) 중국 명나라의 연왕 주체가 제위를 건문제(재위 1399-1402)로부터 탈취해 영락제(재위 1402-1424)
에 오른 사건을 이른다. 1399년부터 1402년까지 지속되었다.

2. 창작 시기 및 작가, 이본

<이씨세대록>의 정확한 창작 연도는 알 수 없고, 다만 18세기의 초중반에 창작되었을 것으로 추정된다. 온양 정씨가 정조 10년(1786)부터 정조 14년(1790) 사이에 필사한 것으로 추정되는 규장각 소장 <옥원재합기연>의 권14 표지 안쪽에 온양 정씨와 그 시가인 전주 이씨 집안에서 읽었을 것으로 보이는 소설의 목록이 적혀 있다. 그중에 <이씨세대록>의 제명이 보인다.4) 이 기록을 토대로 보면 <이씨세대록>은 적어도 1786년 이전에 창작된 것으로 추측할 수 있다. 또, 대하소설 가운데 초기본인 <소현성록> 연작(15권 15책, 이화여대 소장본)이 17세기 말 이전에 창작된바,5) 그보다 분량과 등장인물의 수가 훨씬 많은 <이씨세대록>은 <소현성록> 연작보다는 후대의 작품일 가능성이 높다. 요컨대 <이씨세대록>은 18세기 초중반에 창작된 작품으로, 대하소설 중에서는 비교적 이른 시기의 창작물이다.

<이씨세대록>의 작가는 알려져 있지 않다. 다만 작품의 문체와 서술시각을 고려하면 전편인 <쌍천기봉>과 마찬가지로 경서와 역사서, 소설을 두루 섭렵한 지식인이며, 신분의식이 강한 사대부가의 일원으로 추정할 수 있다. <이씨세대록>은 여느 대하소설과 마찬가지로 국문으로 표기되어 있으나 문장이 조사나 어미를 제외하면 대개 한자어로 구성되어 있고, 전고(典故)의 인용이 빈번하다. 비록 대하소설 <완월회맹연>(180권 180책)의 수준에는 미치지 못하지만, 다른 유형의 고전소설에 비하면 작가의 지식 수준이 매우 높은 편이다.

---

4) 심경호, 「樂善齋本 小說의 先行本에 관한 一考察 -온양정씨 필사본 <옥원재합기연>과 낙선재본 <옥원중회연>의 관계를 중심으로-」, 『정신문화연구』 38, 한국정신문화연구원, 1990.
5) 박영희, 「소현성록 연작 연구」, 이화여대 박사논문, 1994 참조.

<이씨세대록>에는 또한 강한 신분의식이 드러나 있다. 집안에서 주인과 종의 차이가 부각되어 있고 사대부와 비사대부의 구별짓기가 매우 강하다. 이처럼 <이씨세대록>의 작가는 학문적 소양을 갖추고 강한 신분의식을 지닌 사대부가의 남성 혹은 여성으로 추정되며, 온양 정씨의 필사본 기록을 통해 유추할 수 있듯이 사대부가에서 주로 향유된 것으로 보인다.

<이씨세대록>의 이본은 현재 3종이 알려져 있다. 한국학중앙연구원의 장서각에 소장된 26권 26책본과 서울대학교 규장각에 소장된 26권 26책본, 연세대학교 도서관에 소장된 26권 26책본6)이 그것이다. 세 이본 모두 표제는 '李氏世代錄', 내제는 '니시셰ᄃᆡ록'으로 되어 있고 분량도 대동소이하고 문장이나 어휘 단위에서도 매우 흡사한 면을 보인다. 특히 장서각본과 연세대본의 친연성이 강한데, 두 이본은 각 권의 장수는 물론 장별 행수, 행별 글자수까지 거의 같다. 다만 장서각본에 있는 오류가 연세대본에는 수정되어 있는 경우가 적지 않아 적어도 두 이본에 한해 본다면 연세대본이 선본(善本)이라 말할 수 있다. 연세대본·장서각본 계열과 규장각본을 비교해 보면 오탈자(誤脫字)가 이본마다 고루 있어 연세대본·장서각본 계열과 규장각본 중 어느 것이 선본(善本) 혹은 선본(先本)인지 단언할 수는 없다.

---

6) 연세대학교 도서관에 소장된 26권 26책본: <이씨세대록> 해제를 작성해 출간할 당시에는 역자의 불찰로 연세대 소장본의 존재를 알지 못했다가 최근에 알게 되어 5권의 교감 및 해제부터 이를 반영하게 되었음을 밝힌다.

3. 서사의 특징

<이씨세대록>에는 가문의 마지막 세대로 등장하는 4대째의 여러 인물이 병렬적으로 구성되어 있다는 서사적 특징이 있다. 인물과 그 사건이 대개 순차적으로 등장하지만 여러 인물의 사건이 교직되어 설정되기도 하여 서사에 다채로움을 더하고 있다. 이에 비해 <쌍천기봉>에서는 1대부터 3대까지 1명, 3명, 5명으로 남성주동인물의 수가 점차 확대되어 가고 서사의 양도 그에 비례해 세대가 내려갈수록 확장되어 있다. 곧, <쌍천기봉>에서는 1대인 이현, 2대인 이관성·이한성·이연성, 3대인 이몽현·이몽창·이몽원·이몽상·이몽필 서사가 고루 등장한다는 점에서 <이씨세대록>과 차이가 난다. <이씨세대록>에도 물론 2대와 3대의 인물이 등장하기는 하나 그들은 집안의 어른 역할을 수행할 뿐이고 서사는 4대의 인물 중심으로 전개된다. 이를 보면, '세대록'은 인물의 서사적 비중과는 무관하게 2대에서 4대까지의 인물을 등장시켰다는 점에서 붙인 제목으로 이해할 필요가 있다.

이처럼 <이씨세대록>에 가문의 마지막 세대 인물이 주로 활약한다는 설정은 초기 대하소설로 분류되는 삼대록계 소설 연작[7]과 유사한 면이다. <소씨삼대록>에서는 소씨 집안의 3대째[8] 인물인 소운성 형제 위주로, <임씨삼대록>에서는 임씨 집안의 3대째 인물인 임창흥 형제 위주로, <유씨삼대록>에서는 유씨 집안의 4대째 인물인 유세형 형제 위주로 서사가 전개된다.[9] <이씨세대록>이 18세기 초

---

7) 후편의 제목이 '삼대록'으로 끝나는 일군의 소설을 지칭한다. <소현성록>·<소씨삼대록> 연작, <현몽쌍룡기>·<조씨삼대록> 연작, <성현공숙렬기>·<임씨삼대록> 연작, <유효공선행록>·<유씨삼대록> 연작이 이에 해당한다.

8) 소운성의 할아버지인 소광이 전편 <소현성록>의 권1에서 바로 죽는 것으로 설정되어 있어 1대로 보기 어려운 면이 있으나 제명을 존중해 1대로 보았다.

중반에 창작된 초기 대하소설임을 감안하면 인물 배치가 이처럼 삼대록계 소설과 유사한 것은 이상하지 않다.

한편, <쌍천기봉>에서는 군담, 토목(土木)의 변(變)과 같은 역사적 사건, 인물 갈등 등이 고루 배치되어 있다. 구체적으로, 작품의 앞과 뒤에 역사적 사건을 배치하고 중간에 부부 갈등, 부자 갈등, 처첩(처처) 갈등 등 가문에서 벌어질 수 있는 다양한 갈등을 배치하였다. 이에 반해 <이씨세대록>에는 군담 장면과 역사적 사건이 거의 보이지 않는다. 군담은 전편 <쌍천기봉>에 이미 등장했던 장면을 요약 서술하는 데 그쳤고, 역사적 사건도 <쌍천기봉>에 설정된 사건을 환기하는 정도이고 새로운 사건은 보이지 않는다. <쌍천기봉>이 역사적 사실에 허구를 가미한 전형적인 연의류 작품인 반면, <이씨세대록>은 가문에서 발생할 수 있는 다양한 갈등, 예컨대 처처(처첩) 갈등, 부부 갈등, 부자 갈등 위주로 서사를 구성한 작품으로, <이씨세대록>은 <쌍천기봉>과는 다른 측면에서 대중에게 흥미를 유발할 만한 요소로 구성되어 있음을 알 수 있다.

여느 대하소설과 마찬가지로 <이씨세대록>에도 혼사장애 모티프, 요약 모티프 등 다양한 모티프가 등장해 서사 구성의 한 축을 이루고 있다. 이 가운데 가장 눈에 띄는 것은 기아(棄兒) 모티프이다. 대표적으로는 이경문의 경우를 들 수 있는데 기아 모티프가 매우 길게 서술되어 있다. <쌍천기봉>의 서사를 이은 것으로 <쌍천기봉>에서 간간이 등장했던 이경문의 기아 모티프를 본격적으로 다루고 있다. 즉, <쌍천기봉>에서 유영걸의 아내 김 씨가 어린 이경문을 사서 자기 아들인 것처럼 꾸미는 장면, 이관성과 이몽현, 이몽창이 우연히

---

9) 다만 <조씨삼대록>에서는 3대와 4대의 인물인 조기현, 조명윤 등이 활약한다는 점에서 차이가 난다.

이경문을 만나는 장면, 이경문이 등문고를 쳐 양부 유영걸을 구하는 장면이 나오는데, <이씨세대록>에서는 그 장면들을 모두 보여주면서 여기에 덧붙여 이경문이 유영걸과 그 첩 각정에게 박대당하지만 유영걸을 효성으로써 섬기는 모습이 강렬하게 나타나 있다. 이경문이 등문고를 쳐 유영걸을 구하는 장면은 효성의 정점에 해당한다. 이경문은 후에 친형인 이성문에 의해 발견돼 이씨 가문에 편입된다. 이때 이경문과 가족들과의 만남 장면은 매우 감동적으로 그려져 있다. 이처럼 이경문이 가족과 헤어졌다가 만나는 과정은 연작의 전후 편에 걸쳐 등장하며 연작의 핵심적인 모티프 중의 하나로 기능하고 있고, 특히 <이씨세대록>에서는 결합에 초점이 맞춰져 있어 그 감동이 배가되어 있다.

4. 인물의 갈등

<이씨세대록>에는 다양한 갈등이 등장하는데 이 가운데 핵심은 부부 갈등이다. 대표적으로 이몽창의 장자인 이성문과 임옥형, 차자인 이경문과 위홍소, 삼자인 이백문과 화채옥의 갈등을 들 수 있다. 이성문과 이경문 부부의 경우는 반동인물이 개입되지 않은, 주동인물 사이의 갈등이라는 공통점이 있다. 이성문의 아내 임옥형은 투기 때문에 이성문의 옷을 불지르기까지 하는 인물이다. 이성문이 때로는 온화하게 때로는 엄격하게 대하나 임옥형의 투기가 가시지 않자, 그 시어머니 소월혜가 나서서 임옥형을 타이르니 비로소 그 투기가 사라진다. 이경문과 위홍소는 모두 효를 중시하는 인물인데 바로 그러한 이념 때문에 혹독한 부부 갈등을 벌인다. 이경문은 어려서 부모와 헤어져 양부(養父) 유영걸에게 길러지는데 이 유영걸은 벼슬은

높으나 품행이 바르지 못해 쫓겨나 수자리를 사는데 위홍소의 아버지인 위공부가 상관일 때 유영걸을 매우 치는 일이 발생한다. 이 때문에 이경문은 위공부를 원수로 치부하는데 아내로 맞은 위홍소가 위공부의 딸인 줄을 알고는 위홍소를 박대한다. 위홍소 역시 이경문이 자신의 아버지를 욕하자 이경문과 심각한 갈등을 벌인다. 효라는 이념이 두 사람의 갈등을 촉발시킨 원인이 된 것이다. 두 사람은 비록 주동인물로 설정되어 있지만, 이들을 통해 경직된 이념이 주는 부작용이 만만치 않음을 보여준다.

이백문 부부의 경우에는 변신한 노몽화(이홍문의 아내였던 여자)가 반동인물의 역할을 해 갈등을 벌인다는 특징이 있다. 이백문은 반동인물의 계략으로 정실인 화채옥을 박대하고 죽이려 한다. 애초에 이백문은 화채옥을 마음에 들어하지 않았는데 이유는 화채옥이 자신을 단명하게 할 상(相)이라는 것 때문이었다. 화채옥에게는 잘못이 없는데 남편으로부터 박대를 받는다는 설정은 가부장제의 질곡을 드러내 보이는 장면이다. 여기에 이홍문의 아내였다가 쫓겨난 노몽화가 화채옥의 시녀가 되어 이백문에게 화채옥을 모함하고 이백문이 곧이들어 화채옥을 끝내 죽이려고까지 하는 데 이른다. 이러한 이백문의 모습은 이몽현의 장자 이홍문과 대비된다. 이홍문은 양난화와 혼인하는데 재실인 반동인물 노몽화가 양난화를 모함한다. 이런 경우 대개 이백문처럼 남성이 반동인물의 계략에 속아 부부 갈등이 벌어지지만 이홍문은 노몽화의 계교에 속지 않고 오히려 노몽화의 술수를 발각함으로써 정실을 보호한다. <이씨세대록>에는 이처럼 상반되는 사례를 설정함으로써 흥미를 배가하는 동시에 가부장제의 문제점을 드러내고 있다.

5. 서술자의 의식

<이씨세대록>의 신분의식은 이중적이다. 사대부와 비사대부 사이의 구별짓기는 여느 대하소설과 마찬가지지만 사대부 내에서 장자와 차자의 구분은 표면적으로는 존재하나 서술의 실상은 그렇지 않다. 사대부로서 그렇지 않은 신분의 사람을 차별하는 모습은 경직된 효의 구현자인 이경문의 일화에서 두드러진다. 예컨대, 이경문은 자기 친구 왕기가 적적하게 있자 아내 위홍소의 시비인 난섬을 주어 정을 맺도록 하는데(권11) 천한 신분의 여성에게는 정절을 전혀 배려하지 않는 것을 엿볼 수 있다. 또한 이경문이 양부 유영걸의 첩 각정의 조카 각 씨와 혼인하게 되자 천한 집안과 혼인한 것을 분하게 여겨 각 씨에게 매정하게 구는 것(권8)도 그러한 신분의식이 여실히 드러나는 장면이다. 기실 이는 <이씨세대록>이 창작되던 당시의 사회적 모습이 반영된 것이라 추측할 수 있는 장면들이다.

사대부와 비사대부 사이의 구별짓기는 이처럼 엄격하나 사대부 내에서의 구분은 꼭 그렇지만은 않다. 서사적으로 등장인물들은 장자와 비장자의 구분을 하고 있고, 서술의 순서도 그러한 구분을 따르려 하고 있다. 서술의 순서를 예로 들면, <이씨세대록>은 이관성의 장손녀, 즉 이몽현 장녀 이미주의 서사부터 시작된다. 이미주가 서사적 비중이 그리 크지 않음에도 이미주부터 이야기가 시작되는 것은 그만큼 자식들 사이의 차례를 중시한다는 점을 의미한다. 다만, 특기할 만한 것은 남자부터 먼저 시작하지 않았다는 점이다. 여자든 남자든 순서대로 서술했다는 점이 중요하다. 이미주의 뒤로는 이몽현의 장자 이흥문, 이몽창의 장자인 이성문, 이몽창의 차자 이경문, 이몽창의 장녀 이일주, 이몽원의 장자 이원문, 이몽창의 삼자 이백

문, 이몽현의 삼녀 이효주 등의 서사가 이어진다. 자식들의 순서대로 서술하려 하는 강박증이 있다고 생각될 정도로 서술자는 순서에 집착한다. 이원문이나 이효주 같은 인물은 서사적 비중이 매우 미미하지만 혼인했다는 사실을 서술하고 있는 것이다. 그런데 이러한 순서 집착에도 불구하고 서사 내에서의 비중을 보면 장자 위주로 서술되어 있지 않음을 알 수 있다. 전편 <쌍천기봉>의 주인공이 이관성의 차자 이몽창이었던 것과 마찬가지로 후편에서도 주인공은 이성문, 이경문, 이백문 등 이몽창의 자식들로 설정되어 있다. 이몽현의 자식들인 이미주와 이흥문의 서사는 그들에 비하면 미미한 편이다. 이처럼 가문의 인물에 대한 서술 순서와 서사적 비중의 괴리는 <이씨세대록>을 특징짓는 한 단면이다.

<이씨세대록>에는 꿈이나 도사 등 초월계가 빈번하게 등장해 사건을 진행시키고 해결한다. 특히 사건이나 갈등의 해소 단계에 초월계가 유독 많이 보인다. 예를 들어 이경문이 부모와 만나기 전에 그 죽은 양모 김 씨가 꿈에 나타나 이경문의 정체를 말하고 그 직후에 이경문이 부모를 찾게 되는 장면(권9), 형부상서 장옥지의 꿈에 현아(이경문의 서제)에게 죽은 자객들이 나타나 현아의 죄를 말하고 이성문과 이경문의 누명을 벗겨 주는 장면(권9-10), 화채옥이 강물에 빠졌을 때 화채옥을 호위해 가던 이몽평의 꿈에 법사가 나타나 화채옥의 운명에 대해 말해 주는 장면(권17) 등이 있다. 이러한 초월계의 빈번한 등장은 이 세계의 질서가 현실적 국면으로는 해결할 수 없을 정도로 질곡에 빠져 있음을 의미한다. 현실계의 인물들은 얽히고설킨 사건들을 해결할 능력이 되지 않고 이는 오로지 초월계가 개입되어야만 해소될 수 있는 성질의 것임을 보여주고 있는 것이다.

6. 맺음말

<이씨세대록>은 조선 후기의 역동적인 사회에서 산생된 소설이다. 양반을 돈으로 살 수 있을 정도로 양반에 대한 권위가 땅에 떨어지고 양반과 중인 이하의 신분 이동이 이루어지던 때에 생겨났다. 설화 등 민중이 향유하던 문학에 그러한 면이 잘 드러나 있다. 그러나 이 작품에는 그러한 시대적 변동에 맞서 기득권을 유지하려는 사대부 계층의 의식이 강하게 드러나 있다. 사대부와 사대부 이하의 계층을 구별짓는 강고한 신분의식은 그 한 단면이다.

그렇지만 한편으로는 가부장제의 질곡에 신음하는 여성들의 목소리가 드러나 있기도 하다. 까닭 없이 남편에게 박대당하는 여성, 효라는 이데올로기 때문에 남편과 갈등하는 여성들을 통해 유교적 가부장제가 여성에게 가하는 억압적 모습이 서술의 이면에 흐르고 있다. <이씨세대록>이 주는 흥미와 그 서사적 의미는 바로 이러한 데에서 찾을 수 있지 않을까 한다.

장시광

서울대 강사, 아주대 강의교수 등을 거쳐 현재 경상국립대학교 국어국문학과 교수로 재직 중이다. 논문으로 「대하소설의 여성반동인물 연구」(박사학위논문), 「여성영웅소설에 나타난 여화위남의 의미」, 「대하소설 갈등담의 구조 시론」, 「운명과 초월의 서사」 등이 있고, 저서로 『한국 고전소설과 여성인물』이 있으며, 번역서로 『조선시대 동성혼 이야기 방한림전』, 『여성영웅소설 홍계월전』, 『심청전: 눈먼 아비 홀로 두고 어딜 간단 말이냐』, 『팔찌의 인연: 쌍천기봉 1-9』 등이 있다.

(이씨 집안 이야기) 이씨세대록 10

초판인쇄 2024년 2월 29일
초판발행 2024년 2월 29일

지은이 장시광
펴낸이 채종준
펴낸곳 한국학술정보㈜
주   소 경기도 파주시 회동길 230(문발동)
전   화 031) 908-3181(대표)
팩   스 031) 908-3189
홈페이지 http://ebook.kstudy.com
E-mail 출판사업부 publish@kstudy.com
등   록 2003년 9월 25일 제406-2003-000012호

ISBN 979-11-7217-192-6 04810
       979-11-6801-227-1 (전 13권)

이담북스는 한국학술정보(주)의 학술/학습도서 출판 브랜드입니다.
이 시대 꼭 필요한 것만 담아 독자와 함께 공유한다는 의미를 나타냈습니다.
다양한 분야 전문가의 지식과 경험을 고스란히 전해 배움의 즐거움을 선물하는 책을 만들고자 합니다.